Sur l'auteur

Né en 1975, Stefano Massini est l'un des plus grands dramaturges contemporains et l'auteur italien le plus représenté sur les scènes du monde entier. *Les Frères Lehman* (éditions Globe, 2018), son premier roman, multiprimé à sa sortie en Italie, a remporté en France en 2018 le prix Médicis Essai et le Prix du meilleur livre étranger Fiction.

STEFANO MASSINI

LES FRÈRES LEHMAN

Traduit de l'italien
par Nathalie Bauer

10/18

GLOBE

Titre de l'édition originale :
Qualcosa sui Lehman

ISBN 978-2-264-07756-1
Dépôt légal : août 2020

Les planches des p. 776 à 782 ont été réalisées par Alessandro Vitti d'après un scénario de Stefano Massini. Le glossaire des termes juifs et yiddish a été établi en collaboration avec Serena Fornari.

À la mémoire de Luca Ronconi

LES PERSONNAGES

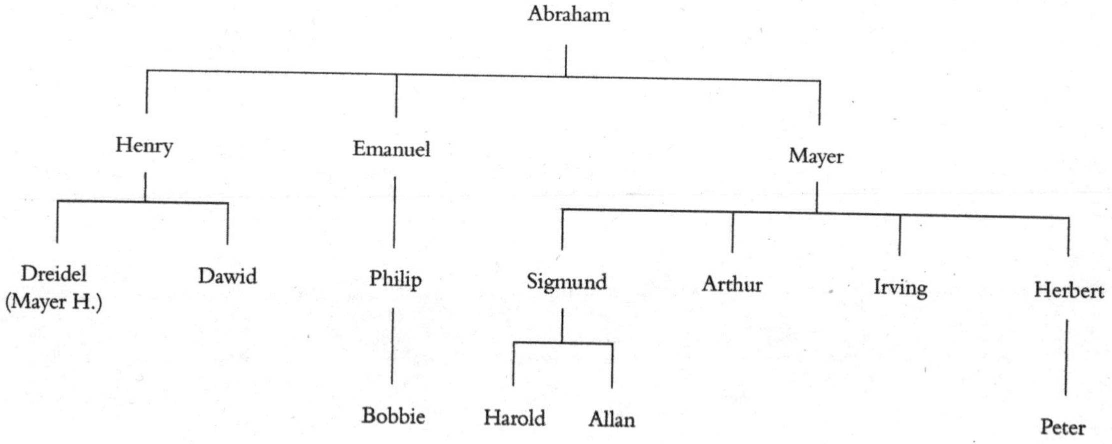

« Nous cheminons sur cette crête escarpée
où l'Histoire se mue en Légende
et où les Faits divers s'évaporent dans le Mythe.
Nous ne chercherons pas la vérité des faits
parmi les contes,
pas plus que nous ne la cherchons dans les rêves.
Chaque homme pourra affirmer un jour
qu'il est né, qu'il a vécu et qu'il est mort,
mais tous ne pourront pas dire qu'ils se sont mués en métaphore.
Se transformer est tout. »

LIVRE I

TROIS FRÈRES

1

LUFTMENSCH

Fils d'un marchand de bestiaux
Juif circoncis
muni d'une unique valise
planté là
comme un poteau télégraphique
sur le quai *number four* du port de New York.
Rendons grâce à Dieu d'être parti :
Baroukh HaShem !
Rendons grâce à Dieu d'être arrivé :
Baroukh HaShem !
Rendons grâce à Dieu d'être, enfin, d'*y* être,
en Amérique :
Baroukh HaShem !
Baroukh HaShem !
Baroukh HaShem !

Enfants qui crient
porteurs sous le poids des bagages
crissement de fer et grincement de poulies
au beau milieu
lui
debout
fraîchement débarqué
ses meilleurs souliers aux pieds

des souliers jamais portés
conservés pour le moment *« où je serai en Amérique »*.

Et de fait le voici.
Le moment *« où je serai en Amérique »*
est indiqué, gigantesque, par une horloge de fer et de fonte
tout en haut
sur la tour du port de New York :
7 h 25 du matin.

Il tire de sa poche un crayon
et sur le bord d'une petite feuille
note le 7 et le 25
juste le temps de voir
que sa main tremble,
ce doit être l'émotion
ou peut-être le fait
que se tenir sur la terre ferme
après un mois et demi de traversée
– *« Hé ! Ne te balance pas ! »* –
vous désarçonne.

Huit kilos perdus
en ce mois et demi de traversée.
Une barbe épaisse
plus encore que celle du rabbin
jamais rasée
en 45 jours de va-et-vient
entre hamac couchette pont
pont couchette hamac.
Parti sobre du Havre,
arrivé à New York en buveur accompli
entraîné à distinguer à la première gorgée
le brandy du rhum
le gin du cognac
le vin italien et la bière irlandaise.

Parti du Havre sans rien savoir des cartes,
arrivé à New York en champion de paris et de dés.
Parti timide, taciturne, grave,
arrivé avec la certitude de connaître le monde :
l'ironie des Français
la fête espagnole
la fierté vive des matelots italiens.
Parti dans l'obsession de l'Amérique,
arrivé maintenant devant l'Amérique
plus dans les pensées toutefois : dans les yeux.
Baroukh HaShem !

Vue de près
en ce froid matin de septembre
observée sans bouger
tel un poteau télégraphique
sur le quai *number four* du port de New York
l'Amérique avait surtout des airs de carillon :
une fenêtre s'ouvrait ?
une autre se refermait
une charrette virait à un coin de rue ?
une autre apparaissait plus loin
un client quittait une table ?
un autre s'asseyait,
« comme si tout était préparé », pensa-t-il
et, un instant,
– dans cette tête qui brûlait de la voir depuis des mois –
l'Amérique
la vraie Amérique
ne fut ni plus ni moins qu'un cirque de puces
en rien imposante
plutôt drôle.
Amusante.

C'est alors
qu'un individu le secoua par le bras.

C'était un officier du port,
uniforme sombre,
moustache blanche, grand couvre-chef.
Il notait dans un registre
le nom et le nombre des arrivés
posant des questions simples
dans un anglais élémentaire :
« Where do you come from ? »
« Rimpar. »
« Rimpar ? Where is Rimpar ? »
« Bayern : Germany. »
« And your name ? »
« Heyum Lehmann. »
« I don't understand. Name ? »
« Heyum... »
« What is Heyum ? »
« My name is... Hey... Henry ! »
« Henry, ok ! And your surname ? »
« Lehmann... »
« Lehman ! Henry Lehman ! »
« Henry Lehman. »
« Ok, Henry Lehman :
welcome in America.
And good luck ! »
Il apposa le tampon :
11 septembre 1844.
Abattit la main sur son épaule
et alla interpeller un autre homme.

Henry Lehman jeta un regard circulaire :
le bateau dont il était descendu – le *Burgundy* –
évoquait un géant endormi.
Mais un autre navire manœuvrait dans le port,
près de décharger sur le quai *number four*
149 de ses semblables :

peut-être juifs
peut-être allemands
peut-être chaussés de leurs meilleurs souliers
et munis d'une unique valise
surpris eux aussi à trembler
à cause de l'émotion
à cause de la terre ferme
et parce que l'Amérique
– la vraie Amérique –
vue de près,
pareille à un gigantesque carillon,
vous désarçonne.

Il respira profondément,
saisit sa valise
et d'un pas rapide
– bien qu'il ne sût pas encore où aller –
pénétra
lui aussi
dans le carillon
dénommé Amérique.

2

GEFILTE FISH

Le rabbin Kassowitz
– avait-on prévenu Henry –
n'est pas la meilleure personne
qu'on puisse souhaiter connaître
après quarante-cinq jours de traversée,
une fois le pied posé
de l'autre côté de l'Atlantique.

Parce qu'il a une grimace
pour le moins irritante
peinte sur le visage,
accrochée à ses lèvres,
comme s'il méprisait du plus profond du cœur
quiconque s'approche pour lui parler.
Il y a aussi ses yeux :
comment ne pas être gêné
par un vieillard enragé,
noyé dans un costume sombre
qui doit son semblant de vie à ses seuls yeux louches,
anarchiques, affolés,
regardant toujours ailleurs
de manière imprévisible
rebondissant comme des boules de billard
de manière imprévisible

et, quoique sans s'attarder,
relevant le moindre détail de votre personne ?

« Prépare-toi : une visite à Rab Kassowitz
est toujours une expérience.
Tu regretteras d'y être allé
mais tu ne peux pas t'en abstenir
aussi rassemble ton courage et frappe à cette porte. »
Voilà ce qu'ont dit à Henry Lehman
les amis juifs allemands
qui résident à New York depuis assez de temps
pour connaître les rues
et parler une langue bizarre
où le yiddish se fond avec l'anglais,
puisqu'on dit aux filles *frau darling*
et que les enfants demandent *der ice-cream.*

Henry Lehman
fils d'un marchand de bestiaux
est en Amérique depuis moins de trois jours
mais feint de tout comprendre
et s'oblige même à répondre *yes*
quand ses amis juifs allemands
lui demandent en riant s'il sent
la puanteur de New York sur ses vêtements :
« N'oublie pas, Henry : au début on la sentait tous.
Mais un beau jour tu cesses de la humer
tu cesses de la distinguer
et alors cela signifie
que tu es vraiment arrivé en Amérique
que tu es ici pour de bon. »
Yes.
Henry acquiesce.
Yes.
Henry sourit.
Yes, yes.

En effet, Henry sent sur ses vêtements
la terrible puanteur de New York :
un mélange écœurant d'avoine, de fumée
et de moisissures en tout genre,
si bien qu'à ses narines au moins
ce New York tant rêvé
semble plus nauséabond que l'étable de son père,
là-bas en Allemagne, à Rimpar, Bavière.
Yes.

Mais dans la lettre qu'il a envoyée chez lui
– la première du sol américain –
Henry n'a pas mentionné la puanteur.
Il a parlé des amis juifs allemands,
ça oui,
et de la gentillesse avec laquelle
ils l'ont hébergé plusieurs jours
lui offrant une délicieuse soupe aux boulettes
de poisson pris sur leurs étals,
puisqu'ils sont eux aussi dans le commerce,
oui monsieur,
mais de bestiaux à nageoires, écailles et arêtes.
« Et vous gagnez bien votre vie ? »
leur a demandé tout de go Henry,
juste pour se faire une idée
essayer de comprendre
car c'est l'argent qui l'a conduit en Amérique
et il lui faudra bien commencer par quelque chose.
Les amis juifs allemands
lui ont ri au nez
parce que tout le monde à New York
– y compris les mendiants –
gagne de l'argent :
« La nourriture est un bon gagne-pain,
puisque les hommes, Henry, auront toujours faim. »

« Et puis ? Avec quoi d'autre gagne-t-on bien sa vie ? »
a-t-il demandé
entre les caisses de merlans et les barils de harengs,
qui opposent une sacrée concurrence
à la puanteur de New York.
« Quelle question !
On gagne de l'argent avec ce qu'on est bien obligé d'acheter... »

Des gens formidables, les amis allemands :
on gagne de l'argent avec ce qu'on est bien obligé d'acheter...
c'est au fond un conseil plutôt bon.
Car il est vrai que, si l'on ne mange pas, on meurt.
Mais, franchement, un Lehman
parti des étables de son père
peut-il venir vendre
aussi des animaux,
poissons, poulets, canards, bestiaux en Amérique ?
Changer, Henry, changer.
En choisissant toutefois quelque chose qu'on *est bien obligé d'acheter.*
Note ça.

Voilà.
Pendant que Henry réfléchit à son avenir
les amis allemands lui donnent un lit où dormir
et au dîner une soupe de boulettes,
toujours de poisson,
soit des économies exceptionnelles.

Or Henry ne veut pas abuser de l'hospitalité.
Juste le temps de comprendre.
Juste le temps de remettre en état de marche
ses jambes engourdies
engourdies, et comment,

car, après avoir passé tant de temps en mer
hamac couchette pont
pont couchette hamac,
il n'est pas simple
d'ordonner aux membres inférieurs
– service locomotion –
de recommencer à trotter,
d'autant plus que dans ce carillon dénommé Amérique,
il y a dix mille rues,
non comme à Rimpar où elles ne sont que
quelques-unes
qu'on compte sur les doigts d'une main.

Oui. Les jambes.
Mais ce n'est pas tout.
Plût au Ciel.
Pour vivre en Amérique, y vivre vraiment,
il est besoin d'autres choses.
Il est besoin de tourner une clef dans une serrure.
Il est besoin de pousser une porte.
Et les trois – clef, serrure et porte –
se trouvent non à New York
mais à l'intérieur de votre cerveau.

Voilà pourquoi – lui a-t-on dit entre merlans et harengs –
toute personne qui débarque
à un moment donné,
tôt ou tard,
a besoin de Rab Kassowitz :
lui, il s'y connaît.
Il ne s'agit pas d'Écritures, ni de Prophètes,
ce qui est normal pour un rabbin :
Rab Kassowitz
a la réputation d'être un oracle
pour ceux qui ont transité *d'une rive à l'autre*

pour ceux qui viennent d'Europe
pour les Juifs transocéaniques
pour les fils de marchands de bestiaux,
bref,
eh bien oui,
pour les immigrés.
« Tu vois, Henry : ceux qui viennent en Amérique
cherchent une chose que lui-même ne sait pas.
Nous sommes tous passés par là.
Ce vieux rabbin a beau avoir les yeux qui louchent,
il regarde là où tu ne vois pas
et te dit qui tu seras dans cette nouvelle vie.
Écoute-moi : va lui rendre visite. »

Cette fois encore Henry dit *yes*.
Il se présenta à 8 heures du matin,
muni d'un bel exemplaire de la pêche
en hommage pour le vieil homme,
mais après mûre réflexion
conclut que se montrer un poisson à la main
ne donnait pas de lui une image convenable,
raison pour laquelle il fourra la bête dans une haie
à la joie effrontée des félins new-yorkais
et ayant respiré profondément frappa à la porte.
Yes.

C'était une journée de novembre,
au froid aussi glacial qu'en Bavière,
et il neigeait vaguement.
En attendant, Henry ôta les premiers flocons de son chapeau.
Il avait chaussé ses plus beaux souliers,
ceux qu'il avait conservés pour le moment *« où je serai en Amérique »* :
il était peut-être sensé de les arborer

à l'occasion de cette étrange visite
au cours de laquelle – il le sentait –
il verrait vraiment l'Amérique face à face,
entière, immense, infinie
et la serrerait dans son poing.
Il l'espérait sincèrement,
étant dans le brouillard.

Tout absorbé dans ces pensées
il n'entendit pas le déclic de la poignée,
ni ne perçut la voix qui, d'outre-tombe ou presque,
lui signalait que c'était ouvert.
De sorte que l'attente
se prolongea un peu,
agaçant le vieillard,
l'obligeant enfin à crier
un éloquent *« J'attends »*.

Et Henry entra.

Rab Kassowitz
était assis au fond de la pièce,
noir sur une chaise noire en bois
contenu dans ses innombrables angles,
telle une somme géographique de pommettes, genoux,
coudes et rides brûlées.

Le fils d'un marchand de bestiaux
demanda et n'obtint pas
l'autorisation explicite d'avancer.
Sa question
– très respectueuse d'ailleurs –
fut suivie de la réponse : *« Pas un geste, je veux vous regarder »*
et d'une sarabande de pupilles.

Pourtant Henry Lehman ne se déroba pas.
Planté là comme un poteau télégraphique,
il observa une distance de dix pas,
son couvre-chef entre les mains,
dans un silence éternel,
tout en remarquant
que cette pièce remplie de livres
semblait concentrer intensément
la puanteur de New York
et, le temps d'un instant,
inhalant avoine, fumées et moisissures en tout genre
il crut même s'évanouir.

Par chance il n'en eut pas le temps.
Car sur son odorat l'emporta
la sensation d'être
soudain l'objet
d'un rire impitoyable qui,
survenant au terme d'une longue observation,
avait une allure d'offense,
pis : d'outrage.

« Je vous amuse, rab ? »

« Je ris parce que je vois un petit poisson. »

Henry Lehman
eut du mal à déterminer
s'il s'agissait là d'une métaphore rabbinique
ou si le vieillard
le méprisait vraiment
à cause du halo de sardines et de sargues qu'il répandait
autour de lui.
Il aurait sûrement opté pour la seconde hypothèse,
si le rabbin
n'avait pas

heureusement
développé son début :
*« Je ris parce que je vois un petit poisson
qui agite sa queue hors de l'eau :
Ayant jailli à l'aide de sa nageoire
il entend savourer le continent. »*

Par conséquent
non sans soulagement
Henry put répliquer, tout fier :
*« Ce petit poisson, dirais-je, ne manque pas
de courage. »*

« Ou ne manque pas d'idiotie. »

« Devrais-je rentrer à la maison ? »

« Cela dépend de votre concept de maison. »

« Un poisson vit dans la mer. »

*« Non. Vous êtes si bête que vous en êtes irritant, je
pourrais vous chasser. »*

« Je ne comprends pas. »

*« Vous ne comprenez pas car vous réfléchissez trop
et en réfléchissant vous vous égarez
vous êtes bête parce que vous êtes subtil
et la subtilité est une malédiction.
Vous vous conduisez comme un homme affamé depuis
trois jours
qui, avant de manger,
s'interroge sur les assiettes, les épices et les sauces
sur les nappes, les couverts, les verres
et bref
avant d'avoir pris sa décision
s'écroule par terre, mort de faim. »*

« Aidez-moi. »

« C'est simple : un poisson vit dans l'eau
et l'eau ne se trouve pas seulement dans la mer. »

« Et donc ? »

« Donc hors de l'eau on meurt,
dans l'eau on vit. Point. À la ligne. »

« Ainsi, je ne serais pas fait pour l'Amérique ? »

« Cela dépend de votre concept d'Amérique. »

« L'Amérique est la terre ferme. »

« Ceci est un fait. »

« Et moi je suis à vos yeux un poisson. »

« Ceci est un deuxième fait. »

« Les poissons ne sont pas conçus pour la terre, mais pour l'eau. »

« Troisième et dernier fait. »

« Comment voulez-vous que je me conduise ? »

« La question est bonne,
au point que je vous l'offre :
posez-la-vous. »

« Les poissons ne se posent pas de questions, rabbin :
les poissons savent uniquement nager. »

« Voilà, nous commençons à réfléchir :
les poissons savent uniquement nager
ils ne peuvent prétendre marcher.
Dans ce cas peut-être l'idiotie de notre poisson
ne consiste pas dans sa volonté de profiter du continent,
mais dans sa volonté de le faire hors de l'eau !

Baroukh HaShem !
Si ce poisson – arrivé à New York par l'immense mer –
quittait la mer pour un fleuve
et le fleuve pour un canal
et le canal pour un lac
et le lac pour un étang
alors, je vous le demande,
ne parviendrait-il pas
à parcourir l'Amérique de long en large ?
Ça ne lui est pas interdit : l'eau coule partout.
Le poisson doit juste se rappeler qu'il vit dans l'eau
et qu'en sortir équivaut à mourir. »

« Oui, Rab Kassowitz, mais qu'est exactement mon eau ? »

« Vous avez dit que les poissons ne se posent pas de questions !
Suffit. Vous avez épuisé votre lot d'attention.
Maintenant laissez-moi tranquille :
il me reste peu de temps avant de mourir
et vous vous en êtes octroyé gratuitement une portion. »

« En effet, je voudrais avec tout mon respect
vous donner quelques dollars pour votre Temple... »

« Les poissons n'ont pas de portefeuille
car, lestés de pièces, ils coulent. Dehors ! »

« Une dernière question, rabbin, s'il vous plaît :
l'Amérique est gigantesque,
où me conseillez-vous d'aller ? »

« Là où l'on peut nager. »

Sur ces mots
Henry Lehman
regagna la rue

plus embrouillé et songeur qu'avant,
en proie à la seule certitude que les rabbins s'expriment par énigmes,
comme ils l'ont appris de leur Supérieur
qui au lieu de s'expliquer
met le feu aux buissons, et comprenez ce que vous pouvez.

Entre-temps à New York
la neige s'était muée en tempête exceptionnelle.
Mais franchement un Lehman
qui avait quitté les sapins de Bavière
pouvait-il se rendre en Amérique
pour y trouver aussi de la neige à déblayer ?
Changer, Henry, changer.

Il appréhenda au moins une chose :
là où il irait
– il ne savait pas exactement où –
il trouverait certainement
beaucoup de chaleur
beaucoup de lumière
beaucoup de soleil.

Tandis que cette idée tournoyait dans sa tête
et qu'il maudissait l'hiver américain,
il referma sa vareuse jusqu'en haut de la gorge :
les hommes, au fond, ont besoin
de se couvrir tout autant que de se nourrir.
Yes.

3

HAMETZ

La pièce est petite.
Le sol en bois.
Des planches clouées l'une contre l'autre
en tout – il les a comptées – 64
elles crissent quand on marche dessus :
on sent le vide dessous.

Une seule porte
en verre et en bois
la *mezouzah* suspendue à côté
comme l'ordonne le *Shema*.
Une seule porte
donnant – directement – sur la rue
sur le hennissement des chevaux
et sur la poussière des voitures
sur le crissement des chariots
et sur la foule de la ville.

La poignée
en laiton rouge
tourne mal, parfois se bloque
il faut la lever en poussant, en tirant :
alors, bon gré mal gré, elle finit par fonctionner.

Lucarne au plafond
aussi grande que tout l'espace,

quand il pleut fort
les gouttes claquent dessus
et tout semble vous tomber sur la tête,
mais au moins, tant qu'il fait jour, il y a de la lumière
y compris en hiver
et on économise la lampe à huile
qui ne brûle pas éternellement
comme au Temple *Ner tamid'*.
Et qui coûte cher.

L'entrepôt est derrière le comptoir.
Au milieu des étagères, un rideau
et là derrière, l'entrepôt
plus petit que la pièce,
une arrière-boutique
bourrée de paquets et de caisses
de cagettes
de rouleaux
de restes découpés
de boutons cassés et de fils :
on ne jette rien
tout se vend ; tôt ou tard, tout se vend.

La boutique, oui, il n'y a pas à dire, bon, est petite.
Et elle le paraît encore plus
partagée comme elle l'est en deux
par le comptoir en bois
solide et massif
posé comme un catafalque,
ou comme le *dukan* dans la synagogue,
étendu
entre ces quatre murs
tous
recouverts
de haut en bas
d'étagères.

Un tabouret pour monter jusqu'à mi-mur.
Une échelle pour arriver – si nécessaire – plus haut
là où se trouvent les casquettes
les chapeaux
les gants
les corsets
les blouses
les tabliers
et au sommet les cravates.
Car ici en Alabama jamais personne n'achète
de cravates.
Sinon les Blancs pour la fête de la Congrégation.
Et les Noirs la veille de Noël.
Les Juifs – ils sont rares –
pour le dîner de *Hanoukka*.
C'est tout : les cravates restent en haut.

À droite, en bas et à l'intérieur du comptoir
étoffes enroulées
étoffes brutes
étoffes enveloppées
étoffes repliées
tissus
linge
chiffons
laine
jute
chanvre
coton.
Coton.
Surtout du coton
ici
dans cette rue ensoleillée de Montgomery, Alabama,
où tout – c'est connu – tient,

repose,
sur le coton.
Coton
coton
de toutes sortes et qualités :
le *seersucker*
le *chintz*
la *toile à drapeaux*
le *beaverteen*
le *doeskin* qui ressemble au daim
et pour terminer
le dénommé *denim*,
cette futaine robuste,
tissu de travail,
– *« il ne se déchire pas ! »* –
est arrivée d'Italie en Amérique
– *« il ne se déchire pas ! »* –
ce bleu à chaîne blanche
que les marins de Gênes emploient pour emballer
les voiles
le dénommé *blu di Genova*
en français *bleu de Gênes*
déformé et devenu en anglais *blue-jeans* :
il faut le voir pour le croire :
il ne se déchire pas.
Baroukh HaShem ! pour le coton *blue-jeans* des Italiens.

À gauche, dans la pièce
non plus des tissus mais des vêtements :
alignés en ordre sur les étagères
vestes
chemises
jupons
pantalons
vareuses

et deux ou trois manteaux
même si le Sud n'est pas comme la Bavière :
le froid y survient rarement.
Couleurs identiques
gris
marron
et blanc
de toute façon ici, à Montgomery,
on ne sert que des pauvres :
dans l'armoire, un vêtement de fête, un seul
pour l'office du dimanche
et le reste des jours, en avant toute,
tête baissée
sans soubresauts
car en Alabama on ne travaille pas pour vivre,
on vit pour travailler, ça oui.

Il le sait bien
Henry Lehman
vingt-six ans
Allemand de Rimpar en Bavière
qui au fond ne diffère pas tellement
de Montgomery :
il y a ici aussi un cours d'eau, l'Alabama River,
comme là-bas le Main.
Il y a ici aussi une grand-route de poussière blanche
sauf qu'elle ne mène ni à Nuremberg ni à Munich
mais à Mobile ou à Tuscaloosa.

Henry Lehman
fils d'un marchand de bestiaux
gagne sa vie
en trimant comme un âne
derrière ce comptoir.
Travailler, travailler, travailler.

Fermant tout juste pour *Shabbat*
mais ouvrant, et comment, le dimanche matin
quand les Noirs des plantations
vont pendant deux heures assister à l'office
et remplissent les rues de Montgomery :
vieillardes, enfants, et... femmes
femmes qui – en allant à l'office – se souviennent
de leur jupe déchirée
de leur nappe à coudre
des rideaux des patrons à embellir
et, comme le dimanche n'est pas *Shabbat* :
« Je vous en prie, entrez,
Lehman est ouvert le dimanche ! »

Lehman.
Certes, la boutique est petite.
Mais au moins elle lui appartient.
Petite, infime, minuscule, mais bien à lui.
H. LEHMAN est inscrit en grand sur la vitre de la porte.
Et un jour il y aura aussi une belle enseigne au-dessus,
aussi grande que la façade :
H. LEHMAN TISSUS ET HABITS
Baroukh HaShem !

Ouvert au moyen d'hypothèques, de garanties, d'effets
et avec le peu d'argent qu'il avait :
tout ce qu'il avait.
Il n'est même pas resté un demi-cent.
Tout.
Et maintenant, combien de temps va-t-il falloir
travailler, travailler, travailler ?
Car les gens achètent au mètre,
lésinant même sur les centimètres
si bien que trois jours sont nécessaires pour atteindre
100 dollars.
Calculs en main

qu'il fait et refait tous les jours, Henry Lehman.
Calculs en main :
au moins trois ans pour rentrer dans les dépenses
payer les dettes
donner à qui de droit.
Puis, une fois que tout sera payé,
alors oui,
calculs en main…
mais ici Henry Lehman s'arrête :
en attendant, travailler
comme le dit le Talmud :
jeter le *hametz*, le levain,
et après ?
Après on verra.
Jeter le *hametz*, le levain,
et après ?
Après on verra.
Jeter le *hametz*, le levain,
et après ?
Après on verra.

4

SCHMUCK !

Pour retenir les feuilles de ses comptes
quand à Montgomery le vent se lève
Henry Lehman
fils d'un marchand de bestiaux
dispose d'un presse-papiers en fer et pierre dure,
sculpté et peint
en forme de globe terrestre.

Il trône sur le comptoir de la boutique,
au sommet d'une pile d'entrées et de sorties,
même si son rôle
son vrai rôle
– Henry le sait, il le sait et comment –
ne consiste pas à résister au vent :
le globe terrestre miniature
est censé lui rappeler sans cesse
qu'il fait nuit en Alabama quand il fait jour chez lui.
Chez lui, oui.
Son vrai chez-lui.
Parce qu'il a beau vivre en Amérique
depuis longtemps
« ma maison n'est pas là où je suis, mais là où ils sont, eux ».
Globe terrestre en main.
Le contempler.

« Moi ici. » Faire tourner la sphère. *« Ici eux. »*
« Nuit ici. » Faire tourner la sphère. *« Ici jour. »*
Alabama, faire tourner la sphère : Bavière.
Montgomery, faire tourner la sphère : Rimpar.
Indescriptiblement loin.

D'autant plus que,
entre une nuit et un jour,
il n'y a qu'un seul moyen de se parler :
s'écrire.

Une lettre tous les trois jours.
Monsieur mon père.
Chers frères et sœurs.
Une lettre tous les trois jours
font 120 lettres par an.

Indescriptiblement cher.

Ce n'est pas un hasard si
les coûts d'expédition
font partie du bilan de la boutique
entrées-sorties,
or sur cette dépense on n'économise pas.
Mieux,
dans le registre des comptes
cette rubrique est la première,
au-dessus de toutes les autres,
et elle ne s'intitule pas COURRIER
mais MAISON,
bien distincte de la rubrique LOGEMENT
à savoir le lieu où Henry dort.

On peut économiser sur la nourriture.
Sur ça oui.
Et Henry ne mange que du potage de fèves.
Mais la correspondance…

On peut économiser sur les vêtements.
Oui certainement.
Et Henry possède juste trois chemises, deux pantalons, une veste.
Mais la correspondance…
On peut économiser sur le barbier, qui est un luxe : un rasoir suffit.
Et au fond le cheval n'est-il pas aussi un luxe ?
On peut très bien se déplacer à pied.
Mais la correspondance…
Elle est sacro-sainte.
Madame ma mère.
Ma sœur adorée.
Et ainsi de suite.

Coûte que coûte.

700 dollars par an.
Capital considérable.
Mais inévitable.

Le problème, c'est que le dialogue
entre Henry et les Bavarois
est non seulement cher
mais aussi compliqué.

D'abord parce que
le jeune homme doit se rappeler
chaque fois
– attentivement, très attentivement –
qu'il est Henry en Alabama,
alors qu'il est toujours Heyum là-bas,
et malheur à lui s'il signe du mauvais prénom.
Ils ne comprendraient pas.
Il faut signer Heyum.
Il faut signer Heyum.

D'autant plus
qu'à Rimpar c'est son père qui commande,
et qu'il a
– lui seul –
Abraham Lehmann
– avec deux « n » –
marchand de bestiaux,
qu'il a lui seul le droit de recevoir
et le droit de répondre :
c'est lui qui ouvre les enveloppes
lui qui lit
lui qui écrit.

Et ceci est le deuxième point :
qu'écrit-il ?
Ou mieux : en quelle quantité ?
Si Henry envoie de longues lettres,
son père se contente de mots.

Il n'y a là rien d'étrange.
Le vieil Abraham Lehmann
a toujours été taciturne.
Il affirmait
« s'il y avait quelque chose à dire
chèvres et chiens apprendraient à parler »
et, s'estimant en symbiose
avec les bêtes qu'il vendait,
s'abstenait d'émettre des sons
qui ne fussent pas strictement nécessaires.
C'est ce qu'il a toujours fait.

Le vieillard ne déroge pas à ses règles.

« CHER FILS,
LÀ OÙ SE TROUVENT DEUX JUIFS
SE TROUVE UN TEMPLE.
TON DÉVOUÉ PÈRE. »

Tel est le riche contenu
de la dernière missive
portant le tampon de Rimpar,
parvenue dans une enveloppe close
à l'adresse Herr Heyum Lehmann.
Avec deux « n ».

Henry aurait dû s'y attendre.
« Là où se trouvent deux Juifs
se trouve un temple »
était une des phrases favorites
de son père
souvent assortie
d'un *« Schmuck ! »*
qui signifie crétin,
lancé entre ses dents.

Car le marchand de bestiaux
n'appréciait pas
vraiment pas
que certains Juifs de la campagne
fassent plus d'une heure de charrette
pour descendre dans la vallée
et s'asseoir, tout puants,
près de lui
« dans notre Temple ».
Vraiment pas.
Pourquoi ces paysans venaient-ils ?
Pourquoi donc ?
Là où il y a deux Juifs
il n'est pas besoin d'un Temple.
Crétins.
Qu'ils restent à la campagne.
Crétins.
« Schmuck ! »

Le fait est
qu'Abraham Lehmann
– obstinément avec deux « n » –
s'exprimait depuis toujours
au moyen de sentences.
« Là où se trouvent deux Juifs
se trouve un Temple »
en était une entre mille.
Il en fabriquait par dizaines.
Un accouchement ininterrompu.
Surprenant.
Sur ses lèvres
la moindre phrase
avait des allures de verdict.
Implacable.
Et le pire,
c'est qu'Abraham Lehmann
marchand de bestiaux
adorait follement ses verdicts,
y voyant un concentré de sagesse exceptionnel,
seul remède à la dégradation de la création,
raison pour laquelle
en vertu d'un esprit purement altruiste
il les dispensait au monde
en exigeant un retour immédiat.
En l'absence de retour,
survenait l'inévitable *« Schmuck ! »*
grincé
mordu
entre ses dents
attribué
avec mépris
comme une marque sur le bétail,
comme le L de Lehmann

imprimé au feu sur moutons vaches taureaux :
indélébile et perpétuel.
« Schmuck ! »

Voilà.
Ce qui distinguait ses enfants adorés
du reste de la faune humaine de Bavière
c'était le fait de ne jamais
avoir mérité
le moindre *« Schmuck ! »*
motif d'excellence absolue
et de lignage parfait.

Henry aurait dû le savoir.
Il aurait dû par conséquent y penser
avant de risquer
– de risquer gros –
d'être traité de crétin
de l'autre côté de l'océan.
Et pourtant…

Et pourtant il avait osé,
tout enthousiaste,
hasarder, par lettre, une idée :
« NOUS SOMMES ENVIRON DIX FAMILLES,
MONSIEUR MON PÈRE
ICI, EN ALABAMA, À FÊTER PESSAH :
EN DEHORS DE MOI
MONSIEUR MON PÈRE
IL Y A LES SACHS, LES GOLDMAN ET BEAUCOUP D'AUTRES :
TÔT OU TARD
NOUS CONSTRUIRONS UN TEMPLE
ET NOUS LUI DONNERONS
MONSIEUR MON PÈRE
UN STYLE ALLEMAND ! »

Non monsieur.
Non.
Vraiment pas.
Cela ne plaisait pas
au marchand de bestiaux.

À ses yeux l'Amérique
n'était pas l'Alabama,
mais uniquement New York :
c'était là que son fils devait aller,
il le lui avait promis.
Pourquoi s'était-il donc fourré dans le Sud ?
Et puis, quel besoin de construire un Temple
fût-ce de style allemand
sur cette terre perdue
où il ne s'attarderait que quelques années,
le temps de s'enrichir,
puis de rentrer ?

Puis de rentrer.
Tel était le pacte.
Puis de rentrer.

On ne va pas en Amérique pour y rester,
on ne pose en Amérique qu'un seul pied,
l'autre reste chez soi.
Surtout quand on promet de se rendre à New York
et qu'on échoue en Alabama.

Par conséquent ?
Par conséquent qu'est-ce qu'un Temple vient faire
là-dedans ?
Par conséquent à quoi cela rime-t-il ?
Construire un Temple
pour le laisser là-bas, aux Américains ?

Essoufflé,
emporté par la fougue de son raisonnement,

Abraham Lehmann
prononça clairement
un *« Schmuck ! »*

Et de toute son existence
ce fut la première fois
qu'il l'adressa à un de ses enfants.

5

SHAMASH

D'autant plus que
son fils Heyum
ne pouvait pas
s'attarder trop longtemps
en Alabama :
il avait un engagement à tenir.
Et quel engagement !

Des fiançailles.

Avec Bertha Singer.
Une fille aux couleurs pâles.
Pas seulement aux couleurs : à la conduite aussi.
Pas seulement à la conduite : aux manières aussi.
On peut affirmer que Bertha Singer
était l'essence féminine de la pâleur.
Et de la maigreur.
Et de la timidité.
Une fille de quatre-vingt-dix ans,
dont les parents, Mordekhaï et Mosella Singer,
semblaient tous deux plus jeunes qu'elle,
dotés de ce minimum d'entrain
qui distingue un moribond d'une dépouille,
et dont la fille était

dramatiquement
privée.

Toutefois
Heyum Lehmann
l'avait choisie,
lui demandant
respectueusement
l'autorisation
de l'appeler désormais *süsser*,
qui signifie « chérie ».

Sage décision
puisque la famille Singer était la plus en vue,
une caractéristique
fort appréciable aux yeux du
marchand de bestiaux
avec deux « n »,
qui avait béni cette union
au moyen d'un de ses verdicts
les plus réussis :
« L'amour est invisible
mais, l'odeur de l'argent,
même un aveugle la sent. »

Voilà pourquoi
avant de partir
Heyum Lehmann
avait demandé sa main à *süsser*
et l'avait obtenue.

On dit même
que *süsser* avait esquissé un sourire,
événement mémorable qui éveillait chez
sa propre mère de sérieux doutes.

Bref, avant de devenir Henry,
Heyum avait accompli le pas,

et le *kiddouchin*
aurait lieu à son retour.
Dans quelques années.
Peut-être trois.
Peut-être quatre. Quatre tout au plus.
Le temps de gagner de l'argent.
En Amérique, justement.
À New York. Justement.

Mais pendant ce temps
en attendant
aucune lettre
ne quittait l'autre côté du globe,
l'Alabama,
pour l'adresse de la maison Singer :
de même que les deux fiancés
ne pouvaient s'entretenir
sans la présence de leurs parents,
de même le fils du marchand de bestiaux
par respect
par honneur
par pudeur
n'écrivait jamais directement à sa promise
mais lui envoyait ses
salutations très affectueuses
par l'intermédiaire de son père,
lequel s'exécutait ponctuellement.

Or
nul doute
qu'avec le temps
Abraham Lehmann
lui-même
se rendait compte du dépérissement de ces fiançailles,
uniquement
confiées aux *salutations très affectueuses*

qu'un vieillard taciturne
livrait à domicile
à une gamine plus morte que vive.

Bref, le temps passait.
Les mois. Les saisons.
Et donc ?
Puisque le retour était imminent
et avec lui la *houppa*,
pourquoi son fils Heyum
envisageait-il maintenant
là-bas en Alabama,
de construire un Temple ?
Pourquoi ne mentionnait-il pas
son retour ?
L'idée que dans la longue attente
Bertha Singer
– sa *süsser* –
risquait de se chagriner
et, en se fanant, de s'éteindre
plus qu'elle ne l'était déjà
terriblement,
de constitution,
chagrinée fanée et éteinte
ne lui effleurait-elle pas l'esprit ?

Désormais
lorsqu'on passait dans la rue
devant la maison des Singer
il était presque normal
de voir entrer et sortir
à toutes les heures de la journée
le médecin du village
au visage d'enfant,
le docteur Schausser
secouant sa tête bouclée,

l'air navré,
mais
quel remède inventer
pour une fiancée
condamnée
– uniquement, encore et on ne sait combien de temps –
à attendre ?
« La chandelle de Bertha
était déjà un lumignon,
à présent elle s'éteint »
a confié Mordekhaï Singer
aux anciens du Temple.

Depuis
tout Rimpar se demande
pourquoi
Heyum Lehmann
fils du marchand de bestiaux
ne se décide pas
une fois pour toutes
à rentrer.

Abraham Lehmann
se le demande aussi,
car étant peu bavard de nature
il sait quand il convient de parler,
voilà pourquoi
il se décide à envoyer
de l'autre côté de l'océan,
de sa propre initiative,
un énième mot
dans une enveloppe close
à l'adresse Herr Heyum Lehmann.
Avec deux « n ».
« LA PAROLE D'UN HOMME,
CHER FILS, EST GRAVÉE DANS LA PIERRE ;

LA PAROLE D'UN CRÉTIN
EST ÉCRITE SUR LE TISSU ;
EN T'ATTENDANT,
TON RÉVÉRÉ PÈRE. »

Rien
dans ce mot
ne passa inaperçu.

Henry mesura
parfaitement
le mépris avec lequel le mot *tissu* était écrit,
et un instant
comme un vrai commerçant
il fut saisi d'un élan
de défense pour son coton.
Mais, plus que tout,
il comprit
le sens du conclusif EN T'ATTENDANT,
qui évoquait un ordre lancé au bétail
afin qu'il regagne l'étable
sous peine d'être fouetté.
Sans issue.

Il agit d'instinct
et se surprenant
lui-même
froissa le mot.

Si Henry avait été à Rimpar
cette nuit-là
il aurait su
que le vieil Abraham
ne ferma presque pas l'œil
tant la gêne l'étreignait.
Lorsque ce dernier y parvint,
il rêva d'un grand Temple

bourré de paysans puants,
venus de la campagne,
qui parlaient toutefois en anglais.
Parmi eux se tenait son fils,
pareil à un *shamash* :
il riait d'un rire sadique
en regardant, en haut, la tribune
où une fille pleurait dans un cercueil
en l'appelant par son prénom : *« Heyum ! Heyum ! »*
Indifférent,
il riait à gorge déployée,
montait ouvrir les rouleaux de l'Écriture,
et la Torah apparaissait,
unique banderole de coton blanc
sur laquelle s'étalait
en lettres gigantesques
les mots AUF WIEDERSEHEN.

6

SÜSSER

Le bruit s'est répandu
de l'autre côté de la rivière aussi :
la marchandise de Henry Lehman est *first choice.*
Baroukh HaShem !

Le docteur Everson,
qui soigne les enfants d'esclaves atteints de la rougeole
et qui, tout en soignant,
entend les conversations
dans les hangars des plantations,
le lui a rapporté ce matin.

La marchandise de Henry Lehman est *first choice.*
Voilà ce qu'on dit.
Baroukh HaShem !
Le coton de Henry Lehman est le meilleur.
Le meilleur sur le marché.
Voilà ce qu'on dit.
Baroukh HaShem !
Et dans les salons des maîtres aussi
le docteur Everson a entendu parler
de l'étoffe des rideaux,
des nappes
et des draps.

Et Henry a trinqué.
Tout seul, derrière son comptoir,
avec une bouteille de liqueur
achetée à son arrivée,
trois ans plus tôt
et gardée en réserve
pour porter
un futur toast.
Baroukh HaShem !

D'autre part,
le registre des comptes
parle clair :
la boutique a encaissé
presque un quart de plus que l'année dernière,
et nous ne sommes qu'en mai.
Sous l'enseigne marquée de l'inscription H. LEHMAN,
la poignée en laiton rouge
se bloque
chaque fois que les clients appuient dessus pour entrer,
et, animé du pur sens des affaires,
son propriétaire
n'entend pas la réparer :
intacte,
elle lui portera chance
autant qu'elle lui en a porté jusqu'à présent,
et plus encore.

Voilà pourquoi
il n'y a rien d'étrange
à ce que maintenant
sous l'enseigne marquée de l'inscription H. LEHMAN,
la poignée de laiton rouge
se bloque une nouvelle fois,
pressée par la main timide

d'une cliente anonyme,
au comptoir Henry continue de couper le tissu,
il ne détourne même pas les yeux :
« Il faut la lever, mademoiselle,
forcez en tirant,
elle finit toujours par s'ouvrir... »

Voilà.
Ce fut à cet instant
qu'en vertu d'on ne sait quels mystères de la féminité
la main timide devint furieuse
et s'acharna sur la poignée
avec une force insoupçonnable,
si bien
que non seulement la porte s'ouvrit
mais qu'elle se dégonda aussi
et s'abattit sur le sol
parmi les carreaux brisés
qui entaillèrent la joue
de la cliente anonyme.

Et Henry Lehman
fils d'un marchand de bestiaux ?

Immobile
derrière le comptoir
il la regarde saigner
sans bouger le petit doigt
pas même quand
d'un ton vexé
elle lui demande :
« S'il vous plaît un mouchoir. »

« Mademoiselle, quels mouchoirs précisément
désirez-vous ? J'en ai à 2 dollars, à 2,50 et à 4. »

« Je ne veux pas en acheter,
je veux juste ôter le sang de mon visage,
vous ne voyez pas que je me suis coupée ? »

« Vous ne voyez pas que vous avez cassé la porte de ma boutique ? »

« La porte de votre boutique était coincée. »

« Il suffisait de lever la poignée doucement,
si vous m'aviez écouté... »

« Pour la dernière fois :
auriez-vous l'amabilité de me fournir un mouchoir ? »

« Et vous, auriez-vous l'amabilité de me présenter
vos excuses pour les dégâts que vous m'avez causés ? »

« Pardon, votre porte est-elle plus importante que ma joue ? »

« La porte est à moi, la joue est à vous. »

À cette phrase,
la cliente anonyme n'apporta pas de réponse :
cela lui était impossible,
devant un véritable chef-d'œuvre
un rare chef-d'œuvre
de rationalité.
Elle l'admira
et l'expérience de l'admiration
comme c'est parfois le cas
l'emporta sur l'expérience de la souffrance.

« La porte est à moi, la joue est à vous »
était en effet un exemple extraordinaire
de la lecture que Henry Lehman faisait de la réalité.
« Tu es un Cerveau »
lui avait dit un jour son père

le marchand de bestiaux
à Rimpar, oui monsieur, en Bavière.

Henry Lehman : un Cerveau.
La pure vérité.
Rab Kassowitz l'avait bien dit :
Henry serait mort de faim
après un jeûne
plutôt que de manger n'importe quoi.
Et de cette nature
Henry était très fier,
inutile de le dire,
s'estimant doté
d'une arme meurtrière
– le cerveau, justement –
devant laquelle tout le monde cédait.

Jusqu'à ce jour-là.

Car le hasard voulut
que la cliente anonyme ne fût pas docile.

Entendre les mots
« La porte est à moi, la joue est à vous »
l'avait d'abord refroidie.
Mais pas défaite.

Et voilà
qu'en vertu d'on ne sait quels mystères de la féminité
la bête couverte de sang avança,
gagna le comptoir,
saisit
d'un geste rapide
la petite cravate de Henry,
la passa
sur son visage
en l'imprégnant bien,

puis fixant Mister Cerveau
martela quelques mots
mais des mots *first choice* :
« La joue est à moi, la cravate est à vous »
et sans attendre de réponse
repartit
en piétinant les vitres de ses talons.

Une rencontre entre deux Cerveaux
a toujours quelque chose de terrible.

Elle n'avait pas cédé devant lui ?
Il ne pouvait pas céder devant elle :
il la poursuivit dans la rue afin qu'elle paie les dégâts,
elle refusa,
il la menaça,
elle s'en ficha,
il l'attrapa,
elle se démena,
et ils engagèrent
une lutte
sur la voie publique
sous le soleil du Sud
criant pour
la grande joie des enfants
durant le trajet non négligeable
qui menait de la boutique Lehman
à la grille de chez les Wolf
où la femme lui jeta au visage :
« Si cela ne vous ennuie pas, je suis arrivée,
merci mille fois de m'avoir accompagnée,
merci de votre gentillesse, de votre conversation,
des compliments et des mouchoirs :
vous êtes un gentleman. »

À cette provocation
Henry Lehman
ne répondit pas
tout de suite :
cela lui était impossible
devant un véritable chef-d'œuvre
un rare chef-d'œuvre
de rationalité.
Il l'admira de tout son être,
et l'expérience de son admiration,
comme c'est souvent le cas,
l'emporta sur l'expérience de la souffrance.

Cela ne dura toutefois qu'un instant,
car il éprouvait
le besoin très urgent
de la blesser,
et il s'y employa impitoyablement :
« Vous êtes domestique chez les Wolf ? »

« Uniquement si vous êtes vendeur chez les Lehman. »

*« Sachez que je suis Henry Lehman :
cette boutique m'appartient depuis trois ans. »*

*« Sachez que je suis Rose Wolf,
et que ceci est ma maison. Depuis trois jours.
Alors, si cela ne vous ennuie pas,
ne vous mettez pas la clientèle à dos. »*

Une phrase à l'effet certain,
maîtrisée par Miss Wolf
avec cette grimace sarcastique
qui sur un visage féminin
fauche d'innocentes victimes.

De plus,
la phrase fut prononcée tandis que la grille se refermait,

tel un rideau de théâtre,
à la grande déception des passants intrigués.

Une rencontre entre deux Cerveaux
a toujours quelque chose de divin.

Et d'avantageux sur le plan financier.

Dès lors
en effet
Henry Lehman
espaça à son insu
sa correspondance,
diminuant nettement
ses dépenses postales.
Il passa d'une lettre tous les trois jours
à une lettre tous les sept jours,
puis tous les dix jours,
pour atteindre en fin de compte la moyenne de deux
par mois.

Au bout de sept mois
il comprit enfin
que Rose Wolf
destructrice de vitres
pouvait le retenir en Alabama
davantage que trois années.
Peut-être cinq.
Peut-être dix.
Peut-être définitivement.

Dommage qu'il n'y ait rien de plus dérangeant
pour un Cerveau
que le sort ingrat de tomber amoureux :
il est bien connu en effet
que de tout ce qui se meut au monde

l'amour
est ce qu'il y a de moins cérébral.

Henry Lehman s'aventura sur une voie
qui le mènerait à l'amour, oui,
mais rationnellement.
C'est pourquoi :
pas de fleurs
pas d'ombrelles
pas de yeux doux
pas de galanterie de petit homme
mais
seulement
seulement et uniquement
des réductions sur la marchandise exposée,
laquelle étant pour Mister Lehman
bien plus que de la marchandise,
mais raison d'être, fierté, orgueil et subsistance concrète,
équivalait à offrir
– dans son cerveau –
ni plus ni moins que la vie même.

Les ressources financières
ainsi soustraites
au trafic postal
furent réinvesties
avec circonspection
en une large ouverture de crédit
et des promotions commerciales généreuses
« ... QUE J'AI ÉTUDIÉES TOUT EXPRÈS POUR VOUS, MISS ROSE WOLF,
CLIENTE AFFECTIONNÉE DE MON COMMERCE ».

Dans le cerveau de Henry Lehman
ce mot
pouvait et devait

être lu
comme une cour explicite.

Il ne le fut pas.

Au contraire.

Miss Rose Wolf crut bon
de raconter partout,
non seulement à Montgomery, mais jusqu'à Tuscaloosa
que la boutique Lehman,
oui monsieur,
cassait les prix,
oui monsieur,
si bien que la moitié de l'Alabama s'indigna
de ne pas recevoir le même traitement.

Pour apaiser la vague de protestations,
il fallut afficher à l'entrée
un grand panneau

PRIX RÉDUITS POUR LA CLIENTÈLE CHOISIE

et dans tous les États du Sud
ce fut peut-être la première fois
qu'un magasin inventa un tel appât.

Henry Lehman pensait-il y perdre ?
Il sortit gagnant de l'affaire, encaissant le double,
raison pour laquelle il félicita son cerveau
et dès lors
raconta à sa personne et aux autres
qu'il avait carrément mûri ce plan.

Mais, plus important,
en baissant les prix sur une grande échelle
il lui fallut inventer pour Miss Wolf
un traitement différent de celui qu'il réservait à la masse,

aussi
là où les réductions ne suffirent plus
il dut passer au cadeau,
et la belle vie commença
pour la destructrice de vitres :
lorsqu'elle commandait deux sachets de rubans,
elle en obtenait quatre par enchantement,
lorsqu'elle payait un mètre de dentelles
elle en recevait au minimum deux,
et si le coton coûtait tant de centimes sur la liste des prix
il se payait pour elle avec le sourire,
aussi
Miss Wolf
finit par comprendre
pourquoi – cela dit entre parenthèses –
un cerveau ne ressent pas l'amour,
mais le comprend.

Et elle fut heureuse de l'avoir compris.

Voilà pourquoi elle accepta
que Mister Lehman
l'appelle désormais
süsser.

Voilà.
C'est là que jaillit, en effet, le problème.
Car dès lors
sur la planète Terre
respiraient
en théorie
deux *süsser*,
géographiquement disposées,
l'une en Alabama
et l'autre en Bavière
couvrant le planisphère entier.

Henry n'en toucha mot à la *süsser* américaine.
Il n'en toucha mot non plus à la *süsser* bavaroise,
et le destin
des *salutations affectueuses*
qui depuis quatre ans
parcouraient
dans chaque enveloppe
la planète Terre
à destination de *fräulein* Bertha Singer
prit un curieux pli :
au nom de sa nature de cerveau
et donc par essence âme retorse,
Heyum Lehmann devenu Henry Lehman
entreprit soudain
d'écrire à Bertha
et, plus il voulait dire la vérité,
plus la peur le tenaillait,
l'amenant à multiplier – sous sa plume –
baisers amoureux
tendres étreintes
douces caresses
promesses
désirs
et toutes sortes de tendresses
au lieu de révéler à *süsser*
que jamais plus
– il le sentait –
il ne regagnerait Rimpar.
Mais comment le lui dire ?
Seule et abandonnée
de l'autre côté de la planète
elle risquait de se tuer
s'il la rejetait.

De son côté,
Bertha la cadavérique

réagit avec surprise
en se voyant inondée
de toutes ces effusions.
Au début elle hésita.
Puis
en vertu d'on ne sait quels mystères de la féminité
s'envola de façon inattendue :
aux élans américains de son Heyum
correspondaient désormais
des élans bavarois de *süsser* Singer,
et sur tout l'océan Atlantique
se répandaient
des quintaux et des quintaux
de mélasse.

Par chance l'Alabama et l'Allemagne
sont si éloignés
que s'il fait jour ici il fait nuit là-bas,
et que là où resplendit la lumière l'obscurité s'abat.
Heureusement.

Car dans tous ces échanges
de frémissements amoureux
Henry dissimulait sa Rose
et Bertha cachait
son propre secret :
d'ailleurs, était-ce sa faute,
si au bout de quatre années
de *salutations affectueuses*
un médecin
au visage d'enfant
l'avait rattrapée aux portes du Walhalla ?
Était-ce sa faute
si à force de lui soigner le corps
le doux Schausser à la tête bouclée
avait ému son âme ?

Elle s'était éprise du médecin.
Et cet amour était partagé
au point
que visites et consultations
étaient bien plus nombreuses
que pour la plus grave des tuberculoses.

Mais comment le dire
à cet Heyum émigré au loin
qui lui envoyait à présent
tout cet amour ?
Seul et abandonné
de l'autre côté de la planète
il risquait de se tuer,
si elle le rejetait.

Aussi
des lettres d'amour
sillonnèrent l'océan
en tout sens
pendant plus d'une année.

Ce fut le marchand de bestiaux
qui passa aux actes
dès qu'il eut des soupçons,
dès qu'il remarqua que Bertha
depuis un certain temps
allait
beaucoup
mais beaucoup mieux
alors que le docteur Schausser
continuait de secouer la tête
tout en augmentant la fréquence des saignées.

Il se dit
que ses soupçons
pouvaient pousser son fils

à regagner l'étable
une fois pour toutes
et rédigea le billet fatidique :
« QUE CELUI QUI ABANDONNE SA TANIÈRE
TROP LONGTEMPS NE VIENNE PAS ENSUITE PLEURER...
C'EST CONNU : LES CHIENNES ONT FROID.
ESPÉRANT EN TON ATTENTION, TON PÈRE. »

Jamais aucun billet paternel
ne fut accueilli
avec autant de joie :
il était formidable
merveilleux
que les chiennes aient froid !
Et qu'elles se réchauffent !
Süsser Bertha n'avait qu'à garder sa tanière !

Et *süsser* Rose ?
Elle aurait des noces américaines !

Ce jour-là un soleil éblouissant
brillait sur Montgomery,
à mille lieues du froid de la Bavière :
la boutique avait le vent en poupe,
le coton était *first choice*
les prix réduits attiraient les clients
et
non loin de Court Square
on prenait des mesures
pour construire
éventuellement
un Temple.

7

BULBE

Fin de matinée de *Rosh Ha-Shana*
Le seau de peinture posé dans la rue
devant l'entrée de la boutique
devant cette porte
dont la poignée continue de se coincer.
« *Salut, Crâne-rond !* God bless you ! »
« God bless you, *Mister Lehman ! Vous peignez la nouvelle enseigne ?* »

Le seau de peinture posé dans la rue
pendant qu'on décharge d'une charrette
des rouleaux de 1 mètre sur 40 de coton.
25 rouleaux
7 écheveaux et 12 de brut
comme le dit la liste
que tient Henry Lehman
debout sur le seuil
biffant l'un après l'autre chiffres et mesures.
« *À l'entrepôt, Crâne-rond, porte tout à l'entrepôt.* »

Le seau de peinture posé dans la rue,
Henry les a chargés de ce devoir :
« *Que l'enseigne soit finie cet après-midi* »
6 mètres sur 1 de haut.
Achever de la peindre

pendant que Henry reçoit le coton
et contrôle la qualité
la contrôle, lui, en personne, mieux que quiconque
la contrôle en montant sur la charrette
avant même qu'on ne la décharge,
surtout le coton brut
que Henry achète directement
dans une plantation :
il a passé un accord avec Crâne-rond Deggoo
un grand Nègre de plus de 2 mètres
surnommé Crâne-rond car il a en effet
un crâne parfaitement rond
toujours encastré dans un chapeau de paille claire.
Crâne-rond Deggoo tient lieu de chef
à la plantation Smith & Gowcer :
les Blancs ont compris
que les esclaves travaillent davantage et mieux
sous les ordres d'un Noir comme eux
il suffit d'en choisir un doué
raison pour laquelle
Crâne-rond Deggoo, justement, est un demi-palier :
il est à mi-chemin entre esclaves et Blancs.
Chaque dimanche, régulièrement,
tout en chantant le psaume
sous son chapeau de paille claire
vêtu des vêtements de la fonction (où il joue de l'orgue)
Crâne-rond Deggoo
parcourt l'avenue de Montgomery,
menant à la boutique de Henry Lehman,
un chariot de brut, écheveaux et rouleaux :
« Crâne-rond, vous m'avez apporté un coton filandreux ! »
« Crâne-rond, ce n'est pas celui que j'ai choisi ! Reprends-le ! »
« Crâne-rond, je paierai celui-ci moins cher !

Porte-le à l'intérieur mais je ne vous en donne qu'un tiers. »
« Et ça, qu'est-ce que c'est, Crâne-rond ?
Ça ne vaut même pas l'avoine du cheval ! »

Le seau de peinture posé par terre.
Pour la nouvelle enseigne
on a choisi du jaune.
Réunion de famille chez les Lehman.
Tous ensemble, la veille, à la boutique.
Il ne manquait que Rose :
« Tu es enceinte, tu ne peux pas venir, reste à la maison. »

Oui.
Caractères jaunes sur un fond noir.
Ça attirera le regard :
ça amènera des clients,
voilà ce que Henry a dit.

Les deux hommes
l'un après l'autre
trempent leur pinceau
et en le laissant dégouliner
poursuivent leur tâche :
pointilleux,
attentifs
à l'intérieur des bords dessinés ;
Henry les a tracés – au crayon –,
qu'il n'y ait pas de bavures
a dit Henry
cela chasserait les clients : il a raison.
Il a raison, Henry.

Le « L » de Lehman sera en majuscule.
Des deux, c'est Emanuel qui le peint :
Emanuel Lehman.

Ou mieux, Mendel, son vrai prénom.
Mais ici, en Amérique, c'est connu, tout change,
y compris les prénoms.

Emanuel, oui.
Cinq ans de moins que Henry,
avec qui les querelles éclatent,
raison pour laquelle ils ont passé un pacte clair :
« Si tu viens en Amérique, tu devras m'obéir ! »

Accord conclu.
Emanuel est un garçon qui a vite grandi.
Cheveux plus noirs que la poix
moustache d'artilleur prussien
caractère incendiaire
un type qui s'enflamme
et qui en s'enflammant a dit en effet à son père :
« Moi aussi, je vais en Amérique,
je suis trop à l'étroit en Bavière. »

Et de fait, le voici, Emanuel
penché vers le sol
à genoux
armé d'un pinceau
son costume protégé par une blouse
car la boutique est ouverte
et il est inconcevable qu'un commerçant soit souillé de peinture
en présence d'un client :
ça le chasserait.
C'est Henry qui l'a dit.
Et il a raison.

Le « B » de Brothers sera également une majuscule,
majuscule comme l'était jusqu'alors le « H » de Henry
qu'il a voulu ôter, allez, zou :

à partir d'aujourd'hui, plus de Henry Lehman
mais
LEHMAN BROTHERS.

C'est le troisième et dernier frère
qui peint le « B » de Brothers
en suant
en se courbant
avec une application extraordinaire.
Il a débarqué comme un colis en Amérique il y a un mois
terrifié par le voyage, par l'océan, par les tempêtes
et même par le vieux rabbin qui était chargé
de le conduire auprès de ses frères, là-bas, en Alabama.

Mayer Lehman,
à peu près vingt ans
portrait de sa mère
les joues toujours rouges
sans qu'il boive du vin
et la peau lisse
sans un poil de barbe
aussi lisse qu'une pomme de terre tout juste pelée,
si bien que son frère Emanuel
ne rate jamais l'occasion
de l'appeler publiquement en yiddish
le sifflant comme un chien :
« *Mayer Bulbe !* »
Mayer « Patate ».
D'ailleurs c'était aussi le nom d'un chien
qu'ils avaient en Europe,
chez eux, en Allemagne,
à Rimpar, Bavière,
où un marchand de bestiaux
a définitivement perdu le sommeil
et marmonne des « *Schmuck !* » du matin jusqu'au soir.

Trois garçons, les Lehman Brothers.
Henry.
Emanuel.
Mayer.
Des trois, Henry est le cerveau
– son père l'a dit, en Bavière –
Emanuel est le bras.
Et Mayer ?
Mayer *Bulbe* est ce qui est nécessaire entre le cerveau et le bras
afin que le bras ne brise pas le cerveau
et que le cerveau n'humilie pas le bras.
On l'a envoyé en Amérique pour cette raison aussi :
départager au besoin les deux autres.
Un cerveau, une patate et un bras :
tous trois seront
sur la nouvelle enseigne en bois prête à suspendre
grande, belle et grosse
sur toute la façade :
TISSUS ET HABITS LEHMAN BROTHERS
caractères jaunes sur fond noir
encadrée
gravée dans le bois par Henry et Emanuel
pendant les heures supplémentaires, la nuit
tous les jours
une fois refermée la porte de la boutique
sans priver de temps la clientèle
qui risquerait, c'est fort possible, de ne pas revenir
comme le dit Henry
et
« La clientèle, n'oubliez pas, est sacrée
– Baroukh HaShem ! –
comme les bêtes de notre père ! »
Sur ce point aussi
Henry a raison.

Chaque matin
comme ce matin
les trois frères Lehman
se lèvent à 5 heures
et, puisqu'il fait encore nuit, allument les lampes
avec de l'huile de baleine.
Dans le logement de trois pièces
là, à Court Square,
il n'y a qu'un seau d'eau pour se laver.
« C'était mieux en Allemagne ! »
a dit Emanuel
à son troisième jour d'Amérique
mais après la gifle que Henry lui a flanquée
il ne s'est plus hasardé à le dire.
Chaque matin
comme ce matin
les trois frères Lehman
alors que la ville dort
– et que l'Amérique n'a pas encore l'allure d'un carillon –
chaque matin
avant de sortir
récitent les prières
autour de la table
tous ensemble
comme en Allemagne
comme autrefois à Rimpar, Bavière.

Ils se coiffent ensuite de leurs chapeaux
et pénètrent
dans le carillon qui s'ébranle
ils ouvrent la porte de la boutique
dont la poignée se coince toujours
car on l'a replacée telle quelle

après que Rose Wolf, épouse Lehman,
l'avait précipitée au sol.

Un autre jour.
Un autre jour.
Un autre jour.
Laine
chanvre
et
coton
coton
coton : *the King Cotton*
car Henry – le cerveau –
a eu aujourd'hui une idée :
assis sur le rebord de la fenêtre ouverte,
les jambes recroquevillées
un bras derrière la nuque
il a décidé
qu'à partir de maintenant
les Lehman vendraient
non plus seulement
étoffes et habits, non
les étoffes et les habits ne suffisent plus :
« Nous vendrons aussi le nécessaire pour cultiver the King Cotton »,
Emanuel – le bras – a levé les yeux
et l'a regardé de travers :
« Je suis venu en Amérique
exercer le métier de marchand
non celui d'agriculteur. »
« C'est bien ce à quoi nous nous livrons :
le commerce.
Nous vendons et nous vendrons. »
« Je ne veux pas vendre de seaux et de bêches pour les esclaves. »

« Tu es ici pour obéir à mes désirs :
c'est moi qui ai ouvert la boutique. »
*« Sur l'enseigne il y a écrit : "*Brothers*". »*
« Parce que c'est moi qui l'ai dit et décidé
mais la boutique reste à moi. »
« Je ne me salis pas avec les plantations :
je veux vendre des tissus. »
« J'ai fait mes calculs :
les propriétaires des plantations achètent
graines outils chariots. »
« Tes calculs ne sont pas les miens :
moi, je veux la sécurité ! »
« Tais-toi, c'est moi qui… »

C'est alors qu'intervient Mayer *Bulbe*
lisse et inodore comme une patate :
« Hé, Crâne-rond Deggoo :
si nous vendions des graines et des outils
vous nous les achèteriez ? »
« Des graines et des outils, Mister Lehman ?
God bless you ! *Je les achèterais tout de suite :*
le plus proche vendeur se trouve de l'autre côté du Tennessee ! »

Emanuel crache par terre
se penche et recommence à peindre l'enseigne
noir et jaune qui attire les clients
et dans la rue, on la verra davantage que les autres,
l'a dit Henry :
LEHMAN BROTHERS
ça sonne bien
ça sonne très bien.
Ça aussi, c'est Henry qui l'a dit.
Et *Baroukh HaShem !*
Henry Lehman a toujours raison.

8

HANOUKKA

Baroukh ata Adonaï
Elohènou mélekh haolam
acher kidéchanou bemitsotav
vetsivanou lehadlick nère
chèl Hanoukka[1].

C'est le soir de *Hanoukka*
le moment où Henry allume la septième bougie
debout derrière la table
avec toute la famille
Baroukh HaShem !
C'est le soir de *Hanoukka*
avant d'ouvrir les cadeaux
quand à la porte des Lehman
on frappe si fort
que tout semble s'écrouler.
On n'a jamais vu Crâne-rond Deggoo aussi agité
privé de son chapeau de paille
il tremble, pleure, crie :
« God bless you, *Mister Lehman : le feu !*

1. Bénédiction pour l'allumage des bougies (fête de Hanoukka) : « Béni sois-Tu, Éternel notre Dieu. Roi du monde, qui nous a sanctifiés par Tes commandements et nous a ordonné d'allumer la lumière de Hanoukka. » (*Toutes les notes sont de l'auteur.*)

Aux plantations, le feu ! »
Ils se précipitent dans la rue
Henry Emanuel et Mayer,
laissant Rose à la fenêtre
– *« Tu es de nouveau enceinte, tu ne peux pas venir »* –
ils se précipitent dans la rue
Henry Emanuel et Mayer,
dans la nuit sombre qui n'est pas sombre mais qui évoque le jour
dans l'air dans le vent
ils se précipitent dans la rue
Henry Emanuel et Mayer,
de la fumée partout
qui vous brûle les yeux
les charrettes qui filent, affolées,
dans les avenues, affolées,
des gens munis de seaux, hommes, garçons
la fumée dans l'air
dans la gorge dans les narines
Henry Emanuel et Mayer,
« Les champs sont en train de brûler ! »
Les dortoirs des esclaves
les entrepôts, les cabanes
tout Montgomery est dans la rue
tout Montgomery court
Henry Emanuel et Mayer,
« Quatre, cinq plantations brûlent ! Au feu ! »
Des colonnes de fumée de 40 mètres
pareilles aux clochers de Bavière
une fumée dense pleine compacte
comme celle des bateaux entre l'Europe et Baltimore
dont Mayer *Bulbe* rêve encore la nuit.
Même la nuit s'est teintée de rouge,
peinte comme l'enseigne
les murs des maisons, la rue :

reflets,
éclairs,
les détonations assourdissantes là-bas
là où l'on court aider
et d'où d'autres s'enfuient
se sauvant,
des enfants dans les bras
à moitié nus
hommes et femmes
Blancs Noirs en fuite
s'écroulant au sol
s'évanouissant
l'air est irrespirable
la fumée pique la gorge
les narines
les yeux
« Tout brûle, le coton est perdu ! »
Les chevaux se cabrent
dans la fumée
voitures renversées
charrettes dispersées
roues qui sautent
« Courez à la rivière ! Aux canaux : de l'eau ! »
Le bruit tout autour
est un gigantesque
vacarme
il retentit
il résonne
entre les murs
entre les vitres
« Tout brûle, le coton est perdu ! »
Poussière cendre
tombant comme de la pluie
gris rouge noir blanc
flammes comme des lames dans le ciel

Henry Emanuel et Mayer,
blessés portés sur le dos
bandages mouillés
jambes bras têtes brûlées
la chaleur dans l'air la fournaise
« Le vent se lève : les flammes vont redoubler ! »
« À la rivière ! À la rivière ! Apportez de l'eau ! »
Crâne-rond Deggoo sur sa charrette
sa famille en sécurité
« God bless you ! *Au secours !* »
Certains jurent
D'autres prient
au cœur de la nuit c'est le jour
Montgomery réveillée
les plantations en feu.
Il ne restera rien.
Il ne restera rien.
Il ne restera rien.

Baroukh ata Adonaï
Elohènou mélekh haolam
acher kidéchanou bemitsotav
vetsivanou lehadlick nère
chèl Hanoukka.

C'est le soir de *Hanoukka*
le moment où Henry allume la septième bougie
debout derrière la table
avec toute sa famille
Baroukh HaShem !
C'est le soir de *Hanoukka*
quand arrive la nouvelle :
coton en feu
tout est perdu.
Mais en même temps

Baroukh HaShem !
tout à racheter neuf :
graines, outils, chariots ;
tout à refaire
pour recommencer :
graines, outils, chariots.
« Je vous en prie, messieurs :
Lehman Brothers est ouvert !
Lehman Brothers a tout ce que vous désirez ! »

« Alors, je t'écoute, Crâne-rond Deggoo :
de quoi avez-vous besoin chez Smith & Gowcer ? »
« God bless you, *Mister Lehman :*
de tout, depuis le début ! »
« Et si le feu vous a ruinés
comment paierez-vous ? »
« Les propriétaires s'engagent
par un accord écrit. »

Emanuel – le bras –
lève les yeux et jette à Henry un regard torve :
« Je suis venu en Amérique pour de l'argent
par pour des feuilles écrites. »
« S'il n'y a pas d'argent, comment veux-tu qu'ils paient ? »
« S'il n'y a pas d'argent, on ne leur vend rien. »
« Tu es ici pour faire ce que je veux ! »
« Mais il est écrit sur l'enseigne : "Brothers". *»*
« Baisse le ton et ne me touche pas ! »
« Je t'avais dit qu'il valait mieux vendre du tissu. »
« Nous vendons, et comment, ces gens nous achètent tout. »
« Ils achètent mais ne paient pas ! »
« Tais-toi, c'est moi qui... »
Soudain Mayer *Bulbe* intervient,

se faufilant
lisse et inodore comme une patate :
« *Écoute-moi bien, Crâne-rond Deggoo :*
si vous semez maintenant, quand récolterez-vous ? »
« *Dans une saison, Mister Lehman*
mais ensuite, avant de vendre le coton brut... »
« *Dans ce cas, payez-nous avec le coton brut :*
un tiers de la récolte, conclu, dès maintenant.
Vous nous le donnez et nous le revendons. »
« God bless you, *Mister Lehman !* »

C'est le soir de *Hanoukka*
au moment même où Henry allume la septième bougie
debout derrière la table
avec Emanuel et Mayer
Baroukh HaShem !
C'est le soir de *Hanoukka*
quand la vie de tous est changée :
les Lehman Brothers
vendaient tissus et habits.
Mais maintenant
le feu a décidé :
commerce de coton brut.
L'or de l'Alabama.
Prodiges d'une patate.

9

SHPAN DEM LOSHEK !

Mais comme ce n'est pas une étape simple
il vaudra mieux s'armer de bon sens.

Quand ils se réunissent
pour prendre une décision importante
les trois frères Lehman
ne sont pas assis à table.

Emanuel, debout, arpente la pièce.

Mayer préfère son tabouret rond
placé à mi-chemin,
à égale distance du cerveau et du bras.

Henry en revanche
entre chaque fois
d'un pas sûr dans la pièce
et va s'asseoir
sur le rebord de la fenêtre ouverte,
les jambes recroquevillées,
un bras derrière la nuque.

Voilà.
Ils sont toujours placés ainsi.

Aujourd'hui aussi, alors qu'ils hésitent
à liquider, hop, mouchoirs, draps et nappes
pour se livrer au commerce
– le vrai commerce –
toujours du coton, mais brut.

Mayer favorable.
Emanuel vote contre.
Et comme ils sont trois, c'est à Henry d'apporter la majorité.

« Alors Henry ? Tu votes quoi ? Pour ou contre ? »

Henry prend son temps.
Cela fait partie des prérogatives des cerveaux.

Il reste assis
sur le rebord de la fenêtre ouverte,
les jambes recroquevillées,
un bras derrière la nuque.
Il ne dit rien.
Il opine du chef, c'est tout.
Et le tournant est pris.

Certes, le coton brut n'a rien à voir avec des billets de banque.
Depuis que Crâne-rond Deggoo
pour la plantation Smith & Gowcer,
et comme lui Mister Saltzer, Mister Bridges
Mister Halloway de la plantation de l'autre côté de la rivière
et même Mister Pellington du Tennessee ;
depuis qu'on ne paie plus les Lehman en billets de banque
mais en coton brut,
le petit entrepôt
– cette arrière-boutique derrière le rideau –

ne suffit plus, non, ne suffit plus.
Les frères en ont trouvé un plus vaste
trois pâtés de maisons plus loin, derrière la chapelle des baptistes
où Crâne-rond Deggoo joue de l'orgue le dimanche.

Voilà comment ça marche :
les Lehman fournissent aux plantations graines, outils et tout le nécessaire
les plantations donnent aux Lehman du coton brut
les Lehman remplissent l'entrepôt de coton
et le revendent aux industries
à un prix plus élevé :
« Un peu plus ! »
dit Henry ;
« Le double ! »
pour Emanuel ;
« Un tiers : coupons la poire en deux ! »
pour Mayer *Bulbe*.

Tu me fournis le coton, et moi je le revends.
Tu me paies aujourd'hui avec du coton
je toucherai demain des billets de banque.

Affaires ?
Affaires.
Et peu importe que d'autres s'y essaient aussi :
les Lehman sont les meilleurs.
Meilleurs en absolu.
Meilleurs que certains,
juifs comme eux
allemands comme eux
venus en Amérique des environs de Rimpar ;
oui, eux :
la famille de Marcus Goldman
et même celle de Joseph Sachs.

Tous en Alabama.
Si bien qu'un marchand de bestiaux
insomniaque
n'a pas manqué d'exprimer ses sarcasmes
en écrivant un mot :
« CHERS FILS, DANS VOTRE PETITE VILLE
VOUS POURRIEZ METTRE UN PANNEAU
MARQUÉ DE L'INSCRIPTION "RIMPAR"
SI CE N'EST QUE LES AMÉRICAINS
SONT TOUS ANALPHABÈTES. »

De toute façon, le marché du coton
marche à merveille,
car l'astuce – la vraie –
consiste à vendre *ce que l'homme est obligé d'acheter.*
Voilà ce qu'a dit Henry Lehman
à ceux qui lui ont demandé conseil,
aux Marcus Goldman, aux Joseph Sachs,
à tous ces Juifs allemands
arrivés dans leurs meilleurs souliers,
dépaysés, les idées embrouillées
comme de petits poissons ayant bondi sur le rivage
qu'il faut inviter à replonger dans l'eau.
« Après quoi, soyons clairs, le commerce est une guerre,
aussi à vous vos affaires, à nous nos affaires,
et pas de cadeaux parce que vous êtes bavarois. »

Le vrai secret des Lehman Brothers
Henry ne le révèle évidemment pas.
Et comment pourrait-il, d'ailleurs,
expliquer la recette qui nécessite cerveau et bras
à la sauce de patate ?
Et pourtant, il en est convaincu :
toute la différence est là,
écrite, du reste, sur un énième mot

parvenu de loin la veille :
« CHERS FILS, S'ENRICHIR N'EST PAS UN COMMERCE,
C'EST UNE SCIENCE. SOYEZ RUSÉS,
MAIS ÉGALEMENT PRUDENTS,
VOTRE DÉVOUÉ PÈRE. »

Ruse et prudence.
Binôme puissant. Nécessaire.
Et par chance présent
puisqu'un tubercule sert de ligne de partage des eaux
entre un cerveau-prudent et un bras-rusé.
Certes, l'équilibre est délicat,
et pour éviter de l'ébranler
Henry Lehman ne s'absente jamais de la boutique
pas même quand Rose a mis au monde
son premier fils :
il a expédié chez lui Mayer *Bulbe*, ça oui,
muni d'un bouquet de camélias,
l'a prié d'embrasser pour lui femme et enfant,
et de murmurer à l'oreille de Rose :
« Ton mari me charge de te dire
qu'il est très heureux,
mais qu'il est hélas occupé.
Quoi qu'il en soit, félicitations :
c'est un beau petit, on fête ça ? Mazel tov ! »

D'autre part, il y a presque trop de travail,
pour trois personnes.
La petite pièce
donnant sur l'avenue de Montgomery
dotée de la grande inscription LEHMAN BROTHERS
s'est changée en va-et-vient de gens très différents.
On y voit entrer maintenant les chapeaux de paille des plantations
mais aussi les cigares allumés des industriels ;

les bottes et les vareuses des plantations,
mais aussi les guêtres et les costumes de lin
des industriels ;
les Noirs du genre de Crâne-rond Deggoo
et les Blancs commerçants nordistes :
comme Teddy Wilkinson
un tonneau cravaté
barbe blonde, toujours en nage
immédiatement rebaptisé par Mayer *Bulbe*
« Mains-de-soie »
car il ne cesse de se vanter :
« J'ai des mains sans cals, parfaites :
jamais touché une bêche,
je me borne à compter de l'argent. »
Pour certains, Lehman vend des graines et des outils
pour d'autres, Lehman écoule du coton.

Le coton, on l'achète à prix d'or.
On vient en Alabama de l'autre rive du Mississippi
et des entreprises nordistes,
celles qui prennent la matière première du Sud
et la transforment, selon leurs termes, en « produits ».
C'est ainsi que les appelle Teddy Wilkinson
Mains-de-soie : *« les produits »*.
« Donnez-moi 8 chariots de coton brut
je vous le paie plein tarif
et me charge de gagner sur les produits,
c'est mon affaire, celle de mon industrie.
Si ça vous convient, signons. »
Et ils signèrent. Yes.
Lehman Brothers d'un côté
Mains-de-soie de l'autre.
Accord conclu.
Baroukh HaShem !
Fournisseurs de coton brut du Sud jusqu'au Nord.

Devant un tel succès
peut-on interrompre son travail
parce qu'un fils vous est né ?
Voyons !
Il suffirait d'ailleurs d'un peu de bon sens.
Par exemple en calculant les délais
sur les horaires de la boutique.
Quand Rose, par exemple,
a été dans les douleurs
pour son deuxième fils,
elle a aussitôt envoyé chercher Henry,
mais l'inventaire était en cours dans l'entrepôt,
et il a chargé Mayer *Bulbe* de le remplacer,
muni d'un bouquet de camélias,
il lui a murmuré à l'oreille :
« *Ton mari te souhaite de ne pas trop souffrir.*
Il en aura jusque tard ce soir,
il demande si tu peux retenir l'accouchement
de façon qu'il soit présent. »

Au quatrième heureux événement seulement
Madame Lehman
atteignit le parfait résultat
de caler les douleurs de l'enfantement
sur les exigences supérieures de l'entreprise.

En attendant
depuis qu'ils ont signé leur premier accord,
Teddy Wilkinson est de plus en plus présent
à Montgomery :
sa voiture aux rayons argentés
s'immobilise devant la porte
et Mains-de-soie apparaît sur le seuil,
comme un tonneau cravaté,
réclamant 8 chariots de brut.
« *Si vous en aviez davantage, je le prendrais !* »

Il le dit une fois en jetant sur le comptoir
ses deux liasses de billets de banque.
Puis il essuie sa sueur, allume son cigare :
« Un jour, l'un de vous, les Lehman, viendra
voir mon industrie. »

Et un jour Emanuel Lehman
accepta l'invitation. Yes.
Il prit la décision.
Il s'en alla au Nord
voir l'industrie
de Teddy Wilkinson Mains-de-soie
quatre jours de route à l'aller et trois au retour
quand les chariots de coton sont vides
et voyagent léger.
Il alla voir, Emanuel,
il alla voir lui-même
ce que devenait au Nord
le coton brut des plantations.
« Avec tout le travail qu'on a
tu t'absentes dix jours ? »
lui avait dit Henry, mauvais,
juste avant que Mayer *Bulbe* invente :
« Nous nous sommes entendus :
c'est moi qui m'occuperai de son travail pendant ce temps. »
Emanuel s'en alla donc
sous prétexte d'accompagner
les 8 chariots de coton brut payé à plein tarif.

C'est une usine immense dont l'enseigne dit
WILKINSON COTTON,
raconta-t-il à son retour,
bourrée de gens qui travaillent pour Mains-de-soie
de gens payés : des salariés, pas des esclaves
« ma main-d'œuvre », comme il les appelle.

Une caserne de 20 mètres de haut
au toit percé d'un tuyau gigantesque
qui fume
sans interruption, jour et nuit
davantage que le cigare de Mains-de-soie
lequel se promène dans la fabrique vêtu de blanc
pour contrôler
au milieu d'un vacarme infernal
les dizaines de métiers à vapeur
qui, de leurs râteaux mécaniques
de 7 mètres de long sur 4 de haut,
démêlent et peignent le coton
sans arrêt
en long et en large
démêlent et peignent
en long et en large
démêlent et peignent
puis ramassent et poussent sur des canaux de fer
immenses
remplis d'eau
où des femmes alignées, assises aux bords, effilent des
écheveaux
que Mains-de-soie contrôle en passant
tandis qu'un engin distribue
des milliers de compartiments de fibre
dans des enrouleurs,
et de là aux tresseurs à l'intérieur d'une autre salle
et de là à une autre et à une autre encore
fabriquant le tissu
« Il ne se déchire pas ! »
fait
terminé
« Il ne se déchire pas ! »
flambant neuf
« Voici le produit ! »

lui aurait dit Mains-de-soie
en s'essuyant la sueur
car là-dedans
parmi les bouffées de vapeur
on transpire deux fois plus.
« Plus vous me trouverez de coton brut, mieux ce sera :
je vous achèterai tout
tout tout tout... »
Tout.
Alors Emanuel – du moins à ses dires –
tourna les yeux vers les machines à vapeur
qui engloutissaient du coton brut
– ces 8 chariots conduits de l'Alabama à plein tarif –
en le renversant par carrioles entières
si voraces, si gloutonnes
qu'Emanuel Lehman, envoûté,
ne put s'empêcher de penser
que s'il avait eu
100, 200, 1 000 autres carrioles
elles les auraient toutes englouties
sans s'arrêter
pour la joie de Mains-de-soie et de sa main-d'œuvre,
des gens payés : des salariés, pas des esclaves.
Baroukh HaShem !

Quand Emanuel achève son récit
Henry derrière le comptoir feint l'indifférence.
Simplement parce qu'il est le cerveau,
et son frère le bras : pas le contraire,
et les bras ne soufflent pas d'idées aux cerveaux.
Mayer *Bulbe* toutefois
– qui était et reste une patate –
peut se permettre de conclure
avec la clarté naïve des végétaux :

« Bon, d'accord :
s'il en est ainsi, nous trouverons davantage de coton. »

Les autres Lehman Brothers
n'émettent aucun son.

Simplement parce que les cerveaux et les bras
ne peuvent accepter de conseils de tubercules
quelconques.

Mayer *Bulbe* toutefois
– justement en tant que légume –
peut s'autoriser à conclure :
« Et si le brut qu'on nous fournit ne suffit pas
achetons-le :
de toute façon nous le revendrons à Mains-de-soie
et nos gains seront garantis. »
Les autres Lehman Brothers
ne semblent pas avoir entendu un seul mot.
Ils se dévisagent, ça oui,
l'un derrière le comptoir
l'autre appuyé contre le mur
tels un cerveau et un bras qui s'étudient
face à l'intrusion d'une espèce de patate
parlante de surcroît :
« Voyons :
si la plantation de Crâne-rond nous vendait son coton
15 dollars la charrette
nous pourrions le revendre à Mains-de-soie pour 25.
Il nous en resterait 10.
Multiplié par 100 chariots
cela fait 1 000 dollars.
Plus du double de ce que nous gagnons maintenant.
Que disait notre père ?

Pousser le cheval.
Et le pousser loin, très loin,
jusqu'à La Nouvelle-Orléans ! »

Pousser le cheval.
« Shpan dem loshek ! »
C'est sur cette phrase
qu'une insignifiante patate de vingt et un ans
réussit l'exploit d'obtenir une réponse de deux êtres humains.
Ou mieux,
pour être plus précis,
le cerveau réplique en pur style cérébral :
« L'enseigne là-dehors
ne porte pas la mention
"Achat et vente". »
Et le bras en pur style manuel :
« Je l'écrirai demain.
Si tu veux. »

La conclusion *« si tu veux »* aplanit
décidément
le dialogue
entre Henry Lehman et Emanuel Lehman
et le lendemain matin
tout de suite
Shpan dem loshek !
un seau de peinture
resurgit dans la rue
par terre, près de l'enseigne à peine démontée :
ACHAT ET VENTE COTON LEHMAN BROTHERS
avec une majuscule à toutes les initiales
comme en ont décidé
d'un commun accord
le cerveau et le bras.

Quelqu'un jure toutefois
avoir vu peindre l'inscription
penché sur le sol
non pas un bras
mais une patate.

10

SHIVA

Ici l'air est sec.

Assis sur deux petits bancs de bois
contre le mur
les deux frères Lehman
attendent
saluent
remercient.

La porte se ferme
puis se rouvre : quelqu'un d'autre.

Barbus, tous les deux,
pas rasés une seule fois depuis que le deuil a commencé.

Depuis que
sans frapper
en traître
la fièvre jaune
a pris l'un d'eux
en l'espace de trois jours.

« C'est la maladie des Antilles, si je ne me trompe. »
Voilà ce qu'a dit le docteur Everson
qui soigne les enfants des esclaves affectés de rougeole.
Il l'a dit en secouant la tête avant-hier

quand il est entré dans la pièce
et que, tournant la molette de la lampe à huile,
il l'a dévisagé :
ce teint
plus jaune que le jaune de l'enseigne LEHMAN BROTHERS.

« *C'est la maladie des Antilles, si je ne me trompe...*
Et si, à Dieu ne plaise, je ne me trompe pas... »
Avant-hier le docteur Everson
n'a pas achevé sa phrase.
Il a gardé le silence
comme les deux frères à présent
assis sur deux petits bancs de bois
contre le mur
alors que la porte se ferme
puis se rouvre
et qu'entre quelqu'un d'autre.

Ils observent toutes les règles, ils en ont décidé ainsi :
Shiva et *sheloshim*
comme là-bas en Allemagne,
toutes les règles, comme si nous étions à Rimpar, Bavière.
Ne pas sortir pendant une semaine.
Ne pas préparer de nourriture : la demander aux voisins,
la recevoir, c'est tout.
Ils ont déchiré un vêtement, selon les prescriptions
ils l'ont déchiqueté dès leur retour,
après l'enterrement
au vieux cimetière,
las, assoiffés et en nage,
car ici l'air est sec.

Le *kaddish* aussi, les deux frères Lehman
l'ont récité
chaque jour

matin et soir
depuis que le deuil a commencé.
À présent,
d'un filet de voix
et les yeux las,
assis sur deux petits bancs de bois
contre le mur
ils attendent
saluent
remercient.

La porte se ferme,
puis se rouvre : quelqu'un d'autre.

Ils ont enfermé le corps dans une caisse en bois sombre
que Crâne-rond Deggoo a clouée,
il l'a exigé,
après s'être déplacé,
il l'a fait avec ses meilleurs clous
et avec le plus beau bois, le meilleur de tous, le plus cher,
que les frères ont acheté.

La boutique n'ouvre pas aujourd'hui.
Pas plus qu'hier ni avant-hier.
Ni aujourd'hui ni la semaine prochaine.
Elle existe depuis dix ans
et jamais en l'espace de dix ans
la boutique Lehman Brothers
dans l'avenue de Montgomery, Alabama,
n'a fermé aussi longtemps.
Rideaux tirés.
Porte fermée.
À double tour.
Pas de pancarte, pas d'avis :
tout le monde sait qu'un des trois,

un des Lehman, est mort
subitement
de fièvre jaune.
« *Maladie des Antilles* »
a dit le docteur Everson.

Assis sur deux petits bancs de bois
contre le mur
les deux frères Lehman
maintenant
attendent
saluent
remercient.

La porte se ferme
puis se rouvre : quelqu'un d'autre.

C'est le premier Lehman à mourir en Amérique.
Il aura une pierre tombale
gravée en anglais, en allemand et en hébreu.
Ça coûtera cher, mais qu'est-ce que ça fait ?
4 ? 5 chariots de coton brut ?
« *Même si ça en coûtait 50 !* »
dit l'un des deux.
« *Même si ça en coûtait 50 !* »
renchérit l'autre en un écho.
Vêtus de sombre.
Coiffés de leurs chapeaux.
« *Même si ça en coûtait 50 !* »
« *Même si ça en coûtait 50 !* »
La porte se ferme
puis se rouvre : quelqu'un d'autre.
« *Même si ça en coûtait 50 !* »
« *Même si ça en coûtait 50 !* »

11

KISH KISH

Martha sait compter jusqu'à 5.
Jusqu'à 5, oui.
5 plantations d'Alabama
avec celle de Mister Tennyson à présent
vendent du coton brut aux Lehman Brothers.

Elle sait compter jusqu'à 5, Martha.
Mais pas toutes les années de son âge,
car Martha a quatorze ans
et les deux frères Lehman l'ont achetée 900 dollars :
leur première esclave.
1, 2, 3, 4 ? 5 ! Bravo, Martha !

Récemment encore,
avant que la fièvre jaune n'emporte l'un d'eux,
leurs fournisseurs étaient seulement au nombre de 4 :
la plantation Smith & Gowcer
où vit Crâne-rond Deggoo,
la petite plantation d'Oliver Carlington
à la sortie de Montgomery,
celle de Bexter & Sally dotée de 200 esclaves des Caraïbes,
enfin celle « des Mexicains »
car elle a pour propriétaire Reginald Robbinson,
âgé de quatre-vingt-un ans

qui ne descend jamais aux champs
et délègue à 3 Mexicains de confiance toutes les tâches,
depuis le choix des esclaves jusqu'à la vente du coton.

5 plantations.
Un peu moins de 400 chariots de coton brut
à acheter et revendre.
200 chariots destinés à
Teddy Wilkinson, Mains-de-soie,
le reste à deux industries situées à Atlanta
et sur la côte, à Charleston :
le neveu de Rab Kassowitz
les leur a trouvées à New York.

Le gain fixe pour les Lehman Brothers
est de 12 dollars le chariot.

Au début, ça semblait beaucoup.
Tout compte fait, ce n'est pas grand-chose.

Car transporter le coton brut
de l'Alabama au Nord
coûte cher.
Les chevaux coûtent cher, les chariots coûtent cher,
les porteurs coûtent cher, tout comme les débardeurs,
bien que Crâne-rond, en vertu d'un accord,
utilise parfois les esclaves
de la plantation Smith & Growcer.
Même avec les esclaves
12 dollars le chariot, ce n'est rien,
une aumône,
et on y perd
trop,
ça ne vaut pas la peine
avec 12 dollars
on y perd
calculs en main

avec 12 dollars
on ferme la baraque et c'est tout.

Pour que ça aille, il faudrait au moins 20 dollars le chariot.
Au moins.
Et au minimum 400, 500 chariots de coton brut.
Au minimum.
Ce qui signifie le double de plantations.
Le double.
Voilà : si les 10 plus grosses plantations d'Alabama
acceptaient de vendre de temps en temps du coton
aux Lehman
alors le commerce
alors oui
commencerait
– et comment –
à rapporter.

Des deux frères survivants,
Emanuel Lehman est le plus convaincu.
Il veut agir, Emanuel,
comme tout bras qui se respecte,
les calculs sur le papier ne lui suffisent pas, il veut passer aux actes.
Au fond, mais oui, qu'y a-t-il de compliqué à ça ?
Il suffit de se présenter aux propriétaires du coton
et de leur expliquer que pour eux aussi le jeu en vaut la chandelle :
une fois que la récolte est prête
ils encaissent leurs gains tout de suite
en vendant le coton brut aux Lehman Brothers
qui désormais ne sont là que pour eux,
prêts à leur acheter le coton sur-le-champ,
et ils le paient
oui, messieurs,

entièrement
– prix contenu –
mais en espèces.
Voilà tout. Qu'y a-t-il de compliqué à ça ?
Il veut agir, Emanuel :
et de fait,
les joues encore hirsutes du deuil,
il est allé frapper chez les propriétaires
s'est assis sur leurs divans dans leurs salons
a pris part aux dîners dans leurs vérandas
a écouté leurs filles jouer du piano ;
alors qu'il ne supporte ni musique ni piano,
« *Formidable, Miss !*
Votre fille est un prodige !
Ne vous arrêtez pas de jouer ! »
Mais les phrases prononcées
entre les dents,
le visage gris,
et les roupillons pendant les concerts :
voilà toute la diplomatie dont il est capable.
Emanuel Lehman n'est pas un fin tisserand
n'est pas un homme politique
n'est pas souriant,
son père le lui disait tout le temps
à Rimpar, en Bavière :
« *Tu n'es pas un Kish Kish* »
qui veut dire « bisous bisous ».
Et c'est vrai.
Sans aucun doute.
Aucun bras n'est *Kish Kish*.
Emanuel encore moins que les autres.
Car il s'irrite, il s'emporte,
et son visage
s'empourpre
lorsque les maîtres de maison,

propriétaires de plantation,
au lieu de saisir l'offre
lui disent :
« *Je vais y réfléchir...* »
« *Nous verrons...* »
Voire pis encore.
« *Pourquoi devrais-je vous donner mon coton ?* »
et tout en parlant demandent à leur fille
de jouer du piano.

Les bonnes familles américaines du Sud
ont toutes une fillette pianiste.
Et toutes demandent à la fillette de jouer
pour les invités,
y compris quand ils viennent parler coton.

L'idéal impossible
utopie
mirage
serait un homme d'affaires qui enseigne le piano.
Baroukh HaShem !

L'idée de mettre à l'épreuve
l'autre survivant des frères Lehman
est immédiatement écartée.

Primo, parce que les patates ignorent tout
de la diplomatie.
Deuzio, parce que Mayer *Bulbe* a bien d'autres pensées
en tête
depuis quelque temps
depuis que, à la fête de *Pourim*,
derrière l'étal des beignets
il a déposé un baiser sur le front de Barbara Newgass
dite « Babette »
en lui murmurant à l'oreille – raconte-t-on –
« *Babette, aussi belle que la lune...* »

soit un résultat peu ordinaire
pour un légume en veine de poésie.

Dix-neuf ans, Babette.
Une petite envie rouge sur la joue droite, Babette.
Les yeux clairs, Babette.
Une barrette en liège tressé, Babette.
Les cheveux plus foncés que le bois du comptoir, Babette :
le comptoir où Mayer
depuis quelque temps
se trompe même dans les additions et les soustractions
– Babette –
oublie la boutique ouverte
– Babette –
et
– par distraction rien de plus –
interrompt le jeûne,
goûtant la soupe de Crâne-rond Deggoo.
Justement : Babette, toujours Babette.

Qui sont les Lehman Brothers,
les parents de Babette Newgass
et leurs neuf enfants le savent bien.
Ils passent eux aussi
dans l'avenue de Montgomery
devant l'enseigne noir et jaune marquée
de l'inscription LEHMAN BROTHERS.

C'est par là justement que commence
le père de Babette
assis dans un fauteuil
entouré, encerclé
par ses huit garçons
– car Babette est sa seule fille : *mazel tov !* –
tel un peloton d'exécution

aligné
devant Mayer *Bulbe*
dans son costume élégant vu à l'enterrement
mais les cheveux peignés
un petit bouquet de fleurs, sueurs froides
et hélas les joues encore hirsutes du deuil.

Son frère Emanuel, trois pas en arrière
immobile, muet
contraint par la force :
représentation de famille.

« Puique vous vous présentez
je souhaiterais savoir,
jeune homme,
ce que vous faites exactement dans votre boutique. »
« Autrefois nous y vendions du tissu
Mister Newgass
plus maintenant. »
Babette et sa mère
sont postées
dans la pièce voisine avec les servantes de couleur
l'oreille contre la porte et l'œil à la serrure.

« Si vous ne vendez plus, à quoi vous sert un magasin ? »
« En réalité,
nous vendons encore,
Mister Newgass. »
« Que vendez-vous ? »
« Nous vendons du coton
Mister Newgass. »
« Le coton n'est-il pas du tissu ? »
« Quand nous le vendons... il n'en est pas encore
Mister Newgass. »
« Et si ce n'est pas du tissu, qui vous l'achète ? »
« Ceux qui le transformeront en tissu

Mister Newgass.
Nous sommes au milieu, voilà.
Nous sommes au milieu,
Mister Newgass. »
« Qu'est-ce donc que ce métier,
être au milieu ? »
« Un métier qui n'existe pas encore,
Mister Newgass :
nous l'avons inventé nous-mêmes. »
« Baroukh HaShem !
Personne ne vit d'un métier qui n'existe pas ! »
« Nous si, les Lehman Brothers.
Notre métier est celui de... »
« Allez, quoi ? »
« C'est un mot inventé :
nous sommes des intermédiaires, voilà. »
« Ah ! Et pourquoi devrais-je donner ma fille à un "intermédiaire" ? »
« Parce que nous gagnons de l'argent,
Mister Newgass !
Ou mieux : nous en gagnerons.
Je le jure : ayez confiance en moi. »

Sur cet *« ayez confiance en moi »*
prodigieusement
Mayer *Bulbe* dégaine un sourire
si convaincu
si assuré
si crédible
que monsieur Newgass et ses huit fils
capitulent
mieux :
ont confiance
et, ayant confiance, confient
à une patate

la seule fille et la seule sœur
qui surgit pour fêter ça.

Mais le plus surpris de ce triomphe
n'est autre qu'Emanuel Lehman.

En vérité, depuis que Henry
n'est plus assis
sur le rebord de la fenêtre ouverte,
les jambes recroquevillées,
un bras derrière la nuque,
Emanuel a l'impression
d'être seul, totalement seul,
et non avec un frère
fût-il légume.

Voilà pourquoi
il dévisage Mayer à présent avec surprise
avec une véritable admiration,
le regarde flatter la maîtresse de maison
l'entend rire, se détendre, plaisanter
et même
très courtois
embrasser – *Kish Kish Kish Kish*... –
exactement ce que, en bon bras qu'il est,
il ne sait pas faire.

Le lendemain matin
1er jour des fiançailles officielles
– 720 avant le mariage –
Mayer Lehman
– autrefois *Bulbe*, maintenant *Kish Kish* –
est enfin enrôlé :
au nom des Lehman Brothers
ce sera lui qui
entretiendra les relations et les rapports
frappera à la porte de tous les patrons

dans son costume élégant de l'enterrement
se rendra dans toutes les plantations
s'assiéra sur le divan dans les salons
prendra part aux dîners dans les vérandas
écoutera des gamines jouer du piano…
cela ne lui demande aucun effort, car Babette
– *süsser* Babette –
joue elle aussi du piano
et enseigne le piano
comme personne.

En mars 1857
94e jour des fiançailles officielles
– 627 avant le mariage –
grâce à Mayer *Kish Kish*
à Babette et à Chopin
le nombre de plantations qui vendent du coton à Lehman
passe de 5 à 7.

Septembre 1857
274e jour des fiançailles officielles
– 447 avant le mariage –
grâce à Mayer *Kish Kish*
à Babette et à Schubert
le nombre de plantations qui vendent du coton à Lehman
passe de 7 à 10.

Janvier 1858
394e jour des fiançailles officielles
– 327 avant le mariage –
grâce à Mayer *Kish Kish*
à Babette et à Beethoven
le nombre de plantations qui vendent du coton à Lehman
passe de 10 à 15.

Juin 1858
544e jour des fiançailles officielles

– 177 avant le mariage –
grâce à Mayer *Kish Kish*
à Babette et à Mozart
le nombre de plantations qui vendent du coton à Lehman
passe de 15 à 18.

Décembre 1858
720e jour des fiançailles officielles
– la veille du mariage –
grâce à Mayer *Kish Kish*
à Babette et à Johann Sebastian Bach
le nombre de plantations qui vendent du coton à Lehman
passe de 18 à 24.

Mazel tov !
24 fournisseurs de coton brut.
De l'Alabama jusqu'aux confins de la Floride.
De l'Alabama jusqu'à la Caroline du Sud.
De l'Alabama jusqu'à La Nouvelle-Orléans.
Plantations, encore et encore,
étendues d'esclaves travaillant jour et nuit,
dont Lehman Brothers
achète tôt ou tard le coton brut.
2 500 chariots de coton brut par an.
50 000 dollars de gain
qui transitent par une petite pièce de Montgomery
dont la poignée, en mémoire de Henry, se coincera toujours.
Acheter et revendre.
Acheter et revendre.
Acheter et revendre.
Acheter et revendre.
Entre les deux
juste au milieu
« intermédiaires »
voilà les Lehman Brothers.

FERMÉ AUJOURD'HUI POUR MARIAGE
c'est l'inscription suspendue à la porte.
Et Emanuel Lehman
en cadeau de noces
a acheté
à La Nouvelle-Orléans
un magnifique
piano à queue.

12

SUGARLAND

א comme Avraham
ב comme Bein hametzarim
ג comme Gever
ד comme Daniyel
ה comme Yeled
ו comme Véhaya
ז comme Zekharya
ח comme Hanoukka
ט comme Tou Bichvat
י comme Isaïe
כ comme Kippour
ל comme Lag ba' omer
מ comme Moshe
נ comme Nissan
ס comme Soukkot
ע comme Assara BeTevet
פ comme Pessah
צ comme Tsom Guedalia
ק comme Katan
ר comme Rosh Ha-Shana
ש comme Shabbat
ת comme Tishri

Qu'aurait dit Henry
s'il avait vu

ce petit enfant
réciter l'alphabet
bourré de mois, de prophètes, de fêtes juives ?
Il est vraiment vif,
ce petit Dawid.
Peut-être même trop.

Ce n'est pas par hasard
qu'oncle Mayer et oncle Emanuel
préfèrent emmener en voyage
son frère,
aujourd'hui aussi où ils sont attendus en Louisiane.

Il reste trois heures de route.
Même s'il semble bref sur la carte,
le trajet de Montgomery à Baton Rouge
demande du temps.
Et dire que les esclaves
parcourent à pied
tout ce chemin,
comme le leur a raconté
Crâne-rond Deggoo
qui avant le coton
travaillait justement
le sucre en Louisiane.

Le sucre.
Mais que ce soit clair : celui de canne,
pas le sucre blanc
de betterave
que tante Rose
– c'est ainsi qu'ils appellent à présent la veuve de Henry –
conserve en petits morceaux
dans une assiette en cristal

et qu'elle utilise
quand ses enfants la rendent folle
« *Bertha ! Harriett ! Laissez le chat tranquille !* »
pour se ménager un instant de paix
« *Dawid ! Veux-tu arrêter de crier ?* »
en leur proposant un jeu :
« *Alors, les enfants : un morceau de sucre*
dans la bouche de chacun d'entre vous :
immobile sur la langue
les lèvres pincées et la bouche fermée
le gagnant sera celui qui le gardera
le plus longtemps ! »

Telle est la seule astuce
qui permet d'obtenir le silence
dans la maison en bois
que Henry a construite poutre après poutre,
lui qui à Rimpar en Bavière
avait fabriqué avec des planches
une étable entière
pour les bêtes de son père.

Mais l'un des quatre enfants que Henry a laissés
n'a jamais perçu
sur sa langue
le goût des morceaux de sucre
tout simplement
parce que aucune invention
n'est nécessaire pour le faire taire :
le petit est silencieux
de nature
spontanément
très silencieux
digne descendant de son oncle Abraham,
même s'il reçut

le surnom de « Dreidel »
à l'âge des *areuh-areuh*
le soir de la fête où
à la surprise générale
il saisit une toupie dans ses tendres menottes
et, sans hésitation,
martela justement
dans un yiddish presque parfait
« Dem iz a dreidel[1] *! »*
provoquant les applaudissements de sa famille
qui accueillit par des baisers et des étreintes
les débuts phonétiques fort précoces
d'un futur orateur.

Ils se trompaient.
Totalement.

Car l'éloquence de Dreidel
– qui s'appelle en réalité Mayer en l'honneur de son oncle, le seul présent pendant l'accouchement –
s'arrêta net :
ce feu d'artifice
marqua le début et la fin
de son art oratoire.
Dès lors
pendant quelques années
le petit se borna
à établir une étrange comptabilité des mots d'autrui :
il les écoutait parler, le regard vif,
puis prononçait soudain
des phrases de ce genre
« Oncle Emanuel, tu as utilisé 27 fois le mot CHEVAL,
42 fois le verbe COMMERCER
tu as dit 25 fois HÉLAS

1. Littéralement « Ceci est une toupie ! »

14 fois À CONTRECŒUR
et tu as employé à 9 reprises CONSTRUCTIF.
Que signifie exactement CONSTRUCTIF *?* »

Telle était son idée fixe :
incapable d'engager une conversation,
il mesurait les conversations d'autrui
avec une précision mathématique
et il était en mesure de dire combien de fois
au cours de la dernière semaine
sa mère avait traité d'imbécile,
de démon et de peste
son frère Dawid.

Puis cela aussi s'évanouit lentement,
le précipitant
dans un étrange mutisme,
au point qu'une certitude
commença à se répandre chez les Lehman :
en s'abstenant de parler, Dreidel
refusait la race humaine.

Fait non négligeable
pour un enfant en culotte courte.

De son côté, il faut le dire,
tante Rose ne le blâmait pas.
Au contraire.
Le vacarme des autres était tel
qu'un enfant taciturne
semblait être un cadeau de l'Éternel
et peut-être
– pensait tante Rose –
le présent de ce père
prématurément disparu
qui, en bon cerveau,
avait cru bon de placer un fils silencieux

dans une famille querelleuse
de bras et de patates
demeurés soudain
orphelins de leur cerveau.
Voilà pourquoi elle l'acceptait
en remerciant feu Henry.

Emanuel et Mayer
en revanche
s'interrogeaient de temps en temps.
Sur l'avenir, surtout.
Sur l'avenir de l'entreprise.

Car il était évident
– et le vieil Abraham, de Rimpar, le leur avait aussi écrit –
que la Lehman Brothers, reine du coton,
glisserait un jour
naturellement
sans s'en rendre compte
sur le plan incliné de la descendance humaine,
et donc qu'elle passerait
des trois fils d'un marchand de bestiaux
aux petits-enfants de ce Lehman avec deux « n ».
Et donc ? À qui ?

Emanuel Lehman,
obstinément le bras,
et en tant que tel empreint de véhémence musculaire
plus que de palpitations et de douceurs,
semblait à mille lieues
non seulement de devenir père
mais aussi de se choisir une femme,
son frère étant même convaincu
que la malheureuse

perdrait dans la première étreinte
côtes, buste et colonne vertébrale.

Mayer *Bulbe*, quant à lui,
avait déjà une épouse enceinte,
et, percevant dans cette attente
davantage que la naissance d'un fils,
l'avenir de l'entreprise familiale,
il ne cessait de dire à sa Babette :
« Je sais que tu n'y peux rien
mais si tu peux quelque chose
fais en sorte que ce ne soit pas une fille. »

Pendant ce temps,
tout en se confiant
par ordre d'importance
à l'Éternel, à la chance, aux efforts de Babette
et à la nature
les deux frères Lehman
observaient
attentivement
les garçons de tante Rose
et malgré leurs dents de lait
les voyaient déjà aux leviers du pouvoir.

Justement.
Cela les faisait trembler.
Comment le cerveau qu'était Henry,
empressé jusqu'à l'outrance,
avait-il fourni comme descendance
deux garçons qui ne pouvaient espérer
le moindre *exploit* professionnel ?

Car si Dreidel ne parlait pas,
son frère Dawid aurait mérité
sans aucun doute
le même surnom

dans un sens différent :
en ce qui le concernait,
la toupie n'était autre que lui-même,
incapable de tenir en place,
possédé et implacable
au point d'annoncer à sa mère :
« Je ne veux pas dormir, car c'est une perte de temps »
et en réalité incapable d'utiliser ce temps
pour une autre activité que celle de saltimbanque
ce qui le destinait
de toute évidence
à un autre rôle
que celui de commerçant :
plutôt
– disaient ses oncles en le scrutant –
à une carrière prometteuse, certes,
mais à l'intérieur d'un cirque.

Une chose était certaine :
Dreidel & Dawid
petits-fils d'un marchand de bestiaux
ne pouvaient jouer à cache-cache
ou sauter à la corde
ou virevolter sur une balançoire
sans que surgissent
comme deux grosses mouches
oncle Mayer et oncle Emanuel
visiblement inquiets
et inquiets à tel point
qu'ayant vu un jour Dawid arracher à une de ses sœurs sa sucette
Emanuel se présenta, furieux, à tante Rose
en hurlant
« Personne ne s'est jamais accaparé les ressources d'autrui au sein de notre entreprise familiale ! »

et Mayer ajouta,
le visage sombre,
que son neveu
mis à l'épreuve
trois jours plus tôt
avait pris
du chanvre ordinaire pour du coton *first choice*.
Impardonnable.

Ayant rayé de la liste
le turbulent Dawid
sérieusement voué
à un destin gymnique, militaire ou équestre,
les deux frères
ne pouvaient porter leur choix que
sur le descendant muet, Dreidel,
dont le regard toutefois très vif
– au fur et à mesure qu'il grandissait –
suscitait chez tous le sentiment
qu'il était un concentré de sagesse
peut-être dangereux,
pour sûr, un digne héritier du cerveau paternel,
et que dans ces conditions de cérébralité parfaite
il comprenait si bien les engrenages du monde
qu'il n'avait pas de mots pour exprimer son mépris.
Il se taisait donc, oui,
mais délibérément.

Ce tableau
ne déplut pas à tante Rose.
De fait elle accepta
que cet enfant de trois ans
prît dans la famille l'étiquette
un peu redoutée par tous
d'une entité à mi-chemin
entre le philosophe et le rabbin

et donc
– ça va de soi –
qu'il assumât
un futur rôle dans l'entreprise.

Voilà pourquoi,
année après année,
il fut décidé que Dreidel
accompagnerait
parfois
Mayer et Emanuel
dans certains voyages commerciaux
comme celui-ci, justement,
sur la route des esclaves
jusqu'à Baton Rouge en Louisiane.

L'irrésistible appel du sucre
agissait-il donc aussi chez les Lehman ?
Eh bien oui.

Le sucre.
Benjamin Newgass,
un des frères de Babette résidant à La Nouvelle-Orléans,
où la canne à sucre l'emporte sur tout le reste,
a été le premier à leur en parler :
« Naturellement, vous avez déjà votre coton,
par chance, vous avez déjà trouvé votre branche,
mais je vous jure que le sucre en Louisiane
est une mine d'or.
Si cela vous intéresse, juste pour vous faire un idée,
venez le voir ! »

Cela intéresse Emanuel, et comment.
Car en fin de compte
un bras est à l'étroit dans des manches de coton
et *je ne suis pas venu en Amérique*

pour m'enterrer à Montgomery comme si j'étais en Bavière.

Mayer non.
Il n'est pas d'accord.
Et il le lui a dit durement :
« Il y a du travail ici, et tu veux t'en aller
en Louisiane ? »
Mais comme une patate ne sait pas s'exprimer durement
et qu'un bras reste un bras y compris à quarante ans
ils se mirent en route
trois jours plus tard
accompagnés d'une toupie silencieuse
en direction de *Sugarland*,
où des centaines de milliers d'esclaves
alignés
coupent, égrènent et amassent d'un côté
à perte de vue
des champs entiers de culture.

Après quoi
accueillis avec empressement,
bras, patate et toupie
se sont assis
à l'ombre d'une véranda blanche
où ils sirotent une limonade fraîche
avec un homme tout en barbe
vêtu d'un costume clair
aussi clair que le sucre
qui est, dit-on ici, le Souverain de ces contrées :
« Vous avez demandé à me voir ?
Je vais être sincère : je ne comprends pas pourquoi.
Certes, votre renommée, messieurs Lehman,
est arrivée jusqu'ici, en Louisiane :
on raconte que vous avez fait des prodiges

sur le marché du coton... Mais je ne m'occupe pas d'étoffes. »

Du trio
bras, patate et toupie,
c'est hélas
Emanuel, un membre instinctif
alourdi par la fatigue du voyage,
qui répond :
« Pour qui nous prenez-vous ? Pour deux merciers ? »

« Je vous prends pour ce que vous êtes :
d'habiles marchands de coton,
j'ai de l'estime pour vous, mais ce n'est pas ma branche.
Cela vous dérange-t-il si ma petite-fille joue du piano en votre honneur ? »

Atterré par la réapparition subite
du fantôme du pianotage,
Emanuel Lehman pousse une sorte de rugissement :
« Je ne suis pas venu en Amérique
pour m'enfermer dans une branche ! »

« Qu'est-ce que cela signifie, Mister Lehman ?
Que vous abandonnez le coton ?
Seul un fou le ferait à votre place.
Serenella, joue-nous du Chopin. »

« Tenez la petite en laisse :
je n'abandonne rien du tout,
je veux juste savoir une chose : combien coûte votre sucre ? »

« Je ne parle pas des prix de mon sucre
avec des néophytes. »

« Parce que vous ne comprenez rien aux affaires,
vous en savez moins long que notre garçon. »

C'est alors
qu'intervient son frère
aussi lisse et inodore qu'une patate.
Affichant un sourire digne d'un portrait
il prend Serenella par la main
et s'assied en sa compagnie au piano
où il se lance dans un prodigieux allegro à quatre mains
au son duquel il entame sans difficulté
un beau discours :
« Mon frère veut vous dire, monsieur,
que le commerce du coton est extrêmement dur :
il nous réserve de l'amertume tous les trois jours,
voilà pourquoi – si nous le voulions –
n'aurions-nous pas le droit de le sucrer à notre guise,
juste pour adoucir un peu notre palais ?
Ne perds pas le rythme, Serenella : tu as du talent !
Nous avons un tas de clients, monsieur :
des hommes d'affaires.
Je sens que nous pourrions gagner beaucoup d'argent
ensemble.
J'ai un pressentiment. Ayez confiance en moi. »

Le Souverain du sucre
a beau être égayé par le duo,
il observe Mayer Lehman
avec une certaine déception,
mais non parce qu'il a l'impression d'être provoqué :
il se demande plutôt ce que viennent faire
ces manières si *kish kish*,
avec les façons brutes de son voisin.
Pour adoucir la situation,
il réclame un flacon en cristal de Bohême
rempli de sucre comme autant d'or :

« Avant de parler, jugez donc mon sucre,
le meilleur de Baton Rouge : précieux nectar.
S'il vous plaît, Mister Mayer Lehman,
nous pourrons discuter »
et il offre trois cuillers en argent
pour le goûter.

Parfois
les enfants
ne mettent qu'un instant
– un seul –
pour passer de l'enfance à la maturité.
En ce qui concerne Dreidel
(qui pour tout le monde était déjà mûr, et même plus que jamais, presque aux frontières de la sagesse d'un vieillard)
le mouvement fut inverse,
il recula
en un instant
de l'état supérieur de génie taciturne
au niveau dégradant de stupide morveux
alors que
dans cette véranda blanche,
tous célébraient *the King Sugar*,
il interrompit ses silences
par la phrase
« C'est dégoûtant »
répétée d'ailleurs plusieurs fois.
« C'est dégoûtant. »
Insistant
« C'est dégoûtant »
d'une voix non pas d'enfant mais de ténor.
« C'est dégoûtant »
que rien ne peut
faire taire,

rien, ni les regards des valets
ni les excuses et les sourires d'oncle Mayer
ni l'éclat de colère du sucrier barbu
ni les pleurs hystériques de Serenella au piano
et encore moins
la gifle en pleine figure
qu'un oncle-bras
ne pouvait que lui flanquer
lui apprenant
qu'il convient davantage de se taire dans la vie
que de s'aventurer
dans les risques dévastateurs de la parole.

Ils regagnèrent
leur domicile
en silence :
l'incursion Lehman
sur les terres du sucre
avait été plus qu'amère,
terriblement amère,
et maintenant que Dreidel
s'était adonné au sabotage
un faisceau d'ombre s'abattait
sur l'avenir
de la firme familiale.

Tout reposait entre les mains
– ou mieux, dans le ventre –
de la tendre Babette
qui vécut
ses quatre mois de grossesse restants
tel un accusé
qui attend
l'acquittement
ou la condamnation à mort.

Pour le cas où naîtrait une fille
le gouffre s'ouvrirait,
par conséquent
il n'y eut aucun Lehman
pour prier autant
que Mayer et Emanuel
dans l'angoisse
de cette période.

Un après-midi pluvieux
alors qu'elle jouait aux cartes
et avait une main particulièrement chanceuse
Babette
fixa soudain tante Rose dans les yeux
comme si elle s'apprêtait à poser un joker
et eut juste le temps de dire
« Quelle drôle de sensation... »
avant de se plier en deux de douleur
et de jeter ses cartes au milieu de la table.

À toute allure
on envoya Crâne-rond appeler
à toute allure
son mari et son beau-frère
à toute allure
car pour sûr l'attente avait pris fin
et les douleurs avaient commencé.

On raconte
qu'à leur arrivée
dans la maison,
tout agités, les deux frères
blêmirent
à cause d'un horrible présage :
sur la table de jeu
la main de Babette

abandonnée comme un signal
consistait en un full de dames.

Ce fut une nuit de douleurs
de chagrin et de sueur.
Babette souffrit dans sa chambre.
Mais tout autant – et peut-être plus –
souffrit-on dans le salon.
Emanuel arpentant la pièce
Mayer assis sur son tabouret rond
et dans l'air la vague impression
qu'il y avait quelqu'un
sur le rebord de la fenêtre ouverte
les jambes repliées
un bras derrière la nuque.

Alors que l'aube pointait
tante Rose apparut sur le seuil
sourit à Mayer
et se contenta de dire
« Vous pouvez entrer. »

Elle n'avait pas terminé la phrase
qu'ils étaient déjà à l'intérieur.

13

LIBE IN NEW YORK

Quand Mayer y pénètre pour la première fois
il a du mal à le croire.
Ici la poignée de la porte ne coince pas
et la pièce est bien plus grande :
peut-être deux fois plus
que celle que Henry Lehman ouvrit il y a quinze ans
en Alabama.

Mayer descend de voiture
à l'endroit indiqué par son frère :
119 Liberty Street
non plus Montgomery :
New York
où l'on respire une étrange odeur
d'avoine, de fumée et de moisissures en tout genre.

On est en train de hisser l'enseigne :
noir et jaune, tout juste peinte par trois garçons
dont le seau de peinture est posé dans la rue.
Mayer Lehman descend de voiture
impressionné par la vue,
au numéro 119 de Liberty Street,
de l'enseigne
LEHMAN BROTHERS COTTON
FROM MONTGOMERY ALABAMA

que trois garçons hissent avec des cordes
au-dessus de la vitrine de cette filiale de New York
car désormais c'est connu
le commerce du coton brut
the King Cotton
passe entièrement par ici
et non plus par le Sud.
Maintenant à New York
où l'on n'a jamais vu de champs de coton
LEHMAN BROTHERS COTTON
FROM MONTGOMERY ALABAMA
se change
par magie
en billets de banque.

À Montgomery est restée
la petite pièce donnant sur l'avenue
dont la poignée ne coince plus
car Crâne-rond Deggoo l'a réparée
et derrière le comptoir
– où Mayer et Emanuel n'ont plus le temps
ni l'envie de se tenir –
deux comptables engagés un mois plus tôt :
Peter Morrys aux dents de lapin
et Isaac Kassowitz
expert-comptable avec les *tefillin*
petit-fils d'un certain rabbin
que Henry rencontra à New York.

Personne ne songe à fermer
la petite pièce de Montgomery.
Au contraire.
Elle demeure à tous les effets le siège de Lehman Brothers :
LEHMAN BROTHERS COTTON
FROM MONTGOMERY ALABAMA
ainsi que le dit l'enseigne noir et jaune

car c'est en Alabama
que se trouvent les plantations, bien sûr,
pas à New York
où l'on n'a jamais vu de champ de coton.
Mais, comparée à New York,
Montgomery
est comme l'Allemagne de Rimpar, en Bavière :
il convient à Crâne-rond Deggoo
qui joue de l'orgue le dimanche matin
il convient au docteur Everson
qui soigne les enfants d'esclaves affectés de rougeole
aux familles des patrons
ayant un piano dans leur véranda.
Les affaires en revanche
les contrats
l'argent
l'argent, oui
l'argent
le vrai argent
l'argent
l'argent c'est ici qu'on le gagnera,
affirme Emanuel Lehman
qui a suivi une deuxième fois
le conseil de Teddy Wilkinson Mains-de-soie
et un beau matin
est parti pour New York
voir
la foire du coton
que fréquentent les vrais acheteurs
les industriels du Nord qui disent : *« produit »*
les propriétaires d'usines à la main-d'œuvre
payée : des salariés, pas des esclaves.

« La foire de New York ?
Qu'est-ce que le coton vient faire à New York ?

À New York on n'a jamais vu
le moindre champ de coton ! »
a répliqué durement son frère Mayer.
Mais comme une patate ne sait pas parler durement
et qu'un bras demeure un bras à quarante ans
Emanuel était en voiture trois heures plus tard.

Emanuel n'avait jamais vu New York.
Une ruche, songea-t-il à travers la vitre de la voiture
alors que des foules en tout genre
charrettes à cheval ou à bras
filaient autour de lui
New York
vendeurs
caisses et cagettes
enfants et vieillards
New York
Juifs orthodoxes et colonies de Noirs
prêtres catholiques, marins, Chinois et Italiens
New York
le gris des immeubles à façade de pierre
statues et jardins, fontaines, marchés
New York
prédicateurs et gendarmes
et encore animaux, chiens en laisse et errants
New York
poupées aristocratiques aux ombrelles ouvertes
loqueteux moribonds
sorcières cartomanciennes
New York
tambours
gentlemen anglais
poètes inspirés, soldats
New York
uniformes et tuniques

chapeaux et jupons
New York
bâtons et baïonnettes, drapeaux, étendards
tout et son contraire
en même temps
sans la moindre dignité : impudique et pourtant
grand, immense, sublime
New York
Baroukh HaShem !

La foire du coton
occupait, peut-on dire, plus ou moins un quartier.
Vendeurs et acheteurs
se pressaient de toutes parts :
tables de négociations, panneaux comportant les tarifs
rouleaux de tissus
et coton brut, travaillé, prêt à l'être,
tableaux noirs affichant les prix
tout juste écrits et aussitôt corrigés
zéros
zéros
zéros
zéros
nuages de craie
accents variés
de négociants de toutes origines :
hauts-de-forme huit-reflets et cigares allumés
venus de La Nouvelle-Orléans, de Charleston,
de Virginie
costumes à rayures très colorés des propriétaires terriens
arrivés du Sud avec leurs grosses épouses
et, vice versa, complets blancs, gris, austères
des industriels du Nord
descendus de Boston, de Cleveland, de Washington
pour négocier

signer et payer :
tintement de pièces de monnaie
liasses de billets
100 fois plus que Teddy Wilkinson Mains-de-soie
tintement de pièces de monnaie
liasses de billets
et, en arrière-fond, derrière la coupole de verre et de fer
les navires du port de Manhattan
qui embarquent le coton
destiné au monde entier.

Emanuel se déplace parmi les gens
le menton relevé
arrogant quoiqu'il ne soit personne
car il sait
– il le sait très bien –
que derrière son nom de famille
derrière Lehman Brothers,
là-bas, en Alabama
attendent désormais
bien alignés
2 500 chariots de coton brut par an.

« Je cherche du coton, bien sûr
mais la qualité que je veux
ne se trouve qu'en Alabama. »
Cette phrase s'élève
sur la droite d'Emanuel Lehman
d'une table
où une douzaine de Juifs cravatés négocient
enveloppés dans la fumée des cigares,
elle parvient clairement
à ses oreilles
malgré la foule et le vacarme.
« Si vous le souhaitez, je vends du brut d'Alabama. »
Un monsieur distingué et très grand

aux cheveux blancs, immaculés,
et à la barbe de rabbin le dévisage :
« Vous ? Vous avez une plantation ? Vous ? »
« Je ne possède pas de plantation
mais je vends le coton
de 24 plantations. »
Les autres vieillards rient de bon cœur.
« Je revends le coton de 24 plantations :
leurs propriétaires me le vendent, je vous le revends. »
Les autres vieillards rient de bon cœur.
« Qu'est-ce donc que ce métier ? »
« Lehman Brothers : intermédiaires. »
Les autres vieillards rient encore plus de bon cœur.
« À quel prix ? »
« Celui qui est le vôtre est le mien. »
Plus personne ne rit.
« Bien, mon garçon, voyons.
Vous avez, j'imagine, un bureau ici, à New York. »
« Pas encore, monsieur.
Mais, pour sûr, la semaine prochaine. »
« Alors demandez Louis Sondheim, à Manhattan. »

Sur ces mots,
reprenant sa canne à pommeau d'or
le grand monsieur adresse un signe
en direction de la foule : il est tard, il veut s'en aller.
De la foule surgit
en robe blanche et chapeau de paille
une enfant aussi frêle que les branches de jeunes arbres
plantés en Allemagne : à Rimpar, Bavière.
Elle regarde Emanuel
pendant une fraction de seconde
agacée
amusée
irritée

intriguée
par cet homme qui la dévisage.
« Voici Pauline »
a le temps de dire le rabbin immaculé
avant de glisser son bras sous celui de sa fille
et de s'évanouir parmi les gens.

À son frère Mayer
trois jours plus tard
Emanuel
se contenta de dire qu'au numéro 119 de Liberty Street
il y avait un local vide prêt à se muer en bureau.
« Car c'est à New York, Mayer,
et seulement à New York
que le coton
se change en billets de banque. »

Il n'évoqua pas
évidemment
il ne le pouvait pas
il n'évoqua pas
Pauline Sondheim.
Son chapeau de paille.
Sa robe blanche.
Il dit juste
qu'il devait retourner à New York
tout de suite
sur-le-champ
dans la plus grande hâte
sans perdre de temps
faire aussitôt ses bagages
ou plutôt non
ou plutôt si
ou mieux, demain matin.

L'autre Lehman
ne comprit pas un mot.
Ou mieux
il comprit fort bien
qu'aux bras aussi
il arrive
de perdre la tête.

14

KIDDOUCHIN

Mayer vit à Montgomery.
Emanuel à New York.
Il y a deux Lehman Brothers
à des milles et des milles de distance
mais ils forment une seule chose
unis en un tout par le coton.

Mariage commercial
entre Montgomery et New York.

Mayer vit à Montgomery,
où le coton est chez lui.
Emanuel habite New York
où le coton se mue en billets de banque.
Mayer vit à Montgomery
au milieu des plantations du Sud.
Quand il parcourt la grand-rue en voiture
les Noirs se décoiffent par respect.
Emanuel vit à New York,
et quand il traverse Manhattan en voiture
personne ne se décoiffe
car New York compte des centaines d'hommes comme lui.
Malgré tout, Emanuel a le sentiment d'être l'unique
le plus grand

et il n'y a rien de plus dangereux qu'un bras
qui a l'impression d'être grand :
un cerveau dans le pire des cas *pense en grand*
hélas, un bras agit.

La preuve en a été apportée
le jour où Emanuel Lehman s'est présenté
officiellement
à Manhattan
avec un bouquet de fleurettes
à la porte de Louis Sondheim,
demandant non le père
mais sa fille Pauline :
« Bonjour, mademoiselle.
Vous ne me connaissez pas :
je m'appelle Emanuel Lehman
je deviendrai quelqu'un
et je demande votre main. »
La jeune fille
cette fois en robe bleue
et sans chapeau de paille
le dévisagea bien plus qu'un instant
agacée
amusée
irritée
intriguée
avant de lui rire au nez :
« Je suis déjà fiancée ! »
« Ah oui ? Mais pas avec Emanuel Lehman !
Peu importe de qui il s'agit, il ne fait pas l'affaire.
Pas autant que moi. »
« Et qui le prétend ? »
« Moi-même.
Vous ne pourriez contracter meilleur mariage
et vous effectueriez aussi une bonne opération :

nous vendons le coton de 24 plantations. »
« Félicitations, quel rapport avec moi ? »
« Il y en a un et comment,
puisque nous allons nous marier
vous et moi. »
« "Vous et moi ?" »
« Je laisse à votre père le soin
d'établir date et ketouba. *»*
« Et que me laissez-vous, à moi ? »
« Pourquoi ? Vous voulez quelque chose ? »

Quand la porte des Sondheim
se referma
violemment
à son visage
Emanuel Lehman ne perdit pas courage :
il donna rendez-vous à sa propre personne
au même endroit
avant une semaine
et mit le bouquet de fleurettes dans un vase
pour ne pas avoir à en racheter un.

Au cours des six jours suivants
il rencontra tous les vendeurs et acheteurs de coton
de New York
signa des contrats avec des brasseurs d'affaires de Wilmington, Nashville et Memphis,
plaça 100 tonnes de coton à l'Ouest
où le chemin de fer arrivait désormais
permettant d'économiser
largement
sur les charrettes.
Dans le bureau du 119 Liberty Street
sous l'enseigne noir et jaune
LEHMAN BROTHERS COTTON
FROM MONTGOMERY ALABAMA

entrèrent les Rothschild et les Sachs
les Singer et les Blumenthal
ainsi que
un soir
invité tout exprès
un très grand monsieur aux cheveux blancs immaculés,
barbe de rabbin
et canne à pommeau d'or :
Louis Sondheim
qui cherchait du coton, mais uniquement d'Alabama,
et qui en trouva chez Lehman Brothers
et comment
en énorme quantité
de surcroît
– ce n'est pas négligeable –
à un prix dans son cas plus que contenu
très contenu
parce qu'un bras
s'il est un bon bras
sait agir
concrètement
et comment !

« Bonjour, mademoiselle.
Je suis venu il y a sept jours :
je m'appelle Emanuel Lehman
je suis le principal fournisseur de votre père
et je vous demande votre main. »

Pauline Sondheim
cette fois en robe lilas
le dévisagea bien plus qu'un instant
agacée
amusée
irritée

intriguée
avant de lui rire de nouveau au nez :
« Ne vous ai-je déjà pas répondu ? »
« Si, mais pas selon mes désirs. »
« Par conséquent ? »
« Par conséquent, je laisse à votre père
le soin d'établir date et ketouba. »

Quand pour la deuxième fois
la porte des Sondheim
se referma
violemment
à son visage
Emanuel Lehman ne perdit pas courage :
il donna rendez-vous à sa propre personne
sur le seuil
dans moins d'une semaine
précisément
et mit le bouquet de fleurettes dans un vase
pour ne pas avoir à en racheter un.

Au cours des six jours suivants
il serra la main à plus de 100 industriels
américains et européens
de Liverpool
de Marseille
de Rotterdam
alluma des cigares, versa du bourbon,
encaissa des liasses de billets de banque
et de ses propres yeux
vit pour la première fois
les wagons de marchandises frappés de l'inscription :
COTON.
Signa des contrats avec des brasseurs d'affaires de Norfolk

Richmond
Portland
écouta les discours de quelques pessimistes
sur Abraham Lincoln qui menaçait d'entrer en guerre.
Au bureau du 119 Liberty Street,
sous l'enseigne noir et jaune
LEHMAN BROTHERS COTTON
FROM MONTGOMERY ALABAMA
entrèrent les plus grands
et les meilleurs :
le royaume de *King Cotton*
la cour de New York
surtout juive
c'est-à-dire
– ce qui n'est pas négligeable –
toute la famille
tous les amis
de Louis Sondheim
parce qu'un bras
si c'est un bon bras
sait agir
concrètement
et comment !

« Bonjour, mademoiselle.
Je suis venu il y a sept jours
et sept jours plus tôt :
je m'appelle Emanuel Lehman
je suis un des Juifs les plus riches de New York
et je vous demande votre main. »

Pauline Sondheim
cette fois en robe turquoise
le dévisagea bien plus qu'un instant
agacée

amusée
irritée
intriguée,
elle s'apprêtait à lui rire de nouveau au nez
quand
il la devança
et
concrètement
en bon bras :
« J'ai compris, mademoiselle,
nous nous reverrons dans sept jours. »

Il revint 7 jours plus tard.
Et au bout des 7 jours suivants.
Encore une fois après 7 jours
et 7 de nouveau.

Au 3e mois
12e retour
Pauline Sondheim
cette fois en robe d'été
ne se montra pas à l'entrée
où une femme de chambre
attendait.

« Mademoiselle Pauline Sondheim n'est pas chez elle ? »
« Elle vous attend au salon, Mister Lehman,
avec son père.
Donnez-moi votre chapeau. »
Et en deux petites heures
ils établirent tout :
la date du mariage
le papier de la *ketouba*
le dais de la *houppa*
et même les nappes de la réception.

Le jour des noces
son frère Mayer
vint à New York
avec Babette Newgass
et Sigmund, leur petit premier-né,
qui sans le savoir
par sa seule naissance
avait déjà sauvé le futur destin de la famille.

Vinrent aussi tante Rose
et quatre de ses enfants
y compris les deux toupies
dont une dans un silence austère.

Crâne-rond Deggoo envoya une dinde d'Alabama :
on l'offrit aux domestiques
qui ne la touchèrent pas
car elle venait du Sud
et peut-être était-elle empoisonnée ?

On invita aussi
– et il vint avec plaisir –
un gros monsieur barbu
qui était en Louisiane le Roi du sucre :
d'ailleurs, comment aurait-il pu être absent
puisqu'un *Kish Kish*
revenu sans toupies à sa suite
l'avait persuadé
avec patience
de sucrer légèrement le coton
pour leur profit réciproque ?

Enfin
vinrent des industriels du Nord
et les propriétaires de 24 plantations du Sud
mais il fallut les séparer au milieu du repas

parce qu'ils se livrèrent
à des jets d'insultes et d'assiettes
quand Oliver Carligton
osa dire
en allumant son cigare
que George Washington
– oui, exactement, et alors ? –
possédait quelques esclaves.

Ce soir-là
Emanuel Lehman
allongé dans son lit
les yeux rivés au plafond
songea qu'à présent
la vie lui souriait vraiment.
Il avait une épouse.
Un siège à Montgomery.
Un bureau à New York.
Des liasses de billets de banque au coffre.
24 fournisseurs de coton au Sud.
51 acheteurs au Nord
le tout saupoudré d'un glaçage sucré.
Bercé par ces pensées
il sombrait avec sérénité
dans le sommeil
quand le temps d'une fraction de seconde
un vent glacial
lui caressa l'oreille :
une seule chose au monde
risquait de tout détruire,
une guerre
entre le Nord et le Sud.
Mais ce n'était qu'une mauvaise pensée,
une de ces pensées qui vous caressent l'oreille au moment de vous endormir.

Il l’enferma dans un tiroir
et
s’abandonna tranquillement
au sommeil.

15

SCHMALTZ

Mayer vit à Montgomery.
Emanuel à New York.
Il y a deux Lehman Brothers
à des milles et des milles de distance
mais ils forment une seule chose
unis en un tout par le coton.

Certes
par rapport à autrefois
Mayer Lehman
a changé :
il a lui-même du mal à se reconnaître
sur le portrait
accroché au-dessus de la cheminée.

Mayer a grossi
oui, excessivement
il a grossi
et c'est la conséquence des affaires.
Car ici au Sud
les affaires se font
uniquement
à table
pendant des repas qui durent six heures

parmi le fumet du rôti
et les fleuves de liqueur.

Voilà pourquoi
il est décisif
de choisir un bon cuisinier.
C'est une question financière.
Le cuisinier d'une entreprise
a désormais plus de valeur qu'un comptable.
Et Mayer Lehman
a dit
publiquement
– avec quelques remontrances – :
« Un bon cuisinier ?
Je serais même prêt à le payer. »

Par chance
cela a été inutile.

Babette et tante Rose
à la recherche d'un talent culinaire
ont mis à l'épreuve
leurs esclaves
18 en tout
hommes et femmes
sans différence
n'importe quel âge
sans différence
« Montrez-nous ce que vous valez ! »
« Farcir une caille ! »
« Parfumer un bouillon ! »
« Confire un dessert. »
Loretta, Tea, Reddy et Jamal
ont failli
mettre le feu à la cuisine : écartés.
Robbie, cet abruti,

a confondu sucre et sel : écarté.
Nanou, l'imbécile,
ne distinguait pas une cuisse d'une aile : écarté.
Il valait mieux que Crâne-rond s'occupe du coton.
Mama Clara et ses six filles
ont osé demander
pourquoi le jarret de porc
est interdit chez les Lehman : écartées.
Et parmi les derniers
chargés de préparer un chapon en saumure
c'est le vieux Holmer qui a obtenu le trône.

Depuis
la cuisine des Lehman
est une machine de guerre.
Holmer la commande comme une caserne.
Tilde, son épouse, s'occupe du garde-manger.
Ellis, Dora, Sissi et Brigitta
choisies parmi les plus jolies
propres peignées
une coiffe sur la tête
serviront à table
et puisque l'argenterie est de premier choix
veuille le Ciel
qu'elles soient à la hauteur.

Nappes flambant neuves
pichets
carafes
plateaux ornés d'un cygne :
l'investissement
à la salle à manger
devait être financé
avec les fonds de l'entreprise
car
ce n'est pas un hasard

Lehman Brothers
a doublé ses gains
depuis que le nouveau cuisinier
– suggestion d'une patate –
a inventé
selon le rigoureux régime kasher
le pâté en croûte de dinde à la grenade
« Voulez-vous goûter ? »
puis la sauce de tomates vertes
« Mister Tennyson, une autre part ? »
la fricassée de poulet
« Ma femme en raffole ! »
la crème de betterave
« Mister Robbinson, puis-je vous tenter ? »
le sauté de canard
« Encore une assiette, j'adore ça. »
et le potage de faisan
« Inoubliable ! »
mais surtout
en premier lieu
fièrement
le dessert
très sucré
« Vous aimez ? C'est du sucre Lehman,
de la Louisiane ! »
en d'autres termes
« gâteau à l'anis épicé »
que tante Rose
dépose
de ses propres mains
sur la table
au moment des signatures,
quand une touche magistrale s'impose.
Et ça marche.
D'autant plus si le gâteau est imbibé

d'un verre de liqueur rare,
qu'on garde en réserve
pour les événements exceptionnels.
« Un goût extraordinaire ! »
« Seigneur, quel parfum ! »
« Vous voulez nous gâter ! »
« Encore une tranche ? »
« Et comme cela se marie avec le vin ! »
« Il en reste encore ? »
« Où devons-nous signer ? »

Mayer Lehman
a dû renouveler
toute sa garde-robe :
les pantalons étaient trop étroits
les boutons des gilets sautaient
les nœuds papillon lui serraient le cou
mais c'est le prix des affaires
et son bureau
se trouve désormais
dans sa salle à manger
assis au bout de la table
une serviette au cou
une fourchette à la main :
« Où devons-nous signer ? »

D'autre part
l'enjeu est de taille
ça oui,
il ne peut pas se tromper.

Car si son frère Emanuel
serre habilement les mains des industriels
là-bas, à New York
– où le coton se mue en billets de banque –,

c'est ici à Montgomery
dans ce Sud maudit splendide profond
que la terre fendue par le soleil
produit
des tonnes des tonnes et encore des tonnes
d'un magnifique coton
et l'objectif de Mayer Lehman
à présent
n'est plus
plus seulement
de l'acheter au meilleur prix
à 24 plantations
mais
– intuition d'un tubercule –
d'en obtenir la garantie
– ambition d'un tubercule –
sur plus d'une récolte
– aspiration d'un tubercule –
en d'autres termes
d'obtenir la promesse
par écrit
à partir de maintenant
fourniture exclusive à Lehman Brothers
pour combien de temps ?
5 ans ?
« Aurai-je le plaisir de vous inviter à déjeuner ? »
10 ans ?
« Nous parlerons au moment du dessert ! »
et si nous disions 15 ans renouvelables 15 ans ?
« Le gâteau à l'anis épicé est sur la table ! »
ou 20 ans, et on n'en parle plus.
« Un digestif ? »

Mégalomanie d'un tubercule :
éliminer la concurrence.

Oui, c'est là le problème.
La concurrence.
Mayer Lehman
a dit stop
aux nuits blanches :
il a perdu sa tranquillité
depuis ce maudit soir
où Oliver Carlington
propriétaire de la petite plantation à la sortie de la ville
lui a dit
« Ne le prenez pas comme un affront
et je suis pour vous plus qu'un ami, Mister Lehman.
Mais cette année…
on m'a fait une autre offre.
Mes meilleurs vœux et mes hommages à votre épouse. »

Hommages à votre épouse ?
Une autre offre ?
Mes meilleurs vœux ?

Comment Mayer Lehman
pouvait-il souhaiter le meilleur
alors qu'un individu
surgi du néant
avait le courage
– l'effronterie ! –
de lui voler sa clientèle ?
Son esprit de pomme de terre
n'avait
jamais
songé
qu'au lieu de monter à 25, à 27 ou à 30
les 24 plantations
pouvaient descendre
comme maintenant

à 23… et peut-être à 22, voire carrément sous la barre
des 20.
Bref,
était-il donc possible
concrètement
que
Lehman Brothers
puisse perdre
du terrain ?

Subite crise d'identité
d'un tubercule :
cette perspective
était inadmissible.

Il n'écrivit pas à son frère Emanuel.
Il continua de sourire à Babette.
Il ne dit rien à tante Rose.
Et comme cela arrive souvent
à ceux qui se renferment sur eux-mêmes
Mayer Lehman
perdit le sommeil.
Dès qu'il fermait les paupières
il rêvait
aussitôt
– et mystérieusement –
de l'étable de son père
en Allemagne à Rimpar :
immense étable en bois
– Henry l'avait construite, poutre après poutre –
bourrée à craquer
de chèvres juments et taureaux
sur lesquels
étrangement
n'était pas imprimée la marque de famille
mais

– folie des cauchemars –
l'inscription *FIRST CHOICE.*
Et comme si cela ne suffisait pas,
les bêtes ne trouvaient
dans leurs mangeoires
ni foin ni avoine ni orge :
elles avaient pour nourriture
des écheveaux de coton blanc.
Dans cette étable si bizarre
Mayer marche
pas après pas
jusqu'à ce qu'il entende
distinctement
son père pleurer.
Il se précipite vers lui
s'agenouille pour le consoler
mais le vieil Abraham Lehmann
– avec deux « n » en rêve aussi –
le saisit par le bras
et le repousse
en criant
« Regarde ce que tu as fait, Bulbe :
tu as laissé les portes de mon étable ouvertes !
Regarde, scélérat : on me vole mon bétail ! »
Et de fait
dans un énorme vacarme
tous les animaux
chèvres juments et taureaux
se sauvent
en l'espace d'un instant.
Et l'étable est plus que vide : déserte.

Terreurs nocturnes d'un tubercule.

Voilà pourquoi Mayer décida d'agir.
Éliminant

la moindre possibilité
de laisser les portes de l'étable ouvertes.

Il importait
de verrouiller la clientèle :
les plantations étaient au nombre de 24
et elles le resteraient
y compris celle d'Oliver Carlington
qui – il en était certain – reviendrait la tête basse.

Et si son frère Henry
avait affiché jadis
à l'extérieur de sa boutique
le panneau « RABAIS À LA CLIENTÈLE CHOISIE »
Mayer Lehman
fit davantage et mieux :
il reformula le barème
inventant des conditions sans précédent
incontournables
et
pour éviter de perdre totalement le sommeil,
décida
d'inviter à dîner
l'un après l'autre
tous ses clients
et d'expliquer
à chacun d'eux
que l'offre
– unique, incontournable –
n'était valable
qu'à condition
qu'ils signent
l'engagement
durable et contraignant
de se lier aux Lehman Brothers
sans concurrents.

Le ballet pouvait donc commencer :
le pâté en croûte de dinde à la grenade
« Voulez-vous goûter ? »
puis la sauce de tomates vertes
« Mister Tennyson, une autre part ? »
la fricassée de poulet
« Ma femme en raffole ! »
la crème de betterave
« Mister Robbinson, puis-je vous tenter ? »
le sauté de canard
« Encore une assiette, j'adore ça. »
et le potage de faisan
« Inoubliable ! »
et puis, bien entendu,
gâteau à l'anis épicé
avec une goutte de liqueur rare.

Tout ce cérémonial
gastronomique et contractuel
multiplié
par chacun des 24 vieux fournisseurs
lesquels ont besoin
en moyenne
d'environ 3 repas
pour comprendre
et d'au moins 2 supplémentaires
pour capituler
permet de déduire
que dans son ensemble
la manœuvre d'affaires destinée à éviter
la perte totale du sommeil
équivaut
à environ 120 repas
soit

un quintal de dinde à la grenade
« Voulez-vous goûter ? »
deux barils de sauce de tomates vertes
« Mister Tennyson, une autre part ? »
tout un poulailler en fricassée
« Ma femme en raffole ! »
trois tonneaux de crème de betterave
« Mister Robbinson, puis-je vous tenter ? »
un étang de canards
« Encore une assiette, j'adore ça. »
l'extinction du faisan en Alabama
« Inoubliable ! »
mais surtout
en premier lieu
fièrement
des quantités industrielles
de gâteau à l'anis épicé
imbibé d'une liqueur rare
tellement rare
qu'il en coule plus que le Mississippi.

Obésité d'un tubercule.

Mais comme
la ténacité est toujours récompensée,
Mayer Lehman
obtient ce résultat :
Oliver Carlington regagne l'écurie
et 24 fournisseurs de coton
sont transformés
en 24 contrats d'exclusivité
d'une durée variable
d'environ 20 ans
ce qui signifie
littéralement
la garantie

que quoi qu'il arrive
quoi qu'il se produise
Lehman Brothers
restera
maîtresse du marché,
très puissante dame du coton
indiscutable
indiscutée
et si quelqu'un a envie de discuter
il suffit de l'inviter à déjeuner
dans ce domaine
Lehman gagne :
il n'y a pas de compétition.

Les portes de l'étable
sont à présent
bien verrouillées.

Les 24 contrats
sont encadrés
et suspendus dans la salle à manger
sur les murs
au-dessus de la cheminée
autour de ce portrait
d'un Mayer bien moins gros.

Et ce soir-là
après avoir accroché en haut
le dernier cadre
exhibant le 24e contrat
Mayer Lehman
allongé dans son lit
les yeux rivés au plafond
songea qu'à présent
la vie lui souriait vraiment.
Il avait une épouse.

Un siège à Montgomery.
Un bureau à New York.
Des liasses de billets de banque au coffre.
24 fournisseurs de coton au Sud.
51 acheteurs au Nord
le tout saupoudré d'un glaçage sucré.
Bercé par ces pensées
il sombrait avec sérénité
dans le sommeil
quand, le temps d'une fraction de seconde,
un vent glacial
lui caressa l'oreille :
une seule chose au monde
risquait de tout détruire,
une guerre
entre le Nord et le Sud.
Mais ce n'était qu'une mauvaise pensée,
une de ces pensées qui vous caressent l'oreille au moment de vous endormir.
Il l'enferma dans un tiroir
et
s'abandonna tranquillement
au sommeil.

16

A GLAZ BIKER

Le premier coup de canon de la guerre de Sécession
réveille Mayer Lehman
avant l'aube
trois jours après que Montgomery s'est proclamée
capitale des États du Sud.
« Le coton salue l'Amérique du Nord ! »
s'est écrié hier dans la rue
en agitant le nouveau drapeau
le docteur Everson
un homme pourtant calme
qui, il y a encore un an, soignait à La Nouvelle-Orléans
les enfants d'esclaves atteints de la rougeole.

Enrôlés dans l'armée
départ pour le front :
seuls sont exemptés
ceux qui ont 300 dollars à débourser,
par exemple les frères Lehman.

Le premier coup de canon de la guerre de Sécession
réveille Mayer Lehman à Montgomery
et ses pensées vont aux entrepôts de coton.
Il ouvre toutes grandes les fenêtres :
Montgomery a perdu la tête
étendards et drapeaux,

des gens dans la rue fêtent la guerre
partout des affiches à l'effigie de Jefferson Davis :
la révolte a éclaté
les États du coton quittent l'Union
les États des plantations
des esclaves
des demi-paliers
des propriétaires terriens et des latifundistes
les États du Sud
de Lehman Brothers :
allez, dehors, loin de l'Amérique.
Indépendance.
« Le coton salue l'Amérique du Nord ! »

Le premier coup de canon de la guerre de Sécession
réveille Emanuel Lehman à New York
et ses pensées vont aux acheteurs de l'entreprise :
si Nord et Sud se séparent
soudain
comment les Lehman pourront-ils rester au milieu ?
Si un mur s'élève
l'air de rien
entre Crâne-rond Deggoo
et Mains-de-soie
comment le coton pourra-t-il se muer en billets de banque ?
Il ouvre toutes grandes les fenêtres :
New York a perdu la tête
un carillon qui sonne faux
étendards et drapeaux,
des gens dans la rue fêtent la guerre
partout des affiches à l'effigie d'Abraham Lincoln :
le règlement de comptes est arrivé
les États de l'Industrie veulent la justice
plus d'esclaves, plus de privilèges

l'égalité pour tous : Constitution et Droits !
Ceux qui ne sont pas d'accord
le paieront de leur sang
car il n'y a qu'une Amérique
et elle n'a qu'un président !

Course à l'armée
à Montgomery comme à New York :
les officiers s'enrôlent dans des uniformes
de couturiers
les individus ordinaires dans les uniformes
du régiment.
Casquettes, baïonnettes, fusils
canons, artillerie, mousquets
Nord contre Sud
Sud contre Nord
marcher en rangs serrés
répondre comme un seul homme
Abraham Lincoln pour l'Union
Jefferson Davis pour la Confédération,
au milieu,
entre les deux
comprimée
encastrée
tel un gobelet de verre,
une montagne
gigantesque
de coton.

Le beau-père d'Emanuel Lehman
à New York
Louis Sondheim
immense chenu barbe de rabbin
rejoint avec conviction
le camp d'Abraham Lincoln :
« Si le Sud l'emporte

les industries feront faillite, et alors
cher Emanuel
vous ne vendrez plus une livre de coton ! »

Le beau-père de Mayer Lehman
à Montgomery
Isaac Newgass
enfoncé dans son fauteuil
entouré de ses huit fils :
« Si le Nord l'emporte
les plantations fermeront, et alors
cher Mayer
vous n'aurez plus une livre de coton ! »

Au milieu
entre les deux,
comprimés
encastrés
tel un gobelet de verre,
les Lehman Brothers.

Dans Liberty Street
les jeunes enfants d'un bras new-yorkais
apprennent
l'hymne des nordistes
et sont capables de le réciter
une main sur le cœur.

Dans l'avenue de Montgomery
tante Rose assiste à la parade :
une main sur le cœur
comme deux toupies
de dix ans ou un peu moins
dont l'une chante l'hymne à pleine voix
et l'autre le murmure du bout des lèvres
peu importe que dans ce cas aussi
Dreidel « le taciturne »

ait enfreint sa loi du silence
au moment le moins opportun
que monté sur l'estrade
il ait crié que le drapeau le répugne
suscitant l'embarras général.

À New York
dans une voiture
avant un dîner de bienfaisance
destiné à financer l'armée nordiste
Pauline Sondheim
madame Lehman
refuse d'entendre parler d'une certaine lie :
« Je te préviens, Emanuel : je t'interdis
de dire à qui que ce soit
ne serait-ce que par mégarde
que nous avons un siège encore ouvert
dans cet endroit infâme
où l'on enchaîne les Noirs
et où il se peut que ta belle-sœur les fouette. »

À Montgomery
dans une voiture
avant un concert de piano
destiné à doter de bottes l'armée sudiste
Babette Newgass
madame Lehman
explique comment il convient de s'aligner :
« Je veux que tu mettes, Mayer, un étendard
sur la boutique et sur la façade de notre maison,
si possible des drapeaux partout,
au mépris d'Abraham Lincoln. »

Au milieu
entre enfants et épouses

comprimés
encastrés
tel un gobelet de verre
les Lehman Brothers.

Au troisième mois de guerre
Teddy Wilkinson Mains-de-soie
a fermé son usine :
la main-d'œuvre
– des gens payés, salariés, pas des esclaves –
s'est enrôlée
– enrôlée de force –
ne disposant pas
de 300 dollars par tête de pipe.
Tout le monde en guerre, pour le Nord !
Quais réduits à néant, voie ferrée en flammes
contrats annulés :
en temps de guerre on n'a pas besoin de coton !
Crâne-rond Deggoo
et tous les esclaves de Smith & Gowcer
sont forcés de remplir des cartouches :
munitions, mèches et poudre à canon ;
plantation fermée, brûlée
champ de bataille :
là où était le coton brut
dorment maintenant les soldats.
Tous en guerre, pour le Sud !
Contrats annulés :
en temps de guerre on n'a pas besoin de coton !
Au milieu
entre les deux
comprimés
encastrés
tel un gobelet de verre
les Lehman Brothers.

Sur les 24 plantations qui leur vendent du coton
8 sont incendiées
9 ont fait faillite
7 résistent, sur la corde raide et le fusil au poing.

Sur leurs 51 acheteurs
30 ont fermé
10 sont à la guerre
11 résistent, sur la corde raide et le fusil au poing.

Le Sud ne vend plus de coton au Nord.
Le Nord n'achète plus de coton au Sud.
Le siège Lehman de Montgomery
met la clef sous la porte :
rideaux tirés, double tour.
Le bureau Lehman du 119 Liberty Street
vitres brisées
enseigne brûlée
pendant la révolte de New York :
les barricades
contre la guerre
contre la crise
contre le Nord, contre le Sud
contre l'Union et la Confédération
contre ceux qui ne paient pas
contre ceux qui ne vendent pas.
Au milieu
entre les deux
comprimés
encastrés
tel un gobelet de verre
les Lehman Brothers.

À New York
Emanuel Lehman
qui est un bras

ne capitule pas : il veut agir.
De l'argent, seul lui importe
des affaires, seul lui importe
le coton
uniquement le coton
sauver ce qui peut être sauvé :
entre deux coups de canon
(tandis que 120 000 soldats meurent à Chattanooga)
un Lehman
embarque
(tandis que 70 000 soldats meurent à Atlanta)
désespérément
(tandis que 40 000 soldats meurent à Savannah)
700 tonnes de coton
à bord d'un navire à destination de l'Europe
où il n'y a pas de guerre
où il n'y a ni Union ni Confédération
ni nordistes ni sudistes
mais surtout
où l'on vend
encore
du coton !

Au même moment
à Montgomery
Mayer Lehman
qui est *Kish Kish* et *Bulbe*
c'est-à-dire une pomme de terre sentimentale
défend
de tout son cœur
l'Alabama
son État d'adoption :
entre deux coups de canon
(tandis que 50 000 soldats meurent en Géorgie)

un Lehman
se proclame
(tandis que 70 000 soldats meurent à La Nouvelle-Orléans)
héroïquement
(tandis que 20 000 soldats meurent en Virginie)
« Moi, Mayer Lehman, défenseur du Sud ! »
et avec les fonds de la société Lehman
rachète des prisonniers
avec les fonds de la société Lehman
finance l'armement
avec les fonds de la société Lehman
soutient veuves, orphelins, blessés
mais surtout
se lance à la défense
de ce qu'il reste du coton !

Ici
sans le savoir
entre deux coups de canon
Lehman Brothers
parvient
miraculeusement
à s'en sortir
car
tandis que l'Amérique vole en éclats
dans l'une ou l'autre direction
— Nord
— Sud
— Union
— Confédération
— Abraham Lincoln
— Jefferson Davis
les deux frères
Emanuel et Mayer

tinrent haut leur bannière
et à la fin du séisme
sur une mer de décombres
seul
un
gobelet de verre
était resté debout.

17

YOM KIPPOUR

Tout s'est arrêté.
Plus rien ne bouge.
Est-ce la fin du monde ?

La pendule
projette
en tictaquant
un halo de lumière jaune
sur le papier peint.

Le silence est ravageur.
Dehors
les oiseaux
n'ont plus de voix
ils l'ont perdue
à force de voir
du feu et des flammes
partout.

Les rideaux
de coton raffiné
cousus par tante Rose
sont tirés
derrière les fenêtres
grandes ouvertes

mais immobiles :
il n'y a pas un souffle d'air.

Tout s'est arrêté.
Plus rien ne bouge.
Est-ce la fin du monde ?
Cette paix surréelle
s'accroche comme de la colle
aux bibelots
aux tapis
et aux moulures en plâtre
de la grande maison sur l'avenue de Montgomery
assiégée
d'abord par les soldats
puis par le silence.

Il n'y a pas un bruit
en cet après-midi
du jour de *Yom Kippour*
où l'on confesse ses fautes
et où le *shofar* sonne dans le Temple.
Pas aujourd'hui.
Aujourd'hui il ne sonnera pas.
Le silence a pris le pouvoir
et ne permet pas qu'on le souille.

Emanuel Lehman
debout
près du piano.
Costume sombre.
Depuis le début de la guerre
il ne s'était plus montré
ici en Alabama.
Il remplit sa pipe de tabac.
Le presse avec son doigt.

Il allume.
Souffle. Inhale.
Rejette par ses narines
une spirale de fumée
qui s'élève
vers le lustre.

Mayer Lehman
assis sur le divan
à plusieurs mètres de là
compte les planches du parquet
sous les chaises
sous la table
le long des murs
attentivement
concentré
sans s'égarer
sans se distraire.

Tôt ou tard
l'un des deux
va bien devoir commencer
en cet après-midi
du jour de *Yom Kippour*
où l'on confesse ses fautes
et, si l'Éternel le veut,
on obtient le pardon.
Mais entre un bras et une patate
il n'est pas simple
de déterminer qui commence
surtout si le bras a de l'arthrite
et si autour de la patate le potager est bombardé.

Et pourtant.
Et pourtant il était une fois

à Rimpar, en Bavière,
un marchand de bestiaux
qui en quelques mots
disait :
« Si le ciel veut pleuvoir,
peu importe
par quel nuage il commencera. »

Chez les Lehman
l'orage de *Yom Kippour*
commença donc
par hasard
quand le bras
remarqua sur le piano
une partition portant l'inscription « MISS EVELINE DURR »
ce qui
lui rappela des fillettes pianotant
et suffit
à transformer le bras en poignet :
« Tu fais encore des affaires
avec ce bandit de John Durr ? »

« Il me semble que nous étions d'accord :
tu commandes à New York, moi en Alabama. »

« Je t'ai demandé si tu es l'associé
de John Durr, que je n'aime pas. »

« John Durr travaille dans le coton. »

« John Durr travaille dans son intérêt. »

« John Durr fait des affaires, comme nous. »

« John Durr n'est pas comme nous :
il ne suffit pas de faire des affaires pour être comme les Lehman. »

« Pourquoi ? Qui sont les Lehman ? »

« Les Lehman sont des marchands, des commerçants. »

« Et John Durr vend du coton. »

« John Durr ne vend pas, il écoule. »

« John Durr te déplaît parce qu'il n'est pas juif. »

« Oui, c'est ça, tu as raison : il n'est pas juif. »

« Et tes industriels du Nord,
ne sont-ils pas tous protestants ? »

« Mais eux, ils achètent, ils nous donnent leur argent :
nous ne leur en donnons pas.
Toi, tu utilises l'argent de Lehman pour faire fortune
avec un non-Juif. »

« Juif ou non-Juif, quel est le rapport ? »

« C'est décisif. Tu as oublié qui nous sommes ? »

« Si tu ne veux faire d'affaires qu'avec les Juifs
je me retire. L'argent, c'est autre chose,
peu lui importe qu'on soit circoncis ou pas.
John Durr brasse des capitaux
Lehman en a besoin : vive John Durr. »

« Alors effaçons notre nom de famille. »

« Que veux-tu effacer ? »

« Le nom de notre père ne peut figurer là où tu le veux. »

« Dis-moi, n'as-tu pas utilisé notre argent
pour financer l'armée nordiste ? »

« Et toi, ne l'as-tu pas utilisé pour l'armée sudiste ? »

« Je finançais des uniformes. Toi, des armes.
C'est différent.
Les soldats du Sud avaient des baïonnettes
ceux du Nord des mitrailleuses :
l'argent pour leur achat venait de New York,
et donc de nous aussi, de toi aussi. »

« Je ne pouvais pas faire autrement.
De toute façon, je sais que tu as procuré aux sudistes
de l'explosif. »

« Bref, nous avons financé les deux camps
en même temps ? »

« Notre père vendait du bétail :
l'as-tu jamais vu demander à un client
dans quel camp il était ? »

« Là, tu te contredis.
Bien, c'est exact : notre père
aurait fait des affaires avec John Durr. »

Soudain
Emanuel blêmit
réaction adéquate
ayant été berné
par une patate entreprenante
avec un don de la dialectique
non négligeable
dont l'orgueil
l'amenait même à s'acharner :
« Moi au moins avec John Durr je vends du coton,
toi à quels commerces entends-tu te plier ? »

La nature d'un bras
ne peut toutefois
être réprimée

même si elle est en minorité.
Et bien que *Yom Kippour*
prévoie la reconnaissance de ses fautes,
Emanuel Lehman
ne s'empêcha pas
de s'écrier :
« Diable ! Quel genre de patate es-tu ?
Il y a eu la guerre, Mayer,
tout a changé :
le sale coton n'existe plus,
il n'existe plus ! Plus !
Il y a maintenant autre chose ! »

« Ah oui ? Et quoi ? »

« Je ne sais pas. Mais quoi que ce soit
cela vaut la peine de s'en soucier avant. »

Il se félicita.
Car, comme c'est parfois le cas,
un bras
peut le temps d'un instant
perdre sa rudesse de membre
en devinant
prodigieusement
que ses muscles
ne sont pas conçus pour efforts et poids,
mais peuvent voltiger
comme le font
jusqu'à preuve du contraire
les bras artistiques
des acrobates et des danseurs.

Cela arriva
dans ce salon de *Yom Kippour*
à un bras new-yorkais

dénommé Emanuel Lehman
soudain
capable de se surprendre
par une pirouette
aérienne
digne du cerveau
qu'était son frère Henry.

Dommage toutefois
qu'il y eût de l'autre côté
un tubercule
éprouvé de surcroît par une guerre
qui avait rendu son terrain aride
« Explique-toi :
je devrais renoncer à faire des affaires avec John Durr
pour partir à la recherche d'une chose dont tu ne sais rien ? »

« Dis-moi, Mayer, qui a inventé le coton ? »

« Quelle question ! Le coton a toujours existé. »

« Non. Un homme dont nous ignorons tout
s'est levé un beau matin
et a eu l'idée
d'utiliser cette plante – cette plante même ! –
pour en faire un vêtement ! Tu as compris ? »

« Compris quoi ? »

« Je veux inventer un autre coton
avant tout le monde, avant les autres.
C'est comme ça qu'on gagne de l'argent, Mayer,
et non avec le coton de John Durr
qui est maintenant à la portée de tous.
Moi je veux aller ailleurs ! »

« Où ? »

« Je n'en ai aucune idée. »

« Justement. »

Soudain tous deux comprirent
qu'ils ne s'en sortiraient pas facilement
pour la simple raison qu'ils étaient deux
et qu'avec deux voix
il n'y a pas de majorité
juste un désaccord.
De fait, leurs regards coururent
d'instinct vers le rebord de la fenêtre ouverte,
où personne n'était toutefois
assis les jambes recroquevillées
un bras derrière la nuque.

Emanuel sentit qu'il n'y aurait pas de solution.
Et Mayer sans le dire
eut la même impression.
Ils se tenaient pour la première fois
sur les deux rives du même fleuve.

Pour ne pas admettre qu'il avait tout essayé,
Emanuel hasarda cette carte :
« L'argent se trouve dans le portefeuille des gens, Mayer :
si tu veux qu'ils nous le donnent,
nous devons être prêts,
prêts à donner en échange... »

« Donner quoi ? »

« Bof. Je ne sais pas.
Ce dont ils ont besoin. Ce qu'ils désirent.
Mayer, n'importe quoi. »

« C'est justement ce qui me déplaît. »

« Tu ne comprends rien, tu es un boulet. »

« Et toi une menace. »

Tels furent
les derniers mots
qu'ils se dirent
avant un interminable silence.

S'ils n'avaient pas été
dans un salon
mais dans le beau Temple
au bout de l'avenue
que la guerre avait enfumé
le *shofar* aurait déjà sonné.
Les fautes de chacun
auraient été absoutes
et un autre *Yom Kippour* se serait achevé
avec ses vingt-cinq heures de pénitence.

Si les temps
avaient été normaux
ils auraient conclu leur jeûne
par un magnifique repas.

Mais le cuisinier était mort à la guerre.
Et les serveurs n'étaient plus des esclaves.

Aussi patate et bras sautèrent le dîner.
Et méditèrent
chacun de son côté
sur la première véritable crise
dans l'histoire de Lehman Brothers.

18

HASELE

Depuis quelques années Emanuel et Mayer
évitent de se parler.

Emanuel à New York
Mayer en Alabama
par conséquent rien n'a changé
même si tout a changé.
Vraiment tout.

En attendant, depuis que les nordistes ont gagné la guerre
Montgomery
n'est plus la même.
Certes le siège Lehman Brothers est toujours là
avec son enseigne noir et jaune
avec sa poignée qui recommence soudain à se bloquer.
Il n'a pas changé.
Pas plus que la véranda de Mayer Lehman
dans sa grande maison de Montgomery,
où Babette son épouse
enseigne le piano à ses enfants :
Sigmund, Hattie, Settie, Benjamin…
« Vous êtes les enfants de Mister Lehman Cotton »
leur disait Crâne-rond Deggoo autrefois
quand il se promenait encore

coiffé de son chapeau de paille
autrefois
il y a quelques années, mais comme mille,
alors qu'il y avait en Alabama des plantations
et que les esclaves existaient.

Depuis que les nordistes ont gagné la guerre
depuis qu'Abraham Lincoln
a libéré
en apposant sa signature sur une feuille
a libéré
en une seconde
tous les esclaves
Montgomery n'est plus la même.
Le docteur Everson
qui soignait à La Nouvelle-Orléans les enfants des esclaves atteints de la rougeole
secoue la tête
comme autrefois face à la fièvre jaune :
« Mister Lehman,
la liberté qu'on avale d'un coup
étouffe
autant qu'une bouchée de dinde trop grosse
qui se coince dans la gorge. Et, à Dieu ne plaise, je ne me trompe pas... »

Crâne-rond Deggoo
n'est plus un esclave :
grâce au Nord, à la guerre et à Abraham Lincoln
il est un homme libre, maintenant.
Plus d'obligation de vivre dans les cases.
Plus de cantine
plus de chaînes aux têtes brûlées
plus de travail sous le soleil
ni de punition sur le dos à cause de paroles déplacées.
Et pourtant

et pourtant Crâne-rond ne se promène plus.
Il a disparu, Crâne-rond, disparu.
On ne le voit plus
le dimanche matin
à la chapelle des baptistes
jouer de l'orgue
de ses mains trop grandes
qui pressent deux touches à la fois.
Et dans la grande véranda de Mayer Lehman
où sa femme Babette
enseigne le piano à ses enfants
un soir les deux plus jeunes
l'ont tirée par la manche
pour lui demander
si par hasard
Crâne-rond
était mort.
Babette ne s'est pas interrompue.
Elle leur a souri
les a assis à ses côtés
et tout en jouant
leur a mystérieusement
raconté :
« Il y avait une fois un rabbin
qui connaissait par cœur tous les préceptes de la Torah
il les connaissait vraiment tous
même les plus ennuyeux, même les plus terribles.
Mais ce rabbin avait la langue si rapide
qu'il avalait ses mots, et il était très drôle
tout le monde recherchait sa compagnie,
on l'appelait "Reb Lashon", le "Rabbin Langue"
et l'on riait dès qu'il commençait.
Chaque soir au Temple le rabbin priait :
Riboyne shel oylem

aide-moi, fais que ma langue ne parle plus si vite.
Un jour, de nombreuses années plus tard, sa prière fut exaucée.
Dès lors le rabbin s'exprima normalement
et l'on comprit tous ses préceptes
si ennuyeux et si terribles
que bientôt
l'un après l'autre les gens
l'abandonnèrent.
Le soir au Temple il levait les yeux et disait :
Riboyne shel oylem
tu as été méchant de rendre ma langue normale
car quand je parlais mal je parlais à tout le monde
et maintenant
je n'ai même pas un chien
pour converser ! »

Mais les enfants
ne comprirent pas un mot
ils se dévisagèrent
d'un regard soupçonneux.

Cela n'aurait pas été grave
si le plus perplexe
n'avait pas été le doux Sigmund
l'aîné et le préféré
vraiment incapable de comprendre
si Crâne-rond était mort pour de vrai
ou s'il s'était transformé en une sorte de rabbin.

La tendresse et l'incertitude que traduisaient ses yeux
– justement les siens ! –
ne pouvaient laisser indifférents ses parents
conscients que le petit n'était pas comme les autres
dans le projet bien étudié des postes de commandement.

On lui avait prudemment pardonné
l'innocence des premières années
et l'amour des enfants pour le jeu,
mais cette concession n'était intervenue
que dans l'attente expéditive d'un passage
le plus imminent possible
au cynisme d'un adulte, et un adulte commerçant.
Du reste le regard des hommes d'affaires
ne peut abriter que de la lumière :
il faut qu'il y ait toujours un faisceau d'ombre
pour garantir qu'ils ne se feront pas embobiner.
Or cette ombre tardait à apparaître
dans le regard si tendre
de Sigmund Lehman trésor d'Alabama :
une lumière pleine et étincelante
émanait de son visage
sans le moindre éclat de dédain
et sa douceur était assez aimable
pour inquiéter les adultes de la famille.
Les inquiéter sensiblement.
Bref Sigmund était censé faire preuve un jour
d'une certaine distinction
d'une intuition capable de décrocher
une forme d'excellence – peu importe laquelle –
pour ne pas dire une morsure de génie commercial.
Or s'il grandissait, c'était comme un champion
de générosité.
Un philanthrope convaincu
un modèle d'abnégation
qu'on aurait volontiers montré en exemple
si son avenir avait été dans les asiles ou les hospices,
non dans l'arène sanguinaire du commerce.
Dans les jeux les plus banals aussi
Sigmund se montrait désarmé, presque émouvant,
si pur avec son sourire de nourrisson

et hélas
si facile à duper dans toutes les formes de troc.
Il en vint à céder 10 marionnettes contre 2 biscuits
et, ce qui est pire, s'en vanta publiquement
raison pour laquelle son père le relégua par punition
dans l'étroit débarras situé sous l'escalier.
Ce fut un verdict impitoyable,
mais Mayer ne le regretta pas :
l'enfant avait écorné l'image de l'entreprise familiale
et il espérait de tout son être
que l'injustice subie l'endurcirait un peu.

Ce fut en pure perte.
Dans l'antre sombre où il était emprisonné
Sigmund chanta
sereinement
durant toute la durée du châtiment
inventant des chansonnettes qui parlaient de lapereaux
et quand tante Rose
descendit libérer le prisonnier
elle l'entendit demander les mains jointes :
« S'il te plaît, puis-je rester encore au coin ? »

Alors ils comprirent tous
qu'avec ce lapereau
ils avaient un problème.

19

SHVARTS ZUP

Depuis que les nordistes ont gagné la guerre
le sucre est un marché plat.
Plus d'esclaves
plus de travail
plus de marchandises
plus de gains :
plus de douceur
mais de l'amertume.

De fait on ne vend plus de sucre,
on investit dans le café.
Plus lucratif.

Le problème, c'est que le sucre se voyait, comme le coton.
Pas le café. Il pousse au Mexique, au Nicaragua.
Pour ne pas dire plus loin, au Brésil.
Il se peut qu'il y ait encore là-bas des gens
à qui briser le dos
alors qu'ici – une fois les esclaves libérés –
tout le monde exige un salaire.

Le café est donc intéressant.
On l'achète, on l'embarque dans des bateaux
on le débarque partout,

prêt à être vendu
par ceux qui savent en augmenter le prix
réduire les coûts du transport
s'occuper des fournisseurs.
Bref, par ceux qui par profession
aiment négocier.

« Lehman Brothers a la suprématie dans le coton.
A réussi dans le sucre.
Qui vous empêche de vous lancer dans le café ? »
Par ces mots
Miguel Muñoz
ours mexicain portant plus d'or qu'une Vierge
en procession
tente de convaincre un bras new-yorkais
en vidant sous ses yeux un sac de grains sombres
très parfumés
« ... Mon café est first choice *:*
si vous ne me croyez pas, venez le voir. »

Emanuel Lehman
est allé voir :
il a poussé jusqu'au Mexique
car *je ne suis pas venu en Amérique*
pour être mis en cage.

Sous une pluie torrentielle
en compagnie d'un ours mexicain couvert d'or
Emanuel Lehman traverse les champs de *Coffea.*
Autour des arbres immenses, bourrés de taches rouge foncé
des femmes et des gosses par centaines
surveillés par des gardiens avec chiens
remplissent des charrettes entières
en secouant troncs et branches
en poussant les chevaux

en frappant les baudets
et si une rixe éclate
des coups de fusil répliquent.
Miguel Muñoz aveuglant de reflets
passe ses troupes en revue
comme un général
ne se plaignant que de la boue
qui éclabousse son complet blanc :
« Alors vous aimez le paysage, Mister Lehman ?
Voyez comme le caféier est beau,
il ne pousse qu'autour de l'Équateur...
Aussi, pour en boire une tasse,
il faut l'acheter chez nous, ou en Afrique...
En Éthiopie, raconte-t-on, les coûts sont minimes :
là-bas, les indigènes crachent leur sang
pour une gamelle de soupe et une cabane.
Ici c'est un peu différent
mais comme le trajet est plus court,
il n'y a pas d'Éthiopiens pour me faire concurrence,
du moins en Amérique :
moi je vous vends des sacs au prix qui est le mien,
après quoi, si vous le voulez, le marché vous
appartient : de la Floride au Canada
Dieu sait combien il faut de café,
et Lehman Brothers peut nager dedans ! »

Il est possible que Miguel Muñoz
ait également vendu le café
qu'à cet instant précis
Mayer Lehman sirote
en Alabama
sans imaginer
une seconde
que sous le déluge mexicain
son frère Emanuel
fait des affaires.

Car Mayer Lehman
entre-temps
parcourt de long en large
du matin jusqu'au soir
Montgomery
et plus encore, tout l'Alabama
jusqu'au Mississippi, voire à Baton Rouge
en s'efforçant de croire
que la guerre n'est pas perdue
et qu'au fond
le Sud
– avec son coton béni –
demeure debout
n'est pas encore mort.

« Combien de coton me donnerez-vous à la prochaine récolte, Mister Tennysson ?
Signons l'accord
comme avant, comme autrefois. »

« Mais de quoi parlez-vous, Mister Lehman ?
Quel coton ? Quelle récolte ? »

« Je vous achète tout
au prix habituel. »

« Il y a eu une guerre entre-temps
n'avez-vous pas remarqué ? »

« Oui, mais elle est terminée :
votre plantation est debout
je vous achète... »

« Ouvrez les yeux, Lehman :
regardez donc autour de vous !
Ce qui n'est pas détruit
est quand même détruit !

Ici, il faut tout recommencer,
recommencer du début, tout reconstruire ! »

En voiture
sur la route de Montgomery
avec son cheval las
Mayer Lehman
observe ce soir
pour la première fois
le paysage :
plantations fermées
flanquées du panneau EN VENTE
entrepôts brûlés
cases où logeaient autrefois les esclaves : vides
clôtures brisées
terre remuée
carcasses de charrettes
et surtout
partout
le silence
comme dans un gigantesque cimetière
recouvrant tout l'Alabama
– peut-être tout le Sud –
naufragé
perdu
moribond.
En voiture
sur la route de Montgomery
avec son cheval las
Mayer Lehman
pense ce soir
que c'est peut-être
comme ce jour
d'il y a quinze ans
– Henry était encore vivant –

où l'incendie éclata
et où ce furent eux
les Lehman Brothers
qui firent renaître Montgomery.

Le lendemain
en costume sombre
au pied de deux drapeaux
Mayer Lehman
se tient
tout sourire
– il sait s'y prendre, lui, *Kish Kish* –
devant la table du gouverneur
qui, lunettes à la française sur le nez,
l'examine avec perplexité
ainsi qu'on examine un fou :
« Reformulez votre offre
Mister Lehman :
je crains de ne pas avoir compris. »

« Bien sûr, Excellence.
Nous nous chargeons de reconstruire.
Du début
entièrement
comme... »

« Pardon, du calme !
Vous reconstruisez avec l'argent de l'État ? »

« Oui, monsieur. Vous fournissez les capitaux
et Lehman Brothers refait l'Alabama à neuf, plus... »

« Un moment, du calme,
que je sache,
Lehman Brothers
vend du coton. »

« Nous sommes les premiers dans le commerce du brut,
excellence,
voilà pourquoi il nous revient... »

« Pas si vite, je vous prie :
Si vous parlez trop vite, je ne peux pas vous suivre.
Moi, gouverneur de l'Alabama,
je devrais fournir les capitaux pour reconstruire...
à une entreprise de tissus ? »

« Nous ne sommes pas couturiers, Excellence :
nous sommes des hommes d'affaires. »

« Mais spécialistes du coton. »

« Oui, monsieur, d'accord :
nous sommes nés du coton.
Comme vous, d'ailleurs :
n'aviez-vous pas jadis une plantation ?
Puisque le coton a engendré un gouverneur
pourquoi ne pourrait-il pas accoucher d'une banque ?
Ayez confiance en moi. »

Sur ce *« Ayez confiance en moi »*
Mayer Lehman
dégaine prodigieusement un sourire
si convaincu
si assuré
si crédible
que le gouverneur de l'Alabama
non seulement
capitule
mais aussi : *fait confiance*
et en faisant confiance remet
à une ancienne patate
des millions de dollars de capital.

Seule condition :
que sur cette porte

dont la poignée se bloque
l'enseigne soit
de nouveau
changée :
LEHMAN BROTHERS
et
à côté
BANK FOR ALABAMA.

Écrite en marron.
Comme le café, qui arrive du Mexique.

20

DER BOYKHREDER

A comme Atlanta
B comme Boston
C comme Chicago
D comme Detroit
E comme El Passo
F comme Forth Worth
G comme Greensboro
H comme Halifax
I comme Indianapolis
J comme Jacksonville
K comme Kansas City
L comme Los Angeles
M comme Memphis
N comme Nouvelle-Orléans
O comme Oakland
P comme Pittsburgh
Q comme Quincy en Illinois
R comme Raleigh
S comme Saint Louis
T comme Toronto
U comme Uniontown
V comme Virginia B.
W comme Washington
X comme Xenia en Ohio

Y comme Youngstown
Z comme Zenith en Virginie-Occidentale

Philip
a appris l'alphabet
en nommant les villes avec lesquelles
son père commerce.

De la liste
qu'il récite par cœur
sans la moindre hésitation
New York est bien entendu absent
pour la simple raison
que New York, c'est la maison,
pas un endroit pour les affaires.

En vérité,
l'alphabet de Philip
ne comporte pas non plus Montgomery,
car sa mère
ne juge pas déterminant
que tout le monde sache
que c'est de là que nous venons.

En particulier maintenant,
avec l'air excitant qu'on respire :
depuis que les nordistes ont gagné la guerre
New York
semble encore plus beau.
Au 119 de Liberty Street
à l'enseigne noir et jaune
flambant neuve
on n'a jamais vu entrer autant de gens
de toutes les sortes et de tous les types
depuis que
Emanuel Lehman
fils d'un marchand de bestiaux

est devenu l'un des fondateurs
de la bourse du coton de New York.
Ici à New York
où l'on n'a jamais vu le moindre champ de coton
afflue tout le coton existant en Amérique
tout le coton qui est sur le marché
tout le coton qu'il est possible d'écouler :
depuis que la guerre a balayé
d'un seul coup
l'arrogance du Sud
et la honte des esclaves :
suffit, terminé,
tous libres, tous égaux,
Abraham Lincoln l'a emporté
Washington l'a emporté
mais surtout
surtout New York
où tout
tout
pas seulement le coton :
tout
se change en billets de banque, si bien
qu'aujourd'hui *the King Cotton*
– l'or du Sud –
comme le dit Emanuel :
« vous fait gagner de l'argent, c'est certain,
mais ne vous rend pas riches ».

Depuis que les nordistes ont gagné la guerre
New York
n'est plus le même :
des feux d'artifice incessants
des surprises incessantes
toujours plus

toujours plus
toujours mieux
Emanuel Lehman
le perçoit
il le sent
dans l'air
tandis qu'en voiture
avec sa femme Pauline
il conduit à l'école hébraïque
Milton, Philip, Harriett et Eveline.
Parfaitement vêtus
coiffés
dignes
bien élevés
ils seront en classe avec les enfants Sachs
Singer
Goldman
Blumenthal :
comme eux, ils feront leur *bar-mitsvah* au Temple
comme eux, ils apprendront l'équitation
comme eux, ils s'essaieront au nouveau sport
importé à New York par Miss Mary Outerbridge
et dénommé tennis.
Et comme eux ils joueront, sûrement, du violon
car chaque famille new-yorkaise possède
un enfant qui joue du violon :
le violon est léger :
« il exalte la silhouette »
on en joue debout
devant tout le monde
et c'est un instrument moderne,
d'avenir, agile,
il n'est pas encombrant, colossal,
comme les pianos dans les vérandas du Sud.

Philip Lehman
n'a pas encore six ans
et il en joue à la perfection.
C'est le meilleur élève
le meilleur de l'école hébraïque
le meilleur de la chorale
il sait lire et écrire
en hébreu en allemand en anglais
compter jusqu'à 100
en hébreu en allemand en anglais,
lors des fêtes pour surprendre les invités
sa mère l'a prié d'indiquer dans un atlas
le petit point
qui porte le nom de Rimpar, Bavière.
Philip pourrait aussi montrer
Montgomery, Alabama,
mais cela – lui a dit sa mère –
intéresse moins les invités.
« Plutôt, Philip,
montre à tout le monde
combien tu es fort en économie :
quels sont les deux trésors de la famille ? »
« Le coton ! »
« Le coton ?
Que dis-tu là, Philip ?
Ne te distraie pas !
Que répète ton père ?
Lehman Brothers se tient
sur deux piliers
et ces piliers sont… »
« Le café et l'industrie ! »
« Très bien Philip !
Va donc jouer. »

Le café et l'industrie.
Car depuis que les nordistes ont gagné la guerre
New York
a littéralement
perdu la tête
pour un liquide noir du nom de *café*
et pour un endroit noir du nom d'*usine*.

Près de la bourse du coton
on a ouvert la bourse du café.
Emanuel Lehman en fait partie
de même que les Goldman
les Blumenthal
les Sachs
les Singer :
Baroukh HaShem pour *the King Coffee !*
Substitut prodigieux du coton :
le café quitte New York,
négocié
signé
payé
embarqué,
il lève l'ancre, allez, direction le monde entier.
On le réclame en Europe
au Canada, partout.
Lehman Brothers avait 24 plantations de coton
maintenant elle a 27 fournisseurs de café.
Or le café aussi,
comme le dit Emanuel Lehman :
« fait gagner de l'argent, c'est certain,
mais ne vous rend pas riches ».

Ce qui rend vraiment
riche
Emanuel le sait
et son beau-père le confirme

c'est la grande course de l'industrie,
entièrement à financer :
il faut remplir
l'Amérique
de hangars et d'usines
textiles
mécaniques
chimiques
pharmaceutiques
du nord au sud
de l'est à l'ouest
distilleries sidérurgie forges
de Washington jusqu'à Los Angeles et Sacramento
de l'Atlantique jusqu'au Pacifique.
Même Teddy Wilkinson Mains-de-soie
a transformé son industrie :
au diable le coton
il fabrique désormais écrous et boulons en fer,
et a deux fois plus d'argent qu'avant.

« Un moment, Mister Lehman :
que je sache
Lehman Brothers vend du coton »
a dit l'inspecteur en chef de l'Union des industriels
quand Emanuel Lehman
lui a proposé de servir d'intermédiaire :
je fournis les matières premières, vous les travaillez,
et si vous le voulez je peux construire moi-même vos usines.
« Oui, mais pourquoi, excusez-moi,
devrions-nous fournir des capitaux pour construire des usines... à une entreprise de tissus ? »

« Je ne vous autorise pas à m'insulter ! »
lui a crié au visage

tout rouge
Emanuel
qui à près de cinquante ans reste un bras.

« Je ne sais pas, Lehman :
j'ai besoin de réfléchir. »

« Bien sûr, monsieur :
je reviendrai vous voir dans une semaine. »

Emanuel
s'est représenté au bout de six jours exactement
avec la même offre :
« Je ne sais pas, Lehman :
ce n'est pas encore clair. »

Et ainsi de suite
de six jours en six jours
imperturbable
selon sa stratégie de bras
infatigable
et cependant
dans ce cas
désespérément
inutile
puis
un soir
allongé dans son lit
au moment de s'endormir
Emanuel Lehman
a senti une brise
lui caresser l'oreille
comme la meilleure des solutions
et cette brise
en provenance de Montgomery
à la vague odeur de patate *Kish Kish*

était assez forte et claire
pour le pousser
dès le lendemain matin
à l'aube
vers la petite pièce du Sud
dont la poignée de nouveau se bloque.

« Écoute-moi bien, Mayer,
je n'ai pas fait tout ce chemin pour te saluer.
J'ai pris une décision :
tu ne peux plus rester ici
j'ai besoin de toi à New York. »

« Moi, à New York ?
Nous étions bien d'accord :
je resterais à Montgomery
et toi là-bas
à Liberty Street. »

« Bon sang ! Quelle patate es-tu donc ?
Il y a eu une guerre, Mayer,
et tout a changé :
le sale coton a disparu
et il a été remplacé !
Il y a toute l'Amérique à industrialiser !
Et puis, c'est décidé : j'ai besoin de toi, c'est tout. »

« Je reconstruis l'Alabama
avec l'argent de l'État. »

« Tu peux le faire de New York !
Ou plutôt : tu le feras mieux.
C'est à New York que tout bouge.
Bref, je suis ton frère aîné,
je sais ce qui est bien pour toi. »

C'est alors qu'apparaît
dans le rectangle de la porte

la frimousse toujours muette de Dreidel
âgé d'un peu plus de quinze ans
aux jambes aussi maigres que deux branches sèches.

Parfois, étrangement,
les mots
fondent comme neige
devant un seul rayon de soleil :
quelque chose de ce genre
se produisit dans cette pièce.

Et non parce que Dreidel
avait fait
quoi que ce soit
ni interrompu son rigoureux silence.

Simplement
sur le seuil ce gamin
se contenta de fixer oncle Emanuel
d'une façon inhabituelle
puis, de la même manière, oncle Mayer
enfin il entra d'un pas assuré
et s'assit non à la table
ni sur le divan
ni même dans un fauteuil
mais
sur le rebord de la fenêtre ouverte,
les jambes recroquevillées
un bras derrière la nuque.

Mayer dévisage son frère,
le temps de lire dans ses yeux
la même pensée que la sienne,
la certitude
mathématique et absurde
que ce gamin est une marionnette

mystérieusement animée
par une victime de la fièvre jaune.

À une distance égale d'un cerveau et d'un bras,
dans un silence qui paraît gluant
Mayer *Bulbe* articule un discours
poussant mandibules et mâchoires à l'obéissance :
« Nous envisageons de nous rendre à New York
et ce non en qualité d'entreprise
mais en qualité de banque.
Emanuel l'a décidé, je ne suis pas convaincu.
Mais nous sommes trois, Henry :
tu apportes la majorité.
Que votes-tu ? Pour ou contre ? »

Henry prend tout son temps.
C'est une des prérogatives des cerveaux.

Assis, immobile,
sur le rebord de la fenêtre ouverte,
les jambes recroquevillées,
un bras derrière la nuque.

Il ne dit rien.

Il opine et c'est tout.

Et le tournant est pris.

LIVRE II

PÈRES ET FILS

1

THE BLACK HOLE

Yéhouda Ben Tema
écrit
dans les *Maximes des pères* :
tu auras cinquante années pour devenir sage
tu en auras soixante pour devenir savant.

Emanuel Lehman
qui est à mi-chemin entre cinquante et soixante ans
se sent en effet
indiscutablement
aussi bien savant que sage.
Et n'en doute pas un instant.
Car pour lui le savoir est action.
Et la sagesse aussi.
Raison pour laquelle,
si tels sont les ingrédients,
en agissant il les tient
bien serrés dans son poing.
Suffit.

D'autre part, comment ne pas agir
quand on habite en plein New York ?
Ici tout est mouvement
ici tout est action
ici tout est énergie

et un bras
y est donc à son aise.
D'autant plus
qu'il n'y a maintenant
qu'un mot d'ordre : combustible.

Merveille de la modernité :
comment n'y avons-nous pas pensé tout au long de ces années ?
Une seule chose distingue l'homme des dieux :
c'est le fait que le premier se fatigue.
Les dieux ne se dépensent pas
les dieux ne s'essoufflent pas
parce qu'ils ont de toute évidence
aux étages supérieurs
une forme ininterrompue d'énergie.
Parfait.
Inspirons-nous de ce modèle.
Copions-le.
En d'autres termes, donnons à tous les hommes
un combustible divin !
L'humanité n'aura plus de limites
car nous fournirons de l'énergie aux moteurs.

« Ça pourrait sans doute,
être un investissement… »
a pensé Emanuel Lehman
quand Mister Wilcock, Seigneur du charbon,
l'a invité dans le Nord, dans les mines,
ne serait-ce que pour jeter un coup d'œil.

« Il faut que j'y réfléchisse »
s'est dit Emanuel,
découvrant qu'entre cinquante et soixante ans
un bras
peut carrément s'accorder le temps de penser.

Dommage que ce temps
n'ait pas duré longtemps.

Juste le temps de remarquer
que malgré ses vingt printemps
Dawid, le fils turbulent de tante Rose,
épuise brusquement ses ressources
est même capable de s'assoupir
se privant de sarabandes
l'espace de quelques heures.

Incroyable :
Dawid est un cheval emballé
qui arpente New York
de Manhattan jusqu'aux faubourgs
et des faubourgs jusqu'au Queens,
Dawid est un tourbillon incessant
consumé par un incendie
qui lui vaut une étrange façon de parler :
« Ohé ! Mon oncle ! Bonjour !
Ohé ! Qu'en dites-vous ? Il va pleuvoir ?
Vous sortez ? Non ? Hein ?
Vous restez ? Oui ? Moi ? Bah !
Le dîner ? Ma mère ? Ohé ?
Le cheval ? Où ?
Je pars ! À ce soir !
Ohé ! Portez-vous bien ! Bye bye ! »

Après quoi,
si Dawid est assis, il remue toujours les jambes
il se lève
se baisse
se lève
se baisse
les muscles du cou tendus
en une sorte de jaillissement intermittent

il regarde en haut
regarde en bas
regarde en haut
regarde en bas
et pourtant, malgré tout,
en vertu de la loi de la Nature,
Dawid Lehman
agglomérat mécanique en forme de neveu
prodige de l'industrie de la fin du XIXe siècle
s'arrête
à intervalles réguliers
pour satisfaire le besoin irrépressible de se recharger.
Et cela l'immobilise ! Le rend inactif !
En d'autres termes, lui nuit,
ainsi que Dawid lui-même le lui a dit – soir fatidique :
« Cher oncle ! Ohé ! Puis-je ?
Fatigué ? Je dérange ? Non ?
J'ai fait un calcul ! Intéressant ? Peut-être !
Bien ! J'ai quel âge ? 24 ans !
Je dors combien de temps ? 6 heures ! Par jour !
Et donc ? Vous y êtes ? Un jour entier de perdu tous les 4 jours ! Non ? Oui !
Tous les 4 jours ! Un jour entier à zzzzzzzzzzzzz ! Hein ?
Et en un an ? Tenez-vous bien ? 91 ! Jours ! Hein ?
Je suis clair ? De sommeil ! 91 jours zzzzzzzzzzzzz !
Et en 24 ans ? Un choc ! 2 190 ! Soit ? 6 ans ! Entiers !
Et vous ? Plus du double ? Mon oncle ? Vous suivez ? 15 ans ! Ou presque !
Hein ? Dingue ! Bah ! Pendant 15 ans zzzzzzzzzzzzz !
Bon, je tenais à vous le dire ! Portez-vous bien !
Bonsoir ! Bye bye ! »

Comment tuer un être cher.

Parfois dans la vie
on se rend soudain compte qu'il y aura
désormais un avant et un après :
Emanuel Lehman sentit tout de suite
au creux de son estomac
qu'un de ces instants était arrivé.

La mort de son père elle-même
en Allemagne, à Rimpar,
n'avait pas eu un impact aussi fort,
et non parce que la nouvelle était parvenue dans un mot laconique.
Les 57 secondes qu'avait duré
cette longue et insolite conversation avec Dawid
marquèrent une étape indélébile
dans son parcours existentiel.

Tout était vrai.
Dramatiquement.

Ou mieux : c'était encore pire,
puisque le calcul impitoyable du garçon
reposait sur un sommeil de 6 heures :
comment avouer que lui, Emanuel, en dormait 8 ?
Resté seul dans le bureau
en un tête-à-tête crucial avec sa misère
Emanuel constata
en effet
que depuis son arrivée en Amérique
en effet
pendant près de dix ans il avait *zzzzzzzzzzzz*.
Et soudain défilèrent dans son esprit
les mille choses qu'il aurait pu faire
au lieu de *zzzzzzzzzzzz*
pour lui-même
pour Lehman Brothers

pour sa famille
pour la patrie
pour l'histoire et pour la gloire
aussi
céda-t-il à la sensation malsaine
d'avoir été dépouillé de sa personne,
et à cause de quoi ?
D'une dépendance – méprisable et congénitale –
au mécanisme trop lent du repos ?

Après le gouffre, il perçut la lumière.

Il quitta donc son fauteuil
avec l'élan authentique
d'une authentique mission :
si Lehman Brothers n'avait pas à reconfigurer l'homme,
elle pouvait – et devait – le doter
d'un système de production incessant
à cycle continu
alimenté par des combustibles divins
sans plus d'arrêts
sans plus de pauses
sans plus de *zzzzzzzzzzzz*.
Et personne n'était mieux placé pour le faire qu'un bras poussé par son neveu dans une guerre contre le sommeil.

Voilà qu'il y avait enfin une prémisse
pour sauver l'humanité entière
disant adieu au méritant *King Cotton*,
d'autant plus qu'en cet instant
la fougue de sa pensée l'amena à constater
qu'il n'y avait que du tissu
dans les chambres à coucher :
en tissu étaient les draps
en tissu les taies les couvertures les oreillers

il se sentit donc pour le moins responsable
d'avoir garni des millions de lits (le sien inclus)
et
ce fut peut-être la première fois
qu'un des Lehman Brothers
s'abstint de réprimer une sensation de dégoût
en se sachant
marchand de coton.

Suffit.
Fin de la narcose.
Fin des berceuses.
Le seul soulagement qu'Emanuel put trouver
fut dans la constatation
qu'une partie des affaires de Lehman
résidait dans le café, l'ennemi des dormeurs.
Et il s'en remercia.

Et maintenant ? Comment agir ?

Une semaine plus tard
fidèle à sa ligne exécutive
un bras new-yorkais quittait la ville
pour un voyage commercial pressant
auquel son frère Mayer préféra renoncer,
prouvant que, transplantée dans le Nord,
une patate du Sud ne guérissait pas
et préférait à l'action
l'étreinte du sommeil.

Peu importe. En avant.
Emanuel partit.
Accompagné cette fois
– car il faut toujours honorer l'intuition –
d'un garçon de vingt ans bourré d'adrénaline
petit-fils d'un marchand de bestiaux

peut-être sous-estimé pour l'avenir de l'entreprise.
Mais il était temps d'y remédier.

Ils roulèrent pendant deux jours
au cours desquels Dawid Lehman
trompa la torture de l'immobilité
en montant et remontant
quatre fois
les garnitures des sièges
et en assortissant le tout
d'un flux ininterrompu
de *« ohé ! »*, de *« hé ! »*, de *« bah ! »*
et autres sons plus ou moins syncopés
d'une exquise créativité.

Le dernier *« ohé ! »* fut prononcé
avant qu'ils ne descendent
dans un ravin tout en boue et en pierres
devant une montagne éventrée
comme un corps trépané
sur la table d'un chirurgien.
« Ohé ! Mon oncle ! Vous avez vu ? Bah ! »
Rails et monte-charges s'encastraient mutuellement
le vacarme était infernal, la puanteur écœurante,
mais ce qu'il y avait de frappant, c'était la foule
d'individus de toute la planète,
Chinois, Peaux-Rouges, Africains, Hispaniques
et même de très nombreux Blancs – *ohé !* –
dont la couleur de peau
n'avait toutefois
pas la moindre importance
puisque chacun – *ohé !* –
sans distinction – *ohé !* –
avait sur le visage une couche de suie
noire comme la poix

épaisse comme un gant
et que seuls le blanc des yeux s'en détachait. *Bah !*

« Dans les plantations de coton tout le monde était noir... songea Emanuel,
... dans les mines de charbon cela ne change rien. »
Et cela aurait pu susciter
une réflexion intéressante sur les races
si l'objet de la mission
avait été philanthropique
au lieu de viser le *business* du charbon.

Voici en effet le propriétaire, Mister Wilcock,
très rapide malgré les béquilles
qui le soutiennent depuis dix ans
une de ses jambes ayant sauté en même temps que le charbon :
prix de la modernité
ou obole à la montagne.
Le fait est : les invalides eux-mêmes ne pouvaient demeurer immobiles
dans la grande course de la fin du XIXe siècle.

Mister Wilcock parlait exclusivement de charbon.
À sa seule mention
s'éclairait
son visage triangulaire, pointu,
doté d'une moustache tombante
et d'une peau un peu fumée :
« Bienvenue à Black Hole, la plus grande mine d'anthracite de toute l'Amérique du Nord.
Si vous voulez descendre pour regarder,
vous devrez mettre un casque, comme tous les mineurs. »
Et il les précéda
sautant rapidement sur les pierres
bien qu'il fût handicapé.

L'expérience de la mine fut mémorable.

Non parce que deux riches Juifs blancs
eurent, pendant une heure, la peau sombre
en sentant rejaillir une affection intacte
pour Crâne-rond Deggoo
souvenir de l'Alabama.

Ce n'était pas tout.
Emanuel Lehman
ne pouvait qu'estimer enthousiasmant
le fait que, pour donner du pain au grand repas de l'industrie,
tous ces gens
venus de toutes parts
grattaient l'intestin de la Terre
et lui volaient rien de moins que de l'énergie.
De l'énergie pure.

Agrippé avec son neveu
au bord rouillé
d'un wagon bruyant
très rapide et en piqué
Emanuel Lehman
n'éprouva pas la moindre crainte :
plus forte était la sensation – splendide ! –
que les mineurs extrayaient
des profondes parois de la Terre
non du charbon mais une avalanche de lingots d'or, et de billets de banque
que Lehman Brothers s'approprierait – et comment.
Le seul fait d'en percevoir la portée
fut pour Mister bras
une sorte de panacée
qui le dédommagea
quoique en partie
de ses quinze années de sommeil profond.

D’autre part, son neveu Dawid
ne cessa pas un instant de rire ni de sauter :
il était pleinement à l’aise
parmi ces escadrons rampants,
il leur enviait les coups de pic
leur frottement contre le sol
leur glissement et leur ascension,
et ce hurlement dans la montagne
déchaînant un furibond et fantastique écho.
Il aurait aimé les imiter
il s’en abstint par respect pour la firme familiale,
mais au moment de repartir
il ne put résister à son désir
et obtint de Mister Wilcock
le comble de l’apothéose :
escorté au fond d’un couloir par trois Chinois
il fit sauter deux charges de dynamite.
Et le plaisir qu’il en tira
fut plus que des paroles :
de l’énergie pure.

Ce soir-là, en effet, il ne put s’endormir.

Son oncle ne dormit pas non plus, dans la chambre voisine.
Les yeux écarquillés
pour récupérer le temps perdu
il lut et relut
au moins cinq fois
le premier contrat qui le liait au charbon.

2

DER BANKIR BRUDER

Yéhouda Ben Tema
écrit
dans les *Maximes des pères* :
tu auras cinquante années pour devenir sage
tu en auras soixante pour devenir savant.

Mayer Lehman
a cinquante ans
et ignore tout de la sagesse
mais si cela signifie : *« observer sans bouger »*
il se peut qu'il soit sage.

Son père
marchand de bestiaux
il y a mille ans
– en Allemagne, à Rimpar, Bavière –
disait que les sages sont comme des branches
qui se révoltent contre le vent
et refusent de ployer.
« Si c'est ça, pense Mayer,
c'est bon pour moi. »

Oui.
Car alors que tout le monde

désormais
s'ingénie
à faire faire faire
construire construire construire
inventer inventer inventer
Mayer Lehman
reste immobile.
Par exemple :
l'entrée du siège de New York
vient tout juste d'être surmontée
d'une enseigne indiquant
LEHMAN BROTHERS BANK.

Ils n'ont pas perdu de temps.
Absolument pas.

Parce que la vieille enseigne, au fond,
n'était qu'un long rectangle étroit
– aussi long que la façade –
formée de trois morceaux :
LEHMAN pour commencer
puis BROTHERS
et COTTON.

Voilà.
Solution new-yorkaise :
sans faire d'histoires
il a suffi d'ôter celui de droite.
Le dernier morceau, justement : COTTON.
Il gît sur le sol
déjà vieux
dans la rue.
À sa place on en a hissé un nouveau
frappé de quatre lettres : BANK.
Diable qu'il est beau !

On l'a monté avec des cordes
et accolé au millimètre
précis, parfait,
à LEHMAN BROTHERS.
Maintenant les menuisiers rassemblent les morceaux
ils les rassemblent
les rassemblent avec des clous
et ils ne font plus qu'un :
LEHMAN BROTHERS BANK.

Mayer les contemple, sur une chaise.
Qu'est-ce que ça veut dire être une banque ?
Qu'est-ce que ça change vraiment pour nous ?

Les patates en général réfléchissent calmement :
la longue période qu'elles ont passée sous terre
limite
largement
leurs soubresauts à la surface.

De fait
dans ce cas aussi
Mayer *Bulbe*
en vient à isoler deux simples concepts.

Le premier : quand nous étions dans le commerce
les gens nous donnaient de l'argent
et nous leur donnions quelque chose en échange.
Maintenant que nous sommes une banque
les gens nous donnent de l'argent
mais en échange nous ne leur donnons rien.
Du moins pour le moment. Par la suite on verra.

Le second : quand nous étions dans le commerce
il suffisait de montrer à nos enfants
un rouleau de tissu
un chariot de sucre

un baril de café
pour qu'ils comprennent en quoi consistait notre métier.
Maintenant que nous sommes une banque
nous avons beau chercher nos mots
nos enfants ne comprennent pas, ils renoncent et vont jouer.
Jouer, justement.

« Au fond, au fond,
songe Mayer Lehman,
ce n'est sans doute pas pour rien
que les enfants jouent à faire semblant
d'être instituteurs, médecins ou peintres,
et qu'aucun
jamais
ne propose de "jouer à la banque" :
celui qui interprète le banquier
doit en effet rafler l'argent des autres
et les priver de goûter :
quel drôle de jeu est-ce là ! »
Allez donc expliquer aux gamins
que l'argent de la banque sert à l'industrie.
Allez donc leur expliquer que le système
a besoin d'une caisse d'épargne !
Mayer Lehman
en est arrivé à la conclusion suivante :
il n'aimera profondément
ce nouvel aspect du métier
que le jour où il verra
un banquier
expliquer aux enfants
le jeu de la banque.
Et le leur faire apprécier.

Mayer *Bulbe*
y réfléchit un moment

tout en regardant son nom
accolé au mot : BANK
sur l'enseigne.

Son fils Arthur
âgé de deux ans
est assis sur ses genoux :
il a un demi-siècle de moins que lui
et lui tire la barbe de sa menotte.
Mayer s'abstient de réagir :
il le laisse provoquer.
Peut-être parce que Arthur est né à New York :
son sang ne contient
pas une seule goutte
d'Allemagne
ni d'Alabama.
Il est neuf, Arthur.
Tout neuf, Arthur.
Fils de New York, Arthur.
Voilà pourquoi
vus ensemble
– son père et lui –
ils évoquent la vieille enseigne
LEHMAN BROTHERS
flanquée du nouveau mot : BANK.
Est-ce pour cette raison que les gens rient en passant ?
Ils rient, oui.
Non parce que Mayer est vêtu bizarrement
en richard du Sud
avec ses guêtres à rayures
que personne
à New York
jamais
personne
ne chausserait
pas même par mégarde.

Non : ce n'est pas la tenue qui attire les regards.
C'est le fait que Mayer soit assis
immobile, souriant,
là
sans rien faire.
Rien.
Se laissant tirer la barbe.
Fait étrange.
Étrange et comique qu'ici, en plein quartier d'affaires :
119 Liberty Street
où chaque minute est un dollar qui brille
119 Liberty Street
où tout est un chiffre
119 Liberty Street
où même les mouches ont une valeur,
qu'ici
il y ait un millionnaire juif de cinquante ans
qui ne fait absolument rien :
assis de la sorte
dans la rue
un enfant sur les genoux
il regarde les gens piétiner
une vieille enseigne barrée du mot COTTON.
« Qu'est-ce qu'on fait de ce morceau ?
Mister Lehman, on jette la vieille enseigne ? »
Mayer ne répond pas.
« Nous pouvons la découper
et vous la brûlerez dans le poêle :
le bois est vieux, mais pas pourri. »
Mayer ne répond pas
il sourit, garde ses pensées pour lui :
ils ne comprendraient certainement pas.
« Bon, on demandera à votre frère. »

Mayer opine, acquiesce.
Tant mieux.
Emanuel est un bras, il ne fait pas d'histoires
et ce n'est pas qu'il néglige certaines pensées,
elles ne lui viennent même pas à l'esprit.
De fait, la première action que le bras
a accomplie ce matin
a consisté à envoyer acheter
4 seaux de peinture
car une fois que l'enseigne sera prête
il faudra
immédiatement
– sans attendre –
immédiatement
la peindre
tout de suite
immédiatement
sinon le nouveau BANK
tranchera trop sur le vieux LEHMAN BROTHERS
et
*« ... nous aurons l'air d'une grand-mère
coiffée d'un chapeau de gamine ».*
Parole d'Emanuel Lehman
qui refuse
d'appartenir aux vieilleries ridicules.
« On tourne la page, cher Mayer, on tourne vraiment la page, c'est tout ! »
Parfait.

Et donc ?
Donc peinture fraîche : nouvelles couleurs
au rebut ce jaune délavé digne d'un magasin de tissu :
*« Je veux de grandes lettres
peintes comme de l'or
sur fond noir.*

Et tu sais pourquoi, Mayer ?
Il y a une raison, ça oui !
Je ne fais rien par hasard :
l'or vient du noir
c'est-à-dire du noir du café
du noir du charbon
et puis... de la fumée des locomotives ! »

Les locomotives.
Chaque fois qu'Emanuel les mentionne
– et il les mentionne souvent –
une étrange grimace lui déforme les lèvres,
comme si une esquisse de sourire
se teintait d'embarras.
Emanuel s'en aperçoit peut-être
car en criant il précise :
« Le chemin de fer, Mayer ! Le chemin de fer, bien sûr !
Le train n'est pas une somme de zéro-virgule :
le chemin de fer nous apportera de gros capitaux ! »

Mayer dévisage son frère.
Cela fait un certain temps
maintenant
qu'Emanuel
est obsédé
par cette histoire des *« zéro-virgule »*.

Il répète
comme un refrain
— les *« zéro-virgule »*
— les *« zéro-virgule »*
— les *« zéro-virgule »*
à l'infini
comme autrefois
en Allemagne, à Rimpar, Bavière,
il y a mille ans

quand, enfants,
ils entendaient une chansonnette juive
chantonnée par oncle Itzaekel
et pendant des mois
l'avaient toujours sur les lèvres.

Mais maintenant
ici
à New York
au 119 Liberty Street
la question est la suivante :
quel genre d'oncle Itzaekel
a-t-il appris à Emanuel
la chansonnette des zéro-virgule
et surtout
la chansonnette du chemin de fer
qui apporterait des capitaux,
vu qu'Emanuel en parle depuis des années
mais qu'ils n'y ont pas investi un seul cent ?

Le chemin de fer…
Emanuel a même fait suspendre
– à l'entrée de Liberty Street –
une affiche de la Northern Railway
montrant une locomotive lançant des bouffées de fumée.
Et puis ?
Et puis Lehman Brothers repose
sur le marché du charbon
du café
du bois
sans parler de ce qui reste du coton.

Bref de tout,
mais pas des trains.

Mystère.

En attendant, les jours passent
et la seule présence ferroviaire
qu'on perçoit dans Liberty Street
est un petit train en bois
couleur jaune canari.
Oncle Emanuel l'a offert à ses plus jeunes
neveux
Arthur, Herbert et Irving :
« Mais un jour, je le jure, je vous en donnerai un vrai. »

Il est toujours agréable de jouer avec les trains.

3

HENRY'S BOYS

Henry Lehman était trop intelligent
pour ne pas laisser à son entreprise
d'héritier digne de ce nom.
Comment pouvaient-ils imaginer
– Emanuel et Mayer, cette patate de frère –
qu'un cerveau tel que Henry
cesserait vraiment de les aider
quoique fractionné dans les crânes de deux fils ?

Le turbulent Dawid
et son très muet frère Dreidel
se partageaient en somme
– selon des proportions dictées par un déséquilibre biologique –
la grosse fortune cérébrale
d'un père fondateur
d'un pionnier
d'un précurseur.

De cette assertion
il fallait tenir compte.

Henry Lehman au fond était une lumière.
De son temps il résolvait tout.
Tout ce qui provenait de son halo

se montrait sensé sur le terrain,
exception faite
du jour maudit
où il capitula devant la fièvre jaune
privant le marché du coton
d'un champion.
Et puis
il avait inscrit son nom
sur l'enseigne
tandis qu'Emanuel et Mayer
s'ébattaient encore dans les prés
d'un endroit légendaire dénommé Rimpar.

Ils ne pouvaient pas l'oublier.

Certainement pas maintenant
certainement pas dans cette phase,
alors que
les fils de tante Rose
étaient des jeunes gens, plus des enfants :
Dawid comme Dreidel
portaient un pantalon
et leurs joues laissaient entrevoir
des poils prometteurs.

Il fallait les impliquer.
Tôt ou tard.

Justement : tôt ou tard.

Car le bras et la patate
n'avaient envie
ni de céder les rênes
ni d'être épaulés.

Ils prenaient donc leur temps.
D'autant plus que – ne l'oublions pas –
la famille de tante Rose

avait toujours reçu sa part :
un tiers des gains, régulièrement.
Elle ne pouvait donc pas se plaindre.
Rien ne pressait.

Tout du moins en apparence.
Car tout doucement
jour après jour
chez Lehman Brothers
les choses changeaient.

Était-ce l'air de New York ?
Ou le fait plus banal
que Mayer et son frère vieillissaient ?

Bref, de temps à autre
une question sur l'avenir
se posait.
Et les fils de Henry
étaient concernés,
à juste titre.

Pour commencer, Dawid.

Agité
dans ses éternels frémissements
incapable
de rester assis à une table
parcouru
des chevilles jusqu'aux mâchoires
du gros orteil jusqu'aux oreilles
par une formidable tension électrique,
Dawid Lehman
venait d'empocher
aux yeux de son oncle
une promotion héroïque :
on lui devait l'affaire du charbon

et plus encore
on lui était reconnaissant
d'avoir mis un réveil
au sommeil familial.
N'était-ce pas là du génie ?
N'était-ce pas là du commerce ?
N'était-ce pas là la marque
d'un Henry Lehman
jamais trop regretté ?

Donc
même si Mayer hésitait
Emanuel,
poussé par
un « merci » plutôt discret,
songeait à l'impliquer
et comment
dans la direction de la banque. *Ohé !*

Et plus il réfléchissait
plus cela lui paraissait clair
notamment parce que
Dawid manifestait
dans son explosion à outrance
de remarquables qualités
pas tant d'intelligence
que de résistance physique à l'effort
facteur nullement secondaire
dans le grand rodéo du marché new-yorkais.
En plus d'une occasion
pendant les parties et les dîners
– où il était une marchandise très demandée –
son inébranlable bonne humeur
« Ohé ! Une blague ? Vous aimez ? Je la dis ? »
jointe à une tolérance allemande à l'alcool.
« Encore ! Versez ! Ça descend ! Une autre tournée ? »

avaient apporté à l'entreprise Lehman Brothers
un sceau de solide fiabilité
d'autant plus que
contrairement à ses oncles qui avaient le triple
de son âge
il surmontait abondamment
le seuil critique des quatre heures d'affilée de relations publiques.
Si donc Mayer avait mérité
sur un champ de bataille bien différent
le statut de *Kish Kish*
son neveu Dawid
le surclassait impitoyablement
ce qui est souvent le cas des nouveaux engins
par rapport aux engrenages du siècle précédent.
Sa gamme de prestations était en effet bien plus vaste :
Mayer disposait au fond
d'un beau sourire et d'une oreille musicale,
tandis qu'à ces qualités
Dawid ajoutait
numéros acrobatiques
touches de prestidigitateur
répertoires de saynètes yiddish
chansons en allemand
une maîtrise parfaite de la langue anglaise
le tout associé à une effronterie
qui enfreignait les limites de la bonne éducation
mais dont les excès étaient
aussitôt
et par tous
pardonnés
parce qu'il était profondément américain
un Buffalo Bill
à la sauce juive et métropolitaine

avec quelques éclats du soleil de l'Alabama.
De surcroît
le jeune Lehman
était un article fort apprécié
de la clientèle du beau sexe,
mères comme filles,
les premières appréciant le *sprint* de ses vingt ans,
les secondes – en masse –
ses danses effrénées
qui à l'occasion d'un *Rosh Ha-Shana*
saluèrent les lueurs de l'aube. Et il recommencerait.

Dans les cercles des industriels
on se demandait
avec un sérieux intérêt
si Dawid
était un dispositif alimenté au charbon, au gasoil ou au kérosène.

Emanuel Lehman
avait donc l'impression
de posséder un atout
avec cet Achille personnel
et au fond de son cœur
il l'avait déjà accueilli
dans les rangs des Atrides.

Un problème se posait donc.

Entre Dawid et Dreidel
la place à la banque
n'était pas prévue pour le corsaire de la polka
elle revenait de droit au prince silencieux.

Il convient de dire ici
que Mayer comme Emanuel

saisis d'une sorte de respect sacré
s'étaient abstenus d'évoquer
en famille
pas même devant tante Rose
ce moment si étrange
où Dreidel
s'était mué
pleinement
en ce frère nécessaire pour un vote à la majorité :
c'était de fait grâce à lui
que Lehman Brothers
avait appareillé à New York
en tant que banque.

Pour ne pas trop peser sur le garçon
les deux oncles
avaient par un accord tacite
enfermé ce souvenir dans leur esprit,
se promettant mutuellement
de lui attribuer une quote-part sociétaire
dès qu'il aurait atteint sa majorité,
car au fond
bien qu'il ne parlât jamais
l'épisode du rebord de la fenêtre suffisait largement
à balayer toute question.

Le jour viendrait donc
où la voix de Henry
retentirait de nouveau
pleinement
au sein de Lehman Brothers…
En admettant
que cette voix soit audible
puisque Dreidel
ne semblait pas disposé à émettre le moindre son

et n'avait guère connu de succès
les rares fois où cela lui était arrivé.

En vain
son oncle Mayer lui avait offert
une machine à écrire
dans l'espoir qu'il exprimerait
noir sur blanc
ce qu'il dissimulait oralement au monde :
rien à faire, les pages demeuraient blanches.

Il ne servit à rien non plus
d'essayer de flatter
l'orgueil du garçon
en lui laissant entendre
par des périphrases éloquentes
que *peut-être un jour*
il remplacerait son père
au sein même de la banque.
Rien. Le silence perdurait.

Tout espoir était donc tapi
dans le laps de temps
apparemment important
qui séparait l'héritier muet de Henry
du seuil technique de ses vingt et un ans.

Il est toutefois connu que le temps est un facteur étrange.
L'homme croit le tenir dans son poing
mais souvent le mécanisme s'inverse
et ce qui est loin
se rapproche brusquement.

Un tel phénomène
se produisit chez les Lehman
et, quoique repoussé en tant que terme lointain,

le fatidique anniversaire d'une toupie
se fit soudain
très imminent
et décisif.

Hélas.
Pourquoi le temps
surprend-il
neuf personnes sur dix ?

Les membres de la famille
avaient désormais acquis
la claire sensation
que le mutisme du garçon
s'était peu à peu mué
en un semblant de rancune
en un refus de l'humanité au sens le plus vaste.
Du reste il était évident
que les parenthèses d'éloquence
auxquelles il les avait habitués
s'étaient toujours cantonnées
à de légères variations sur le thème du dégoût,
ce qui ne laissait pas envisager d'éclaircies.

Ce n'était pas tout.

En observant ses attitudes
on acquérait la très nette impression
que Dreidel ressemblait
à l'un de ces insectes
qui, attaqués, obéissent à leur instinct prioritaire de réaction
lequel exige qu'ils soient prêts à mourir.

Bref une guêpe
déguisée en toupie
dont le dard

était censé frapper violemment
une seule fois dans la vie
avant de s'éteindre.

Puisque telle était la sensation générale,
pourquoi n'en avait-on jamais parlé ?

Cela ne faisait pourtant aucun doute :
année après année
les membres de la famille
à commencer par tante Rose
avaient tous éprouvé le soupçon puis la certitude
que Dreidel laissait monter en lui
la fierté de posséder une arme mortelle
dont il déverserait
un jour la charge
brusquement
on ne savait ni sur qui
ni pourquoi
de la même façon dont il avait insulté le roi du sucre
dans une véranda de la Louisiane
ou le drapeau sudiste
sur cette estrade de l'Alabama.
Si, dans le premier cas,
il avait été sauvé
par la marge d'extravagance
qu'on accorde aux enfants,
l'affaire avait pris la seconde fois
une tout autre gravité
et seule la mémoire collective de son père
avait étouffé le cri
qui appelait sur lui
la peste, le choléra et bien pire.

Dans les deux cas
toutefois

– c’était désormais clair –
Dreidel n’avait offert
qu’un petit échantillon
– un avant-goût, et comprenne qui le voulait –
de la quantité de poison
que possèdent les bourdons.

Qu’on sous-évalue donc.
Qu’on minimise donc.
Pendant ce temps il affûtait son dard.
Et l’on verrait ce que l’on verrait.

Le sucre !
Pensait-on vraiment
que Dreidel Lehman se bornerait à ça ?

Le drapeau !
L’estimait-on donc si peu dans la famille
pour croire qu’il suffisait à un vrai bourdon
de risquer le lynchage
en crachant sur l’étendard au début d’une guerre ?

Voyons !
Il avait bien d’autres capacités !

Et si tels avaient été
les agacements d’un insecte,
ils n’étaient rien
en comparaison de la piqûre
qui serait
au moment décisif, elle oui, mortelle.
Et mémorable.
Voilà la perspective.
Et elle n’était pas vraiment belle.

Le garçon se préparait donc
comme un volcan
à cracher toute sa rage

et peu lui importait
ce faisant
de s'exclure
non seulement de la banque
mais aussi de toute enceinte humaine.

Cela se produirait.

Pour l'heure c'était toutefois le calme plat.

Silencieux.
Courroucé.
Sans hâte ni frémissement
Dreidel Lehman
attendait son heure.

4

OKLAHOMA

1 comme moi : un petit Arthur Lehman
2 comme *papa* Mayer et *mamele* Babette
3 comme moi, *papa* et *mamele*
4 comme moi et mes trois frères Sigmund, Herbert et Irving
5 comme nous autres frères et tante Rose
6 comme nous autres frères, oncle Emanuel et tante Pauline
7 comme nous autres frères et nos petites sœurs
8 comme nous autres frères et nos cousins de l'Alabama
9 comme nous autres frères et sœurs, *papa* et *mame*
10 comme nous autres frères et sœurs et nos cousins Philip, Dreidel et Dawid
11 je ne sais pas pourquoi 11 personnes ne tiennent pas dans mon cadre

Arthur Lehman
a trouvé une façon bien à lui
d'apprendre à compter jusqu'à 10 :
il utilise les photos de famille
encadrées dans le salon.

Des photos très précieuses
car rares sont ceux qui en possèdent.

Et encore plus précieuses
parce qu'elles semblent conçues dans le seul but
d'apprendre l'arithmétique.

Arthur
assis par terre
avec son cahier
lève la tête
regarde les membres de sa famille couleur sépia
et par écrit reprend sa liste :
1, 2, 3, 4…

Pour aller plus loin que 10
il faudrait une photo du groupe entier.
Autrefois nous en avions une
mais oncle Emanuel a voulu l'envoyer
dans un endroit de l'autre côté de la mer
si loin
qu'elle lui faudra
pour arriver
des jours et des jours de plus
que pour atteindre l'Oklahoma.
Et pourtant l'Oklahoma n'est pas tout près.

Oui.
L'Oklahoma.
Car pendant qu'Arthur Lehman
effectue ses exercices du soir
il se trouve
qu'un bras et une patate
à des milles et des milles de là
regardent les flammes
monter au ciel
en remerciant *HaShem* de son infinie miséricorde :
Il a fait en sorte, en effet,
que cette scène inquiétante

se déroule à mille lieues de New York
sur une lande aride de terre sèche
à moins d'une demi-heure
de la frontière de l'Arkansas.

Pourquoi les Lehman se trouvaient là
on a tôt fait de le dire
et cela a quelque chose à voir
avec l'infime
l'imperceptible
fragment de carbone
qui distingue l'acier de la fonte
et modifie sa résistance
à plus de 26 %.

Bien qu'il n'y eût
dans ce voyage
aucun motif
réellement
lié au fer.

Le fait était que
dans sa folle passion pour l'industrie
Emanuel Lehman
s'était mis depuis un certain temps
à s'exprimer
volontairement
au moyen de métaphores sidérurgiques
fruit de ses études quotidiennes
sur engins, équipements, procédés
et en général sur les aspects les plus inattendus
de l'évolution technique
dont le langage – croyait-il du moins –
devait être celui d'une banque moderne.

Par conséquent
acquis à ce nouveau langage

Emanuel aimait
entendre glisser sur ses lèvres
oxydations, carbon-coke, températures de fusion
et employait avec plus de fierté encore
ce parler métallo-mécanique
pour commenter le potage trop chaud
ou la couleur du papier peint
voire
sa coupe de cheveux chez le coiffeur.

Son frère Mayer l'écoutait, très inquiet.
Il redoutait grandement
ce qui risquait d'arriver à un bras de chair
qui se transforme
en bras mécanique conducteur de ferraille.
Voilà pourquoi il garda le silence
quand son frère
non sans satisfaction
lui exposa cette philosophie
dont les conséquences s'annonçaient désastreuses :
« Vois-tu, cher Mayer, le fer est en soi un élément stupide,
il paraît fort mais une infime quantité d'oxygène a raison de lui, crois-moi.
Au contraire, si nous ajoutons au fer du carbone
nous obtenons un métal facile à travailler, parfait.
Toutefois le carbone ne doit pas dépasser 2 %
dans ce formidable procédé
c'est dans cette minuscule proportion
que réside, Mayer, le mystère sidérurgique
qui sépare l'alliage de l'acier de la vulgaire fonte :
il s'agit dans les deux cas de fer,
mais quelle différence !
Il faut donc y prêter la plus grande attention.
Car un demi-gramme en trop ou en moins dans la dose de carbone

et la force d'un métal change de nature.
Je sais que tu as compris le point crucial
de mon raisonnement.
Voilà pourquoi nous partons tous deux demain matin
pour un rendez-vous. »

Bien entendu Mayer ne comprit qu'une seule chose :
son frère
courait vraiment le risque
de ne faire qu'un avec le fer
en considérant sa vieillesse
comme un procédé d'oxydation
et la banque comme l'atelier d'un forgeron.

Il frissonna et
à contrecœur
se prépara à le suivre
en se demandant avec qui
ce vieux fou tout rouillé
avait donc rendez-vous.

En réalité la clef du discours
n'était pas tant dans le fer
que dans le carbone qui fait la différence :
Emanuel voulait dire qu'il avait orienté
le pouvoir de la banque
– aussi résistant et fort que du fer pur –
vers la branche du charbon
– dont le carbone était pour lui la métaphore parfaite –
afin de s'enrichir dans le marché de l'industrie.
Mais jusqu'où pouvait-on aller avec le charbon ?
Ne risquait-on pas de se fragiliser
en s'exposant à un écroulement du secteur ?
D'où son idée : ne pas dépasser un certain seuil,
en misant sur le charbon, oui,
mais avec modération et jugement.

Donc
pour varier son investissement
Emanuel
avait pris rendez-vous avec monsieur Spencer
en Oklahoma,
où un or noir jaillit des forages
comme si c'étaient des jets
et où cet or noir se vend par barils
cent fois mieux
que le charbon de Geremy Wilcock.

Si l'excursion à Black Hole
avait été l'occasion
de mettre à l'épreuve
le turbulent Dawid
la mission du lendemain
– en reconnaissance sur les routes du pétrole –
pouvait et devait être
un bon moyen
de reprendre la conversation
avec Dreidel tête de momie
de nombreuses années après
son indigne sabotage du sucre.

Ce long voyage vers le Sud
servit en tout cas de prologue.
Interrogé par ses oncles sur le fait qu'il pouvait
à vingt ans
laisser tomber son absurde surnom de toupie
Dreidel eut une réaction impressionnante :
il souffla par le nez et la bouche
devenant soudain cramoisi
tandis que se gonflaient les veines de son cou.
Mais il n'émit pas un mot
et comme un crapaud
se dégonfla

après s'être gonflé dans le costume trop foncé
qui, compte tenu de son âge, ne convenait pas à un futur banquier
mais plutôt à un garçon de café.
On le lui fit aussi remarquer.
Et la réaction
fut semblable à la précédente :
qu'on le laissât donc ressembler à un garçon de café.
Soit.

Ils parvinrent à destination
en fin d'après-midi.

L'allée qui conduisait
à la grande villa rose
de Mister Calvin Spencer
était entièrement entourée
d'immenses échafaudages de bois et de fer
au sommet desquels
jaillissait puissamment vers le ciel
un flot de sang noir
célébrant
la future toute-puissance du pétrole.
Un monceau de barils sur plusieurs rangées
séparait la chaussée
des unités de travail
où des équipes de mécaniciens affairés
sautaient
en tournant leviers et robinets
sur un réseau de tuyaux.
Les pistons des pompes
en pleine action
marquaient le temps
de haut en bas
et de bas en haut
tels des balanciers d'horloge

et il était évident
que ce temps était payé à prix d'or
bien plus qu'une mine de charbon.

Bref, les présages étaient parfaits.
Les perspectives de gain florissantes.
Le ciel était bleu, le couchant du Sud chaud :
dans l'Eldorado du pétrole
s'ouvraient pour Lehman Brothers
des plaines rassurantes.

On les installa en plein air
autour d'une fontaine en marbre blanc
d'où le liquide noir
remplaçait l'eau
en circuit continu
coulant de la bouche d'un dauphin.
Impressionnant.
Autant que le chandelier d'or
sculpté en forme de S
comme la marque partout imprimée
de SPENCER OIL.

Moins agréable, certes,
fut le premier contact avec le maître des lieux :
dès le début
le souverain du pétrole
se montra irritant
mielleux, pommadé et visqueux
d'un âge indéfini entre quatorze et quatre-vingts ans
gainé dans un complet jaune d'excellente facture
qui ne faisait qu'un avec le blond factice
de ses cheveux coupés au carré.
Pendant tout l'entretien
ses yeux d'un bleu agaçant
ne perdirent pas de vue un instant

langoureusement
le petit chien blanc
à l'évidence stupide
qui montrait les dents à Dreidel Lehman
dont, comme les oncles,
il n'appréciait pas
l'allure de faux garçon de café.

Mayer trembla.
Et pas pour son neveu.

Car une seule chose au monde
était plus détestable à son frère
que les fillettes dévouées à Chopin
et il s'agissait des petits chiens irascibles
surtout s'ils étaient dotés d'un aboiement aigu
intolérable
bien pire que l'orchestre mécanique des foreuses.

La voix de monsieur Spencer
de surcroît très basse
parvint donc aux oreilles des Lehman
sur fond de l'hystérie canine.

Ils devinèrent – surtout sur ses lèvres –
que le pétrole était *first choice*
et que pour cette raison
Sa Majesté The King of Oil
n'était pas vraiment sûre de chercher des contrats,
d'autant plus que – avait-il appris –
ils étaient déjà dans la branche du charbon.

Ce à quoi Mayer *Bulbe*
gentiment
lui répondit
que Lehman Brothers était maintenant une banque

en espérant que l'homme ne lui demanderait pas
ce que cela signifiait vraiment.

L'homme ne le demanda pas.
Du moins sembla-t-il :
ils eurent plutôt la sensation
que derrière les *ouaf-ouaf-ouaf !* de la bestiole
le blond répliquait : *« Une banque, bien sûr !*
Une banque qui... est quand même dans la branche du charbon »
raison pour laquelle
Mayer *Bulbe*
surprit sur ses propres lèvres
un théorème intéressant
(qui l'étonna lui-même) :
« Les banques ne sont dans aucune branche,
Mister Spencer :
ce sont plutôt les branches qui sont dans les banques. »

C'était un concept limpide et pur,
dont le seul énoncé réconforta Emanuel Lehman :
il avait bien fait
de placer son frère à la banque
en l'arrachant aux griffes du coton.

Leur hôte eut cependant
une réaction moins positive.
Les pétroliers forment une race étrange
marqués par une excellence particulière
laquelle justement n'accepte pas
les leçons de finance
venant par surcroît d'une patate :
« Regardez donc autour de vous : savez-vous où vous êtes ?
ouaf !-ouaf !-ouaf !-ouaf !
Vous êtes dans la carte de visite de l'avenir

ouaf !-ouaf !-ouaf !-ouaf !
car tout ce qui se produira demain
ouaf !-ouaf !-ouaf !-ouaf !
aura soif non pas d'eau mais de pétrole
ouaf !-ouaf !-ouaf !-ouaf !
voilà pourquoi ce n'est pas moi qui ai besoin de vous
ouaf !-ouaf !-ouaf !-ouaf !
mais vous qui avez besoin de moi !
ouaf !-ouaf !-ouaf !-ouaf !
C'est la différence qui sépare le pétrole
ouaf !-ouaf !-ouaf !-ouaf !
de toute autre affaire sur la planète Terre.
ouaf !-ouaf !-ouaf !-ouaf !
Si cela vous convient, tant mieux
ouaf !-ouaf !-ouaf !-ouaf !
sinon vous avez fait tout ce chemin pour rien. »

Voilà.
C'est alors que
selon la petite histoire
eut lieu la première tentative
de la part du cabot
de mordre la chaussure noire
du jeune Dreidel Lehman.

Celui-ci recula, ébauchant un coup de pied
qui par chance n'atteignit pas son but
mais que le Roi ne manqua pas de remarquer :
« Messieurs Lehman, voulez-vous dire
à votre domestique
de ne plus se hasarder à frapper mes animaux ? »

Les deux oncles
retinrent leur souffle
dans la crainte – mais aussi l'espoir –
d'une réaction verbale

qui cette fois encore n'eut pas lieu :
la toupie commenta entre ses dents
et le chien redoubla d'aboiements.

Mayer *Bulbe*
qui demeurait un *Kish Kish*
tenta le tout pour le tout :
« Votre tenue est splendide, Mister Spencer,
tout autant que votre adorable chien.
Pour en revenir au pétrole, c'est un marché
que nous aimerions explorer. »

« Évidemment !
  ouaf !-ouaf !-ouaf !-ouaf !
Vous cherchez un os à ronger
  ouaf !-ouaf !-ouaf !-ouaf !
mais je vous laisse volontiers à Wilcock
  ouaf !-ouaf !-ouaf !-ouaf !
et à sa tête souillée de charbon ! »

Cette assertion
quoique émise avec un sourire royal
ne pouvait pas laisser Emanuel indifférent :
le fer qui fondait en lui se rebella
et, débusquant on ne savait où du carbone à plus de 2 %,
ne fit qu'un avec acier et fonte :
« L'ami, tu nous as pris pour deux mineurs ? »

« Moi, Mister Lehman, je vous ai pris pour ce que vous êtes :
  ouaf !-ouaf !-ouaf !-ouaf !
concurrence qui vend du charbon
  ouaf !-ouaf !-ouaf !-ouaf !
mais voudrait mettre les mains sur le pétrole. »

C'est alors que
selon la petite histoire

se produisit la seconde embuscade du cabot
contre le silencieux Lehman,
lequel bondit sur ses pieds
et, saisissant le chandelier, le brandit
contre la bête
tel un dompteur contre les jaguars.
« Messieurs Lehman, voulez-vous dire
à votre domestique
de ne pas salir mes bibelots ?
Qu'il allume plutôt les bougies : la nuit tombe. »

À ces mots
les deux oncles craignirent (et espérèrent)
de nouveau
une réaction verbale
qui cette fois non plus n'eut pas lieu :
Dreidel obéit en mâchant on ne sait quoi
et alluma les bougies l'une après l'autre.

Le fait est
qu'à la vue du feu
le chien observa un instant
de silence céleste
que seul brisait l'harmonieux arrière-fond des pompages.
Et de cet oasis
Emanuel Lehman
profita aussitôt :
« Parlons peu, Mister Spencer : chiffres et gains !
Et si notre banque finançait
vos forages, vos foreuses et le transport de vos barils ? »

C'était une offre exagérée
que le roi du pétrole
(persuadé d'avoir devant lui des amateurs)
voulut approfondir en souriant :

« Et pendant combien de temps ? »

« Une période de trois ans renouvelables ! »
s'écria le bras avec fougue.

« Vous feriez ça ? »

« C'est ce que font les banques ! »

Emanuel aima le goût de cette phrase sur son palais.
Mayer la trouva quant à lui dangereuse,
mais il n'eut pas le temps de retenir son frère
sur le plan incliné de son enthousiasme
pour la raison que le roi du pétrole
sauta aussitôt sur son offre :
« Pourquoi avez-vous tant attendu pour le dire ?
Si vous vous attardez, nous en parlerons après le dîner... »

Or il n'y eut aucun dîner.

Car l'événement crucial se produisit alors :
après avoir repris des forces
dans cette étrange pause de silence
le chien
repartit à l'attaque
mais cette fois contre un autre mollet :
il se jeta sur Emanuel
qui, surpris,
ne mesura pas sa réponse
et ayant saisi l'ennemi par le cou
le balança sur le monarque
lequel prit
à son tour
la défense du petit prince :

« Espèce de sale Juif !
Il voulait juste te montrer comment il fait des cabrioles ! »

« Ah oui ? Je n'ai pas fait des jours de route
pour voir une bête les jambes en l'air ! »

« Il fait les meilleures cabrioles de tout l'Oklahoma !
Ce n'est pas par hasard qu'on l'appelle Toupie. »

On ne put même pas compter un instant
entre la dernière syllabe du dernier mot
et l'éclat qui brilla sur la villa :
en entendant son nom donné au chien,
Dreidel Lehman
désormais privé de retenue
avait jeté le chandelier allumé
dans la fontaine d'or noir.

Aussitôt
s'élevèrent des flammes de sept mètres
qui firent d'abord frissonner Emanuel
de plaisir à l'idée
du fer qui fondait dans le haut-fourneau.

Mais ce plaisir fut dissipé
par la constatation selon laquelle
Lehman Brothers
toute nouvelle banque
mettait le feu aux villas des pétroliers.

Il y eut une grande bousculade
entre souverains, pages, vassaux et chambellans :
toute la cour du pétrole
accourut avec des seaux pour éteindre l'incendie
tandis que les pompes continuaient de pomper
puisque le pétrole jaillit nuit et jour

ne se repose pas
n'interrompt pas son jet.

Ah ! Le buisson ardent !
Ah ! *Ner tamid'* qui jamais ne s'éteint !
Ils domptèrent
enfin les flammes
et quand ils les eurent domptées
plus aucun Lehman n'était dans les parages.

Dans un silence religieux
ils avaient repris leur route.
Les oncles muets.
La toupie encore plus.

Cependant on devinait
un voile de plaisir dans le regard du garçon
comme chez un boxeur ayant montré ce qu'il vaut.

Personne n'en sut rien
en dehors d'eux.

Peut-être parce que dans quelques mois
Dreidel aurait vingt et un ans.

Bref,
dans tous les sens du terme
le bourdon attendait son heure.

5

FAMILIE-LEHMANN

D'ici, les enfants, disons-le,
ne voient rien.
Il leur faut se pencher
ou se hausser sur la pointe des pieds.
Au vingt et unième rang la vue échappe.
Mais ce sont des places attribuées
et ils peuvent dire eux aussi qu'ils en ont.

Oui.
Dans le grand Temple de New York
les Lehman ont leurs places :
leur nom est gravé
sur le vingt et unième banc.

Bien sûr ce n'est pas le premier.
Mais nous ne sommes pas les Lewisohn
et il n'y a pas si longtemps encore
la moitié de la famille
se trouvait en Alabama.
S'en contenter donc. S'en contenter.
Vingt et unième banc.
Très bien.
Vingt et unième banc.

L'inscription dit
FAMILIE-LEHMANN

avec deux « n »
et le doux Sigmund a honte de cette erreur :
il dévisage ses frères
tel un lapereau
découvrant sa tanière obstruée.
« Ils ne pouvaient pas faire attention
et pourquoi justement avec nous ?
Lewisohn n'est pas écrit avec trois "n". »

Oui. Les Lewisohn.
Ils sont assis au premier rang
depuis qu'ils contrôlent
rien de moins
que le marché de l'or.
Impossible de les égaler :
personne ne peut lutter
avec des êtres qu'on mesure en carats.

D'ailleurs l'or, c'est bien connu,
est ce qui fait la différence.
Ce n'est pas un hasard si les trois premiers rangs
rivalisent depuis toujours en matière d'éclat :
les Lewisohn en première position
les Goldman sur le deuxième banc
les Hirschbaum sur le troisième.
Les voici.
Alignés, les gardiens de l'or.

Quant aux Lehman
ils sont tous présents aujourd'hui.

Mayer debout flanqué d'Emanuel.

Mayer les yeux fermés : une patate mystique.

Emanuel concentré
très concentré

parce qu'un bras est un bras
y compris en version ascétique.

Accrochés à leurs pantalons
les gamins de moins de dix ans
bâillant d'ennui
comme leurs pères autrefois
dans la synagogue de Rimpar.

À côté de Mayer, Sigmund
aux joues encore roses,
lycéen corpulent à force d'avaler des biscuits
lapereau en dépit de ses années
aux poches remplies de bonbons
(non pour les manger : pour les offrir).
Sigmund : toujours prêt à refaire la raie
dans ses cheveux
sur la droite, bien dessinée : comme le veut la mode
aujourd'hui.
Et pour qu'elle reste bien en place
il se passe de chapeau.

Grand à côté de Sigmund et, contrairement à lui,
décoiffé
le turbulent Dawid
aux boucles ébouriffées
comme si une charge de dynamite
explosait sur sa tête chaque matin
y compris les jours de culte au Temple :
« Ohé ! Mais c'est aujourd'hui ? C'est fête ? Bah ! »

Enfin Dreidel taciturne, concentré
dont la barbe fournie
jusque sous les yeux
ne semble faire qu'un avec ses cils foncés.
Il a l'air d'un Juif orthodoxe

et rien ne dit qu'il ne l'est pas, au fond, tout au fond
du moins à en juger
par le côté droit de sa bouche
qui mâche des grognements de mépris
envers quiconque se trompe dans les accents.
Mais
que vient faire
un Juif orthodoxe
dans ce Temple réformé américain
où il n'y a pas de tribune pour les femmes
et où l'on va jusqu'à parler anglais ?

Au vingt et unième banc
où le nom de famille est gravé
il ne manque que Philip, l'aîné d'Emanuel :
adolescent parfait en costume croisé gris
il est assis devant, il n'est pas avec les autres :
il est au premier rang,
car le rabbin en a fait son élu
et le garde près de lui
pour s'appuyer à son bras.

L'un des plus jeunes cousins
Herbert
a déclaré sans moyens termes
qu'il *n'est décidément pas d'accord*
sur le fait que Philip, lui seul,
soit assis vingt bancs devant.
Pour Herbert
c'est un problème de fond
et donc une question politique :
pourquoi l'excellence d'un seul
devrait-elle se traduire
par un droit nié aux autres ?
Tandis que Herbert
songe à la parité sociale

en se suçant le doigt,
son petit frère Arthur
muni de son nounours
s'est cru autorisé
à se précipiter au premier rang
et à s'y asseoir,
pis :
à asseoir son nounours près de lui,
car le Temple appartient à tout le monde et malheur à celui qui nous touche.

Philip a tenté
de le chasser du regard.
En vain
Arthur a beau avoir six ans
c'est un dur à cuire.

De fait, quand le rabbin Strauss
« Cette place sur le banc n'est pas la tienne, chéri, c'est celle des Lewisohn, tu ne vois pas le nom ? »
Arthur
a saisi son nounours
et s'est assis par terre
car, jusqu'à preuve du contraire,
monsieur le rabbin,
il n'y a pas de noms inscrits sur le sol.

Bref
sa mère Pauline a dû venir
du vingt et unième banc
pour le ramener à la raison
– avec des méthodes dignes de la police –
élégante
dans un nuage de fourrure
enveloppée
dans le parfum de la verveine
qui s'est répandu dans tout le Temple

à l'extérieur duquel tante Babette
sous le porche
court derrière ses fillettes
vêtues de nœuds et de rubans.

Heureusement il y a Harriett,
qui, de toutes les petites,
est celle qui ressemble le plus à son père Emanuel,
de fait, elle gifle ses sœurs allègrement.
Sigmund adore ses manières,
il la trouve vraiment amusante :
« Si je t'épouse un jour, Harriett,
tu ne me gifleras pas, hein ? »
Mais Harriett n'entend pas épouser son cousin :
« Arrête donc de manger des biscuits, Sigmund,
sinon tu ne trouveras pas de femme,
pas même si tu la paies autant d'or que tu pèses. »

Harriett a un talent naturel
pour les phrases à brûle-pourpoint.
Elle a pris dans ce domaine la place de tante Rose
qui ne lésinait pas non plus sur les gifles aux enfants.

Mais tante Rose n'est pas au Temple :
les modes de New York
ne convenant vraiment pas
à ses cheveux blancs
elle est retournée en Alabama
où jadis elle brisa une vitre
et en piétina les éclats sous ses talons.

Certes elle a essayé de venir à New York
elle en a fait l'effort – peut-on dire.
Mais est-ce sa faute
si l'amour n'est pas né ?
Elle a regagné le Sud, et elle veut y rester.

Au fond, les temps ont changé,
et *« Tu verras, tante Rose, bientôt*
nous aurons dans nos maisons un appareil
grâce auquel – nous ici et toi là-bas –
nous pourrons nous entendre ! »

Tante Rose a éclaté de rire.
C'est normal : qui pourrait croire pareille bêtise ?

Le problème, c'est qu'à New York
ce qui est impossible devient permis.

Tante Rose n'a sans doute pas remarqué
que l'autre jour
à l'Exposition universelle
devant la foule new-yorkaise
un certain monsieur Bell d'origine écossaise
a montré
fièrement
une boîte en bois et en fer
dotée d'un fil et d'un cornet.
Lorsqu'il a réclamé un volontaire
le doux Sigmund Lehman
s'est avancé, tout sourire,
comme un petit lapin,
en disant
« Je vous conviens, monsieur l'inventeur ? Si vous voulez quelqu'un de mieux, je ne me vexerai pas »,
dernière phrase qu'on n'a pas bien comprise
à cause du coup de pied aux fesses
avec lequel son cousin Dawid
l'a propulsé dans les bras de l'Écossais.
Après quoi
dans l'enthousiasme général

Sigmund
cramoisi
en nage sous l'effet de l'émotion
a confirmé
qu'il avait entendu la voix de monsieur le maire
forte et claire, sans le moindre dérangement,
à l'étage supérieur.
Bravo Sigmund : il a même mérité une médaille
comme premier usager de l'ère téléphonique.
On la lui a épinglée sur sa poitrine
sous les flashs des journalistes du *New York Times*
auxquels il a confié :
« Ça a été une expérience magnifique ! Je crois que monsieur Bell ne pouvait pas mieux faire et je jure que j'entendais le maire dans mon oreille comme s'il était assis à côté de moi ! »

Eh oui, comme ils sont tendres ces levrauts…
Bravo, Sigmund.

Heureusement personne ne l'a vu
à la fin de la cérémonie
prendre en aparté l'inventeur
avec un sourire complice
une touche de remords
et lui avouer du bout des lèvres :
« Monsieur, si je peux me permettre un conseil :
contrôlez votre appareil
car, pour dire la vérité, la voix du maire,
je ne l'ai pas entendue :
il y avait à la place un sifflement continu,
je n'ai pas voulu le dire, car ça me semblait mal.
Mais de toute façon, bravo :
ce sifflement
était le meilleur sifflement
que j'aie jamais entendu. »

Et pour lui manifester toute son estime
il lui a offert un de ses bonbons.

Mais ce n'est qu'un détail,
un événement personnel et circonscrit
entre un lapin et un inventeur d'Édimbourg.

Ce qui intéresse
les investisseurs
les banquiers comme Lehman
c'est que tante Rose, de l'Alabama,
puisse parler à ses enfants
et peut-être un jour
leur demander en direct
s'il tombe de la neige à New York.
Voilà ce qui nous intéresse.
En dehors du fait naturellement
que tendre des lignes téléphoniques du Maine
jusqu'au Texas
impliquerait des millions de poteaux
et un réseau de fils à en perdre la tête :
une belle affaire, beaucoup d'argent.
Lehman Brothers a signé.

« Dommage que les inventeurs soient aussi lents,
a aussitôt songé Emanuel,
si au lieu de dormir huit heures par jour
ils s'étaient concentrés plus tôt sur un appareil
de ce genre
j'aurais peut-être entendu la voix de mon père
directement de son étable. »

Ce fut à ses yeux une raison supplémentaire
pour miser
comme on le dit à New York
sur la locomotive du progrès.

Oui. La locomotive.

Se peut-il que nous soyons les seuls
à ne pas gagner d'argent avec les trains ?
Se peut-il que ce chemin de fer
soit pour Lehman une espèce de mystère ?

« Il faut trouver un moyen, Mayer,
presse-toi les méninges :
le marché qui compte court sur des rails
je ne veux pas rester avec les zéro-virgule. »

Encore ces zéro-virgule ?

C'était évident : son frère Emanuel
avait un conseiller
tapi dans l'ombre.
Pour l'instant on ne savait
de lui qu'une seule chose,
qu'il avait un surnom :
« zéro-virgule », justement.

6

DER TERBYALANT DAWID

Lehman Brothers a investi dans le pétrole.
Puits et foreuses au Tennessee, en Ontario, en Californie.
Partout, sauf en Oklahoma
et c'est un mystère qui demeure à New York sans réponse.

Entrée à part entière
entre charbon et pétrole
dans le temple sacré des combustibles,
Lehman Brothers a de l'énergie à revendre :
chaudières à plein régime dans la salle des machines,
et nos carburants possèdent un tel élan
que nous pouvons carrément
nous accorder le luxe de dormir.

Dawid Lehman
en revanche ne dort pas
à proprement parler.
Surtout depuis que
son milieu professionnel
s'est spécialisé dans la branche sentimentalo-affective
ou mieux dans le repérage
à large échelle
de ce combustible extraordinaire

qui attire un investisseur mâle
vers une fournisseuse de main-d'œuvre féminine.

En d'autres termes :
la loi de base de l'industrie
en vertu de laquelle l'offre s'adapte à la demande
et la clientèle
choisit sur le libre marché
son futur partenaire commercial.
Ni plus ni moins.

Le fils de Henry
est très attentif :
avant de procéder à l'achat,
la qualité de la marchandise
doit au moins être attestée
et soumise
à la seule preuve empirique
qui épargne à l'acquéreur
lots contrefaits
avariés ou de mauvaise qualité.
Dans ce cas
– c'est bien connu –
il est permis de se désister
sans rien devoir à la contrepartie :
on se salue cordialement
et le négoce est sauf.

Merveilles du commerce.

D'ailleurs
que faisaient
oncle Mayer et oncle Emanuel
aux prises avec le coton
dans leur Alabama ?
Si le brut était filandreux
ou l'écheveau trop maigre

ne s'estimaient-ils pas en droit
de rompre leur contrat
sans que personne les insulte ?
Et avec le café ? Et avec le charbon ?
Avec le pétrole, enfin ?
« Nous n'investissons que si l'investissement rapporte. »
Paroles d'Évangile.
Et le rapport, c'est connu,
se mesure sur des paramètres sûrs.

Justement.
Et vive la clarté, songe Dawid :
elle est fondamentale dans l'achat-vente.
Son père le disait aussi, paraît-il.

Son grand-père Abraham lui-même
– qui vendait en Bavière vaches et volailles –
écrivit un jour sur un billet
que Dawid a même fait encadrer :
« LA VÉRITABLE AFFAIRE, MES FILS,
NE SE FAIT PAS AVEC LES RAISONNEMENTS
MAIS AVEC LES YEUX, LES MAINS, LE NEZ. »

Ah, la sagesse des vieillards.

Dawid Lehman est du même avis :
laissons tomber l'intuition
le seul verbe est VÉRIFIER.

S'en occuper soi-même
est la caractéristique qui distingue
un vrai Lehman Brothers
d'un quelconque gâte-métier.

Bien sûr : c'est un sacrifice.
Mais si c'est un effort, tant mieux,

car seul l'effort
garantit un bon achat.

Cela dit
le garçon est de toute façon
infatigable :
un travailleur inlassable
un inspecteur rigoureux
qui avant de donner son accord
s'obstine à obtenir la preuve
et ne cède que s'il est certain.

Jusque-là tout va bien.

Le problème c'est que la *preuve*
est indiscutablement
pour Dawid Lehman
l'union des corps
entre vendeur et acquéreur.

Le garçon est parvenu
à cette étape essentielle
d'une façon qu'on peut dire naturelle,
mûrissant une expérience sur le terrain
qui en quelques années
a fait de lui une autorité
sans concurrents, ou presque.

Une force de la nature.

Qu'on pourrait utiliser.

Sur ce point son oncle Emanuel
a joué un rôle essentiel.

Car il se trouve
qu'après l'excellent succès
obtenu autour du *business* du charbon

Emanuel Lehman
a acquis la conviction
de pouvoir exploiter
le talent naturel de son neveu
pour conduire Lehman Brothers
dans la branche des transports.

Pas seulement le chemin de fer.
Les navires aussi.
Et la marine marchande.
Et – pourquoi pas ? – les routes et les ponts
dont l'Amérique avait, et comment, besoin
puisque l'industrie repose
oui monsieur
sur les infrastructures
et les liaisons.

Alors oui on franchirait
enfin
la ligne d'arrivée asphyxique
des *zéro-virgule* !

Et si pour le moment
le chemin de fer
demeurait pour Lehman Brothers
un enjeu trop compliqué,
commençons au moins
par les ports, par les bateaux,
par le réseau routier !
Mais faisons-le tout de suite
sans crainte et sans dormir
car toutes ces dernières années
on a beaucoup trop roupillé.

Parfait.
D'où le tournant.

Une enquête soignée d'Emanuel révéla
que le *business* des transports
était encore concentré dans quelques mains :
en tout douze financiers
des plus grandes familles new-yorkaises
également distribuées
entre Juifs et protestants :
la fine fleur de la bourgeoisie
très haut niveau
et peut-être davantage : excellente.

En bon bras
Emanuel Lehman
se consacra avec la plus grande attention
à l'étude des douze individus
et à la recherche des informations utiles
– même les plus insignifiantes –
sur leurs coutumes, goûts
modes de vie et préférences.

Il finit
par tout connaître
de ces individus,
y compris lieux de vacances
goûts alimentaires
et état civil de leurs chiens respectifs.
Raison pour laquelle la mosaïque était parfaite.

Emanuel nota leurs noms.
Mieux : ils étaient tellement puissants
que n'osant pas les écrire
il opta
pour un langage codé
dans lequel chaque financier
était rebaptisé
prenant comme nom de famille

la ville ou le territoire
où il construisait
et comme prénom
– souvenir des événements de l'Oklahoma –
celui, justement, de leur chien.

Le gotha des transports américains
se révélait donc
ainsi assorti :

1. Mr Buddy Massachusetts
2. Mr Milky Chicago
3. Mr Foxy Philadelphie
4. Mr Jump-Jump Washington
5. Mr Banana Colorado
6. Mr Princess Cincinnati
7. Mr Speedy Pennsylvanie
8. Mr Honey Nouvelle-Orléans
9. Mr Lemonsoda San Francisco
10. Mr Poussin Californie
11. Mr Cherry Missouri
12. Mr Warrior Sacramento

Tels étaient les douze
qui se partageaient le gâteau
et pour en avoir un petit bout
– pas forcément une tranche –
il n'y avait qu'une solution :
se faire inviter à leur table.
Mais comment ?

L'aide vint de Brooklyn.

Car
par un jour de mai
alors qu'il observait

assis au bord de l'eau
le chantier du nouveau pont,
Emanuel sentit soudain une brise
lui caresser l'oreille
telle la meilleure des solutions :
comment n'y avait-il pas pensé ?
Il fallait un pont
sur les douze fleuves
entre Lehman Brothers
et l'autre rive.
Et il disposait d'un ingénieur
prêt à construire des ponts
identiques à celui de Brooklyn.

Il se trouvait
en effet
que chacun des douze possédait – en dehors d'un chien –
au moins une fille
en âge pour ainsi dire sensible
au pedigree risque-tout de son neveu.

Lequel fut par conséquent convoqué
en privé
loin des yeux
en particulier de l'oncle Mayer
étant donné que les légumes, comme on le sait, sont asexués :
il n'aurait pas compris.
Et c'était long à expliquer.

Au terme d'une introduction passionnée
  sur les avantages d'avoir un bras pour oncle
  sur les mérites présents et futurs du charbon
  sur le sens de la famille pour les affaires
  et sur les énormes sacrifices accomplis par son père

Dawid Lehman
découvrit
l'immense devoir qui lui était confié,
puisqu'il lui fallait se ménager
– rien de moins –
une brèche dans les remparts ennemis
– rien de moins –
avec son charme masculin
pour seul bombardier.

Tout cela naturellement
fut énoncé
dans un langage technico-industriel,
qui incluait
diverses propriétés du fer, du nickel, du cuivre
et de nombreux autres matériaux.

Il s'agissait
de toute façon
d'user de la plus grande prudence
et en se mouvant toujours dans l'ombre
d'entrer dans l'intimité affectueuse
des princesses du très riche royaume
afin que chacune
– se croyant la seule –
octroyât au nouveau soupirant
la garantie
– formelle et certaine –
de faire asseoir un Lehman Brothers
à la table de ses parents.

Endoctrinés par leurs filles
les pères
s'exécuteraient
sans opposer de résistance.

Voilà au moins
ce qu'oncle Emanuel
fut convaincu d'avoir dit à son homme de main.

De son côté
Dawid Lehman
comprit ce dont on le chargeait
d'une façon légèrement différente
et s'estima
officiellement
AUTORISÉ
à user *de tous moyens, méthodes et instruments*
nécessaires
pour parvenir à l'objectif donné.

Ils se serrèrent la main.
Puis parmi mille recommandations
l'oncle tendit au neveu
la liste fatidique
des douze champions.

Bien qu'il pût choisir par où commencer
le turbulent Dawid
manifesta une rigueur prometteuse :
suivant un ordre strictement alphabétique
il pointa sa baïonnette
sur la très célèbre Sissy, dite « Éphélide »,
fille aînée et adorée
de Mister Poussin Californie.

Et il remporta un succès immédiat.

Car il se trouve que la jeune fille
devait sa célébrité
moins à ses taches de rousseur

qu'à une anecdote
dont son enfance avait été
tristement marquée :
un petit Irlandais qui s'était déclaré avec ardeur
la priant – à l'âge de six ans – de l'épouser
s'était cassé le cou en glissant dans l'escalier de l'entrée
juste après que Sissy
– une fois sa poupée consultée –
avait demandé le temps d'y réfléchir.
Cette coïncidence fortuite
avait développé chez Miss Californie
une terreur du refus
et plutôt que de voir un autre soupirant râler
elle s'offrait
sans trop de façons
à l'étreinte de celui qui la réclamait.

Dawid Lehman
par conséquent
célébra ses débuts de la meilleure manière possible :
un regard éloquent lui suffit
pour que la grande fille
se pendît à son cou
prête à lui promettre bien plus
que l'arrivée des Lehman
dans l'Éden des transports.
Ohé ! Quelle fille !
Il ne l'avait pas encore caressée
qu'il pouvait déjà l'appeler *süsser*.

S'emparer de la forteresse
d'une splendide jument tout en lunettes
fille de Mister Milky Chicago
se révéla une tâche plus compliquée :

il y avait dans ce cas précis
l'obstacle non négligeable
de fiançailles officielles
qui obligèrent
Dawid Lehman
à choisir une approche moins directe,
en se livrant à la thérapie
toujours efficace
des billets anonymes
et des anonymes hommages floraux
jusqu'à ce que la pouliche
anonymement enflammée
laissât la porte de l'écurie
entrouverte.

Et ce fut un triomphe décisif.

Car il inocula à Dawid
la valeur ajoutée
que le fait de mesurer
ses compétences
engendre dans chaque métier :
le garçon se félicita
et ses félicitations lui apportèrent
un élan supplémentaire.

Voilà pourquoi
la fille de Mister Cincinnati
et celle de Banana Colorado
capitulèrent en l'espace de six jours,
tandis que Mister Buddy Massachusetts
se demandait par quel mystère
sa fille Polly,
allergique à toutes sortes de pollen,
appréciait soudain

les longues promenades dans le parc.
Il en parla à Mister Missouri
qui réclama à son tour un avis
sur le fait que sa Christie
s'y connaissait – brusquement – en charbon…
« Charbon ? »
« Charbon. »

Mystères insondables
de l'esprit féminin !

Comment s'expliquer certains changements
à la limite de la conversion ?

La tendre Minnie
qui enseignait pourtant à l'école protestante
et s'était toujours montrée dure
envers les *« Juifs assassins du Christ »*
fut aperçue non loin du Temple
en train de demander aux cochers
s'ils avaient vu Isaac son bien-aimé
(car Dawid avait l'art de se choisir de faux noms).

Et si l'une cessa de dormir
« Savez-vous donc, monsieur mon père,
combien d'années nous gâchons dans le sommeil ? »
on raconte qu'Yvette
fille de Mister Lemonsoda San Francisco
– propriétaire d'une véritable flotte navale –
reçut les compliments de son père
le jour où elle lui confectionna
miraculeusement
un gâteau à l'anis
qu'on prépare en Alabama.

C'était sûr et certain :
une fièvre étrange s'était emparée
des filles de bonne famille.

Même les chiens
changèrent de nature,
si l'on en juge par l'attitude de Foxy
– le basset du roi des transporteurs –
qui commença à s'égarer
obligeant
sa maîtresse
à s'absenter des après-midi entiers
pour le retrouver
chaque soir
à la fourrière.

Et le lévrier de Mister Pennsylvanie ?
Ce prodige se fatigua
soudain
au point qu'il lui fallait
trois heures de plus qu'à l'ordinaire
pour parcourir le pâté de maisons.
Pauvre Speedy, il était si las.

Emanuel Lehman
de son côté
se préparait déjà
à devenir le treizième magnat des transports.

Bref,
tout se serait déroulé
à merveille
si
son neveu ne s'était pas livré
à quelques excès :
une fois obtenue la promesse d'intercession

il avait omis de relâcher sa pression
promettant à chaque jeune fille
de manière simultanée
qu'il l'épouserait
et même la rendrait mère
de trois, quatre, dix enfants.

La fureur physique
dont il se sentait doté
le consolait de ses efforts
l'amenant même à croire
dans ses moments les moins lucides
qu'il pourrait vraiment
résister
dans douze lits parallèles
à douze oies d'étang.

Mieux : onze.
Car la douzième
présupposait
– du moins jusqu'à cet instant-là –
une relation certes fougueuse,
mais uniquement épistolaire.

Il s'agissait
en effet
d'une petite blonde dodue
et très religieuse
dont les sorties publiques
se limitaient hélas
drastiquement
aux offices au Temple.

Par surcroît son père
Mister Jump-Jump Washington
était le patriarche d'une famille austère

de Juifs orthodoxes
dont les offices n'avaient pas lieu
dans le Temple réformé des Lehman.
Mais
dans une synagogue dotée d'une tribune.

Dawid Lehman
se heurta à un écueil :
la jeune fille
n'entretenait de contacts
qu'avec ses cousines du même sexe.

Il pécha par confiance.

Il écrivit une première lettre ardente
qu'il remit à une fillette mercenaire
largement rémunérée
au moyen de peignes, hula hoop et rubans de couleur.
Puis attendit la réponse
dont l'arrivée marqua
le début d'un long échange
d'autant plus ardent
qu'il n'était fait que d'encre.

Or l'espionnage de la tribune
intercepta la correspondance.
À moins que la fillette n'eût changé de camp
en vertu d'un tourment de conscience
ou en échange d'un plus juste paiement.

Le fait est
que les lettres d'amour de Dawid
devinrent publiques
et qu'en moins de trois jours
elles s'imposèrent
dans tous les salons new-yorkais
comme d'extraordinaires romans-feuilletons.

Ah ! Sodome et Gomorrhe !
Ah ! Les plaies d'Égypte !
Ah ! Le Temple en ruine !

Car les douze filles
entre hurlements et larmes
reconnurent
immédiatement
le style, les métaphores,
le langage et le vocabulaire
surtout
le répertoire unique
d'anis épicé, mines de charbon
pères morts en Alabama
années entières passées à dormir
et enfin
– ce qui n'était pas secondaire –
la prière d'agir auprès du géniteur
pour introduire Lehman Brothers
dans le poste de commande.

« Papa, c'est lui ! C'est mon Isaac ! »
« Mais ce n'est autre que Mordekhaï ! »
« Dites-moi que ce n'est pas Ézéchiel ! »
« Comment as-tu pu, Salomon ? »
« Oh, mon Jacob, seigneur des ohé ! »
« Il m'appelait sa süsser *! »*

Il y a aussi des catastrophes
dans l'histoire d'une banque.

Celle-ci égala le krach de l'année précédente
quand Jay Gould fit sauter
le marché de l'or
et que New York retint son souffle.

Ou plutôt, pour Lehman
le krach ne fut rien
en comparaison.

Tous
tentèrent
de prendre leurs distances :
« Dawid ? Pour nous, il n'a toujours été qu'un chien fou. »
« Quand il était petit, nous disions :
il finira dans un cirque. »
« Aucun de nous ne l'a jamais considéré comme un champion. »

Ce fut inutile.
Le gâchis était fait.
La réputation perdue.

Mais comme chaque fois qu'on tombe
on hésite
à s'arracher les cheveux
ou à réfléchir un moment
à l'origine de la chute,
de même il y eut
chez Lehman Brothers
quelqu'un pour aligner les faits
et des faits en arriver à une question,
de la question à une pensée constructive :
la finance a affaire à de l'argent,
et l'argent – c'est connu – est souvent sale
pourtant
la première chose qu'on demande à une banque
c'est d'encaisser l'argent
avec des ongles propres.
Voilà ce que pensa oncle Mayer.

Quant à Dawid
il fut punit de manière exemplaire.

Même sa mère s'abstint de le défendre.
Pis. Tante Rose lui dit clair et net
que son père Henry
n'aurait jamais au grand jamais
appelé *süsser* deux filles
en même temps.
Honte à lui.
Honte à lui.

Réuni en séance plénière
le saint tribunal familial
le jugea
à l'unanimité
(il y eut une abstention, dit-on d'Emanuel)
COUPABLE
de tous les crimes,
le condamnant
définitivement
à un exil à vie
à purger dès le lendemain
dans la colonie pénitentiaire du coton :
qu'il retournât en Alabama
et laissât à son frère
l'avenir de la banque.

Dawid Lehman
fut donc la première victime
immolée sur l'autel
d'une nouvelle moralité bancaire.

Et bien que les Lehman
ne fussent guère puritains
ni baptistes, ni mormons, ni quakers,
tout le monde comprit

qu'à partir de maintenant
la vie sexuelle de la banque
serait
tendanciellement
chaste.

7

STUDEBAKER

Après les événements embarrassants
décrits ci-dessus,
la famille Lehman
a été rétrocédée
du vingt et unième
au vingt-cinquième rang.

« Il faut vraiment aller si loin ? »
a demandé Irving, la main dans celle de sa maman.

Oui, si loin.

Assis près du rabbin au premier rang
Philip Lehman
a presque honte
d'entrevoir là-bas, au fond,
les cheveux gris et blancs de son oncle et de son père.

Son cousin Arthur
  qui a appris tout seul à compter
  personne ne sait comment
n'accepte pas du tout l'idée
de devoir se tenir si près de la sortie.

Son frère Herbert
a dit devant tout le monde

qu'il n'était pas d'accord.
Pour Herbert c'est un problème de fond
qui devient une question politique :
pourquoi l'erreur d'un seul
doit-elle se traduire par une punition collective ?
Cette fois encore,
la différence entre son frère et lui
réside dans le fait que Herbert se contente de le dire,
tandis qu'Arthur transpose depuis toujours
la polémique
en actions démonstratives
actes de guérilla
et sabotages concrets.

À l'âge de deux ans déjà
si le potage n'était pas à leur goût
Herbert grimaçait
et argumentait en gémissant
(car là aussi c'était un problème de fond
qui devenait une question politique),
tandis qu'Arthur
lançait violemment
son assiette contre l'armoire.

On mesurait donc entre ces deux enfants
la distance sidérale
qui sépare la politique des salons
et la lutte des militants.

Aujourd'hui au Temple
par exemple
Arthur s'est assis sur un muret
à l'extérieur
nullement décidé à entrer :
« Allez donc au vingt-cinquième rang
moi je suis au quarante-huitième

si loin que je m'assieds dans la rue
certain qu'il est impossible
d'être davantage à l'écart. »
Réunis sur la place, les Lehman
tentaient de le raisonner
quand le silence s'est fait
et qu'ils ont vu les Lewisohn surgir
comme tout droit sortis d'un magazine
non plus dans une voiture à cheval
mais à bord d'un engin prodigieux
tout en phares et en klaxon,
une voiture technologique
qui possède bien des chevaux
– comment pourrait-elle ne pas en avoir ? –
mais encastrés dans le fer, pauvres bêtes,
enfermés dans une boîte
afin qu'ils ne se distraient pas
et que la pluie ne les mouille pas.

« Une Studebaker ! Alors ce n'est pas une légende ! »
a martelé Sigmund
avec un large sourire de lapereau
avant de l'applaudir carrément
et d'offrir des bonbons au chauffeur.

« Je veux bien croire qu'ils sont assis au premier rang,
regarde : avec le prix d'une Studebaker
ils pourraient s'acheter tout le Temple »
a dit Harriett qui a un don naturel
pour les phrases à effet.

Et Herbert :
« C'est un problème de fond :
les Lewisohn se déplacent en automobile
s'asseyent au premier rang
et leur nom est bien orthographié,

pas comme le nôtre, avec ses deux "n"
comme si en avoir un de plus était un luxe.
Quelqu'un peut-il m'expliquer pourquoi
je dois marcher à pied
et m'asseoir dans la cour ou presque ? »

Par chance,
avant que Herbert Lehman
– du bas de ses quelques années –
n'élabore une doctrine proche du marxisme
son frère Arthur
intervint pour le sauver.
Il attira l'attention sur sa personne
au moyen d'un de ses gestes théâtraux :
il s'élança derrière l'automobile des Lewisohn
et dès qu'une fillette
fut descendue du véhicule
se jeta littéralement sur elle
en criant comme un possédé :
« *On raconte dans ma famille*
que tout ce que vous touchez
se transforme immédiatement en or :
est-ce que ce sera mon cas ? »

La petite
(qui répondait au prénom d'Adele)
n'était évidemment pas habituée
à esquiver les contestataires
ni à gérer les désaccords.
Tout son intérêt
paraissait en effet concentré
sur l'endommagement irréversible
du grand nœud bleu
– absolument disproportionné –
qui lui entourait la tête
produisant un effet franchement étrange.

Elle fondit donc en pleurs
tandis que Babette Lehman
s'efforçait en vain
de contenir la fureur de son fils
lequel s'acharnait à piétiner
dans la boue le susdit nœud.

Comme le mécanisme de la mémoire humaine
est curieux.

Car de cette journée
on eut en famille
deux souvenirs totalement différents.

Pour certains, ce fut
le jour où un Lehman
endommagea le patrimoine des Lewisohn
et peu importe que ces dommages se montent
à 6 dollars de nœud.

Pour d'autres
en revanche
ce fut simplement
le jour où nous leur enviâmes
leur Studebaker.

Oui.
Ce fut un coup dur pour les adultes.

Les Lewisohn transportés par une automobile.

Les voilà.
Qui aurait pu imaginer ça ?

À leur vue Emanuel
éprouva un mépris instinctif
avant de percevoir le frisson de l'avenir en marche :
les automobiles sont déjà dans la rue

et nous, au lieu d'y investir de l'argent,
nous allons nous coucher comme si de rien n'était ?

Mayer en revanche fut horrifié :
si ces monstres s'emparaient de New York
son frère repartirait à l'attaque
à l'enseigne des zéro-virgule.
Et c'est en effet ce qui advint.

Le seul
à qui la Studebaker ne tira pas
de commentaire
fut Dreidel.
Mais ça ne prouve rien.

Deux heures plus tard
à la fin de l'office
Emanuel Lehman
saisit son frère par l'épaule
l'attirant à l'écart
le visage aussi rouge que s'il était fiévreux :
« Certains se déplacent en automobile.
D'autres se déplacent en train.
Et chez Lehman Brothers, que fait-on, malédiction ?
On marche à pied, ou tout au plus à cheval.
On est distancés, Mayer, on est distancés. »

« Au vingt-cinquième rang. »

« Pis : au quatre-vingtième,
au quatre-vingt-dix-neuvième.
Voilà, entends-tu le vrombissement de ce moteur ? »

« Franchement : tu as confiance en ces engins,
Emanuel ?
Tu y ferais entrer ta famille ? »

« Évidemment ! Mais qu'est-ce que tu as dans la tête ?
Moi je vis déjà au XXe siècle
toi tu es vieux, très vieux !
La vérité, c'est que tu penses encore au coton ! »

« Je te signale que
si nous sommes Lehman Brothers,
c'est au coton que nous le devons ! »

« Mayer ! Tu lis les journaux, oui ou non ?
Les Égyptiens veulent creuser un canal. Tu le sais ? »

« Ce que font les Égyptiens ne concerne pas Lehman Brothers. »

« Tu te trompes, oui, monsieur :
ils veulent creuser un canal, ils le creuseront et il débouchera à Suez. »

« Je ne te suis pas. »

« Il y aura une petite porte à l'océan Indien,
tu vois ?
Une porte de service, ouverte sur la Méditerranée :
alors le coton indien, Mayer,
envahira l'Europe en un rien de temps.
Et tu sais quoi ? Le coton indien coûte moins cher !
Raison pour laquelle, je suis déjà ailleurs. »

« Où es-tu ? »

« Aux moteurs, aux trains : à tout ce qui bouge ! »

Mystère authentique de la science :
le vieillissement d'un bras qui,
au lieu de s'immobiliser,
s'agite comme un possédé.
Emanuel est obsédé par le mouvement.

Autre mystère
cette fois pour Pauline
pourquoi donc Emanuel
  – puisque le coton est dépassé
  depuis que les Égyptiens feront je ne sais quoi –
est-il descendu en Alabama
en compagnie de son frère
avec l'excuse d'un chargement de tissu en suspens ?

Excuse que personne ou presque n'a crue.

La vérité c'est qu'ils n'avaient pas le choix.

Il valait la peine de parcourir un long trajet
pour parler à tante Rose
en personne
de la part de Henry
à la direction de la banque.

Ils lui ont expliqué qu'ils y avaient longuement pensé
et conclu qu'au moins pour le moment
il convient de ne pas procéder
à de nouvelle introduction :
tante Rose et ses enfants
conserveront leur part de gains
– un tiers, comme toujours –
mais faire entrer Dreidel
dans la pièce frappée du mot DIRECTION…
Bref, ne précipitons pas les choses :
quand on a moins de trente ans
  tu peux comprendre, tante Rose
on n'est pas préparé
quand on a moins de trente ans
  tu peux comprendre, tante Rose
on ne pense qu'aux filles
et les banques

tu peux comprendre
ne conviennent pas aux garçons de vingt ans.

Tante Rose n'a pas fait d'objection
elle a écouté sans piper mot
en déposant sur des assiettes
des parts de gâteau à l'anis épicé.

Cependant
avant que ses beaux-frères
ne portent leurs cuillers à leurs lèvres,
Rose Wolf – qui détruisit jadis une porte vitrée –
a abattu son poing sur la table
comme si elle se trouvait dans une taverne du Bronx :
« Entendons-nous bien, vous et moi,
en nous regardant droit dans les yeux.
Vous êtes venus ici, au dernier moment,
au lieu de m'en parler plus tôt :
faisons semblant de croire au hasard,
car il n'est pas bon d'avoir de mauvaises pensées.
Le jour où mon mari a fondé Lehman Brothers
il avait vingt-six ans, et je ne me trompe pas.
Emanuel, quand je t'ai vu arriver en Alabama
tu étais un gamin et tu tirais la queue aux chats,
ton frère me disait :
"Il faut que je lui serve de père, sinon il se retrouvera dans le pétrin."
Quant à toi, Mayer, tu venais pleurer dans mon giron parce que ta maman chérie te manquait, aurais-tu oublié ?
Moi, je m'en souviens. Et même plutôt bien.
Par conséquent s'il vous plaît,
assez d'idioties :
vous venez me dire qu'à moins de trente ans
on n'est pas prêt à travailler dans une entreprise ?

D'accord, de toute façon : nous ne nous ferons pas la guerre.
Mais la paix – si vous la voulez, mes chéris –
possède des règles bien écrites :
mes fils ont le droit de donner leur opinion,
pas seulement de toucher l'argent que vous gagnez.
Il va donc vous falloir en prendre un.
Cette baraque, ce n'est pas vous qui l'avez fondée
mais le cerveau de mon Henry
par conséquent, vous venez après.
Alors, que tout soit clair et nous éviterons les tempêtes :
pour le moment, rien ne change,
mais vous devez prendre cet engagement :
dès que vos aînés seront majeurs,
vous leur abandonnerez les rênes.
Vous étiez trois frères :
ils seront trois cousins.
Vous étiez égaux : un tiers par personne,
il en ira de même pour eux, sans distinction.
Pour toi, Emanuel, il y aura Philip, qui est l'aîné.
Pour toi, en revanche, ce sera Sigmund, si je ne m'abuse.
Et pour moi, vous donnerez un poste à Dreidel :
il lui revient, c'est tout ce que je veux entendre.
Vous n'avez pas le choix, telle est la voie.
Et sachez que je ne le dis pas pour moi, mais par souci de justice.
Ai-je été assez claire ? Je n'ai plus de voix.
Finissez le gâteau, il est toujours bon.
Après quoi
rentrez chez vous : mission accomplie,
bonjour à vos épouses, un baiser à mes neveux,
quant à vous
attention
Henry voit tout

et une fois par mois
il me rend visite en rêve. »

Et elle en resta là.
Parce qu'il n'y avait rien à ajouter.

Les deux frères
mangèrent le gâteau.
Avaient-ils le choix ? Le laisser eût été impoli.
Mieux, ils le finirent
comme preuve de leur alliance.
Jusqu'à la dernière miette.

Et il leur resta sur l'estomac.

8

TSU FIL RASH !

Mayer Lehman aimerait investir dans le gaz.
Il apprécie beaucoup le gaz car il est transparent.
Il ne fait pas de bruit. Il est invisible.
Il ne tache pas les mains, il n'est pas encombrant.
Le charbon et le pétrole
que son frère aime tant
le dégoûtent
parce que le noir est une couleur violente.
Pas de comparaison avec le gaz, absent mais présent !

Emanuel ne s'est évidemment pas opposé :
l'enseigne dit LEHMAN BROTHERS
et jusqu'à l'invasion des cousins
ils seront deux à décider
sans interférences.

Mais sincèrement
peut-il être attirant pour un bras authentique
de placer de l'argent
dans le gaz, sans poids ni consistance ?
Pas de comparaison avec le fer !

Par chance New York
est la capitale du commerce.
Mayer *Bulbe*

a signé pour le gaz un contrat
alors que l'après-midi même
Emanuel achetait encore du fer.

Gaz et fer : deux pas en avant.
Et de fait – incroyable, le hasard –
le banc de la famille
a été avancé de deux rangs dans le Temple.
Vingt-troisième rang :
les enfants voient un peu mieux
d'autant plus qu'il y a davantage de lumière,
nous sommes sous la fenêtre.

Pour cette raison peut-être
Mayer Lehman, après le gaz,
tenterait volontiers le verre.
Transparent comme le gaz.
Il ne salit pas les mains.
Absent mais présent.

« Le verre ? Mais qu'est-ce que tu racontes ?
Le verre rapporte des zéro-virgule, pas des fortunes !
Veux-tu devenir un banquier des zéro-virgule ? »
a interrogé son frère sur un ton résolu.

Mayer n'a pas répondu.
Il s'en abstient souvent : il préfère sourire.

Comme maintenant : il opine et sourit.
Se demandant encore
qui donc
a fourré dans la tête de son frère
ce refrain des zéro-virgule.

Mais il opine et sourit.
Chaussé de ses habituelles guêtres à rayures
que personne
– pas même son frère –

ne porterait ici.
Hier encore au Temple
quand Mayer est monté lire à l'estrade
tout le monde le regardait.
En riant.
Une patate avec des guêtres.
Du jamais vu, à New York.
« Pourquoi tout le monde regarde tes chaussures ? »
a interrogé son fils Irving
avec le plus grand calme
– Irving est un enfant imperturbable –
après qu'on l'a heureusement retrouvé
assis sur une marche du Temple
(Irving se perd sans cesse,
et non parce qu'il s'enfuit
mais pour la simple raison
qu'on l'oublie).

« Pourquoi tout le monde regarde tes chaussures ? »
a-t-il justement demandé à son père
qui se réjouissait de ne pas l'avoir perdu.

Mayer l'a regardé
a souri
mais n'a pas répondu.

Il aurait pu lui dire qu'à son arrivée d'Allemagne
– Rimpar, Bavière –
tout le monde regardait ses chaussures,
par conséquent
si l'on regarde vos chaussures
c'est le signe qu'on vient de loin
mais vraiment de très très très loin.
Il aurait pu.
Mais il ne l'a pas dit.

D'ailleurs
cela fait un bon moment
que Mayer parle moins.
Lui qui s'était mérité
autrefois
le titre – et quel titre ! – de *Kish Kish*
se mord maintenant la langue
pince les lèvres.
Sourit. Branle du chef.

Il a capitulé.
Et ça ne date pas d'hier.
C'est bizarre mais à un moment donné
de votre existence
vous vous surprenez
à penser et à parler
exactement comme votre vieux père :
près de dix ans se sont écoulés
depuis que le dernier billet
est parvenu en Alabama
adressé à « MES CHERS FILS »
et signé « VOTRE PÈRE ».
Et pourtant il semblerait
qu'au moment de mourir
ce Lehmann avec deux « n »
se soit déplacé en terre américaine
pour mettre une bonne dose de sa personne
dans le corps de ses fils.

Mayer Lehman par exemple
émet souvent des verdicts.
Il évite les discours, préfère les devises.
Serait-ce la lassitude de la vie ?
À moins qu'à force d'économiser

il n'ait appliqué une coupe
jusque dans son envie de parler ?

Mayer y pense souvent.
Il conclut que ce n'est pas un hasard
si tout a commencé il y a quelques années
en Alabama, dans sa Montgomery,
quand soudain
tout le monde y attrapa « le mal de la parole » :
l'idée
– son idée ! –
de reconstruire le Sud après la guerre
s'était transformée
en avalanches de mots,
courants d'air, tempêtes de discours
si bien qu'au lieu d'élever murs et palissades
on concevait des projets.
Feuilles.
Opuscules.
Livrets.
Plans de travail
décrits en détail
promesses sur dix, vingt, trente, quarante ans.
« Comment puis-je signer
alors que je serai mort dans quarante ans ? »
« Désormais tout bon investissement
se fait à long terme, Mister Lehman. »
« Oui, mais comment puis-je signer
si je ne vois jamais le fruit de mon argent ? »
« Avec tout mon respect, Mister Lehman,
cela importe peu dans notre affaire. »
« Pour moi, si. »
« Nous demandons un engagement
à la banque que vous êtes, Mister Lehman :
votre parole. »

« Quelle parole pourrais-je donner alors que
d'ici quarante ans
la banque pourrait même déposer le bilan ? »
« Cela importe peu dans notre affaire. »
« Qu'est-ce qui importe alors ? »
« Que vous prononciez un mot. »
« Quel mot ? »
« Le mot oui. »

Des mots, justement.

Les choses ont empiré
depuis
que Babette et lui
ont débarqué à New York
où tout le monde parle
et où le silence n'existe pas.
Au Temple aussi
pendant les fonctions
les murmures continuent
les mots sont partout
accrochés aux murs, sur les affiches : des mots
dans la rue, dans les restaurants : des mots
sur les comptoirs du commerce : des mots
un cauchemar fait de sons
questions-réponses
réponses-questions
questions-réponses
réponses-questions
des mots et encore des mots
des mots des mots
des mots et encore des mots
un océan entier de discours
plus vaste que la mer vue de Brooklyn
oui – pense Mayer – ici, les gens sont drogués
de mots

et de fait
à New York
les gens
parlent même
dans leur sommeil.

Et plus encore :
mieux vaut ne pas imaginer
ce qu'ils feront avec le téléphone.

9

STOCK EXCHANGE

L'équilibriste
est un jeune homme.
Il s'appelle Solomon Paprinski,
son frère est le *shammès* du Temple.
Solomon s'immobilise
debout
devant le grand immeuble.
Il choisit deux réverbères
à 50 mètres de distance l'un de l'autre.
Voilà : ces deux-là.
À un pas exactement
de la porte d'entrée.
Solomon ouvre une valise
y puise son fil d'acier
l'étire
droit
bien tendu
en grimpant
aux deux réverbères.
La rue est prête.
Que lui manque-t-il ?
Le courage.
Solomon Paprinski se le donne :
il sort une bouteille

avale une bonne gorgée de cognac
puis
monte
gagne sa position,
Solomon Paprinski,
et commence à marcher.
Parfait.
Aérien.
Léger.
Pas un faux pas.
Solomon Paprinski
est le meilleur équilibriste
que New York connaisse.
Et il a pris une décision
aujourd'hui :
il effectuera ici
tous les jours
matin et soir
son exercice.
Fil tendu entre les réverbères
là
à un pas
de la toute nouvelle porte.

Car
voilà que
dans cette ville condamnée à parler
on a ouvert
un endroit tout neuf
gigantesque
qui se trouve à Wall Street,
et s'appelle
« STOCK EXCHANGE ».

Ce qui veut dire littéralement
qu'on y échange des matières premières.

Mais les matières premières
n'y sont pas !
Il y a juste leur nom
écrit partout,
comme s'il était écrit
au-dessus d'une boutique
« ÉCHANGE DU PAIN »
et qu'il n'y eût pas de pain à l'intérieur,
ou « ÉCHANGE DE FRUITS »
et qu'on n'y vît même pas un trognon de pomme.

Ce qui compte
on le sait
c'est la valeur, pas l'argent.

« Idée de génie ! » s'est exclamé Emanuel ;
« Idée new-yorkaise » a songé Mayer.

Au lieu de négocier
du fer à la bourse du fer
du tissu à la bourse des tissus
du charbon à la bourse du charbon
du pétrole à la bourse du pétrole
ils ont créé une Bourse unique
immense
gigantesque
new-yorkaise
une synagogue
aux plafonds plus hauts que ceux d'une synagogue
où foules, armées, par centaines
du matin jusqu'au soir
sans interruption
parlent
disent
négocient

crient ;
du matin jusqu'au soir
sans interruption
parlent
disent
négocient
crient ;
du matin jusqu'au soir
sans interruption
car ce qu'il y a d'exceptionnel
– du moins aux yeux de Mayer –
c'est que là, à Wall Street,
il n'y a ni fer
ni tissu
ni pétrole
ni charbon
il n'y a rien
et pourtant
tout est là
jeté
parmi des montagnes
des avalanches
de mots :
bouches ouvertes
qui soufflent soufflent soufflent de l'air
et parlent
et disent
et négocient
et crient
du matin jusqu'au soir
sans interruption
et
dehors
devant ce temple de mots
Solomon Paprinski

à partir d'aujourd'hui
effectuera son exercice
tous les jours
debout sur le fil.

Il se peut que l'air
soufflé par toutes ces bouches
finisse par créer une tempête
qui le propulsera
par terre.

Telle est la seule pensée
que Mayer *Bulbe*
parvient à formuler
tandis qu'il chemine
avec ses guêtres rayées
sur le trottoir de Wall Street,
en direction de la porte.
La porte d'entrée.

Ou plutôt :
non
ce n'est pas la seule pensée.

L'autre pensée
c'est que, pour sûr,
Wall Street plaira
à Philip
son neveu,
ça oui.

Et Mayer a raison.
Car Philip
– fils d'Emanuel
né à New York
sans une goutte de sang
ni d'Allemagne ni d'Alabama –

est un engin parlant.
Miraculeux.
Philip, aux yeux de son oncle, est un autre mystère.
Il a beau être né d'un bras
il ne bouge pas le petit doigt :
son habileté est tout en lèvres.
Il gouverne les mots, Philip,
à vingt ans
il élabore des discours comme personne
dévide des questions et se répond lui-même :
« Monsieur le rabbin Strauss,
j'ai une question à vous poser,
si je ne suis pas indiscret.
Notre famille, comme vous le savez, possède une banque,
ce qui nous rend, monsieur le rabbin,
un peu particuliers
alors que le terme "particulier" possède toute une gamme de valeurs,
valeurs que je ne souhaite ni ne dois vous infliger.
Parmi tous ces motifs d'excellence, demeure toutefois, monsieur le rabbin Strauss,
le fait incontestable, monsieur le rabbin, qu'une famille de banquiers
dispose de facilités d'investissement monétaire
dont peu d'autres peuvent se vanter
et j'emploie ce verbe, certain de ne devoir m'attribuer
aucun épisode d'ostentation, monsieur le rabbin Strauss,
ni même ce degré générique de vanité
qu'on pardonne aux familles dont le bien-être est acquis ou hérité.
Monsieur le rabbin, notre – disons – prospérité
bancaire se traduit sans aucun doute
par une fonction de primauté
quoique à l'intérieur d'une petite communauté :

en effet nous soutenons l'école hébraïque,
monsieur le rabbin,
l'hospice et même la crèche,
sans que ce soutien n'ait jamais été négocié.
Parfait.
Ayant eu un échange d'opinions avec les membres de ma famille,
je viens vous demander un verdict :
n'estimez-vous pas, dans votre sagesse,
qu'il est imprudent de laisser croire
que des bienfaiteurs devraient avoir honte de leurs bonnes actions,
plutôt que d'en être fiers, monsieur le rabbin ?
Que diriez-vous, franchement, à ceux qui les
cacheraient – avec dégoût ou presque –
plutôt que d'inviter autrui à les imiter et à soutenir le Temple ?
Qualifieriez-vous de juste le comportement
de ceux qui fuiraient les regards comme pour signifier
que l'aumône est un crime ?
Je vois que vous opinez, et cela me remplit d'aise :
comme vous, monsieur le rabbin Strauss, je considère
que verser de l'argent au Temple
est un motif de fierté, non de gêne,
et j'en suis – comme vous – tellement persuadé,
rabbin Strauss
que, certain de votre accord,
je dirai au shammès *d'avancer notre famille*
du vingt-troisième au quinzième rang au moins.
Sur ces mots, si vous le permettez, étant attendu,
je vous salue bien bas, monsieur le rabbin,
et prends congé.
Au revoir. »

Voilà.
Est-ce parce qu'il joue au tennis

– depuis toujours –
et qu'au tennis la balle doit toujours être dans le terrain
ne doit jamais sortir des lignes ?
Toujours en forme, Philip,
toujours en haut, Philip,
toujours en l'air, Philip,
c'est ce qu'il fait, très bien ;
il joue au tennis avec les discours
avec les mots
sans jamais faire tomber la balle.
C'est ainsi qu'il parle d'économie, Philip
qu'il parle de politique, Philip
qu'il parle de finance, Philip,
et de judaïsme
et de culture
et de musique
et de mode
et de chevaux
et de peintres
et de cuisine
et de paysages
et de filles
et de valeurs
et d'amitiés
et surtout de New York :
Philip y est né :
« Je ne crois pas qu'il y ait meilleure ville au monde
mon cher oncle : New York
offre à mes yeux le meilleur de l'Amérique et l'écho de l'Europe
j'ignore ce que vous en pensez
mais si vous m'interrogiez à ce propos
je vous dirais que New York est à la planète Terre
ce que l'Olympe est à la Grèce antique :
lieu divin et en même temps humain, mon cher oncle ;

ou, si vous préférez que je vous parle dans le sillon
du judaïsme,
je vous dirai qu'il est comme le ner tamid'
qui brûle sans huile sacrée :
à la fois création de l'homme et miracle ;
aussi peut-on juste dire à ceux qui n'aiment pas
cette ville
que cela équivaut à nier la lumière du soleil,
mon cher oncle ;
et si vous comptez parmi eux je vous implore
de me le taire :
vous perdriez une grande partie de l'estime
que je vous dois,
aussi,
malgré ma curiosité,
je préfère au fond l'ignorer
et vous épargner ainsi l'embarras de me l'avouer,
sur ce,
si vous le permettez,
étant attendu
je vous salue bien bas,
mon cher oncle
et prends congé. »

Stupéfiant.

Il est neuf, Philip.
Tout neuf, Philip.
Fils de New York, Philip.
Oui
cela ne fait aucun doute :
il aimera Wall Street.

10

SHAVOUOT

Souvent l'être humain
s'engage avec tant d'élan dans ses missions
qu'il obtient un effet
dont il se repent ensuite.
Quelle étrangeté !

Autrefois décidé à mener la guerre contre le sommeil
Emanuel Lehman
donnerait maintenant n'importe quoi pour une nuit en paix.

Et non parce qu'il travaille trop.

Le problème c'est que, la nuit, on rêve.
Et Emanuel Lehman fait toujours le même rêve.

Cela commence par un jeu.
Il y a une étable, du bétail.
Car nous sommes, bien sûr, en Allemagne
à Rimpar, Bavière.

Dans l'étable,
se tiennent deux enfants, Mayer et lui.
Ils jouent à leur jeu préféré :
la colonne de pièces.
Très simple.

Il suffit de poser une pièce de monnaie par terre.
Et d'en poser une autre dessus
puis une autre – c'est le tour d'Emanuel –
puis une autre – c'est le tour de Mayer –
puis une autre – c'est le tour d'Emanuel –
puis une autre – c'est le tour de Mayer –
puis une autre – c'est le tour d'Emanuel –
puis une autre – c'est le tour de Mayer –
puis une autre – c'est le tour d'Emanuel –
puis une autre – c'est le tour de Mayer –
et la colonne de pièces
en équilibre
monte
monte
monte
monte
monte
monte
dans le rêve la colonne est élevée
si élevée
qu'Emanuel commence à la gravir
à l'escalader :
il grimpe
plus haut
plus haut
plus haut
encore plus haut
Emanuel
encore
plus haut
plus haut
plus haut
encore plus haut
et alors qu'il parvient au sommet
au point de toucher le vent

ou presque
le ciel se déchire
brusquement
il s'ouvre tout grand
comme à *Shavouot*
et voilà que
dans un vrombissement
un vacarme
assourdissant
jaillit
à toute allure
follement
une locomotive
sifflante
qui fonce sur Emanuel
– *« le train ! »* –
sur Emanuel
– *« le train ! »* –
sur Emanuel
– *« le train ! »* –
sur Emanuel
– *« le train ! ».*

Depuis que sa femme Pauline
repose sous un bloc de marbre
il n'y a plus personne
pour lui tenir la main
pendant qu'il tombe
qu'il choit
au bas
de la colonne,
renversé
déchiqueté
par ce maudit train.

Ce rêve revient chaque nuit.

Et Emanuel l'attend
mais dans un fauteuil :
il dort là, assis.
Parce que allongé dans son lit
il avait l'impression
que la fumée des quais
l'étouffait.

Mais c'est un secret.

Car depuis que sa femme Pauline
repose sous un bloc de marbre
plus personne au monde
ne connaît l'existence de ce train
très ponctuel :
horaire nocturne.

C'est compréhensible :
comment un bras pourrait-il
clamer à Wall Street
qu'il possède une banque
mais n'investit pas dans le chemin de fer
parce qu'il a chaque nuit
la terreur du train ?

Non, Emanuel ne peut le dire.

Il ne peut dire
que pour la première fois
– eh bien, oui –
il a peur.

C'est un sacré problème.

Car tout le monde à New York
parle du chemin de fer
et surtout
on en parle à Wall Street.
Là
de l'autre côté de la porte sombre
devant laquelle tous les matins
Solomon Paprinski
tend son fil
avale sa gorgée de cognac
et joue l'équilibriste.

Les phrases en l'air
sont un tourment :
« Vous vous êtes certainement lancé sur le marché du chemin de fer, Mister Lehman ? »
« Dans quelle compagnie précisément avez-vous investi ?
La Pacific Railway ?
La Chicago United ?
La Trans-Atlantic ? »
« Nous autres avons misé sur la North Western. »
« Puis-je vous conseiller la Middle Southern ? »

Il doit y avoir dans l'air
à Wall Street
une force étrange
qui donnerait même aux poissons
l'envie de parler.
De parler de chemin de fer.

Comment l'expliquer autrement ?

Irving lui-même
le benjamin de son frère Mayer
étale déjà une culture ferroviaire :
quand on l'a retrouvé

heureusement
assis sur une marche de la gare de New York
il lui a dit, imperturbable :
« Oncle Emanuel ! J'ai vu passer
deux convois de marchandises et trois de passagers.
Au fait, la locomotive en bois que tu m'as offerte
– d'accord, c'est une fausse –,
n'y aurait-il pas moyen de la faire fumer ? »

La seule consolation
– l'issue –
pour Emanuel
réside dans son âge.

Il a compris une chose
– il a été obligé de la comprendre, Emanuel – :
lorsqu'un bras vieillit
il demeure un bras,
mais le coude l'emporte sur le poignet,
et la main
– celle qui agit –
s'éloigne de plus en plus…
Par conséquent
il est possible
– et comment –
qu'on demande à un bras âgé
non plus de faire :
mais de faire faire.

Excellent.
Ne plus agir
mais stimuler les autres.
La frénésie qui lui a dit
toute sa vie de bouger, faire, tenter
pourrait devenir : *« Bougez, faites, tentez. »*

Il lui suffit que la banque
ne soit pas immobile, voilà.
Il refuse qu'on perde une occasion
maintenant que l'industrie est lancée
et que des usines poussent par centaines
partout
– faire faire faire
construire construire construire
inventer inventer inventer –
même si
la mode new-yorkaise de la parole
s'est tellement infiltrée
que même les ouvriers
veulent ouvrir la bouche
et organisent une chose dénommée *syndicat*.

De toute façon,
syndicat ou pas,
Emanuel refuse que quoi que ce soit lui échappe
maintenant que Wall Street est ouverte à un pâté de maisons
et que tous les marchés y transitent.
Emanuel frémit.
Il piaffe.
Davantage que d'habitude ?
Davantage que d'habitude.
Il a l'impression que soudain
le monde s'est contracté
en un bouton
dont New York est la boutonnière :
il suffit d'un petit geste, d'un geste minuscule
et nous serons maîtres du monde.
Faire, donc.
Être, donc.
Oser.

Oser.
Oser.
Mais comme un coude est moins efficace qu'un poignet
Emanuel ne conduit pas la voiture :
il donne ses instructions au nouveau cocher
qui exécute :
« Comme vous me l'aviez demandé, mon cher père,
j'ai conduit Lehman Brothers au plus profond
du marché du charbon ;
par conséquent nous avons dès aujourd'hui le contrôle
des gains de l'année à venir
du marché du combustible
calculé sur les tarifs de Wall Street.
Je tiens toutefois à vous informer, cher père,
que j'ai mené cette négociation pour la seule raison
que vous m'en aviez prié, étant pour ma part convaincu
(et je ne suis pas le seul, d'ailleurs)
qu'un investissement de notre part dans le seul marché
du charbon
est totalement absurde
puisqu'il est destiné à être dépassé d'ici quelques
années, cher père,
par la domination du business *du chemin de fer*
dont je pourrais vous énumérer les mérites
si vous souhaitiez
vraiment
considérer les capitaux. »

« Tu as donc toi aussi cette obsession ferroviaire,
Philip ?
Nous possédons déjà les capitaux, mon fils :
nous avons le contrôle du fer, du charbon et du café
de toute la ville de New York. »

« Je pourrais les qualifier
– si vous m'autorisez cette périphrase de mon invention –

de marché des zéro-virgule
plus zéro-virgule plus zéro-virgule. »

« Ce qui fait au bout du compte des millions. »

« Après 30 pages d'additions. »

« Si tu avais mon expérience, Philip... »

« Je n'ai pas les cheveux blancs, mon cher père,
mais parce que je les ai noirs justement
je vous dirai que si je dois m'engager pour la vie que j'ai devant moi
j'aimerais le faire avec une série de nombres devant les virgules, pas après.
Si vous êtes d'accord, nous lâcherons bientôt
ce bouillon de café pour le chemin de fer.
Si vous préférez en revanche compter les grains plutôt que les millions
je vous épargne l'embarras de me l'avouer,
sur ce si vous le permettez, étant attendu,
je vous salue bien bas,
mon cher père,
et prends congé. »

Et si le jeune cocher des zéro-virgule
défiait
lui-même
la locomotive de *Shavouot* ?
Les zéro-virgule de Philip
deviennent maintenant une obsession.
Et s'il l'écoutait vraiment ?
Emanuel
pourrait peut-être retrouver un sommeil tranquille…
Si le jeune cocher
grimpait lui-même
en équilibre

sur la colonne de pièces
jusqu'au sommet
où les trains filent
alors
Emanuel cesserait peut-être
de se réveiller en nage
comme s'il était un boulanger ?

Peut-être
si nous misions sur Philip…

C'est bien le fils d'un bras.

On dirait un poignet ayant le don des mots.
Et de surcroît
il a ce zéro-virgule
d'astuce new-yorkaise
parfois sadique.
Pour ne pas dire cruelle.

Oui :
Philip est peut-être la dernière carte à jouer.

11

BAR-MITSVAH

Yéhouda Ben Tema
écrit
dans les *Maximes des pères* :
cinq ans est le bon âge pour étudier les Écritures
dix ans pour étudier la *Mishna*
à treize ans tu commences à respecter les *mitzvot*
quinze ans, et tu étudieras la *Guemara*.

Eh bien
alors que le siècle s'achève
la famille Lehman de New York
offre un bel échantillon
d'âges assortis.
Car les enfants ne manquent pas :
11 en tout
4 d'Emanuel
7 de Mayer,
quant aux âges
il y a l'embarras du choix.

Par chance aucun d'eux n'a plus besoin
au Temple de se hausser sur la pointe des pieds :
avec l'âge on grandit
et le banc de la famille
se situe à présent au dixième rang.

Désormais
quand ils entrent dans le Temple
les Lehman parcourent le couloir latéral
sans daigner accorder un regard
aux Kowalski, Russes un peu renfrognés,
qui occupent
le vingt et unième rang :
« Shaji mne, papa : kto eti ranche ? »
« Oni iavliaioutsia znamenitymi Lehmanami[1]*. »*

Herbert Lehman
toutefois
ne trouve pas juste
de s'asseoir devant.
Et il s'en plaint.

Herbert a maintenant onze ans.
Il fréquente l'école hébraïque
et devra bientôt
– comme ses frères –
raconter aux examens
l'ascension du roi David ;
l'histoire des Maccabées ;
la vie de Joseph en détail ;
Ésaü et son assiette de lentilles ;
Jonas dans le ventre de la baleine
et aussi la façon dont Caïn tua son frère.

Herbert juge
ce dernier récit
particulièrement
suggestif

1. En russe : « Dis-moi, papa : qui sont ces gens devant ? » « Ce sont les célèbres Lehman. »

depuis que son frère Arthur
(un dur à cuire depuis toujours, mais on peut aussi empirer avec l'âge)
a pris l'habitude de lui réclamer ses économies
« Comme un prêt, Herby ! »
le dépouillant chaque semaine de son argent de poche.
Et pourtant Arthur a cinq ans de plus
ne devrait-ce donc pas être le contraire ?
Dans le monde naturel des choses
ce sont les petits frères
qui doivent accéder
à des formes de prêt bancaire
offertes à des taux réduits
au nom d'un lien familial.

Non.
Pas ici.
La direction est contraire.
Arthur Lehman vole Herbert
et se moque bien de son désaccord.
« Arthur, tu me dois un tas d'argent !
Puis-je savoir quand tu me le rendras ? »

« Honte à toi, Herby : tu as un cœur de pierre. »

« J'ai le droit de récupérer mon argent ! »

« Non, et veille à ne pas offenser notre Constitution ! »

« Quel est le rapport ? »

« Crétin ! La Constitution américaine déclare que tout homme
– y compris moi –
a le droit d'être heureux !
Je suis heureux avec ton argent
donc en le réclamant tu fais de moi un malheureux
et je peux porter plainte contre toi. Bonne santé, Herbert. »

Du bas de ses années
Herbert Lehman
ne parvint même pas à dire *« Je ne suis pas d'accord »* :
tout penaud
il eut seulement les jours suivants
le sentiment d'être roulé
et
pour éviter de renoncer
se promit d'y remédier.

Pour commencer
il apprit par cœur
la Charte entière.
Quelle utilité dans la vie !

Puis
fortifié
dans ses droits constitutionnels
il décida de s'adresser aux adultes de la famille
moins en tant qu'autorités morales
qu'en spécialistes de pratiques bancaires :
« Cher père, si un débiteur ne me rend pas le capital
que je lui ai prêté
comment puis-je agir pour le récupérer ? »

Son père Mayer le dévisage.

La maladie bancaire
contamine même les mineurs.

Et comme le petit n'en démord pas
Mayer lui illustre tout un scénario
de majorations sur la somme
et d'amendes qui se déclenchent en crescendo.

Herbert n'est pas d'accord :
devrait-il donc demander
davantage que
l'argent qu'Arthur refuse de lui rendre ?
C'est un problème de fond :
faut-il augmenter la dette des débiteurs ?

Par chance, oncle Emanuel est là :
il lui a conseillé plus concrètement
la saisie des biens matériels
– suite à une intimation appropriée.

Après l'énième ultimatum
Herbert a ainsi commencé
à confisquer des objets
en pénétrant la nuit venue
dans la chambre de son frère
et en s'appropriant :
— 2 ballons de cuir
— 3 cartes géographiques
— 1 montgolfière en tissu
— 7 ouvrages illustrés
— 1 harmonica
— 2 stylos avec encrier
— 3 chemises couleur crème
— 1 chapeau en paille d'un certain Crâne-rond.

Et maintenant qu'il ne reste
à Arthur que son lit
Herbert a consulté une nouvelle fois son oncle :
« Puis-je le prendre également ? »

Mais
il semble hélas
que la finance
doive avoir elle aussi un minimum de cœur

et que la force d'une banque
ne puïsse réduire un frère à l'état de clochard.

Herbert ne s'est toutefois pas résigné.
Jouant la carte de l'intimidation
il s'est glissé en pleine nuit dans la chambre d'Arthur
et du geste le plus théâtral possible
a arraché d'un coup les couvertures
et communiqué au mégaphone :
« Ce lit ne sera bientôt plus à toi :
si tu veux dormir tranquille,
paie-moi ! »
Sans attendre de réaction,
il aurait tourné les talons
si son frère
– traumatisé par ce brusque réveil –
ne lui avait pas sauté à la gorge
et de toutes les insultes susceptibles d'être crachées à un usurier
n'avait pas choisi
un puissant axiome mathématique :
« Les probabilités que je te laisse le prendre
sont proportionnelles à celles que tu as d'être payé !
Et maintenant dehors, ou reviens avec un mandat. »

Bref,
Herbert a des soucis.
Pour l'heure
il est assis au fond de la classe
toujours un peu distrait,
oubliant même de se lever
quand le rabbin Strauss
– qui a davantage de dents dans la bouche que de cheveux sur le crâne –
vient une fois par mois
interroger les enfants :

« Je voudrais aujourd'hui réfléchir
avec vous
à la signification du mot châtiment.
Le châtiment est un dédommagement.
Il n'est jamais injuste.
Le châtiment rééquilibre le monde.
Si par ta conduite tu enlèves quelque chose
HaShem *par son châtiment règle les comptes.*
Voilà pourquoi HaShem *punit les Égyptiens.*
Parce qu'ils tenaient en esclavage le Peuple élu.
Maintenant, quand je vous appellerai
vous énumérerez dans l'ordre exact
toutes les plaies d'Égypte :
à commencer par vous, jeune Rothschild. »

« HaShem *transforma le fleuve Nil en sang, Rab Strauss. »*

« Bien, Rothschild. La deuxième plaie, Wolf. »

« HaShem *déversa sur l'Égypte des grenouilles, Rab Strauss. »*

« Bien, Wolf. La troisième et la quatrième plaie, Libermann. »

« HaShem *envoya les moustiques, Rab Strauss, puis les taons. »*

« La cinquième plaie est pour vous, jeune Strauss. »

« HaShem *fit périr le bétail d'Égypte. »*

« Excellent, Strauss. Et maintenant votre frère va me donner la sixième. »

« Ulcères sur les hommes et les animaux, Rab Strauss. »

« Bien, tous les deux. La septième, jeune Altschul ? »

« La grêle tombe. »

« Il en tombe énormément, Altschul. La huitième, Borowitz ? »

« Invasion de sauterelles. »

« De sauterelles, exactement. L'avant-dernière, Cohen ? »

« Les ténèbres, Rabbin. »

« Et la dernière plaie est pour vous, Herbert Lehman. »

« HaShem *fit mourir les enfants égyptiens. »*

« C'est faux, Lehman :
HaShem *ne fit pas ça. »*

« Mais je ne suis pas d'accord. »

« Comme toujours vous voulez interpréter,
plutôt qu'apprendre.
Les Écritures disent :
"Au milieu de la nuit Yahvé frappa
tous les premiers-nés dans le pays d'Égypte."
Et premiers-nés ne signifie pas enfants, Lehman ! »

« Mais je ne suis pas d'accord avec la décision de HaShem, *rabbin. »*

« Lehman ! »

« Je ne suis d'accord avec aucune des plaies, voilà. »

« Qu'est-ce qu'il ne me faut pas entendre ! »

« En vérité je ne suis pas du tout d'accord
avec la position de HaShem.
C'est un problème de fond, rabbin,
et cela devient une question politique :
pourquoi massacrer le peuple d'Égypte
qui n'était pas coupable ? »

« C'est intolérable ! »

« À mon avis
– au lieu de perdre du temps avec les plaies –
HaShem *aurait dû tuer directement le pharaon*
ainsi les Israélites auraient été aussitôt libérés, et... »

« HaShem *n'a pas de conseil à prendre de Herbert Lehman ! »*

« Mais Herbert Lehman fait partie du Peuple élu. »

« Taisez-vous, petit ! Immédiatement ! »

« Si vous le souhaitez, je me tairai, monsieur le rabbin,
mais qu'on sache
que je ne suis pas d'accord ! »

Bien qu'il n'ait que dix ans
Herbert Lehman
n'est pas *« d'accord »*
sur grand-chose.

Il conteste
le fait qu'à *Hanoukka*
seul le chef de famille puisse allumer les bougies.
Il conteste
le fait qu'on ne mange des beignets
que le jour de *Pourim.*
Il conteste
– absolument –
le fait qu'on coupe
des branches de pêchers en fleur
pour décorer *Tou Bichvat.*
Et surtout
il n'apprécie pas
que ses frères
fassent leur *bar-mitsvah*
selon les règles
alors que ses sœurs

font leur
bat-mitsvah
sans aller à l'estrade
sans commenter la Torah
en répondant juste à de petites questions sur la maison.

On a tenté de lui expliquer
qu'il s'agit d'une tradition
et qu'on ne jette pas les traditions,
cher Herbert, comme des vieilleries,
qu'une femme juive n'est pas l'égale d'un homme
même si
la mode new-yorkaise de la parole
s'est tellement infiltrée
que les femmes ont elles aussi
envie de parler
et font un sacré vacarme
sous le nom de *suffragettes.*
Tu veux changer le rite, maintenant ?
Herbert secoue la tête :
il conteste le fait
qu'un frère soit plus important
qu'une sœur.

Justement la famille est grande
et des frères et sœurs
il y en a beaucoup.

Son frère Irving
par exemple
a treize ans.
Treize ans et un jour.

Cela fait une éternité qu'on l'oublie
car il a le pouvoir sensationnel
de passer inaperçu.
Mais pas aujourd'hui.

Aujourd'hui il sera au centre de l'attention.
C'est le jour
de sa *bar-mitsvah*.

Tous au Temple.
Famille,
frères, sœurs, tous autant qu'ils sont
nés en Alabama
ou enfants de New York.
Jour important.
Irving devient majeur :
à partir d'aujourd'hui Irving est adulte
Irving répond lui-même
devant le *Halakha*.

Il lira à l'estrade
pour la première fois
un passage de la Torah.
Et commentera avec les autres
l'Écriture.

Justement, voilà :
commentera.

C'est le point délicat.
Car Irving Lehman
a la malchance
de faire
aujourd'hui
sa *bar-mitsvah*
avec un autre.
Et cet autre
n'est ni plus ni moins
que le petit monsieur bouclé
héritier de Mister Goldman.

Les Goldman font tout avec splendeur.
Et ils s'en vantent.

Ils brassent de l'argent
– le même que les Lehman –
signent des contrats
– les mêmes que les Lehman –
nouent des relations
– les mêmes que les Lehman –
bref
il n'y a rien
que ne fassent les Lehman
qui ne soit identique
à la firme
Goldman Sachs.
Leurs origines mêmes
se sont copiées :
il s'agit
dans les deux cas
de familles allemandes.
Et ils ont
dans les deux cas
une maison de vacances
à Elberon :
voisins de maisons,
ironie du sort.

La seule différence
– il faut toujours dire la vérité –
réside dans le fait que Goldman
a affaire à un certain métal
dénommé or
et s'en vante au point de
l'étaler dans son nom de famille.

Pour cette raison, pour cette seule raison,
il a obtenu au Temple
le deuxième rang.

Lehman et Goldman
nourrissent une vieille haine.

Cette rivalité rageuse
qui divise souvent
des familles identiques.

Lehman Brothers et Goldman Sachs
se tiennent sur les deux rives du même fleuve :
au milieu coule l'eau
une eau couleur de l'or.
Tous deux pêchent
dans la même eau
et se regardent
en chiens de faïence
prêts à bondir
nous ici
et vous là
– car le fleuve est identique
et les poissons sont les poissons –,
là, à Wall Street,
qui possède même son journal
The Wall Street Journal
crié sur les trottoirs par des gamins
tandis que Solomon Paprinski
chaque matin
avale une gorgée de cognac
et hop :
marche sur le fil
sans jamais tomber.

Les voici aujourd'hui alignés.

Tous les deux.
Au Temple.
Pour la *bar-mitsvah* des garçons de treize ans.
Tous les deux élégants.

Tous les deux parfaits.
Nous sommes les Lehman Brothers.
Nous sommes les Goldman Sachs.
Nous à droite.
Vous à gauche.
Nous sommes les Lehman Brothers
Nous sommes les Goldman Sachs.
Nous avec les nôtres.
Vous avec les vôtres.
Nous sommes les Lehman Brothers.
Nous sommes les Goldman Sachs.

Sourires entre les dames.
Poignées de main entre les messieurs.

Mais la vraie guerre
oppose les deux mères
des deux côtés du Temple
tandis qu'elles serrent la cravate de leur fils :
« Vas-y, mon garçon, monte à l'estrade,
tu es un Goldman : fais-le pour ton père. »
« Vas-y, mon garçon, monte à l'estrade,
tu es un Lehman : fais-le pour ton père. »

« Il faut que tu lises parfaitement, mon fils :
sans erreurs. »

« Tu ne vas pas nous faire pâlir devant leur Irving ? »

« Tu portes un grand nom, mon garçon, ne l'oublie pas. »

« Et n'oublie jamais que ces Goldman
sont arrivés en Amérique après nous. »

« Garde bien à l'esprit que ces Lehman
ont du sang du Sud : ils ne sont pas comme nous. »

« Si ce gosse te dit quelque chose, tiens-lui tête. »

« Si ce frisé te regarde de travers, ignore-le. »

« Écoute-moi bien : s'il te dit qu'ils cotent le charbon, ris-lui au nez. »

« Avant d'y aller : s'il te dit qu'ils vendent du café, *hausse les épaules et répond : "Un vieux truc". »*

Mais surtout, mon fils, promets-moi :
Jure-moi
que pour aucune raison au monde
tu ne lui parleras du tabac. »

Oui.
Le tabac.
C'est la dernière invention des frères Lehman
sans doute parce qu'ils ont été frappés
de voir devant leurs yeux
cette étendue immense
de dos courbés et laborieux
si semblable aux plantations de l'Alabama.

L'appel du passé ensorcelle parfois
jusqu'aux bras les plus résistants aux larmes.

Pas seulement.
Ce n'est pas tout.

Le tabac est cueilli.
Le tabac est travaillé.
Le tabac est roulé
ou haché
ou enfermé dans une caisse.
Bref, le tabac est effort et travail.

Et les deux Lehman ont ça dans le sang :
travailler tête baissée
sans ristournes

sans pauses
sans haltes.

Un peu trop, même.
Car tout ce travail
ne plaît guère
à Philip Lehman.
« Très cher père
il est inutile de vous fatiguer autant :
laissons aux employés le vrai labeur
ici vous êtes assis plus haut :
n'oubliez pas que vous êtes un fondateur
il vous revient juste de coordonner
de déplacer les pièces sur l'échiquier. »

Il a peut-être raison.
Et de fait Emanuel coordonne à présent :
il déplace les personnes comme des pièces
il ne quitte plus son bureau
il délègue aux autres
contrôle le travail
et le travail marche du tonnerre
il n'y a pas de jour
qui ne soit marqué du signe +
par rapport à la veille
sur les registres
que Mayer a cessé
d'annoter
non parce que sa vue a baissé
mais parce qu'il est impossible de le faire tout seul
à présent
un bureau de six personnes
s'en occupe
payées
dix heures par jour

pour noter les chiffres
et c'est tout.
« Très cher oncle
il est inutile que vous accomplissiez
une tâche d'employé :
laissons la comptabilité aux comptables
vous êtes assis plus haut :
n'oubliez pas que vous êtes un fondateur
et que seule la signature vous revient. »

Il a peut-être raison.
Et de fait Mayer signe désormais
chaque jour
avec son frère
en fin de soirée
le bilan marqué du signe +.
Signe + : signé Mayer/Emanuel Lehman.
Signe + : signé Mayer/Emanuel Lehman.
Signe + : signé Mayer/Emanuel Lehman.
Pendant des années.
Toujours le signe +
parce que l'Amérique
est un cheval qui galope comme un dératé
sur l'hippodrome de New York
et que Lehman Brothers
est son jockey.
Signe + : signé Mayer/Emanuel Lehman.
Signe + : signé Mayer/Emanuel Lehman.
Signe + : signé Mayer/Emanuel Lehman.

« Très cher oncle
très cher père
il est inutile que vous serviez de réviseurs :
laissons aux dirigeants la signature du bilan
vous êtes assis bien plus haut :

n'oubliez pas que vous êtes les fondateurs
il vous revient de choisir
sur qui et sur quoi investir.
Naturellement pas tout seuls. »

Eh oui, pas tout seuls.

12

UNITED RAILWAYS

Dommage toutefois que plus Mayer Lehman
vieillit
puis il ressemble à un légume.

Planté dans la terre :
ayant poussé parmi les mottes, sous le soleil et l'eau.
Voilà pourquoi
ces derniers temps
il s'occupe
particulièrement
du tabac.
Exclusivement.
Il s'en est amouraché avec le temps.
Le tabac, marron foncé :
comme la terre où naissent les patates.
Et puis le tabac, on le pèse et l'emballe :
comme le coton d'autrefois
qu'on efface à présent de l'enseigne.
Le tabac est matière, voilà,
et les gains qu'il procure ne sont pas de l'air
qui se transformera en fait dans quarante ans.
Ces sommes, Mayer les note dans les registres
minuscules, précises
si petites

qu'elles ont entamé sa vue
et qu'il a désormais deux verres accrochés au nez.
Une patate à lunettes.

« Tu t'es abîmé les yeux
mon frère
à cause de ton maudit tabac ! »

« Qu'est-ce que le tabac a à voir avec les yeux ? »

« Zéro-virgule plus zéro-virgule plus zéro-virgule. »

« C'est quoi cette façon de parler ? »

« Les gains du tabac sont petits, Mayer,
et tous derrière une virgule.
As-tu envie de compter des cigares
plutôt que des millions ?
Moi je ne me contente pas d'additionner
les zéro-virgule : je veux des capitaux. »

« Nous avons déjà des capitaux, Emanuel :
nous avons le contrôle du marché du fer
du charbon, du café, du pétrole, du tabac... »

« Zéro-virgule plus zéro-virgule plus zéro-virgule ! »

« Ce qui fait un million. »

« Oui, après 30 pages d'additions et deux yeux en moins. »

« Chacun subit les dommages de son métier. »

« Qu'as-tu donc dans la tête, Mayer ? »

« Ce qu'ont dans la tête les Lehman :
notre père attrapa la maladie du bétail
Henry attrapa la fièvre jaune des plantations
moi, je peux bien perdre la vue avec le tabac. »

« Écoute-moi :
j'ai les cheveux blancs, Mayer,
et si je dois suer sang et eau pendant mon dernier lambeau de vie
je veux le faire avec une série de chiffres devant les virgules, pas après.
Voilà pourquoi nous allons investir dans le chemin de fer. »

« Arthur suçait son pouce quand tu m'en as parlé pour la première fois
et maintenant il va en classe. »

« Le chemin de fer est le salut. »

« Le chemin de fer, ce sont des mots. »

« Je n'ai pas fondé une banque
pour les zéro-virgule ! »

« Et moi je n'ai pas fondé une banque
pour les mots ! »

C'est alors
qu'Emanuel comprit.
Il saisit soudain le sens
de son cauchemar de chaque nuit
et de ce que son frère entendait dire
par : *« Le chemin de fer, ce sont des mots. »*

Comme si la lumière se déversait dans la pièce
tout lui sembla clair :
s'ils étaient effrayés par le chemin de fer
c'était parce qu'ils ne l'avaient jamais vu.
Il s'agissait d'une idée, non d'un fait.

Tout changerait
s'ils touchaient du doigt

le formidable frisson
de voir le chemin de fer en construction !

Pour en finir avec les cauchemars
il fallait qu'ils voient les rails fixés
les gares construites
les écrous serrés
les vis tournées
les boulons plantés
et qu'ils entendent l'éclatement du charbon
le grondement des scieries découpant
des milliers des millions des milliards
de planches en bois
à glisser en série entre les longrines !

Mayer était resté au fond un homme du Sud
sa tête était encore en Alabama.
Mayer n'était pas allé
il y a trente ans dans le Nord
voir les usines de Teddy Wilkinson,
où les machines soufflaient déjà de la vapeur !
La vapeur, voilà !
Prodige des industries et maintenant des trains !
Comment Mayer pourrait-il croire dans le chemin de fer
si Emanuel ne le lui montrait pas
en construction
merveilleux, surprenant,
mais surtout *mécanique*
réel, très réel,
concret, très concret
tout en fer et acier
feu, bronze
foudres, étaux et fraises ?

Il prit une décision.
Il devait agir.

Il devait éclairer l'esprit végétal de son frère
ainsi que sa visite à Teddy Wilkinson
avait éclairé le sien trente ans plus tôt.

Il fit circuler le bruit.
Et ce fut comme s'il allumait une mèche
puisque de New York les paroles s'envolent :
tout le monde sut que les deux frères Lehman
– patrons de la Lehman Brothers Bank –
s'intéressaient
enfin
au marché du chemin de fer :
qu'ils voulaient toucher du doigt
le chemin de fer en construction
toucher du doigt l'avenir en chantier ;
les Lehman n'avaient pas confiance :
ils voulaient voir.

Une rencontre fut fixée
pour fin novembre.
Chemin de fer de Baltimore.
En construction.
L'enthousiasme d'Emanuel ?
Irrépressible.
Durant tout le trajet
il ne cessa
un instant
de vanter à l'intention de Mayer
ce qui les attendait : ouvriers au travail
100 fois
1 000 fois plus que dans les plantations
à perte de vue
car l'Amérique est gigantesque
et il faut la couvrir de rails et de gares
de part en part.

« Une entreprise gigantesque, Mayer,
comme les pharaons d'Égypte
qui en effet sont passés à la postérité ;
pas comme ton maudit tabac
qui vous monte au nez et s'en va !
Pas comme le maudit café
que produit ton ami mexicain ! »

Mayer dut alors préciser
que le vieux Miguel Muñoz
n'était pas vraiment son ami :
non seulement il ne l'avait jamais vu,
mais c'était lui, Emanuel, qui était allé au Mexique
aussitôt après la guerre
pour lui flanquer sur le comptoir
une issue au coton.

Emanuel rétorqua : ce n'était pas vrai
non monsieur
c'était Mayer qui s'était entêté
plus de dix ans auparavant
pour acheter du café aux Mexicains
et additionner des zéro-virgule à la pelle.

Mayer s'emporta : suffit maintenant
il n'était plus acceptable
que son frère s'attribue tous les mérites
et rejette régulièrement
les fautes sur lui.

Emanuel s'écria : *« Écoute-moi, Mayer !*
Lehman Brothers est comme une éponge,
il lui faut absorber les affaires qui viennent
nous ne pouvons pas nous permettre de regarder,
les bras ballants !
Nous devons absorber ! »

Plus que jamais
Emanuel dégaina
nombre de métaphores
plus ou moins réussies ;
parce qu'un bras est un bras
et qu'il n'a pas de demi-mesures
pour agir
et pousser à agir.

Dans le cas précis il brossa un portrait formidable
des industries du chemin de fer américain :
main-d'œuvre au travail, matières premières
coulées de fer en fusion
et puis grincement d'acier
et puis vacarme infernal
et puis
et puis
et puis…

… et puis quand ils arrivèrent
le silence
les surprit.

Un silence total.

Trois ou quatre hommes les attendaient.
Des représentants d'United Railways.
Élégants ? Plus encore.
Excellents.
Vêtements tout droit sortis de chez le tailleur.
Et un sourire immense.

L'un d'eux s'avança.
Plus qu'une personne
on aurait dit un sourire
entouré d'une personne ;
« Archibald Davidson, pour vous servir ! »

De son bras tendu
il indiquait fièrement
le spectacle.

Mayer plissa les paupières.
Il pensa que les chiffres du café
– ceux qui succédaient aux virgules –
lui avaient définitivement gâché la vue
car le spectacle du chemin de fer en construction
lui semblait
vraiment
comment dire ?
Le néant.

Il n'y avait rien.

Rien de construit.

Rien en construction.

Rien à construire.

Rien.

L'absence de toute chose.

Une vallée.
Un fleuve.
Des buissons.
Des mouches.

« Le chemin de fer passera là
le tracé est inscrit noir sur blanc.
Voilà : vous pouvez le voir sur cette feuille,
dessiné. »

« Et le chantier ? Quand débutera-t-il ? »

« Quand vous nous donnerez les fonds. »

« Sur le papier ? »

« Sur le papier, Mister Lehman. »

« Et quand la voie ferrée sera-t-elle prête ? »

« Dans les délais prévus par notre accord.
Même si cela importe peu aux fins de l'affaire. »

« Dix ans ? »

« Ou vingt, trente, quarante : peu importe. »

« Alors qu'est-ce qui importe ? »

« Que vous prononciez le mot oui. »

Ce sourire énorme
dénommé Archibald Davidson
n'en resta pas là,
il déplia au moins six ou sept feuilles de papier
aussi grandes que des draps,
montrant la voie ferrée parfaitement dessinée.
Noir sur blanc.

Les Lehman opinèrent, bien sûr.

Tandis qu'ils opinaient
Mayer pensa que l'encre
avait la même couleur que le café
et qu'il en coulait tant sur ces feuilles
qu'il convenait
peut-être
– je vous en donnerai des trains ! –
de s'intéresser
à ce marché-là.

Emanuel Lehman
en revanche

muet et immobile
ne perdit pas de vue un instant
– à son extraordinaire surprise –
les vêtements de couturier
des représentants d'United Railways :
c'étaient des habits *first choice*
d'une étoffe raffinée
de grand prix :
du coton
un coton
splendide
et très coûteux.
Et tandis qu'une partie de lui-même
était tentée de regretter le passé
une voix dans son dos
retentit
aussi forte
et claire
que celle des cochers
lorsqu'ils rappellent un cheval à l'ordre :

« Cher Mister Archibald Davidson
vos feuilles bourrées de dessins envoûteraient un enfant
mais nous ne sommes pas venus de New York
pour regarder des dessins et vous dire "Bravo" :
à l'école hébraïque les petits manient les pastels avec
talent dessinent des maisons et des ponts,
or personne ne les finance en qualité de constructeurs.
Mon père Emanuel et mon oncle Mayer,
cher Mister Davidson,
s'attendent à beaucoup mieux :
chiffres, nombres, substance.
Quelle somme demandez-vous à notre banque ?
Êtes-vous prêt à payer en intérêts ?

Et dans quel délai notre capital nous sera-t-il restitué ?
Vous avez affaire aux frères Lehman
si vous ne l'avez pas remarqué :
mon père Emanuel et mon oncle Mayer
– je parle en leur nom –
accepteront d'investir dans les voies ferrées
à une seule condition :
que les gains pour la banque comptent 7 zéros.
Des millions, cher Mister Davidson, vous avez bien compris.
Si vous partagez cette unité de mesure
la voie ferrée pourra porter le nom de Lehman
et nous vous dirons : "Construisez-la."
Si vous préférez la dessiner
nous vous épargnons l'embarras de nous l'avouer, sur ce, si vous le permettez, étant attendus pour d'autres investissements
nous vous saluons bien bas
cher Mister Davidson
et prenons congé. »

« Un instant, s'il vous plaît. Vous êtes ? »

« Philip Lehman. »

« Monsieur Philip, vous envisagez de financer
des voies ferrées :
entendez-vous émettre des obligations pour nous fournir du capital ? »

« Cher Mister Davidson, nous prenez-vous pour des marchands de tissu ?
Ou pis encore pour des vendeurs de café en gros ?
À qui croyez-vous avoir affaire ? À des fabricants de charbon ? Ou à la bande du gaz ?

Mon père Emanuel et mon oncle Mayer ici présents entendent
bien sûr
émettre des obligations :
ceux qui y souscriront nous verseront de l'argent
que nous leur rendrons avec un petit intérêt.
En attendant
vous aurez vos capitaux que vous nous rendrez avec un intérêt considérable.
C'est dans cette différence que résident les gains.
Pour nous, bien sûr.
Mais pour vous aussi. »

« United Railways vous propose 5 millions
de recouvrement. »

« Cher Mister Davidson, ni mon père Emanuel
ni mon oncle Mayer ici présents
n'ont fait le trajet jusqu'ici
pour entendre des moqueries.
Je remarque déjà dans leurs yeux un air de dégoût.
Pour le cas où vous ne vous en seriez pas aperçu, notre enseigne dit : BANQUE, et non BIENFAISANCE.
Et les banques raisonnent, comme je vous l'ai dit, en termes de 7 zéros.
Ce qui signifie 10 millions : le double. »

« Je me permets de vous en offrir 7. »

« Mon père Emanuel et mon oncle Mayer ici présents ne descendront pas au-dessous de 9. »

« United Railways ne peut dépasser 8. »

« Cher Mister Davidson, permettez-moi d'éviter le jeu répugnant de la négociation.

Je suis certain que ne voudriez pas vous-même
vous y abaisser.
Lehman Brothers est le fruit d'une histoire importante :
nous n'avons pas l'intention de nous présenter à vous
comme au marché aux fruits.
Le seul point d'accord possible est 10 millions, au cent
près.
Après quoi
si United Railways n'estime pas ce chiffre approprié
je vous évite par dignité de nous le dire
car ni mon père Emanuel ni mon oncle Mayer
ici présents
ne sont prêts à être humiliés comme des vendeurs de
coton.
Voilà pourquoi, si vous acceptez 10 millions
serrons-nous la main pour sceller l'accord,
sinon
serrons-nous la main pour nous dire adieu. »

Et voilà.

Ils se serrèrent la main.

En vérité
sans que ni Mayer ni Emanuel
ne comprennent bien
s'il s'agissait d'une poignée de main d'accord ou
d'adieu.
Peu importe, ils se serrèrent la main.
Longtemps.
Sans comprendre pourquoi ils se la serraient.

Or le fait que Philip souriait
les réconforta vraiment,
leur apportant la certitude
qu'ils avaient assisté à un événement important

et le sourire satisfait
des occasions historiques
se peignit sur tous les visages.

Cette nuit-là
Emanuel Lehman
ne dormit pas dans un fauteuil
mais allongé dans son lit.
Désormais il ne craignait plus le moindre train.
Car son cocher
s'était brusquement
transformé
en chef de gare.

Plus encore.
Lehman Brothers
avait le sentiment d'être un convoi
tiré par une locomotive de premier plan
et il n'y avait
maintenant
aucun trajet
que la banque ne pût prévoir.

Le premier
par ordre chronologique
partit du dixième banc du Temple
pour les conduire en cinquième position.
Emanuel et Mayer se penchèrent aux vitres
fêtant ça comme deux gamins
et ils s'amusèrent tant
que personne n'eut le courage de les avertir :
Philip Lehman atteindrait sa majorité le lendemain
et le pacte avec tante Rose entrerait en vigueur.

Bref,
dans la locomotive immatriculée LEHMAN BROTHERS

montaient déjà
trois nouveaux cheminots.

Le premier était une toupie sans son.

Le deuxième ressemblait à un lapereau.

Le troisième était Philip Lehman. Point.

13

WALL STREET

On peut dire ce qu'on veut,
mais un trio de cousins
entre vingt et trente ans
ne peut s'estimer légitimé
à diriger une entreprise.

Cet à-peu-près
est la teneur des pensées
qui traversent l'esprit d'un bras et d'une patate
chaque matin au moment de leur réveil.

Nous avons sauvé
la banque familiale
d'une guerre
l'avons conduite
de l'Alabama jusqu'à la Grande Pomme,
et voilà que nous devons nous effacer,
pour quoi ?
Pour que tante Rose ait le dernier mot ?

La haute finance
ne convient pas
aux débutants.

La preuve en a été donnée
le jour

où un lapereau
cramoisi et en nage sous l'effet de l'émotion
a fait son entrée
pour la première fois
à la Bourse de Wall Street
où les financiers
– y compris les plus calmes et les plus posés –
serrent les dents
et se lancent des couteaux.

À 10 heures du matin
sous le fil
que Solomon Paprinski
parcourt en équilibre
on a vu apparaître
alignés en quatuor
Emanuel Lehman
avec son fils Philip
et Mayer Lehman
avec son fils Sigmund.

Les trois premiers en habit sombre
le quatrième en complet clair
sans chapeau
pour ne pas dévier la raie dans ses cheveux
qu'il ne cesse de peigner.

Les trois premiers le regard sévère
(c'est presque la norme à Wall Street)
le quatrième avec l'expression typique
– entre joie et trépidation –
d'un enfant
à la rentrée de l'école primaire.

Les trois premiers la mine combative,
le quatrième tout sourire

qu'il distribue comme des bonbons
sans distinction
entre ennemis, alliés et même traîtres.

Les trois premiers les lèvres pincées,
le quatrième avec du sucre sur le menton
souvenir matinal
d'une première tournée de brioches.

Les trois premiers, enfin, conscients du lieu où nous sommes.
Le quatrième totalement déplacé
tel un chaton
sur le seuil d'un chenil.

Et pourtant
au cours du trajet
on a exposé en détail
à Sigmund
le genre de conduite
à adopter
lorsqu'on franchit cette porte.

Comme le dit son oncle Emanuel
la Bourse est une sorte de cabinet médical
où l'on examine chaque jour
des pieds à la tête
les banques
et les entreprises cotées.
« Bien sûr, mon oncle : j'ai compris. »
Or si un médecin
vous ausculte
afin de mesurer
votre état de bien-être,
ce n'est pas de santé qu'il s'agit
à Wall Street

mais du degré de confiance
que chacun acquiert sur le marché.
« Cher Sigmund, dans les affaires
dire “confiance”
équivaut à dire “force”
car
personne au monde
ne confie son argent
à un tiroir
à la serrure cassée.
Le mécanisme est identique
il n'y a pas de différence :
à chaque instant
le système financier
détermine dans quel tiroir
son argent sera le plus en sécurité
et pour ce faire
examine les serrures
la résistance du bois
la forme de la clef
surtout
demande partout
impitoyablement
quelle a été au fil du temps
la réputation de l'écrin. »

« Bien sûr, mon oncle : j'ai compris.
C'est très clair et je vous en remercie. »

« J'insiste, Sigmund :
la confiance est force
voilà pourquoi il faut la défendre bec et ongles. »

« Bec et ongles, mon cher oncle, naturellement. »

Oui. Bec et ongles.
Telle est la raison

pour laquelle, a ajouté Mayer,
Wall Street
évoque un marché aux poissons :
chacun crie les mérites de son étal
chacun s'égosille pour vendre ses thons
chacun vante ses rougets
chacun méprise les dorades d'autrui
et il suffit d'une caisse de sargues
placée à moitié prix
pour changer à l'improviste
inexplicablement
le destin commercial
du hareng ou de la perche.

« Je vois très bien tout le tableau, mon cher père :
je suis prêt à accomplir mon devoir. »

« Ton devoir consiste à esquiver les couteaux »
a conclu son cousin Philip
juste avant de tourner au coin de la rue.
« Résumons-nous :
il n'y a qu'une seule règle
pour survivre à Wall Street
et elle consiste à ne pas succomber,
ce qui signifie
que le financier ne doit pas
lâcher prise un instant :
qui s'arrête est perdu
qui reprend son souffle est mort
qui s'installe est piétiné
qui réfléchit peut le regretter amèrement
et donc courage, cher Sigmund :
chaque banquier est un guerrier
et ceci est le champ de bataille.
Je suis sûr que tu seras à la hauteur.
Dans le cas contraire, n'oublie pas :

le rire hystérique
est préférable aux pleurs
et le bavard l'emporte sur le bégayeur.
En gros
on ne se trompe jamais en exagérant.
Si quelque chose tourne mal,
ne dis pas que tu es un Lehman
et vice versa
si tout se passe bien
martèle-le pour qu'on l'entende.
Au cas où tu perdrais totalement ton sang-froid
aie à ta disposition un faux nom
prêt à l'usage,
je te conseille Libermann ou Kaufmann
peu importe pour nous :
ce sont des ennemis dans les deux cas, à toi le choix.
Ah ! Si jamais tu étais pris d'angoisse
épargne-toi l'humiliation :
ne cherche pas de l'aide car tu n'en recevras pas
agis donc de façon préventive
et enferme-toi – si possible à clef –
à l'intérieur d'un cabinet.
Voilà tout, mon cousin, voilà tout :
ne viens pas me chercher en cas de besoin
Wall Street t'attend
amuse-toi bien. »

À peine a-t-il posé le pied
dans le temple de Wall Street
que Sigmund Lehman
a l'estomac noué.

Les baies vitrées
ineffablement hautes
projetaient sur toute chose
une lumière inattendue

de la blancheur du lait
laquelle se répandait si bien
qu'il aurait été impossible
de ne pas être giflé
en permanence
par les détails
de ces visages tous identiques et tous différents
multipliés à l'infini
comme les cotes, les valeurs et les prix
qu'ils notaient
dans leurs cahiers.

Jamais au grand jamais
Sigmund n'aurait imaginé
qu'il existait sur la planète Terre
un endroit
où les mathématiques
se muaient en religion
et où ses rites
chantés tout haut
n'étaient que des refrains numériques.

Le première conversation qu'il perçut
entre deux énergumènes barbus
fut en effet la suivante :
« Salut, Charles. »
« Bonjour, Golfaden. »
« Tu appliques le 12,70 ? »
« 14,10 ! »
« Net ? »
« Avec 3 et demi de frais. »
« 11,10 par combien ? »
« 91 ou tout au plus 94. »
« Tu as fait une hausse de 2 %. »
« Après que j'avais baissé de 4. »
« Moi je t'applique le 12,45. »

« Si tu y arrives. »
« Avec toi on ne peut pas discuter. »
« Dans ce cas au revoir. »

Distrait par ce boulier
Sigmund s'était déjà isolé :
le reste des Lehman avait disparu dans la foule
et les nombres bondissaient de toutes parts.
Ce jour-là le fer se vendait à 13
le charbon à 5,30
le pétrole était descendu à 24,6
    du moins jusqu'à ce que
    le squelette d'un quadragénaire
    se ranime dans un fauteuil
    bondissant sur ses pieds pour crier *« Up ! Up ! Up ! »*
    et sur un tableau le chiffre flanquant OIL
    passa de 24,6 à 24,62.
Le café était stable à 2,12
le gaz enlevé à 11,70
la branche ferroviaire oscillait de 3 points
quant au tabac, il était en phase *down*.

Up et Down
tels semblaient
dans ce tourbillon de chiffres
les seuls mots autorisés,
comme si tout ce qu'il y avait au monde
pouvait uniquement
monter ou baisser
monter ou baisser
monter ou baisser.
Up ! Up ! Up !
Down ! Down ! Down !
Up ! Up ! Up !
Down ! Down ! Down !

Sigmund Lehman
en vint à se demander
s'il était lui-même
  en tant qu'individu
  en tant qu'organisme biologique
  en tant que créature sensible
dans une phase UP ou DOWN
et opta pour la seconde
indiscutablement.

Car il est bien connu que l'être humain
– auquel appartiennent certaines races de lapins –
se tend parfois des pièges
comme ces peintres
qui, censés peindre un portrait,
se laissent envoûter
par une mèche de cheveux
par un nez pointu
par la courbe d'un menton
et
se concentrent tant
sur le détail
qu'ils finissent par s'y perdre
aux dépens du reste.
Voilà ce qui arriva à Sigmund Lehman
lequel commença
au bout de dix minutes
à ne voir que mâchoires, mandibules et dents :
bouches grandes ouvertes
prêtes à le déchiqueter
comme s'il était un lapereau
tombé par mégarde
dans le bassin des caïmans.
Par surcroît au moment du repas.

Oui.
Car si tous
en évoquant Wall Street
lui avaient parlé de bêtes féroces,
Sigmund
pour ainsi dire
n'avait pas bien saisi le sens
imaginant
plus qu'une forêt
un zoo
où les bêtes sont bien là
mais en sécurité dans une cage.

Au lieu de ça, elles étaient libres.

Et il se tenait au milieu d'elles.

Ses neurones se touchèrent
et produisirent une étincelle :
il s'élança.
Les nombres se collaient à lui :
il se déroba à l'épaule d'un 13,18
tandis que 2 couples de 99 le plaquaient aux genoux
son bras droit était victime des multiples de 7
ses doigts des mains d'un 11 111
et il n'eut pas le temps d'ôter le 8 de ses yeux :
déjà son buste
bouillait intérieurement
et il sentit exploser
sous sa chemise un
48 795 672,452
raison pour laquelle
il proposa l'armistice aux troupes de Pythagore
puis à bout de souffle
cramoisi et en nage sous l'effet de la terreur

se cacha derrière un vase rempli de fleurs
dont certaines étaient fraîches et d'autres fanées
ou mieux
certaines *up* et d'autres *down.*

Il arrive que le ciel bénisse ses enfants.
Du moins en apparence.

Car le hasard voulut que
son cousin Philip
s'immobilisât juste devant lui
en compagnie d'un type tout en yeux
financier du New Mexico.
D'un signe des deux doigts Philip lui réclama
du feu pour son cigare
et le type fut heureux de le servir.
Sur ce, la conversation débuta.

Sigmund se pencha au point
de ne faire plus qu'un avec le vase de marbre
ce à quoi son complet blanc l'aida.
Invisible, il tendit l'oreille.

Philip était un vrai virtuose.
Il énumérait l'une après l'autre
les raisons qui plaçaient Lehman Brothers aux premiers rangs :
la primauté dans l'industrie
le succès dans le commerce
le réseau des alliances
l'avalanche des contrats
puis les trains, le pétrole, le charbon
suscitant chez l'autre le plus grand intérêt
et quand on lui demanda en confidence
s'il connaissait – par hasard –
un certain Dawid turbulent

qui s'était fiancé
avec 12 jeunes filles d'un coup
Philip ne broncha pas :
« Bien sûr. Une horrible affaire.
La haute finance compte des gens sans scrupule.
Je vais tout vous raconter en détail... »

À la grande stupeur de Sigmund
il se mit à exposer
l'odyssée amoureuse
d'un certain Dawid Liebermann
« Ou peut-être pas : c'était le fils des Kaufmann,
mais ça ne fait pas de grande différence. »

La leçon de son cousin
épiée entre pétales et corolles
fut pour Sigmund Lehman
un véritable enseignement.
Qui le réconforta.
Mieux :
il se sentit soudain prêt
et plaça le signe *up* sur son moteur intérieur.

Une fois sa cravate ajustée
ses cheveux correctement séparés
ses manches lissées du mieux possible
il abandonna l'emplacement du fleuriste
et reprit un *aplomb**[1] financier.

Il arrive que le ciel bénisse ses enfants.
Du moins en apparence.

Il avisa dans un coin
un vieillard en costume élégant

1. Les mots en italique (ou en romain dans un texte en italique) suivis d'un astérisque sont en français dans le texte. (*N.d.T.*)

coiffé d'un immense haut-de-forme.
Il pouvait venir du Michigan.
Ou peut-être du New Jersey.
D'où qu'il vînt,
Sigmund décida
en tous les cas de repartir de là.
Il s'approcha.

De deux doigts il fit signe au vieillard
de lui allumer son cigare
l'autre y consentit de bon gré
lui tendant la flamme allumée.

Dommage que Sigmund ne fumât pas
et qu'il n'eût pas sur lui l'ombre d'un cigare.

La gêne ne fut toutefois que passagère :
d'un saut prodigieux du down à l'up
le lapereau réagit brillamment :
il simula la distraction
et d'un ton des plus crédibles
se maudit
d'avoir laissé son étui à cigares
au comptoir des négociations.
Le vieillard acquiesça :
pour sûr il connaissait bien
les tours que vous joue la mémoire,
ils rirent donc tous deux de bon cœur
et les portes du Paradis s'ouvrirent.

Sigmund joua toutes ses cartes.
Comme un garçon entreprenant
il énuméra les fastes de la banque
la primauté dans l'industrie
le succès dans le commerce
le réseau des alliances
l'avalanche des contrats

puis les trains, le pétrole, le charbon
en un tel crescendo d'enthousiasme
qu'une petite foule se rassembla
attirée par le spectacle insolite
d'un lapin
qui vante ses carottes.

Quant au vieillard,
il le dévisageait sans piper mot
ensorcelé par tant d'exubérance.

Se voyant entouré
le jeune Lehman
huila davantage l'engrenage :
cramoisi et en nage sous l'effet de l'émotion
il ne s'aperçut même pas qu'il criait
tout en louant à l'intention du vieux
d'un ton légèrement excessif
« ... la marque d'un colosse financier
déjà écrite dans les siècles à venir
et Lehman Brothers, mon cher collègue,
se retrouvera un jour sur le drapeau américain
car les citoyens du monde entier seraient prêts à tout,
cher collègue,
pour avoir un demi-dollar
à l'intérieur de nos coffres
plus sûrs que le Capitole entier.
Et maintenant, cher collègue, dites-moi :
dans quelle branche financière agissez-vous ?
Et si nous parlions de chiffres
quelle somme comptez-vous investir ? »

Et tandis qu'il savourait la réponse
imaginant que le vieillard était
le patron de Studebaker
ou le magnat de Vehicle Company

une main
le saisit par la veste,
l'arrachant à son triomphe.

C'étaient Philip et Emanuel :
« Peut-on savoir ce qui te prend ? »

*« Je m'apprêtais à faire une alliance financière !
Pourquoi m'as-tu interrompu ? »*

Il n'obtint pas de réponse à sa question :
au lieu de le féliciter
oncle et cousin
se précipitaient à toute allure vers la sortie
entre deux ailes de foule
riant aux éclats.

C'est à Mayer, son père,
que revint le devoir ingrat de lui annoncer :
*« Tu parlais à l'huissier, Sigmund.
Et, si ça ne te suffit pas, il est sourd. »*

14

DER KARTYOZHNIK

Yéhouda Ben Tema
écrit
dans les *Maximes des pères* :
à l'âge de dix-huit ans tu songeras à te marier
vingt ans s'offrent à toi pour courir
trente pour te fortifier
quarante pour devenir rusé.

Philip Lehman
a rempli toutes les cases
toutes sans exception.
Car Philip Lehman
ne laisse rien lui échapper.
Depuis l'âge de seize ans
il a un agenda
toujours ouvert sur son bureau
où il note en majuscules
les problèmes qu'il rencontre
et où il doit aussi écrire
jour après jour en majuscules
la solution.

LA SOLUTION EST DÉJÀ PRÊTE, IL SUFFIT DE L'APPELER
telle est la phrase
que Philip Lehman

a écrite en majuscules
sur la première page
de chaque agenda.
L'idée de l'écrire lui vint
le jour où
à Liberty Street
apparut au coin de la rue
un nain coiffé d'un haut-de-forme
et vêtu de jaune
qui jouait sur une cagette de fruits
au jeu du bonneteau.
Philip passa des heures
à l'observer
sans bouger :
personne ou presque ne gagnait
la carte gagnante se cachait à chaque coup.
Et pourtant elle était là :
entre les trois
elle était là
couverte
mais présente.
À portée de main.
Très simple.
Il suffit de retourner la bonne carte.
Très simple.
Enfantin.
Pour retourner la bonne carte
il suffit de ne pas se laisser distraire.
Philip s'y efforça, ce jour-là :
il braqua le regard sur les doigts rapides du nain
fixa ses yeux sur ces mains
– *« sans te laisser distraire, Philip ! »* –
impitoyablement
– *« sans te laisser distraire, Philip ! »* –
sur les cartes

– *« sans te laisser distraire, Philip ! »* –
dont il suivit le mouvement
– *« sans te laisser distraire, Philip ! »* –
« La carte gagnante est là ! »

Et il gagna.

Ce ne fut pas de la chance, il le savait.
Ce fut de la technique.

Philip ne tenta pas de gagner :
il *avait décidé* de gagner.

Dès lors
depuis ce jour-là
Philip Lehman veille à ne pas se laisser distraire.
Il s'y efforce, il est impitoyable
il n'admet pas de dérogation :
s'il garde son sang-froid, il le sait,
la carte gagnante ne lui échappera pas.
Suivre le mouvement.
Fixer les doigts du nain
se concentrer sur le trajet des cartes
garder son sang-froid
garder son sang-froid
sang-froid
sang-froid
sang-froid
ainsi qu'au tennis
on veille à ce que la balle
soit toujours entre les lignes du court
contenue
encadrée
contrôlée.

Philip Lehman a du sang-froid.
Et comment !

Toujours.
Parce que sa vie
n'est pas écrite en italique :
mais en majuscules, toujours.

À vingt ans
– qui est pour Yéhouda Ben Tema l'âge de la course –
Philip Lehman a couru
– et comment ! –
à toutes jambes
derrière les trains en construction.
Il a écrit dans son agenda
en majuscules
CHEMIN DE FER = CAPITAUX, CAPITAUX = LEHMAN
et
– concentré sur les doigts du nain –
de toutes les voies ferrées
a choisi celles qui vont d'est en ouest
non du nord au sud
car
– concentré sur les doigts du nain –
Philip Lehman a compris
que l'axe Est-Ouest est la nouvelle frontière :
à quoi sert le Sud désormais ?
Le Sud est un souvenir, rien de plus.
Et puis des milliers de fous
se ruent maintenant vers l'Ouest
à la conquête de l'or
donc qu'y a-t-il de mieux à leur donner qu'un train ?
Raisonnement impeccable.
Solution à portée de main.
« La carte gagnante est là ! »

Et il a de nouveau gagné.

De la chance ?

Non.
De la technique.

À trente ans
– l'âge de la force selon Yéhouda Ben Tema –
Philip Lehman s'est fortifié
– et comment –
avec les puits de pétrole sur des terres éloignées.
Il a écrit dans son agenda
en majuscules :
INDUSTRIE = ÉNERGIE, ÉNERGIE = PÉTROLE
et, de tous les gisements à financer,
n'a pas choisi
ceux qui, pris d'assaut,
vont vite s'épuiser :
il en a cherché
– concentré sur les doigts du nain –
de nouveaux en Alaska, au Canada
parmi les glaces :
car
– concentré sur les doigts du nain –
Philip Lehman a compris
qu'il faut arriver le premier
là où personne n'a jamais mis les pieds
et planter là son drapeau.
Raisonnement impeccable.
Solution à portée de main.
« La carte gagnante est là ! »

Et il a de nouveau gagné.

De la chance ?
Non.
De la technique.

À quarante ans
– l'âge de la ruse pour Yéhouda Ben Tema –

Philip Lehman est devenu rusé
– et c'est son chef-d'œuvre –
en écrivant
dans son agenda
en majuscules
XXe SIÈCLE = NÉVROSES, NÉVROSES = DISTRACTION
et, de toutes les distractions à financer,
n'a pas choisi la plus courue
à savoir l'alcool
des distilleries
– toutes juives –
non : trop simple.
Philip
– concentré sur les doigts du nain –
a misé sur National Cigarettes
qui est, oui monsieur, un pari
car les cigarettes sont petites, sont pour tout le monde
elles deviendront comme le pain
et si l'on veut s'enrichir
il faut arriver aux choses simples
avant qu'elles ne deviennent simples :
« La carte gagnante est là ! »

Et il a de nouveau gagné.

« Ce n'est pas de la chance, chérie,
c'est juste de la technique, tu vois ?
Juste de la technique ! »

Voilà ce que Philip dit
à sa femme
chaque fois.

Ils sont mariés depuis des années.
Car le matin qui a suivi
son dix-huitième anniversaire

Philip Lehman
a écrit dans son agenda :

RÉSOUDRE PROBLÈME MARIAGE
↓
CHOISIR ~~BONNE~~ ÉPOUSE <u>ADÉQUATE</u>

Après mûre réflexion
Philip Lehman
– concentré sur les doigts du nain –
a conclu que telles étaient les qualités essentielles :
que ce soit une fille douce
qu'elle vienne du même milieu que lui
qu'elle ne soit pas dépensière
que ce ne soit pas une suffragette
qu'elle préfère le thé au café
qu'elle apprécie l'art
et ainsi de suite
une liste raisonnée
d'environ 40 points
– entre le spirituel et le domestique –
tous écrits en majuscules
tous munis d'une note de 1 à 5
pour un total hypothétique
de 200 points
définissable :
ÉPOUSE PARFAITE.

Sang-froid.
Sang-froid.
Sang-froid.

Mieux encore
Philip Lehman mit au point
une tactique soignée
pour enquêter
sur un groupe restreint de 12 candidates

qu'il avait lui-même choisies
en pointant leurs noms
sur la liste des bienfaiteurs du Temple.

Le nombre 12
n'était pas fortuit
Philip ayant décidé
de consacrer un mois
à l'examen attentif de chacune d'elles :
au terme de 12 mois
soit un an
– concentré sur les doigts du nain –
il pourrait estimer résolu
le point MARIAGE
et
passer
donc
plus avantageusement
à autre chose.

C'est ainsi que débuta
l'année conjugale
dont les opérations
furent scrupuleusement
notées
– selon un schéma fixe –
en majuscules
dans l'agenda :

MOIS : SHVAT
CANDIDATE : ADELE BLUMENTHAL
ATTITUDE : HUMBLE
ESPRIT : ENNUYEUX
CULTURE : SCOLAIRE
SYNTHÈSE : JEUNE GRAND-MÈRE
SCORE : 60 SUR 200

MOIS : ADAR
CANDIDATE : REBECCA GINZBERG
ATTITUDE : BATAILLEUSE
ESPRIT : VIF
CULTURE : FLÈCHES
SYNTHÈSE : GRANDS EFFORTS
SCORE : 101 SUR 200

MOIS : NISSAN
CANDIDATE : ADA LUTMAN-DISRAELI
ATTITUDE : AUSTÈRE
ESPRIT : COURROUCÉ
CULTURE : LA MEILLEURE
SYNTHÈSE : UN RABBIN
SCORE : 120 SUR 200

MOIS : IYAR
CANDIDATE : SARAH NACHMAN
ATTITUDE : ENFANTINE
ESPRIT : PRINTANIER
CULTURE : À PEU PRÈS
SYNTHÈSE : INSUFFISAMMENT PRÉPARÉE
SCORE : 50 SUR 200

MOIS : SIVAN
CANDIDATE : PAULETTE WEISZMANN
ATTITUDE : OMBRAGEUSE
ESPRIT : LUNATIQUE
CULTURE : INSONDABLE
SYNTHÈSE : UN RISQUE
SCORE : 30 SUR 200

MOIS : TAMOUZ
CANDIDATE : ELGA ROSENBERG
ATTITUDE : DÉCORÉE
ESPRIT : RIGIDE
CULTURE : ÉLÉMENTAIRE

SYNTHÈSE : CÉRAMIQUE PEINTE
SCORE : 71 SUR 200

MOIS : AV
CANDIDATE : DEBORA SINGER
ATTITUDE : TOUT EN LUNETTES
ESPRIT : INTELLECTUEL
CULTURE : SUPÉRIEURE
SYNTHÈSE : UNIVERSITAIRE
SCORE : 132 SUR 200

MOIS : ÉLOUL
CANDIDATE : CARRIE LAUER
ATTITUDE : SOBRE
ESPRIT : TIÈDE
CULTURE : MOYENNE
SYNTHÈSE : BON POTAGE
SCORE : 160 SUR 200

MOIS : TISHRI
CANDIDATE : LEA HELLER HERZL
ATTITUDE : NÉGLIGÉE
ESPRIT : MÉLANCOLIQUE
CULTURE : SUR LE FOND
SYNTHÈSE : LARME FACILE
SCORE : 70 SUR 200

MOIS : HESHVAN
CANDIDATE : MIRA HOLBERG
ATTITUDE : LANGOUREUSE
ESPRIT : AFFECTUEUX
CULTURE : MODESTE
SYNTHÈSE : DE NOMBREUSES GRIMACES
SCORE : 140 SUR 200

MOIS : KISLEV
CANDIDATE : LAURA ROTH

ATTITUDE : COLORÉE
ESPRIT : JOYEUX
CULTURE : ÇÀ ET LÀ
SYNTHÈSE : RIT TROP
SCORE : 130 SUR 200

MOIS : TEVET
CANDIDATE : TESSA GUTZBERG
ATTITUDE : FÉMININE
ESPRIT : AGRÉABLE
CULTURE : PLUS QUE BONNE
SYNTHÈSE : PARFAITE
NOTE : NE PEUT AVOIR D'ENFANTS
SCORE : INUTILE

RÉSUMÉ :
160 SUR 200
↓
CARRIE LAUER
↓
DEMANDER RENDEZ-VOUS DEMAIN MATIN
MISTER BERNARD LAUER

« Cher Mister Lauer,
merci, en premier lieu, de m'avoir reçu.
J'imagine que vous connaissez la raison
de ma présence
étant donné que Carrie
adorable jeune fille
est la seule de vos filles sans mari.
Vous pourriez objecter que nous sommes encore jeunes
mais je vous dirai que si je dois me lier par le mariage
pour la vie
je voudrais le faire avec une série d'années
devant moi
et pas derrière.

Vous pourriez aussi objecter que nous n'avons pas eu
le temps de développer de véritables sentiments
dans ce cas je vous citerai l'exemple
du moteur à explosion
car il se trouve que j'ai
– oui, moi –
convaincu
autrefois
mon père et mon oncle
d'investir dans le marché des automobiles
sans savoir qu'on brevetait
un nouveau moteur à explosion
ce qui nous aurait procuré de considérables gains ;
cela prouve
cher Mister Lauer
que la cause ne précède pas toujours l'effet
raison pour laquelle l'amour peut succéder au mariage
sans que l'amour doive précéder le mariage.
Si vous êtes d'accord
nous pourrions nous occuper d'un mariage digne.
Si vous préférez en revanche attendre je ne sais quoi
je vous épargne l'embarras de me l'avouer
sur ce
si vous le permettez
étant attendu
je vous salue bien bas
cher Mister Lauer
et prends congé. »

Le mariage
eut lieu
– après des fiançailles appropriées –
dans les délais et selon la manière
établis en majuscules
dans l'agenda de Philip Lehman.

Il écrivit tout
ne perdit le contrôle de rien
depuis la couleur de la *houppa*
jusqu'au nombre de couverts de la réception
noms des serveurs inclus.

Carrie Lauer
quant à elle
se révéla aussitôt
une femme adéquate
une mère adéquate
une maîtresse de maison adéquate
une belle-mère adéquate
une bienfaitrice adéquate.
Rien de plus.
Rien de moins.
Adéquate.
Comme une balle de tennis
qui ne franchit jamais le périmètre du jeu :
rien de moins
rien de plus.

Et encore une fois
Philip Lehman
dut reconnaître
qu'il avait trouvé
la bonne carte.

« Ce n'est pas de la chance, chérie :
c'est juste de la technique, tu vois ?
Juste du contrôle. »

15

DER STILLE PAKT

Sigmund Lehman
pénètre, radieux, chaque matin
dans l'immeuble blanc et gris
d'où Lehman contrôle l'Amérique.

Chaque matin
il salue cordialement les employés aux guichets
donne 3 dollars de pourboire au cireur de chaussures
et
après avoir gravi l'escalier menant à son bureau
confie son pardessus
à Miss Vivian Blumenthal
qui lui sert de secrétaire.

L'une des tâches
de Miss Blumenthal
consisterait
à lui préparer
une tasse de café dès son arrivée
mais elle l'oublie parfois
et Sigmund lui adresse un signe dans un sourire.

Dreidel Lehman
pénètre lui aussi chaque matin

au siège du 119 Liberty Street.
Sans rien dire
il s'assied dans son bureau
à une table en acajou massif
et allume le premier cigare de la journée.

Avant le soir
il en fumera quatre.

Le premier couvre la tranche matinale
soit la vérification des comptes.
Le deuxième
correspond au déjeuner
soit les relations extérieures
auxquelles Dreidel assiste en silence
sans perdre un mot
enveloppé dans le brouillard de sa propre fumée.
Le troisième se place dans l'après-midi
et le garçon le savoure lentement
en lisant les quotidiens
et en entourant au crayon rouge
de possibles horizons d'expansion.
Dreidel fume, enfin, le quatrième
en pleine solitude
alors que sort le dernier employé,
d'habitude en tenant
un presse-papiers
en forme de globe terrestre
avec lequel son père Henry
immobilisait il y a un demi-siècle
les comptes des étoffes.

Maintenant que Mayer et Emanuel
ont cédé à leurs fils
les rênes de la banque,
Dreidel Lehman

est l'associé le plus âgé.
Une affirmation bizarre
au vu de ses cheveux noirs.
Tout comme il est bizarre
de l'entendre appeler
président
au cours des longues réunions
où les trois cousins
sont assis
côte à côte
en bout de table
mais où seul Philip prend la parole
à la fin devant les conseillers.
Sigmund ne parle pas parce qu'il ne vaut mieux pas.
Dreidel ne parle pas parce qu'il ne le veut pas ou ne le peut pas.

Les mieux informés
prétendent toutefois
que le fils taciturne de Henry
fait entendre sa voix, et comment.
Si ce n'est qu'il emploie un langage bien à lui,
autre que l'émission de voix
et ce faisant
épargne son souffle.
C'est une toute nouvelle forme d'économie.

On doit à Dreidel
par exemple
le fait que Lehman Brothers a investi
dans les catalogues de vente par correspondance.

Une idée pur sucre de Dreidel.
Car s'il est évident
lorsqu'on entre dans un bazar

qu'on doit prononcer au moins
six ou sept mots
    dont le premier sera BONJOUR
    le dernier AU REVOIR
    et au milieu J'AI BESOIN DE CECI
aucune activité orale
n'est nécessaire
pour feuilleter le catalogue Sears
et commander par courrier
les casseroles de la page 78 :
un commerce silencieux
conçu pour les ermites
et soutenu avec conviction
par le mutique Dreidel :
il s'est présenté à ses cousins
avec un pli fort épais
bourré d'extraits de presse :
la voix de l'Amérique
(par chance, elle parle, elle)
réclame
un *shopping* sur vaste échelle
le plus simple possible
et si possible en tenant compte
des milliers de familles
perdues dans des ranchs et des chalets
dans des déserts et des montagnes
à mille lieues de distance
du premier magasin :
doivent-elles ne rien acheter ?
Doivent-elles être tenues à l'écart
de la grande sarabande du commerce ?
Et puis
maintenant que les usines ont donné
du travail à tout le monde
il faut bien dépenser son salaire :

quoi de mieux
que de pouvoir s'acheter tout et son contraire
en feuilletant
un catalogue de vente par correspondance ?

Bravo Dreidel.
Lehman Brothers
investira des capitaux
dans une armée non de soldats
mais de facteurs
et de magasiniers.

Cette histoire du commerce
ne déplaît pas aux vieux Lehman.
Et pas seulement parce qu'elle
les a fait remonter
du cinquième au quatrième rang du Temple
d'où l'on jouit d'une excellente vue
sur les gardiens de l'or
les Hirschbaum au troisième rang, aussi gros que des lingots
les Goldman juste devant, aussi bruyants que de la monnaie
et enfin les Lewisohn, éblouissants, au premier.

Ces trois familles
n'achèteront jamais
leurs casseroles
dans le catalogue de vente par correspondance.

Mais Mayer oui :
il s'y efforcera.
Car ça, oui, au moins
c'est vraiment un STOCK EXCHANGE :
là, oui, on échange les marchandises !

Et investir dans cette branche
est un plaisir des yeux.

Pas comme ces *obligations*
que Philip aime tant :
des bouts de papier dangereux
couverts de chiffres
des bouts de papier que les employés de Lehman
distribuent en grande quantité
pour
financer les trains de demain
les bâtiments de demain
les industries de demain
et un tas d'autres choses
toutes
toujours
de demain
de demain
de demain
comme le disent les affiches
que Philip a fait imprimer
et placarder sur les murs
de New York et d'ailleurs :
de toute l'Amérique, si besoin est.

Obligations ?
Inventions modernes.

L'argent, bien sûr, entre à la banque.
Philip prétend qu'il en entre à la pelle.
Plus qu'avec les trois vieilles CO :
COtton-COffee-COke
qui appartiennent désormais à la préhistoire.

Mayer sourit. Opine.
Emanuel l'imite.

Mais en réalité
ni l'un ni l'autre
ne sait *ce qui* se meut
exactement
à l'intérieur de ce bureau
qui était autrefois celui de Mayer.
Sur la porte s'étale maintenant la plaque : PHILIP LEHMAN
alors que les deux vieux
ont deux tables à l'étage supérieur
dans la même pièce.

Ils n'ont compris
qu'une seule chose
le jour où
Charles Dow
le jeune journaliste
qui a donné à Wall Street
un journal
est venu au 119 Liberty Street.

Charles Dow
s'est présenté
pour interviewer
les *présidents émérites.*
Philip s'est assis
au fond de la salle
et a écouté sans broncher.
Mais à la question :
« Si la banque était une boulangerie
quelle serait la farine ? »
Emanuel a répondu :
« Les trains ! »
Mayer :
« Le tabac ! »
De nouveau Emanuel :

« Le charbon ! »
Et Mayer :
« Autrefois le coton ! »

Alors
Philip
a pris la parole
et commenté l'Écriture
comme un gamin à sa *bar-mitsvah*
pour être accueilli, au Temple, parmi les adultes :
« Cher monsieur Dow
la farine de votre question
n'est
ni le commerce
ni le café
ni le charbon
ni le fer des rails :
ni mon père ni mon oncle ici présents
ne craignent de vous dire que nous sommes
commerçants d'argent.
Les gens normaux, voyez-vous,
n'utilisent l'argent que pour acheter.
Mais ceux qui – comme nous – possèdent une banque
utilisent l'argent
pour acheter de l'argent
pour vendre de l'argent
pour prêter de l'argent
pour changer de l'argent
et c'est avec tout cela
que
croyez-moi
nous pétrissons notre pain. »

Mayer sourit
Emanuel l'imite.

Tels deux boulangers
qui ont perdu
le chemin du fournil.

Enveloppé dans le brouillard de son cigare
de l'après-midi
Dreidel Lehman
a assisté à toute la scène,
mais rien ne transparaît
dans son regard :
son cousin peut parler pour lui
il lui cède volontiers la parole.

D'autre part
la cession des crédits
est une branche dans laquelle Lehman Brothers excelle :
Philip s'en occupe
personnellement
apposant sa signature
et se portant garant devant autrui.

Le mécanisme est simple :
une banque ayant un débiteur
vend ce crédit à une autre
qui l'achète à un prix inférieur.
« En d'autres termes,
a expliqué Philip à son père,
si vous me devez 10 dollars
et que je crains que vous ne me remboursiez pas
je peux transmettre cette dette à un autre
qui, évidemment, ne me versera pas 10, mais 8 dollars :
pour moi c'est une affaire
car j'encaisse au moins 8 sur 10
pour lui c'est une double affaire
parce qu'il a certes dépensé 8 tout de suite,

mais quand vous le paierez vous lui en donnerez 10
et il en gagnera 2 sans rien faire.
Multipliez, mon cher père, par cent débiteurs :
ce sont 200 dollars que la banque empoche.
Nous pourrions même hasarder
que la haute finance espère
que les gens ne paient pas leurs dettes :
un prêt sans problème est certes une bonne affaire,
mais une dette cédée à un tiers
est une occasion exceptionnelle.
Mon invention vous plaît-elle ? »

Comme il est devenu
compliqué
de faire du pain.
Voilà ce que pense Mayer.

Emanuel est d'accord.
Mais il ajoute cette touche
d'orgueil paternel
car Philip demeure son fils.

Ce que Philip
a omis de préciser
c'est que l'idée ne vient pas de lui.
En vérité, il l'a copiée.
Et pas sur n'importe quel économiste.
Mais sur le plus jeune de ses cousins
Arthur le polémiste
vingt ans révolus
qui doit encore, et toujours, de l'argent
à son frère Herbert.
Arthur s'est un jour présenté à la banque
et ayant prié Philip de le recevoir
lui a justement proposé :
« Paie donc mon frère,

puis tu prendras l'argent sur mon salaire
quand tôt ou tard
je viendrai travailler dans cette baraque. »

Philip a tenté de le chasser
pour au moins trois motifs :
d'abord qu'on ne vole pas ses frères,
puis qu'un cousin ne s'expose pas à un risque
enfin qu'une banque n'est pas, non monsieur, une baraque.

Mais avec Arthur Lehman
il est difficile de discuter :
« Tu me fais pitié, Philip, tu es un avare immonde.
Et comme si ça ne suffisait pas, laisse-moi te le dire :
tu ne comprends fichtrement rien aux affaires
la banque y gagne, merde, tu ne te rends pas compte ? »

« Calme-toi, Arthur. »

« Je n'autorise personne à me dire de me calmer,
encore moins un cousin arrogant. »

« Réfléchis, Arthur. »

« C'est à moi que tu dis ça ? Réfléchir ? Moi ?
Alors que mon frère me menace depuis quinze ans
de confisquer mon lit ? »

« Moins fort, Arthur. »

« Non, vraiment, je crie autant que je veux ! »

« Pas dans ma banque ! »

« Elle porte aussi mon nom. »

« Exact : adresse-toi à ton frère Sigmund. »

« Je ne peux pas : c'est à lui que je dois le plus d'argent.
Et de toute façon on le neutralise à coups de biscuits.

Merde, Philip : je te donne une occasion.
Pour être payé,
Herbert accepterait un quart de moins
et moi je te rends 100 %.
Mais à quoi bon ! Tu n'es pas capable de saisir.
La prochaine fois j'irai chez Merrill Lynch
même si c'est la concurrence :
eux, oui, ils s'y connaissent en affaires ! »

Ah ! l'utilité des cousins.
Et pas seulement : la traction sociale des jeunes de vingt ans.

Philip Lehman
saisit soudain l'opportunité :
il quitta son fauteuil
referma bien la porte
et non seulement accueillit cette proposition
mais aussi établit avec Arthur
une compensation forfaitaire élevée
pour lui acheter
– sans dérogations ni revirements –
la paternité intellectuelle
de la *cession de dettes*
ou comme il voudrait bien l'appeler.

Ils le mirent par écrit.
Ils signèrent l'accord.

Dès lors Philip Lehman
a persuadé jusqu'à sa propre personne
qu'il a inventé un prodigieux mécanisme.

Arthur, de son côté,
en a tiré un triple bénéfice.
Il a résolu un embarras avec son frère.
Il s'est garanti la propriété de son lit.

Mais surtout
grâce à Philip
il a entrevu le temps d'un instant
le don qu'il possédait
pour l'algèbre financière :
soudain des prairies infinies d'équations pures
prêtes à être appliquées
se sont manifestées à lui.

Parfois la vie des hommes
réserve des rencontres foudroyantes.
Ce fut le cas pour Arthur.

Quant à
Dreidel Lehman
il se contente d'assister en silence :
si son cousin excelle dans les cessions de crédits
il est quant à lui formidable pour céder tout le reste
y compris la moitié de son lit.

Car Dreidel
a réussi
– à la surprise générale –
à s'unir en mariage
avec une certaine Helda Fisher
demoiselle d'excellente famille
rencontrée à Elberon
au bord de l'Atlantique
où les dix premiers rangs du Temple
passent chaque année leurs vacances.

Des légendes circulent
– sans la moindre preuve –
sur la façon dont la cour
s'est déroulée :
par des regards ?

Par écrit ?
Par des intermédiaires ?
Fût-ce une histoire de corps ?
Ou juste une émanation de vapeurs ?

Oncle Mayer
accoucha d'une version partagée
en avançant la métaphore du gaz
dont Lehman Brothers faisait le commerce :
on ne le voit pas, on ne le sent pas,
et pourtant il s'enflamme – et comment.
Par conséquent son neveu
– pour autant qu'il fût un gaz froid –
ne pouvait-il pas brûler d'amour ?
Si. Il pouvait.

En effet.
Dreidel comme l'hélium.
Dreidel comme le méthane.
Suggestif.

Mais il y avait plus surprenant
à savoir comment
un frelon
plein de venin
toujours sur le point d'éclater
pouvait se marier.

Tout le monde le pensa.
Mais personne ne formula cette pensée.
Il aurait fallu poser la question à tante Rose
s'il n'avait pas été trop tard.

Par conséquent *mazel tov !*
Meilleurs vœux de tout notre cœur !
En tout cas

par rapport à Dawid
personne ne pourra réclamer !

D'autre part – il faut le dire –
Helda est une fille si calme !
Elle souffre depuis l'enfance
de féroces maux de tête
raison pour laquelle
elle évite toujours le bruit :
dans ce domaine
elle ne pouvait pas mieux choisir
que Dreidel.
Il convient d'ajouter
qu'avec ses robes en dentelles
süsser Helda
a des manières fort chastes :
elle s'étonne de tout
et les yeux écarquillés
s'obstine à répéter
« Il n'y a rien à dire. »

Et s'il n'y a rien à dire
à quoi bon chercher ses mots ?
Son mari en effet s'en abstient
lui aussi
le cercle se referme
l'entente est parfaite
la guerre déclarée au bavardage vain.

Dreidel et Helda.
S'appellent-ils par leurs prénoms
ou avec quelques gestes établis d'avance ?
Les plus curieux
garantissent
qu'il règne dans leur appartement

l'atmosphère d'un sanatorium
comme un refuge de rabbins mystiques.

Même au *kiddouchin*,
alors que toute la famille
tendait l'oreille
au cinquième rang
pour entendre la voix du garçon,
il semble qu'il n'ait pas répondu
à la fatidique demande nuptiale
par un « Oui »,
et qu'il se soit contenté
d'opiner du menton.
Le célébrant
(qui aurait même fait un pari)
tenta alors le tout pour le tout :
« Parlez plus fort, Mister Lehman, nous n'avons pas compris. »

Mais Helda intervint
« Moi, j'ai compris, et cela suffit. »

Aussi
il fallu les bénir :
qu'ils soient heureux
et que la fête commence !

Ou mieux, quelle fête ?
Juste un toast.

Un baiser sur le front.
Un salut à la famille.

Helda et ses dentelles
Dreidel un cigare aux lèvres

plaque photographique
pour sceller le souvenir.

Après quoi
au revoir à tous
la mariée a mal à la tête.

Mazel tov.
Meilleurs vœux de bonheur.

16

EINE SCHULE FÜR SIGMUND

Certes, le turbulent Dawid
nous couvrit de honte
avec sa sarabande
entre douze paires de draps.

Mais de là à épouser une cousine
n'y a-t-il pas
un moyen terme ?

Sigmund Lehman
a surpris tout le monde
y compris son père.

Il s'est présenté
toujours joufflu
tenant par la main Harriett
la fille d'Emanuel.
Tous deux ont regardé leurs parents respectifs
et d'une voix légèrement hésitante
ont déclaré en chœur ou presque :
« Avec votre autorisation, chers pères,
nous souhaiterions nous unir en mariage. »

Harriett a ajouté :
« Il m'a promis de renoncer aux biscuits si je l'épousais
il doit donc être fou amoureux de moi. »

La phrase de Harriett
– qui n'était pourtant pas dépourvue d'ironie –
ne provoqua pas la moindre réaction
seul Sigmund esquissa un grand rire
qu'il étouffa dans l'œuf
car ce n'était sans doute pas le moment.

« Ma fille… autrefois tu giflais
tes cousins
et maintenant tu veux les épouser ? »

« Mon cher père, on gifle les enfants,
pour les adultes on se sert de ses poings.
Et il n'y a pas de boxeur plus dur qu'une épouse. »
La jolie Harriett
possédait un talent pour les phrases à effet :
si elle était née en Angleterre
elle serait devenue humoriste.

Mais bon : elle épousait son cousin
pour le prix d'une assiette de biscuits.

Quant à lui…
Que dire ?
Que leur descendance
sera à moitié musculaire et à moitié végétale ?
Que le monde du dehors
regorge d'une faune colorée en âge de se marier
et qu'il est fou de ne pas aller au moins y fourrer le nez ?
Épouser une cousine
est vraiment
le minimum auquel on puisse arriver
en termes non seulement de paresse
mais aussi
de banalité sentimentale.

De toute façon.
Qu'ils se marient donc.
Harriett Lehman épouse Lehman.
Pas de frisson, pas même dans le changement
de patronyme.
Même famille
pour la mariée et le marié :
nous économiserons – c'est au moins ça –
sur les invités au mariage.

Soit.

Mais.
Au retour de la lune de miel
une explication sera nécessaire.

Le moment est venu
de tenir à Sigmund
un certain petit discours.

Qu'il s'asseye en attendant.
Et sans interrompre
qu'il ouvre bien ses oreilles.

D'autre part
il est bon d'être franc
une bonne fois pour toutes :
porter le nom de Lehman
ne suffit pas.
Sinon, ce serait facile.
La direction d'une banque
n'est pas un endroit comme un autre
et l'on a beau être le fils d'une patate
on ne peut oublier
qu'il s'agit toujours d'une patate allemande
dotée d'une bonne dose de dureté
caractéristique unique

de tous les potagers de Prusse.
Si nécessaire
effaçons donc le mot *Bulbe*
et à partir de maintenant
appelons-le *Kartoffel*.

Et puis, par pitié, un peu de dignité :
on ne peut se présenter
aux plus hauts sommets
d'une banque familiale
des bonbons plein les poches
et encore moins
traiter avec la haute finance américaine
en affichant du matin jusqu'au soir
un sourire de gnome agriculteur
aux joues rouges
et au ventre débordant du pantalon.
Il en va de l'honneur de tous.
Aussi sur ce point
– que cela plaise ou non –
une réflexion s'impose.

Le conclave de famille
d'autre part
ne peut pas uniquement
chasser de son sein
qui se souille de crimes contre la morale :
Dawid Lehman
a été mis à l'index
pour sauver la pureté du nom,
mais
en toute franchise
le doux Sigmund
ne nous fait pas meilleure impression.
Aussi point à la ligne :
le garçon doit changer.

Et de fait.

Pour agir
de façon plus directe
et si possible concrète
le problème fut confié
à son cousin Philip :
qu'il trouve le moyen
de priver le lapereau
de ses douces et jolies oreilles
en plaçant sur sa tête
les bois d'un élan
dans sa bouche les crocs d'un mâtin
sur son nez une corne de rhinocéros.
Parfait.
Sur la façon de procéder
Philip n'eut aucun doute :
son cousin avait besoin
d'une école intensive
– de méthode allemande –
qui lui inculquât une bonne dose
de violence, férocité, cynisme
et donc
en d'autres mots
oui monsieur
une école qui fasse de lui un financier.

Ayant déterminé les points décisifs
du cours rapide de formation
Philip
se fit épauler
par la seule autorité
capable de tenir une chaire
à l'université de la Prétention :
Arthur Lehman
frère de l'élève

de dix ans son cadet
mais champion d'effronterie
diplômé avec les félicitations du jury.

La famille approuva la nomination.

Ainsi
investis de cette mission
devant le consensus des membres de leur famille
Philip et Arthur
l'affrontèrent
avec l'austérité qu'elle méritait.
Ils se consultèrent des heures durant
puis
préparèrent pour l'élève
un parcours didactique
d'une absolue garantie :
en l'espace de quatre mois
– 120 jours pour être précis –
Sigmund Lehman
se transformerait
enfin
en un modèle d'impudence bancaire.

En premier lieu :
révolution esthétique.

Plus de complets clairs style partie de campagne :
renouveler la garde-robe
au moyen de complets gris foncés
dans le style de la Bourse new-yorkaise.
Plus de raie dans les cheveux :
adopter une nouvelle coupe moins enfantine
ainsi que des rouflaquettes
et si possible
une moustache de militaire.
Enfin, avec l'aide de Harriett,

imposer une réduction de circonférence drastique
pour dégonfler totalement le souvenir
de ce lapereau jovial et rond
farci de sucre et de biscuits.
La finance est longiligne.
La finance est modérée.
La finance est maigre.
Que Sigmund
se réduise
au moins
à un Sigmy
en rétrécissant de deux tailles.

Jusqu'ici l'image.

Mais l'aspect extérieur
pour important qu'il soit
n'est pas décisif : c'est connu.

De fait
la thérapie de Philip et Arthur
influait aussi
et nettement
sur la psyché du lapin
puisqu'elle prévoyait un traitement
à la limite du lavage de cerveau :
« Sigmund, écoute bien :
toute université prévoit des études
et les études sont un sacrifice.
À partir de maintenant
tu devras réciter
chaque matin
chaque soir
pendant 120 jours
devant le miroir
en te regardant droit dans les yeux

à voix haute
une liste de 120 points
que nous estimons essentiels
et
propédeutiques
pour ta mutation définitive. »

« Je ne comprends pas, Arthur :
il faut que je dise chaque jour une nouvelle règle ? »

« Il faut que tu dises les 120
pendant 120 matins et 120 soirs.
Philip et moi nous relaierons
derrière ta porte
en qualité de contrôleurs :
le ton de la voix
devra nous parvenir
haut et clair. »

« Je ne... »

« Assez perdu de temps,
voici la liste à apprendre par cœur. »

Et en cette date du 11 février
on lui remit solennellement
dans une enveloppe fermée
frappée du logo de la banque
la liste
sur quatre feuilles
tapées à la machine
que Dreidel Lehman n'avait jamais utilisée :

LES 120 RÈGLES DU MIROIR

1. SIGMUND, LE MONDE N'EST PAS UNE FORÊT ENCHANTÉE.
2. SE FIER À QUI QUE CE SOIT EST INTERDIT, SIGMUND !
3. L'EXCÈS DE GÉNÉROSITÉ, SIGMUND, SE PAIE !

4. SIGMUND ! MIEUX VAUT BLESSER QUE SUBIR.
5. SEULS LES CRÉTINS SOURIENT TOUJOURS, SIGMUND !
6. ÊTRE CRAINT, SIGMUND, SIGNIFIE NE PAS ÊTRE VAINCU !
7. SIGMUND, TA FAIBLESSE EST LA FORCE D'AUTRUI.
8. QUI SAISIT OBTIENT, SIGMUND.
9. QUI ATTEND PERD, SIGMUND.
10. SIGMUND, TU NE FERAS JAMAIS CE QUE TU REPOUSSES.
11. ATTAQUER, SIGMUND, VAUT MIEUX QUE SE DÉFENDRE.
12. SIGMUND, N'ÉPARGNE PAS À TON ENNEMI CE QU'IL NE T'ÉPARGNERAIT PAS.
13. SEUL LE PREMIER ARRIVÉ L'EMPORTE, SIGMUND !
14. SE CONTENTER, C'EST S'HUMILIER, SIGMUND !
15. SIGMUND, LA MODESTIE NE FAIT QUE DES DÉGÂTS.
16. MIEUX VAUT MENTIR QUE DÉCEVOIR, SIGMUND.
17. SIGMUND, CALCULE TOUJOURS AVANT : APRÈS CE SERA TROP TARD.
18. L'ENTHOUSIASME, SIGMUND ? IL CACHE DES ESCROQUERIES.
19. RENONCER UNE FOIS, SIGMUND, C'EST RENONCER TOUJOURS.
20. SIGMUND, EN GUERRE IL N'Y A PAS DE PAIX !
21. SI TU NE T'ÉLÈVES PAS SEUL, SIGMUND, LES AUTRES TE RABAISSERONT.
22. LA FRAGILITÉ, SIGMUND, SE PAIE À PRIX D'OR.
23. SE PLAINDRE C'EST S'ÉCHOUER, SIGMUND.
24. CE QUI NE RÉCOMPENSE PAS ENDOMMAGE, SIGMUND.
25. EXAGÈRE TA PERSONNE, SIGMUND, ET AMOINDRIS LE RESTE.
26. TOUT A UN PRIX, SIGMUND.
27. LES ALLIÉS, SIGMUND, N'ONT QU'UN TEMPS.
28. SIGMUND, EXIGER VAUT MIEUX QUE DEMANDER.
29. LES SENTIMENTS SONT EXTRA-BANCAIRES, SIGMUND.
30. LA RACE HUMAINE, SIGMUND, N'EST PAS UNE BELLE RACE.

31. SIGMUND ! TOUJOURS APPELER LES CHOSES PAR LEUR NOM !
32. SE BERCER D'ILLUSIONS, SIGMUND, COMPORTE TOUJOURS UN PRIX.
33. SI TU TOMBES, RELÈVE-TOI AUSSITÔT, SIGMUND.
34. MIEUX VAUT CRIER, SIGMUND, QUE SUPPORTER !
35. LA SEULE ERREUR, SIGMUND, CONSISTE À ADMETTRE L'ERREUR.
36. SIGMUND... SEULS LES IDIOTS S'ATTENDENT À DES CADEAUX.
37. L'AMOUR FAIT PLUS DE VICTIMES QUE LA HAINE, SIGMUND.
38. MIEUX VAUT S'ATTENDRE AU PIRE, SIGMUND, CAR IL SE PRODUIT SOUVENT.
39. SIGMUND : PERSONNE N'APPORTE SON AIDE SANS RAISON !
40. MIEUX VAUT UN VÉRITABLE ENNEMI, SIGMUND, QU'UN PRÉTENDU AMI.
41. SIGMUND, L'ARGENT N'A PAS DE CŒUR.
42. LES FAITS SONT RÉELS, SIGMUND, LES PENSÉES SONT DES IDÉAUX.
43. QUI S'ABAISSE DE QUELQUES CENTIMÈTRES, SIGMUND, PLONGE DE CENT.
44. SIGMUND ! MIEUX VAUT MENTIR QU'AVOUER !
45. L'ORGUEIL EST TOUJOURS SALVATEUR, SIGMUND !
46. EN CAS DE DÉFAITE, SIGMUND, TOUJOURS MINIMISER.
47. SIGMUND, JAMAIS, AU GRAND JAMAIS, N'AVOUER UN DÉFAUT !
48. ATTENTION SIGMUND : UNE POIGNÉE DE MAIN DISSIMULE TOUJOURS UN COUTEAU.
49. L'ADDITION SE PRÉSENTE À TOUS LES COUPS, SIGMUND.
50. SIGMUND ! LES PIÈCES DE MONNAIE ONT TOUJOURS DEUX FACES.
51. JAMAIS N'EXISTE PAS, SIGMUND. SEUL EXISTE TÔT OU TARD.

52. MIEUX VAUT ÊTRE DEMANDÉ, SIGMUND, PLUTÔT QUE DEMANDER.
53. CHOISIS TOUJOURS TA PLACE, SIGMUND.
54. SIGMUND, LA DIGNITÉ EST UNE PROPRIÉTÉ PRIVÉE.
55. NE JAMAIS RECULER, SIGMUND !
56. TOUT LE MONDE A UN POINT FAIBLE, SIGMUND : VOILÀ TON PRÉSUPPOSÉ DE DÉPART.
57. SIGMUND, CE QU'ON DONNE NE REVIENT PAS.
58. TIENS-TOI TOUJOURS À BONNE DISTANCE, SIGMUND.
59. SIGMUND ! N'OUBLIE PAS QUI TU ES ET OUBLIE QUI TU N'ES PAS.
60. QUI SÈME DES SENTIMENTS, RÉCOLTE LE CHANTAGE, SIGMUND.
61. LA PEUR, SIGMUND, EST UN GASPILLAGE DE TEMPS.
62. LA PEUR, SIGMUND, EST DE LA FATIGUE JETÉE AUX ORTIES.
63. LA PEUR, SIGMUND, FAIT DES VICTIMES, RIEN DE PLUS.
64. LA PEUR, SIGMUND, EST SA FIN EN SOI.
65. LA PEUR, SIGMUND, EST UNE REMISE.
66. NE T'ATTENDS JAMAIS À RIEN EN ÉCHANGE, SIGMUND.
67. SIGMUND ! SE CRITIQUER, C'EST SE SABOTER !
68. LES MOTS, SIGMUND, NE SONT QUE DE L'AIR.
69. SIGMUND, CELUI QUI OBSERVE LE SENTIER NE DÉRAPE PAS.
70. QUI PENSE AUX AUTRES SE FOURRE DANS LE PÉTRIN, SIGMUND.
71. LA VOLONTÉ, SIGMUND, TELLE EST LA SEULE ARME.
72. SIGMUND ! VEUX-TU ÊTRE L'ALLIÉ DE TES ENNEMIS ?
73. MOURIR DE FATIGUE, SIGMUND, VAUT MIEUX QUE MOURIR D'ENNUI.
74. L'HONNÊTETÉ, SIGMUND ? C'EST UN CONCEPT ABSTRAIT.
75. IL N'Y A QUE DES EXPLOITÉS ET DES EXPLOITEURS, SIGMUND : CHOISIS.

76. QUAND ON PORTE UNE ARMURE, SIGMUND, ON N'EST JAMAIS BLESSÉ.
77. SIGMUND ! CEUX À QUI L'ON DONNE FINISSENT PAR EXIGER.
78. LA DIGNITÉ, SIGMUND, ON LA PERD EN UN INSTANT.
79. QUI SE LIMITE S'AMPUTE, SIGMUND !
80. PRENDS CE QUI TE REVIENT, SIGMUND.
81. SE MONTRER FORT, SIGMUND, VAUT MIEUX QUE SE DIRE FORT.
82. LA RUSE, SIGMUND, VAUT MIEUX QUE LA BONTÉ.
83. CEUX QUI NE T'APPRÉCIENT PAS NE TE MÉRITENT PAS, SIGMUND.
84. SIGMUND ! PLUS TU AS DE LA VALEUR PLUS ON ESSAIE DE T'ACHETER.
85. TOUT LE MONDE EST À VENDRE, SIGMUND : AU MOINS VENDS CHER TA PEAU.
86. SIGMUND ! ÊTRE ENVIÉ EST UNE QUALITÉ !
87. SIGMUND ! ÊTRE HAÏ EST BON SIGNE !
88. CELUI QUI T'ADULE AUJOURD'HUI, SIGMUND, TE BERNERA DEMAIN.
89. IL Y A POUR CHAQUE ENTRÉE UNE SORTIE, SIGMUND, ET VICE VERSA.
90. LA CHANCE, SIGMUND, PEUT ÊTRE CONVOQUÉE.
91. LA MALCHANCE, SIGMUND, PEUT ÊTRE LICENCIÉE.
92. SIGMUND ! LES AUTRES VOIENT DE TOI CE QUE TU VEUX BIEN LEUR MONTRER.
93. MIEUX VAUT MILLE FOIS RAMPER QUE S'ARRÊTER, SIGMUND !
94. DANS L'HISTOIRE, SIGMUND, IL N'Y A PAS DE PLACE POUR LES CALMES.
95. LE PASSÉ, SIGMUND ? IL N'EXISTE PLUS.
96. SACHE TOUJOURS OÙ TU VEUX ALLER, SIGMUND.
97. TROP DE QUESTIONS, SIGMUND, FONT JUSTE DU BRUIT.
98. SIGMUND ! SEUL EXISTE LE COURAGE.
99. LES DOUX, SIGMUND, S'ASSEMBLENT AVEC LES IDIOTS.

100. JUSTE SI ÇA VAUT LA PEINE, SIGMUND, JUSTE SI ÇA VAUT LA PEINE…
101. LA MISÈRE D'AUTRUI NE TE CONCERNE PAS, SIGMUND.
102. ON DÉCIDE, SIGMUND, ON NE DEVIENT PAS.
103. LA VOIX EST UNIQUE, SIGMUND : LE RESTE EST L'ÉCHO.
104. OSER, SIGMUND, VAUT MIEUX QUE REGRETTER.
105. GROGNER, SIGMUND ? INUTILE, SI TU NE MORDS PAS.
106. À INTERVALLES RÉGULIERS, SIGMUND, MESURE CE QUE TU VAUX.
107. INSPIRER LA TERREUR, SIGMUND, TELLE EST LA SEULE SÉCURITÉ.
108. SIGMUND ! NE TE SCANDALISE PAS DE TES MONSTRES : UTILISE-LES.
109. L'HOMME DEMEURE UNE BÊTE, SIGMUND. HEUREUSEMENT.
110. N'AUTORISE PERSONNE À TE DIRE QUOI QUE CE SOIT, SIGMUND.
111. LE MAL EST PEUT-ÊTRE LAID, SIGMUND, MAIS IL EST UTILE.
112. CALOMNIER EST STUPIDE, SIGMUND, ÉVEILLER LE DOUTE EST RUSÉ.
113. SIGMUND, LA PRUDENCE CONSISTE À DOUTER DE TOUT LE MONDE.
114. PARLER TOUT BAS, SIGMUND, ÉQUIVAUT À NE RIEN DIRE.
115. SE CONFIER, C'EST SE COMPROMETTRE, SIGMUND.
116. TOUT LE MONDE, SIGMUND, SE SAUVE D'ABORD.
117. SIGMUND ! SI TU AIDES UN HOMME, CENT LE SAURONT.
118. LES REMORDS SONT DES LESTS, SIGMUND.
119. LE BATEAU VOGUE MIEUX S'IL EST LÉGER, SIGMUND.
120. SIGMUND ! LEHMAN S'ÉCRIT EN MAJUSCULES.

À l'échéance
du cent vingtième jour

plus ou moins à la mi-juin
tous les yeux lehmaniens
étaient pointés
sur le levraut de la famille :
le traitement
intense
avait-il marché ?

Sigmund pénétra dans son bureau.
Moustache sombre, probablement teinte.
Cheveux flous et tempes grises.
Complet sombre et parapluie londonien.
L'embarras du postérieur diminué de moitié.

Il ne salua pas les employés du guichet.
Il ne donna pas de pourboire au cireur de chaussures.
Il jeta un regard terrible
à Miss Blumenthal
car son café ne l'attendait pas fumant.

Après quoi
il s'assit
à sa place habituelle.

17

LOOKING FOR EWA

Enfoncé dans la neige jusqu'au genou
chaussé de bottes à moitié crevées
le vieux Jeff
  aussi voûté qu'un crochet
  malade d'arthrite
  et par surcroît aveugle d'un œil
émet une sorte de glapissement
à chaque coup de pelle :
  « Aiiouuuguaaaï ! »

Un son animal, profond,
jailli de cavités inouïes
car non seulement la douleur le tenaille,
mais la glace gèle les sons
avant même qu'il ne les prononce
et il ne sort qu'un *« Aiiouuuguaaaï ! »*
Déchirant.

Mais à quoi bon ?
Il est inutile de se plaindre :
il a neigé toute la nuit
et il revient à Jeff
de dégager l'entrée de l'école.
Il y mettra au moins deux heures
en admettant que ses poumons tiennent.

Il reprend donc son souffle
et recommence :
« Aiiouuuguaaaï ! »
« Aiiouuuguaaaï ! »

Entre deux *« Aiiouuuguaaaï ! »*
il ne s'est pas aperçu
que de l'autre côté de l'allée
un garçon
apprécie son effort surhumain
depuis au moins une heure.

Il le contemple debout sans bouger
et souscrit moralement
à chaque *« Aiiouuuguaaaï ! »*
se les appropriant d'une certaine façon
et il lui apporterait son aide
si la sphère manuelle
ne le trouvait pas dépourvu.

Aussi
se limite-t-il à un soutien idéal.
À distance.

Les mains dans les poches de son manteau.
L'écharpe serrée autour du cou.
Un regard solidaire
à la fois lucide et ému
car la fatigue du vieux déblayeur
révèle à ses yeux un problème de fond
et la question se fait politique :
« À quoi est-ce que j'assiste ?
Qu'est donc au fond cet homme
sinon un monument de l'injustice sociale ? »

« Aiiouuuguaaaï ! »

« Pourquoi sont-ce toujours

les moins riches
et ceux qu'il faudrait protéger
qui déblaient la neige
à s'en briser le dos ?
Cet homme représente un paradigme. »

« Aiiouuuguaaaï ! »

« Les riches peuvent se soigner,
acheter des médicaments,
ils disposent d'un bon médecin
et d'une cheminée qui les réchauffe.
Et pourtant qui risque le plus
de tomber malade ?
Pas les riches, mais ce petit pépé. »

« Aiiouuuguaaaï ! »

« Ce soir au plus tard il mourra de pneumonie
car les vitres de son logement sont cassées,
et pourtant la collectivité le fourre dans la neige.
Le bien-être engendre des déséquilibres :
ce vieillard croit déblayer de la neige,
en réalité il déblaie nos asymétries. »

« Aiiouuuguaaaï ! »

« Il en est ainsi. Indubitablement, il en est ainsi. »

Herbert branle du chef.
Il tire de sa poche un carnet.
Y consigne l'histoire
sous le titre « Droits hivernaux des travailleurs ».

Après quoi
encore bouleversé
il s'achemine sur l'allée
qui mène au William's College of Massachusetts.

La raison pour laquelle
les professeurs craignent
ce garçon de vingt ans new-yorkais
ne réside pas dans le nom qu'il porte.
En réalité, Herbert ne l'emploierait jamais
pour susciter de la crainte.
Il le dissimule plutôt.

La vérité c'est qu'il s'agit d'un dur à cuire.
Il n'excelle pas dans ses études.
Il se limite au strict nécessaire.
Et pourtant il convient de ne pas
lui donner les mauvaises notes qu'il mérite
quand on a un tant soit peu de prudence :
ceux qui le font
se retrouvent malgré eux
dans une impasse
d'oraisons éternelles
où *tout est un problème de fond,*
et où *la question devient politique*
et dans un amphithéâtre
tout se change en Parlement.

« Si je prends la parole dans cette salle,
professeur Maxwell,
c'est pour défendre non pas mon intérêt particulier
mais un principe général.
Je ne m'attarderai pas
sur le fait que vous m'avez donné un "C" :
au fond je l'accepte, quoique avec des réserves.
Ce que je trouve totalement discutable
– pour ne pas dire indigne de ce lieu –
c'est la méthode selon laquelle vous attribuez les notes :
pourquoi face à une classe de 30 étudiants
un enseignant dispose-t-il par la Loi
obligatoirement

de 10 notes médiocres
de 10 notes moyennes
de 5 bonnes
de 3 très bonnes
et seulement de 2 excellentes ?
C'est la thèse de base qui est erronée,
sans compter le message qui s'exprime !
Devrais-je craindre de faire retentir dans cette salle
une idée d'égalité sociale ?
Je n'ai pas terminé, excusez-moi :
dans un College *réellement égalitaire*
l'enseignement devrait être libre de toute imposition.
Ou devons-nous vraiment croire
que sur 30 citoyens américains
un tiers ne soit pas fait pour les études ?
Je n'ai pas encore terminé, excusez-moi :
ne trouvez-vous pas antidémocratique
la règle absurde
à laquelle vous vous assujettissez ?
La conséquence implicite
d'ailleurs est la suivante :
un quinzième seulement des élèves
peut aspirer à la meilleure note
et qu'est-ce donc là
sinon une négation évidente du principe
en vertu duquel tout citoyen
a le droit
– je dis "le droit", professeur Maxwell –
à une égalité de traitement ?
Je n'ai pas encore terminé, excusez-moi :
admettons un instant
qu'à cause d'une erreur
les 30 meilleurs élèves du collège
échouent dans la même classe :
par quelle folie en punirez-vous 20

en les marquant de notes de crétins ?
Je n'ai pas encore terminé, excusez-moi :
et si, en revanche, tous les élèves
décidaient de faire la fête
et brûlaient leurs livres,
au nom de quoi
serions-nous obligés
de décerner à deux d'entre eux
les lauriers de l'État ?
Et si plutôt... »

« Assez, Lehman, par pitié !
Tu m'as convaincu ! Je parlerai au conseil
et au président Rutherford !
Si tu veux nous changerons de système.
Puis-je continuer mon cours, maintenant ? »

« Uniquement après un dernier point :
vous m'avez donné un "C"
pour le devoir consacré à
"L'HÉRITAGE DU PRÉSIDENT THOMAS JEFFERSON".
Puisque vous vous dites maintenant convaincu par mon discours
– et puisque j'ai parlé de droits –
ne trouvez-vous pas que les faits contredisent la note ?
J'estime franchement avoir montré
que j'incarne sous tous les aspects
l'héritage qu'a légué le président Jefferson.
Si en revanche... »

« D'accord ! Lehman ! Tu as gagné !
Les félicitations, ça te suffit ? »

« J'estime ça juste.
Et pas pour moi : pour tout le monde. »

Voilà.

Ce qui rend l'héritier
de Thomas Jefferson unique,
c'est son incapacité à concevoir quelque chose pour soi :
toute chose en lui
est immédiatement projetée
sur une échelle sociale
reflétant d'autres valeurs.

Sérieuse complication.

Certains prétendent
que c'est le débouché naturel
d'une enfance tourmentée par des questions
et qu'après avoir risqué
de saisir le lit de son frère
oui, pour cette raison,
Herbert Lehman
s'est converti radicalement
à une vision philanthropique extrême.

C'est une hypothèse.

Une chose est certaine :
cette *ouverture*
complique beaucoup
le dialogue avec le garçon
y compris sur les systèmes minimes :
comment réclamer un verre d'eau
à un individu qui conçoit ce verre
comme un emblème
de l'approvisionnement hydrique de l'Occident ?
Comment se plaindre de la pluie
auprès d'un être qui brandit aussitôt les sans-abri ?
Comment rire d'une plaisanterie d'enfant
avec un obsédé
de la mortalité infantile ?

Et surtout
comment se fait-il que
le sang d'un banquier
– certes filtré par un légume –
coule dans les veines
d'un jeune homme qui rejette
les modèles financiers ?

Herbert Lehman
est même allé
jusqu'à qualifier la Bourse de Wall Street
de *fosse à serpents*.
Et ce, devant témoins.

Bref,
bien qu'il semble ne pas miser
sur une carrière financière
il ne reste plus qu'à espérer
que le chemin de la vie
le conduira très loin
du 119 Liberty Street.
Cette pensée est partagée
par tous les membres de la famille,
y compris par son père Mayer
et par son frère Sigmund
lequel, interrogé à ce sujet,
a répondu par la 70e
de ses 120 règles.

Seul Philip a paru
étrangement plus tranquille.

Et non parce qu'il est animé
d'affection à son égard.

Le fait est que le cher Philip

croit fermement
aux liens familiaux
y compris
avec les pièces *rapportées*.
Et le fait
que, de tous les verbes,
nous employons
dans ces cas précis
le verbe *rapporter*
n'en dit-il pas long
sur les implications commerciales
des mariages ?

Justement.
Disons que dans le calcul entrées-sorties
du mariage de son cousin Herbert
Philip Lehman
s'estimait
extrêmement satisfait par la pièce rapportée,
ce qui l'amenait à apprécier
son très démocratique cousin.

Comment parvint-on à ce mariage ?
Voilà une histoire
dont personne
– pas même Philip Lehman –
ne saurait jamais rien.

Il se trouve, en effet,
que l'union entre la maison Lehman et la maison Altschul
révéla dès le début
un sérieux problème de fond
en devenant une question politique.

Bref :
voici les faits que tout le monde ignore.

Fraîchement diplômé
Herbert s'était lancé
à son insu
sur la plus dangereuse et lointaine des landes politiques
à savoir
cette forme de défense exaspérée des droits
qui conduit un être humain
à franchir son enclos
en envahissant l'intimité d'autrui
dans le seul but de faire triompher une idée de justice.

Eh bien.
Comme cela se produit souvent
dans les cercles de jeunes gens
Herbert Lehman
avait croisé
presque par hasard
par l'intermédiaire d'amis
la trajectoire existentielle
d'une fille des Altschul
répondant au prénom Ewa
appellatif biblique
que Herby ne jugea pas disproportionné par rapport à sa beauté.
Il le trouva même totalement approprié.

Se coulant donc
avec enthousiasme
dans le rôle
d'un nouvel Adam
il s'avança dans le Paradis terrestre,
avec la certitude de procéder bientôt
à une agréable razzia
des pommiers du péché.

Il n'en fut pas ainsi.
Car de toute évidence
l'Éden avait déjà été violé.

Le serpent en question
– parce qu'il s'agissait de Satan –
fut rapidement identifié
et c'était comme prévu
un des susdits reptiles déchaînés de la Bourse.
Il s'agissait pour être précis
rien de moins
que de l'aîné des Morgenthau
pythons royaux
une des familles les plus en vue
et concurrente directe de Lehman Brothers.

Ce fut pour Adam un coup dur :
un sursaut de rage
lui secoua le thorax
à la seule pensée
que ce charmant exemplaire de fille
était destiné à satisfaire un cobra de Wall Street.
Sans compter le fait
qu'Ewa avait été façonnée par *HaShem*
pour lui tenir compagnie, comme le dit la Genèse
non pour se fiancer au serpent
auquel revenait le rôle circonscrit
de néfaste conseiller.

Jusque-là tout va bien
cela étant en fin de compte l'éternel scénario
de la jalousie humaine.

Le problème fut que Herbert alla plus loin.

Le fait qu'Ewa Altschul
– d'une beauté si rare –

fut soustraite à l'admiration de tous
pour devenir la propriété d'un seul
lui apparut bientôt
comme un déséquilibre social.
Il y ajouta la puissance de Morgenthau
qui enrichit le concept de déséquilibre
au moyen du concept d'abus.
De l'abus à la vexation
le pas fut vite franchi :
ces fiançailles
étaient un outrage au peuple américain
contre lequel
on risquait des barricades (les siennes, omit-il d'ajouter).

Puis,
comme chaque légende
possède ses contradictions,
Herbert glissa
sur le fait que la victime du Mal
n'était pas vraiment une vierge effarouchée,
mais une héritière des Altschul
piliers de l'économie américaine
plus célèbres dans le milieu sous le surnom de « molosses »
preuve d'une réputation pas vraiment édifiante.

En d'autres termes
une bagarre sentimentale allait éclater
entre Lehman, Altschul et Morgenthau,
soit les trois colosses de la finance new-yorkaise
ayant davantage de raisons de s'allier
que de se faire la guerre.

Mais telle est la politique :
nécessité de conflit.

Et Herbert, qui l'ignorait,
le devinait sûrement. Au fond.

Peu importe.
Pour combattre l'injustice proclamée
Herbert se prépara
à la première véritable lutte politique
de son heureuse carrière.
En comparaison Theodore Roosevelt fut un amateur.
Abraham Lincoln un écolier.
George Washington aurait demandé des leçons.

En premier lieu
il déclencha contre les Morgenthau
une féroce campagne anticapitaliste
menée évidemment en sous-main
et sans dévoiler son patronyme
si bien que
pendant les décennies et les décennies à venir
la mythologie socialiste
allait célébrer un héros inconnu
sans savoir
qu'il s'agissait d'un fils de la finance.

Entre-temps
il déchaîna comme dans toutes les guerres
un bouche à oreille dévastateur
pour inciter à la révolte
le peuple soumis par le tyran ;
en l'occurrence,
Ewa étant à ses yeux
une victime du pouvoir
(sans envisager un instant l'éventualité qu'elle en fût au contraire heureuse),
Herbert entreprit de la bombarder
quotidiennement

d'embuscades
de lettres hardies
d'hommages floraux
et de tout ce qui pouvait servir en matière de politique
pour allumer chez elle
l'étincelle de la rébellion.

Il reçut l'aide
de la jeune sœur de la séquestrée,
une certaine Edith, fille très douce,
plus semblable à un caniche
qu'à un molosse Altschul
sans doute parce qu'elle remplissait depuis toujours
la fonction d'éternelle demoiselle
dans l'ombre d'une star biblique.

La propagande démocratique
trouva en Edith Altschul
un porte-parole inattendu :
animée par une vive ferveur politique
la jeune fille se dévoua à la cause
et se consacra de toutes ses forces
au très noble objectif moral
de ruiner le mariage de sa sœur
au nom d'une guerre contre la finance (et donc contre son père).
Digne de louanges, Edith :
entre le parti et sa famille
elle choisissait le premier.
Les femmes, d'ailleurs,
ne s'étaient-elles pas octroyé le droit de voter ?
Il était plus que naturel que la politique l'enthousiasme :
c'est toujours le cas avec les nouvelles expériences.

Et comme la politique américaine
renonce à grand-peine à ses objectifs

l'axe entre Herbert et son bras droit Edith
obtint
non sans mal
ses premiers fruits.

Cela se produisit par un après-midi d'été très pâle.

La campagne électorale
battait son plein depuis plusieurs mois
aussi
attendait-on le verdict des urnes.

À l'énième proposition
d'une rencontre fugace
jusqu'alors régulièrement refusée
Ewa Altschul répondit par l'affirmative :
elle lui donnerait audience
pour le regarder droit dans les yeux
et lui dire tout l'embarras
qu'il lui créait.

Il s'agissait bien entendu d'un prétexte.
Et Edith le reconnut elle aussi :
l'analyse des sous-textes
est le premier talent d'un bon secrétaire.

Le moment fut fixé : 7 heures précises.
Le lieu fut fixé : le jardin fleuri des Altschul
ce qui revenait à dire que l'Éden réunissait ses enfants
sous l'œil de *HaShem*
et en l'absence du serpent.

À 7 heures précises
Edith ouvrit le portail
et en multipliant les invitations à la prudence

conduisit Adam parmi les camélias :
« Suis-moi : Ewa t'attend. »

Et de fait, la voici, Ewa :
elle apparut à Herbert dans le vert des joncs
et comme prévu
son regard n'était plus hostile,
plutôt porteur d'un triomphe électoral.
Le silence régnait dans le jardin,
mais Herbert eut l'impression d'entendre
comme dans un chœur
la joie d'un peuple.

Cependant.

Ah ! Étrange science que la politique :
en matière de pirouettes inattendues
elle rivalise vraiment avec le cirque.

Ce jour-là, parmi les fleurs,
qui aurait pu imaginer
qu'Adam Lehman
en tête à tête avec son Ewa
aurait vu soudain s'incarner en elle
la bourgeoisie de la haute finance
qu'il combattait depuis des mois ?
Elle était devant lui, l'Amérique des banques :
si splendide d'apparence
si parfaite, si jeune, si fascinante
si prompte à changer de camp
si volubile
si en vente au meilleur offrant
et tandis qu'il se demandait
pour la première fois
quel était son concept de beauté

il comprit
que la question était déjà une réponse.

Valait-il la peine de se battre pour Ewa ?
Une femme qui s'était donnée à un Morgenthau
méritait-elle sa confiance ?

Et comme le corps électoral
doit parfois être puni,
Herbert Lehman
alla plus loin :
il l'abandonna à lui-même
avec tout ce qu'il avait de remarquable.

Il convenait plutôt de renforcer le parti
en serrant les rangs
en vue de futures batailles.

C'est ainsi qu'Adam ne sortit pas
du Paradis terrestre avec Ewa
mais bien au bras d'Edith.

Et, quoique du point de vue démocratique
– donc au nom des droits de chacun –,
l'alliance des molosses Altschul avec les Lehman
fit du bruit.

Telle est aussi la politique.

18

TSVANTSINGER

Yéhouda Ben Tema
écrit
dans les *Maximes des pères* :
soixante-dix ans pour faire un résumé
quatre-vingts pour savourer le paysage.

Mayer Lehman et son frère
sont presque septuagénaires
mais le résumé
ils ne l'ont jamais fait.

Sans doute ne s'étaient-ils jamais imaginé
qu'un jour
les cheveux blancs
ils manieraient des bouts de papier
où tout est un calcul.

Voilà comment ça marche
ont-ils plus ou moins compris :
Lehman choisit sur quoi investir
mais au lieu de placer de l'argent
invite les gens à le placer
sous forme de prêt :
tu me confies ton argent
je te le rendrai

« dans x temps, avec les intérêts ».
Mais en attendant
j'utilise ton argent :
j'accorde des prêts
et gagne sur les intérêts.
Prêts aux industriels
prêts aux constructeurs
prêts à quiconque produit
prêts à quiconque apporte
un jour ou l'autre
des capitaux.

Un beau jeu, c'est sûr.
Mais c'est une économie nouvelle, raffinée
très raffinée
– peut-être trop –
pour deux frères
nés en Allemagne
à Rimpar, Bavière,
où l'or, c'était le bétail
et pourvu que les vaches ne meurent pas.
Mais surtout
– chose incroyable –
le véritable problème
pour Emanuel et Mayer
c'est que
boire un verre d'eau est une chose
boire la mer en est une autre.
Et cette mer, c'est l'argent.
Les gains, oui, les recettes.

Car
la vérité
c'est que Lehman Brothers
engrange des gains impressionnants.
L'argent entre.

Un tas d'argent.
Trop d'argent, peut-être.
Et si nous nous retrouvions inondés ?

Ni Emanuel ni Mayer
n'ont oublié
la pièce de 20
qui il y a mille ans
en Allemagne
à Rimpar, Bavière,
était accrochée au mur
dans un petit cadre :
la première *tsvantsinger*
gagnée
par Lehmann père
avec le bétail.
Et ce petit cadre
était flanqué d'un autre
contenant la centième *tsvantsinger*
d'un autre
avec la millième
et puis
et puis c'est tout
car *« Mille* tsvantsinger
sont une fortune, mes fils
et Baroukh HaShem ! *si un jour vous*
en obtenez autant. »

Même s'ils ne se le disent pas
Emanuel et Mayer
ne peuvent éviter de penser
que Lehman Brothers
voit entrer
10 000 *tsvantsinger* par jour
et qu'il faudrait
une infinité

de petits cadres
qu'en alignant
les *tsvantsinger*
on construirait un pont
de New York
à la Bavière.

Des flots d'argent.
Et plus encore.

On dirait un tourbillon
où les millions de dollars
entrent par les portes
et ressortent par les fenêtres.
Mayer et Emanuel
n'y comprennent plus rien :
sur quoi
gagnons-nous
exactement ?

Il est inutile d'en parler à Philip :
pour lui, la banque
est une gare
qu'on emprunte uniquement pour partir
jamais pour rester.
« Mon cher oncle, mon cher père,
n'en est-il pas de même pour nos capitaux ?
Nous ne devons pas les retenir
mais les investir :
l'argent entre à la banque
et dès qu'il entre
il doit en ressortir. »

Quant au neveu taciturne,
il se contente d'observer.
Lui demander des éclaircissements
serait du temps perdu

cela équivaudrait
à chercher une réponse
dans les ronds de fumée de son cigare cubain.

Et si nous tentions notre chance avec Sigmund ?

Emanuel et Mayer
se sont assis devant sa table.
Juste le temps d'observer
que 120 règles sont encadrées
au-dessus du coffre-fort
entre les chandeliers.

« Nous aimerions comprendre une chose, Sigmund :
notre banque
ne vous paraît-elle pas trop exposée ?
Nous investissons
sur toutes sortes de marchés
dont nous mémorisons
à grand-peine les noms.
Pourrais-tu nous éclairer
sur cette phase de la banque ?
Bref, sur ce que nous sommes ? »

Sigmund les a laissés parler
sans détourner le regard de ses comptes
car le temps est de l'argent
et on ne peut pas le gaspiller.
À présent il les scrute
en ôtant ses lunettes
et en lissant la peau de ses mains
pendant un long, un très long, laps de temps.
« Voilà ce que je vais vous dire : le monde n'est pas une forêt enchantée.
Et les mots ne sont que de l'air.
Vous voulez mieux comprendre ?
Trop de questions font juste du bruit.

Vous voulez savoir qui nous sommes ?
Les sentiments sont extra-bancaires !
J'aimerais vous demander quelque chose
si cela ne vous dérange pas.
Je vais être un peu dur,
mais l'affection dissimule un chantage.
Donc, j'ai quelque chose à vous dire.
Mes cousins le pensent tous deux
même si ni l'un ni l'autre
n'exprime cette pensée plus clairement
pour des motifs différents.
Les imbéciles ! Les doux s'assemblent avec les idiots.
Soit, je parlerai, pour le bien commun.
Et puis le mal est peut-être laid mais utile.
Excellent : dans ces bureaux et dans ces salles
nous avons, au cas où vous ne l'auriez pas remarqué,
de quoi travailler
car seul le premier arrivé l'emporte.
Voilà ce qu'on nous demande : produire.
Voilà ce que nous devons faire.
Car ceux qui attendent perdent
et l'on ne fait jamais ce qu'on repousse.
Par conséquent
au lieu de me demander ce qu'est une banque
concentrez-vous un peu mieux
sur le concept du vieillissement.
Appeler toujours les choses par leur nom !
Et maintenant, avec votre permission,
j'ai une réunion. »

C'est bien connu,
quand ils le veulent
les lapins
déchiquettent leurs proies
plus férocement que les jaguars.

La surprise balayée
comme ses corollaires négatifs,
deux pensées
obstinément constructives
traversent l'esprit
des vieux banquiers.

La première
que l'université du Cynisme
ouverte à l'intention de Sigmund par décret familial
a diplômé
un joyau du secteur.

La seconde
que *Mister Bad Rabbit*
probablement
a vu juste :
ce n'était pas à la banque qu'ils devaient s'adresser
mais à leur âme
ou, en son absence,
tout au plus
à une quelconque
autorité spirituelle.

Ils la distinguèrent
en la personne
du rabbin Strauss
qui semblait par surcroît connaisseur
du concept de la vieillesse
ayant désormais plus de dents dans la bouche que de cheveux sur le crâne.
« Cher Emanuel et cher Mayer
pour vous répondre je vais réfléchir avec vous
à la signification du mot âge.
Qu'est-ce que l'âge sinon un lieu de la vie
identique à l'espace

un territoire où nous vivons ?
Chaque âge est un pays, un village,
si vous préférez une nation
où chacun de nous
doit transiter.
Et de même que chaque lieu du monde
possède un climat, une langue
un paysage particuliers,
de même le vieillissement
signifie habiter une terre étrangère,
où les règles des pays précédents
ont tout simplement
perdu leur valeur.
À l'étranger
il faut apprendre une nouvelle langue
pour appeler le soleil le soleil
et la lune la lune :
alors seulement on saura
que le soleil est soleil sur toute la terre
y compris sur une terre d'exil
et que seule change
la façon de l'appeler.
En d'autres termes
avec les âges comme avec les pays
tout est inhospitalier tant qu'on est étranger
et tout est accueillant
quand on se transforme enfin
en citoyen. »

Soit.
Mais qu'est-ce que ça veut dire ?

Emanuel et Mayer
s'en sont aperçus
subitement

quand ils ont prêté attention à la banque
à Eliah Baumann : constructeur.

Les deux frères Lehman l'ont rencontré
car cet investissement
« à notre avis »
pourrait être intéressant.

Mayer y a longuement pensé.
Emanuel y a pensé aussi.

Même pensée, même intuition :
l'industrie en Amérique grandit
donc les usines se multiplient
donc les ouvriers se multiplient
donc les immigrés se multiplient
donc... où iront-ils vivre ?
Il faut doubler le nombre de logements.
Construire tant qu'on peut.
Bâtir des banlieues entières.
Investissement sûr, briques, chaux.
Rendement sûr, échéance à court terme.
Raisonnement cristallin :
Philip aurait pu le concevoir.
Investir dans des logements pour ouvriers.
Parfait.
Miser sur Eliah Baumann : constructeur.
« Je ne sais pas ce que vous en pensez :
nous y voyons quant à nous une grande opportunité.
Pas vrai, Mayer ? »

« Absolument, Emanuel.
Et c'est quelqu'un de très poli. »

Oui.

Lorsque Emanuel et Mayer
achèvent leur discours

un long silence
s'abat sur tous.

Dreidel tousse :
le troisième cigare
le met à rude épreuve.

Silence.

Sigmund ôte ses lunettes
nettoie les verres
remet ses lunettes.

Silence.

Philip assis en bout de table
est presque une ombre noire
se découpant sur la lumière qui pénètre par-derrière
dans la salle tout en vitres et miroirs
au deuxième étage de Liberty Street.

Silence.

Dreidel se frise la barbe.

Silence.

Sigmund se verse à boire.

Silence.

Philip sourit.

Silence.

Dreidel croise les jambes.

Silence.

Sigmund resserre sa cravate.

Silence.

Philip replie un bout de papier.

Silence.

Dreidel écarte son col.

Silence.

Sigmund se mouche.

Silence.

Philip se lève :
« Cher père, cher oncle,
nous exprimons la plus grande considération
pour votre initiative
et en notre nom à tous
je vous exprime notre reconnaissance
pour votre contribution.
Ai-je raison, Sigmund ? »

Sigmund se racle la gorge
et contemplant le lustre :
« En partie seulement, Philip,
car il se trouve, vois-tu,
que le monde n'est pas une forêt enchantée
et que les sentiments sont extra-bancaires.
Et comme il y a pour chaque entrée une sortie,
je te rappelle qu'il faut d'abord calculer.
Celui qui observe le sentier ne dérape pas
et l'addition se présente à tous les coups.
Aussi, appelons les choses par leur nom :
se bercer d'illusions comporte toujours un prix.
Bien. Construire des logements ? Voyons !
Voulons-nous faire alliance avec nos ennemis ?
Voulons-nous reculer ?
Qui s'abaisse d'un centimètre, plonge de cent.
Des logements pour les ouvriers ?

Et le gain ? Ce qui ne récompense pas endommage.
Sans compter
que notre engagement dans la construction
serait inédit
inattendu
incongru
erroné
dévastateur
nuisible
et de surcroît dépassé par les faits :
avant d'investir dans des maisonnettes
pour Hispaniques
voulons-nous nous demander où va ce pays ?
Oser ! Oser ! Oser ! Cela vaut mieux que regretter.
Se contenter, je vous dis, c'est s'humilier
et qui se limite s'ampute,
je regrette donc, mais ma réponse est jamais !
Seul existe le courage, messieurs !
Et comme le passé appartient au passé,
nous avons autrefois doté l'Amérique de voies ferrées
mais cela ne suffit plus :
après avoir uni les deux côtes des États-Unis
pourquoi ne tentons-nous pas d'unir les continents ?
L'orgueil est toujours salvateur !
L'ambition est une qualité !
Bref, l'idée est la suivante :
nous ferons une cordée de financiers :
vingt, trente, cinquante banques
et louerons pour une durée d'un siècle
à l'État de Panamá
une bande de 99 kilomètres
entre le Pacifique et le golfe des Caraïbes.
Nous couperons alors en deux le continent
de part en part

d'océan à océan
et construirons un canal qui n'existe pas encore,
le commerce mondial
aura ainsi le choix : nous payer le passage
ou voguer pendant des jours
autour du cap Horn.
Je me trompe ?
Voilà les gains de demain !
Et la volonté est la seule arme !
Vous dites non ? Par peur ? Ah !
La peur est une perte de temps !
La peur est de la fatigue jetée aux orties
oui : la peur est sa fin en soi.
La peur, messieurs, est une remise.
J'en ai terminé. Ou plutôt non :
nous sommes Lehman Brothers
et ça s'écrit en majuscules. »

Sur ce Sigmund se lève
cramoisi sous l'effet de la rage
et en sortant dégonde presque la porte.

Silence.

Dreidel tire sur son cigare.

Silence.

Philip se touche le nez
de la pointe de tous les doigts :
« Mon cher père, mon cher oncle,
si vous le croyez bon,
dites à monsieur Baumann
qu'il nous présente une demande écrite :
nous l'étudierons
avec toute l'attention qu'elle mérite. »

Emanuel acquiesce.
Mayer aussi.

Mais depuis ce jour-là
dans cette salle
tout en vitres et miroirs
au deuxième étage de Liberty Street
on n'a plus jamais revu
les deux vieillards.

19

OLYMPIC GAMES

Tout a commencé
ce jour fatidique
où Philip Lehman
écrivit en majuscules
dans son agenda :
SE CONSACRER AU TEMPLE.

Ce n'était toutefois pas le début
d'un parcours mystique.

Il ne faisait pas allusion à la Bourse de Wall Street,
à laquelle il se consacrait déjà trop
y passant plus de temps
que dans son bureau.

Sous la phrase
SE CONSACRER AU TEMPLE
apparaissait en effet
une parenthèse
à la signification extrêmement cryptique :
(C'EST MAXIE LONG QUI A GAGNÉ LA COURSE.)

Quel lien
pouvait-il y avoir dans l'agenda d'un banquier
entre le Temple
et l'athlète symbole des États-Unis ?

Philip Lehman
– qui finançait depuis des années l'école hébraïque –
projetait-il un formidable coup
en conduisant
le héros du nouveau record
dans la classe
des enfants ?

Non.
Rien de tout cela.

Cette phrase
SE CONSACRER AU TEMPLE
impliquait plutôt
le besoin inévitable
de résoudre d'anciennes questions
demeurées en suspens
et devenues
pour Philip
une marque d'infamie.

Il s'agissait aussi
d'une manœuvre commerciale
puisqu'une banque
– dans l'optique de Philip –
n'avait d'autre objectif
qu'un triomphe pur et simple.
Et elle y parviendrait
en observant les doigts du nain.
C'était garanti.

Lehman Brothers
connaissait déjà
une pleine réussite :
les caisses étaient pleines
les investissements excellents et divers,
raison pour laquelle

il ne lui manquait rien
dans tous les sens du terme
pour être satisfaite.
Où était le problème ?
Quelle difficulté
troublait le calme de Philip Lehman
et offusquait ses pensées ?
Par quoi ses nuits étaient-elles agitées ?
Surtout
quel tourment sporadique
apparu presque fortuitement
se mit un jour à le travailler,
se muant en obsession
pour ne pas dire en torture ?

Comme c'est souvent le cas
un rêve contribua
à l'éclairer.

Les jeux Olympiques de Paris
venaient de commencer.
Dans son rêve
Philip Lehman était à l'intérieur d'un stade
et suivait au bord de la piste
la finale
du 400 mètres.
Maxie Long se préparait à la course
étrangement vêtu
non de la tenue des athlètes américains
mais d'une salopette jaune
sur laquelle se détachait
en lettres gigantesque
les mots LEHMAN BROTHERS.
L'arbitre
(qui ressemblait fortement au rabbin Strauss)
fit sonner une cloche

et voilà que les athlètes
s'élancèrent.
Les spectateurs se levèrent
en émettant des cris assourdissants
qui répétaient seulement
« Maxie Lehman Long ! »
« Maxie Lehman Long ! »
tel un vent
poussant l'immense champion
à courir encore plus vite
comme si ses pieds reposaient sur une Studebaker
il courait
courait
courait
distançant ses adversaires
« Maxie Lehman Long ! Maxie Lehman Long ! »
il courait
courait
courait
conduisant prodigieusement
Lehman Brothers
vers la ligne d'arrivée
« Maxie Lehman Long ! Maxie Lehman Long ! »
quand
il perdit
brusquement l'équilibre
comme s'il trébuchait sur son propre pas
et atterrit sur le ventre
se faisant enjamber ou piétiner par les suivants.
« Ohhhhhhhh ! Non !!!!!!!!!!!! »
tel fut le cri du stade entier
et pas seulement : de tout Paris.
À la seule vue de son champion au sol
Philip Lehman
– bien que ce ne fût qu'un rêve –

sentit sa poitrine brûler
comme si quatre torches olympiques
l'avaient enflammée :
il se précipita sur le terrain
saisit Maxie Long par les bras
le hissa sur son dos
et se mit à courir
comme un forcené
comme un forcené
comme un forcené
rattrapant les autres concurrents
comme un forcené
comme un forcené
puis quand il eut dépassé le coureur de tête
comme un forcené
Philip Lehman
chargé de Maxie Long
franchit triomphalement
la ligne d'arrivée !
Victoire ! Victoire ! Victoire !
Tout le monde criait
à l'exception du cousin Dreidel
qui se contentait d'opiner.
Le stade était pris de folie :
partout retentissait ce cri
« Maxie Lehman Long ! Maxie Lehman Long ! »
et tandis qu'il se prolongeait
Philip
entraîna son champion
vers le podium.
C'est alors qu'une main l'arrêta :
l'arbitre
(qui ressemblait fortement au rabbin Strauss)
l'étreignit avec émotion :
« Félicitations, Mister Lehman,

une course extraordinaire.
Mais, si cela ne vous dérange pas,
je dois récompenser les trois premiers. »

« Comment ça ? C'est nous qui avons remporté l'or ! »

« Non monsieur, ou mieux : vous avez gagné la course,
mais l'or ne vous revient pas,
pas plus que l'argent, ni le bronze :
il n'y a pas de récompense
pour ceux qui ne sont pas sur le podium.
S'il vous plaît. »

Hein ? Quoi ? Le podium ?
Qu'était-ce que cette escroquerie indigne ?
Qui osait donc lui voler la victoire ?
Maxie Long avait gagné la course !
Maxie Long avait gagné la course !
Maxie Long avait…

C'est alors que Philip Lehman
ouvrit les yeux.

Bien qu'il n'eût pas saisi tous les détails
il savait avec certitude
que la médaille d'or
était allée aux Lewisohn.
L'argent aux Goldman.
Et le bronze aux Hirschbaum.

Cela équivalait à dire
que Lehman Brothers
pouvait à partir de maintenant
triompher dans toutes les courses
elle resterait toujours à la quatrième place
parce que c'était
au quatrième rang
que la famille était assise au Temple.

Une nouvelle priorité
apparut donc
très vite
dans l'agenda
SE CONSACRER AU TEMPLE
(C'EST MAXIE LONG QUI A GAGNÉ LA COURSE)
et dès lors
rien n'importa davantage à Philip
que de combler la distance
– courte, certes, mais significative –
qui séparait le quatrième banc
de la place d'Isaiah Lewisohn.

Chaque mouvement
fut planifié avec subtilité
et pondération :
quand Philip Lehman
occupait la cabine de commande
rien n'était laissé au hasard
et cette fois
plus que jamais
puisque la banque familiale
décidait de déclarer la guerre
au trio inaccessible de l'or.

Pour commencer
il fallait
chasser Eliah Hirschbaum
de la troisième position.

Il s'agissait d'un homme âgé
père vénéré d'une armée de filles
serviables et dévouées
souvent alignées
aux côtés du patriarche
raison pour laquelle

on les appelait en société
« les infirmières Hirschbaum ».

Il se trouvait
justement
que ce bon Eliah
avait largement utilisé
ses valkyries
pour se doter d'un réseau familial
contrôlant très efficacement
l'extraction de l'or
dans tout le Nord de l'Amérique :
chacune de ses sept filles
avait été mariée
au propriétaire d'une banque américaine
avec une attention particulière
pour les districts
où l'or s'érigeait en maître.
Une fois les noces célébrées,
le nouveau gendre
veillait à affilier sa banque
à celle de son vieux beau-père new-yorkais
et
de cette façon
    de la Californie jusqu'au Klondike
    du Nevada jusqu'au Colorado
    de l'Alaska jusqu'aux Black Hills
les Hirschbaum
mesuraient le pouls de tout le marché
ouvrant et fermant
selon leur jugement sans appel
les très enviés robinets de l'or.

Philip Lehman
savait certainement
tout cela

bien que l'austérité du foyer Hirschbaum
ne laissât presque rien transparaître
des affaires sacro-saintes de la banque.

Il suffit toutefois à Philip
de rapprocher les nouveaux domiciles des filles
des faits divers bancaires
du *Wall Street Journal* :
lorsqu'une énième crise financière
éclata dans les États du Sud
il saisit ce prétexte pour agir avec intelligence
et nota sur son agenda
exclusivement en majuscules
les points suivants de son raisonnement

1) HIRSCHBAUM A UNE FILLE AU TEXAS
2) À CHAQUE FILLE CORRESPOND UN BANQUIER
3) LA BANQUE DE CHAQUE GENDRE EST AFFILIÉE AU SIÈGE CENTRAL
4) HIRSCHBAUM A DONC DE FAIT UNE FILIALE AU TEXAS
5) EXCELLENT : NOUS AVONS LE TROISIÈME RANG

Le ton radieux du point numéro 5
était dû
en effet
à la principale nouvelle du jour :
pris d'une fureur anticapitaliste
le gouverneur du Texas
avait agi avec vigueur
mettant littéralement hors la loi
tous les banquiers de l'État
pour une période d'au moins dix ans.
Crime : délinquance financière.

Moins d'un jour plus tard
le rabbin Strauss

recevait un billet anonyme :
était-il juste que le troisième rang du Temple
accueillît
comme dans un tribunal
UNE BANDE DE BRIGANDS
MIS À L'INDEX PAR DÉCRET
NON D'UN VILLAGE
MAIS D'UN ÉTAT TOUT ENTIER ?
CI-JOINT UNE COUPURE DE PRESSE.
AVEC DÉVOUEMENT
UN FIDÈLE AFFECTIONNÉ.

Et en effet
la vue dont on jouissait au troisième rang
était bien meilleure :
« Incomparable, Philip ! » lui a dit sa femme
avant de lui demander pour quelle raison
les infirmières Hirschbaum
avaient été rétrocédées en masse
comme des pestiférées.
« Franchement, je l'ignore, Carrie.
Je ne les vois même pas,
où les a-t-on mises ? »

« Là, me semble-t-il, au-delà du dixième rang ! »

« Carrément ? À la frontière du Texas ! »

Il aurait pu ajouter
que Lehman
méritait
cette promotion,
mais il s'en abstint.

Notamment parce que sa femme
perçut en cet instant précis

la première des cent et plus contractions
au moyen desquelles, six heures plus tard,
elle lui donnerait un fils.

Mais en réalité
ses pensées
étaient déjà tournées
au-delà du deuxième rang
directement
vers les trônes suprêmes des Lewisohn.

Le fait qu'il y eût au milieu
les Goldman en personne
ne constituait pas
pour Philip Lehman
le moindre obstacle.

Au contraire.
Le plan était déjà tout tracé.
Très simple et parfait.
Voilà pourquoi
un sourire de satisfaction
affleurait à ses lèvres
chaque fois qu'il y repensait :
il se servirait des Goldman
comme d'une marche
pour atteindre les Lewisohn.
En d'autres termes,
il les utiliserait.
Oui, il les utiliserait. Pour les dépasser.

Car
au fond
– s'était interrogé Philip –
existait-il meilleur moyen
pour abattre un ennemi

que de se trouver un allié
dont se défaire
comme d'un outil rouillé
après avoir triomphé ?

Il suffisait d'une bonne occasion
pour interrompre la longue guerre
et sceller avec Henry Goldman
un nouveau pacte de confiance
de soutien réciproque
et de fraternité militaire :
l'union avec un ennemi
était une condition inévitable
pour ne plus avoir d'ennemis
mais juste des adversaires.
Soumis.

Aussitôt dit aussitôt fait.
L'occasion fut apportée par la Nature
avec un sens de l'opportunité exceptionnel
et voici comment.

C'est un jeudi après-midi.
L'air annonce du grésil.
Dans le Temple à moitié sombre
Philip Lehman
avance
lentement
en pressant un paquet blanc
sur sa poitrine de drap foncé.

Huit jours
après la naissance
comme la Loi le prescrit
Robert Lehman dit « Bobbie »
est circoncis.

Dans ses veines
pas même un lointain souvenir
d'Allemagne
ni d'Alabama
ni du vieux New York de l'époque
où son grand-père Emanuel
ouvrit le siège de Liberty Street.

Philip s'immobilise.
Il soulève le paquet
et la cérémonie commence :
à partir d'aujourd'hui son fils
aura un nom
et après la *brit milah*
il vivra à l'ombre des Patriarches.

Tout serait parfait
si une autre silhouette
en costume sombre
également munie d'un paquet
n'entrait pas
et, parcourant le couloir,
ne s'arrêtait pas
près de Mister Lehman.

L'imprévu
agite les membres de l'assemblée :
personne n'y a songé.

Seul un certain agenda
prévoyait
largement :
SIMULTANÉITÉ DE FILS AÎNÉS
COÏNCIDENCE DE CIRCONCISIONS.

Hier la *bar-mitsvah* des enfants.
Aujourd'hui la *brit milah* des nouveau-nés.

Formidable coup de chance :
tournés vers le fauteuil d'Élie
– qu'il les protège tous deux –
chacun muni de son paquet
les deux chefs de famille
Philip Lehman
Henry Goldman
se tiennent
côte à côte
alignés
droits
fiers
sans se regarder.

Les deux paquets hurlent.
Les épouses – aux troisième et deuxième rangs –
ne se regardent pas non plus.

Personne ne peut imaginer
qu'un événement terrible
et à la fois historique
va se produire
aujourd'hui dans le Temple.

Certes,
l'effort de parler est ardu.
Philip le surmonte,
y voyant une étape nécessaire :
« Bonjour, Goldman. »

Cris à l'unisson des nouvelles recrues.

« Bonjour, Lehman. »
« Sincères félicitations, Goldman. »
« À vous aussi, Lehman. »

Des larmes alarmées trempent les paquets.

« Étrange hasard, dirais-je, cher Goldman. »
« Très étrange. »
« Désagréable ? »
« Plutôt. »
« Mais inévitable, cher Goldman. »
« Je suis d'accord, cher Lehman. »

Vagissement très aigu des héritiers du trône.

« D'ailleurs, on ne dispose pas de la Nature, Henry.
Me permettez-vous d'oser un Henry ? »
« La Nature se fiche des banques, Philip.
Au moins on ne lui donne pas d'ordres. »
« Et l'on n'en donne pas aux préceptes. »
« Ah non, à eux non plus. »

Sanglots déchaînés au département berceaux.

« Ce que l'on dit n'est donc pas vrai, Henry. »
« Qu'est-ce qui n'est pas vrai, Philip ? »
« Que l'or donne tous les pouvoirs aux Goldman :
quelque chose échappe à leur contrôle. »
« Les Lehman non plus n'ont pas tous les pouvoirs. »
« Tu l'admets donc ? Tu admets que tu n'es pas
tout-puissant ? »
« Seulement si tu l'admets, toi. »
« Admettons que je l'admette. »
« Dans ce cas nous serons deux à l'admettre. »
« Nous serons deux à admettre quoi ? »
« Que ni toi ni moi n'avons tous les pouvoirs. »
« Parole sainte. Ni toi ni moi ne pouvons arriver
partout. »

Vives protestations sonores de la dernière génération.

« Séparément nous ne pouvons pas, Henry.
Mais si nous unissions parfois nos forces...
Dans ce cas, peut-être... »

« Parfois, Philip ? »
« Parfois, Henry. »
« De quoi parles-tu ? »
« De Wall Street. »
« Marché des actions ? »
« Marché des actions. »
« Cotations ? »
« Cotations. »
« Émission de titres ? »
« Émission de titres. »
« Lehman Brothers et Goldman Sachs ? »
« Communauté de tactiques financières, Henry : conclure un partnership, *une* joint-venture. *Nos forces – additionnées – n'auront pas de concurrence. »*

Insurrection anticapitaliste de la descendance.

« Je dois y réfléchir, Philip. Peux-tu me laisser un peu de temps ? »
« Le temps de la cérémonie. »
« Et si ça ne suffit pas ? »
« Dans ce cas je chercherai une autre alliance. J'ai déjà reçu une offre, Henry. »
« Et de qui ? »
« Des Lewisohn. »
« Jure-moi que c'est vrai. »
« Si tu me jures que tu acceptes ma proposition. »
« Jurons tous les deux. »
« Sur quoi. »
« Sur la tête de nos fils. »

Tintamarre choral des deux fronts.

« Baroukh HaShem, *Philip !* »
« Baroukh HaShem, *Henry !* »

Et l'on raconte
qu'ils se serrèrent la main
pendant que les autres
se dévisageaient
des deux côtés
sans comprendre
pourquoi le loup léchait l'ours
et vice versa.

Lehman Brothers.
Goldman Sachs.
Alliés pour gagner.

Quelqu'un demanda alors
comment ils pourraient
désormais
tenir tous
au deuxième rang…

Herbert Lehman et sa femme Edith
se sont aussitôt insurgés :
la démocratie est un partage, oui ou non ?

En effet cette question suffit
pour susciter un petit rire
qui rapidement
devint contagieux.
Et Sigmund avait beau secouer la tête
en les mettant en garde
contre les élans d'affection subite
les femmes se détendirent
les vieux se versèrent prudemment à boire
les gamins demandèrent leur prénom aux demoiselles
Arthur Lehman fit rire les enfants,
en leur racontant comment son frère
avait un jour tenté de lui confisquer son lit.

Bref
quoi que ce fût
cela ressemblait à une fête.

Seuls
les deux paquets
ne cessèrent
de pleurer
surveillés
à bonne distance
par Dreidel Lehman
enveloppé dans la fumée de son quatrième havane :
assis dans un coin
– muet avec la muette Helda –
il ne s'était pas distrait un seul moment
gravant toute chose dans son regard.

Mais cela aussi
était prévu
dans l'agenda de Philip.

Comme tout ce qui s'ensuivit, du reste.

20

THE GOLDEN PHILIP

Désormais pour *Shabbat*
New York s'arrête.
Fermées les boutiques
vides les bureaux.
Les marchés à Wall Street
sont clos le vendredi soir
et il est bien qu'il en soit ainsi
car le samedi
serait désert.

Solomon Paprinski
l'équilibriste
de Wall Street
ne se montre pas non plus.
Il ne vient pas
comme chaque matin
fixer son fil
entre les deux réverbères
et ne boit pas
sa gorgée de cognac
là
à deux pas de la porte sombre.

New York
s'arrête pour *Shabbat*.

Monk Eastman lui-même
raconte-t-on
retient les membres de son gang.

Depuis que les bateaux
déversent
chaque jour
sur les quais américains
des centaines d'immigrés
un New-Yorkais
sur quatre
a un patronyme juif.
Et sur un mur de Brooklyn
trône depuis des mois
l'inscription
JEW YORK.
Il se peut que ces Juifs
ne soient pas comme ceux d'autrefois.
Non, monsieur.
Comme nous mais différents.
Carrie Lehman tient à le préciser
c'est un point établi
son discours préféré
tous les après-midi
où
elle bavarde
avec la femme
de Henry Goldman
dans la grande maison de la 54th Street.
C'est un rituel désormais.
Identique à celui de leurs maris
Lehman et Goldman
qui tous les jours
vont déjeuner
au restaurant Delmonico's.

Pas les femmes.
Pas de déjeuner.
Juste le thé.

« On me dit qu'il y a des queues de vingt mètres
devant les boucheries kasher.
Encore un peu de thé, Mrs Goldman ?
Philip me l'a rapporté d'Angleterre. »
« Avec tous ces Juifs, on finira par nous donner
de la viande avariée dans le seul but de vendre. »
« J'ai fait dire aux apprentis que nous les paierons
davantage pour ne pas avoir d'histoire.
Une goutte de lait dans votre thé ? »
« Un morceau de sucre, merci.
Ne vous fiez pas aux domestiques, Mrs Lehman :
notre cuisinière nous volait.
J'ai attendu que Henry revienne du Panamá
et je l'ai renvoyée. »
« Notre cuisinière est à notre service depuis six ans
je ne suis pas inquiète. »
« C'est à moi que vous dites ça ?
Cela faisait bien plus longtemps.
Et voilà comment elle nous a remerciés !
Je tremble à l'idée de devoir en engager une
de couleur. »
« Ah non ! À la maison les domestiques ne peuvent pas
être noirs. »
« J'en ai parlé au Temple, mais je ne me fais pas
d'illusions. »
« Le fait est que ces Juifs des dix dernières années
sont tous russes ou presque.
On ne les comprend même pas.
Et ils sont pauvres, vêtus de loques !
J'en ai vu certains sans manteau sous la neige.
Une autre tasse, chère Mrs Goldman ? »

« Avec plaisir, chère Mrs Lehman.
Mon mari prétend qu'on ne devrait plus les accepter. »
« Philip aussi en est persuadé.
Qu'on ne se plaigne pas ensuite qu'un Juif sur trois devienne criminel. »
« Quand je lis les faits divers dans le Times
j'avoue que je suis effrayée.
Surtout quand mon mari est au Canada. »
« Philip aussi est de plus en plus souvent absent
mais ici les bandes de Juifs ne se montrent pas.
C'est dans les bas quartiers qu'ils se tirent dessus.
Un petit-four ? »
« Excellent comme toujours. »
« Trop aimable. »
« Mais demain, vous viendrez chez moi. »
« Désolée, ma chère, je ne peux pas :
demain matin notre fils Robert
aura son premier cheval. »

Chevaux.
Bobbie Lehman
ne sait pas encore parler
mais il en possède déjà au moins une dizaine.

Drôle de destin
que celui des chevaux :
autrefois on s'en servait pour les voitures,
et maintenant que les autos remplissent les rues
on les offre aux enfants !

Un jour peut-être
nous nous déplacerons tous en dirigeable
et les automobiles seront des jouets pour nouveau-nés.

En attendant
les Lehman ont trois automobiles.
Philip en utilise une, la bleu foncé

aux chromes en laiton.
Son chauffeur se nomme Gerard
il a des origines françaises
c'est un gentil garçon.
Être conduit par un Blanc
à Wall Street, plutôt que par un Noir,
fait un certain effet
surtout depuis qu'à New York les Nègres
semblent tous nés
en uniforme.
Avec ses cheveux blonds,
Gerard est assurément une marque de bon goût.

La deuxième automobile
est une Studebaker
dernier modèle :
Sigmund n'utilise que celle-là
– pour gagner du temps –
depuis que Harriett l'attend à la maison avec deux enfants.
Son chauffeur, un certain Turi, est italien,
teint foncé au point de vous tromper :
il a la mauvaise habitude de parler sans cesse
bien que Sigmund ne lui réponde guère.
Parfois
il tire même le rideau
qui sépare la banquette de l'habitacle
c'est le signe qu'il convient de se taire
a-t-il envie de perdre sa place ?
Ce ne serait pas le premier.
Oui.
Parce qu'il n'est vraiment pas simple
de travailler pour Sigmund Lehman.
Au cours des dernières années
il a renvoyé au moins trois chauffeurs

sans parler des domestiques
et même de Miss Blumenthal,
qui a dû laisser son poste
d'abord à Miss McNamara
puis à Sally Winford
et enfin à Loretta Thompson
laquelle par prudence
jette sans cesse un regard circulaire.

Certes
le monde n'est pas une forêt enchantée
(et les sentiments sont extra-bancaires)
mais il est possible que
Sigmund exagère vraiment :
craignant de ne pas avoir encore
bien assimilé son Talmud
il s'est imposé chaque jour
de donner une application pratique
à l'une des 120 règles du miroir.
De cette façon, a-t-il pensé,
la théorie se traduira presque naturellement
par une conduite pratique
effaçant
tout souvenir
du lapin qui sautillait jadis.

Et puisqu'un orthodoxe
est censé respecter
les 613 *mitzvot*
pour être un bon Juif,
il peut bien
s'en tenir à une seule *mitzvot* par jour
pour devenir un financier de choc.

Sa chère moitié
a donc commencé
à expérimenter sur sa propre personne

les fruits d'un entraînement inhumain
au cynisme le plus farouche
à la négation de tout geste désintéressé
ainsi qu'à une incessante
exaltation de sa personne.

En outre
le fait de se voir toujours plus à même
de donner un cours pratique
aux diktats du miroir
a insufflé à Sigmund
la sensation néfaste
d'avoir toujours été
un modèle suprême
d'amoralité
et donc objet d'une haine collective.

Par conséquent Sigmund
n'a confiance en personne
craint la délation
hume dans l'air la trahison
un seul mot déplacé
un seul regard manquant de soumission
lui suffit pour crier au complot
car j'ai ma dignité
et ceux qui croient me piétiner se mettent le doigt dans l'œil
je m'appelle Sigmund Lehman
tout en majuscules.

Par chance
sa femme Harriett
a dans les veines le sang de la famille
avec tout ce qu'il faut de majuscules.
Sinon, c'est certain,
il l'aurait déjà renvoyée

en l'accusant d'ourdir un complot
pour s'accaparer ses richesses.

Mais comme
la nature d'un homme
ne cesse pas d'exister,
même si on l'a forcée
Sigmund Lehman
passe de plus en plus souvent
des plus pâles arrogances diurnes
aux crises de larmes nocturnes
durant lesquelles un doux pelage de lapin
semble encore transparaître
sous le glacial pyjama du banquier.

C'est dans cette situation
que Harriett Lehman
reconnaît son mari
tendre et bouffi de larmes
enlacé à son oreiller
tel un enfant avec sa mère
et l'entend demander
d'une voix déchirante :
« Dis-moi que tu m'aimes encore »
l'*encore* sous-entendant
la conscience du parcours plus récent.

Un oui lâché par Harriett entre deux bâillements
suffit en général
à replonger Sigmund
dans un sommeil
qui le conduira jusqu'au réveil du matin
les yeux de nouveau vitreux
dans un monde qui n'est pas enchanté.

Cependant quand
– cela arrive parfois –

le remède ne parvient pas à apaiser la fièvre
Harriett est obligée
d'inventer que
dans quelques années tout au plus
ils quitteront la fosse aux lions
main dans la main
pour s'éloigner de tout et de tous.
« Et où irons-nous, Harriett ? »
« Loin, Sigmund. »
« Et où ça, Harriett ? »
« En haute mer, Sigmund. »
« Là où il n'y a que des poissons, Harriett ? »
« Des poissons et des mouettes, Sigmund. »
« Promets-le-moi, Harriett. »
« Je te le promets, Sigmund. »

« Mum, que se passe-t-il ? Dad pleure ? »
ont demandé
en se frottant les yeux
Harold et Allan
entrés comme deux follets
dans la chambre de leurs parents.

« Oh oui, bien sûr : Dad pleure de joie
grâce aux succès de la banque.
Et maintenant retournez vous coucher,
demain il y a école. »

Justement : l'école.
Le lendemain
aussi bien Harold qu'Allan
trouvèrent moyen
d'écrire dans une rédaction
que les banquiers sont des gens au grand cœur :
ils versent des larmes de joie
chaque fois que leur banque gagne

et comme leur banque engrange les succès
par chance
ils pleurent toutes les nuits.

Touchée par tant de sentiments
mademoiselle Ehrman leur donna la meilleure note
et pensa qu'il était bon
de faire lire à la famille
ces joyeux brouillons de bonheur bancaire.

« Auriez-vous perdu la tête ? » s'exclama Sigmund
l'air mauvais
une fois les lapereaux convoqués d'urgence :
« Les sentiments sont extra-bancaires,
suis-je bien clair ?
Il n'y a pas de place pour ces niaiseries.
Vous avez pris pour des pleurs
la maladie qui m'enflamme les yeux.
Vous direz demain à mademoiselle Ehrman
que vous avez inventé de A jusqu'à Z,
vous demanderez à rectifier
et changerez la version des faits. »

L'ère de la communication
en était à ses débuts :
« À partir de maintenant je vous interdis
de parler de finance dans vos rédactions. »

Dure vie, que celle du banquier.

Et encore plus dure, prétend Harriett,
celle de sa partenaire
dans le lien sacré du mariage.

Par chance
la journée de travail est plutôt longue
au 119 Liberty Street

et son mari disparaît aux premières lueurs du matin
à bord de la Studebaker conduite par ce bon Turi.

À propos.
Pour être sincère,
la troisième et dernière automobile des Lehman
est censée appartenir à Dreidel
mais ni lui ni Helda n'aiment l'utiliser :
trop de vacarme, trop de bruit.
Lorsqu'il ne pleut pas en particulier
ils laissent Sammy, le chauffeur
(un nain de couleur à moustache blanche),
promener à New York
Mister Mayer et Mister Emanuel :
un bras et une patate motorisés,
depuis que leurs jambes
leur jouent de mauvais tours
il vaut mieux ne pas s'exposer au danger.

À Liberty Street
au siège de la banque
les deux vieillards s'aventurent rarement.
Si Sammy s'en approche par mégarde
un des deux
à l'arrière
aussitôt s'exclame :
« Malédiction, Sammy, tu ne vois pas qu'il est tard ?
Où nous as-tu amenés ? Marche arrière ! »

Marche arrière, soit.
Sammy s'en moque pas mal.
Il suffit qu'on le paie.

Son trajet préféré
est pour lui
de toute façon
celui qui conduit au rite :

pendant la fonction
on peut passer une heure entière
le long de l'avenue
à rire et plaisanter
avec au moins cinquante collègues
puisque les Juifs sont maintenant tous motorisés
et les voitures les plus belles
sont en bonne vue
à l'extérieur du Temple
astiquées et nettes
comme dans une vitrine.

Bien sûr, un chauffeur doit être rusé :
il existe des règles
qu'on ne peut pas oublier.

Il y a quelques jours, par exemple,
Gerard s'est laissé persuader
qu'une tempête se déchaînerait
dans moins d'une demi-heure.

L'année dernière
il a neigé cinq jours entiers
et quand New York décide de blanchir
les rues se muent
en tourment pour les autos.

Gerard n'a pas perdu de temps :
au beau milieu de l'office
il a ouvert la porte
jeté un coup d'œil à l'intérieur
et s'est décidé
à parcourir
toute l'assemblée
après quoi
il a avisé ses Lehman

au premier rang, devant la tribune.
« Pardon*, *Mrs Lehman ! Madame !*
Je crois qu'il faut partir.
Il va neiger, cessez donc de prier ! »

Voilà la domesticité d'aujourd'hui :
si vous ne l'éduquez pas,
elle vous plonge dans l'embarras.
Et Gerard ne fait pas exception à la règle
même si son sang n'est pas des pires
aussi – afin qu'il mesure ce qu'il a fait –
lui a-t-on réduit son salaire.
Sensiblement.

D'autre part
il n'y a pas de langage plus clair :
l'argent est le seul instrument
qui régule les relations.

Philip Lehman
en est entièrement persuadé
surtout
depuis qu'il a gagné
sa guerre
pour le contrôle du Temple.

Les Lewisohn ?
Qu'ils gardent donc les clefs de l'écrin
puisqu'il n'y a que de l'or à l'intérieur :
le métal jaune a certes de la valeur mais
c'est un vestige du passé
et chaque jour il cesse un peu plus de briller.

L'or de nos jours
– a écrit Philip dans son agenda –
est ce fleuve gigantesque d'argent
qui à tout instant

coule légèrement
des poches de l'acheteur
à la caisse du vendeur !

Les lingots ? Les mines ?
Appréciables, certes.
Mais comment les comparer
au bruissement du billet de banque
presque invisible
presque imperceptible
qui se transforme en vacarme
quand on l'imagine à une échelle mondiale ?

Eh bien oui : le monde.
Il est au fond insensé
de s'en tenir à l'échelle nationale :
le commerce n'a pas de frontières
et sans frontières
Lehman Brothers
entend le contrôler.
Avec les nombres.
Avec les signatures.
Avec les liens.
Avec les crédits.
Avec les effets.
Aussi
qui l'emportera
pour la possession du premier rang ?

Les Lewisohn
chargés de tonnes de lingots
ou les Lehman
légers car privés de poids ?
Notre pouvoir est entièrement mathématique
nous nous tenons
sur des calculs célestes, parfaits.

Voilà la question :
le fameux banc en bois des Lewisohn
– s'ils ne se hâtent pas de le quitter –
finira par s'écrouler
sous le poids des brouettes et des treuils
brisés à leur tour
sous le chargement de l'or
tandis que nous
voltigerons
sans le moindre cahot
la richesse dans la tête
non dans le portefeuille.

Cela dit :
venons-en aux faits.

Combien Lewisohn encaisse-t-il ?
6 millions de dollars par an ?
Peut-être même 7 ?
Félicitations, Lewisohn !
Au moment de l'alliance
avec son ennemi de toujours
Lehman Brothers ne dépassait pas les 4.

Excellent. Partons de là.

En unissant ses forces
avec le capital Goldman
le cerveau de la maison Lehman
estime pouvoir porter
l'attaque décisive
au cœur du système :
nous serons la banque de l'industrie
nous serons la banque des transports
nous serons la banque du commerce

et des nouvelles chaînes de magasins
dont Woolworth
qui nous doit tout.

UNE BANQUE MODERNE
POUR UNE AMÉRIQUE DANS L'AIR DU TEMPS
voilà ce que Philip Lehman
a fait écrire
en gros caractères
sur l'immense mur blanc
d'un nouveau gratte-ciel !

Combien Lewisohn encaisse-t-il ?
6 millions de dollars par an ?
Peut-être même 7 ?
Félicitations, Lewisohn !
Une fois acquis le contrôle de Woolworth
Lehman Brothers a atteint les 5.
Ça ne nous suffit pas : en avant toute !
Plus ! Plus !
Sans jamais reculer !

UNE BANQUE DE TOUS
POUR UN BIEN-ÊTRE DIFFUS
voilà ce qu'a fait écrire
Philip Lehman
en plus gros caractères
sur un étendard de 20 mètres
pendu au pont de Brooklyn !

Combien Lewisohn encaisse-t-il ?
6 millions de dollars par an ?
Peut-être même 7 ?
Félicitations, Lewisohn !
Lehman Brothers s'équilibre à 6,40.

Ça ne nous suffit pas : en avant toute !
Plus ! Plus !
Sans céder d'un pas !

UNE BANQUE D'AUJOURD'HUI
POUR FINANCER VOTRE AVENIR
voilà ce que Philip Lehman
a fait écrire
en caractères encore plus gros
sur les trains, les bateaux, les péniches !

Combien Lewisohn encaisse-t-il ?
6 millions de dollars par an ?
Peut-être même 7 ?
Pauvres Lewisohn !
Maintenant qu'elle est un bijou de Wall Street
Lehman Brothers a dépassé 7,80.
Ça ne nous suffit pas : en avant toute !
Plus ! Plus ! Plus ! Plus !
Sans craindre la comparaison.

UNE BANQUE COURAGEUSE
PRÊTE À TOUS LES DÉFIS
voilà ce que Philip Lehman
a fait écrire
en caractères plus gros
sur les trains, sur les bateaux, sur les péniches !

Combien Lewisohn encaisse-t-il ?
6 millions de dollars par an ?
Peut-être même 7 ?
Je vous plains, Lewisohn !
Maintenant qu'elle est sur toutes les lèvres
Lehman Brothers a dépassé 8,60.
Ça ne nous suffit pas : en avant toute !
Plus ! Plus ! Plus ! Plus ! Plus ! Plus !

LEHMAN BROTHERS
EST AU PREMIER RANG
voilà ce que Philip Lehman
aurait aimé écrire
à l'extérieur du Temple
le jour où les Lewisohn ont été rétrogradés.

Parfois
la haute finance
est vraiment drôle :
maintenant qu'il a vaincu les géants de l'or
on l'appelle à Wall Street
the golden Philip.

« Comment ces gens-là peuvent-ils être assis au fond ? »
lui a demandé son fils
en regardant prendre place les Hongrois.

« Parfois le cheval qui part le dernier
peut rattraper son retard, Bobbie, l'ignores-tu ?
Cela arrive aussi aux athlètes :
Maxie Long était le maître en la matière.
Et son record n'appartient qu'à lui : au sommet. »
À ce mot
the golden Philip se mord la lèvre.

Ne dit-on pas qu'il n'y a
qu'une seule place au sommet ?
Au premier rang, c'est la même chose.

Certes, tout le monde dit à Wall Street
que c'est à Lehman essentiellement
qu'a profité l'union avec Goldman.
Certes, la première place
revient sans le moindre doute à Philip.
Certes.

Mais Philip n'accepte pas
de ne pas être vraiment seul.

Il doit trouver le moyen.
Il doit retourner la bonne carte.

En attendant, du calme.

Et le soir même
l'homme de l'or
a écrit
dans son agenda :
COMME SI GOLDMAN N'EXISTAIT PAS.

21

SHIVA

Assis sur un siège en velours bleu
contre le mur
le dernier vieillard des trois frères Lehman
attend
salue
remercie
la porte se ferme
puis se rouvre : un autre.

Quand le petit Robert
lui a demandé
pourquoi il avait les joues barbues
il lui a répondu
que c'était la coutume autrefois
dans un endroit dénommé Rimpar
et qu'on l'avait appliquée aussi pour oncle Henry,
en Alabama.
Alors Robert
a dessiné
sur une feuille
un tas de gens dotés d'une barbe descendant jusqu'aux pieds
– même des femmes –
– même le chien –

et la montrant à tout le monde a dit :
« Ceci est Rimpar, en Alabama. »

Robert aime dessiner.
Et quand on lui demande
ce qu'il fera plus tard
il répond :
« Je serai peintre ! »
Mais chaque fois
sa mère Carrie
le corrige
avec un sourire
sachant
que ce n'est pas vraiment prévu
dans l'agenda de son mari :
« Bobbie ! Tu veux dire banquier peintre. »

Pour le moment
toutefois
l'avenir professionnel
n'intéresse pas Bobbie Lehman :
il regarde
son père et les autres
se livrer à des rites étranges
depuis trois jours.

Car la famille Lehman
observera toutes les règles, elle en a décidé :
shiva et *sheloshim*
comme autrefois en Europe
toutes les règles
comme si nous étions des Juifs de Bavière.
Ne pas sortir pendant une semaine.
Ne pas préparer de nourriture : la demander aux voisins,
la recevoir, c'est tout.
Ils ont déchiré un vêtement, selon les prescriptions

ils l'ont déchiqueté dès leur retour
après l'enterrement
au vieux cimetière.
Le *kaddish* aussi a été récité
tous les jours
matin et soir
par toute la famille
les enfants au premier rang
depuis que le deuil a commencé.

Maintenant
d'un filet de voix
les yeux las
assis sur un siège en velours bleu
contre le mur
le dernier des trois frères Lehman
attend
salue
remercie
la porte se ferme
puis se rouvre : un autre.

Ils ont enfermé le corps dans un cercueil sombre
sans poignées
sans ornements
sans rien
identique à celui de Henry
il y a un demi-siècle.

Le siège du 119 Liberty Street
avec ses baies vitrées jusqu'aux réverbères
est fermé aujourd'hui.
Aujourd'hui comme hier et avant-hier.

Cela fait cinquante ans qu'il existe
et il n'a jamais été fermé aussi longtemps,

le siège Lehman Brothers
du 119 Liberty Street.
À Wall Street aussi
à la Bourse des changes
les drapeaux sont en berne.
« Bizarre » – pense le vieux Lehman –
car son frère et lui
n'y mettaient plus les pieds depuis longtemps ;
depuis qu'on y parle exclusivement
d'actions, de titres et de Bourse.

Assis sur un siège en velours bleu
contre le mur
le dernier vieillard des trois frères Lehman
maintenant
attend
salue
remercie
la porte se ferme
puis se rouvre : un autre.

La foule
– tous les Juifs de Manhattan –
fait la queue depuis des heures
devant la porte de la maison :
ils ont appris la nouvelle par le *New York Times*
qui lui a consacré sa première page.
« Bizarre » – pense le vieux Lehman –
car son frère et lui
ne lisaient plus une seule page de ce journal
depuis qu'il parle exclusivement
d'actions, de titres et de Bourse.

Foule silencieuse.
On entre deux par deux
dans la grande maison de la 54th Street,

où les rideaux sont baissés aujourd'hui :
ils dissimulent
aux regards des passants
la lumière des énormes lustres
qui
– Carrie Lehman s'en vante –
ne marchent pas au gaz, mais à l'électricité.

Foule silencieuse.
On entre deux par deux.
Il y a aussi Solomon Paprinski
l'équilibriste de Wall Street
qui en l'espace de vingt ans
n'est jamais tombé
de son fil.

Tout se déroule selon la Loi
comme à Rimpar parmi les Bavarois
même s'il n'y a plus désormais
qu'une seule personne
pour se rappeler vraiment ce que c'était.

22

HORSES

A comme Antares
B comme Brandon
C comme Calypso
D comme Dakota
E comme Eagle
F comme Felix
G comme Gypsy
H comme Hister
I comme Isidore
J comme Junior
K comme King
L comme Lucky
M comme Melody
N comme Nigel
O comme Olympus
P comme Pepper
Q comme Québec
R comme Rubir
S comme Silver
T comme Tango
U comme Ulyxes
V comme Velvet
W comme White
X comme Xoros

Y   comme York
Z   comme Zagor

Bobbie
a appris l'alphabet
avec les chevaux de l'écurie Lehman.

D'ailleurs
malgré ses sept ans
il en est déjà fou.

Depuis le jour
où Philip et Carrie
l'ont emmené pour la première fois
aux courses :
Bobbie ne détourna jamais les yeux
du spectacle
il ne les ferma même pas
lorsque les chevaux
au galop
soulevèrent un nuage de poussière
devant les fauteuils de l'*upper class*
et depuis ce jour
il n'y eut pas à l'école
un seul dessin
dépourvu de cheval.

Le petit connaît les races
il distingue un barbe d'un écossais
un arabe d'un pur-sang
il connaît la valeur de l'un
et la valeur de l'autre.
Car ici à New York
depuis que le nouveau siècle a commencé
le mot d'ordre est *valeur*.
Tout
a un prix

toute chose a une cotation.
Tout à New York
porte une étiquette
comme les chaussures dans les vitrines
comme les fruits sur les étals
mais le frisson
le vrai frisson
réside dans le fait que
ce prix
peut
doit
toujours
se transformer
changer
changer
changer.

Voilà :
de même que Bobbie Lehman aime les chevaux qui galopent
de même son père Philip aime les prix qui changent.

Bien sûr :
il est simple de suivre à la jumelle
assis dans les gradins
une course de chevaux : il suffit de regarder.
Suivre la course des prix est plus difficile.
Mais Philip Lehman ne se décourage pas
et commence déjà à investir
dans la formation financière
de son héritier :
« Est-ce que tu m'écoutes, Robert ?
Si tu me suis et cesses de dessiner,
j'ai quelque chose de beaucoup plus amusant.
Notre jeu d'aujourd'hui s'intitule Bourse des valeurs.

Comment ça marche ? C'est vite dit.
Il était une fois, Bobbie, un parapluie.
Le parapluie coûte 3 dollars.
Mais si le New York Times *annonçait*
soudain
"tempête pendant deux mois"
que se passerait-il ?
Tout le monde s'arracherait les parapluies
et leur prix augmenterait
parce que personne ne veut se mouiller
et toute dépense est bonne pour éviter d'être trempé.
Tu aimes ce jeu ? Bien.
Imagine maintenant que soudain
le bruit commence à courir
que les parapluies attirent la foudre...
Qui voudrait encore d'un parapluie ?
Mieux vaut mille fois un imperméable...
Et le prix des parapluies baisserait énormément.
Parfait, cher Bobbie : tout est là.
La banque qui porte ton nom de famille
est identique au parapluie, vois-tu.
À la Bourse nous sommes sans cesse évalués :
ceux qui croient en nous achètent
un petit bout de ton nom
qu'ils peuvent garder ou vendre
(ça s'appelle « action », Bobbie, ne l'oublie pas).
Si la banque est saine, si elle est forte
ses actions seront précieuses
et personne ne voudra les vendre.
Mais si la société dérape
– car le bruit court qu'elle attire la foudre ! –
ceux qui ont des actions les vendront
pour récupérer leurs sous.
Cette chose – affreuse – se nomme krach.
Plus ou moins comme un cheval

qui, s'il ne gagne plus, perd de la valeur
mais qui, s'il triomphe, vaut une fortune.
Tu as compris ? Voilà, Robert,
je voudrais que Lehman Brothers
devienne justement
une grande écurie
de chevaux qui ne savent que gagner. »

Bobbie a tout écouté
sans rater un seul mot.
Et il lui a semblé comprendre.

Puis
une fois seul
il a tenté de dessiner la Bourse aux valeurs
mais la feuille est restée blanche.
Alors il a essayé avec la banque
en vain.

Voilà pourquoi il a dessiné un cheval.
Surmonté d'un parapluie.
Et il s'est demandé
si c'était
vraiment ça une banque.

Bonne question, Bobbie.
Tu n'es pas le seul à te la poser
à l'intérieur de cette maison.

Est-ce parce que les grands-pères ressemblent aux enfants ?
Le plus vieux des Lehman
ne cesse de se demander
d'où vient
dans sa famille
cette grande passion pour les chevaux

étant donné qu'à Rimpar, en Bavière,
avec tout ce bétail
il n'y avait personne pour en élever.
Puis le vieillard s'interrompt :
c'est une de ses pensées typiques – en bon bras qu'il est –
car il devrait savoir
qu'à New York 1 + 1 ne fait jamais 2
et qu'ici le vent emporte
toutes les certitudes de la vie.

De toute façon :
il arrive à Emanuel de se dire
que si la banque
devait aujourd'hui choisir un logo
elle choisirait
probablement
un cheval.

Voilà pourquoi
il n'a pas été surpris
quand son petit-fils Bobbie
à qui il demandait :
« Qu'est-ce que tu feras plus tard ? »
a répondu :
« Je serai jockey ! »
Ce que
sa mère Carrie
a aussitôt rectifié
avec un sourire
sachant
que ce n'est pas vraiment prévu
dans l'agenda de son mari :
« Bobbie ! Tu veux dire banquier jockey. »

Et si Philip n'avait pas été à la Bourse
elle l'aurait entendu corriger

en majuscules
« FINANCIER JOCKEY »

Oui.
Car
cela fait maintenant
des années
plus ou moins
– depuis le départ de l'oncle Mayer –
que Philip est à l'étroit
dans cette enseigne marquée du mot BANK
comme dans une cravate trop serrée.
Et peu importe
qu'elle ne soit plus de bois
mais de verre et de fer forgé
dessinée en style Art nouveau
par un architecte de confiance :
pour Lehman Brothers cotée en Bourse
qui émet des titres et vend des actions
offrant des conseils
manœuvrant des marchés
ces quatre lettres B-A-N-K
sont presque une insulte.
Philip voudrait changer le nom :
il rêve les yeux ouverts d'un
SOCIÉTÉ LEHMAN BROTHERS
et
chaque fois qu'il atteint la porte
du 119 Liberty Street
il a déjà l'impression de voir l'enseigne.

Et puis ?

Puis il se consacre toujours à une autre occupation
ses journées sont aussi remplies que son agenda
et il pense souvent qu'il doit avoir quelque chose de divin

comme Moïse, comme Abraham,
pour ne jamais céder à la fatigue.

Telle est plus ou moins
la pensée qu'il a élaborée
en regardant les gravures gris et noir
– guère rassurantes –
qui ornent les murs de la chambre de Bobbie.

Depuis une semaine
en effet
le conseil des anciens, au Temple,
a décidé
de récompenser les bienfaiteurs
par une marque d'affection
et offert aux Lehman
une précieuse collection d'estampes
encadrées
où l'on voit représentés
les plus grands des prophètes
le roi David avec Goliath
et Noé avec l'Arche
la tour de Babel
et le Veau d'or
et encore : Ézéchiel parmi les ossements,
bref,
une impressionnante galerie biblique
où chaque image
surmonte un verset.

Le problème, c'est que ces gravures
sont faites avec une encre si sombre
et un trait si impressionnant
qu'elles évoquent
essentiellement
un châtiment pour âmes perdues.

Elles n'en renferment pas moins
quelque chose de puissant :
Philip les trouve pédagogiques
parce que l'histoire d'Israël
est pour lui l'histoire de sa famille
où sans le moindre doute
il se voit en Patriarche.

Il a donc ordonné
que toute la collection de ces gravures
si sombres
si inquiétantes
soit accrochée au-dessus du lit de Bobbie :
ce seront les dernières scènes qu'il verra
chaque soir
avant de s'endormir.

Sur le mur de son bureau
Philip
a quant à lui
accroché Maxie Long
l'athlète olympique d'autrefois
un portrait de lui aux yeux éteints.

Et Philip croit savoir
à quoi ce voile est dû :
après avoir battu tous les records
vers quelle médaille peut-on tourner le regard ?
Il arrive un moment
où même le plus grand des alpinistes
se rend compte qu'il est au sommet
de la plus haute montagne du monde…
Et alors ?
Que peut-on viser ensuite ?

Bref, Philip Lehman
devine tout cela.

Et il l'a écrit
dans son agenda :
NE PAS SAVOIR SE TROMPER : GROS ENNUI.

C'est devenu une obsession pour lui.
Il ne cesse de se mettre à l'épreuve.

Il ouvre les pages du *New York Times*
choisit au hasard un article
après quoi
il en met bout à bout les éléments
et note sa prévision :
il ne se trompe jamais.
La carrière d'un homme politique ?
Philip examine les faits et gagne.
La fortune d'un industriel ?
Philip examine les faits et gagne.
Le succès d'un brevet ?
Philip examine les faits et gagne.

Son fils Bobbie
ne peut même pas imaginer
que cette seule raison
explique son amour pour les chevaux :
pouvoir parier sur la victoire
et constater que son intuition
ne connaît aucun faux pas.

On l'a même
vu entrer
au gymnase des boxeurs
de Long Island.
Non parce qu'il aime le ring : il le déteste.
Mais il doit se mettre à l'épreuve.
Il s'assied dans un coin.
Il observe les entraînements.

Il écoute les conversations.
Puis il tire de son manteau
son agenda
et y écrit « DEMAIN VICTOIRE DE GRIFFITH ».

Dans son bureau
on vient lui proposer
du matin jusqu'au soir
des investissements en tout genre :
dirigeables, planeurs,
automobiles, transports urbains.

Chaque fois Philip
demande toutes les données nécessaires
il s'enferme jusqu'en pleine nuit dans son salon
et ferme les yeux en sachant ce qu'il doit faire.

« Mister Lehman, une banque de premier plan
comme la vôtre
ne peut pas ne pas considérer
les gains à sept zéros du secteur croisières :
nous offrons à nos clients de toute classe sociale
des installations – évidemment distinctes –
sur des transatlantiques d'un niveau exceptionnel
où rien n'est laissé au hasard
des poignées de porte
jusqu'à l'uniforme du dernier serveur
et où l'on propose des plats de langoustes
inondées de vin français et de caviar.
Le monde moderne est en expansion rapide
et vous en êtes le moteur, Mister Lehman :
maintenant que vous avez planté votre drapeau
dans les recoins les plus éloignés des États-Unis
renonceriez-vous, je vous le demande, à dompter les océans ?
Le nom d'une banque n'est pas de l'encre

on peut même l'écrire sur l'eau.
Me tromperais-je ? Vous ne regretterez pas
de financer ma Jérusalem flottante. »

Et s'il était bien vrai
que le nom d'une banque
pouvait être gravé à sept chiffres sur les vagues,
Philip Lehman
songea que
l'écrire sur la coque d'un bateau
n'était pas sa plus haute ambition.
Que les autres ne se gênent pas.

Et il s'abstint de financer le *Titanic*.

23

PINEAPPLE JUICE

Bobbie se fait remarquer
au *college* :
il a d'excellentes notes
surtout en histoire de l'art
est inscrit dans l'équipe de polo.

Philip et Carrie
ont assisté à une partie
où Bobbie a marqué 10 points.

Et pourtant seule Carrie a exulté.
Pas son mari.
Depuis un certain temps il est distrait.

Les hommes sont parfois étranges :
les caisses de la famille sont pleines
les écuries bourrées de chevaux
ils occupent le premier rang au Temple
mais
depuis quelque temps
un relent d'inquiétude
flotte dans les bureaux
du 119 Liberty Street
polluant l'humeur
et l'agenda de *l'homme en or.*

Pour commencer : Dreidel.

Il était impossible pour Philip
de ne pas remarquer
un certain changement
dans les silences de son cousin :
à l'approche des cinquante ans
enveloppé dans la fumée de ses cigares
il s'était muni
d'une grosse paire de lunettes noires
qui avait sur son visage
pour effet de réduire également au silence
les lèvres de ses yeux
sa seule forme de langage.
Si Philip et Sigmund
avaient cru trouver un échange
en apprenant à reconnaître une valeur lexicale
aux frémissements de cils, aux paupières plissées,
aux clignements et aux rougissements
ce dictionnaire devenait soudain inutile :
l'apport de leur cousin
se limitait
de plus en plus
à un rôle de témoin
tenu avec une présence hiératique
à l'exception des moments décisifs
où sa voix
– favorable ou contraire, jamais justifiée –
s'exprimait à travers d'infimes hochements
ou secouements de menton.

Comme si cela ne suffisait pas
pendant les réunions
le fauteuil qu'occupait Dreidel
se changeait en un lieu de torture :
telle une bête en cage

il avait pris l'habitude
de griffer
rageusement
de ses ongles
le cuir des accoudoirs
tandis que sans interruption
il grattait le pied de la table
au moyen de son talon.
En outre, incapable de tenir en place,
il s'agitait
de façon convulsive
en écarts subits
et si soudains
qu'il se brûla plusieurs fois les mains
avec l'extrémité incandescente de son cigare.

Dreidel
semblait donc couver
plus que jamais
une forme nerveuse de malaise
dont l'issue
– ils en étaient certains –
serait le flot extrême de venin
que le bourdon tenait depuis des années en réserve.

Voilà ce qui inquiétait Philip.
Et l'angoissait.

D'autant plus que la femme de Dreidel
  convoquée pour fêter
  au jus d'ananas
  l'achat du tout nouveau poulain Hidalgo
ne semblait nullement redouter
la future explosion de son époux :
elle écouta certes les craintes de Philip
comprit son ton préoccupé

mais manifesta de la perplexité
quand
on lui décrivit
de A jusqu'à Z
les spasmes bancaires de son conjoint.
Son commentaire fut *« Je suis abasourdie »*
et lorsqu'on lui réclama davantage d'efforts
elle se limita à sourire : *« Parlez-en ensemble,
il ne m'a rien dit... »*

Tout en observant les prouesses du jeune Hidalgo
Philip méditait
sur cet avis presque agressif :
Dreidel et sa femme s'étaient-ils entendus
pour se moquer de l'entreprise familiale ?
À moins que cette phrase énigmatique *« ... il ne m'a
rien dit »* ne signifiât
qu'il lui avait parlé en revanche *d'autre chose* ?
Et donc
qu'il s'entretenait avec elle
réservant son mutisme à ses cousins ?

Il ne sut
honnêtement
pour quelle hypothèse opter.

La première l'épouvantait
étant un outrage aux liens du sang.

La seconde le bouleversait autant
– peut-être même plus –
étant à l'opposé exact de son propre cas :
mille fois sa chère Carrie
s'était plainte
d'avoir à ses côtés un mari taciturne,
à la bouche presque cousue,
alors qu'elle entendait parler

de ses triomphes d'orateur !
Mille fois Philip rentrait
avec la sensation d'être privé de souffle
– et, au-delà du souffle : de l'envie même –
au point de ne pouvoir lui dire ne serait-ce que bonsoir !

Un jour, même,
après que Bobbie eut obtenu
le brassard de capitaine
dans l'équipe de polo
(et le titre de *silver falcon*),
Philip l'écouta distraitement raconter les raisons et les raisons de la manière
et
au terme de ce très long discours
abattit la main sur son épaule :
« Bravo, Bobbie ! Quel sport magnifique que le base-ball ! »

S'il avait dû choisir
qui du père/mari ou du banquier/financier
méritait une médaille
Philip aurait choisi
sans aucun doute le *golden man* de Wall Street,
pas ce demi-domestique
en lequel il se muait sur le seuil de sa demeure.
Ça, c'était certain.

Voilà
l'hypothèse selon laquelle son cousin
privait Liberty Street
de toutes ses facultés dialectiques
pour les réserver à la couche nuptiale
était à ses yeux inconcevable :
comment pouvait-on en arriver là ?
Faire passer le mari avant le banquier ?

Comment pouvait-on ramer contre la flotte familiale
au nom de quelque chose d'aussi restreint
que le périmètre de son salon ?
Cela aurait suffi
pour rendre à ses yeux Dreidel
passible d'un éloignement immédiat.

Cette réflexion
se déroula pendant que Hidalgo bondissait
dompté par son jockey
avec la plus grande habileté.

Pour cette raison peut-être
Philip
se contenta de noter
dans son agenda :
TENIR LA BRIDE AU CHEVAL.

Sigmund, de son côté,
ne s'intéressait pas à ce problème :
il s'était accaparé
depuis la mort de son père
une branche de la banque bien à lui
et agissait
pour ainsi dire
avec une totale indépendance
évitant les relations avec autrui
et s'enfermant
derrière un masque glacial
rancunier et distant
dont Harriett
mesurait le prix
en gallons de larmes nocturnes.

Le jour, en revanche,
son soin liturgique des 120 *mitzvot*

l'avait rendu plus ascétique
qu'un morceau de métal.

De fait, ce fut
avec un son métallique
que ce matin-là
– nous étions au mois de novembre –
Sigmund frappa
au bureau de son cousin.

Attention :
pas de Philip.
De Dreidel.

La phrase *« Pourrais-je te soumettre une question ? »*
murmurée sur le seuil
parut en soi bizarre,
d'une part
parce que personne
dans toute Liberty Street
n'attendait de conseil
du sphinx aux lunettes noires,
de l'autre
parce que cette question
venait de qui ? De lui ?
De ce Sigmund
qui s'était persuadé
devant son miroir
pendant quatre mois
matin et soir
de devoir et pouvoir mépriser le monde ?

Dreidel toutefois
ne montra aucun signe de désaccord.
Il scruta à distance
le regard de son cousin

à la recherche d'un sens
qu'il ne trouva pas.
Pas plus que les empreintes de levraut
qu'il cherchait également.

En attendant, Sigmund ferma la porte
après s'être assuré que le couloir était désert.
Il s'approcha de la table
pénétrant dans la couche de fumée.
Prit place.
Approcha un siège.
Et de tous les débuts possibles
choisit le plus imprévu :
« Tu aimes les fruits ? »

Il le répéta même.
« Tu aimes les fruits ? »

Deux. Trois fois.
Obtenant une ombre d'acquiescement
à la quatrième prestation seulement.

Dans le long silence qui s'ensuivit
Dreidel
ne perdit jamais de vue son cousin.

Était-il fou ?

Cette fureur horticolo-botanique
était-elle plutôt due
à un regret dissimulé de son père ?

Certes, il y avait une autre hypothèse,
qu'il refusa toutefois
d'examiner pour le moment.

Notamment parce que
Sigmund le devança :

« Alors nous sommes deux, Dreidel,
car moi aussi j'aime beaucoup les fruits.
Je viens t'en parler
parce que le monde n'est pas une forêt enchantée
et en guerre cher Dreidel il n'y a pas de paix.
Pas Philip, vois-tu. Il n'aime pas les fruits, je le crains.
Ou plutôt, je suis certain que toi et moi sommes les seuls à les aimer.
Hé ! Philip aime l'arithmétique,
il aime les tours de passe-passe
parmi les actions en Bourse : Up ! Down ! Up ! Down !
Eh bien, je ne voudrais pas aller frapper à sa porte :
il ne comprendrait pas. Ou peut-être si, à sa façon, qui me déplaît.
Il réfléchit en termes d'argent, moi d'influence.
Peu m'importe qu'on me salue à Wall Street
moi je veux donner des ordres à ceux qui siègent au Parlement.
Nos parents nous ont laissé un bateau de pêche
moi je veux qu'il devienne un baleinier
c'est-à-dire un navire qui au large
n'a pas de monstre à redouter.
Et comme l'orgueil est toujours salvateur,
je viens te proposer une entente.
Une entente – ça paraît bizarre, non ? –
au nom des fruits.
Ou mieux : de l'United Fruits Company.
Tu sais de quoi je parle, non ? »

Dreidel tira fortement sur son cigare
en espérant qu'émettre plus de fumée qu'une cheminée
lui permettrait de mieux disparaître dedans.
En attendant
il enjoignit à ses muscles faciaux
de ne pas exprimer le moindre accord :

il savait très bien de quoi il parlait
mais il préférait entendre Sigmund l'expliquer
ne serait-ce que
pour entendre ses métaphores.

« United Fruits vend bananes, noix de coco,
avocats, mangues et un tas d'autres merveilles
qui ne poussent pas ici…
Au fond c'est une entreprise méritante.
J'ose même dire bénéfique, Dreidel :
nous achetons des tonnes de fruits
dans les pays malheureux du centre de l'Amérique
nous les payons au juste prix
pas au prix du marché
mais le peu que nous offrons est pour eux un coup d'éclat.
Cela dit.
C'est connu : tout a une contrepartie
et seuls les idiots font des cadeaux…
J'en viens donc au fait, l'ami. »

Dreidel tira sur son cigare encore une fois
songeant qu'il réfléchirait par la suite
au fait
qu'il était passé
si rapidement
du rang de cousin
à celui plus laïc d'ami.
Évidemment plus pratique dans ce contexte.

« Nous devons être sans scrupule :
les remords ne sont que des lests.
Voilà pourquoi je parlerai clairement :
United Fruits est un excellent investissement.
Non parce que je tiens aux ananas
et encore moins à ceux de Porto Rico.

Ici il s'agit juste en apparence
de financer les paysans :
à travers le contrôle du marché
nous les contrôlons politiquement.
Guatemala, Honduras, Cuba, Nicaragua :
nous les raflons, suis-je clair ?
Propriété privée, nous nous les accaparons,
et comme il vaut toujours mieux s'attendre au pire
si besoin est, demain nous serons déjà sur place
prêts à tout. »

À ce *tout*
accentué par un éventail de sous-entendus
Dreidel
émit une colonne de fumée
semblable au jet d'eau d'un cachalot :
elle servait aussi à lancer le message
que Moby Dick n'avait pas été tuée
et que le baleinier pouvait rater son coup.

« Il n'existe que le courage, mon cher, et moi j'en ai.
Bien. On ne peut rien refuser à Lehman Brothers :
il n'y a que des exploités et des exploiteurs
nous ne pouvons pas être avec les premiers
même si nous gagnons en Bourse. Ou plutôt...
Tu sais quoi ? La vache de Wall Street
est peut-être pleine de lait
mais tu veux passer ta vie à te faire traire ?
L'Amérique nous utilise
et je tiens à ma dignité :
je veux être celui qui manœuvre l'engrenage.
La politique nous demande maintenant de l'aider...
Si nous le faisons,
non seulement nous trairons la vache
mais nous régnerons sur l'étable.

Nous nous appelons Lehman Brothers
ce qui ne s'écrit pas en minuscules. »

Quoique flatté d'appartenir
à un cercle de majuscules
Dreidel
demeura muet,
imperturbable.

Et il souhaita que sa non-réponse
eût une valeur de réponse
lui épargnant l'effort musculaire
de bouger le menton.

Une heure s'étant écoulée
dans le plus admirable calme plat
Sigmund
mesura la maigre inclination végétale de son cousin :
il prit une grande respiration
dans l'air imprégné de tabac
se leva
et ayant quitté la pièce
parcourut tout le couloir
jusqu'au bureau de Philip.

Le fait qu'il n'avait pas fermé la porte de Dreidel
n'avait rien
de fortuit :
désormais on jouait cartes sur table.

Il frappa.
Attendit la réponse
puis ouvrit toute grande la porte.
Dreidel l'entendit seulement
demander *« Tu aimes les fruits, Philip ? »*
après quoi
le silence se fit.

On dit que les chevaux
sentent dans l'air
le danger imminent.

Personne ne saura jamais si c'est la vérité.

En tout cas
quelques jours plus tard
le dernier arrivé de l'écurie Lehman
s'emballa soudain
ruant comme un forcené
puis ayant brisé ses rênes
désarçonné le jockey
bondit au-dessus de la clôture
et galopa à toute allure vers le bois,
terrifié
les yeux remplis de panique
sans aucune raison.

S'étant blessé pendant sa fuite
il fut abattu.

« *La peur*, commenta Sigmund,
est un gaspillage de temps et d'efforts. »

« *D'argent aussi*, ajouta Philip.
Hidalgo m'a coûté 400 000 $. »

Jetés par la fenêtre.

24

BABES IN TOYLAND

Yéhouda Ben Tema
écrit
dans les *Maximes des pères* :
tu auras cinquante années pour devenir rusé
tu en auras soixante pour devenir sage.

Sigmund Lehman
ne sait dire s'il a déjà achevé
la période de la ruse
et s'il se sent en effet entré
dans celle de la sagesse :
en vérité,
s'il pouvait dialoguer avec Yéhouda Ben Tema
il lui demanderait
à quelle période de la vie
il faut souhaiter un soupçon de clarté.
Car c'est ce qu'il lui manque, franchement.

Souvent il s'assied à une table de restaurant
près d'une baie vitrée
et occupe tout le temps du repas
à scruter les passants.
Il ne s'intéresse pas à leur façon de s'habiller.
Et peu lui importe qu'ils soient seuls ou accompagnés.

S'il les observe – l'un après l'autre –
c'est juste pour chercher un Sigmund Lehman.
Un autre soi-même.
Le voir marcher.
Le regarder parler.
Assister à ses gestes.
Et peut-être comprendre enfin
qui est celui qui vous habite.

D'ailleurs
cela fait un certain temps
que Sigmund a perdu le fil.

Né lapereau
et transformé en cobra
grâce aux *mitzvot* d'une Torah bancaire,
il ondoyait
depuis des années désormais
entre les deux opposés extrêmes
d'une double face :
glaciale en phase de veille
désespérée en phase nocturne.

Au début
il avait espéré
qu'il s'agissait d'un ennui transitoire
peut-être d'une obole à verser
à sa transformation subite
sans étape intermédiaire
d'homme craintif à homme craint
d'homme tremblant à homme faisant trembler
surtout
d'homme provoquant les rires à homme ricanant.
Cela n'avait pas été un permis simple :
maintenant il en payait le prix.
En souhaitant que cela ne dure pas.

Il se trompait.
Avec le temps, le phénomène s'amplifia.

D'autant plus que
Sigmund
s'était mis dans la tête
que ses sautes d'humeur étaient inévitables
et qu'il fallait donc s'y résigner
comme d'un inconvénient inhérent à chaque métier :
l'angoisse qui le tenaillait
était donc au banquier
comme les doigts calleux au dactylographe
et les brûlures à l'artificier.

Bientôt
les crises de larmes nocturnes
devinrent irrépressibles
et uniquement soulagées
par l'idylle conjugale :
contrainte à l'insomnie par solidarité domestique
Harriett
récitait pour un seul spectateur (non payant)
son scénario sur la fuite en haute mer :
« Je te promets, Sigmy : personne ne nous trouvera. »
« Quand lèverons-nous l'ancre ? »
« Bientôt. »

Tout en renvoyant l'affaire
à ce *bientôt*
Harriett commençait à se demander
si l'objectif de son mari
n'était pas de créer par les larmes
son propre océan
navigable en toute propriété.

Mais, comme c'est souvent le cas,
un élan d'amour-propre

sauva Sigmund au bord du naufrage :
il songea que
s'il lui était impossible de tuer
le lapin qu'il avait en lui
il pouvait au moins
se soulager
en se ménageant des occasions sporadiques
où ses pleurs de minuit
s'épancheraient le jour.

Ce ne fut en rien facile.
D'une part, les sentiments sont extra-bancaires
de l'autre, sa réputation de cruel
lui avait coûté si cher
qu'il ne pouvait la disperser au vent
par un bêlement aux heures de bureau.

Sigmund dut donc
sérieusement
s'interroger
sur les occasions sociales
qui non seulement autoriseraient
mais aussi honoreraient
l'absurde inconcevable
d'un banquier bouleversé.

Pour son bonheur
il en conçut quelques-unes
dont l'utilité se révéla excellente
et pour lui vitale.

En premier lieu les enterrements.
Car au fond
ne demandait-on pas à Lehman Brothers
d'être une banque amie
proche et solidaire dans les moments difficiles

non seulement de la Nation
mais aussi de chaque épargnant ?

Les funérailles intéressantes
en termes de promotion
concernaient trois types de sépulture :
1) Soldat américain
2) Riche sans héritier
3) Artiste ou homme de valeur connu des masses.

Dans ces excellentes circonstances
même les banquiers les plus féroces
s'efforcent de verser une larme
en jetant une poignée de terre sur le cercueil
et dans ce cas
l'approbation était unanime :
« Tu as vu ? C'est un ours, mais il pleure pour nous. »

En ce sens
les deux associés de Sigmund
étaient totalement démunis.
Ils avaient hasardé, certes,
un minimum de représentation funèbre,
mais sans obtenir l'effet espéré :
Dreidel s'enfermait dans ses silences
certes appréciables dans le domaine des adieux
mais dont
il ne parvenait
à tirer
le simple mot de « condoléances »
pas même chuchoté à l'oreille.
Et cela n'était guère apprécié.

Quant à Philip,
il était littéralement incapable
d'adopter
le moindre semblant d'émotion :

son expression – entre sourire et grimace –
était irrépressible
et rendait sa présence aux deuils
contre-productive.

Sigmund en revanche
se révéla un excellent pleureur.
Surtout quand l'Amérique
eut affaire aux gangsters
et que les rues se pavèrent de cadavres :
Lehman Brothers y prit part plus que jamais.
« Tu as vu ? C'est un requin, mais vois comme il souffre. »
En effet ses pleurs étaient abondants,
gratifiants pour les conjoints
libératoires pour le sujet.

Aux enterrements il ajouta les parterres théâtraux.
Sigmund
n'avait jamais été
passionné de musique
et il n'aurait jamais cru
trouver dans les théâtres
un intérêt pour la banque.

Mais comme certaines épouses
jouent parfois
un rôle de conseiller financier.
ce fut sa chère Harriett
qui l'entraîna pour la première fois
à Broadway.
Elle visait, pour être sincère,
moins la banque que le divertissement,
mais
tandis qu'ils assistaient
– assis au Majestic –

au triomphe de *Babes in Toyland*
Sigmund
perçut autour de lui
une étrange symphonie de mouchoirs.
C'était le moment où le riche exploiteur
semble s'accaparer la petite Bo-Peep
en l'arrachant au fils du fifre :
on aurait dit que Sigmund était sur scène
dans son rôle quotidien de salaud financier.
Et pas seulement :
ce vieux Barnaby
n'était-il pas le portrait de tout Wall Street ou presque ?

Toutefois, le miracle.

Sigmund jeta un regard circulaire :
la meilleure bourgeoisie financière
de New York
non seulement ne s'irritait pas
mais était en larmes.

Ce fut comme un cadeau inattendu :
il ouvrit lui aussi les robinets
et s'unit
à l'émotion générale face au sort de Bo-Peep
victime immolée sur l'autel du capital.
« Tu as vu ? C'est un requin, mais il pleure
pour Bo-Peep ! »
entendit-il dire deux rangs derrière lui.
Et il en fut follement heureux.

À bien y réfléchir
les théâtres de Broadway
ne constituaient pas
un mauvais investissement :
ils étaient toujours complets
et la machine du spectacle

ne s'arrêtait jamais.
Par surcroît, maintenant que l'Amérique
s'enivrait autant de travail
ne convenait-il pas
de songer aux loisirs ?
Le divertissement
pouvait devenir un *business*
et rapporter de l'argent à la pelle.

Sigmund se chargea de l'opération.
Et s'y consacra avec soin :
cinq soirs par semaine il était au théâtre
les yeux bouffis
le mouchoir trempé
et s'il avait d'abord opté pour les seuls mélodrames
il fut ravi de passer aux comédies
dès qu'il entendit dire dans la rue :
« Ce soir, j'ai ri aux larmes. »

Il pleurait pour l'opéra au Metropolitan.
Il pleurait pour les *musicals* au Princess.
Il pleurait pour les comédies de Florenz Ziegfeld.

Il pleura aussi
– d'enthousiasme –
la première fois
qu'un théâtre utilisa
le courant électrique
pour éclairer à l'aide de 64 ampoules
son enseigne dans la rue.

Un instant il imagina même
l'inscription LEHMAN BROTHERS
étincelante de lumières colorées
comme si c'était une revue.
Et il trouva cette image émouvante.

Bref,
avec un grand esprit professionnel
le glacial Sigmund Lehman
– connu dans tout Wall Street comme la terreur des secrétaires et des chauffeurs –
versait des larmes d'or
se partageant
entre les cérémonies funèbres
les premières
et les initiatives de bienfaisance.

Ces dernières
furent peut-être son chef-d'œuvre.

Il se trouve
en effet
qu'une étrange mode
s'était frayée un chemin dans les bureaux de la Bourse :
les banques
qui étudiaient toutes les façons
d'amputer les salaires américains
s'étaient laissé saisir
par des sentiments de culpabilité sociale
et rivalisaient depuis un certain temps
à celle qui offrirait les cadeaux les plus beaux
aux veuves, aux mendiants et aux paralysés.

Le retour, en termes de pureté éthique,
était fabuleux.

Du reste
Sigmund Lehman
y décela
un boom du sanglot formidable :
si l'on pouvait soupçonner d'autres banques
de manifester un altruisme intéressé,

personne n'osa jamais nourrir le moindre doute
à la vue du plus atroce des cousins Lehman
aussi touché
aussi ému.
Et donc, sus aux hôpitaux
sus aux orphelins
sus aux sourds-muets
sus aux petites vieilles à embrasser
et aux analphabètes à diplômer.
Le tout, évidemment,
arrosé comme il se devait.
Et pas seulement de champagne.

Avec une telle explosion d'occasions de pleurer
Sigmund crut
avoir résolu le problème.

Il s'efforça même
– par compensation –
de raidir son masque cruel,
offrant chaque jour à son cynisme
des coups théâtraux de cimeterre
convaincu
que ces jets de flamme
s'éteindraient
sous les déluges de pleurs.

Mais cela ne suffit pas.

Car un élément imprévu
vint sceller sa trajectoire,
prenant les apparences inoffensives
de ses deux fils.
Harold et Allan.

Ces deux créatures étaient faites à leur façon.
Destinées au nouveau siècle, songea Harriett

quand elle commença à leur voir
les premiers traits d'une étrange électricité.

Dans la plus tendre enfance déjà
une intelligence très vive exceptionnelle
excessive sans doute
et encombrante
les distinguait des autres enfants du monde.

Leur perspicacité était furieuse :
on ne pouvait rien leur cacher
et même à l'époque des joujoux
on n'avait pas la sensation d'avoir affaire à des enfants
mais à deux autorités du Panthéon moderne
déjà dignes du Nobel.

S'ils jouaient au petit train
c'était selon un système du génie ferroviaire.
S'ils maniaient les pastels
c'était en prenant modèle
sur les maniéristes du XVIe siècle.
Ils regardaient les mystères du monde
– d'habitude intrigants pour les petits –
avec un désabusement de philosophes théorétiques
et adoptèrent même
dans leur façon de parler
l'*aplomb** des conférenciers.
L'exactitude de leur langage était choquante.
La pertinence régulière.

Voilà.
Dans la situation délicate
où se trouvait Sigmund
ce n'était pas vraiment un secours.

Les yeux des enfants le transperçaient
sans lui laisser d'issue
à son retour

au domicile
il aurait bien aimé
un soupçon d'innocence enfantine,
étant donné que toute la journée
le monde n'était pas une forêt enchantée.
Au lieu de ça il n'était pas épargné.

Ils n'avaient pas encore dix ans
quand ils l'arrêtèrent
par traîtrise
sur le seuil du salon
alors qu'il sortait :
« Veux-tu que nous devenions comme toi ?
Ou que nous nous inspirions de quelqu'un d'autre ? »

Ce fut juste la première question
d'une longue série
étalée sur des années
d'ailleurs sans méchanceté :
Harold et Allan
appliquaient simplement
aux choses
un regard objectif
implacable
moderne
comme si l'âge des rêves
s'était éteint avec les dinosaures
et que leur siècle s'appelât « réalité ».
Plus d'une fois Sigmund
se vit obligé de penser
qu'il y avait entre ses fils et lui
autant de différence
qu'entre un dessin et une photographie.

« C'est toi qui as choisi de travailler à la banque

ou c'est la banque qui t'a choisi ? »
lui demanda Harold à l'âge de douze ans
tandis qu'ils mangeaient du poulet
(que Sigmund avala aussitôt de travers).
Et il ne fut même pas besoin de répondre
car Allan s'en chargea :
« Je n'ai pas choisi de m'appeler Allan
je n'ai pas choisi de naître
je n'ai pas choisi d'être un garçon
je n'ai pas choisi d'être juif
je n'ai pas choisi de vivre en Amérique :
on ne choisit pas les choses importantes, Harold,
on les a et c'est tout. »

« Dans ce cas, où est la liberté ? » protesta son frère.

« Tu peux choisir entre le poulet bouilli et le poulet rôti », dit Allan en se versant à boire (de l'eau, encore).

Pour Sigmund
les repas de famille
devinrent au fil du temps une forme de martyre.

À quinze ans
alors qu'ils jouaient avec Sigmund
à faire ricocher des cailloux sur le lac du parc,
Allan porta une autre attaque :
« As-tu jamais pensé que si tu diriges une banque
c'est seulement grâce au nom que tu portes ? »
En proie à une réaction instinctive
Sigmund projeta son caillou
contre le crâne d'un canard
mais le battement d'ailes qui s'ensuivit
ne l'empêcha pas d'entendre Harold dire :
« Il aurait peut-être préféré n'avoir ni le nom
ni la banque. »

Ce gamin avait-il raison ?

En attendant
ses pleurs au lit
adoptèrent une fréquence quotidienne
(sa descendance était en revanche silencieuse).

Avec l'adolescence,
comme de bien entendu,
le phénomène ne s'améliora guère.
Mieux, il acquit
davantage de nuances
aux effets dévastateurs.
Les deux enfants se relayaient
en un jeu d'équipe
exténuant,
se passant le témoin
du définitif anéantissement paternel.

Harold, songeant à l'enfance :
« Quand nous étions petits
tu n'arrêtais pas de dire : Lehman Brothers
fait du bien à tous les citoyens américains.
On raconte toujours d'énormes bobards aux enfants
voilà pourquoi je ne te le reproche pas.
Mais aujourd'hui, en toute franchise,
tu y crois vraiment ? »

Ou Allan, dans le style rabbinique :
« Si l'Éternel avait 10 dollars
crois-tu qu'il les donnerait à Lehman Brothers ? »

Harold, avec un tact infini :
« Je me demande si grand-père Mayer
vous féliciterait. »

Allan, avec une fausse douceur :
« On ne pourra pas dire que tu n'as pas essayé. »

Encore Harold, d'un coup de cimeterre :

« Mais oncle Philip a-t-il vraiment de l'estime pour toi ? »

Et enfin, comme dans toute guerre,
l'attaque finale
définitive et drastique
portée par les deux armées
en un feu croisé :
« Nous t'avons entendu pleurer cette nuit.
Combien de temps penses-tu résister ?
Tu devrais peut-être t'interroger.
Pas seulement pour toi : pour le bien de tous.
Vois-tu, même si tu te retirais
la banque resterait debout. »

C'est l'amour des enfants
qui soutient les pères
et les fortifie sur leur long chemin.

Aussi
après une si longue attente
le lapin
timidement
surgit de sa tanière.

Il s'essuya les yeux.
Huma l'air.

Enfila un gilet de sauvetage.
Et la main dans celle de Harriett, entreprit de nager.

25

MODEL-T

Yéhouda Ben Tema
écrit
dans les *Maximes des pères* :
tu auras cinquante années pour devenir sage
tu en auras soixante pour devenir savant.

Philip Lehman
ignore si le savoir a un rapport avec les rêves
mais une chose est certaine :
il rêve la nuit.
Et il fait toujours le même rêve.

Cela commence comme un jeu.
Philip se tient dans le jardin d'une vieille maison
en compagnie de son père Emanuel.
Le soleil est éblouissant.
C'est la fête de *Soukkot* :
ce soir la cabane
devra être prête
avec son toit de branchages
de feuilles de saule et de guirlandes.
C'est ce qu'ils faisaient chaque année
autrefois
comme le voulait l'usage en Allemagne
à Rimpar, Bavière.

Le soleil est éblouissant.
Emanuel a déjà construit
la cabane :
il faut maintenant décorer le toit.
« Cette tâche te revient, mon fils :
fais de cette soukkah
la plus belle soukkah *possible*
je te regarde. »
Philip s'avance.
Le soleil est aveuglant.
Il monte sur une échelle :
pose sur le toit
des sarments de lierre
— *« Bravo Philip ! »*
et des feuilles de palmier
— *« Bravo Philip ! »*
et des branches
— *« Bravo Philip ! »*
et des guirlandes
— *« Bravo Philip ! »*
mais voilà que pénètrent dans le jardin
ses frères et ses sœurs
« Faisons un toit encore plus beau, Philip ! »
et ils lui apportent
d'autres sarments
— *« Encore, Philip ! »*
d'autres feuilles
— *« Encore, Philip ! »*
d'autres branches
— *« Encore, Philip ! »*
d'autres guirlandes
— *« Encore, Philip ! »*
mais voilà qu'entrent ensuite dans le jardin
tous les Juifs du quartier, une foule,
et ils ont eux aussi des feuilles

des branches
des arbres entiers
et le toit de la *soukkah* devient énorme
devient gigantesque
— *« Tout va s'écrouler, Philip ! »*
mais voilà qu'entre ensuite dans le jardin
l'Amérique entière, Blancs, Noirs, Italiens
et ils apportent des pierres, des brindilles, des troncs
— *« Tout va s'écrouler, Philip ! »*
— *« Tout va s'écrouler, Philip ! »*
— *« Tout va s'écrouler, Philip ! »*
— *« Tout va s'écrouler, Philip ! »*

Depuis que sa femme Carrie
dort dans une autre chambre pour sa tranquillité
plus personne
ne tient la main
de Philip alors qu'il tombe
qu'il choit
sous la *soukkah*
emporté
déchiqueté
par cet effondrement gigantesque.

Secret.
À ne révéler à personne.
À ne pas écrire, pas même dans l'agenda
car les majuscules
ne marchent pas avec les rêves
et les mains du nain ont trente doigts.

Et puis c'est impossible !
Impossible de raconter
que le champion de Lehman Brothers
se réveille terrifié
au lieu de dormir d'un sommeil serein

maintenant que tout le monde
vraiment tout le monde
aux États-Unis
s'est laissé emporter
par la mode de la Bourse ?

À Wall Street
c'est une fête
toujours en hausse.
Le signe +
précède toujours l'indice
que Charles Dow et Mister Jones
ont inventé
en unissant
les cours
des 30 industries
les plus importantes d'Amérique.
Toujours le signe +
pour l'indice Dow-Jones.

Et comment pourrait-il en être autrement ?
Désormais en Amérique
tout le monde investit
vraiment tout le monde
en titres et en actions :
« J'achète 200 actions International Steam ! »
« J'en veux 300 de General Electric ! »
« 400 de Gimbel Brothers ! »
car
personne ne refuserait de s'enrichir
en achetant les actions
d'industries qui ont le vent en poupe
et triplent leurs profits
en l'espace de deux ou trois ans
donc :
« Achetez aujourd'hui, Américains !

vous aurez un capital demain ! »
au point que même
le *shamash* du Temple
le petit vieux qui allume et éteint les cierges
le frère de l'équilibriste
s'est présenté
un matin
au guichet :
« J'ai un tas d'argent, et je veux faire un investissement.
Allez me chercher un de vos chefs. »

Justement.
Attardons-nous sur cette phrase
et sur ce vieillard aux cheveux gras
qui réclame au guichet *un de vos chefs*.

Puisque la route de la vie
est toujours ponctuée de carrefours
(et la vie d'une banque ne diffère pas)
le vieux *shamash*
si désireux d'investir
se retrouve à son insu
face à trois possibilités extrêmes.

La première, se heurter à un mur de fumée.

La deuxième, plus rassurante, tomber sur Philip Lehman.
Dans ce cas le dialogue se déroulerait de la sorte :

« Baroukh HaShem, *Mister Lehman !*
J'ai 10 000 dollars dans ma vieille bourse
mais j'aimerais qu'ils se muent au moins en 20 000 :
on m'a dit que vous multipliez l'argent.
Alors : dans quoi puis-je investir ? »

« Cher Mister Paprinski,
il y a des centaines d'actions
qui doubleront leurs gains d'ici quelques années.

Ne vous demandez pas
ce que votre argent finance :
c'est une question sans grande signification.
Nous-mêmes sommes incapables de vous le dire !
Imaginons que vous ayez un lopin de terre :
vous allez voir un brave paysan
et le chargez de le faire fructifier afin d'en tirer profit.
Hum ? Comment le paysan procède-t-il alors ?
Il s'arme d'une bêche, d'un râteau
et sème un peu de tout :
arbres fruitiers, légumes, salades.
Après quoi – au bout d'un an –
il vous remet un tas d'argent.
Vous importe-t-il de savoir si cet argent
provient des pommes, des tomates ou des carottes ?
Il vous suffit de pouvoir dire "ma terre m'a rapporté" !
Il en va de même pour votre petit magot :
confiez à Lehman Brothers tous vos fonds
et nous les investirons
dans tout ce qui rapporte. »

Voilà ce que dirait Philip.

Et il est hautement probable
qu'après cet apologue agri-bancaire
le bon *shamash* verserait
ses 10 000 dollars
en les investissant en actions.

Mais, maintenant,
revenons en arrière.
Et imaginons que le *shamash*
rencontre non pas *the golden Philip*,
mais le troisième chef de la banque
qui vient de remplacer
un lapereau ayant fui en haute mer :

« Baroukh HaShem, *Mister Lehman !*
J'ai 10 000 dollars dans ma vieille bourse
mais j'aimerais qu'ils se muent au moins en 20 000
on m'a dit que vous multipliez l'argent.
Alors : dans quoi puis-je investir ? »

« Voici une question complexe, Mister Paprinski.
Car le problème ici est de fond
et la question devient politique :
je pourrais vous dire en effet
de nous confier votre argent
afin que nous l'investissions dans la Bourse...
Mais il se trouve que Wall Street
crée parfois d'étranges mirages. Dangereux.
Il y a quelques années, quand j'étais enfant,
ma mère Babette – Dieu ait son âme ! –
décida de déplacer un meuble qui se trouvait
dans sa chambre
à l'étage du dessous.
Comme il était lourd
elle fit appel à deux porteurs
deux frères aux épaules immenses
du nom de Kildare : je m'en souviens très bien.
Toby et Johnny Kildare.
Bien : ils hissèrent le meuble sur leur dos
et un pas après l'autre s'engagèrent dans l'escalier
sans vaciller, vous comprenez ?
Un vrai prodige.
Ils furent tellement habiles
que ma mère les chargea de transporter également
une horloge de deux mètres,
une table, un divan
la statue de Junon
puis celle de Mercure :
les frères Kildare auraient déplacé le monde entier.

De fait, ils acceptèrent :
ils connaissaient leur force.
Peut-être même trop,
et ce fut le problème :
quand ma mère leur montra
un piano à queue
qui venait – pensez donc – d'Alabama
les Kildare ne se dérobèrent pas,
mais arrivés à mi-étage...
Avez-vous déjà vu un piano voler ?
C'est une expérience
qu'on n'oublie pas facilement, Mister Paprinski.
De même les épaules de Wall Street
ont beau être résistantes
elles ne sont ni de marbre ni éternelles...
Je vous conseille de garder vos dollars à l'abri,
mettez-les en sécurité sur un compte d'épargne
et vous les récupérerez n'importe quand
identiques
et sans le moindre risque. »

« Mais je ne doublerai pas mon argent. »

« Bien sûr. Mais savez-vous où est le problème ?
Si ma mère
n'avait pas voulu le déplacer
le piano aurait joué jusqu'à soixante-dix ans. »

Voilà pourquoi
au lieu de sauter de joie
Philip Lehman
tourmenté par les cauchemars
dort maintenant
dans un fauteuil
en proie à un sentiment oppressant
d'isolement :

le vrai problème de fond
c'est que Herbert rame à contre-courant
et la question devient…

Oh Seigneur, la politique.

Le dévouement de Herbert à ses idéaux
est allé si loin
qu'Edith et lui ont carrément adopté un enfant.
Il s'appelle Peter.
Et selon toutes probabilités il vient du peuple.

Philip déteste la politique
de tout son être.
Car cette foule de gens qui décident par une voix
lui paraît extrêmement maladroite.
Si au moins ils payaient pour voter :
un dollar par bulletin.
Même un centime.
Mais la gratuité totale…
C'est inconcevable.

Ces pensées occupent aussi
les longues nuits blanches
de Philip Lehman,
encore plus angoissantes
depuis que le toit de la *soukkah*
dans son cauchemar
s'est rempli non plus de branches et de feuilles
mais de toiles, de tableaux, d'aquarelles
et de portraits :
on les sort d'un bateau
chacun sous le bras d'un jockey
monté sur son cheval
et aux commandes des opérations
le voici, son fils Bobbie.

Depuis qu'il s'est diplômé à Yale
avec les félicitations du jury
le garçon
parcourt le monde,
en se livrant à l'activité de collectionneur.

Selon une fréquence mensuelle
apparaît donc
sur le bureau de Philip
une lettre d'Europe
dans laquelle le garçon l'informe :
« Je vais acheter un Rubens.
Si tu savais comme il est beau, Dad !
Ton goût pour l'art
ne peut que l'exiger.
Je le prends ? Envoie de l'argent, Dad ! »
Idem pour Monet.
« Envoie de l'argent, Dad ! »
Idem pour Goya.
« Envoie de l'argent, Dad ! »
Idem pour Vélasquez.
« Envoie de l'argent, Dad ! »
Idem pour Bramante.
« Envoie de l'argent, Dad ! »
Idem pour Rubens.
« Envoie de l'argent, Dad ! »
Idem pour Canaletto.

Il n'y a donc rien d'étonnant
à ce que maintenant dans le rêve
Bobbie crie à ses jockeys :
« Les œuvres sur le toit, les gars ! »
sans entendre son père hurler :
« Arrête, Bobbie ! Qu'est-ce que tu fais ?
Tu ne vois pas que tout va s'effondrer ? »

« J'ai acheté un Rubens :
tu as vu comme il est beau, Dad !
Les gars, hissez-le sur le toit ! »
« Arrête, Bobbie ! »
« Ceci est un Rembrandt
je l'ai acheté à un galeriste :
allez, allez, sur le toit ! »
« Arrête, Bobbie ! »
« Voici Monet. Hop, sur le toit ! »
« Arrête, Bobbie ! »
« Voilà* *Vélasquez ! Hop, sur le toit ! »*
« Arrête, Bobbie ! »
« Voilà* *Cézanne ! Hop, sur le toit ! »*
« Arrête, Bobbie ! »
« Voilà* *Degas ! Hop, sur le toit ! »*
« Bobbie ! »
« Bramante ! »
« Bobbie ! »
« Le Pérugin ! »
« Bobbie ! »
« Canaletto ! »
« Bobbie ! »
« Renoir ! »
« Bobbie ! »
« Pontormo ! »

Après les peintres
vient la sculpture
au grand complet.

Comment un pauvre homme
persécuté
par son fils sadique
qui prend le toit d'une cabane
pour le Louvre
pourrait-il s'endormir ?

Cette fête de *Soukkot* nocturne
entre chevaux et collections
est devenue plus efficace
qu'une chaîne de montage.

Eh bien oui.
Car du reste
il se trouve
que Philip Lehman
a un beau jour
ressenti le besoin
d'imiter son père :
de toucher du doigt
d'aller voir
de mesurer
– lui, en personne –
de quoi sont faites
ces industries
prodigieuses
extraordinaires
que le monde entier
envie à l'Amérique.

Établissement de Highland Park.
Mister Philip Lehman
a rendez-vous
à 10 heures du matin
avec Mister Henry Ford.
Et rien à foutre
qu'il soit antisémite :
nous sommes des banquiers, pas des rabbins.

La nouvelle Ford Model-T
sera assemblée
devant ses yeux
en exactement

93 minutes.
Montre en main
Henry Ford s'apprête à donner
le signal de départ.
Tapis roulant.
Ouvriers prêts.
Chacun sa tâche.
Chacun équipé.
Prêts ?
Attention !
Partez !
Moteur 4 cylindres
93-92-91-90
traction arrière
89-88-87-86-85
moteur à arbre à cames
84-83-82-81-80
soupapes latérales
79-78-77-76-75
boîte de vitesses à deux rapports
74-73-72-71-70
fonction marche arrière
69-68-67-66-65
système de refroidissement
64-63-62-61-60
radiateur à thermosiphon
59-58-57-56-55
châssis en acier
54-53-52-51-50
suspension à ressort
49-48-47-46-45
ampèremètre de série
44-43-42-41-40
démarrage à manivelle
39-38-37-36-35

freins à tambour
34-33-32-31-30
commande à pédales
29-28-27-26-25
volant
24-23-22-21-20
carburateur à pétrole
19-18-17
réservoir sous le siège
16-15
sièges en étoffe matelassée
14-13
finitions en velours
12-11
carrosserie noire opaque identique pour tous
10-9
dynamo simple pour les phares
8-7
roues en acier trempé
6-5
rayons en bois comme les fiacres
4
clous en laiton
3
marque *Ford* devant et derrière
2
klaxon trompette
1
prête
vendable
elle parcourra 50 milles
avec 1 gallon d'essence.

Philip Lehman
est abasourdi.

Il observe le visage de Henry Ford
souriant avec sa montre.
Puis il observe les visages
des ouvriers
chacun à sa place
prêts à monter
en 93 minutes
une autre Model-T.

Le fait est que :
depuis ce jour-là
depuis sa visite à Henry Ford
une chaîne de montage
énorme
extrêmement efficace
fait irruption
dans le rêve de Philip Lehman :
les œuvres d'art de son fils
n'arrivent plus sous le bras des jockeys
mais défilent sur un tapis roulant
triées par les ouvriers Ford.
À perte de vue.

Et la cabane de *Soukkot*
prise d'assaut
s'écroule
chaque nuit
en 93 secondes.

26

BATTLEFIELD

Cela fait de nombreuses années
qu'il y a toujours des fruits frais chez les Lehman.
Dans les salles de la banque aussi :
des plats remplis de bananes et d'ananas
trônent sur les tables de verre.

Seul le bureau de Dreidel
est privé de végétaux :
ils ne résistent pas à l'air saturé de fumée.

Chaque fois qu'il pénètre
dans cette pièce
Philip se demande
si son effet sur les poumons
est très différent
de celui que sentent les soldats
là-bas, en Europe,
quand les Allemands emploient de la bertholite.

« Un usage déplorable de la chimie
appliqué à l'art de la guerre »
commente Philip Lehman
tandis qu'un gramophone dernier modèle
diffuse dans les couloirs de la musique de chambre.
Ce grésillement

accompagne les employés
du matin jusqu'au soir
en arrière-fond
comme s'il entendait couvrir
au loin
– au-delà de l'océan, là-bas, en Europe –
le tonnerre des coups de canon.

On s'entretue comme des bêtes
sur le Vieux Continent :
les Habsbourg contre les Français
les Ottomans contre les Anglais
et la Prusse sûre et certaine de triompher.
À leur guise.

*« Pour l'instant cela ne nous concerne
pas vraiment*, a commenté Philip,
nous n'avons pas en Europe de très gros intérêts. »

Mais son cousin Herbert
ne partage pas cette analyse des faits,
depuis un certain temps
il est de plus en plus critique
à la limite de l'agressivité :
*« Dans ta bêtise de banquier, cher cousin,
tu imagines qu'une guerre en Europe
ne peut nous concerner ?
Uniquement parce que l'océan nous sépare ?
La planète Terre a changé,
nous ne sommes plus au XIX*e *siècle...
C'est désormais un problème de fond :
nous sommes tous dans un système unique.
La question est politique, Philip :
il n'y a rien qui ne concerne le monde entier. »*

*« Dans ce cas pourquoi ne lis-tu pas les quotidiens
chinois, Herbert ?*

Pourquoi n'apprends-tu pas la langue indienne ou celle des Maoris ? »

« Tu te moques de moi ? »

« Au contraire, je t'invite à la concrétude :
un banquier, crois-moi, est un être concret. »

« La concrétude consiste à regarder les choses en face :
une guerre sans précédent a éclaté en Europe
et tu la considères comme une rixe entre quartiers ? »

« J'ai des cheveux blancs sur les tempes
contrairement à toi,
je pense savoir ce que je dis. »

« C'est un problème de fond,
vous autres banquiers pensez toujours savoir ce que vous dites. »

« Puis-je te faire remarquer que tu es toi aussi
un banquier ?
Tu sièges avec Dreidel et moi-même au sommet de Lehman Brothers. »

« Je voulais juste dire que je ne suis pas un banquier de ton espèce. »

« Je perçois une légère nuance de mépris. »

« Tu te trompes, ce n'est pas une nuance et elle n'est pas légère. »

« Je te rappelle que j'ai un certain âge. »

« Je te rappelle que j'ai des diplômes. »

Tel est le ton des querelles quotidiennes
entre Philip et Herbert.

Et au fond

comment pourrait-il en être autrement ?
Rien ou presque ne les unit.

En vérité : ils ont une chose en commun.
Qu'ils emploient sciemment chaque jour
comme ultime moyen de pacification
quand les désaccords les amènent à crier :
« Tu es un exploiteur des masses, Philip ! »
« Tu es un idéologue de quatre sous, Herbert ! »
« Ce n'est pas une banque, mais un abattoir que tu devrais diriger. »
« Si mes méthodes te déplaisent, vote contre moi. »
« De fait, je le fais, et je le ferai tant que j'aurai de la voix. »
« Et moi, tant que j'aurai de la voix, je te dirai que tu te trompes. »
« Excellente perspective. »
« Elle nous conduira au désastre. »
« Le plus tard possible. On boit un bourbon ? »
« Un bourbon ne se refuse jamais. »

Le bourbon est le nectar des dieux :
la haute finance en boit des flots.
Il doit toujours y avoir une vitrine d'alcools
dans le bureau de chaque banquier.

Telle est la situation
peut-on dire quotidienne
entre Philip Lehman fils d'Emanuel
et Herbert Lehman fils de Mayer :
une lutte sans égale
entre un Lehman en majuscules
et un Lehman toujours prêt à ruer, comme un cheval
duel à l'épée
entre l'héritier d'un bras
et celui d'un légume

inconciliables
mais
régulièrement
réconciliés
par un bourbon pur malt.

Aujourd'hui encore
les trois associés Lehman
ont commenté
devant un verre
la déclaration du président Wilson :
« Cette guerre n'est pas la nôtre !
Nous ne sommes pas affamés de suprématie,
les États-Unis sont pour la paix
nous ne sommes pas fous
comme le peuple allemand. »

Aujourd'hui tout le monde commente ces propos.

Y compris probablement les Goldman
à deux pâtés de maisons de là.

C'est pour Philip une idée fixe :
« L'auto de Henry Goldman est, paraît-il,
décorée d'un G en or pur.
Es-tu au courant, Herbert ? »

« Les banquiers de votre espèce
doivent bien dépenser quelque part leur argent :
en ce qui me concerne, je l'investirais dans des usines plus dignes,
d'autres préfèrent les breloques en or.
Je ne serais pas surpris que tu fasses fondre un L.
Ou peut-être même le prénom entier PHILIP. »

« J'apprécie ton humour, Herbert.
Je ferai part de ta critique à messieurs Goldman et Sachs. »

« À leur retour. »

« Pourquoi ? Ils sont partis ? »

« Oui, monsieur. Pour l'Allemagne. Tu ne le savais pas ? »

« Je le découvre à l'instant…
Les Goldman font des affaires avec les Allemands… »

« Tu vois ? C'est un problème de fond.
Vous autres banquiers êtes incapables
de ne pas voir un aspect vénal à toute chose :
c'est peut-être un voyage d'agrément ! »

« Peut-être. Peut-être pas.
Bravo, les Goldman : guten Deutschland. »

Justement : les Goldman.

Certaines guerres se mènent avec des canons.
D'autres se déroulent en silence.
Celle qui opposait Lehman et Goldman
appartenait à la seconde catégorie :
alliés en apparence
ennemis en substance.

Étrangement, il suffit parfois
d'une mèche
faite de deux ou trois mots
pour enflammer l'explosif d'une bombe.
La phrase du président Wilson
sur la folie allemande
eut un effet analogue
dans la tête dorée de Philip Lehman
qui se mit vertigineusement
à travailler :
la guerre en Europe

pouvait apporter des avantages
malgré l'éloignement.

Disons qu'un canon généreux
ayant échappé à tout contrôle
tirerait à l'improviste
en direction de l'ouest
et, aidé par un vent favorable
– une fois franchi tout l'Atlantique –,
toucherait
parfaitement
uniquement
le siège de Goldman Sachs.

Peu importait qu'ils soient réduits à l'état de gravats :
il suffisait qu'ils sortent du cercle
pour lécher leurs blessures
le temps d'une année, voire deux.
Au maximum trois.

Oui.
Résolument :
la guerre démoniaque des Allemands
pouvait aider Philip
s'il l'utilisait avec prudence
s'il la traduisait en une périphrase
puisque la parole était désormais
le support de la haute finance.

Ou plutôt : la rumeur
Ce qui n'est pas la même chose.

Son fils Bobbie
lui apporta un grand secours
pour mettre son idée en pratique.

Il y a quelque chose d'épique
dans ce moment unique

où un fils pour la première fois
vient servir
les intrigues d'un père.

Et si ce fils est destiné à devenir *the King of Wall Street*,
cette étape est encore plus cruciale.

Dans une lettre de Paris
Bobbie l'informait
qu'il lorgnait une Vierge du XVe siècle,
mais que cette fois
« il est inutile de m'envoyer de l'argent, Dad,
j'ai besoin de temps pour agir ».

Six mois plus tard Philip apprit
la signification de cette attente :
étant concurrencé aux enchères par un riche Portugais
Bobbie était persuadé
d'échouer.
Pourtant il réunit des informations
et déduisit des faits que l'homme était
davantage un mercenaire qu'un amateur d'art.
Aussi, après avoir convaincu la galerie
de ne pas mettre tout de suite l'œuvre en vente,
il s'employa
à fréquenter
salons et dîners
dans l'objectif précis
de ruiner la réputation de son ennemi.
Ayant obtenu sa tête en matière de renommée
il obtint la victoire
sur le champ de bataille :
« Je tiens Notre-Dame des Sept Douleurs
tu peux envoyer l'argent, Dad ! »

Parfois les enfants vous servent de maître.

Philip choisit la même stratégie.
L'appliquant simplement
sur une plus vaste échelle :
les temps où son oncle Mayer
régnait sur le coton armé d'une tranche de gâteau
étaient désormais révolus !
Dans le New York de la haute finance
tout passait par un mégaphone
dénommé « presse ».

Tenir le levier de ce mécanisme
permettait de gagner toutes les guerres.

Au fond, réfléchit Philip
dans son agenda :

1) PRÉAMBULE : LES JOURNAUX NE SONT AUTRES QUE DES ENTREPRISES.
2) QUESTION : UNE ENTREPRISE NE SE NOURRIT-ELLE PAS D'ARGENT ?
3) PARENTHÈSE : LEHMAN INVESTIT DE L'ARGENT DANS LES ENTREPRISES
4) CONSÉQUENCE : CONTACTER DEMAIN LES PROPRIÉTAIRES

Les trois Seigneurs de la Presse
étaient des individus très cordiaux :
et leurs manières ne différaient en rien
de celles des marchands de pétrole.
Seule changeait la nature du produit.
L'objectif demeurait le même.

Philip fut très clair :
Lehman flairait de grandes marges de gains
dans une diffusion massive des journaux.
Qu'étaient donc
le *NEW YORK TIMES*
THE WASHINGTON POST

sinon des instruments à exploiter ?
En même temps
avec le dynamisme de la banque Lehman
en quelle mesure pouvaient-ils s'agrandir ?
« Je rêve qu'un jour tout le monde dans la rue
– jusqu'en Chine et même en Australie –
se promène un quotidien sous le bras.
Si cela se produit, vous en serez heureux.
Et je le serai aussi en qualité de banque. »

N'y avait-il pas là un profit réciproque ?

Les Seigneurs de la Presse se dévisagèrent :
ils comprenaient maintenant pourquoi cet homme
portait un nom mesurable en carats.
Et ils conclurent que, oui, ils pouvaient signer.

C'est toutefois
au moment où ils se levèrent
que Philip Lehman
empocha le vrai résultat :
« Et que pensez-vous, chers messieurs, de la guerre en Europe ? »

« Ce que tout le monde pense, Mister Lehman :
nous redoutons la folie des Allemands. »

« Oh non, messieurs, non, je ne suis pas d'accord.
La Prusse n'a pas assez d'argent pour armer une longue guerre.
Derrière les armées, les banques sont nécessaires. »

« Ah oui, c'est vrai.
Vous connaissez la finance allemande ? »

« Nous n'avons plus aucun lien avec la Bavière.
Mais les Goldman, en ont, je le sais,

ils sont rentrés justement hier, je leur demanderai
puis vous tiendrai informés. »

La graine jetée en terre
a en général besoin d'un certain temps
pour donner naissance à une plante.

Dans ce cas précis, ce laps de temps fut bref :
le *NEW YORK TIMES*
THE WASHINGTON POST
THE WALL STREET JOURNAL
ne mirent pas plus de cinq jours ouvrables
pour crier un soupçon sur tous les toits :
certains individus utilisaient-ils l'argent américain
pour financer les canons allemands ?
Et dans quel camp se rangeait donc Goldman Sachs ?
À quel objectif répondaient ces voyages
« trop fréquents » en terre prussienne ?

Philip lui-même
fut époustouflé
par l'effet de cette trouvaille :
quiconque croisait maintenant
un Goldman
à Wall Street
baissait aussitôt le regard.
N'était-ce pas une victoire ?
N'était-ce pas la justice ?

C'eût été
un excellent bilan
si la Grande Guerre
s'était bornée à fournir cet apport
à la banque familiale.

Il n'en fut pas ainsi.
Et les faits évoluèrent autrement.

Quelque temps plus tard
en un soir moyennement pluvieux
le 119 Liberty Street
vit assis autour d'une table
face à face
Philip Lehman
Herbert Lehman
et une entité enveloppée de fumée.

Philip acheva son long discours
en laissant bien entendre
qu'un point final avait suivi le dernier mot
et qu'il n'y en aurait pas d'autre.

Puis il relâcha son dos
et attendit le vote de ses cousins
concernant sa proposition.

Cette fois, du reste, il n'y avait aucun doute :
la question était vraiment politique…

« Que feront les autres banques ? » demanda Herbert.

« Kuhn Loeb, J.P. Morgan et les Rockefeller sont prêts,
ils ont déjà pris des contacts avec l'Angleterre »
fut la réponse
tandis que le rideau de fumée entourant Dreidel
imitait le brouillard londonien.

« En ce qui me concerne, je suis loin d'être convaincu :
il s'agit d'un problème de fond :
une banque peut-elle, doit-elle (et veut-elle)
financer une armée en guerre ? »

« Se dérober, Herbert, est une marque de lâcheté. »

« Je me pose la question en termes d'idéaux !
Et toi, tu ne penses qu'aux gains ! »

« Tu poses toujours la question en termes d'idéaux, c'est la raison pour laquelle tu te trompes sans cesse. Contrairement à toi, je m'en tiens aux faits. Juste aux faits. »

« Éclaire-moi du haut de ta sagesse. »

« Parfait : les Allemands menacent de soutenir les Mexicains contre nous.
Ils les financeront afin qu'ils reprennent le Texas.
Voici, c'est un fait. Pas un idéal. Un fait.
Et je te signale que Lehman a du pétrole et des voies ferrées au Texas.
Deuxième fait : leurs sous-marins nous prennent pour cible chaque jour,
le Lusitania *a déjà coulé.*
Cela non plus n'est pas un idéal, Herbert,
ou veux-tu le nombre exact des morts ?
Troisième fait : si nous ne réagissons pas
cela ne nous vaudra rien de bon de toute façon.
Si les Allemands gagnent, ils dicteront leur loi au monde entier,
si les Alliés l'emportent, le pouvoir ira aux Russes.
Mais si nous intervenons dans la guerre, c'est nous qui commanderons.
Des faits, Herbert, juste des faits. »

« Tu es convaincu que nous gagnerons la guerre,
je considère cela comme une illusion. Pas comme un fait. »

« Tu te trompes encore. Les États-Unis
n'ont à présent qu'un million de soldats.
Mais grâce à l'intervention massive des banques
leur nombre triplera en une année.
Avec trois millions de soldats, la guerre est gagnée.
Et ça, c'est un splendide fait, cher Herbert. »

« Extraordinaire. Merveilleux.
T'écouter est un immense cadeau, Philip :
on touche du doigt le bord du gouffre.
Tu serais capable de financer une guerre
sans aucune hésitation,
une guerre mondiale, par surcroît ! »

« En résumé, tu es contre ? »

« Le sujet est gigantesque :
il faudrait un mois pour l'approfondir ! »

« Je te donne quelques minutes :
le président Wilson demande un soutien
nous ne pouvons pas lui dire
que Lehman Brothers met plus de temps que le Capitole
pour prendre une décision ! »

« Je demande juste à examiner les faits
je demande à évaluer et à réfléchir
je demande à interpréter à ma façon
ce qui nous est demandé
en tant que membres de l'humanité entière. »

« Tu es un banquier, Herbert, pas un rabbin. »

« Et toi, tu es un fauteur de guerre. »

« Erreur : les militaristes sont les Prussiens, pas moi.
Veux-tu que les Allemands règnent sur le monde ? »

« Pas du tout. »

« Alors il faut combattre les Allemands,
et non par les mots : par les grenades. »

« Et avec notre argent ? »

« Avec l'économie américaine, Herbert,
à laquelle Lehman Brothers s'honore d'appartenir. »

« J'exige de ne pas rabaisser la question à un oui ou à un non :
il y a mille problèmes de fond
que tu t'obstines à négliger, Philip.
Si l'État recourt à une banque pour financer l'armée
qu'est-ce que la banque peut demander en échange ?
Des lois ? Des règles ?
Cela crée un terrible précédent, le comprends-tu ? »

« Cela n'est qu'un tas de mots. »

« Sans oublier que jusqu'à présent
l'argent de l'épargne bancaire était investi
en croissance,
et tu voudrais l'utiliser pour tuer :
ne crois-tu pas qu'en théorie,
nous devrions demander à chaque client
s'il accepte cet usage de son argent ? »

« Je t'invite à ne pas t'égarer en bavardages.
Les mots sont une perte de temps, Herby,
ils équivalent à diluer le bourbon dans de l'eau.
Donc, moins de blabla et plus de substance. »

Herbert lui aurait volontiers répondu
en se versant un bourbon pur malt
mais il n'en eut pas le temps :
« Puis-je avoir la parole ? »
martela Dreidel
qui éteignait définitivement son cigare.

Il se leva.

Tira de sa veste un carnet.

Se racla la gorge.

Et voici ce qu'il dit.

27

A LOT OF WORDS

Pour commencer.

Quand je suis né, en Alabama,
(cela fait plus de cinquante ans)
il y avait un Noir coiffé d'un chapeau
que nous appelions Crâne-rond.
Il possédait une charrette et deux rosses
qui lui servaient à transporter le coton.

Un jour – j'avais cinq ans –
il me prit dans sa charrette
et me conduisit à la plantation.

Le bruit s'était répandu
que j'étais un champion de calcul :
à l'âge de quatre ans je comptais si bien
que ma mère elle-même en était impressionnée.

Donc avant de partir dans la charrette
Crâne-rond pointa son doigt sur moi en souriant :
« Maintenant que tu as appris à compter, jeune homme,
tu me diras combien de charrettes, combien de chevaux
combien de chiens et combien d'enfants
nous croiserons sur la route d'ici jusqu'à Sweet Hill ! »

Aujourd'hui je sais qu'il plaisantait.
Mais à l'époque ?

Un enfant ne sait pas faire la différence
entre une plaisanterie et une affirmation sérieuse.
J'acceptai donc
le défi :
j'aimais compter, j'étais un champion.
Aussi tandis que Crâne-rond tenait les rênes
je me mis à scruter la route :
1, 2, 3, 4 charrettes
20, 30, 40 chevaux
8, 9, 10 chiens
50, 55, 60 enfants...

De toute évidence ce jour-là
Crâne-rond
me réservait une sorte de torture
car tout le temps que dura le trajet
il ne cessa
de psalmodier.

Je parvins à résister
de tout mon être :
il chantait, je comptais.

Dès qu'il eut immobilisé la charrette dans la cour de Sweet Hill
je pointai à mon tour le doigt vers lui
« J'ai tout compté ! Je connais les chiffres exacts ! »

Cela lui déplut fortement : il ne s'y attendait pas.
Pour ne pas rester coi, il me dit :
« Jeune homme, j'espère que tu n'as pas menti,
car dans ma religion
– mais aussi dans la tienne, je crois –
inventer est un grave péché... »

« Je jure que tout est vrai ! *criai-je.*
Cela fait 43 charrettes

90 chevaux
21 chiens
et 78 enfants.
79 avec celui qui nous salue, au puits. »

Crâne-rond sourit.
Et sans imaginer les conséquences
lâcha là un de ces concepts
qui sont destinés à vous descendre
dans l'estomac et plus bas encore,
là où échouent tous ces trucs
qu'on ne peut ni ne sait digérer :
« Jeune homme, je ne peux pas savoir si tu as menti ou pas…
Car lorsqu'on conduit une charrette, on ne compte pas les charrettes des autres
quand on pousse les chevaux, on ne compte pas les chevaux qui passent
quand on s'efforce d'éviter les chiens et les enfants,
on ne peut vraiment pas veiller à les compter.
Et puis, tu as entendu, je chantais un psaume,
et seuls ceux qui se taisent peuvent se consacrer aux chiffres.
Tu as compris ce que j'ai dit, jeune homme ? »

J'avais compris, bien sûr.
J'avais compris, et comment.
J'avais même trop compris, peut-être.

Si bien que ce soir-là
les charrettes étaient montées à 116
les chevaux à 320
les chiens à 98
et les enfants à 204
sans compter

17 femmes enceintes
11 soldats
7 mendiants
2 coiffeurs
et ainsi de suite
avec une précision extrême.
Impitoyablement.

Désormais
l'humanité entière se partageait en deux :
ceux qui conduisent en chantant
et ceux qui – muets et taciturnes –
comptent chariots, chevaux et tout le reste.
Je figurais dans cette seconde catégorie.

Bref,
mon rôle de compteur universel
m'apparut soudain
clairement :
je regarderais couler le monde
en tenant sa comptabilité
sans jamais me distraire
sans jamais perdre le fil.

Peu m'importa
si au fil des ans
je ne rencontrai aucun autre compteur que moi :
tout le monde montait sur des charrettes pour les conduire
personne ne tendait les rênes à son voisin
personne d'autre que moi.

Par surcroît
– comme Crâne-rond avec le psaume –
l'action environnante de dérangement
était dévastatrice.

Ce fut une raison de plus
pour ne pas en démordre :
ils pouvaient bien parler
ils pouvaient bien tous parler
moi, je comptais.
1, 2, 3, 4…
170, 1 300, 4 000…

J'avais eu droit au boulier
à la place de l'abécédaire.
Mais je ne m'en plaignais pas.

Cela fait plus de cinquante ans
que je ne cesse de compter.

J'ai eu des moments de crise, bien sûr :
quand on naît avec l'instinct de l'addition
on se heurte de temps en temps
à l'unique ennemi, le plus redouté :
la sensation subite
d'être minuscule
par rapport à la matière à compter.

Voilà, ce n'est pas facile,
et parfois c'est de la terreur pure.

Cela m'arriva
devant une coupe de cristal
remplie de grains de sucre :
impossibles à dénombrer.

Et un jour
au début de la guerre civile :
la place était bondée comme jamais
têtes, mains, chapeaux, drapeaux.
Je perdis le compte.

Et quand on le perd,

il n'est pas facile de recommencer.

Jusqu'à l'âge de vingt ans
je comptais aussi bien les paroles d'autrui que les choses réelles
mais des deux je préférais les secondes :
j'étais dans cette phase de la vie
où ce qui passe devant les yeux
semble prioritaire
par rapport aux pensées.
Puis, c'est connu : chaque homme change.
On découvre que l'intérieur est pire que l'extérieur
et alors que la danse commence :
on est entre hommes mûrs.

D'habitude il faut un certain temps
pour s'en apercevoir.

Pour moi le tournant fut drastique :
je me trouvais avec vos pères
en voyage d'affaires en Oklahoma.
Je fus mis là aussi à rude épreuve :
mes efforts pour compter les foreuses
en les distinguant des puits de pétrole
et les puits de leurs tuyaux
étaient sabotés
par le raffut d'une bestiole
qui ne cessa
de me provoquer.
Mais tel n'est pas ce qui me désarçonna :
je n'étais pas un amateur.

Le fait décisif fut plus subtil.

Quand j'entendis que la bête portait le même nom que moi
le ciel sembla se déchirer :

le même petit son
pouvait-il définir à la fois un champion des additions
et une bête incapable de compter ?
J'élaborai à cet instant une pensée :
« Il faut mettre un peu d'ordre
dans le désordre des mots.
Il faut faire un peu de lumière
dans l'obscurité de la parole. »

Et pour sceller ma nouvelle mission
je fis littéralement de la lumière
en allumant l'huile noire du pétrole.
On cria à l'incendie,
et ça l'était bien :
lumineux, clarificateur.

Ce fut pour moi un épisode fondamental.

Ce soir-là je cessai de compter les choses
et me mis à compter les paroles :
elles contenaient tout.

Crâne-rond avait bien raison :
un conducteur de charrette ne peut que songer à conduire.
Je sais aujourd'hui que le parleur aussi
se contente de parler.

J'écris mes nombres sur ces carnets :
j'en ai une infinité.
Et vous y êtes tous.
Sans exception.

Depuis des années et des années
je vous ai écoutés parler
sans interruption.
Et j'ai transcrit les nombres.
Pas les sensations, les nombres.

Qu'as-tu dit tout à l'heure, Philip ? Les faits.
Les paroles aussi sont des faits.
Elles le sont davantage que les faits.
C'est un fait, vous les utilisez.
C'est un fait, elles font de l'effet.
Je vous en donnerai, du bourbon dilué dans de l'eau !

Dans ces bureaux, savez-vous
ce qui a retenti
au cours des trente dernières années ?
La langue que vous avez tous parlée ?

La première année que j'ai passée ici
il y avait trois mots sur toutes les lèvres :
vous avez dit 21 546 fois PROFITS.
J'ai entendu 19 765 fois RAPPORT.
Et 17 983 le verbe ENCAISSER.

Ces dernières années
ces mots ont disparu
du haut de ma liste.
INTÉRÊT *a gagné le sommet avec 25 744 occurrences,*
suivi par ACTIF, *prononcé 23 320 fois.*
Cela n'est pas du blabla,
c'est de la substance, cher cousin.
Car les PROFITS, *le* RAPPORT *et la* RECETTE
représentent de l'argent qui rentre : on le voit.
Oncle Mayer et oncle Emanuel
notaient chaque soir le montant de la RECETTE
(à propos, Philip, tu ne dis jamais GAIN,
tu dis BÉNÉFICE*).*
*Et l'*INTÉRÊT, *alors ? Où est-il ? Se voit-il ?*
Tu n'arrêtes pas de dire « AVOIR UN INTÉRÊT *»...*
Et quand tu le dis, tu n'exclus pas la banque :
tu veux savoir que notre nom est impliqué
dans n'importe quelles – je dis n'importe quelles – affaires.

Si on te disait un jour que le choléra
déclenche un mécanisme commercial
tu souhaiterais l'attraper
pour dire « J'AI UN INTÉRÊT, JE SUIS IMPLIQUÉ *».*

En ce qui me concerne :
je préfère ne pas avoir cette maladie.

Mais ce n'est pas tout.
Cette dernière année seulement
tu as employé 3 654 fois NOUS IMPOSER
alors que tu utilisais avant OBTENIR, RÉUSSIR, REMPORTER.
Tu as dit 2 978 fois NOUS ÉTENDRE
et 2 120 fois CONTRECARRER.
J'ai remarqué que tu disais jadis CONCURRENCE
aujourd'hui tu dis L'ENNEMI.
Tu disais INSTRUMENT, *maintenant tu dis* ARMES.
Il se peut
que tu sois déjà en guerre depuis longtemps
même si tu demandes maintenant l'autorisation d'y entrer vraiment.
Il s'agit bien de faits, non ?
Ou de bourbon dilué dans l'eau ?

Tout cela, évidemment,
concerne les mots que j'ai entendu employer
non ceux que vous utiliserez demain.

Car, mes chers cousins,
puisque je vous écoute parler depuis des décennies
je crois qu'il est juste de vous poser une question.
Une seule, au fond.
Parce que c'est la plus importante
qu'un être humain
puisse s'adresser :
quels mots aimeriez-vous utiliser ?

Si ce carnet était celui de demain
– ou de dans dix ans –
quels mots n'aimeriez-vous pas vous entendre dire ?

La bouche exécute, elle n'a pas d'autonomie.
Les lèvres sont salariées.
Chacun prononce les sons qu'il choisit.
Aussi
déterminez ce que vous voulez dire.
Et ne pas dire.

Les verbes que vous bannirez.
Les mots que vous chasserez.

Cette banque
qui porte votre nom
peut déterminer quelle langue parler.

Voilà.
C'est tout ce que j'ai à dire.

Après quoi
Dreidel se tut.

La nuit était bien avancée.

Il ouvrit la porte
et disparut dans le long couloir désert.

Depuis ce jour-là
chez Lehman Brothers
plus personne ne l'a vu.

LIVRE III

L'IMMORTEL

1

TSAR LEHMAN

Et si avec notre argent
ils avaient détruit Rimpar ?

Herbert Lehman ne peut s'empêcher d'y penser
depuis que les journaux
tous les journaux
annoncent les succès de notre aviation :
UNE NUIT DE BOMBES SUR LEIPZIG
PLUIE DE FEU SUR DRESDE
AIGLES AMÉRICAINS SUR FRANCFORT

« Tu as lu, Philip ? »

« J'ai lu, Herbert. »

« Et tu n'es pas inquiet ? »

« Si je devais vraiment m'inquiéter
je penserais plutôt à la révolution en Russie :
le peuple qui prend le pouvoir ne m'enthousiasme pas. »

« Nous mettons l'Europe à feu et à sang !
Pour la première fois une guerre
sera menée d'abord avec les banques puis avec les troupes.

Cela va créer un précédent, le comprends-tu ? »

« Je rectifie, Herbert :
les guerres ont toujours été menées avec de l'argent
pour la simple raison que les armes ne poussent pas
sur les arbres. »

« Tu veux dire par là que les guerres sont dans l'intérêt
des banques ? »

« La guerre est comme la fièvre, cher cousin :
elle ennuie mais purifie le corps.
Et quand la température redescend
on est mille fois mieux qu'avant. »

« Tu parviens à concevoir des monstruosités
inquiétantes. »

« Je regarde la réalité crue, toi tu l'interprètes.
Telle est la différence entre finances et politique. »

« Tu me traites donc de naïf ? »

« Non, je t'offre un verre de bourbon. »

Depuis que Philip et Herbert
ne sont plus que deux pour diriger la banque
l'alcool remplit une fonction déterminante :
il représente la seule entente possible
entre la finance et les idéaux.

En attendant, chaque nuit,
Herbert rêve d'une flotte d'avions
frappés de l'inscription LEHMAN BROTHERS :
ils survolent la banque d'une façon menaçante
en produisant beaucoup de bruit
et soudain
bombardent New York
avec des torpilles en or massif.

Quand Herbert se réveille en criant *« Au bunker ! Au bunker ! »*
son fils Peter le regarde comme s'il était fou :
« Nous n'avons pas de bunker chez nous, Dad,
nous n'avons même pas de cave. »

Pendant ce temps, Philip
rêve d'une foule de cosaques
en uniforme bolchévique
coiffés d'immenses colbacks :
ils assiègent Liberty Street
en criant *« Mort au tsar ! »*
et Philip craint non sans raisons d'être Nicolas II.
D'ailleurs
le tsar possédait un capital
de 900 millions de dollars.
En partie investi chez Lehman Brothers.

Un petit détail du rêve
trouble grandement Philip :
pour quel motif
un faucon en argent
descend soudain du ciel
en piqué
referme ses serres sur ses épaules
et l'emmène en lieu sûr ?

On dit qu'un type, en Europe
– un Juif, un des nôtres –,
s'est mis en tête d'analyser les rêves.
Il paraît que tout a un sens, la nuit.
Il l'a même écrit dans un livre.

Philip Lehman
a lu cet ouvrage avec une extrême attention.
Et n'y a rien compris.

Ou mieux : le docteur Freud n'écrit pas mal,
mais Philip espérait disposer
d'un dictionnaire
qui lui enseignerait à prendre ses rêves – tels quels –
et à les transcrire correctement
en majuscules
dans son agenda.
Eh bien non.
Brouillard épais.

Le faucon d'argent reste sans visage.

Il est étrange que l'être humain
se rende compte parfois
à l'improviste
qu'il a sous-évalué un point,
l'estimant si évident
qu'il lui paraissait insensé
de se demander
s'il convenait de le vérifier.

C'est ce qui arrive à Philip Lehman
à l'occasion du retour – enfin – de Bobbie
sur le sol américain
après que le garçon – ardeurs juvéniles –
a voulu à tout prix s'engager dans l'armée
pour *« défendre l'art européen »*.

Exactement.
Pas pour défendre nos intérêts.
Pour *défendre l'art européen*.

D'ailleurs
au cours des années d'avant-guerre
Philip ne s'était jamais imposé à Bobbie
pour le prier d'en finir avec ses *hobbies*.
Au contraire : il considérait l'idée

de laisser un jour la banque
à un héritier *dandy*
amateur de chevaux et d'art
non seulement comme un coup de génie,
mais aussi comme une contribution sportive et culturelle
au monde entier de la finance.

Aurait-il exagéré ?

À bien y réfléchir,
Bobbie n'abordait jamais de sujets financiers.

Il s'était diplômé à Yale, oui monsieur.
Mais ne mentionnait pas
sa pensée en matière d'économie.
Quand la conversation tombait
par hasard
sur ses études
il saisissait cette occasion
pour raconter ses succès au polo,
ayant été capitaine
de l'équipe universitaire.

Oui. Voilà le sujet dont il parlait volontiers.
L'art aussi.
Et les courses hippiques.
Et les histoires bibliques, parfois,
ayant grandi pendant des années
en compagnie
de cette terrible série de gravures
accrochées en guise de punition
dans sa chambre à coucher.
Il n'y avait donc
rien d'étonnant
à ce que ces prophètes très barbus
ces buissons ardents

ces mers ouvertes entre les flots
ces monstres abattus à coups de fronde
se fussent gravés dans son esprit
à force d'être contemplés
comme dernière image avant de s'endormir
au point
de lui donner l'impression
de faire un peu partie de lui-même.
Ainsi
plus d'une fois
il rêvait
la nuit
qu'il devait construire une arche
ou abattre Goliath
quand il n'était pas avalé par la baleine de Jonas…

L'enfance vous marque, c'est bien connu.

Eh bien,
descendu à tout prix dans l'enfer de la guerre
(ce qui lui fut accordé comme un caprice)
Bobbie
ne se rendait peut-être pas compte
qu'il avait fait courir à son père un sacré risque :
un cheval destiné à gagner dans les hippodromes du monde entier
ne peut être expédié dans la boue de l'Argonne
pour esquiver grenades et coups de mitraille.
Et s'il avait été tué ?

De toute façon.
Les modes sont ainsi, et les jeunes y cèdent souvent.
Il voulait être soldat ? Qu'il le fût.
Au fond, chacun de nous a ses lubies.

Par chance, il revint sans une égratignure.

Il se trouve toutefois que la guerre – la vraie –
devait encore commencer.

Après un long dîner de famille
au cours duquel Bobbie,
interrogé sur ce qu'il pensait de la Bourse,
répondit en vantant
une collection de tableaux expressionnistes
exposés au rez-de-chaussée de Wall Street,
Philip Lehman
se demanda enfin
si son fils était prêt
non seulement à remporter les guerres mondiales
mais à gagner aussi à la banque.

En fin de compte, songea-t-il,
il avait beaucoup investi sur lui
en tant que père bien sûr
mais aussi en tant que banquier.

Et tout investissement, on le sait,
répond à un objectif.

Voilà pourquoi
le lendemain
un de ces jours destinés
à ne jamais être oubliés
il se décida très sereinement
à le convoquer.

Et pas dans le salon de la maison.
Mais dans son bureau à la banque.

« Mon cher fils,
parmi toutes les introductions qui s'offrent à moi
j'ai choisi une métaphore.
Et elle concerne ta passion : le polo.
À chaque nouvelle période, vous changez de cheval.

C'est la règle la plus importante, si je ne m'abuse,
et cela en fait un sport d'élite
puisque chaque joueur doit disposer de cinq
ou six *chevaux.*
Excellent. Poursuivons.
La banque Lehman Brothers
qui est passée de ton grand-père à moi
ne diffère pas beaucoup du jeu du polo :
pas un *mais plusieurs chevaux*
doivent être prêts à entrer sur le terrain.
Voilà pourquoi
j'estime qu'il convient de te faire entrer
très vite
mon cher fils
dans le cœur de la banque. »

« *Dans la banque, Dad ?*
Franchement, j'ignore si ça m'intéresse. »

Philip Lehman
eut la nette sensation
de ne pas avoir bien compris.
Et avec une extrême politesse
sans la moindre trace de trouble
il reformula son offre :

« *Mon cher fils, cher Bobbie,*
ton père a pris en main cette banque
alors qu'elle reposait sur les zéro-virgule :
j'en ai fait un monument
plus encore
j'en ai fait un modèle.
Nous sommes la lymphe qui nourrit la plante,
si nous nous arrêtions ne serait-ce qu'un instant
le système s'effondrerait d'un coup.
Voilà pourquoi, ceux qui portent le nom de Lehman

sont destinés à de grandes entreprises
et, comme des jockeys, Bobbie,
ils descendent toujours sur le terrain. »

Philip sourit,
il avait choisi la métaphore hippique
pour flatter son fils
qui de fait se montra touché :
« Tout cela est très beau. »

« Ça l'est. Bobbie, tu es prédestiné.
Ta place est ici, à mes côtés.
Et un jour prochain derrière cette table. »

« Merci, Dad, du plus profond de mon cœur,
mais comme je le disais : cela ne m'intéresse pas. »

Philip Lehman
eut la nette sensation
de ne pas avoir bien compris.
Il respira profondément
et repartit en piqué :
« Mon cher fils, cher Bobbie,
tu es un garçon intelligent.
Dis-moi très franchement :
crois-tu qu'on ait demandé "Veux-tu ?" à Noé
quand il construisit l'Arche ?
Et à Élie ? Et à Jérémie ? Et à Jonas ?
Penses-tu qu'on leur ait jamais demandé
s'ils avaient envie d'être prophètes ?
Et le roi David ? On l'envoya contre Goliath
sans lui demander sa permission... »

Cette fois encore
il avait choisi une métaphore biblique
pour réveiller la fierté patriarcale de son fils
or il n'obtint pas vraiment l'effet espéré :

« Mais il s'agissait de HaShem, *Dad, si je ne m'abuse... »*

Philip s'imposa le calme
et hasarda de nouveau une métaphore chère au garçon :
« Si tu étais Giotto, Botticelli ou Le Guerchin
crois-tu que tu aurais le choix de peindre, ou non ? »

« En effet, Dad, le problème est là.
Je ne crois pas être doué pour les affaires. »

Philip utilisa alors
le langage – cher à son fils – de la hiérarchie militaire :
« Je te confie une mission,
et la mission est le devoir de celui qui s'enrôle ! »

Ce à quoi, innocemment :
« Je ne me suis jamais enrôlé dans la banque, Dad. »

Alors
Philip
ignorant les crampes qui lui tenaillaient l'estomac
s'efforça de trouver un point d'entente
avec l'arme paternelle de la douceur :
« Ça suffit, Bobbie ! Tu seras banquier !
C'est décidé, je le veux et j'ai choisi. »

« Ce n'est pas que je ne veux pas :
c'est que je ne peux pas
et si je ne peux pas, je ne dois pas.
Donc il faut que tu cherches quelqu'un d'autre. »

Voilà.
Ces mots prirent vraiment Philip
à contrepied.
Si bien que pour la première fois
(non de l'après-midi : de toute son existence)
il ne trouva pas de réponse.

Et ce ne fut pas bien.
Car son fils poursuivit :

« De tous les êtres que je connais au monde
je considère, Dad,
que je suis le moins à même d'occuper cette place. »

Il existe certains moments
dans l'histoire d'un père et d'un fils
où l'on se situe au carrefour
entre un triomphe et une condamnation à mort
et la plupart du temps
on ignore qu'on peut choisir.

Philip Lehman
au contraire
comprit l'alternative comme si elle était écrite.

Il s'immobilisa à ce carrefour
contempla les deux routes
scruta les deux horizons avec clarté.

Et sans hésitation
fit son choix.

2

THE ARTHUR METHOD

La définition géométrique parfaite
du décor
est un aspect d'importance décisive
pour le *kiddouchin* d'aujourd'hui.

Le Temple a donc été divisé
en deux sections
de forme semi-circulaire.
Le couloir les partage exactement par le milieu
comme un diamètre dans la circonférence
et l'on a installé
des deux côtés
60 places pour adultes et 22 pour enfants.
Les femmes ont été invitées à ne pas arborer
de chapeaux trop encombrants
afin de contenir les dispersions de volumes.
Voilà pour l'assemblée.
La cérémonie en revanche se tiendra
sur une ligne horizontale
extérieure aux demi-cercles
mais perpendiculaire au diamètre du Temple.

Au moment où elle entrera
sous son voile de soie

la mariée
se souviendra-t-elle
dans un coin de sa mémoire
du jour
où un petit Lehman
piétina dans la boue son nœud préféré
en lui adressant une série d'insultes ?

Ce détail n'est en rien secondaire
étant donné que cet enfant
va devenir son mari,
concluant ainsi dans une ellipse
divers cycles spatio-temporels.
Et économiques.

Ces derniers
en particulier
(fondamentaux pour Philip
mais appréciés de la famille entière)
sautent plutôt aux yeux
puisque les futurs époux
ne sont ni plus ni moins
qu'un Lehman et une Lewisohn
soit
une sorte d'entente entre champions olympiques
un pacte entre les Rois de Wall Street et les Seigneurs de l'Or
un lien entre les tout premiers rangs du Temple
et – pourquoi pas ? –
une gifle morale aux Goldman
qui de fait ne se montrent pas.

Lehman-Lewisohn.
Deux L qui se changent en trois avec l'ajout de *leaders*.
Arthur et Adele.
Deux A qui se changent en trois avec l'ajout d'*arithmetic*.

Car l'arithmétique
a joué un rôle essentiel
dans la construction même
de ce mariage.

Et comment pouvait-il en être autrement
puisque
rien
dans la vie d'Arthur Lehman
n'est dépourvu d'implications mathématiques ?

Connu dans l'enfance
pour son caractère plutôt polémique
Arthur
s'était distingué en grandissant
par une succession
d'authentiques chefs-d'œuvre d'astuce.
Avec une certaine brusquerie
– toujours autorisée par sa personne –
il avait au fil du temps
effectué
des manœuvres quasi mythologiques :
— il parvenait à voler ses frères
en les faisant rembourser par les caisses de la banque
— il persuadait ses petites sœurs de lui hypothéquer leurs jouets
— il épouvantait Sigmund en calculant avec exactitude
les quintaux de biscuits avalés en l'espace d'un an
— il allait même jusqu'à établir des tarifs à l'heure
pour pousser dans le parc le fauteuil de son oncle Emanuel.

Et si chacun de ces prodiges
fut d'abord attribué
à un don naturel pour l'effronterie
(et à cet arrière-goût aigre

qu'ont les patates de Bavière),
le garçon commença avec les années
à observer sa propre personne
aux dépens
des préjugés hâtifs de ses parents :
il n'était pas son cousin Dawid.

Et plus il y réfléchissait,
plus ses astuces
lui semblaient dissimuler davantage
qu'un simple diplôme d'habileté :
il y percevait
carrément
un parfum scientifique
voilà pourquoi
ceux qui croyaient confiner son talent
dans cette réserve indienne
où échouent souvent les bizarres de la famille
se trompaient lourdement.
Qu'ils rient donc de son tempérament !
Ils paieraient dans quelques années
tant le kilo
pour le récupérer.

Bref
comme cela arrive souvent
aux êtres qui ont vraiment de la valeur
Arthur prit ses décisions le concernant.

Il ne savait pas exactement *quoi*
mais il accepta le défi d'un *quelque chose.*

Pendant ce temps
en attendant que le gaz acquière une forme solide
il mit entre parenthèses son patronyme
et donna rendez-vous aux membres de sa famille
au jour indéfini

– encore lointain, mais certain –
où ils le réclameraient à l'apogée de son succès.

Or
il est prévu
dans les familles (en vertu d'un statut ancestral)
qu'un laps de temps soit prodigué
au nom de la pitié et de la compassion
à leurs membres apparemment affectés d'ambitions pathologiques.
Au terme de ce délai
on leur demande d'opter pour des rivages plus ordinaires.
Ce laps de temps
fixé par la coutume à deux années
est vécu en alternance
dans un mélange d'hilarité et de désaccord
qui dans de nombreux cas découragerait Charlemagne lui-même.

Dans le cas d'Arthur
toutefois
la quarantaine se conclut avant
– on peut dire immédiatement –
dès que le garçon
mit au point la ligne de départ :
la poutre maîtresse de son édifice
résidait dans un seul mot, au fond.
Ou mieux : dans une poignée de chiffres.

Il advint en effet
qu'à l'articulation décisive de son élan juvénile
Arthur
découvrit dans un cahier
les signes de 1 à 10 qu'il avait gribouillés, enfant,
et fut impressionné

par le nombre de combinaisons
qu'on pouvait en théorie créer
avec ces simples taches d'encre noire :
les mathématiques soutenaient l'univers
et s'il les tenait dans son poing
rien ne pourrait lui échapper.

Tel fut le postulat.

Cet exemple prouvait lumineusement
qu'il suffit parfois de l'intuition d'un instant
pour donner du sens
à des milliards d'instants consécutifs.

En général, c'est un moment lyrique.
Arthur lui ôta sa poésie
en le déclinant de manière plus prosaïque :
« Je gagnerai, et je gagnerai avec les chiffres. »

C'est ainsi que se réalisa
chez Arthur Lehman
sous forme de projet existentiel
cette union entre la science et la domination
qui se révèle en général néfaste,
nous amenant à souhaiter
que les Pythagore demeurent des Pythagore
sans se parer du patronyme de Bonaparte.

Dans ce cas
au moins
la chance voulut qu'il n'y eût pas
de conséquences militaires
mais, tout au plus, financières :
les deux milieux étant (pour peu de temps encore)
distincts
l'humanité entière en fut soulagée.

Ce fut pour Arthur un moment émouvant :

le levier de ces 10 chiffres lui permettrait
de soulever non seulement son avenir
mais aussi celui de la banque familiale
acquérant aussitôt la certitude
que le concept de gain
n'était autre
qu'un secret algébrique.

Au cours des années suivantes
il se consacra donc
de tout son être
aux acrobaties infinies des chiffres :
il les étudiait au prix d'efforts épuisants
jour et nuit
jusqu'à ce que les tempes lui brûlent.
Il avala équations, logarithmes et nombres premiers.
Il devint un maître des théorèmes :
il n'était intimidé
par aucune sorte de problèmes.
Et pas seulement dans le domaine de l'arithmétique.

Au contraire.
Ce fut là le point crucial.

La science du calcul
se conduisit en lui comme ces fleuves
qui sortent régulièrement de leur lit
en causant des dégâts.

Et si son frère Herbert
recourait à la politique
pour choisir aussi son potage
Arthur décomposa bientôt
le moindre aspect
de son être humain de façon mathématique :
tout cela
(de plus en plus, progressivement)

lui apparaissait comme un chaos
que seule la logique numérique
aussi nécessaire à l'ordre des choses
que l'éducation à la rédemption des sauvages
était en mesure de réguler.

Lorsqu'il était invité au restaurant
Arthur ne pouvait répondre à des questions
du style *« Tu as aimé le repas ? »*
qu'en s'appuyant
sur une formule particulière :
ayant attribué à la qualité d'ensemble du traitement la valeur X_Q,
il la déduisait de l'addition
de M (matières premières cuisinées) et de S (courtoisie du service)
à laquelle il soustrayait
un facteur H (son humeur du soir).
Et divisait le tout par C + C + C (coût de chaque plat).
La réponse consistait donc
positivement en un :

$$X_Q = \frac{(M + S) - H}{C + C + C}$$

Plus encore.
Devenu adepte
d'une religion économique universelle
il concevait désormais toute chose
comme partie d'un système de coûts-profits
où chaque élément (y compris l'air)
était une rubrique comptable
inscrite dans le grand livre de la Caisse suprême.
Il hasarda par conséquent
une synthèse existentielle très personnelle :
étant donné que la planète Terre

était un ensemble de ressources
(et donc un patrimoine P),
chaque être humain dépensait
pour le simple fait de respirer, marcher et se nourrir
$(P_r + P_m + P_n)$
un peu de ce capital commun
en se l'appropriant (P_1)
et en le soustrayant aux autres.
Toutefois, l'individu rendait aussi
à travers son travail (T), sa voix (V)
et sa procréation (C_r)
un bénéfice social (B).
C'est ainsi
qu'en attribuant à chaque rubrique
un paramètre de 1 à 100
il était possible de quantifier un X_{fs}
entendu rien de moins que comme
Fonction socioéconomique de l'individu.

$$B = T + V + C_r$$

$$P_1 = P_r + P_m + P_n$$

$$X_{fs} = (T + V + C_r) - (P_r + P_m + P_n)$$

Ce fut justement dans cette phrase
frôlant la psychose
qu'Arthur Lehman (AL_1) re-connut Adele Lewisohn
(AL_2)
la trouvant radicalement différente
que dans son souvenir
$[AL_2\ (t = \text{maintenant}) \neq AL_2\ (t = \text{autrefois})]$.

Ayant
survécu au traumatisme du nœud (T_n)
elle avait avec le temps évolué
en un algorithme féminin

d'une beauté non négligeable
(AL_2 (t = maintenant) = f AL_2 (t = autrefois))
dont le charme cependant n'exerçait pas sur Arthur
la moindre fonction d'attirance
[f AL_2 (t = autrefois) $\notin$ AL_1].

Ce qui le frappa le plus chez elle
fut le fait qu'elle dansait (Δ).

Et ce non parce qu'il aimait la danse.

Un jour (J)
au cours d'une rencontre fortuite au parc (G_p)
elle le vit à tel point ahuri
qu'il lui fut impossible d'imaginer
ne serait-ce que par hasard
qu'il était occupé à calculer l'incidence des volatiles
(X_v)
sur le système économique de la verdure publique (V_p).
Elle songea à une maladie nerveuse
n'écarta pas les séquelles de la variole.
Et son cœur se serra tant
au souvenir du petit Arthur
qu'elle décida de prendre les devants
l'invitant l'après-midi même
à sa séance de danse (G_d)
dans un célèbre théâtre new-yorkais (T).

Assis à l'orchestre (O)
à un énième carrefour de la vie
AL_1 vit se concrétiser
à l'improviste
sur une scène
son idée de l'ordre mathématique :
chaque être humain marche
mais jamais personne n'aurait l'idée de compter ses pas
ou les phases d'ouverture d'un geste.

La danse, elle, l'exigeait
créant des harmonies parfaites…
Tout s'éclaircit :
le mouvement vulgaire était au *rond-de-jambe**
ce qu'était le commerce sauvage à la finance
et
l'économie était la danse des peuples !
Quant à lui, il serait le chorégraphe !

Mais qui donc pouvait
partager avec lui
un parcours tourmenté
sur la terre du chaos
sinon AL_2, prêtresse du rite ?
De sa personne
adorable dans les *allongés** et dans les *ports de bras**
il aima toutes les caractéristiques :
il envia son langage de l'ordre
et sa façon de contrôler jusqu'à son petit doigt
acceptant la rigueur et les règles
d'un système numérique supérieur
où il n'y avait pas de place pour le hasard.

Dommage que dans ce système ($\sum$)
le hasard (H) ne fut pas le seul à être exclu :
les sentiments (S_s), véhicules de désordre,
étaient eux aussi négligés :

$(H + S_s) \notin \sum$

Ils avaient même l'allure d'une menace – presque.

AL_1 s'en rendit compte de la pire des façons :
ayant décidé
de déclarer sa flamme immédiatement
et de se marier au plus vite
il

vit s'ouvrir un gouffre sous ses pieds
dès qu'il se trouva devant la jeune fille :
ses tentatives de séduction moururent dans sa gorge
et bien qu'il fût perdu dans ses pupilles
il ne fut littéralement pas capable
d'articuler un son
à l'exception d'un dévastateur
« Maintenant que je vous regarde…
Vous n'avez pas les yeux symétriques ».

Il va de soi
qu'un tel compliment
fut accueilli par AL_2 avec une réaction symétrique,
en vertu de laquelle elle ordonna aussitôt
au concierge du théâtre
de ne plus le laisser entrer dans la salle
à aucun prix.

AL_1 encaissa le coup :
toutes ces années passées parmi les chiffres
l'avaient-elles donc asséché
le rendant incapable
du moindre élan ?

Et pourtant, se dit-il,
quelque chose clochait dans son calcul :
pourquoi
– puisque l'amour humain avait pour objectif
de constituer une famille (F) –
les rites sociaux
prévoyaient-ils encore
l'immonde gaspillage de temps du flirt (T_{fli}) ?

Ce n'était pas lui qui était erroné :
c'était l'humanité qui avait perdu le nord.
Qu'on ne se plaignît donc pas

si la durée de la vie
s'écoulait dans un souffle :
comme toutes les ressources, il s'agissait de l'utiliser
du mieux possible.

Puis il mit au point, dans ce domaine,
une faute spécifique au sexe féminin
trop attentif à la filière (antiéconomique)
du rituel amoureux
et rêva les yeux fermés d'un monde
où sans périphrases inutiles
Alpha demanderait à Bêta : *« Je t'aime. Et toi ? »*
et où dans le cas d'une réponse positive
l'axiome procréatif se formerait sur-le-champ.

Bien qu'elle dansât magnifiquement
(et pour AL_1 la danse était pure ingénierie)
AL_2 ne parut pas du même avis :
chaque fois qu'il se présentait sur le trajet du théâtre
aussi raide qu'un épouvantail
la bouche écumante de salive
elle préférait passer son chemin.

Pour éviter de le croiser
elle alla même jusqu'à renier la danse
se consacrant avec un succès identique
à son ancien amour pour la harpe classique (H_c).

En réalité, elle n'obtint
pas le moindre effet
car sur le tableau noir d'AL_1
était déjà prouvée en termes algébriques
l'équation entre la danse (Δ) et la musique (M)
et donc la symétrie avec la finance :
si la danse harmonisait les mouvements
la partition harmonisait le vacarme

et une banque, la débauche déchaînée du gouffre :
un orchestre symphonique
ne lui parut guère différent
du *board* de Lehman Brothers.

Il se mit donc à poursuivre la jeune fille
y compris à l'extérieur de Tin Pan Alley
où elle enregistrait 3 fois par semaine (3 x RCA = AL_2)
et où 3 fois par semaine
le théorème se révélait irrésolu :
« Milady ! N'y a-t-il pas quelque chose que je puisse faire pour vous ? »

« Achetez-moi Tin Pan Alley
et mettez-y un nœud dessus !
Ou plutôt, pardon, j'oubliais :
vous, les nœuds, vous les piétinez. »

« N'y a-t-il rien de moins coûteux ?
L'épargne est une vertu... »

« Alors soyez vertueux : épargnez votre argent
et épargnez-moi cet ennui ! »

Cette guerre
se produisait
tous les trois jours
dans l'allée bordée d'arbres de Tin Pan Alley
que la douce harpiste parcourait à pied
sans s'arrêter un seul instant
tandis qu'AL_1
pour économiser de l'énergie
lui parlait à travers la vitre
de son automobile
tout en roulant au pas.

Mais un après-midi
il descendit

de la Ford-T
et se planta devant elle
lui interdisant l'accès aux loges des artistes
et ayant cédé – malgré lui –
à la nécessité d'un minimum de romantisme (R)
commença de façon prometteuse :
« Puis-je vous lire un de mes poèmes ? »
Ayant obtenu aussitôt l'acquiescement (Y)
(ne serait-ce que par un encouragement)
il entreprit de lire un sonnet (S)
avec autant de transport que s'il s'était agi des horaires des trains (H_r).
Mais c'est pour une tout autre raison
qu'il fut recalé :

« Ce n'est pas vous qui avez écrit ce poème,
c'est Emily Dickinson. »

« Si je puis me permettre, qu'avez-vous donc dans la tête ?
Si je vous avais offert des fleurs
les auriez-vous refusées parce qu'elles ne venaient pas de mon jardin ?
Vous les auriez acceptées, et comment, car je les aurais achetées.
Si je vous donnais une bague (c'est une hypothèse théorique)
me la rendriez-vous parce que je ne l'aurais pas fabriquée
et que je me serais contenté de l'acheter à un bijoutier ?
Eh bien, j'ai acheté le poème chez un libraire.
Étant un bien dans le commerce, il est achetable.
Et l'achat permet de le céder à un tiers
exactement comme les fleurs
exactement comme la bague.
Donc de quoi parlons-nous ? J'ai le droit de l'utiliser.

Madame Dickinson, professionnelle
dans le domaine poétique,
a mis sur le marché un de ses produits
dont je bénéficie aujourd'hui, puisque j'en ai besoin.
Et attention : ce poème n'était pas gratuit
je l'ai payé 3 dollars 25,
lesquels s'ajoutent au coût de mon temps
soustrait – pour être ici – à une activité plus lucrative.
Cela dit : je crois en vous comme forme
d'investissement
en admettant que nous restions dans certaines limites,
suis-je clair ? »

« Et dans le cas contraire ? »

« Du calme, Miss Pirouette, je ne te demanderai pas de me rembourser. »
Cette dernière phrase
suscita en lui l'impression d'avoir accouché d'un poème exceptionnel,
je vous en donnerai, de l'Emily Dickinson.

Il était pourtant établi
que le concept de poésie masculine (P♂)
ne correspond pas avec la poésie féminine (P♀)
pis
le premier peut même
paraître voisin du sous-ensemble des insultes (I).
De toute façon, la poésie dans son ensemble (P)
se révéla ce jour-là
aux yeux d'AL_1
comme un produit d'exploitation non garantie.
Le consommateur qu'il était fut déçu.

Où la méthode d'Arthur
se montra-t-elle efficace ?

Dans son obstination.
Et non parce que la musicienne appréciait la ténacité.
Ce qui sauva le scientifique
fut son extrême acte de foi
en la toute-puissance des mathématiques :
transformer en formule logique
l'ennemi le plus implacable de la logique même.

Ayant pris son courage à deux mains
il mit noir sur blanc
sur un bout de papier
le fait qu'Amour (A)
dépendait seulement de deux facteurs :
Instinct (I_s) et Mégalomanie (M_{eg}) :

$$A = f(I_s, M_{eg})$$

et s'il était impossible d'avoir une incidence sur le premier,
on pouvait jouer sur le second,
en fin de compte bien en commun avec la haute finance.

Il mesura effets et contre-effets.
Étudia le théorème, évalua les formules.

Enfin il prit une décision.
Et, s'étant présenté à son cousin Philip,
lui exposa un investissement sur vingt ans
avec une large marge de gains :
l'avenir de l'Amérique résidait dans la musique,
il en était plus que certain.

« Qu'est-ce qui te prend, Arthur ?
Veux-tu que nous mettions de l'argent
dans les petits orchestres ? »

« Oh non, Philip. Pas seulement.
Ce n'est pas à Broadway que je pense.
J'envisage des choses gigantesques,
de la pure mégalomanie. »

« Je t'écoute. »

« J'ai entendu parler d'un certain Edison.
Et d'un certain Tesla : deux inventeurs.
Ils se font la guerre pour un brevet.
Imagine qu'il y ait dans ton foyer – dans tous les foyers – un appareil :
tu l'allumes et entends
la musique qu'on écoute au même moment dans le Minnesota.
Ce miracle se nomme radio, Philip.
Une harpiste joue à New York
et des millions d'individus l'entendent.
La radio t'ouvre les portes des salons, des cuisines.
Tu décides des discours que tu veux introduire
dans les chambres,
les greniers, les cabinets.
Il y a dans le monde un tas de gens
qui n'attendent que ça : allumer et écouter. »

« Tu ne crois pas que tu exagères ? »

« Bien sûr que si, heureusement.
Un bon investissement, Philip,
dépend toujours de deux facteurs :
Instinct et Mégalomanie. »

Alors seulement il s'aperçut
en effet
que chaque investissement
était aussi une preuve d'amour,

raison pour laquelle il exhiba le papier de la formule et le montra à son cousin :

$A = f(I_s, M_{eg})$

« Et que représente le "A" ? » interrogea Philip.

« Quelle question ! Affaires. Quoi d'autre ? »

3

NOT

Le chapitre qui allait s'ouvrir
n'était PAS des plus simples.

Une vraie torture – on ne pouvait PAS la définir
autrement –
était sur le point de s'abattre
de l'Alaska jusqu'au Nouveau-Mexique.

La guerre en Europe avait été menée et gagnée,
mais les bombes
qui s'apprêtaient à frapper
furieusement
n'étaient PAS allemandes.

L'aviation américaine n'avait-elle PAS été
la nouveauté de la Grande Guerre ?
Bien.
À présent bombes et missiles
bourrés de NON et de PAS
allaient être lâchés
dans les ciels américains
par un chasseur bombardier
piloté NON par un officier
mais par un sénateur à la moustache PAS commune

au visage très sombre
dénommé Andrew Volstead.

NON que les Lehman fussent de grands buveurs :
à l'exception des bourbons pacificateurs
de Philip et Herbert
on ne pouvait PAS dire que l'alcool coulait à flots
à Liberty Street.
Et pourtant la loi Volstead
ne passa PAS inaperçue chez eux.

Et ce NON parce que les distilleries américaines
étaient toutes juives :
là ne fut PAS la question.

Ce fut plutôt le fait que la pluie des NON et des PAS
s'abattit soudain comme un ouragan
et que PAS un seul individu n'y échappa.

Transcrits
par le très chrétien Volstead
les NON et les PAS étaient dès lors loi de l'État.

Écrits en majuscules
afin qu'il n'y eût personne pour ne PAS les voir
ils se faufilèrent partout :
on ne pouvait PAS les éviter dans les salons
on ne pouvait PAS avoir le salut dans les cuisines
on ne les oubliait PAS dans les chambres à coucher
et les bureaux des banques ne faisaient PAS exception.

Comme un tambour dans le cerveau
le battement des NON, des PAS, était devenu abominable :
on risquait la migraine
quand ce n'était PAS littéralement la folie.

La banque Lehman ne fit PAS exception
elle s'en remplit jusqu'au plafond.

D'autant plus que l'atmosphère n'était PAS calme :
depuis qu'une certaine toupie avait disparu
ils n'étaient plus que deux
à diriger la banque :
Philip et son cousin Herbert
jusqu'alors uniquement liés
par un pacte avec le bourbon maintenant interdit.

En l'absence de ce dernier
la coexistence était devenue sobre, mais PAS calme.
Mieux, il n'y avait PAS la moindre trace de paix
et, à en juger par les cris qui parvenaient jusqu'à la rue,
l'enseigne LEHMAN BROTHERS
vantant la fraternité aurait pu
se muer en LEHMAN NOT BROTHERS.

N'était-ce PAS drôle, au fond ?
S'il ne s'écoulait PAS un jour
sans que le pilote moustachu se vantât
de ses mille NON et PAS,
grâce auxquels l'Amérique cesserait de déraper,
c'était alors
LEHMAN BROTHERS
qui en courait le risque.

Depuis que les gosiers étaient à sec
la lutte entre les cousins ne connaissait PAS de trêve.

Ils ne rataient PAS une occasion
pour se sauter à la gorge
et s'il ne coulait plus une goutte d'alcool
c'étaient les PAS et les NON qui enivraient les discours :
« Ne crois tu PAS, Philip, qu'il n'est PAS sage
de faire de la banque NON un lieu d'épargne

mais un tableau noir de chiffres
qui n'existent PAS *dans le monde ?*
Lehman ne peut PAS *devenir une succursale*
de Wall Street ! »

« Je ne suis PAS *d'accord, cher Herbert.*
Tu n'aimes PAS *la Bourse, ce n'est* PAS *nouveau.*
Mais ton jugement n'est-il PAS *biaisé ?*
Si cela ne t'ennuie PAS, *le monde n'est-il* PAS *au fond un marché ?*
Les êtres humains ne peuvent PAS *vivre sans argent.*
Avec l'argent, ne se nourrissent-ils PAS *? Ne se vêtent-ils* PAS *? Ne se déplacent-ils* PAS *?*
Ne me dis PAS *que tu n'y as* PAS *pensé :*
il n'y a PAS *un seul aspect qui ne soit* PAS *régi par l'achat et la vente.*
Je ne comprends donc PAS *:*
qu'est-ce qui ne te plaît PAS *?*
Wall Street est le temple des affaires, n'est-ce PAS *?*
Mais il n'existe PAS *d'endroit au monde où l'on n'échange* PAS *:*
y compris parmi les gens qui ne sont PAS *civilisés.*
Y a-t-il quelqu'un qui ne donnerait PAS *six dattes contre un ananas ?*
Et si les dattes ne sont PAS *mûres,*
cela change-t-il, ou PAS, *la nature de l'accord ?*
Cela a beau ne PAS *te plaire, cher cousin,*
les échanges sont partout, PAS *seulement en Bourse.*
Wall Street n'est PAS *si différente d'une synagogue :*
HaShem *n'est* PAS *seulement à l'intérieur,*
et si tu détruis le Temple, Il ne s'en soucie PAS *au fond. »*
« Ne fais PAS *semblant de ne* PAS *comprendre : je ne tombe* PAS *dans le panneau.*

Je n'accepte PAS *que la banque ne soit* PAS
parmi les gens.
Je ne veux PAS *m'enfermer derrière la porte*
de la Bourse
et les cercles des financiers ne m'intéressent PAS *!*
Et puis n'oublions PAS*, Philip :*
ce n'était PAS *l'idée de nos pères,*
et ça ne me paraît PAS *un détail secondaire. »*

« Toi et moi ne nous comprenons PAS*, je ne sais* PAS
comment te le dire ! »

En prononçant ces mots il s'employa d'instinct
à chercher dans le tiroir une bouteille
qu'il ne trouva PAS.
Aussi reprit-il, hélas :

« Tu n'acceptes PAS *l'idée que le présent ne soit* PAS
le passé.
Nos parents ne parlaient PAS *d'actions, je ne le nie* PAS.
Mais uniquement parce qu'elles n'existaient PAS *!*
PAS *pour d'autres raisons, Herbert,*
PAS *pour d'autres raisons !*
N'étant PAS *des hommes démunis*
nos pères n'auraient PAS *aujourd'hui*
hésité à investir en Bourse :
dire "action" est une autre façon de dire "argent"
sauf que ce n'est PAS *le langage d'hier.*
Nos rues ne sont-elles PAS *remplies de voitures ?*
Voudrais-tu que nous cessions de vendre
des automobiles
juste pour que les cochers ne soient PAS *privés de salaires ?*
Ce n'est PAS *ainsi qu'on affronte le* XXe *siècle, Herbert,*
et ce n'est PAS *moi qui devrais te tenir ce discours*
étant donné que je n'ai PAS *les cheveux noirs.*

La vérité, c'est que tu ne crois PAS
à la fonction des banques, ne le nie PAS. *»*

« Ne me fais PAS *dire ce que je ne pense* PAS *:*
Ce n'est PAS *respectueux, ce n'est* PAS *correct. »*

En criant ce dernier mot
il ordonna d'un geste à une employée
de lui verser à boire, mais elle ne bougea PAS.
Aussi reprit-il, hélas :

« Tu t'obstines à ne PAS *vouloir comprendre,*
ici il ne s'agit PAS *de simples mots.*
Tu n'utilises PAS *ton portefeuille personnel :*
tu utilises de l'argent qui n'est PAS *à toi,*
mais aux gens. »

« Ne dis PAS *gens, dis clients. »*

« Épargnants, si cela ne te gêne PAS. *»*

« Je ne vois PAS *où tu veux en venir. »*

« PAS *loin. »*

« Je n'ai PAS *de temps à gaspiller. »*

« N'aie PAS *peur, je serai bref. »*

« Et PAS *inutile, j'espère. »*

« Ne nous cachons PAS *la réalité :*
ils nous confient leur argent
car il n'est PAS *en sécurité chez eux,*
et de fait, ne l'enfermons-nous PAS *dans un coffre-fort ?*
N'est-ce PAS *là une comédie ?*
N'utilises-tu PAS *pour miser au poker*
l'argent qu'ils ne veulent PAS *mettre en péril ? »*

« PAS *une fois je ne me suis assis à une table verte. »*

« Miser sur des actions, n'est-ce PAS *la même chose ?*
Que faites-vous à Wall Street ? Vous ne jouez PAS *?*
Bon, tu n'as PAS *de cartes en main,*
juste des titres, des actions, des shares*, ou je ne sais* PAS *quoi. »*

Sur ce dernier trait
il saisit dans une vitrine deux verres
qui n'avaient PAS d'utilité.
Raison pour laquelle il reprit, encore plus aigre :

« Tu paries, Philip : le titre n'augmente-t-il PAS*, le titre ne s'écroule-t-il* PAS *? S'il augmente, n'ai-je* PAS *gagné ?*
S'il s'écroule, combien ai-je perdu ?
Et tu dis que je ne crois PAS *dans la banque ?*
Je n'ai rien à redire si la banque concède un emprunt,
je ne m'oppose PAS *aux prêts, aux cessions,*
je n'entrave PAS *non plus les investissements,*
à la condition que tu me démontres que
ce n'est PAS *gagner. »*

« Je ne veux PAS *compter les zéro-virgule ! »*

« Moi, je ne veux PAS *tromper les gens ! »*

« Tu ne sais PAS *ce que tu dis, Herbie !*
J'en rirais si ce n'était PAS *grave.*
Voici ce que tu feins de ne PAS *voir :*
il n'y a PAS *un seul individu*
qui ne confie son argent NON *seulement à nous,*
mais à chaque banque,
sans exiger de le voir augmenter :
le mettre en sécurité n'intéresse PAS *les clients, crois-moi.*
Ils ne se contentent PAS *de peu, ce n'est* PAS *humain.*
Et ils demandent au guichet : "Ne pourrais-je PAS *m'enrichir ?"*
Toi, qui parles tant des gens, tu ne les connais PAS *:*

il n'y a PAS *d'aimant plus fort que le gain. »*

« Justement : je ne m'abaisse PAS. *»*

« Et je ne te le demande PAS.
Reste que tu n'es PAS *un prophète :*
tu es un banquier ! »

À cette phrase, Herbert ne répondit PAS.
Quant à Philip, il ne le lui demanda PAS.

Chacun se retira dans son bureau
NON sans maudire
l'être qui avait interdit le bourbon
aussi se contentèrent-ils du geste
et avalèrent-ils un verre entier
en s'efforçant de ne PAS penser que c'était du lait.

Herbert ne se résigna PAS.

Il n'est PAS rare d'ailleurs
que ce que nous nous efforçons de ne PAS voir
nous apparaisse soudain
si vivement qu'on ne peut plus l'ignorer.

Son cas ne fut PAS différent :
il avait beau essayer de ne PAS l'admettre
son cousin, au fond,
n'avait PAS tort.
Peut-être n'était-il PAS à sa place ?
Comment ne PAS voir qu'il s'agissait d'un problème de fond
et qu'il n'y avait PAS d'autre issue
que de se lancer en politique ?

Cette fois, il ne put PAS se dérober.
Et il se posa la question fatidique :
« Pourquoi suis-je ici et PAS *ailleurs ? »*

Cet ailleurs n'était PAS
un lieu imprécis de la Terre
mais le palais du Pouvoir.

Voilà. Exact.
Dans son rôle imparfait de banquier
Herbert ne réprima PAS la question :
pourquoi n'était-il PAS maire ?
Pourquoi ne se présentait-il PAS à la députation ?
Pourquoi n'espérait-il PAS fixer sur sa porte la plaque de gouverneur ?

Certes, l'homme n'est PAS un engrenage simple.
Et au moment de se donner un but
il n'est PAS capable d'y aller tout droit.

Herbert se dit qu'il était tard désormais
(ce qui n'est PAS un des alibis les plus rares).
Puis ajouta qu'il n'en avait PAS eu l'occasion
(cela non plus n'est PAS un refrain).
Enfin il isola le concept selon lequel il ne reculerait PAS si on le lui demandait
ce qui est la façon la plus lâche de dire « Je n'y arrive PAS ».

Mais il n'est PAS facile de se refuser ce qu'on veut vraiment.
Et ce n'est PAS par hasard que Herbert se mit à rêver chaque nuit
de la grande salle du Parlement américain,
où siégeaient NON PAS des députés,
mais seulement des banquiers, lui compris.
Voilà qu'ils tiraient de leurs sacs
des liasses et des liasses de billets,
remplissant la salle en un rien de temps
comme un coffre-fort, jusqu'à l'étouffement,

raison pour laquelle PAS une nuit ne s'écoulait sans que
Herbert ne se réveillât en criant :
« Sur le toit ! Sur le toit ! Sur le toit ! »

Son fils Peter le regarde comme s'il était fou.
« Il est impossible de monter sur le toit, Dad.
Nous sommes au rez-de-chaussée et n'avons pas de grenier. »

Il n'est PAS facile de dire à un enfant
que les maisons des rêves n'obéissent PAS aux lois de l'architecture.
Surtout quand on n'est PAS tranquille.

Le hasard toutefois ne lui fut PAS hostile.

Car le patronyme de Lehman
ne déplaisait PAS à la politique
et la politique s'en rendit compte elle-même.

Herbert de son côté
ne révéla PAS tout de suite son secret,
sinon à Edith
en qui il trouva NON seulement une alliée, mais aussi un aiguillon :
il y avait une telle pagaille de négations à combattre
que des individus de la trempe de Herbert n'étaient PAS seulement utiles, mais vitaux.

Herbert ne se décidait toutefois PAS à parler
à son cousin Philip :
il craignait – NON à tort – de lui rendre un immense service
comme s'il avait pu lorgner
dans l'agenda en majuscules
qui avait cependant comporté autrefois l'inscription
HERBERT EST UNE RESSOURCE.
Si ce n'est que Philip y avait ajouté récemment :

MAIS HORS D'ICI.

Cela dit
il y a des vocations qu'on ne peut PAS repousser.

Aussi Herbert frappa-t-il bientôt
à la porte de son cousin.
Il demanda respectueusement s'il ne dérangeait PAS
et, ayant obtenu un NON affirmatif,
prit place NON loin
de la vieille vitrine des alcools
(le pauvre garçon ne se résignait PAS).

Philip entre-temps
avait déjà tout deviné et il ne demandait PAS mieux.
Les autres banques new-yorkaises n'avaient-elles PAS
déjà un seul président ?

Il feignit toutefois de ne s'attendre à rien
et fredonnant même un petit refrain
ne détourna PAS les yeux du *Wall Street Journal.*

Ce fut Herbert qui brisa le silence,
mais il ne choisit PAS la voie des métaphores :
« Philip, je ne te cache PAS que le Parti m'a fait
une offre.
Et je me demande si je ne devrais PAS l'accepter. »

Philip ne broncha PAS.
Pour ne PAS garder un silence complet, il déclara :
« Ce choix t'appartient, très cher Herbie, je ne m'en
mêle PAS. »

Ce *très cher* éveilla les soupçons de Herbert :
le fait que son cousin ne l'entrave PAS
l'inquiétait grandement.

Aussi ne se contenta-t-il PAS de l'acquiescement :

« Ne crois tu PAS que la banque a besoin de nous tous ? »

Philip n'était PAS un amateur.
Il aurait pu faire semblant de ne PAS comprendre.
Chacun pouvait éviter de répondre en souriant.
Or il choisit une manœuvre qui n'était PAS banale :
« Je ne suis pas assez fou pour te soustraire
à l'Amérique
pour la seule raison que je ne veux PAS te soustraire
à la banque. »

PAS mal : position patriotique.

Qui ne déplut PAS à Herbert :
« Je ne dois donc PAS me sentir coupable ? »

Ici Philip ne contrôla PAS ses lèvres.
Voyant la victoire se rapprocher, il ne sut PAS se réfréner :
« Il n'y a PAS plus important, Herbie,
que de répondre au grand appel. »
Et il tenta de sourire, en vain.

Herbert comprit NON sans agacement
que son cousin ne demandait PAS mieux
qu'une couronne sur la tête,
NON de souverain : d'empereur.

Pour éviter de le satisfaire, il ajouta :
« Je ne voudrais PAS me retirer complètement :
je n'oublie PAS que notre banque
est la banque familiale. »

Philip ne cilla PAS.
Pour ne PAS confirmer sa réputation d'homme de glace,
il émit un son qui n'était PAS loin d'un grommellement :
ce n'était PAS un accord,

c'était un NON-désaccord.

Mais il ne s'écoula PAS un instant
avant que le soupçon naquît en lui :
ne risquait-il PAS de paraître le retenir ?
Pour ne PAS créer d'ambiguïté, il précisa donc :

« En ce qui me concerne, je ne te tiendrai PAS
à distance :
tu auras beau ne PAS être là, ce sera comme si tu y étais. »

Et voilà, ici Herbie n'eut PAS de doute :
il risquait de lui laisser NON seulement les rênes du chariot
mais aussi les clefs de l'écurie, qu'il ne reverrait PAS.
Par chance, ce n'était PAS un imbécile.
Il choisit donc de ne PAS écouter son cerveau
mais son estomac, pour ne PAS dire son foie,
et NON sans surprise s'entendit dire :
« La famille de mon père ne peut PAS rester
sur le carreau…
Heureusement, je ne suis PAS fils unique… »

Philip ne s'attendait PAS à un tel coup.

Le nom d'Arthur n'était PAS encore apparu dans l'agenda.

Il ne parvint PAS à retenir une grimace de désaccord.

Puis il se consola en pensant qu'un Lehman
au Parlement
n'était PAS un mouvement négligeable
et qu'Arthur au fond n'était PAS encore adulte.
Aussi ne s'opposa-t-il PAS à l'échange
et ne réprima-t-il PAS son enthousiasme :
« On fête ça ? »

« Quoi ? »

« Ta prochaine carrière. Je n'ai PAS *le moindre doute, elle sera sensationnelle. »*
Et n'ayant PAS de bourbon
ils trinquèrent avec de la limonade.

4

ONE WILLIAM STREET

L'équilibriste
Solomon Paprinski
ce matin
a tendu son fil
entre deux réverbères
droit
bien tiré
puis a grimpé
et au moment de s'élancer
a failli perdre l'équilibre
il a vacillé
immobile dans les airs
mais s'est rétabli.

Son fils Mordekhaï
est un garçon aux yeux verts
futur équilibriste
il passe son temps à regarder son père
de sous le fil.
Ce matin
quand Solomon a failli tomber
son fils s'est avancé
comme pour le sauver
mais Solomon

l'a foudroyé du regard :
un équilibriste
qui n'est pas tombé depuis trente ans
n'a besoin
non, monsieur,
ni de garçons
ni de gorgées de cognac.

Heureusement
car
un flacon coûte une fortune :
la contrebande des alcools
– selon *The Wall Street Journal* –
divise la criminalité.
La partie est juteuse :
elle oppose
les bandes d'Italiens
– agiles dans le maniement du couteau
habiles à menacer
formidables pour corrompre les policiers –
les bandes d'Irlandais
– parfaits avec les explosifs
rusés pour ce qui est de s'éclipser
maîtres dans l'art de franchir les douanes –
et plus encore
les bandes de Juifs
– unis
patrons des distilleries
extraordinaires quand il s'agit de se faufiler.

L'Amérique est devenue
un incendie.
Voilà qu'explosent
les grands magasins
ceux de Sears, Roebuck & Company

ceux de Woolworth
tous financés par Lehman.

L'Amérique est devenue
un champ de bataille
anéanti
de long en large
par les sirènes des pompiers
et les carcasses de voitures en feu.
Des voitures, justement.
Qui sait ce qu'aurait pensé
grand-père Emanuel
si, au lieu de s'en aller
là-haut
parmi ses frères,
il avait vu les États-Unis
tout juste recouverts de rails
et déjà fous
non plus de trains
mais de ces engins à moteur
que seuls les riches possédaient autrefois
et qu'on vend maintenant à tout le monde
y compris aux boulangers.

Rues bourrées
de grosses bêtes
tout en fumée et en vacarme
ayant des phares pour yeux
et débordant d'essence ;
raison pour laquelle le pétrole a atteint des records.

Philip y pense
chaque fois qu'il lit et relit
l'offre publique d'achat
de la Studebaker
que Lehman Brothers

lance en Bourse :
des actions de vaste envergure
pour tous ceux qui le souhaitent
  du financier jusqu'au coiffeur
  du millionnaire jusqu'au *schnorrer* :
ACHETEZ TITRES À BON PRIX
et vous serez
vous aussi
dans votre modeste sphère
propriétaires d'une société de construction
de voitures !
L'objectif est proche, à portée de main :
remplir
en l'espace de dix ans
les routes américaines
de fumées d'échappement
et d'effort de Delco.
En avant toute
car une voiture
ne se refuse à personne :
et il y a de quoi en faire un *business* :
conduire
conduire
conduire
serrer entre ses doigts le volant
de ces splendides véhicules
tout en fer
remplis d'huile
et ivres d'essence.

À eux, l'ivresse est permise, et comment.
Personne ne confisque les citernes, youpi !
Même si personne
ne fête les événements
en portant des toasts au gasoil.

Chaque matin
Arthur Lehman
conduit lui-même sa voiture :
il s'engage à toute vitesse (V)
dans One William Street (OWS)
où se trouve le nouveau siège.

Tandis qu'il fonce dans les rues de New York
Arthur ne peut s'empêcher de penser
qu'au fond chaque être humain (H) qu'il voit passer
– à bord des tramways ou assis dans un parc –
est un débiteur Lehman Brothers (LB).

C'est une obsession, bien sûr.
Mais gratifiante.

Après avoir considéré les investissements Lehman
dans l'industrie
ajouté ceux dans les nouveaux brevets
puis le crédit bancaire
et enfin les activités de bienfaisance
Arthur Lehman en a déduit
que chaque Américain
doit à sa banque
une somme forfaitaire
d'environ 7 dollars et 21 cents.

Cela semble incroyable,
et pourtant Arthur voit dans les rues non des passants
mais des chiffres ambulants.

Les 7 dollars et 21 cents sont partout :
ils remplissent les théâtres, les restaurants
se pressent à bord des bateaux et des trains.
Les 7,21 se rendent parfois dans les lieux de culte
et prient un Dieu (J) qu'en termes moraux

Lehman Brothers
pourrait rejoindre
– à une marche près, tout au plus.
Lui créateur des 7,21, mais nous financiers.
Lui concepteur de la race, c'est certain.
Mais en l'absence des banques
qui donnerait aux 7,21 un semblant de sens
existentiel ?

En tant qu'associé de Philip
Arthur se sent donc
investi
d'une très grande mission anthropologique :
les 7,21 le prient du regard
de ne pas les abandonner.

Au fond, Lehman est une divinité magnanime :
les 7,21 voulaient des tissus, nous leur avons donné
du coton.
Ils voulaient boire, nous leur avons donné du café.
Ils voulaient aller partout, nous leur avons offert
des trains.
Et quand ils ont dit *« Plus vite ! »* nous avons créé pour
eux des voitures.

À propos
Bobbie aussi aura son automobile
à son prochain anniversaire :
lui, son père, la lui offrira
parce qu'un futur champion de Wall Street
ne peut pas se déplacer à pied.

Cette décision fait partie d'une série
décidée par Philip en parfaite autonomie
dans les pièces réservées de son agenda
LA BANQUE VEUT BOBBIE.

Et peu importait
que la propriété ne fût pas transitive.

On sait qu'il se crée parfois
entre un père et un fils
d'étranges équilibres
fondés sur le non-dit.

Depuis que Philip avait examiné
sans moyens termes
la volonté professionnelle de son fils,
ni l'un ni l'autre n'avaient plus prononcé
un seul mot
à ce sujet :
tout semblait clair
sans qu'il fût besoin d'étapes supplémentaires.

En attendant
une gaieté abstraite s'était abattue sur les deux Lehman.

Philip, de son côté,
s'était mis dans la tête
qu'après les résistances de ce jour-là
son fils finirait pas capituler.
C'était sur cette certitude que reposait son sourire :
l'idée que le sang de son sang
pût refuser la direction de la banque
lui avait paru inconcevable
au point qu'il l'avait lentement classée comme un caprice de jeune homme destiné à se résorber
– selon la loi filiale, mais surtout naturelle –
dans le *carnet** plus prosaïque d'un Bobbie adulte.

Bref, en bon banquier
Philip avait décidé d'investir dans l'avenir
en survolant les risques du présent :
Bobbie s'était transformé

à ses yeux
en l'avant-première imparfaite d'un futur fils parfait
au nom duquel
excuser tout défaut transitoire.
Au fond, il ne s'agissait
que d'un parcours d'approche.
À encourager
dans la certitude du triomphe.

Bobbie ignorait,
quant à lui, tout cela.

Et non parce qu'il aspirait
à une vie de fainéant.
Au contraire
il était réellement persuadé
que son père l'avait diplômé
« Lehman de représentation ».

La différence était substantielle :
une fois tirée au clair son inaptitude
à coiffer le chapeau de banquier,
Bobbie avait l'impression d'être un candidat naturel
à un rôle de guerrier, oui, mais dans les salons.

Qui mieux que lui
était à même de diffuser le nouveau visage
d'une banque sensible à l'art
généreuse dans la bienfaisance
et diplomatique dans le jeu des révérences ?

« Au fond, songeait Bobbie,
Arthur est là pour tout le reste... »
et il souriait avec satisfaction
chaque fois que son père
exaltait publiquement les équations de son cousin.

Bref, le nouveau siège
de One William Street serait
– dans un avenir encore lointain –
le décor d'un nouvel équilibre familio-bancaire :
Arthur Lehman assis sur le trône tel un souverain
et Bobbie juste au-dessous
heureux de lui servir de chambellan
sinon de maître des cérémonies.

On appelle ça les *« dégâts du silence »* :
non seulement Bobbie pensait fermement
que tel était
l'espoir de son père,
mais Arthur avait déduit
de l'attitude de son cousin (B)
qu'il était lui-même destiné à prendre le sceptre (S)
et cela l'avait grandement rassuré.

Forte de ces certitudes réciproques
la paix régnait :
Philip souriait
Bobbie souriait
Arthur souriait.

Que Dieu bénisse l'après-guerre.

Lequel, c'est bien connu,
est parfois le prologue d'un autre conflit.

Ou plutôt, il l'est certainement.
Seul change le regard qu'on porte sur lui.

5

ROARING TWENTIES

« Ah, exact ! Il y a aussi Irving. »

Cette phrase
scandait depuis plus de trente ans
le fil du temps
chez les Lehman.
Mais selon une mesure plutôt large.

Disons
qu'on se souvenait d'Irving
environ une fois
tous les cinq ans.

Après quoi
la brume revenait
et ce descendant de patate
disparaissait
non seulement des conversations
mais aussi de la mémoire récente.
Il était
d'une certaine façon
absorbé dans une chape de silence
de même que les deux voyelles de son prénom
étaient écrasées sous un assaut de consonnes.

Une loi presque mathématique
exige d'autre part
qu'il y ait dans toute famille nombreuse
un membre qui passe au second plan.
En général le caractère le plus calme
ou celui qui donne le moins de souci.
Pour le récompenser, on l'ignore.

C'est une forme d'équité ancestrale
contre laquelle il n'y a pas d'appel qui vaille :
juste une acceptation résignée.

Dans le cas d'Irving, certes,
le tempérament n'aidait pas.

Il avait pour ainsi dire
naturellement postulé
depuis l'enfance à la pénombre.
Et non parce qu'il était ténébreux :
il possédait une tranquillité joyeuse,
paisible, sans accrocs,
privée de fausses notes aussi bien vers l'aigu que vers le grave,
et il n'y avait dans ce calme plat
pas la moindre trace d'apathie.
Irving représentait la quintessence de la modération,
en l'observant on pouvait saisir en lui
un sens autrement indéfinissable d'« humanité moyenne »
à des années-lumière de la médiocrité,
comme du compromis.
Tout simplement, il était au milieu.
Et il y était très bien, d'ailleurs.

Il faut reconnaître un mérite social
à ce genre d'individus :
ils permettent à leur entourage
de circonscrire avec clarté le terme *normalité*.

C'est une contribution non négligeable
appréciable surtout en présence de mineurs.

Grâce à Irving
par exemple
on avait pu procéder d'office
en qualifiant de lacunes et d'extravagances
toutes les attitudes de ses frères
dont les excès étaient oblitérés
ainsi : *« Irving ne ferait pas ça. »*
Au jeune âge de quatre ou cinq ans,
il fut donc choisi comme précoce modèle de vie,
dont l'exemple quotidien
devenait
inévitablement
pédagogique.
On aurait même pu penser
qu'il était né non du ventre de Babette
mais d'un laboratoire technique,
assemblé
par la plus évoluée des ingénieries parentales
en tant qu'engin automatique à des fins éducatives.
Un enfant *Golem*, en somme.
Bizarrerie du judaïsme new-yorkais.

De toute façon
cela déboucha vite pour le petit Irving
sur un acharnement doré :
devant ses frères Arthur et Herbert
tout ce qu'il faisait
était tendanciellement *juste*,
et l'on entendait par justice
non le respect d'une idée morale,
mais la réalisation de tous les freins possibles
contre l'impétuosité dévastatrice des enfants.

Et de fait.
Irving ne criait pas.
Irving ne courait pas.
Irving ne transpirait pas.
Irving ne sautait pas.
Irving ne se battait pas.
Irving, plus généralement, ne se rebellait pas
il acceptait
avec résignation et dignité
les limites qu'imposait la cohabitation humaine.
Et cela faisait de lui un enfant poli.
Ou, si nous préférons, un quinquagénaire qui jouait.

Mais, c'est bien connu :
la société des hommes est impitoyable.
Et pas seulement parce que le critère du jugement
attire la haine des jugés.
Il y a plus.
Et il y eut plus.

C'est souvent le cas avec les grandes autorités morales :
le petit Irving
finit par se muer davantage en concept qu'en être humain.
Sa cohérence était telle
qu'on vit naître en famille l'*irvingitude*
et celle-ci
prit peu à peu
la place de l'enfant
avec toutes les conséquences que cela comportait.

Car une catégorie morale très élevée
vit dans les esprits et instruit les cœurs
mais est totalement privée de besoins matériels :
l'*irvingitude* ne demandait pas de nourriture
n'avait ni chaud ni froid

et n'éprouvait pas les désirs banals
que sont une sucette, une balle ou un petit chapeau.
Sans oublier
qu'une entité est composée d'air
et comme telle
est invisible y compris avec des lunettes.

Irving en fit les frais :
il expérimenta la difficulté d'être immatériel.

« Ah, oui ! Il y a aussi Irving » disaient parents, tantes et oncles
avant de s'apercevoir
qu'Irving n'était plus là,
oublié on ne savait où :
dans un jardin ?
Au Temple ?
À la gare ?
Une fois même dans un zoo
où il fut heureusement retrouvé
trois heures plus tard
– très calme et sans la moindre polémique –
en conversation avec deux macaques.

Avec le temps
sa linéarité ne connut pas de bavures.
Au contraire.
La pureté de son être normal
devint peu à peu une conscience d'élection
et se traduisit en orgueil.

Irving ignorait tout de l'excès et en était fier.
Son axe – y compris dans l'inquiétude
de l'adolescence –
était parfaitement horizontal
et à l'épreuve du niveau :
dans ses conversations comme dans ses tenues

dans ses positions politiques comme dans ses choix
les plus banals
il adhérait ni plus ni moins
au profil le plus évident du bourgeois américain.
Mais avec quelle joie !
À table aussi
ses goûts étaient terriblement prévisibles
et accordés à la masse.

Un cœur généreux battait chez lui de conserve
avec l'immense majorité du peuple américain
et c'était d'autant plus surprenant
qu'il n'effectuait pas le moindre effort pour s'adapter :
cela lui était naturel.

Par affection
néanmoins
on espérait sans cesse
l'entendre dire quelque chose de surprenant du genre
« mon fruit préféré ne pousse qu'au Japon »,
mais l'attente se révélait toujours vaine
et il célébrait
régulièrement
le goût exquis des pommes jaunes.

C'est ainsi.
Chacun est comme il naît.

Non que ce fût un mal.
Au fond cela avait des implications utiles.

Pour commencer
son cousin Philip
avait pris l'habitude
d'utiliser Irving comme un thermomètre commercial :
quelle direction prenait la classe moyenne ?

Préférerait-elle le transport sur pneus ou sur rails ?
Du gaz ou de l'électricité, que choisissait-elle ?
L'opinion du jeune homme
– cycliquement soumis à d'opportunes séances
d'interrogatoire –
avait des allures d'oracle.

D'autant plus qu'il était
à tous les égards
le seul des cousins
à garder ses distances avec la banque :
il n'était donc pas influencé.

Oui : Irving avait opté pour un tout autre métier.

Un soupçon de compréhensible vengeance
n'avait pesé qu'en partie
sur son choix,
puisque trop souvent
les siens l'avaient oublié
aux endroits les plus improbables.
Pouvait-il entrer dans le *board* familial
après avoir vécu une enfance vagabonde ?
(Condition, du reste, qui avait nourri en lui
une forme d'indépendance bien particulière.)

C'est autre chose qui avait compté.

Habitué dès l'enfance
à tenir lieu de prodigieux barycentre,
il avait fini par se convaincre qu'il en était ainsi
et avait cru bon de voir
dans ce don naturel le signe d'une mission :
il utiliserait son équidistance naturelle
pour sortir de lui-même
et pénétrer dans l'esprit d'autrui
passant au crible motifs, raisons et fautes.

Et, comme la psychanalyse n'en était encore qu'à ses débuts,
il se replia sur la jurisprudence.

Certes, si le docteur Freud s'était appliqué
un peu plus tôt
il aurait trouvé en Irving
un digne héritier
car dès les premiers verdicts
l'humanité du juge Lehman
fut appréciée sans distinction :
un nouveau Salomon se promenait
dans les cours new-yorkaises.

Philip Lehman
n'avait pas cessé pour autant
de l'utiliser comme cobaye :
plus Irving s'enfonçait
dans les mille affaires du dédale pénal
plus sa connaissance de l'être humain
s'affinait
au-delà de ses implications juridiques :
c'était le revers commercial qui intéressait Philip.

De son côté Irving ne se soustrayait pas aux questions,
sans imaginer un instant
que ces agréables bavardages cachaient
du pur marketing :
« Cher Philip, as-tu entendu parler
du génie de Chicago ? »
lui demanda-t-il un jour devant la cheminée.

« À qui fais-tu allusion exactement, Irving ?
Cela m'échappe »,
interrogea aussitôt son cousin en simulant la légèreté.

« Il y a un type impressionnant dont tout le monde parle :

il habille les souris de salopettes et les fait chanter.
Il est vraiment prodigieux. Sissy et moi l'adorons. »
Dès le lendemain
monsieur Walt Disney fut contacté
à la grande joie de Sissy Strauss.

Sissy était la femme d'Irving
depuis un certain nombre d'années.
Un mariage des plus normaux.
Un amour des plus normaux.
Une idylle conjugale des plus normales.

Sans doute parce qu'il n'y avait pas
sur la surface de la Terre
de créature plus semblable à Irving :
s'il était le champion des *« bonnes pommes jaunes »*
l'extravagance de la jeune femme
la poussait à mentionner tout au plus les vertes.

Et pourtant comme il était tendre
le couple américain parfait !

Tout s'était déroulé
dès le début
avec une linéarité désarmante.

Par exemple, l'explosion de l'ardeur :
il l'avait entrevue au Temple
il la rejoignit à la fin de la *haftarah*
et lui demanda si par hasard elle n'était pas
la fille de Nathan Strauss.
Elle répondit *oui.*
Il répondit *bien.*
Elle répondit *certes.*
Il répondit *bien.*
Elle répondit *au revoir.*

Telle fut la genèse de leur relation.

Avant même qu'un mois ne s'écoule
toutefois
et toujours au Temple
Irving lui fit la plus imprévisible déclaration d'amour :
« Aujourd'hui, mademoiselle Sissy, vous êtes la plus belle du Temple. »

Si l'on excepte le fait
qu'il n'y avait ce jour-là que des vieillardes,
la jeune fille apprécia le compliment
au point de lui répondre :
« Vous aussi, monsieur Lehman. »

Une primauté esthétique réciproque
ayant été ainsi établie
il ne manquait plus qu'un projet d'intentions.
Et il arriva ponctuellement
le mois suivant :
« Mademoiselle Sissy, j'aimerais vous offrir une gorgée, assis à l'écart. »
« J'accepte la boisson, monsieur Lehman. »

Mazel tov : l'orangeade fut en effet propice,
preuve que le prohibitionnisme
n'avait pas totalement desséché l'Amérique.

Parfait.
Que restait-il à faire ?
Ah oui, pas grand-chose d'autre, au fond.
Fiançailles, bagues, baisers : le tout expédié comme il se doit.
Le mariage fut fixé peu de temps après
et il eut lieu à la plus joyeuse des occasions
dans le plus joyeux des Temples
avec les sourires les plus joyeux.

Quant à la suite de l'intimité domestique
ce fut un triomphe – comme par hasard – de joie.
Barbecues dans le jardin.
Un seul chien de couleur blanche.
Une domestique prénommée Trudy.
Tapisseries florales.
Vase de fleurs sur le piano.
Paillasson dans la véranda.
Rideaux brodés à la fenêtre du salon.
Sur la porte l'inscription SISSY & IRVY.
Mais surtout
une oreille toujours attentive
à ce *qui caractérise un foyer moderne.*

Voilà.
Cela aida grandement
la politique expansive de Lehman Brothers :
« Au fond, notre devoir,
songeait Philip en observant Sissy et Irving,
consiste à répondre à un désir
avant même que la demande ne naisse :
nous exauçons les rêves de l'Amérique
juste avant qu'elle ne rouvre les yeux. »
Et c'était vrai.

Sissy et Irvy étant toujours en avance,
écouter leurs achats
équivalait à consulter le livre du lendemain :
« Sissy et moi allons nous doter
d'un grille-pain électrique ! »
« Philip, veux-tu voir notre réfrigérateur ? »
« J'ai acheté à Sissy un fer à repasser ! »

Philip finit par y prendre goût
et fit un pas de plus :

et si le modèle de Sissy & Irvy
s'appliquait au-delà des frontières ?

Au fond, depuis que les Alliés
avaient empoché
la Première Guerre mondiale
la reconstruction était devenue elle aussi un *business* international.
D'ailleurs, le père d'Irving, oncle Mayer,
n'avait-il pas fondé la banque
sur les décombres de la guerre de Sécession ?
Les après-guerres, c'est connu,
sont toujours une occasion.

Peut-être.
On pouvait peut-être essayer :
au fond nous étions une puissance mondiale.
Et comme telle, pourquoi ne pas envisager
une planète Terre à la sauce américaine ?

Bien sûr, un bon début s'imposait.

L'oracle fut interpellé à ce sujet
dans un dialogue destiné à faire date :
« Est-ce que tu lis les journaux, cher Irving ? »

« Oh oui, Philip. Tous les jours. Intéressant. »

« Et en Europe, dis-moi, que se passe-t-il ? »

« L'Allemagne n'a pas d'argent
pour les dettes de guerre :
si elle ne trouve pas d'aide, elle fera banqueroute. »

« À ton avis, y a-t-il en Europe des familles comme les nôtres ? »
Il dit *nôtres* dans le seul but de ne pas paraître agressif :
il aurait dû dire *« comme la tienne »*.

« Je crois qu'un grille-pain réchauffe le pain également à Paris
et qu'un réfrigérateur a sa place à Berlin.
Quant aux fers à repasser :
un Londonien peut-il vouloir d'une chemise froissée ? »

« Là n'est pas la question, Irving :
ont-ils de l'argent pour les acheter ? »

« S'ils n'en ont pas, ils l'emprunteront. »

Au fond, son cousin était génial.
Il aurait pu être un excellent banquier.

Philip vit devant lui, à perte de vue,
des montagnes infinies de grille-pain, réfrigérateurs et fers à repasser.
L'avenir n'avait qu'un seul nom : PAIEMENT À CRÉDIT.

Le rêve de toujours : avoir tout de suite et payer après.
Quand ? Calmement ! Plus tard !
Évidemment avec un intérêt.
Il n'y avait personne au monde
qui ne fût prêt à *perdre* dans le but d'*avoir*
et un flot gigantesque d'argent
pouvait quitter New York pour le Vieux Continent :
on en obtiendrait le triple.
Il suffisait de courir le risque.
Au fond, tout était risque.
Il suffisait de courir le risque.
Il suffisait de courir le risque.
Il suffisait de courir le risque.

« Vous vous retrouverez tous au tribunal,
commenta Irving.
Et dans ce cas ne venez pas me chercher. »

6

PELOPONNESUS

Fils d'un lapereau disparu en haute mer
Harold et Allan
n'ont jamais eu l'air d'orphelins.

Au contraire.
Il semblerait
qu'ils aient suppléé à l'absence de *Dad* et *Mum*
en se muant eux-mêmes
immédiatement
en autorités absolues
paternelle et maternelle d'un seul coup.
En grandissant, certains ramènent leurs parents
à de justes proportions
d'autres les embarquent pour Honolulu.
Diversité d'approches, fonction identique.
Par conséquent problème résolu.
Point à la ligne.
En avant.

Harold et Allan ont plus de vingt ans.
Et ils sont prêts pour la bataille.

Au fil du temps,
leur veine lucide, cinglante
s'est faite contondante

et chaque fois qu'ils actionnent les lèvres
ils infligent de terribles blessures.
Ils sont capables de répondre
aux mendiants dans la rue :
« Nous ne finançons pas les ratés »
et quand le rabbin leur reproche
de se montrer rarement au Temple,
il risque d'entendre *« Comme vous à la banque »*.

Petites phrases.
Mais mortelles.
Telle est leur devise.
Trop parler est une dispersion d'énergie.
Négation du concept d'épargne.

Harold et Allan
sont la face ambitieuse de la haute finance.
Celle qui méprise les compromis
fille mûre de 120 *mitzvot*
dont *« les sentiments sont extra-bancaires »*.
Car les fautes des pères retomberont sur les fils
– cela paraît certain –
ainsi que de petites leçons
mal apprises par ceux qui vous ont mis au monde.

Voilà.
Justement.
Chez les deux frères,
le concentré de cynisme
que Sigmund diluait dans les pleurs
s'est enfin accompli.
Miracle de la génétique.

Et dire que leur grand-père Mayer
obtint la médaille de *Kish Kish*
à une époque où le commerce paraissait reposer

sur un beau sourire et de l'amabilité !
Cela a bien changé.
Aujourd'hui le marché est pouvoir, le pouvoir est synonyme de lèvres pincées.

Les deux frères sont champions en la matière.

Quand Charles Lindbergh a atterri
après son vol en solitaire au-dessus de l'Atlantique
Harold a été le premier à lui serrer la main :
« 33 heures et demie, un remarquable exploit »,
ce à quoi Allan a ajouté :
« Qui a coûté des centaines de milliers de dollars.
Pas vraiment économique, pour une seule personne. »
Et Harold opinait du bonnet.

Car les deux se complètent toujours.

L'un est républicain.
L'autre est démocrate.
Mais leur entente est parfaite.
Comme s'il y avait dans cette union fraternelle
davantage que deux Lehman :
une Amérique entière
consciente de toute sa force.

L'un est blond.
L'autre brun.
L'un est barbu.
L'autre glabre.
L'un a la voix aiguë.
L'autre de baryton.
Harold et Allan
en apparence contraires
se meuvent comme deux blindés
balayant la moindre résistance.

D'ailleurs est-ce leur faute
s'ils sont nés dans une superpuissance
dont la main s'étend sur le monde entier ?
N'ont-ils pas droit à un soupçon d'arrogance ?
Ou doivent-ils faire semblant d'être comme tout le monde ?
Allons !

Voici les points les plus récents
de leur carrière existentielle :
pour commencer,
ils ont obtenu leur licence avec les meilleures notes.

En réalité, leur dernier examen n'était pas parfait
mais, voyant leurs yeux pointés sur lui
et entendant la phrase
« Lehman finance le college *et donc les salaires »*,
le professeur Torrel n'a pas hésité à leur rajouter des points.

Aussitôt après la licence, le mariage.
Lui aussi concerté en couple
sans briser l'accord fraternel.
Harold a choisi Bibi.
Allan a sélectionné Tessa.
Harold a courtisé Bibi :
« Je te trouve belle, même si tu ne l'es pas totalement. »
Allan a courtisé Tessa :
« Avec toi, je m'ennuie moins qu'avec les autres. »
Harold a troublé Bibi :
« J'aurais préféré que tu sois blonde. »
Allan a troublé Tessa :
« À bien y regarder, tu n'es pas si grande que ça. »
Harold s'est fiancé avec Bibi :

« On m'a dit que je dois te donner une bague. »
Allan est en couple avec Tessa :
« C'est de l'or, petite, enlève-la et mets-la au coffre. »
Harold a proposé à Bibi :
« Tu as intérêt à m'épouser, tu ne trouveras pas mieux. »
Allan s'est offert à Tessa :
« C'est toi qui fais une affaire, mais je ne m'y oppose pas. »
Harold a enfin pris Bibi :
« Maintenant que je t'ai épousée, voyons comment tu te conduis. »
Allan a enfin pris Tessa :
« Tu t'appelles Lehman, tu te rends compte ? »

Par conséquent problème résolu.
Point à la ligne.
En avant.

Il s'agit maintenant de déterminer
le rôle que ces deux frérots peuvent tenir à la banque :
de telles figures
– d'ailleurs, pour être clair –
pourraient-elles échapper à oncle Arthur ?
D'autant plus qu'ils semblent parfaits
pour résoudre un problème de substance :
si Arthur a l'impression de serrer dans son poing
le secret de l'algèbre bancaire,
il ne sait comment mettre en pratique
la pure théorie des calculs :
Harold et Allan pourraient servir de soldats
laissant à leur oncle chéri la science de la guerre.

Et si Arthur en était déjà convaincu
il en a eu aujourd'hui la preuve certaine.

On a déjà dit qu'il ne voyait plus désormais
la planète Terre peuplée d'êtres humains,
mais de hordes faméliques de 7 dollars et 21 cents :
ce qui rend ces 7,21
irritants, c'est qu'ils
pèchent souvent par ingratitude.
Et ce n'est pas bien.
Aujourd'hui, par exemple.

Accompagné de Harold et d'Allan
oncle Arthur est en voyage d'affaires dans le lointain
Nebraska :
les intérêts Lehman vont jusque dans ces contrées
où nous finançons ceux qui sondent les montagnes
pour trouver quelques gouttes de pétrole.
Car il y a le monde entier à ébranler.

Et comme les mathématiques aussi possèdent
un réservoir,
les trois Lehman sont à la recherche
de nourriture comestible
après des heures de voyage dans le néant le plus perdu.

Puis le mirage.

Voilà qu'apparaît au bord de la route
un restaurant providentiel
ouvert vingt-quatre heures par jour :
restaurant grec
« PELOPONNESUS »
géré par des immigrés
ouvert il y a six ans.

Le propriétaire
Georgios Petropoulos
derrière le comptoir
– olives et fromage –

son tablier souillé d'huile
un enfant de trois ans dans les bras
tente de régler la fréquence radio,
mais rien à faire :
entre câpres et sardines
la radio ne capte pas.

Entre olives et câpres
c'était une mauvaise matinée,
dans le cœur du Nebraska.
Un sale jeudi.
D'une part, parce que
pour une mystérieuse raison
le jeudi les clients n'entrent pas.
De l'autre, parce que cet enfant
de trois ans
ne cesse de chigner
chigner
chigner
encore ?
Chigner
chigner.
« Να κλάψεις πάλι, εγω[1]… »
lui crie son père comme si l'enfant pouvait s'arrêter sur commande.

Les trois Lehman s'asseyent au comptoir.
Ils ne mangeront que des olives et du fromage : il n'y a rien d'autre.

En attendant, le petit pleure tout son saoul
et son père cherche la fréquence :

Georgios Petropoulos
tient

1. « Si tu continues de pleurer, je… »

à entendre les actualités
et comment.
Il les écoute toujours
depuis le temps où
la radio transmettait chaque matin
des nouvelles
sur le Ku Klux Klan
qui à Kearny aussi
oui monsieur
incendiait la nuit
les restaurants des Grecs.

Et voilà, soudain :
générique du journal,
« La banque Lehman Brothers
a signé son divorce d'avec Goldman Sachs. »

À ces mots, l'enfant pleure de plus belle
et le cuisinier jure dans sa langue,
jetant deux olives contre le mur
comme si c'étaient des projectiles.

Arthur regarde droit devant lui :
comment
ce couple de 10 dollars 81
(car les mineurs comptent pour la moitié)
se permet-il d'offenser une institution ?
« S'il vous plaît, monsieur : avez-vous quelque chose contre la banque ? »

« Pardon ? »

« J'ai cru vous voir un peu nerveux
quand la radio a parlé de Lehman Brothers. »

« Bien sûr que je suis nerveux ! Sales Juifs !
Ils m'ont prêté de l'argent pour monter cette baraque

et ça fait six ans que je paie une fortune !
Mais je ne paierai plus rien, c'est décidé ! Sales Juifs ! »

La formule mathématique de l'insulte
s'apprêtait à conduire Arthur
à l'équation d'une colère égale et conséquente.

Par chance ses neveux étaient là.
« Ce petit est-il votre fils, cher monsieur ? »
commença soudain Harold
sans même détourner le visage de son assiette.

« Bien sûr, c'est mon Pete. »

« Imaginons qu'une fois adulte Pete prenne votre place,
continua son frère sans regarder non plus :
Pensez-vous qu'il ferait de bonnes affaires
s'il nourrissait ses clients sans se faire payer ? »

Le Grec s'abstint de s'exprimer :
il se contenta de ciller,
essentiellement surpris par le fait que le petit
– soudain mis en cause à propos de son avenir dans la restauration –
avait suspendu tout vagissement
et observait le jeune homme avec la plus grande attention.

Harold reprit :
« Car aujourd'hui nous avons mangé
et bien que cela fût mauvais
nous sommes contraints par la loi de payer.
Au fait, combien exactement ? »

« 7 dollars 21 par personne », dit aussitôt le Grec.

Arthur allait s'insurger
quand Allan le devança :
« Supposons maintenant, cher monsieur,

que votre fils Pete devienne un jour banquier.
Mieux : il pourrait travailler chez Lehman Brothers. »

« *Jamais !* » hurla le Grec
quoique le petit semblât acquiescer.

Harold l'ignora.
« *Dans ce cas peu probable, franchement,*
en quoi consisterait son métier de banquier
sinon à se faire payer un intérêt sur le prêt qu'il vous accorde ?
L'intérêt est à la banque ce que les 7,21 $ sont à votre cuisine.
Par conséquent, cher monsieur,
si vous dites que vous ne paierez plus rien,
alors – représentant pour votre malchance
la banque Lehman –
nous serons autorisés à nous lever maintenant
et à sortir d'ici sans payer. »

Le petit émit un son qui ressemblait à une approbation.

Et le Grec en prit acte.

Les Lehman payèrent 7,21 $ par personne
avec la certitude modérée de ne pas avoir perdu de débiteur.

Ils se levèrent.
Se nettoyèrent la bouche.

Et avec un *aplomb** bancaire
quittèrent le Péloponnèse
pour remonter sur le mont Olympe.

7

A FLYING ACROBAT

Et dire qu'autrefois
à Wall Street
on levait le menton uniquement pour regarder
l'équilibriste…

Solomon Paprinski
n'est pas ravi en effet
d'avoir cédé en partie le contrôle des espaces aériens.

Mais que dirait-il
s'il se savait à la source de cet investissement ?

Oui.
Car il se trouve
que l'entrée de Lehman Brothers
sur le marché des avions
a été une question très délicate
née comme un jeu
et destinée à compter
à l'extérieur et à l'intérieur de la banque.

En résumé, voici les faits.

Bobbie Lehman
en général plutôt à l'écart de Wall Street

avait un jour rencontré son père
non loin de la Bourse
afin d'évaluer une série de tableaux.
Ou mieux : telle était l'excuse
programmée par Philip Lehman
pour entraîner son fils dans la tanière de la haute finance.

Son objectif n'était pas des moindres :
présenter le futur timonier de la banque
aux messieurs les plus importants de la Bourse
espérant en un coup de foudre
qui le débarrasserait
de tout reste d'incertitude.

Ayant donc attiré son fils
grâce au prestigieux appât de deux Flamands,
Philip
ne se sentait plus de joie :
une dizaine de *boss of business* au moins
attendaient impatiemment de sonder humeurs et connaissances
du prochain Mister Lehman Brothers.

Bobbie se présenta en costume blanc et cravate blanche immaculé
on aurait dit un galeriste parisien
échoué par erreur dans un repaire de banquiers.

Ce contraste n'était guère atténué
par la présence d'Arthur
parfaitement aligné en uniforme financier :
complet sombre (B_d)
manteau croisé (S_m)
cravate noire (C_r)
lunettes rondes (2_o) de mathématicien endurci

et un crayon noir (B_1) à la main
pour noter les cotations du jour.

En ce qui le concernait
Arthur ignorait
la signification de cette visite :
il songea à une banale intention touristique
et, dans cet esprit, n'épargna pas à son cousin
anecdotes et notes d'usage.
Arthur se conduisait comme le maître de maison
heureux de montrer son lieu de travail
à un cousin passé là par hasard
et dépourvu de toute connaissance du secteur.

Ils s'assirent dans une grande pièce
aux tapisseries sombres.
Une unique fenêtre racontait le monde extérieur
grande ouverte à la hauteur
de Solomon Paprinski en équilibre sur son fil.

Philip et Arthur prirent place à un bout de la table
encadrant Bobbie.

Autour d'eux
étaient assis les dix commissaires, prêts à l'examen.
Car au fond c'était ce dont il s'agissait.

Philip se leva
et déclara d'un ton presque solennel :
« Messieurs, je vous présente mon fils Robert,
prêt à répondre à vos questions. »

Bobbie acquiesça et ajouta un *« Avec grand plaisir »*
car malgré l'émergence inquiétante de ce *Robert*
il n'avait aucune raison de perdre son sourire :
il attendait

l'entrée des tableaux à examiner
et il ne douta pas un seul instant d'avoir affaire à des propriétaires de galeries, critiques et collectionneurs informés comme lui sur le marché de l'art.

Son cousin Arthur, en revanche,
eut soudain une vision claire de la scène
car il connaissait parfaitement
l'identité des dix requins réunis dans cette pièce.
Et il fut secoué par un frisson d'authentique terreur (T_x).

Le premier des dix
prit la parole d'un ton direct :
« Mister Robert,
quelle est à votre avis la situation du marché ? »

Bobbie sourit
tel un champion qui se serait attendu à cette question.
Au cours du dernier mois, au fond,
il avait présidé une trentaine d'enchères
entre Bordeaux, Londres et Francfort :
« J'aurais tendance à dire que notre milieu
est en mouvement fébrile :
tout bouge depuis la fin de la guerre,
et pour la chance des Américains que nous sommes,
les conditions des Européens ne sont pas florissantes,
raison pour laquelle nos offres sont les meilleures. »

Il y eut un bruissement d'approbation unanime
tandis que Philip opinait du menton,
du cou et des doigts
en une véritable jubilation d'efforts musculaires.
Arthur, au contraire, avait des sueurs froides (S_f).

Le deuxième commissaire s'exposa avec dureté :

« C'est une invitation à acheter sur une vaste échelle, non ?
L'Europe étant en crise, nous devrions tout rafler ? »

Bobbie sourit une nouvelle fois :
« Avec tout le respect que je vous dois, c'est bien le fond de ma pensée.
Ce genre d'occasion ne se représentera pas.
Si nous voulons nous imposer dans notre secteur
nous ne pouvons pas reculer. »

Une troisième voix s'éleva au bout de la table :
« J'aimerais mieux comprendre la teneur
de cette allusion. »

Bobbie ne put cacher un léger agacement :
« Cela me semble pourtant très clair :
il y a quelques années
nous subissions la prédominance des Français,
des Allemands et des Russes.
Sans compter les Anglais.
J'ai vécu plusieurs années en Europe :
je peux témoigner du haut de mon expérience
que – malgré quelques satisfactions –
les meilleures affaires
se faisaient toutes en marks, francs et roubles. »

Un Viking très blond renchérit : *« Surtout en marks. »*

Bobbie reprit :
« Les Européens savent que Lehman
a été l'un des premiers à investir des dollars dans cette branche.
Nous étions là avec quelques autres, et je me vante de les avoir devancés. »

Le Viking exulta :

« Je suis d'accord, j'approuve et je m'unis
à cette opinion sans hésiter :
nous pouvons changer l'axe du marché
en le conduisant enfin de ce côté de l'Atlantique. »

C'est alors qu'un petit homme frêle
noyé dans son veston croisé :
« Devons-nous donc nous attendre
pour l'avenir
à ce que Lehman
étende son rayon d'action
non seulement à l'Amérique
mais à l'international ? »

Bobbie écarta les bras, en proie à l'impression d'avoir
affaire à des amateurs.
« Avec tout le respect que je vous dois : l'Amérique ?
Notre branche ?
Voyons, ce n'est pas grand-chose.
Les vraies affaires se font au loin,
j'imagine que vous le savez.
En accord avec mon père Philip
je suis allé en Europe juste après Yale
et me suis aussitôt rendu compte
qu'il n'y avait que l'embarras du choix. »

Philip ne laissa pas échapper cette occasion,
riant comme un ivrogne il souligna :
« Il m'écrivait, je m'en souviens,
"Envoie de l'argent, Dad !"
Et je lui fournissais aussitôt les capitaux ! »

À cet assentiment paternel
Bobbie s'enflamma davantage :
« Je me permets toutefois d'observer
que ce nouveau rôle américain

ne peut être uniquement de la prédominance ;
nous avons aussi des devoirs
afin que tous les hommes de la terre puissent
en profiter. »

À ces mots
un vieillard aux cils tempétueux
abattit le pommeau de sa canne sur la table de bois noir :
« Je déteste ces poses philanthropiques :
c'est de l'argent ! Ce sont des affaires ! »

Prévenant la médiation de son père,
Bobbie réagit aussitôt :
« Non, monsieur ! S'il en était ainsi, nous achèterions pour revendre
et nous vendrions pour racheter ! »

Le vieillard s'insurgea de nouveau à coups de canne :
« N'est-ce pas ce que nous faisons ? »

« Pas avec le nom de Lehman, cher monsieur :
j'aime me dire que nous ne sommes pas
des commerçants,
mais des individus qui obéissent à une mission. »

« Et de quelle mission s'agit-il, je vous prie ? »
lança un bouc qui scintillait de bagues en or.

Bobbie lui coupa la parole :
« Rendre le monde meilleur,
car au fond dans quoi investissons-nous ?
Dans l'esprit de l'homme, dans son génie,
dans sa capacité extraordinaire de créer. »

Un jeune homme fort élégant aux dents de nacre
nota cette phrase sur son carnet
en murmurant à son voisin : *« J'aime bien son esprit. »*

Et l'autre : *« Au moins il a une vision. »*
Ici Bobbie pécha par orgueil :
une fureur de camaraderie
qu'il ne put ni ne voulut réprimer
grandit en lui avec le souvenir
de ses exploits militaires :
« Messieurs, je me suis même battu pour cela
au risque de ma vie,
mais je le referais demain ! »

Un guerrier de la Bourse !
Un banquier homérique !
L'enthousiasme se fit irrépressible.

Seul un homme ne s'était pas encore exprimé,
un monsieur très maigre et d'âge mûr
qui avait passé tout ce temps-là
à se caresser les doigts
qu'il avait longs comme des brindilles.
Soudain il crut bon de se faire entendre :
« Si vous le permettez, j'aimerais que vous donniez
un exemple
de votre grand désir – très personnel, je dois dire –
d'investir en termes humanitaires.
Je ne vois pas autour de nous
tout ce pullulement d'intuitions. »

Dans un long silence en suspension
Bobbie lui lança un regard apparemment blessé.
Puis il articula ce communiqué :
« J'ignore franchement à qui j'ai le plaisir de parler. »

La réponse lui parvint sur-le-champ :
« Un Lehman devrait le savoir, c'est fort étrange.
Quoi qu'il en soit. Je m'appelle Rockefeller. »

« Ah ! Rien de moins ! l'agressa un Bobbie furieux :

Si je ne m'abuse, vous m'avez soufflé une triple affaire le mois dernier en Angleterre ! »
(En effet, les Rockefeller
avaient acheté trois autels du bas Empire.)

« Pure loi du meilleur offrant ! »
répondit Rockefeller
qui pensait au triple achat de banques suisses.

« Un Rockefeller me demande ce qu'est le pur génie ?
Avec tout mon respect, je le vois partout où je pose le regard.
Voilà, par exemple :
regardez là, derrière cette baie vitrée...
Au fond, ce n'est qu'un équilibriste.
Mais dans le cadre de la fenêtre, c'est un vrai tableau :
l'humanité qui ne se contente plus de marcher sur la terre,
mais qui dispute aux oiseaux l'espace de l'air.
Du pur art, Mister Rockefeller.
Cependant s'il s'agit pour vous d'une question vénale,
nous n'avons pas grand-chose à nous dire, vous et moi.
Si vous le permettez, il y a ici
deux Flamands qui m'attendent.
Je me trompe, Dad ? J'aimerais y aller. »

Et sans rien ajouter, il gagna la sortie
avec une telle hâte
que tout le monde se demanda qui étaient ces financiers flamands
venus d'Europe pour le rencontrer.

Avant qu'ils ne posent la question
toutefois
le vieillard tout en cils
agita sa canne en direction de Philip :

« Sacré Lehman : tu ne nous avais rien dit !
Disputer aux oiseaux l'espace de l'air !
Aviation civile !
Ton fils compte faire voler l'humanité sur la planète ?
L'idée est sensationnelle : du pur art, il a raison !
Au lieu d'utiliser les avions pour la guerre,
utilisons-les pour nous déplacer à notre gré !
Ma banque est prête à vous prêter main-forte. »

« Nous aussi ! »
« Puis-je me joindre à vous ? »
« J'offre un tiers du capital ! »
« Génial, Lehman ! »
« Un coup de maître ! »

Tandis que toutes ces voix retentissaient dans la pièce,
Philip avait grand-peine à retenir ses larmes :
le baptême d'un magnat venait d'avoir eu lieu.
Aussi, avec une fierté paternelle,
il émit une phrase qui se traduisit par un cri :
« Vous en parlerez à Robert, pas à moi !
Vous en parlerez demain avec lui ! »

Voilà.
C'est ici qu'Arthur Lehman épuisa
décidément
la dose mathématique de sa propre tolérance (T_{ll}).

Il aurait pu s'attendre à tout de la part de son cousin.
Mais certainement pas à le voir surgir
sans avertissement
comme concurrent au trône.
Et puis quel sens cela avait-il ?
Bobbie n'avait-il pas toujours été un fainéant ?
Certes, il avait obtenu sa licence à Yale,
mais jamais on ne l'avait entendu discuter finance !
($B_y \neq F_{in}$)

En vertu de quelle formule algébrique
le vieux Philip
entendait-il maintenant le promouvoir à la banque ?

Oui. Tout ce tourbillon de points d'interrogation
explosa chez Arthur comme un volcan.

Et comme cela arrive aux êtres humains
la rage ne se concilie pas toujours avec la logique
$(R \neq L)$
raison pour laquelle
il brailla :
« Bravo ! Allez ! Voyons ! Pourquoi pas ?
Vous voulez remplir le ciel d'aéroplanes ?
Ils s'écraseront contre les gratte-ciel ! »

« J'espère vivement que non »,
répondit aussitôt Louis Kaufman
qui finançait l'Empire State Building ;

« C'est mathématiquement certain ! »
dit ou pensa
(on ne l'a jamais su)
Arthur avant de claquer la porte.

De toute façon
ce fut ainsi que Lehman Brothers
commença à investir dans la Pan American Airlines.

Et au-delà de cette affaire
ce fut ainsi que Bobbie Lehman
sans en être le moins du monde conscient
passa du stade de chambellan au stade d'héritier au trône.

8

BUSINESS IN SOHO

Depuis ce jour d'il y a quelques mois
Philip est radieux.

Il devine qu'il a retourné
encore une fois la bonne carte.

Peu lui importe que son fils Bobbie
soit en revanche
étouffé sous une chape de silence
et qu'il se morde souvent les lèvres jusqu'au sang :
le garçon a le sentiment
d'avoir été propulsé dans un étrange jeu
dont les règles et le terrain lui échappent.

Et puis pourquoi son cousin Arthur
ne lui adresse-t-il plus la parole
ne le salue-t-il même plus ?
Mystère.

Bobbie assiste à tout cela
avec résignation et mélancolie.

Personne ne lui parle clairement.
Personne ne lui dit ce qui l'attend.

Même Harold et Allan
maîtres en férocité
se sont contentés d'un
« Tu te prépares, Bobbie ? »

« À quoi ? » a-t-il demandé en se mordant la lèvre.

« Au pire » a été leur réponse
assaisonnée d'un de ces sourires de compassion
que les infirmières réservent aux moribonds.

Il est connu
que chaque être humain
a une façon bien à lui
de scruter les bas-fonds
de sa propre mer intérieure.

Certains se retirent en haute montagne
d'autres vont au sommet d'une falaise
d'autres encore comme Bobbie Lehman
s'aventurent à pied
et en solitaire
dans les quartiers populaires.

Peu importe
que son cousin Irving le lui ait vivement déconseillé :
*« Les deux tiers des criminels que je condamne
sont issus des quartiers
où tu vas te promener !
Ce sont les gymnases de la criminalité.
Un de ces jours, mon cher Bobbie,
tu te retrouveras avec une lame dans la poitrine.
Vous autres jeunes avez l'obsession du risque.
Vous échouerez tous au tribunal,
et ne venez pas m'y chercher. »*

« Eh bien moi, je m'associe à ce genre de tourisme !
s'est hâté de dire le démocrate Herbert :
C'est seulement en touchant du doigt la souffrance
des classes les moins aisées
que nous pourrons concevoir une voie de rédemption !
Faire semblant de ne pas voir, c'est terminé !
La classe moyenne est fière d'être aveugle !
Félicitations, mon cousin : je t'approuve et t'encourage.
Je dirai même plus : je vais suivre ton exemple. »

Bobbie n'a pas eu le courage de lui expliquer
que ses promenades sont dénuées
de la moindre forme d'altruisme.

Mieux : il s'apprêtait à le faire
quand Peter, le fils lycéen de Herbert
devenu avec le temps un échalas de près de deux mètres,
l'a devancé :
« J'ai énormément d'estime pour toi, Bobbie. »

Il est toujours dangereux de détruire le modèle d'un adolescent.

Donc, motus et bouche cousue :
qu'ils croient donc que ses descentes à SoHo
sont mues par une inquiétude civique.

Au contraire.

Autrefois le jeune Bobbie Lehman
sentait s'abattre sur lui
une sorte de calme
à la seule vue de ces méchants immeubles
étroits et bruyants
noyés comme des sardines dans la puanteur de leur pourriture.

Bobbie marchait lentement
sans perdre de vue un détail

savourant le plaisir de ne pas se sentir riche,
de percevoir
qu'un autre chemin était possible
loin de l'argent et de la Bourse
loin d'un patronyme si encombrant
bref
loin de tout ce qui
lui ôtait le statut de trentenaire
en faisant de lui Robert Lehman, fils de l'immense Philip.

Et quand de ces bâtiments pareils à des ruches
un individu
se penchait à une fenêtre,
il éprouvait un splendide et déchirant soulagement
en constatant qu'un sourire – sur ces frimousses sales –
n'était nullement exclu.
Et ses yeux s'embuaient sous l'effet de la joie.

Le fait est
que les visites de Bobbie dans les soupentes de l'enfer
étaient de plus en plus fréquentes.
Jusqu'au jour dont nous parlons maintenant.

Parfois la vie est drôle :
la surprise se niche
dans les replis de la normalité
là où on l'attend le moins.

Ce soir-là
justement
Bobbie Lehman marchait la tête basse
sous le crachin.

Le col de son manteau relevé.
Son chapeau bien tendu sur les yeux.
Comme s'il voulait disparaître.
Non à la vue d'autrui : à la sienne.

Il s'apprêtait à dépasser
le dernier pâté de maisons de SoHo
quand des cris de forcené
parvinrent à ses oreilles.

Ils s'élevaient d'une ruelle intérieure
une sorte de recoin entre de hautes parois de béton
fermé aussi bien de côté qu'en hauteur
par un plafond de tôle et d'escaliers rouillés.

Parfois la vie propose un carrefour.
Bobbie eut donc le choix :
rejoindre le chauffeur qui l'attendait
ou s'arrêter au bord de cette rue.

Il opta pour le second terme.
Mieux : il s'approcha
de ce boyau métropolitain
poussé par la curiosité et par l'instinct civique
non seulement les hurlements ne diminuaient pas
mais ils se mêlaient aussi à un bruit de fond
qui ressemblait davantage à des pleurs humains
qu'au cri d'un animal.

Bobbie jeta un regard circulaire.
La rue était presque déserte.

Il hésita un peu
réprima la fureur du héros
et s'imposa un instant de prudence.

Il fallut qu'il entende de nouveau
le cri – *« Megöllek*[1] *! »* –
pour qu'il déchaîne ses membres inférieurs
au nom d'un courage inédit.

1. « Je vais te tuer ! »

S'étant glissé dans le trou nauséabond
Bobbie
perçut autour de lui
une course frénétique de chats,
après quoi il distingua au fond du boyau
une enseigne en hongrois
au-dessus d'une porte ouverte.

« Megöllek ! »
hurlait une voix d'homme
à l'intérieur de l'atelier
et Bobbie entendit clairement
les pleurs d'un enfant
probable objet de la colère paternelle.

Un nouveau carrefour s'offrit à Bobbie :
courir à la recherche d'un policier
ou
avancer malgré tous les risques que cela comportait.

Cette fois encore il exclut la voie de la prudence
en se précipitant à l'intérieur du bâtiment.

Sur une table de travail
étaient disposés des outils de ciselure :
le Hongrois fabriquait des lampes de bureau
dont ses étagères étaient remplies jusqu'au plafond.

Dans un coin de la pièce
un homme corpulent au tablier couleur sable
s'acharnait à coups de pied et de gifles
sur un être très fragile
ressemblant davantage à une grenouille
qu'à un enfant
blotti entre les caisses
protégé par ses bras.

Bobbie respira le plus profondément qu'il put :
« Arrêtez, ou j'appelle la police ! »

À ces mots, les épaules de l'artisan
tournèrent comme autour d'un pivot
dévoilant
l'absolue prédominance de deux yeux ronds
sous un buisson de cheveux roux.
« Qu'est-ce que vous voulez ? Une lampe ? »

Bobbie fut pris au dépourvu :
« J'achèterai une lampe
si vous laissez cet enfant tranquille. »

« Je n'ai pas de lampes à vendre ce soir
car ce vaurien n'a pas traité les métaux.
Je le lui avais ordonné, et il ne l'a pas fait !
Maintenant vous me demandez une lampe
et je ne peux pas vous la donner !
Ne dois-je pas le tuer ? »
Il balança un coup de pied, que le petit évita d'un bond.

« Et si je vous versais quand même le prix de la lampe ? »
Le silence se fit.
C'était la loi de l'artisanat
qui était soudain remise en question :
« Je ne vends pas de lampes incomplètes.
Vous paieriez pour un truc à moitié fabriqué ? »

Bobbie chercha un ton plus assuré :
« Je vous verse le prix d'une lampe si vous arrêtez de le frapper. »
Et il montra son portefeuille pour étayer ses intentions.

Pendant ce temps la grenouille l'observait.

« Combien vous dois-je pour une lampe incomplète ? »
hasarda Bobbie, optimiste.

« Je les vends neuves à 8 dollars », répondit le Hongrois
en adoptant un ton de comptable
(surtout parce que le client sentait la haute)
et après avoir simulé un minimum de calcul, il déclara :
« 7 dollars et 21 centimes, c'est un bon prix. »

Tout en fouillant dans son portefeuille, Bobbie :
« Pour 7 dollars 21, vous me vendez la lampe
et la tranquillité du petit. »

« Ah ! Tranquillité ! Je ne vois pas le rapport !
Il doit travailler, car ici nous travaillons tous !
Et j'ai décidé qu'il m'est utile pour traiter les métaux ! »

Tel fut le troisième carrefour de la journée :
en terminer là avec 7,21 $
ou
poursuivre sur une voie incertaine
comme Mallory et Irvine qui en escaladant l'Everest
s'était perdus sur une crête glacée.

Peut-être fut-ce le frisson du risque.
Ou le fait que cette grenouille
coincée en bas
obligée de traiter les métaux dans l'atelier de son père
lui semblait au fond si familière
qu'elle valait le prix d'être aidée ?

Et pendant ce temps :
« Combien de lampes vendez-vous par jour ? »

« Oh, ça dépend ! Comment dire ?
Dans les mauvais jours 5, dans les bons le double. »

« Une moyenne de 7 lampes par jour, donc. »

« Dites plutôt 8, nous ne sommes pas des minables. »

« Cela fait environ 60 dollars, si je ne m'abuse. »

« Vous ne vous abusez pas », dit le Hongrois
en s'asseyant
car l'affaire prenait un pli intéressant.
Il invita Bobbie à l'imiter,
ce qu'il déclina.
« Combien êtes-vous à travailler ici ? »

« Moi, le gosse, ma femme et mes 5 sœurs. »

« Excellent. Puisque vous êtes 8,
chacun produit une lampe
sur les 8 que vous vendez par jour.
Chacun contribue donc à votre activité
avec 8 dollars quotidiennement
48 par semaine, et plus ou moins 200 par mois.
Cela fait 2 400 en un an. Quel âge à ce petit ? »

« Sept ans ! » lança la grenouille
bondissant hors de sa cachette comme si une araignée
l'avait piquée
et rejoignant la table.

Bobbie se prépara au grand final :
il essuya ses tempes moites.
Savoura un dernier silence, puis :
« Avec 30 000 dollars je vous dédommage
totalement
du travail de cet enfant pour les 11 prochaines années.
Vous le laissez tranquille,
il fera ce qu'il voudra.
Naturellement, c'est à lui que je donne l'argent,
pas à vous :
il vous versera chaque mois la somme qui vous revient.
Et ce sera comme s'il avait fait son devoir.

Si vous le frappez, il ne vous paiera pas, c'est sûr.
Avez-vous quelque chose à redire ?
Ça ne vous plaît pas ?
C'est une proposition : à prendre ou à laisser. »

Le Hongrois dévisagea son fils.

Puis il se gratta une oreille.

« Mais les 7 dollars 21 de la première lampe...
Ils ne font pas partie des 30 000, pas vrai ?
Ils sont à part, ils venaient avant l'accord. »

Bobbie sourit :
« Je donnerai 30 000 dollars au petit et à vous 7,21. »

« Affaire conclue, monsieur. »

« Affaire conclue. »

Ils se serrèrent la main.

Bobbie paya la somme convenue.

Et, ayant relevé son col, repartit d'où il était entré.

Quant à la grenouille,
elle ne le remercia même pas.

9

THE FALL

Solomon Paprinski
a soixante-dix ans bien sonnés.
Il marche depuis cinquante ans sur son fil
devant Wall Street
et il n'est jamais tombé.

Philip Lehman
est lui aussi septuagénaire.
Il dirige Lehman
à Wall Street
depuis cinquante ans
et il n'est jamais tombé.

Solomon Paprinski
se passe pour le moment
de son fils équilibriste
de même
qu'il s'est passé de cognac.

Philip Lehman
se passe pour le moment
de son fils économiste
de même
qu'il s'est passé de bourbon.

Il y a toutefois

entre
Solomon Paprinski
et
Philip Lehman
une petite
une banale
différence :
un agenda
à noircir de majuscules.

LEHMAN CORPORATION
est la dernière note.

Cela sonne formidablement bien.
Créature de Philip Lehman.
Finance pure.
Lehman Corporation.
Ce qui signifie : *fonds communs d'investissement.*
Investir de l'argent pour gagner de l'argent.
Pas de sigle à financer
pas d'industrie à lancer
pas de marché à explorer :
de l'argent pour de l'argent.
Adrénaline pure.
Parce qu'il y a le frisson, incessant.
Le frisson du risque.
Celui qui vous ôte le sommeil
car Philip Lehman
ne ferme plus l'œil
depuis qu'est apparue
dans son cauchemar
devant la cabane de *Soukkot*
une enseigne gigantesque
frappée du mot : HOLDING
et que quiconque passe dessous
n'a plus de visage humain

mais un grand + à la place du crâne.
Sans doute est-ce parce que l'Amérique
est un cheval qui court à toute vitesse
dans l'hippodrome de Churchill Downs
et que Philip Lehman
aux cheveux blancs
est son jockey
qu'il signe chaque soir son bilan
toujours à l'actif :
+
+
+
+
+
+
+

Les Américains ont appris à investir.
Enfin la classe moyenne ne cache plus son argent :
chacun le mise sur des obligations et des fonds
et encaisse le double.
Wow ! Let's gain !

Au cours du dernier mois seulement
Wall Street a doublé les actions
de 500 000 à un million 100 !
Que demander de plus ?
Une nation entière de riches !

Arthur Lehman ne se sent plus de joie :
il observe la rue
cette foule affairée de 7,21 $
destinés à devenir même 10 $
et chaque fois entend un chœur
splendide et assourdissant
qui lui chante « MERCI, MISTER LEHMAN ! »

D'autre part, qu'est-ce que la Richesse (R)
sinon une formule mathématique ?
Arthur l'a isolée de cette façon :
la Richesse est un résultat qui dépend
de la croissance simultanée du Risque (X), de l'Ambition (A), de la Productivité (P_r)
multipliés par un paramètre décisif appelé C_f
soit Conditions favorables :

$$R = C_f \times f(X, A, P_r)$$

Les conditions favorables, dans ce cas,
ne sont autres que la politique :
que demander de plus, en tant que banque,
qu'un gouvernement aussi généreux ?
Aucun contrôle sur les groupes financiers.
Impôts sur les capitaux réduits au minimum.
Taux d'intérêt proches de zéro.
N'est-ce pas une aubaine ?

Mieux vaut ne pas le dire à Herbert, bien sûr.
Lui, le démocrate, désapprouve ce dérèglement libéral.
Et peu importe qu'Arthur soit son frère :
« Étant entendu que je n'imagine pas
trouver de chair chez un banquier,
si Philip et toi aviez un minimum – je dis bien
un minimum – de sens civique,
vous reconnaîtriez que cette anarchie financière appelle
à la vengeance ! »

« Pourquoi réfréner la nature, Herbert ?
Le marché existe depuis toujours, et il exige de la liberté ! »

« De la liberté ! T'es-tu jamais interrogé sur son prix ?
Vous vous gargarisez tous de ce mot,
mais comment peux-tu ignorer

que l'excès de liberté est la fin des droits ?
Le voleur est-il libre de voler ? Non, car c'est un crime.
L'ivrogne est-il libre de jurer ? Non, car c'est impoli.
Et avec tout le respect que je te dois : si tu vois une jolie fille
t'estimes-tu libre de lui palper les hanches ? »

« Tu confonds la liberté et l'arrogance. »

« En effet. Vous autres financiers êtes arrogants. »

« Nous appliquons des fonctions scientifiques. »

« Vous les appliquez sans muselière, sans laisse.
Trois citoyens sur quatre vivent dans la pauvreté.
5 % de la population possède toute la richesse américaine ! »

« Tu en fais partie, Herbie, de quoi te plains-tu ? »

« Du fait que c'est injuste, Arthur ! »

« Oh, misère ! Mille autres choses sont injustes !
La maladie est injuste : tu tombes malade, pas moi.
Les ouragans sont injustes, les séismes sont injustes !
Tu veux les combattre ? C'est impossible !
La loi de la richesse fait partie de la société humaine
on ne peut la changer, même si ça te déplaît. »

« Parler d'éthique avec un banquier est absurde.
Je te mets en garde, si tu veux le comprendre :
vous êtes en train de créer un système monstrueux
qui ne pourra pas résister longtemps.
Des industries partout, des usines partout :
à qui vendra-t-on si la plupart des gens sont pauvres ?
Vous aimez penser que l'Amérique est riche
imaginer le monde entier sur le chemin du bien-être
mais quand ouvrirez-vous les yeux ?
Quand il sera trop tard ? »

Philip Lehman
de son côté
a appris à sourire à ces discours.

Il est inutile de discuter avec Herbert :
c'est un effort absurde
d'autant plus que tout est maîtrisé.

Chaque nuit Philip
analyse la situation
contrôle les problèmes
suit les doigts du nain
conclut qu'il n'y a rien de mieux
en absolu
que de
surfer sur la vague.
Parfait.
Surfer sur la vague.

Pas seulement la vague, les nuages aussi.
Car si Lehman Brothers
investissait depuis longtemps
dans les transports nautiques
il s'est lancé à présent
à la conquête des ciels
et chaque fois que Philip entend un bruit d'avion
il est heureux de lever le regard
et de penser : *« Ça nous appartient. »*

Cela contribue au sourire de Philip
un sourire qui n'a jamais été aussi parfait :
Lehman contrôle des banques partout
de l'Amérique du Nord à l'Allemagne
en passant par l'Angleterre et le Canada
certes la Russie garde ses distances avec nous
même si monsieur Léon Trotski
nous a dit : *« De toute façon, à Moscou, l'or reste de l'or
et nous autres communistes n'avons pas aboli l'argent... »*

Il n'y a donc qu'à sourire.

Le matin de bonne heure
chaque jour
comme ce matin
Philip Lehman
se présente à Wall Street
le sourire aux lèvres.

Chaque matin
le sourire aux lèvres
il achète un journal
au petit Italien
qui crie au carrefour.

Le sourire aux lèvres
il boit un café
au comptoir
en feuilletant le journal
en lisant les chiffres.
Puis il s'essuie la bouche
avec son mouchoir
reprend son attaché-case
et se dirige vers l'entrée.

À cette heure-là
Solomon Paprinski
est déjà prêt :
tous les matins
comme ce matin
debout sur le fil
tendu
droit
« Bonjour, Mister Paprinski ! »
« Bonjour, Mister Leh... »

On dirait que le temps
s'est figé.

À cet instant.

Stop.
Halte.
Immobile.

Pour la première fois
depuis cinquante ans
Solomon Paprinski
est tombé
en bas
il est tombé
par terre.

Sa cheville est brisée :
fichue, pour toujours.

Nous sommes le jeudi 24 octobre.
de l'année 1929.

10

RUTH

Teddy
est le premier agent de change
à se supprimer.
Il se tire une balle dans la bouche à 9 h 17 du matin
dans les toilettes de Wall Street.
Le jeudi 24 octobre.
1929.

Teddy s'est enfui.
Il a déguerpi
dès qu'il a compris
que brusquement
dans la salle des transactions voisine
tout le monde vendait
vendait
vendait
« Bon sang, que se passe-t-il aujourd'hui ? »
vendait
vendait
« Qu'est-ce qu'il y a dans l'air ? »
vendait
vendait
alors qu'hier encore
les actions vous collaient aux mains

maintenant
soudain
tout le monde
veut s'en défaire
s'en libérer !
Ils veulent voir de l'argent, du vrai argent,
pas les cotations
pas la valeur des titres
de l'argent.
Point.
De l'argent.
Point.
De l'argent ?

Teddy n'est pas habitué à l'argent.
On n'en voit pas à Wall Street.
L'argent est sous-entendu.
Depuis des années maintenant
augmenter la valeur
accroître le prix
voilà ce qu'on lui a appris :
plus c'est cher plus c'est fort
plus c'est cher plus c'est grand
plus c'est cher plus c'est la fête
oui entendu
d'accord
mais si
soudain
un acheteur *vend* ?
Teddy sait payer, bien sûr,
en actions.
Et si le vendeur ne veut pas d'autres actions
mais seulement seulement de l'*argent* ?
S'il n'a plus confiance
s'il veut voir

s'il veut de l'argent
ici
devant
maintenant…
« alors qu'est-ce que je fais ? »
« alors qu'est-ce que je fais ? »

Teddy s'est enfui.
Il s'est enfermé dans les toilettes.
Balle.
Détente.
Feu.
Détonation.

Détonation !
Les chevaux de course s'élancent !
Tous en rang, alignés
aucun ne se détache encore avec le n° 1 Nelson
n° 2 Davis
n° 3 Sanchez
n° 4 Tapioca
n° 5 Vancouver
n° 6…
le cheval de Bobbie Lehman porte le n° 6
le pur-sang, Wilson :
12 trophées
12 courses
12 podiums
12 fois Bobbie Lehman assis dans les gradins
complet blanc cravate blanche
immaculé
avec ses jumelles
sans s'agiter, compassé
– il a une mesure –,

sifflant entre les dents
« Allez Wilson ! Vas-y Wilson ! »
juste entre les dents
sans ouvrir la bouche
apparemment immobile, sans une grimace
pas même quand Wilson avec le n° 6 se détache
comme d'habitude
et irrépressiblement
irrépressiblement
irrépressiblement
franchit la ligne d'arrivée
Wilson gagne
Wilson gagne
Wilson gagne
Wilson gagne
de nouveau
13e fois
Wilson a gagné
Bobbie Lehman a gagné.
Aujourd'hui aussi, ici
Churchill Downs, la meilleure course.
Bobbie sourit.
C'est tout.
Il sourit.
Il a gagné ? Oui.
Il a triomphé ? Oui.
Mais il ne s'agite pas.
Il a de la mesure.
Il ne prononce pas un mot, Bobbie Lehman.
Il sourit juste.
Y compris à la vue
d'un petit chapeau vert à voilette
et, sous le petit chapeau, de deux yeux
qui scrutent sa bouche :

« Votre lèvre saigne un peu, vous savez ? »
« Pardon, mademoiselle ? »
« J'ai dit que vous avez une goutte de sang ici, sur le côté de la bouche. »
« Moi ? Oui ? »
« Oui, bien sûr. Comme si vous vous étiez mordu la lèvre. »
« Je ne me mords pas les lèvres, mademoiselle. »
« Me permettez-vous de l'ôter ? »
« De l'ôter, mademoiselle ? »
« Avec mon mouchoir. Si elle coule, elle tachera votre costume... Je peux ? »
« Si c'est nécessaire. »
« Urgent. »
« Je vous en prie, mademoiselle. »
« Voilà. »
« Vous êtes gentille, je vous suis redevable, mademoiselle. »
« Je suis peut-être gentille, mais pas mademoiselle. »
« Vous êtes mariée ? Je connais votre mari ? »
« Jack Rumsey, ex-mari. »
« Je regrette. »
« Pas moi. Vive le divorce ! Je fête encore ça. »
« Explicite. »
« Réalisme, pur réalisme. Plutôt, offrez-moi à boire. »
« Je suis attendu à la remise du prix. »
« C'est votre cheval qui a gagné ? »
« À ce qu'il paraît. »
« Bon sang, vous êtes Robert Lehman ? »
« Jusqu'à preuve du contraire. »
« Je veux bien croire que vous vous mordiez les lèvres. »
« Je ne me mords pas les lèvres. »
« Oh si, vous le faites, énormément. »
« Vous vous trompez. »

« Et le sang sur votre lèvre ? »
« Un pur hasard. »
« On parie ? »
« Je ne parie jamais. »
« Vous me faites rire. Je vous accompagne à la remise des prix ? »
« C'est interdit. »
« Vous plaisantez ? Rien n'est interdit aux Lehman, ni se mordre les lèvres ni le reste. »
« Je vous ai déjà dit que... »
« Ne vous répétez pas : c'est ennuyeux. Allons à la remise du prix ! »
« Mais si l'on me demande... »
« Si l'on vous demande qui je suis, dites : Ruth Lamar. »
« Ruth Lamar. »
« Voilà, stop, vous voyez que vous vous mordez les lèvres ?
J'ai gagné ! »

Vernon
est le deuxième agent de change
à se supprimer.
Il se tire une balle dans le crâne à 10 h 32 du matin
à son bureau
au deuxième étage de Wall Street.

Depuis le début
de ce jeudi infernal
où tout le monde vend à tort et à travers
Vernon ne s'est pas arrêté un instant
il n'a pas perdu courage :
ses titres tiennent encore bon
il y a bien une baisse, oui, mais de 3 %
pour résister il suffit de rassurer

de dire que si tous les autres chutent
on peut faire juste après de bonnes affaires
il suffit de rassurer
oui, de rassurer
– « *allume une autre cigarette, Vernon* » –
la baisse est maintenant de 5 %
5 %, ce n'est pas une grosse perte
– « *allume une autre cigarette, Vernon* » –
il lit les chiffres sur le tableau :
Goldman Sachs a perdu 30 millions
– « *allume une autre cigarette, Vernon* » –
il contrôle ses actions :
moins 15 % en moins d'une demi-heure
il lève les yeux vers le tableau
Goldman Sachs a perdu 40 millions
– « *allume une autre cigarette, Vernon* » –
il contrôle ses actions :
moins 25 %
« *je ne me relèverai pas* »
« *je ne me relèverai pas* »
Goldman Sachs a perdu 50 millions
– « *allume une autre cigarette, Vernon* » –
moins 27 %
moins 30 %
moins 34 %
« *je ne me relèverai pas* »
« *je ne me relèverai pas* »
– « *allume une autre cigarette, Vernon* » –
il ouvre le tiroir
moins 37
balle
moins 38
« *je ne me relèverai pas* »
moins 40
détente

moins 44
feu !
moins 47
détonation
moins 4…

Moins 4…
moins 3…
moins 2…
moins 1…
Hourra !
Applaudissements dans toute la rue.
Les portes s'ouvrent :
vernissage
de l'exposition de la collection Lehman.
Flamands du XVIIe siècle.
Bobbie Lehman est à l'aise
maître de maison
Bobbie le connaisseur
Bobbie le spécialiste
Bobbie qui a arpenté l'Europe
pendant des années
à la recherche de toiles et de tableaux
parraine à présent musées et galeries
derrière la table des autorités
complet blanc cravate blanche
immaculé
il vient de vanter les pouvoirs du clair-obscur
« qui célèbre l'union
du réalisme et de la transcendance éthérée de la lumière ».
Applaudissements dans toute la salle.
Et à la fin de la conférence

file de compliments pour Mister Lehman
qui serre les mains
salue
et fait le baisemain aux dames.
Ruth Lamar est derrière lui
elle fume sa Philip Morris
– que finance aussi Lehman Brothers.
« Sais-tu que tes doigts tremblent quand tu parles en public ? »
« Laisse-moi saluer les gens :
bonsoir, Missis Thornby. »
« Et pourtant, c'est le cas : tes doigts tremblent, je t'ai observé, je le fais chaque fois. »
« Tu ne devrais pas. »
« Interdit ? »
« Je n'aime pas que les autres te voient me regarder. »
« Comme s'ils ne savaient pas... »
« Parle moins fort ! Pour de nombreuses personnes tu es encore une femme mariée. »
« Divorcée. »
« Ils l'ignorent. Bonsoir, Mister Guitty. »
« Voilà : tu vois, ta main tremble ! »
« Parce que je ne suis pas tranquille, voilà tout. »
« Voilà tout. »
« J'ai trente-sept ans ! Je ne veux pas qu'on croie que je fais l'enfant avec... »
« Avec une belle femme divorcée ? »
« Parle moins fort !
Bonsoir, Missis Downs. »
« Alors épouse-moi. »
« Pardon ? »
« Marions-nous, bon sang !
Je l'ai déjà fait une fois, je sais qu'on n'en meurt pas. »
« Bonsoir, Missis Meldley. »

« Si nous nous marions, je pourrai te regarder, ou pas ? »
« Oh, professeur Rumoski ! »
« De toute façon, c'est un échange d'alliances, ni plus ni moins. »
« Très cher Mister Nichols ! »
« La vie ne change pas vraiment quand on est marié, je t'assure. »
« Sénateur Spencer ! »
« Mais, je t'avertis, nous nous marierons au Canada. »
« Général Holbert ! »
« Et puis, on met les voiles, de l'air pur :
j'exige au minimum un voyage en Europe ! »
« Tu n'exagères pas un peu ? »
« Je suis une femme pratique, mon beau.
Alors c'est d'accord, oui ou non ? »

Le matin
du jeudi noir
Gregory est le troisième agent de change à se supprimer d'un coup de revolver.
Peter est le quatrième.
Jimmy est le cinquième.
Dave est le sixième.
Fred est le septième.
Mitch le huitième.

Ils sont descendus du tramway
comme tous les jours
sont entrés à la Bourse
comme tous les jours
ont ouvert leurs cotes
comme tous les jours
et là

le désastre
comme si dans le tramway
– celui qu'ils prennent tous les matins –
le terminus n'était pas au bout de la ligne
mais qu'il se présentât
soudain
« tout le monde descend, terminus ! »
Terminus ?
Terminus.
Gregory, Peter, Jimmy, Dave, Fred, Mitch
l'un après l'autre
ont dit : *« stop ! »*
– *« terminus ! »* –
quand ils ont vu
– *« terminus ! »* –
quand ils ont compris
– *« terminus ! »* –
que le rêve ce matin, ici, a pris fin.
Réveil brutal.
Réalité soudaine.
Plus de chiffres
– *« terminus ! »* –
plus de titres
– *« terminus ! »* –
plus de transactions
– *« terminus ! »* –
aujourd'hui l'Amérique a ouvert les yeux.
Eux ont fermé les leurs : coup de revolver.
Aujourd'hui l'Amérique a cessé de courir
hors d'haleine
elle s'est arrêtée au bord de la route
et s'est rendu compte
malédiction
à l'improviste

– « terminus ! » –
que peu lui importait
en fin de compte
de courir.
Donc ?
Donc j'encaisse.
Je vends.
Je descends, merci : ça suffit.
Donnez-moi mon argent.
Quel argent ?
Il n'y a pas d'argent.
L'argent, c'est un fantôme.
L'argent, ce sont des chiffres.
L'argent, c'est de l'air. Vous ne pouvez pas maintenant,
tous, tous ensemble
tous en masse
vouloir de l'argent.
Gregory, Peter, Jimmy, Dave, Fred, Mitch
se penchent aux fenêtres
des étages supérieurs :
Wall Street est bondée
des gens arrivent là-bas
– « terminus ! » –
d'autres ici et d'autres encore
« ils veulent leur argent »
– « terminus ! » –
Gregory, Peter, Jimmy, Dave, Fred, Mitch
s'enfuient
« ils veulent leur argent »
« ils veulent leur argent »
« ils veulent leur argent »
balle
détente
feu Gregory !

feu Peter !
feu Jimmy !
feu Dave !
feu Fred !
feu Mitch !
détonation
détonation
détonation
détonation
détonation
détonation.

Quel beau vacarme font
ces pétards et ces feux d'artifice
tirés dans la rue
pour fêter les époux !
Bobbie Lehman et Ruth, sa femme,
en voiture
de retour de leur voyage de noces
accueillis par la foule
photographes et curieux
au 7 West, 54th Street.

Lune de miel splendide.

Europe, transatlantique
de toute façon Lehman investit dans les avions
voler n'est donc pas un problème.

Ruth, robe verte
Bobbie complet blanc cravate blanche
immaculé
agitent la main
derrière les vitres de la Studebaker.

« Regarde-les, Bobbie, ces gens ont vraiment du temps à perdre. »
« Ce sont les employés de la banque, Ruth. »
« Pis encore, ils vous détestent et viennent te saluer. »
« Je ne crois pas être détesté. »
« Aucun esclave n'aime son négrier. »
« Je ne joue aucun rôle chez Lehman Brothers. »
« Ok. Je rectifie : tu es le prochain négrier, l'imminent négrier. »
« Le négrier d'aujourd'hui serait donc mon père ? »
« Je ne peux pas le dire ? »
« Tu l'as déjà dit. »
« C'est du réalisme, Bobbie, un sain réalisme. »
« Le monde n'est pas toujours aussi horrible qu'il te paraît. »
« En effet, il est bien pire ! »
« Regarde ce gamin avec sa pancarte. Il y a écrit :
MERCI MISTER LEHMAN !
Jamais on ne remercierait un négrier. »
« Tu te trompes :
c'est une marque de masochisme,
typique des subalternes :
ils détestent ton père et le remercient. »
« Je ne crois pas avoir demandé ton avis sur mon père, Ruth. »
« Chaque fois qu'on mentionne ton père,
tu clignes des yeux.
Cela signifie sûrement quelque chose. »
« Tu es une femme terrible ! »
« Je suis de l'Illinois. »

Hubert
est le neuvième agent de change
à se supprimer à Wall Street

le jeudi noir.
Bill est le dixième
Peter le onzième.

Ils se défenestrent
des étages supérieurs de l'immeuble.
Ils se défenestrent
en fin de journée
quand ils comprennent que plus rien n'est comme avant.
Hubert, Bill, Peter
s'occupent de fonds d'investissement.
Investment Trusts.
Cela revient à dire
que Hubert, Bill et Peter accomplissent des miracles.
C'est leur métier.
Gains extraordinaires
promis à tout investisseur :
tu me donnes ton argent
je le ferai fructifier
comment peu importe
comment il n'est pas utile de le savoir
nous nous en occupons
nous savons
tu me donnes ton argent
et à terme
tu me diras : *« merci »*
car, je le jure, tu n'en croiras pas tes yeux
c'est comme ça qu'on constitue des capitaux
oui monsieur
c'est comme ça qu'on constitue des capitaux.
Hubert, Bill, Peter savent s'y prendre :
ils investissent l'argent dans 100, 1 000 titres
comme un fleuve divisé en gouttes.
Hubert, Bill, Peter sèment de l'argent dans le champ du marché

puis ils récolteront
puis ils récolteront
puis ils récolteront
comme autrefois dans les plantations de coton
sème et tu récolteras
sème et tu récolteras
mais
que se passe-t-il si le champ semé
part soudain
en flammes ?
Hubert, Bill, Peter ont investi l'argent
bien sûr
Investment Trusts de Lehman Brothers
mais ce n'était pas leur argent
malédiction
« à terme, qu'est-ce qu'on raconte ? »
« à terme, qu'est-ce qu'on invente ? »
Ici tout a brûlé
en flammes
détruit
cendres
cendres
« à terme, qu'est-ce qu'on raconte ? »
« à terme, qu'est-ce qu'on invente ? »
Hubert gravit l'escalier à toute allure
jusqu'au dernier étage.
Bill arrive au quatrième.
Peter ouvre grand une fenêtre.
« à terme, qu'est-ce qu'on raconte ? »
« à terme, qu'est-ce qu'on invente ? »
Ici il n'y a plus rien.
Hubert sur la corniche.
Bill sur le parapet.
Peter sur le rebord.
La chute.

La chute.
La chute.

« Une chute de quelle ampleur, Bobbie ? »
« Je t'ai déjà dit de ne pas me le demander. »
« Je n'ai pas le droit de savoir ? »
« Pas maintenant. »
« Je suis ta femme ! »
« La banque ne te concerne pas, Ruth. »
« Bien sûr : ne la lâchez pas ! »
« Je te prie de ne pas t'immiscer, la situation est délicate pour mon père. »
« Pour ton père ! C'est toi qui vas devoir te charger de tout. »
« Je ne crois pas. »
« Bien sûr que si. Tout s'écroule, et quand tout s'écroule, on laisse la place aux enfants en général. »
« La seule vérité, c'est que tout s'écroule. Je te demande un minimum de tact. »
« Tout s'écroule, et je dois me taire ? »
« Tu sauras tout en temps voulu. »
« Quand ? »
« Quand tout le monde saura. »
« Tu m'insultes ! »
« Ce n'est pas un jeu. »
« Mais pour qui m'as-tu prise ? »
« Calme-toi ! »
« Dans cette maison, j'ai moins de valeur qu'un bibelot ! »
« Je n'ai jamais dit ça. »
« Mais je viens de le comprendre ! »
« Ruth... »
« Combien avez-vous perdu ? »
« Beaucoup. »

« Combien ? »
« Des millions. »
« Combien ? »
« Je ne peux pas ! »
« D'accord, Bobbie, j'ai compris :
nous deux, nous divorcerons vite. »

11

YITZCHAK

Le rendez-vous
– à l'heure fixée –
est dans dix minutes.

Philip Lehman
est arrivé dans son bureau
une heure et demie plus tôt :
il voulait consigner la conduite à suivre
en majuscules dans son agenda.

Il s'est assis
devant le mur tout en miroirs.
Il a vu son reflet
près de la lampe en marbre
de style hongrois ;
il a vu son reflet, Philip,
l'agenda ouvert, le stylo à la main :
pour la première fois
Philip Lehman
ne sait qu'écrire
dans son agenda.

Il déglutit.
Il n'arrive pas à détourner le regard.

Le rendez-vous

– à l'heure fixée –
est dans six minutes.

Lentement il se peigne les tempes,
il se scrute dans le miroir
il ne s'est jamais vu aussi vieux.

« Comment se fait-il qu'il y ait aujourd'hui
plus de silence que d'habitude ?
Comment se fait-il que l'air soit
aussi poisseux que de la colle ?
Comment se fait-il que la pendule murale
fasse un vacarme infernal
sans que je l'aie jamais entendu ? »

Philip Lehman le sait, il le sait bien,
aujourd'hui est comme un ciel qui s'obscurcit :
il ne reste plus qu'à attendre l'orage.
Inutile de faire semblant de rien :
si le ciel devient plus noir que noir
l'orage éclatera.
Sûrement.

Voilà, c'est ça, le problème.
Exactement.
Et Philip est convaincu :
le krach de Wall Street
n'a pas été un orage.
Il a juste été un ciel noir.
L'orage, le vrai, va éclater.
Comment peut-on écrire ça
dans un agenda de banquier ?
Comment peut-on écrire
que les orages sont parfois si violents
qu'un parapluie ne vous suffit pas ?
Comment peut-on écrire que…

qu'au lieu de l'orage
c'est un cyclone, peut-être, qui va arriver ?

Voilà, c'est ça, le problème.
Exactement ça.
Philip en est convaincu :
un ouragan va se déchaîner.

Le rendez-vous
– à l'heure fixée –
est dans trois minutes.
Philip Lehman se peigne les tempes
se scrute dans le miroir
s'oblige à sourire
car on a décidé à la réunion de toutes les banques
que le véritable ennemi est la panique.
Sourire, donc.
Goldman doit sourire.
Lehman doit sourire.
Merrill Lynch doit sourire.
Le plus possible :
sourire.
Une Amérique entière tremble de peur
la peur doit prendre fin :
sourire.

Comment peut-on écrire dans un agenda
que l'ouragan va arriver
et qu'il faut juste sourire ?

Philip Lehman se peigne les tempes
se scrute dans le miroir ;
derrière lui
accrochée au mur
la plaque avec l'inscription
MERCI, MONSIEUR LEHMAN.

On frappe à la porte.
Nous y sommes.
« Entrez ! »

Bobbie entre, ferme la porte
s'assied devant son père.

Philip déglutit.

Bobbie tousse.

Philip croise les jambes.

Bobbie baisse les yeux.

Philip desserre le nœud de sa cravate.

Bobbie joue avec son sourcil.

« Je t'écoute, Robert. »

« Pardon ? »

« Dis-moi tout. Ne m'épargne rien. »

« De quoi devrais-je parler exactement ? »

« De la banque, du krach, de notre position. »

« Avec le respect que je te dois, nous pourrions interroger Arthur. »

« Ton cousin sera consulté, bien sûr. Dans un second temps. »

« Dans un second temps ? »

« Je t'écoute, Robert. C'est ton tour à présent. »

La pendule murale : assourdissante.
Bobbie respire profondément.
Philip croise les doigts.

« La situation – si j'ai bien compris – est la suivante :
douze de nos banques associées ont déclaré faillite.
Les fonds d'investissement sont anéantis.
Nos pertes sont huit fois plus élevées que prévu.
Le marché des titres est bloqué.
J. J. Riordan s'est supprimé cette nuit
et l'United States Bank annonce la banqueroute.
C'est du moins ce qu'on m'a dit. »

Philip se lève.

Il fait deux pas vers la droite, un vers la gauche.

Bobbie sort son mouchoir.

Il s'essuie le front.

Il replie le mouchoir.

Philip se verse un verre d'eau.

La pendule murale : assourdissante.

« Je t'écoute, Robert : ta prévision. »

« Ma prévision, Dad ? »

« Ta prévision. »

« Je ne sais pas exactement. »

« Essaie. »

« L'État – du moins à entendre Herbert –
va déclarer les banques coupables de la crise.
Nombre d'entre elles feront faillite
notamment parce que les industries commencent
à fermer.
Si les industries ferment, les prêts ne seront
pas remboursés
et sans l'argent des prêts, les banques sauteront. »

« Est-il possible que Lehman Brothers fasse faillite ? »

« Je n'en ai pas la moindre idée... J'espère que non, je croise les doigts. »

La pendule murale : assourdissante.

Philip nettoie ses lunettes.

Bobbie se mord la langue.

« Continue. »

« Je continue où ça ? »

« Continue. »

« D'après Herbert, l'État laissera couler
les premières banques, *sans réagir :*
il doit montrer qu'il ne nous aide pas. »

« Acceptes-tu un conseil, si je peux me permettre, Robert ? »

« Un conseil, Dad ? »

« Que tu pourras ignorer, si tu le préfères.
Je pense qu'il est dans notre intérêt
que certaines banques ferment.
Cela donnera la sensation que le chaos a atteint son pic
mais dès demain cela aura l'allure d'un souvenir.
Voilà pourquoi je déconseille d'aider les banques en crise :
si elles demandent des prêts à Lehman Brothers, refuse-les. »

« Moi, Dad ? »

« C'est ce que fera aussi l'État,
et il dira que c'étaient des pommes pourries.
Mais après ce premier moment

je crois
qu'il aura besoin de banques fortes
qui tiennent debout
car sans banques il n'y a pas de reprise.
Je suis donc convaincu que
si Lehman Brothers survit au premier *mois*
il n'y aura pas de faillite et vous en sortirez plus forts. »

La pendule murale : assourdissante.

Philip regarde à travers la fenêtre.

Bobbie tousse
comme s'il étouffait.

Son père, toutefois, n'en reste pas là :

« Les banques ne seront plus libres :
l'État voudra vous contrôler
il imposera des règles, des normes et des limites.
Pendant plusieurs mois l'économie sera bloquée
le nombre de chômeurs augmentera
le système, Robert, se dirige vers la paralysie.
Tu es prêt à tout cela, n'est-ce pas ? »

« Moi, Dad ? Je ne crois pas. »

« De toute façon, ça ne durera pas éternellement.
La crise s'étendra sur *trois, quatre, peut-être cinq ans. »*

Philip regarde à travers la fenêtre.

Bobbie se mord un ongle.

La pendule murale : assourdissante.

Bobbie fixe son père, debout là-bas.

Philip regarde à travers la fenêtre.

Bobbie ouvre son col.

« Mon cher Robert, c'est à toi qu'il revient de nous sauver. »

La pendule murale : assourdissante.

Bobbie dévisage son père
il a la sensation de voir dans sa main une lame
dont il s'apprête à le frapper
sur l'autel du sacrifice.

Son regard court de l'autre côté de la baie vitrée :
aucun ange ne s'apprête à surgir en piqué
pour suspendre le meurtre d'un fils :
dehors le ciel est gris
compact et désert.

S'il y a des anges, ils sont tous là-haut
prêts à ouvrir les robinets.

Et de fait
c'est à cet instant
qu'il se met à pleuvoir.

L'ange dit :
« N'étends pas la main contre l'enfant [...]
tu ne m'as pas refusé ton fils, ton unique. »
Genèse, 22, 12

12

THE UNIVERSAL FLOOD

Il pleut à verse
sur l'enseigne
HUNGARIAN LAMPS
suspendue
à la façade de brique brute
dans ce coin hongrois
de Manhattan
où une grenouille de dix ans
aux joues comme deux melons
tente de vendre aux passants
les rebuts de la fabrique.
Il sait y faire, c'est sûr.
Il prend en cachette tout ce qui est jeté.
Écrit dessus un prix
puis le revend comme neuf
à l'insu de son père :
le voici sur le trottoir.
Il est là depuis des heures
avec son parapluie
mais personne ne s'est arrêté.
Personne n'a envie d'acheter
quand il pleut à verse.

Il pleut à verse aussi
sur l'enseigne en fer

PELOPONNESUS
dans ce coin
un peu grec
du Nebraska.

On n'a jamais vu
autant pleuvoir
du moins ces dix dernières années
depuis que Georgios Petropoulos
est devenu américain
et a pris un nouveau nom
pour éviter que le Ku Klux Klan
n'incendie son restaurant.
George Peterson : ça sonne mieux.

Son fils Pete
ne pleure plus.
Il grandit.
Il fait ses devoirs
assis au comptoir.
Ses cahiers sentent un peu l'huile
mais peu importe
car son père
a décidé de lui apprendre les mathématiques
en faisant les comptes de la cuisine.
Ce que je dépense.
Ce que je gagne.
Matière première.
Huile olives pain épices.
Recette.
Matin soir déjeuner dîner.
« Alors, quelle est la recette, Pete ? »
« J'ai fait les comptes,
oui monsieur,
hier nous avons gagné 40 dollars

35 si nous incluons le courant électrique. »
« Tu en es sûr, Pete ?
« Évidemment, j'en suis sûr,
et je prévois que nous gagnerons
aujourd'hui 10 dollars de moins
car il y a moins de clients
chaque fois qu'il pleut à verse. »

Justement, il pleut à verse.
Une procession de parapluies noirs
remplit la rue devant le tribunal
où Irving Lehman pénètre chaque matin.
Un procès pour meurtre l'attend aujourd'hui :
un ouvrier a tiré sur un industriel
il l'a tué devant la porte de son bureau
après que l'usine avait définitivement fermé.
Irving se fraie un chemin parmi la foule,
son imperméable sombre ruisselant d'eau :
« Monsieur le juge ! lui crie un individu.
Un autre verdict contre les affamés ? »

Irving ne s'arrête pas : il est habitué,
il avance du même pas
en évitant les flaques
vers l'entrée de l'édifice.

« Monsieur le juge ! le rejoint un journaliste.
Allons-nous avoir une nouvelle affaire Freddy ? »

Irving secoue la tête.
L'affaire Freddy a été un cauchemar
pendant des mois :
un chômeur avait demandé un prêt à un guichet
et, ne l'ayant pas obtenu, s'était immolé par le feu.
La famille de Freddy
avait traîné la banque devant le tribunal

tout en sachant qu'il n'y avait pas d'espoir.
Mais il y a des procès dont le peuple s'empare.
Et dehors, dans la rue,
une révolte faillit éclater
quand Irving lut son verdict :
« Au nom du Peuple américain
l'établissement bancaire est disculpé
car rien ne prouve l'existence du fait. »

« Ce n'est pas pour rien que tu t'appelles Lehman ! »
lui avait-on crié d'une fenêtre.
Et ce jour-là aussi il pleuvait à verse.

Il arrive que les arbres
sous un déluge exceptionnel
perdent carrément leurs feuilles :
l'eau les entraîne dans sa fureur.

Voilà ce à quoi songe Herbert Lehman
tandis qu'au siège de son parti
il observe à travers la fenêtre
la mer grise qui s'est déversée sur les têtes
et qui tombe maintenant à outrance.

Mais l'homme qui est assis devant lui
attend une réponse
et Herbert n'aime pas faire patienter ses interlocuteurs :
« Bien sûr, je m'appelle Lehman.
Cela ne signifie pas que je défende d'office les banques.
En vérité, j'ai toujours été perplexe.
Mais, avec tout le respect que je vous dois,
bloquer par décret la finance entière
ne vous semble-t-il pas une attitude sans précédent ? »

L'homme assit à la table nettoie ses lunettes :
« Je n'envisage qu'un arrêt de trois jours :
nous arrêtons le système, nous éteignons les moteurs.

Puis nous les rallumons à froid
et nous voyons si tout repart. »

« Reste qu'aucun gouvernement dans l'histoire
n'a jamais coupé le courant aux banques
ne fût-ce que trois jours. »

« Pour ce que ça vaut, cher Herbert,
jamais aucun gouvernement dans l'histoire
n'avait connu pareille crise.
J'estime que nous devons nous arrêter
reprendre notre souffle et recommencer
avec de nouvelles règles.
Car il est clair que rien ne pourra plus être
comme avant.
Au fond, c'est le rôle de la politique :
donner un nom aux étapes,
comprendre ce qui s'achève, ce qui continue
et ce qui commence.
Qu'en penses-tu ? »

Herbert acquiesce et se rassied :
« Vous pouvez compter sur moi, Mister Roosevelt. »

Sur One William Street aussi
l'eau ruisselle sans fin
coulant comme des flots
sur les fenêtres du troisième étage.

Derrière ces vitres
se trouvent trois pièces – pratiquement identiques –
arborant sur leur porte l'inscription DIRECTEUR.

Arthur Lehman occupe la première à droite.

Pour lui, le déluge universel a été un coup dur :
l'eau de pluie a trempé les billets de banque
et la valeur des 7,21 $ s'est contractée à vue d'œil.

Désormais Arthur ne parvient plus à voir
dans les rues de New York les foules joyeuses de 7,21 $
mais de ternes processions de 5,16 $
dont l'apathie n'est pas fortuite :
Arthur a dû synthétiser la valeur Tristesse (T)
à travers une formule complexe
qui la fait dépendre de l'addition de
Projection dans l'avenir (P_{tomor})
et Possibilités dans le présent (P_{now})
le tout influencé par un facteur R (Richesse joyeuse)

$$T = R \times (P_{tomor} + P_{now})$$

Une chose est sûre, a découvert Arthur,
il n'est pas vrai que les sentiments sont extra-bancaires :
il existe une fonction arithmétique souterraine
qui rattache
l'Enthousiasme (E) à l'Investissement (I),
et la Grande Dépression en est la preuve criante.

Quand prendra fin cet enterrement ?
Quand cesserons-nous de croiser d'anciens clients
au visage lugubre
et ingrats envers ceux qui leur ont tout donné ?

Voilà.
L'ingratitude.

Arthur n'admet pas ça.
Voir de vieux titulaires des fonds Lehman
changer de trottoir dès qu'ils l'aperçoivent.
Est-ce acceptable ? Insulter une mère ?

Arthur Lehman
– c'est connu –
n'a jamais eu un caractère simple.
Mais après les longues années de torpeur névrotique

qui affligent souvent les mathématiciens,
une menaçante impétuosité
l'a envahi avec la grande crise.

Rien de nouveau, a-t-on pensé en famille :
n'était-il pas l'enfant endiablé
qui, au Temple, se plaçait au premier rang avec son nounours ?
Et donc qu'y a-t-il d'étrange à ça
puisque nous finissons toujours
par montrer les traces de ce que nous étions ?

Possible.
Mais après l'incident de la veille
son frère Irving l'a sérieusement réprimandé
ne serait-ce qu'en vertu de sa position au tribunal.

Il se trouve en effet
qu'Arthur n'a pas résisté
et qu'il s'est – pour ainsi dire – laissé aller.

Certes, la situation des banques est délicate
mais il y a une limite à tout.

Bref, Mister Russell Wilkinson
était jusqu'en 1929 un client affectionné :
titulaire de trois fonds et d'une centaine d'actions
il est le fils d'un certain Teddy Mains-de-soie
(avec qui, semble-t-il, nous commercions autrefois dans le textile).

Un *brave homme*, en somme
si l'on applique le critère de bravoure sur une échelle financière.
D'ailleurs
il a été décoré en tant que héros de guerre
ayant perdu une moitié de jambe

dans la mythique offensive de l'Argonne.
Il portait donc
coincée à la hauteur du genou
une prothèse en bois
transformée en moderne plastique
après que Lehman Brothers
eut financé le polyméthacrylate de méthyle.

Eh bien.
Sous un déluge sans précédent
après avoir croisé en voiture ce cher Russell à pied
clopinant et par surcroît dépourvu de parapluie
Arthur
pria son chauffeur de se placer à sa hauteur
et proposa à l'homme de l'accompagner chez lui ou ailleurs.
Le reste est passé aux faits divers.
Non seulement Wilkinson n'accepta pas,
mais après des années de loyauté bancaire
il cracha la phrase *« Je ne voyage pas avec celui qui m'a ruiné ! »*
À ces mots
Arthur
fut saisi d'un instinct animalesque :
il descendit du véhicule sous l'ouragan
attrapa l'ancien client par le col de son manteau
et cria comme un forcené :
« Espèce de malappris, boiteux de merde,
héros de guerre de mes deux,
c'est la faute de la banque maintenant ?
Qui t'a donné tes réfrigérateurs, ton grille-pain et ton fer à repasser ?
Qui t'a donné les emplois à l'usine ?
Qui t'a donné ta voiture dans le jardin
et l'essence pour te promener ?

Qui t'a donné ta radio dans le salon ? Et la musique ?
Et le téléphone mural ? Et le tabac que tu fumes ?
Et le café que tu bois ?
Et à qui dois-tu la médaille que tu portes
sur la poitrine ?
J'ai financé ta bataille ! Moi ! Moi !
Car si Lehman n'avait pas ouvert le robinet, tu sais quoi ?
Ta belle guerre serait passée à l'as !
Pour dire la vérité, cette jambe m'appartient
je l'ai payée avec mon argent ! »

Sous un mur de pluie
le visage cramoisi
il attrapa la prothèse
la détacha tout net
et la glissa sous son bras
comme une baguette française.

Seule l'intervention de deux gendarmes
le ramena à la raison
et empêcha que cela ne dégénère.

« Une scène pathétique, pour toi,
pour la banque et pour la famille.
Vous échouerez tous au tribunal,
et ne venez pas m'y chercher »,
avait commenté Irving
qui est à présent candidat au poste
de premier magistrat.

Telle était l'atmosphère.

Nullement allégée par le reste du trio des dirigeants.

Car ils étaient deux à occuper
le bureau qui jouxtait celui d'Arthur :

Harold et Allan
promus au rang de directeurs.
Ils n'avaient qu'une demi-voix chacun
raison pour laquelle ils ne formaient qu'un.
Ce qui était la vérité, du reste.

Cette élévation à un rôle aussi prestigieux
dans une période vraiment dramatique
avait eu chez eux
un effet explosif.
Et plutôt imprévu.

Prouvant
que chaque individu réagit à sa façon
aux scénarios auxquels la réalité vous contraint
Harold et Allan
n'avaient été nullement intimidés
par leur nouvelle charge
au contraire
ils s'étaient d'abord imposé
un élan de type humoral :
l'Amérique avait perdu son mordant ?
Bien, ils le lui rendraient.
L'Amérique avait cessé de sourire ?
Ils s'obligeraient, eux, à étirer les lèvres.

Un choix compliqué.
Car ni l'un ni l'autre
n'étaient des prodiges de jovialité
pis, ils s'étaient toujours distingués
par une approche plutôt féroce.

Mais l'esprit d'écurie imposait un saut :
il fallait remettre en mouvement
l'engrenage de l'espérance
car seuls ceux qui espèrent dépensent.

Donc, assez : il n'y avait pas de choix,
que cela plût ou pas, on devait rire.

Armés de parapluies, donc,
les deux Lehman établirent une stratégie militaire :
il convenait de bombarder à outrance
avec des missiles chargés d'optimisme.
Et peu importait que ce ne fût pas le moment,
il fallait bien que quelqu'un commence.
Eux, en l'occurrence.

Du reste,
avec l'argent on obtient, sinon tout, beaucoup,
et deux banquiers Lehman ne pourraient-ils pas apprendre à rire ?

Il suffisait de s'adresser à un spécialiste.
Au fond, ils étaient bien les fils d'un lapereau
qui s'était transformé en cobra
grâce à une didactique opportune !
Allez.

« Vous avez été convoqué, monsieur,
comme un spécialiste de votre secteur »,
commença Harold, très professionnel,
assis à son bureau
flanqué de son frère qui opinait :
« Dans une phase historique de grand découragement
nous tenons à savoir comment et où vous avez appris
la technique qui vous rend si sympathique. »

Buster Keaton garda d'abord le silence.
Il se contenta de rouler les yeux
dans l'espoir que ce numéro – adoré des enfants –
atténuerait l'atmosphère de consultation.
Espoir vain :
les deux frères étaient glaciaux.

Il ne lui resta donc
qu'à hasarder un abrégé de l'art comique
qui reposait – à son avis –
sur une drôlerie naturelle
et donc sur la possession – voilà ce qu'il dit –
d'une certaine forme de talent inné
inéducable
miraculeux.
« Exactement, messieurs, comme votre sens des affaires... »
Il espérait que ce compliment dissiperait le fiasco.
En vain.
Car le message était arrivé fort et net :
qu'ils capitulent,
la comédie n'était pas faite
pour leurs têtes d'huissiers.

Le résultat ne fut pas meilleur, le lendemain,
avec monsieur Chaplin.

Ce fut Allan qui s'exposa
s'employant à émousser dès le départ
l'arme qu'avait utilisée le précédent spécialiste :
« Puisque vous avez à plusieurs reprises
prétendu en public
que l'art comique n'est pas un don, mais un métier,
voudriez-vous nous expliquer par quelle voie
pour ne pas dire par quelles études
on obtient la capacité de faire rire les gens ? »

Cette phrase tomba dans le vide.
Puis le regard de l'homme vira à la langueur
tandis qu'il adoptait l'apparence de Charlot.
Cependant ce masque n'adoucit
nullement le concept :
pour susciter un semblant de sourire

il fallait avoir l'air d'une victime, non d'un bourreau.
Mister Chaplin employa évidemment une périphrase :
il n'eut pas le courage de dire clairement
qu'un banquier millionnaire
aurait grand-peine à inspirer
la sympathie.
Surtout après le krach de 1929.

Il s'abstint aussi de leur dire que son prochain film
aurait pour héros un ouvrier et une gamine
exploités par un système inhumain.

Restait un dernier espoir : Laurel & Hardy.
De fait
le début fut plutôt prometteur
pour la simple et banale raison
que les deux hommes s'étaient mépris,
croyant avoir été convoqués
pour apporter un peu d'entrain
dans une banque au bord du gouffre.

Ils s'exhibèrent donc séance tenante
dans deux numéros de *slapstick*
comprenant culbutes et pirouettes.
Très drôles, certes.
Mais Harold et Allan pouvaient-ils aller jusque-là ?
Troquer l'habit du banquier pour celui du clown ?
Se promener, des quilles dans la poche ?

Ainsi non seulement ils ne sourirent pas,
mais ils se rembrunirent plus encore.

Puis l'idée, née d'un accès de colère de Harold :
« Faudra-t-il donc les payer pour les faire rire ? »

En effet…

Les deux garçons étaient diaboliques.

On l'a déjà dit.
Mais dans ce cas ils le furent doublement.
Ils se mirent à financer
sur l'échelle continentale
d'El Paso jusqu'à Seattle
une multitude de concours :
« LE PLUS BEAU SOURIRE DE L'OHIO ! »
« LA MAMAN LA PLUS SOURIANTE D'ARIZONA ! »
« LA MEILLEURE BLAGUE DU MISSOURI ! »
« LE COLLÈGUE LE PLUS AMUSANT DE L'IDAHO ! »
« L'ENFANT LE PLUS JOYEUX DU MISSOURI ! »
« LE GRAND-PÈRE LE PLUS DRÔLE DU MISSISSIPPI ! »
« L'HOMME LE PLUS SYMPATHIQUE DU KENTUCKY ! »

Ce qui revenait à dire :
si les deux Lehman ne parvenaient pas à rire,
la firme pouvait-elle sourire à leur place ?

Dans ce genre de moment
avec un taux de pauvreté au plus haut
l'Amérique se remplit
de concurrents affamés d'argent
prêts à pousser les rires les plus effrayants
pour s'adjuger le chèque de la banque.

Il en est un, en revanche, qui ne rit jamais,
c'est le troisième et dernier directeur.

Car la dernière pièce
au fond du couloir
– l'ancien bureau du *golden* Philip –
héberge à présent son fils Bobbie.

Immobile. Sombre.
Le regard braqué sur la fenêtre
où la pluie ne cesse de ruisseler.

Il ne peut plus perdre de temps :
son esprit est désormais entièrement occupé
par une maudite arche.

Noé avait six cents ans
quand arriva le déluge, les eaux sur la terre.
Genèse, 7, 6

13

NOACH

On a tôt fait de dire *« une arche »*.
Une arche.
Qui flotte sur les eaux.
Qui ne coule pas.
Qui demeure en suspens, sur les flots.

Une arche.

Pourquoi Noach doit-il construire une arche ?
Sauver l'humanité, d'accord
survivre au déluge, d'accord
mais pourquoi à bord d'un bateau ?
Bobbie Lehman déteste les navires.
Il préfère de loin les avions.
Ça oui, ça lui conviendrait :
sauver Lehman avec une flotte d'avions.
Je vous en donnerai du bateau : des avions !
Ceux de son ami Juan Terry Trippe ;
ceux qui arpentent les ciels ;
ceux que Bobbie n'a même pas besoin de regarder :
dès qu'il les entend filer dans le ciel
il ferme les yeux
sourit
« Pan Am : ça nous appartient. »

Et puis Bobbie aime les avions plus que tout.
Il les adore.
Car l'avion se détache de la terre
l'avion s'éloigne
l'avion abandonne tout derrière lui
il s'en va, là-haut
il oublie tout
– *« salut, Bobbie ! »* –
il s'en va, là-haut
à des milles et des milles de distance
– *« salut, Bobbie ! »* –
il s'en va, là-haut
l'avion divorce de la terre.

Voilà, justement.
Il divorce.

Car si Noach, le patriarche, devait sauver les hommes
– ce qui n'est pas rien –
au moins il avait une famille.
Mais Bobbie, non monsieur.
Bobbie a chez lui un champ de bataille.

Ruth refuse d'être l'épouse du patriarche.
Ruth *veut* être le patriarche.
Ou, si ce n'est vraiment pas possible,
participer à la construction de l'arche.
Monter à bord après coup ?
Vraiment pas.
Regarder la pluie du salon ?
Pas question.
Le fait que son mari doive sauver le monde
et qu'il rentre le soir en disant : *« L'arche avance »*
lui déplaît foncièrement.
« Elle avance, oui, et moi je joue les statues ici !

Je t'avertis, je m'ennuie, Bobbie ! »
« Tu sauras tout, le temps venu. »
« Quand ? »
« Quand tout le monde le saura. »
« Pour qui me prends-tu, Bobbie ? Je ne suis pas comme ta mère. »
« Tu n'as même pas connu ma mère. »
« C'est comme si je l'avais vue : toujours à la maison, muette et en marge. »
« Calme-toi ! »
« Entre ces murs, j'ai moins de valeur qu'un bibelot ! »
« Ruth... »
« Fais attention, Bobbie, fais très attention :
j'envisage le divorce. »

Dure vie, que celle du patriarche moderne.

Il n'est pas simple
de sauver en même temps
l'humanité et son mariage.

Bobbie s'y essaie, bien sûr.

Mais ce n'est pas un hasard si depuis quelques mois
les doigts de ses mains
n'arrêtent pas de trembler :
  « tu as remarqué, Bobbie ? »
s'il se mord tout le temps les lèvres :
  « encore, Bobbie ? »
si son front est toujours moite :
  « essuie-toi le front, Bobbie »
si sa langue se colle sans cesse à son palais :
  « ça ne va pas, Bobbie ? »
et ne s'en détache pas
ne s'en détache pas
ne s'en détache pas
ne s'en détache pas

sauf pour dire :
« Qu'est-ce je viens faire dans cette histoire de patriarche ? »

De toute façon.
C'est ton tour, Bobbie.
Le tien et celui d'aucun autre, Bobbie.
Alors vas-y, Bobbie.
Et applique-toi, Bobbie.
Un jour les eaux redescendront, Bobbie.
Et alors tu verras, Bobbie, l'humanité entière dira :
« Merci, Mister Lehman ! »

Voilà.
Justement.
Il y a également ça.
L'humanité dira :
« Merci, Mister Lehman ! »

Mais quel Mister Lehman ?

Voilà l'autre problème.
Car si Noach, le patriarche, devait sauver les hommes
– ce qui n'est pas rien –
au moins il n'avait pas de concurrence.
Bobbie, si monsieur.

Bobbie a deux cousins.

Ils se prénomment Herbert et Irving.

Le premier tout juste élu gouverneur de New York.
Le second tout juste élu premier magistrat de la cour de New York.

Très aimé. Tous les deux.
Très estimés. Tous les deux.

Même Ruth lui a demandé, à sa grande surprise :

« Tu n'es pas content, Bobbie ?
Maintenant vous autres Lehman avez une banque,
un gouverneur et un premier magistrat ! »

Oui.
Tout le monde s'appelle Lehman.
Il se peut que le roi George V d'Angleterre soit aussi un Lehman.
Et pourquoi pas, le pape Pie IX.

Pendant que Noach Lehman fabrique son arche
les hommes les plus puissants du monde
doivent tous
porter son nom.

Sinon, sauver le monde serait simple.

Pas un jour ne s'écoule désormais sans que Bobbie
ne trouve au moins un cousin dans le journal
sous des titres en gros caractères :
ROOSEVELT ET MOI SAUVERONS L'AMÉRIQUE !
NOUS VOUS CONDUIRONS LOIN DE LA TEMPÊTE !
CROYEZ EN NOUS !
NOUS TRAVAILLONS POUR VOUS DONNER UN AVENIR !

Comme c'est encourageant de lire chaque jour
votre nom
et de vous répéter chaque jour : *« Ce n'est pas moi. »*

LEHMAN : EXEMPLE DE JUSTICE
LEHMAN : L'ESPOIR DES GENS
LEHMAN : UNIS NOUS VAINCRONS LA CRISE.

Et l'Amérique entière
sans attendre
en chœur :
« Merci, Mister Lehman ! »

« Merci, Mister Lehman ! »
« Merci, Mister Lehman ! »

Non, Bobbie, ce n'est pas toi.
Ce n'est pas à toi qu'on le dit.
Retourne clouer l'arche.

En attendant sur la planète Terre
il pleut il pleut il pleut encore
c'est le déluge
sans interruption.
Et en admettant que Bobbie ne l'ait pas vu
il y aurait toujours quelqu'un pour le lui rappeler.

Car le patriarche moderne
doit aussi supporter qui le harcèle.
Eh bien, oui : un serpent dans son sein,
un ennemi intérieur.

Bobbie en a rien de moins que trois :
Arthur, Harold et Allan.
Encerclement quotidien.

D'habitude Arthur se limite au commencement
toujours en mode arithmétique :
« Nous faisons faillite, tu comprends ?
J'ai estimé à 20 % nos chances de salut.
Si je m'en occupais moi-même, elles grimperaient à 60.
Mais puisque ton père a voulu te placer ici à tout prix
te confiant le rôle de first-manager,
j'aimerais savoir
exactement
quand tu comptes accoucher d'une idée ?
Mais d'une idée forte, bon sang, très forte !
Ou te contenteras-tu de nous mettre aux enchères,
comme un tableau ? »

En général, Bobbie réagit
paisiblement à ce ton si cordial
déclarant d'un filet de voix : *« J'y travaille. »*

À ces mots se déchaîne l'artillerie des deux frères :
Harold : *« 36 banques ont fait faillite, Bobbie,
tu l'ignores ? »*
Allan : *« Tu veux que nous soyons la 37ᵉ, Bobbie ? »*
Harold : *« Goldman Sachs a perdu 120 millions
de dollars, Bobbie ! »*
Allan : *« Tu as pris la bonne route pour faire pire ! »*
Harold : *« Un Américain sur 5 a été licencié, Bobbie ! »*
Allan : *« Veux-tu les imiter, nous mettant tous
sur la paille ? »*
Harold : *« Tu avais promis une arche, Bobbie,
où est-elle ? »*
Allan : *« Aurait-elle coulé à pic ? »*
Harold : *« Cette arche, Bobbie, où est-elle ? »*
Allan : *« Cette arche, Bobbie, où est-elle ? »*
Harold : *« Cette arche, Bobbie, où est-elle ? »*
Allan : *« Cette arche, Bobbie, où est-elle ? »*
Harold : *« Cette arche, Bobbie, où est-elle ? »*
Allan : *« Cette arche, Bobbie, où est-elle ? »*
Arthur : *« Cette arche, Bobbie, où est-elle ? »*

Noach, lui, avait la belle vie.

Facile de faire la star biblique
quand on n'a qu'à clouer une arche
réunir les morceaux
l'un avec l'autre
couper des planches du matin jusqu'au soir
marteler, limer, polir
après quoi,
les mains calleuses
le dos brisé

rentrer chez soi
et savourer la paix.

Pas Bobbie.

Seul le fils de Herbert, le grand échalas,
lui donne un semblant de satisfaction.

Peter a grandi comme un vrai prodige sportif.
Il court, saute, joue au rugby et au base-ball
c'est un champion de tennis
et il nage comme un poisson.
Il y aurait de quoi s'enthousiasmer
si Peter Lehman
ne gardait, du sport,
une obsession pour les palmarès.
On dirait qu'il voit des podiums partout
pour recevoir un prix comme pour en donner.

Peter est capable d'énumérer
– de but en blanc –
le classement des restaurants du quartier.
Médaille d'or. D'argent. De bronze.
Et toutes les autres places.

Peter classe l'amabilité de ses parents.
Or-Argent-Bronze.
L'intelligence des chiens de la famille.
Or-Argent-Bronze.
Les aigus des ténors au Metropolitan.
Or-Argent-Bronze.
Et même le confort des lits.
Or-Argent-Bronze.
Enfin l'honnêteté des hommes politiques
(son père en tête).

Voilà.
Ce qui fait de Peter un soulagement pour Bobbie

c'est que le garçon le place toujours vainqueur.
« J'ai énormément d'estime pour toi », lui dit-il très souvent.
Et cela vaut, aux yeux de Bobbie, beaucoup plus qu'une médaille d'or.

Et puis, bien sûr, le garçon est curieux.
Même amusant.
Ce n'est pas secondaire quand on doit travailler tous les jours dans un chantier naval.
Peter est le seul à vous passer les clous.
Et quand vous lui racontez vos cauchemars
il y voit le symptôme d'une époque :

« Cher Peter,
cette nuit j'ai rêvé que j'étais un grand singe
et comme j'allais me noyer
je m'agrippais au sommet d'une falaise
mais les mouettes me piquaient de leur bec
pour me faire tomber à pic. »

« Bon sang, oncle Bobbie,
c'est un tableau magnifique.
On dirait presque un film d'horreur.
Réfléchis : Le Grand Singe.
Sérieusement, ça pourrait rapporter des millions. »

Comment ne pas l'aimer ?

Pour le reste, la route est pentue.

Il arrive à Bobbie de penser que s'il rentrait chez lui et disait : *« J'ai construit l'arche, elle est prête ! J'ai sauvé tout le monde ! »*
Ruth lui répondrait comme d'habitude :
« Ah oui ? Je t'avertis, je m'ennuie, Bobbie ! »
« Ruth, je ne me suis pas amusé ! »

« Qu'est-ce que tu veux dire, hein ? Que j'ai joué toute la journée ? »
« Aujourd'hui, j'ai conclu un accord avec Schenley Distillers. »
« C'est-à-dire ? »
« Des distilleries. Puisqu'il est de nouveau légal de boire... »
« Tu veux sauver l'Amérique en la saoulant ? »
« Ruth... »
« J'ai entendu à la radio un discours de ton cousin. »
« Ah oui ? »
« Idées claires, mots justes, concepts forts. »
« Je vais me coucher, Ruth, je suis très fatigué. »
« Déjà au lit ? J'ai l'impression d'être une femme seule, Bobbie. »
« Allume la radio et écoute mon cousin. »
« Ton père aussi a dit qu'il est doué. »

Oui.
Car il y a ça aussi.
Faut-il dire que Noach, le patriarche, n'avait pas de père ?
Bobbie, si.

Par surcroît, d'or fondu.

Un *golden father* toujours là, prêt, les yeux ouverts
surveillant l'arche en construction
comptant les clous
disant :
« Pas comme ça, Robert ! Tu es sûr, Robert ? Je t'ai fait confiance, Robert ! »
et encore :
« Je ne partage pas ta façon de procéder.
De la prudence, il faut de la prudence !

Tu vois cette plaque avec cette inscription :
MERCI, MISTER LEHMAN ?
Un jour tu devras la mériter !
Il faut penser aux lendemains, Robert !
L'avenir vient, l'avenir presse
comme le dit ton cousin Herbert.
De la prudence, j'insiste, de la prudence !
Et à ce propos
ton cousin Arthur m'a appris une nouvelle
qui je l'espère est fausse :
tu n'as tout de même pas l'intention de dépenser
l'argent de la banque
pour tourner un film sur un singe ? »

« Un film à grand spectacle. »

« Tu comptes sauver l'Amérique
avec des chimpanzés ? »

« C'est un gorille, Dad. »

« Robert, s'il te plaît !
Tu diriges une banque, pas un cirque
laisse les grands singes là où ils sont ! »

« Ce sera un succès, il rapportera des millions ! »

« Les gens perdent tout :
maison, économies, travail.
Et toi, tu penses au cinématographe ? »

« Si nous voulons que la crise prenne fin
nous devons l'éliminer des conversations, Dad :
le cinéma distraie les gens, les passionne, les amuse.
Ils sortent de la salle, et tout est différent. »

Ce que Bobbie n'a pas dit
c'est que le cinéma non seulement distraie les gens
mais aide aussi les patriarches.

Noach, par exemple, les fréquente souvent.

Incognito, bien sûr.
Assis à l'un des derniers rangs.

Pour voir son dernier produit
il a pris également place au fond.
Et avec le plus grand enthousiasme.

Mais, c'est connu, les patriarches sont las le soir.
On ne peut pas exiger qu'ils soient de fer.

Assis au fond
en attendant
Bobbie releva le col de son manteau
et n'opposa pas de résistance au sommeil.

Il s'endormit.

Et certainement influencé par la projection en cours
il vit un film, entièrement à lui, en rêve.

14

KING KONG

RKO Radio Pictures
et
David O. Selznick
présentent

un film de
Merian C. Cooper et Ernest B. Schoedsack

Fay Wray
Robert Armstrong
Bruce Cabot
dans

KING KONG

Premier plan :
dans un New York pâle des années trente
un metteur en scène de documentaire
prétentieux
colérique
irascible
du nom d'Arthur Lehman
parcourt, inconsolable, les quartiers populaires :
il est affamé de nouvelles stars à offrir en pâture
au public
pour éviter l'effondrement.

Il en parle à ses agents Harold et Allan
qui le saisissent par le col :
« Nous faisons faillite, tu comprends ?
Nous avons estimé à 20 % nos chances de salut.
Si je m'en occupais moi-même, elles grimperaient à 60.
Mais puisque ton père a voulu te placer ici à tout prix
te confiant le rôle de metteur en scène,
nous aimerions savoir
exactement
quand tu comptes accoucher d'une idée ?
Mais d'une idée forte, bon sang, très forte !
Ou te contenteras-tu de nous filmer tout nus comme dans un documentaire ? »

« J'y travaille », répond Arthur
avant de sortir à la recherche désespérée d'une déesse
et voilà qu'elle apparaît sur le grand écran :
sublime, blonde, vaguement allemande.
« Votre nom, mademoiselle ? » balbutie le metteur en scène.

Et elle : *« Je me prénomme Bank et j'ai Lehman pour patronyme. »*

« Miss Lehman, avez-vous jamais songé à faire du cinéma ? »

« Non, jamais. Mais si vous m'offrez un travail,
je l'accepte :
aidez-moi, je vous implore, à cause de la crise
je risque de faire banqueroute. »

« Je ferai de vous une star, Miss Bank Lehman. »

Musique harcelante.
Un bateau en piteux état vogue sur une mer en tempête.
À bord, le metteur en scène Arthur
cherche une formule mathématique pour éviter le roulis.

Miss Lehman étudie le scénario du film
en demandant à un marin hongrois :
« Où nous dirigeons-nous ? »

*« Nous allons à l'île du Crâne, Miss Lehman
elle n'apparaît sur aucune carte...
Mais si vous m'achetez une lampe de bureau
je vous raconterai une légende... »*

« Quelque chose de terrible ? » interroge-t-elle,
le regard rempli de crainte
tout en versant au Hongrois 7 dollars et 21 cents.

*« Oh oui, il semble qu'un monstre sans égal
règne sur cette montagne. »*

Cela suffirait pour impressionner la jeune femme,
mais le capitaine du bateau
un vieillard aux dents en or
prend alors la parole :
*« Je ne partage en rien cette entreprise.
Ce monstre ressemble plus à un dieu qu'à un mortel.
De la prudence, les amis, il faut de la prudence. »*

« Mais nous allons tous mourir ! » s'écrie la future star
recevant pour toute réponse
un rire dans son dos :
c'est le cuisinier de bord Herby.
*« Dites-le à cet Arthur : il ne vous écoutera pas !
C'est un problème de fond, Miss Lehman,
il tuerait sa mère pour gagner de l'argent.
Cette soif de cinéma n'est en rien démocratique. »*

*« Vous échouerez tous au tribunal,
et ne venez pas m'y chercher »*,
ajoute un mousse en pelant des patates.

Musique de suspense.

Le bateau filmé de haut
s'approche d'une falaise
et jette l'ancre.

L'équipage est à la proue
autour du metteur en scène qui calcule les distances :
« Nous y sommes ! C'est mon île ! Nous allons faire un grand film, je le sens ! »

Musique lointaine de tambours.
Miss Bank, le metteur en scène et des membres de la troupe
cheminent dans une jungle :
des serpents rampent entre leurs pieds
il y a des insectes partout
la végétation est dense.

La musique se rapproche.
D'un signe, Arthur invite tout le monde à se cacher derrière un rocher :
une foule d'indigènes en costume cravate
célèbrent un rite
devant une immense muraille
et il entend bien les filmer
« Silence ! Personne ne bouge !
Ceci est la célèbre tribu des Wall-Street,
individus sanguinaires et cruels,
connue pour ses sacrifices humains.
Ils seront dans mon film,
dussé-je mourir ! »

Arthur commence à tourner.
Mais voilà que les indigènes l'aperçoivent :
« Sauve qui peut ! Au bateau ! Au bateau ! »

Suit une scène de fuite pressante.

Maintenant il fait nuit.

Le calme semble régner à bord de l'embarcation.
Miss Bank Lehman prend l'air sur le pont.

Musique lugubre.
Les silhouettes de trois indigènes apparaissent sur la quille,
s'élevant d'un radeau.
Ils attrapent la jeune femme par les bras
lui mettent un bâillon
l'attachent avec une liane
elle se débat : elle est désormais prisonnière.

« On a enlevé Miss Lehman ! » crie une voix,
mais il est désormais trop tard.

Roulement de tambours.
Devant la grande muraille
Miss Bank Lehman est ficelée à un totem.
Les Wall-Street exécutent une danse inquiétante,
marquant le rythme avec des bâtons
au son des *« Up ! »*, *« Down ! »*, *« Up ! »*, *« Down ! »*

Gros plan sur les yeux terrifiés de la jeune femme.

Son menaçant qui interrompt la danse.
Puis silence.
Puis un écho.

Le sorcier Rockefeller produit un coup de gong assourdissant
et voilà qu'une silhouette colossale
se dresse derrière la muraille :
« King Bobbie ! King Bobbie ! » hurlent les Wall-Street
tandis que, de la forêt,
jaillissent Arthur et des hommes armés
tous tirent sur le gorille
qui se jette contre eux :

« De la prudence, les amis ! De la prudence ! » hurle le capitaine en or.
« Ce monstre est un dictateur ! » crie le cuisinier en tirant.
« Au tribunal ! En jugement ! » exhale le mousse avant de mourir.

C'est le chaos : coups, détonations, gong, sang
puis King Bobbie soulève doucement Miss Bank
et l'emmène loin de ce marasme.

« Laisse ma Bank tranquille ! lui lance Arthur.
Tu n'as aucun droit de me l'enlever, sale bête ! »

Mais sa voix s'évanouit dans le vent.

Séquence suivante :
dans la tanière du gorille
sur les parois de laquelle on entrevoit un Goya et un Canaletto.

Le grand singe a beau avoir un aspect repoussant
il ne paraît pas cruel.
Il observe Miss Lehman assise sur un rocher.
Il est intrigué par son teint clair
et par cette chevelure si blonde.
La jeune femme et lui semblent très loin.
Mais la première a une intuition :
« Peux-tu me comprendre ? Je m'appelle Bank, toi Bobbie... »

Son bestial en arrière-fond
survient un dinosaure tout en écailles
aux dents ensanglantées
et au tatouage « 1929 » entre les yeux.
Il se jette sur Miss Bank dans l'intention de la dévorer,
mais King Bobbie l'attrape par le cou

ils luttent furieusement
puis le gorille le décapite :
Miss Lehman est une nouvelle fois saine et sauve !

Musique romantique.
Bank remercie le velu Bobbie
et, craintive, lui dispense une caresse.
Le grand singe verse une larme :
c'est la première fois qu'on le comprend.

Détonation subite d'une grenade :
le gorille s'insurge, apeuré.
« Ah, je t'ai retrouvé ! Lâche ma petite amie ! »
braille Arthur en haut d'un palmier.

King Bobbie se précipite vers lui,
mais tombe dans un piège
en émettant un cri désespéré,
il tente de se libérer :
en vain, les gaz l'ont étourdi
et les chaînes le retiennent.

Séquence suivante.
À New York, des mois plus tard.

King Bobbie est devenu une attraction de cirque :
on l'expose enchaîné
sous la banderole
« Celui qui NE NOUS A PAS DONNÉ D'ARCHE »
et le public accourt de toutes parts
à la grande joie du producteur Harold :
« Tant qu'il vivra, ce singe sera un business *»*
et de son frère Allan : *« Quand il mourra aussi, nous vendrons sa fourrure. »*

Les enfants surtout sont radieux.
En particulier un jeune Hongrois
qui revient tous les jours au cinéma

de toute façon il a 30 000 dollars en poche.

Durant le spectacle habituel
toutefois
les flashs de la presse
font enrager le gorille :
il brise ses chaînes
et au milieu du sauve-qui-peut
se lance dans la rue où il sème horreur et mort.

« Ne détruis pas ma ville ! »
lui crie le cuisinier du bateau
devenu entre-temps gouverneur.

À vrai dire King Bobbie voudrait tout mettre en pièces
mais voilà qu'apparaît devant lui
Miss Bank
splendide et tendre.
Il la prend dans le creux de sa main
et grimpe
jusqu'au sommet de l'Empire State Building,
où il est attaqué
par une patrouille de l'aviation militaire.

Avant de s'écrouler, blessé à mort,
King Bobbie a le temps d'accomplir deux derniers gestes :
il dépose doucement sa Bank
en sécurité sur la corniche
puis, furibond,
attrape avec violence
un des avions qui l'ont touché.

Le gorille observe le biplan :
c'est un chasseur bombardier DH.4
à l'intérieur duquel
s'agite le mitrailleur,

une femme soldat de l'Illinois,
qui crie *« Si tu me tues, je te le ferai payer cher ! »*
Raison pour laquelle Bobbie n'a aucun doute
il brise l'appareil comme un vulgaire avion de papier.

Après quoi il s'affaisse et meurt.

Générique de fin.

Un triomphe.

15

MELANCHOLY SONG

Quand une baignoire est pleine
vous ouvrez la bonde
et elle se vide en un instant.

C'est ce qui se passa avec le déluge universel :
à un moment donné, *HaShem* ouvrit la bonde
et l'eau redescendit.

Bobbie le patriarche
– il faut le reconnaître –
a réussi à sauver la baraque.

L'arche n'avait rien d'un transatlantique, d'accord,
mais pour être une péniche elle a flotté
et du moins n'a pas embarqué de l'eau.

« Moi à bord je refuse de ramer »,
a commenté Harold
et Allan a ajouté : *« Et moi, je refuse de pêcher. »*
Enfin Arthur :
« Même les requins nous ont plaints.
À ta place, Robert, je les remercierais de tout mon cœur. »

Et dire que pour égayer le voyage
Bobbie

avait même installé
deux téléviseurs
dans ce rafiot.

Tubes cathodiques
Flambant neufs.
Conçus et réalisés par Mister DuMont
qui a assemblé dans son garage
le premier exemplaire un an plus tôt.
Une radio qu'on voit.
Ou du cinéma dans chaque logement.
Et un tas d'autres choses : sport, musique, actualités…

« Mon fils, prudence ! Prudence !
Arthur m'a appris une nouvelle
qui je l'espère est fausse :
tu n'as tout de même pas l'intention de dépenser l'argent de la banque
pour financer des téléviseurs ?
Les gens n'ont rien à manger
et toi, tu amènes Mickey Mouse dans leurs cuisines ? »

« Tout le monde en voudra un chez soi. »

« En es-tu sûr, Robert ?
Comptes-tu sauver l'Amérique avec des danseuses ?
Attention à ne pas faire de faux pas.
Je t'ai donné ma confiance, mais tu dois la mériter. »

« Un téléviseur entrera dans chaque famille, Dad :
Ruth et moi en avons déjà un. »

Eh bien oui.
Hélas.
Offrir un téléviseur à Ruth a été une grosse erreur
car elle s'est attachée à l'appareil
et passe son temps devant :

« Tu as vu, Bobbie ? Herbert est à la télé : il est en Allemagne ! »
« À sa place, je n'y serais pas allé. »
« Bon sang, qu'est-ce que tu racontes ? »
« Ce Hitler ne me plaît pas. »
« Il n'est pas en Allemagne pour ce nabot ! »
« Ah non ? »
« Herbert apporte les salutations de l'Amérique à l'Europe démocratique. »
« Diriger New York ne lui suffit donc pas ?
Il veut devenir gouverneur de Berlin ? »
« Je crois que tu es jaloux. »
« Je vais me coucher, Ruth, je suis fatigué. »
« Déjà ? »
« Bonne nuit, Ruth. »
« J'ai l'impression d'être une veuve, Bobbie. »
« Console-toi avec mon cousin à la télévision. »

Puis par chance
l'eau a commencé lentement à descendre
et nous voici de nouveau les pieds par terre.

Il est bizarre de piétiner le sol
après avoir failli l'oublier.
Dommage qu'il n'y ait que de la boue partout.

Descendu de sa chaloupe
Noach a fait le point sur la situation :
il était monté muni d'une femme
il est descendu parfaitement seul.
Et non parce qu'il l'a noyée au large :
pendant que les eaux recouvraient la terre
le patriarche
oui monsieur
a même dû divorcer.

À bord de l'arche, il avait embarqué
de fait un cousin magistrat :
« La négociation sera longue, Bobbie :
pension alimentaire, allocations, clauses.
Ruth exige un tas d'argent.
Elle a même rédigé un mémo :
elle te décrit comme un homme aride, hostile, sans cœur.
Vous échouerez au tribunal,
et ne venez pas m'y chercher. »

Bref
D'après la Torah, Noach
reçut au moins un soupçon d'affection
pour avoir sauvé chèvre et choux :
on n'écrivait pas de mémos contre lui.
De toute façon : divorce.
Et au moment d'amarrer
voici un entrefilet dans *Fortune* :
SÉPARATION DORÉE
ENTRE RUTH LAMAR
ET LE COUSIN DU GOUVERNEUR LEHMAN.

Qu'y faire ?
Toute l'Amérique le lira.
Y compris les clients du restaurant grec
et les ouvriers de la fabrique hongroise.
Y compris les huissiers du tribunal d'Irving
et ses condamnés en prison.

Est-ce pour cette raison que Bobbie est inquiet ?
Il ne supporte plus le bruit.
Il y a trop de vacarme aux États-Unis :
des bandes de jazzmen jouent dans la rue
on n'est pas libre de réfléchir
sans que quatre musiciens
vous remplissent le cerveau de *sol-ré-mi-sol-la-fa-do*.

Comme le silence de la mer était beau.
Splendide, le ruissellement de la pluie.
Quelle paix dans la Grande Dépression.
Aujourd'hui tout n'est que musique
et à force de musique le monde vacille.

D'autant plus
qu'une fois la baignoire vidée par *HaShem*
on n'avait plus affaire
à la vieille planète Terre.
Il y avait là un autre monde.
Méconnaissable.

Ouvriers qui exigeaient des contrats.
Femmes qui voulaient un travail.
Il y avait même des cuisiniers grecs
et des artisans hongrois
qui envoyaient leurs fils étudier l'économie.
À l'université.

Arthur Lehman est au bord de la folie.
Il déteste lui aussi les chansons (S_g)
parce qu'elles l'empêchent de réfléchir (R_f).

$R_f < S_g$

Comment appliquer des formules algébriques
quand Duke Ellington (DE) pianote sempiternellement
dans vos oreilles ?
Comment calculer la vie de la banque (LB)
alors qu'Ella Fitzgerald (EF) n'est jamais aphone ?
Ils l'emportent toujours :

$(DE + EF) > LB$

Et l'effet sur Arthur est effroyable.
Il essaie de se concentrer, mais comment faire ?

Surtout maintenant
que ce maudit Roosevelt (†)
s'est mis dans la tête de sauver les ouvriers (OU).
Peu lui importent les banques
il se fiche bien de la finance :
seuls les travailleurs l'intéressent.

Son frère Herbert a choisi : il est de son côté.
Mais malgré les liens fraternels,
les étincelles ne manquent pas.
Quotidiennement.

Justement.
La complication supplémentaire,
c'est qu'on n'est plus libre de se disputer en paix
sans que la grosse chanteuse de service
prenne place entre les deux rivaux
les infectant de ses tristes amours.

« Herbert, vous risquez de tout faire sauter, tu t'en rends compte ? Vous exagérez vraiment !
L'excès de droits est une grave erreur ! »

« C'est exactement ce qu'on déclara, mon cher Arthur, quand l'esclavage fut aboli. »

« L'esclavage était un abus, ne confondons pas : veux-tu comparer les Nègres enchaînés aux ouvriers aux chaînes de montage ? »

Caress me, my baby !
Break my heart, I accept
it from you.
All my fears are water
vapor, maybe !
Remember, my dear, that
I felt in love with you
and every blade of grass
seems to be golden !

Tell me nothing could
never separate us,
hug me, my dear
and sing me a sad song
like la-la-la-la.
Break my heart, I accept
it from you.

« Il y a des chaînes de fer invisibles, mais pas pour autant moins inhumaines. »

« C'est toi qui dis ça ? Toi qui, à l'âge de dix ans, voulais saisir mon lit ? Ton ami et toi faites de l'ouvrier un nabab, c'est inacceptable ! On parle même de congés payés, vous avez perdu la tête ? Un employé ne travaille pas et il faudrait que je le paie ?
L'industrie américaine va s'écrouler à cause de vous ! »

« L'industrie américaine repose sur les travailleurs non sur ceux qui les exploitent : payer davantage de protections signifie gagner moins, mais de façon plus équitable. Et cela me convient, même si cela t'horrifie : peu importe. »

« Interdit de licencier, interdit de sous-payer, contrôles sur tout, impôts sur tout. Enterrement de l'entreprise, fin du capital.

Break my heart, I accept it
from you.
Break my heart, I accept it
from you.

I dedicate you the whole
book of my tears,
and my window is a sea
of melancholy :
look at the moon as if
they were my eyes !
Because I could not live
without you :
please, hug me, my dear
and sing me a sad song
like la-la-la-la.
Break my heart, I accept it
from you.
Break my heart, I accept it
from you.
Break my heart, I accept it
from you.

Repeat my name, dear
treasure.
I will be for you like a
warm coat :
never stop to whisper
your love,
because, without feeling,
Il could die
please, hug me, my dear
and sing me a sad song
like la-la-la-la.
Break my heart, I accept it
from you.

C'est ça, le New Deal ? Mieux valait le vieux, il coûtait moins cher ! Attention, Herbert, tu détruis Lehman ! »

« Qu'est-ce que tu fais ? Tu me menaces ? Dois-je me sentir coupable ? Pourquoi ? Explique-moi. Parce que j'interdis à tes semblables de jeter à la rue un ouvrier qui tombe malade ? »

« Mais tu portes le nom de Lehman ! Lehman ! Lehman ! Lehman ! Lehm... »

Arthur s'immobilise :
il écarquille les yeux
d'un geste théâtral à la Tito Schipa
il porte ses deux mains à sa poitrine.

Herbert, qui connaît son frère, sait qu'il aime recourir aux sentiments de culpabilité : *« Merci de me le rappeler : parfois j'oublie mon nom. Je crois qu'à l'âge de soixante ans tu pourras commencer à réfléchir, en plus de hurler.*
Tu ne crois pas,

Break my heart, I accept it from you.
Break my heart, I accept it from you.

When I get sick, you stay close to me.
Give me your hand, and I'll keep close.
Never leave me alone, even in jest,
please, hug me, my dear
and sing me a sad song like la-la-la-la.
Break my heart, I accept it from you.
Break my heart, I accept it from you.
Break my heart, I accept it from you.

I repeat your name, to never forget it :
in that sweet sound I find out who you are !
Tell me, please, you write my name on clouds,
so the sky make me a pillow !
And now hug me, my dear
and sing me a sad song like la-la-la-la.
Break my heart, I accept it from you.

Arthur ?... Arthur... ? ... Arthur... ! »

*Break my heart, I accept it
from you.
Break my heart, I accept it
from you.
Break my heart, I accept it
from you.
Break my heart, I accept it
from you.
Break my heart, I accept it
from you.
Break my heart, I'll die
happy
if my killer are you.*

Oh yes.

Oh yes.

16

EINSTEIN OR THE GENIUS

L'hypothèse de rester au sommet de la banque
en compagnie des seuls Harold et Allan
a juste transité dans l'esprit de Bobbie Lehman
sans faire étape dans aucun aéroport :
elle est entrée et sortie
en faisant *ciao* de la main.

Non parce qu'il méprise les liens du sang.
Le problème est plutôt le risque concret
de se retrouver, lui, dans le sang.

Aussi, pour se défendre plus que pour autre chose,
Bobbie a choisi un geste drastique.

D'ailleurs, sincèrement,
les révolutions et les renversements
ne se multiplient-ils pas dans le monde entier ?
Lehman Brothers pourra s'ajouter à la liste.

Donc
bien que Dad Philip ait braillé pendant trois jours,
Bobbie a décidé : double stratégie.

En premier lieu, faisons entrer de l'air frais.
De l'air jeune, de l'air propre.
Donc

que l'immense Peter Lehman, fils de Herbert,
s'installe à la salle des commandes.
Il prendra le rôle de directeur
avec Bobbie et les deux enragés.

« Peter... ? Tu es vraiment certain, Bobbie ? »

« Peter, c'est sûr. Où est le problème ? »

Certes, le garçon a un peu plus de vingt ans
mais il a déjà
montré l'étendue de son talent :
King Kong a encaissé des millions
et sans lui nous n'aurions pas réussi.

De surcroît, il y a un exemple à donner aux jeunes générations.
Si ce n'est pas à nous de le faire, à qui est-ce ?
Les stars du cinéma ?
Monsieur Humphrey Bogart s'est plaint publiquement :
on ne lui propose que des films de gangsters.
En l'espace de quelques années il s'est assis
plus souvent sur la chaise électrique
que sur le fauteuil du dentiste.
Et il a totalisé 800 ans de prison.

Notre Peter, lui, sera un modèle.
Sport.
Visage honnête.
Valeurs et sentiments.

Et puis, disons-le :
Bobbie n'a pas oublié
qu'il lui a dit : *« J'ai énormément d'estime pour toi. »*
Donc pas un mot : Peter est promu.

Mais ça ne suffit pas.
La tactique prévoit d'autres éléments.

Et c'est là que naissent les problèmes…

Ouvrons grand les portes.

À partir de maintenant nous aurons
un *conseil des partners*.

« Tu veux faire entrer des étrangers à la banque ? »
« Oui, Dad. »
« Tu veux donner le pouvoir à d'autres que les Lehman ? »
« Oui, Dad. »
« Peut-être même à des hommes qui ne sont pas juifs ? »
« Oui, Dad. »
« Je ne partage pas un gramme de cette folie. »

Pouvoir merveilleux des quarante ans :
sourire à un père qui vous réprimande
en lui laissant clairement entendre que c'est du temps perdu.

Après quoi, partir pour le Japon :
maintenant qu'on s'apprête à accaparer l'Asie,
il convient peut-être de s'incliner devant Sa Majesté impériale.

Désormais le monde est une petite boule.

Les nouveaux *partners* le savent bien.
Ils ne cessent d'arpenter la planète en avion
représentant leurs personnes et Lehman Brothers
car sont *partners* les hommes qui
– simplement –
ont placé de l'argent
dans la banque
tellement d'argent
qu'un bout leur appartient de fait.
Pourcentage.

Fraction du gâteau.
Paul Mazur, John Hertz, Monroe Gutman
et une dizaine d'autres.
– *« pas de sang Lehman »* –
actionnaires
hommes d'affaires
– *« pas de sang Lehman »* –
appelés
invités
car une banque est une banque
et elle a besoin de capitaux.
Je vous en donnerai, de la famille !
Je vous en donnerai, du patronyme !
Je vous en donnerai, de la fermeture !
Sommes-nous oui ou non
une banque internationale ?

Notre esprit est moderne, concret,
sans concession
nous ne cédons pas aux émotions
nous suivons uniquement un principe
et c'est le pourcentage.

Les réformes des démocrates
– protections, vieillesse, maladie –
nous les avons elles aussi transformées
à notre façon
en une machine à produire des millions :
voulez-vous vous assurer un avenir sûr ?
FONDS DE PENSION LEHMAN BROTHERS.
Voulez-vous sourire en toute occasion ?
COMPAGNIE D'ASSURANCES LEHMAN BROTHERS.
Et encore : Polices Maladie
Couverture Famille…

Dans les rues de l'Amérique entière
sont apparues de grandes affiches
où l'inscription LEHMAN BROTHERS
se tient en haut comme un œil protecteur,
enveloppant la photo d'une mère et son enfant.
Tous les deux, évidemment, souriants.

Le sourire est tout.
Harold et Allan qui l'avaient déjà compris
s'en sont fait une obsession.

Voilà pourquoi ni l'un ni l'autre
n'a pleuré en public sur l'oncle Arthur :
*« Si Lehman Brothers parie sur le sourire
comment se montrer en larmes ?
C'est une très mauvaise stratégie publicitaire. »*

Justement.
Stratégie publicitaire.
La publicité,
les deux Lehman l'ont dans les veines.

Ils ont même chargé
leurs épouses respectives
d'entrer dans
les magasins des beaux quartiers
en vantant à voix haute
les fonds de pension de la banque.

Peu importe qu'il soit étrange d'entendre
dans une joaillerie de Manhattan
deux élégantes converser
de sujets très peu enivrants :
« Ma chère, cela faisait longtemps que je ne t'avais pas vue si sereine. »

« Je sais que si je suis un jour paralysée

ma banque me paiera des allocations
et cela me rend heureuse. »

« Oh, quelle merveille ! Je parie que c'est Lehman Brothers ! »

« Bien sûr. Ma sœur s'est assurée chez Goldman
mais elle n'a eu qu'un hospice. Moi, je veux ce qu'il y a de mieux. »

« Je vais le dire immédiatement à mon mari. »

« Dis-lui qu'un bon avenir n'a pas de prix. »

Comme début, dans l'ère du marketing,
c'était un peu maladroit, mais pas mal.
Artisanal, voilà.

En réalité, les deux frères
s'améliorent à vue d'œil.
Voilà pourquoi
autour d'une table en cristal
assis dans des fauteuils noirs
les nouveaux *partners* Lehman Brothers
sont suspendus aux lèvres de Harold et d'Allan
quand ils exposent clairement
le nouveau Talmud de la banque.

Il ne manque que Bobbie, parti pour l'Angleterre.

Allan commence d'un ton très cordial :
« Les amis, je réfléchis aujourd'hui avec vous
à la signification du mot confiance. »

Harold écrit CONFIANCE au tableau noir.
Allan poursuit :
« La confiance, c'est partager quelque chose, les amis.
Partager quelque chose d'important
à savoir la défense de sa propre personne.

Si je mets ma confiance en quelqu'un
j'accepte que ce quelqu'un partage ma lutte
c'est-à-dire ma bataille pour mon bien-être.
Ma bataille pour mon existence.
Où chacun de nous craint d'être seul. »

Harold écrit au tableau SOLITUDE.
Allan poursuit :
« *Mais surtout, messieurs,*
si je mets ma confiance en quelqu'un
je cesse de me poser des questions à son sujet
je réfrène un instinct enraciné en chacun de nous
à savoir la méfiance. »

Harold écrit au tableau MÉFIANCE.
Allan poursuit :

« *Car l'être humain a besoin*
– a profondément besoin –
d'alliés en lesquels croire aveuglément.
Pour éviter, justement, de se sentir seul. »

Harold introduit alors des signes entre les mots :

SOLITUDE → ALLIANCE → ~~MÉFIANCE~~ → CONFIANCE

Allan reprend :
« *Si nous transformons la confiance entre hommes*
en confiance en une firme
nous obtiendrons davantage que de nouveaux clients :
nous obtiendrons des personnes qui ne se poseront
pas de questions à notre sujet. »

Les *partners* Lehman Brothers
apprécient ce discours.

L'immense Peter aussi.
Il se lève et serre la main de ses cousins :
« *J'ai énormément d'estime pour vous.* »

Ce consensus
est un fait plutôt surprenant,
car ces derniers temps
Harold et Allan ont pris l'habitude
de claquer la porte
et de partir au beau milieu des réunions.
Ils ne sont jamais d'accord sur rien.
Ils se lèvent d'un même mouvement
comme propulsés par un ressort
et l'un des deux (à tour de rôle) martèle :
« Quand c'est ainsi, au revoir.
Bonnes catastrophes, messieurs.
Nous sortons de la banque : nous nous retirons. »
Et ils s'en vont.

Pas cette fois.

L'hymne à la confiance
a tellement plu à One William Street
que le conseil a confié aux deux frères
une véritable charge :
faisons tout pour acheter la confiance des gens.
Investissons dans la publicité
et sans tarder.
D'autant plus qu'ils ont fondé Standard & Poor's :
un immeuble entier
rempli d'employés
prêts à dire au monde
qui mérite sa confiance
et, si oui, dans quelle mesure :
Standard & Poor's
est comme un thermomètre
sous le bras de l'économie
censé dire au monde
que vous appartenez à la classe A

ou à la classe B
que vous êtes à jeter aux ordures
que vous êtes *default*
c'est-à-dire poubelle nauséabonde du marché.

Il n'y avait pas de temps à perdre.

Harold et Allan
se démenèrent donc.

Je vous en donnerai, des épouses dans les boutiques,
il fallait fonder l'armée de l'avenir.

Et ils trouvèrent leurs généraux,
par l'absurde, en province.

Aguerris, armés jusqu'aux dents.
Sensationnels.

Mister George Einstein et sa femme Jenny.

En apparence deux sympathiques époux de Minneapolis.
En réalité deux engins à chenilles.
Mrs Einstein une femme d'âge mûr
mise en plis impeccable
sourire de carte postale
et un regard – disons-le ainsi – très cordial.

Mr Einstein un monsieur poivre et sel
cheveux bien carrés
sourire aligné d'Américain d'origine contrôlée
et regard – disons-le ainsi – très cordial.

Femme au foyer, Mrs Einstein.
Employé, Mr Einstein.

Baiser sur le front le matin.
Voiture garée dans l'allée du garage.
« À ce soir, chéri. »
« À ce soir, chérie. »

Semaine de travail.
Barbecue le dimanche.

Une vie réglée, bien réglée,
entre machine à laver, linge à étendre,
vacances calculées, emprunt à rembourser,
sapin de Noël, une larme de temps en temps,
gâteau aux pommes, dinde pour Thanksgiving…

Tant que…
Tant que Mister et Mistress Einstein
ne se rendaient pas compte.

Ils ouvrirent les yeux.
Et virent que…

… ses amies à elle :
  Mistress Phelps, Mistress Bowles, Mistress Tippy,
  Mistress Adrian
et ses collègues à lui :
  Mister Pitty, Mister Harrys, Mister Perth
les
copiaient tous !

Tout ce qu'ils disaient à un dîner
était reproduit dès le lendemain.

Tout ce qu'ils conseillaient par hasard
recevait l'appréciation unanime :
« Oui, c'est vrai ! C'est ça ! »

Les Einstein
commencèrent à se poser des questions :
« Et si nous exploitions cette situation ? »

« C'est sans doute un don naturel, Jenny : exploitons-le ! »

Minneapolis regorgeait de vendeurs à domicile
de toutes sortes de marchandises.

Il suffisait de leur apprendre…
à convaincre.

Leur premier élève fut Billy Malone
fils de Claretta Malone qui jouait de l'harmonium à l'église.
Billy faisait sonner les cloches de Minneapolis
matin et soir,
vendant des mixeurs à manivelle.
Madame Einstein l'invita à s'asseoir dans sa cuisine.
Lui demanda de lui expliquer le fonctionnement de l'appareil
et aussitôt dit aussitôt fait :
« Puis-je me mettre à l'épreuve ?
Je voudrais essayer d'en vendre.
Si j'y arrive, je te verserai les gains. »

Elle appela ses amies,
toutes celles du pâté de maisons.
La salle de séjour était pleine : elle au milieu.
Et… Billy Malone dut commander
dix autres paquets de mixeurs
pour honorer la demande.

Le second élève fut Leo Bradson :
on s'arracha
ses pots de peinture pour voiture couleur jaune canari
après que Mister Einstein en eut parlé publiquement le dimanche matin.

Quand ils fêtèrent le millième client
d'Einstein Promoters,
les époux furent heureux de passer à l'histoire
en tant que pionniers de la publicité moderne.

Harold et Allan
furent foudroyés.
Leur regard était envoûtant.

Avec quelques mots à effet
ils auraient persuadé un rabbin d'acheter
une mosquée.
*« Nous vous avons apporté notre Manuel,
messieurs Lehman »*,
dirent-ils en posant sur la table un opuscule.

Et voilà ce qu'était leur Talmud :

DÉCALOGUE EINSTEIN DE LA PERSUASION

NUMÉRO UN
N'utilisez que des termes positifs :
ne dites pas *« Cela vous débarrassera
de vos maladies »*
mais *« Cela renforcera votre santé »*.

NUMÉRO DEUX
Soyez semblables aux gens
que vous entendez persuader :
imitez le mouvement de leurs mains,
de leur tête, leur façon de parler
soyez comme le client, il vous croira.

NUMÉRO TROIS
Quoi que vous vendiez,
dites que c'est en nombre limité :
vos interlocuteurs voudront être parmi les élus
et vous suivront.

NUMÉRO QUATRE

Faites croire que vendre est un cadeau :
vos interlocuteurs auront l'instinct de réciprocité
et achèteront.

NUMÉRO CINQ

Même si l'accord n'est pas conclu, souriez
comme s'il l'était :
vos interlocuteurs – neuf fois sur dix – se
laisseront convaincre.

NUMÉRO SIX

Ne faites pas de pauses, n'hésitez pas, parlez
clairement :
vos propos obtiendront davantage de crédit.

NUMÉRO SEPT

Choisissez des tenues élégantes et jolies :
vos propos obtiendront davantage de crédit.

NUMÉRO HUIT

Regardez tous vos interlocuteurs dans les yeux :
vos propos obtiendront davantage de crédit.

NUMÉRO NEUF

Soyez brillants, sympathiques, légers :
vos propos obtiendront davantage de crédit.

NUMÉRO DIX

Ne montrez jamais votre envie d'être crus
car de cette façon tout le monde vous croira.

« Médaille d'or »,
martela Philip Lehman, abasourdi.

Quant à Harold et Allan, ils se dévisagèrent, foudroyés :
le professeur homonyme
dont on parlait dans les journaux
n'était pas plus génial qu'eux.

Ils furent enrôlés.
Séance tenante.
Pour mener une guerre nucléaire.

17

GOLIATH

Est-ce le succès de *King Kong*
dont tout le monde parle encore ?

Bobbie se représente souvent
un monstre impressionnant
agrippé non à un gratte-ciel
mais au paratonnerre de One William Street
quelques mètres au-dessus de sa tête.

Parfois il ne résiste pas à l'instinct de se pencher, pour vérifier.

Il a l'impression d'entendre d'étranges bruits sur le toit.
Comme un cri de femme.

Quand il ferme les yeux
la scène est toujours identique :
le monstre rugit dans une langue étrangère
(un mélange de japonais et d'allemand)
tandis que la fille crie distinctement :
« Sauve-moi ! Toi seul peux le faire ! »
Bobbie s'arme alors d'une fronde
et de cinq pierres lisses
il vise le monstre d'en bas
tend l'élastique de toutes ses forces

et lance le projectile,
mais celui-ci tombe tout près de lui
alors il recommence
il vise d'en bas
tend l'élastique de toutes ses forces
et lance le projectile,
mais celui-ci se brise en mille morceaux
et de nouveau
de nouveau
encore
en vain
Bobbie tremble
en nage
la langue collée au palais
il crie, crie, terrifié
il crie à la fille de sauter
tout de suite, sur-le-champ
car le monstre est fou
et
Bobbie crie, il crie encore plus fort :
« Saute, Ruth ! Saute, Ruth ! »

Ruth.
Seconde femme.
Même prénom.
Épousée peu de temps après.
Car *HaShem* vit
qu'Adam voulait une compagne ;
il la créa à partir de sa côte
et dit que c'était bien.

Ruth Owen.
Déjà mariée.
Trois filles.
Excellente famille.

Mère ambassadrice.
Père homme de parti.
« En famille nous sommes tous démocrates, Bobbie, tu sais ?
Et nous avons beaucoup d'amour
pour ton cousin Herbert. »
« Ah, formidable. »
« Tes lèvres tremblent quand tu en parles, je me trompe ? »
« C'est l'émotion. »
« Ton cousin Herbert, je le sens, deviendra sénateur. »
« Et pourquoi pas président ? »
« C'est possible. »
« Je l'espère. Je vais me coucher, Ruth. »
« Envierais-tu ton cousin ? »
« Bonne nuit, Ruth. »
« Jamais je ne pourrais avoir un mari qui n'apprécie pas Herbert. »
« Pardon ? »
« Je divorcerais sans regret.
Mais regarde, on l'interviewe à la télévision. »

La télévision transmet trop de politique.
Si Bobbie l'avait su, il n'y aurait pas investi de capitaux.

Mieux vaudraient des ballets.
Ou du sport, sans le moindre doute.
Il y a toujours à apprendre des athlètes.

Jesse Owens, noir et juif,
a obtenu plus de médailles qu'un général.

Aux derniers jeux Olympiques, à Berlin,
il a eu le courage de battre un Allemand
devant le Führer.
Aussi, au lieu de lui remettre son prix,

Adolf Hitler
a-t-il tourné les talons.

Ah, l'importance des médailles…

C'est peut-être le hasard
mais la contribution de Peter Lehman
à la future gloire de la banque
augmente de jour en jour.

Sur le podium de Lehman Brothers
il y a déjà une place pour le grand échalas.

Non seulement le garçon n'est pas distrait
par ses jeux Olympiques sentimentaux,
où il a divisé blondes, brunes et rousses
selon des classements distincts
et *« l'important, ce n'est pas de gagner,*
c'est de participer ».

Plus intéressant :
la girafe Peter
développe des intuitions dignes d'un champion.
Est-ce la ventilation supérieure du cerveau
surélevé d'un mètre cinquante par rapport à la moyenne ?
De fait, l'athlète bat tous les records
y compris en termes d'astuce.

On en a eu la preuve
le jour où Bobbie, son sponsor depuis toujours,
l'a interrogé sur un thème crucial :
en ce moment si inquiétant
où l'Europe s'apprête une nouvelle fois à sauter
que peut faire la banque Lehman
pour pousser les gens à investir ?

La menace d'une nouvelle guerre mondiale
est comme un herbicide sur la pelouse de la finance :

ceux qui ont de l'argent le dissimulent
ceux qui en manquent n'essaient pas d'en gagner.
Bref, le monde retient son souffle.
Et quand vous lui dites de prendre des risques
vous passez pour un inconsidéré.

Par surcroît
le désordre règne dans la tête des Américains
et personne n'y comprend plus rien :
le roi d'Angleterre a carrément abdiqué
pour épouser une ressortissante des États-Unis
et pourtant il ne passe pas un jour
sans que des Européens nous caricaturent.

Pour une banque qui entend contrôler le monde
le fait que l'Europe s'apprête à éclater
n'est pas un bon moment.

« Il nous faudrait une belle troupe de héros,
oncle Bobbie.
Mais pas de héros normaux :
ceux-là sont bons pour les temps ordinaires.
Quand tout le monde pisse dans son froc
il faut des héros aux super-pouvoirs. »

Médaille d'or, Peter.
Un théorème parfait.

Les super-pouvoirs sont le seul espoir.
En cette période où la confiance a disparu
quoi de mieux qu'une proclamation :
le dieux de l'Olympe sont descendus parmi nous
prêts à se battre pour la race humaine.

Message rassurant.
Remède miraculeux.

Bien sûr, avec quelques ajustements.

Enlevons l'Olympe, inventons une planète.
Que sais-je ? Krypton.

Les lauriers et les foudres de Zeus, au panier :
c'est de la pacotille.

Hier, justement, Bobbie a lu dans le *New York Times*
un long extrait d'un ouvrage allemand.
Écrit par un philosophe, un type bizarre.
Dont il est impossible de se rappeler le nom.
Il parlait d'un Surhomme.
Doté de pouvoirs extraordinaires.
Voilà tout ce dont nous avons besoin !
Appelons-le Superman.

Et mille mercis à Peter.

Excellent. On se lance.
Opération bande dessinée.

Superman forever.
Superman for America.
Superman save the world.

Financer son dessinateur
financer son inventeur
financer son imprimeur :
il y a toute une Amérique à remplir avec un nouveau monument
et pour apporter la belle nouvelle dans chaque foyer
quoi de mieux que le cartable des enfants !
Superman doit entrer partout :
ce sera le petit-fils des grand-mères
le fils préféré
la passion de chaque femme
le modèle des jeunes.

Injection de confiance format bande dessinée.
Friction d'optimisme.
Superman veille sur nous tous
il ne ferme jamais l'œil.

Je vous en donnerai, du Jesse Owens,
je vous en donnerai, du Clark Gable :
nous prendrons le meilleur des deux hommes
et en pétrissant les ingrédients
fabriquerons notre Achille.
Mieux, nous fabriquerons le roi David
qui se bat contre Goliath
et l'abat d'un coup de fronde.

Encore merci, Peter :
Goliath n'est autre qu'un monstre horrible
soit l'Ennemi, assoiffé et féroce !
Goliath est nazi, bolchévique, japonais
Goliath marche au pas de l'oie, le poing fermé
Goliath a la petite moustache d'Adolf
et les yeux de Hirohito.
Il est terrible,
mais Superman est né pour l'abattre.

Avec quoi ?
Avec la fronde biblique ?
Non monsieur : fronde de Krypton
car le roi David
ne devra pas courir le risque
d'être défait :
un super-héros
ne perd jamais une rencontre.

Par conséquent Lehman Brothers
finance un super-héros de papier.

Superman est notre arme
pour soulager l'Amérique effrayée.
Bien sûr :
les banquiers se laissent parfois influencer.

C'est un défaut de fabrication de l'engrenage humain.
Et cela s'ajoute, chez les banquiers,
à un vieux sentiment de toute-puissance.

Bobbie Lehman
qui a grandi la tête surmontée
de dix gravures bibliques
s'est – pour ainsi dire – un peu trop identifié.

D'abord à Noach.
Maintenant au roi David.
Une sorte de psychose patriarcale.

Donc une fois sa chaloupe démolie
Bobbie a endossé
la cuirasse de David
et empoigné une sorte de fronde.
Apprendre à tuer, c'est nécessaire.
Je vous en donnerai, de l'Arche.
D'autant plus qu'à présent
d'autant plus que maintenant
il a cessé de pleuvoir
et commencé à grêler.

Il y a une belle différence
entre pluie et grêle.
Car si la pluie mouille,
la grêle frappe, blesse, tue
s'abat comme des pierres
et en un clin d'œil
Pearl Harbor est détruit.

Le journal radiophonique l'a dit.
On l'a entendu dans un restaurant grec
et dans une fabrique hongroise.

Bobbie est fébrile.
Se sentant investi d'une mission
– sauver le monde –
il ne fait plus de différence entre le roi David
et l'héritier de Krypton :

ÉCOUTE-MOI BIEN, RUTH, ÇA TE PARAÎTRA SANS DOUTE INCROYABLE, MAIS C'EST MOI, OUI, TON MARI BOBBIE... JE NE T'AI JAMAIS PARLÉ DE MES SUPER-POUVOIRS, ET LE TEMPS PRESSE DÉSORMAIS : GOLIATH, L'ÊTRE LE PLUS MÉPRISABLE DE LA TERRE, MENACE L'HUMANITÉ ENTIÈRE ET SURTOUT LES INTÉRÊTS DE MA BANQUE...
JE BATTRAI CE MONSTRE, DUSSÉ-JE Y PERDRE LA VIE, C'EST LE DESTIN DES PATRIARCHES.
MAIS POUR GAGNER, J'AI BESOIN DE TON AIDE.
POUR L'AFFRONTEMENT DÉFINITIF AVEC LE MONSTRE, BOBBIE A DÉCIDÉ DE RUSER : IL A PLACÉ RUTH DERRIÈRE UNE BAIE VITRÉE AU HUITIÈME ÉTAGE DU SIÈGE "LEHMAN BROTHERS" ET, CACHÉ DANS UN COIN, IL ATTEND L'INFÂME GOLIATH AINSI QU'UN CHASSEUR ATTEND SA PROIE...

MAIS LE PERFIDE GOLIATH EST UN DUR À CUIRE : IL A APERÇU BOBBIE À DROITE. IL ATTAQUE DONC LA BANQUE DU CÔTÉ OPPOSÉ POUR LE PRENDRE ENSUITE À REVERS...
JE VAIS PROFITER DE L'EFFET DE SURPRISE : PERSONNE NE PEUT ME BATTRE DANS L'ART DE LA GUERRE !

GUTEN MORGEN, HERR LEHMAN !... JE SUIS VENU POUR TOI !

JE SUIS LA TERREUR !
PAS UN DE VOUS, SALES BANQUIERS, NE PEUT ME DÉTRUIRE !

TE VOICI SERVI, LEHMAN, SALE JUIF ! JE DOMINERAI LE MONDE ENTIER !

ET MAINTENANT QUE JE T'AI FAIT TON AFFAIRE, JE VAIS OFFRIR UN BEAU VOL PLANÉ À TA FEMME, AINSI NOUS VERRONS SI VOUS AUTRES BANQUES AMÉRICAINES AVEZ VRAIMENT DES AILES, OU SI VOUS N'ÊTES QUE DES POIDS MORTS BOURRÉS D'AIR ET DE MORGUE !

AUSSITÔT, LE FÉROCE GOLIATH BRISE UNE VITRE D'UN COUP DE POING, ATTRAPE RUTH COMME UNE POUPÉE ET LA PRÉCIPITE, SANS CONNAISSANCE, DU HAUT DU HUITIÈME ÉTAGE DE ONE WILLIAM STREET : TOUT SEMBLE PERDU...
MAIS COMMENT PERDRE L'ESPOIR QUAND UN SUPER-HÉROS VEILLE SUR LA BANQUE ? BOBBIE A JUSTE FEINT D'ACCUSER LE COUP. UN VOL EN PIQUÉ !... RUTH EST SAUVÉE !
CE MONSTRE INFECT SE TROMPE LOURDEMENT S'IL CROIT M'AVOIR BATTU ! JE POURRAIS L'ABATTRE D'UN SEUL COUP DE FRONDE, MAIS JE PRÉFÈRE MONTRER MA PUISSANCE AU MONDE ENTIER ! RETOURNE À LA BANQUE, RUTH, ET ATTENDS-MOI SANS CRAINTE : JE REVIENDRAI, VICTORIEUX, JE TE LE PROMETS !

BOBBIE SAIT BIEN
QUE SA FRONDE
NE LUI SUFFIRA PAS
POUR ABATTRE GOLIATH.
IL A BESOIN D'UNE AUTRE ARME,
MORTELLE ET TERRIBLE,
JAMAIS UTILISÉE
SUR LA PLANÈTE TERRE.
PAS DE SCRUPULE À AVOIR :
C'EST L'HUMANITÉ ENTIÈRE
QU'IL FAUT SAUVER...
BOBBIE DÉCHAÎNE
DONC SA FORCE...

SSHHZZZZZZZUIT
AHHHHH
MAUDIT
LEHMAN !

FIN DE L'ÉPISODE

18

TECHNICOLOR

Peter Lehman, il faut le dire,
avait toujours été un garçon romantique.

Ce qu'il perdait en termes esthétiques
par sa stature trop déséquilibrée vers le haut
il le récupérait – pour ainsi dire –
en termes de galanterie.
Et c'était au fond un compromis acceptable.
Pas seulement pour lui : pour la contrepartie.

Dès ses premières approches
dans la cour de l'école hébraïque
il s'était révélé un champion de flirt,
se gagnant le podium en plusieurs compétitions :
il arrive d'ailleurs que les enfants
perçoivent les premiers signes
de leur talent naturel
avec tant de clarté
qu'ils en font aussitôt un projet d'existence
l'amour du feu se traduisant par *« Je serai pompier »*,
celui de la mer par *« Appelez-moi amiral »*
et ainsi de suite avec tout l'éventail
des métiers possibles.

Ainsi donc, si Bobbie à l'âge de dix ans

n'hésitait pas à dire *« Je serai jockey »*
ou *« Je serai peintre »*,
Peter
affichait le sourire le plus éclatant
chaque fois qu'il pouvait affirmer *« Je serai fiancé »*.

Et gare à celui qui répliquait
que ce n'était pas un métier à proprement parler :
il se raidissait comme un professionnel fier de son ordre
et concédait tout au plus un *« Alors je serai mari »*
à la grande joie des moralistes de passage.

Ces derniers, d'ailleurs,
voyaient en lui un vrai modèle :
il avait environ onze ans
la première fois qu'il dit à sa mère :
« J'aimerais vous présenter mes beaux-parents. »
Et s'il déclencha les rires
il ne plaisantait pas :
malgré son âge apparemment précoce
il s'était réellement engagé dans des projets nuptiaux
avec une fillette de trois ans sa cadette
qui répondait au nom de Lisette Gutman
et était – semble-t-il – convoitée par une concurrence fournie.
Peter cependant
avait disputé la partie en véritable athlète,
obtenant la médaille d'or.
Et donc *mazel tov !*

Il avait carrément mis par écrit
sur le cahier de la fillette
un contrat conjugal qui comprenait
la garantie d'une abondante filiation
(couleurs d'yeux et de cheveux comprises
en hommage à la future génétique).

Bref, un engagement sérieux.
Scellé par tout ce qu'il fallait de signatures.

Entre parenthèses, la tendre Lisette
cachait derrière ses petites tresses
une certaine habileté
de femme d'affaires en herbe :
ayant entendu les discours de papa Gutman sur les dots de ses sœurs,
elle estima que chaque mariage avait un revers commercial
et exigea que Peter lui versât une sorte de caution.
Dont on n'a jamais su le montant exact.
Et puis, c'est connu : l'amour passe.

Au bout d'environ un mois l'union fut dissoute
d'un commun accord, semble-t-il,
à en juger par ce que Peter raconta chez lui
non sans une petite erreur de terminologie :
« Maintenant, je suis veuf. »
Les difficultés des débutants.

Son ascension fut, par la suite,
impressionnante :
comme un gamin passant du saut de palissades
à la véritable compétition athlétique
Peter Lehman
se soumit à un sain entraînement
pour éduquer cerveau et muscles
à la course d'obstacles du beau sexe.

Sport des plus difficiles.
Parce qu'il requiert un engagement complet :
contrôle des yeux (le regard est décisif)
contrôle de la bouche (sous plusieurs aspects)
contrôle des mains (à inhiber principalement)

contrôle des pieds (quand les amoureux se promènent)
et surtout
rigoureux contrôle cérébral
car il suffit parfois d'un mot
pour anéantir le travail de plusieurs années.

Ni plus ni moins comme dans le décathlon
le chemin est dur, souvent pentu.
Et il est fréquent que l'athlète s'égare.

Malgré tout.

Peter de son côté
ne se plaignait nullement :
les résultats étaient encourageants
il s'était approprié, il le sentait,
cette nuance particulière de romantisme
qui caractérise les sportifs
mélange opportun
de prestance physique et de nobles valeurs.

Grâce à cette approche
le médaillier se remplissait
sans que Peter en tirât motif de vantardise :
son code sentimental
était sérieusement marqué par la loyauté
et une honnête activité de militant
dans les rangs du dieu Amour.

Mais quel étrange cas que le sien.

Car ce va-et-vient de fiancées
peut paraître pittoresque jusqu'à l'âge de vingt ans,
après quoi il engendre des questions :
il était rare, dans le grand stade du flirt,
que Peter ne s'adjugeât pas le podium
oui, mais ensuite ?
Ensuite la flamme olympique s'éteignait trop vite

et c'était toujours les jeunes filles
qui larguaient le champion,
quoique jamais avec haine
toujours avec le sourire
toujours avec joie
comme s'il était impossible de lui souhaiter le pire.

Jamais aucune ne lui reprocha une absence de douceur.
Au contraire.
Le problème était justement l'opposé :
grand et robuste comme il l'était
Peter
se révélait dans les faits trop doux
amoureux de l'esprit féminin au point
de ne jamais lui opposer la moindre résistance.
Tout désir était un devoir.
Toute phrase une loi écrite.
Tout battement de cils interprété comme un ordre
auquel il lui fallait obéir immédiatement.

Bref on aurait dit que le garçon
s'était glissé dans un étrange piège :
concurrent audacieux dans la compétition
entre les deux sexes
il faisait de l'adversaire un arbitre
dès qu'il serrait la médaille dans son poing
et dès lors
lui épargnait tout affrontement.

Si Peter Lehman avait eu vingt ans à la fin du XIXe siècle
les filles de l'Amérique entière se seraient démenées
pour s'adjuger la cagnotte.

Hélas pour lui, nous étions dans les années trente.

Et comme l'idée de garçon et de fille
change avec le temps tels les drapeaux au vent,

Peter dut bientôt affronter
une donnée pour le moins objective :
il n'avait rien de l'Américain idéal.

Ou pour être précis,
il n'avait rien de l'homme cinématographique.
Comme c'est souvent le cas, il s'en rendit compte
dramatiquement : à l'improviste.

Helena Rosenwald
était sa fiancée, au cours de cette période.
Et Peter avait franchement sous-évalué
l'enthousiasme avec lequel la jeune fille accueillait
les nouveaux films sur la Frontière.
C'est alors que vint l'épisode :
ils se trouvaient dans le salon familial
par un après-midi neigeux de décembre,
tandis que dans la pièce voisine tante Adele
jouait du piano avec le plus parfait romantisme.
Y avait-il meilleur cadre pour une idylle amoureuse ?
Peter s'apprêtait à donner le meilleur de lui-même
sous forme de déclaration en vers
quand Helena lui lança un regard perplexe :
« Tu ne comptes pas réciter un poème ? »
Puis
ayant deviné qu'il s'agissait bien de cela
elle bondit comme piquée par une tarentule
et
plaçant les bras du garçon autour de sa taille
lui ordonna d'une façon nullement ambiguë :
« Plutôt, Peter, fais comme si tu allais m'embrasser,
mais au moment de le faire, change d'avis,
repousse-moi et appelle les vaches. »

« Il n'y a pas de vaches chez tante Adele »
fut la réponse de Peter
qui causa la rupture immédiate des fiançailles.

Et tout fut enfin clair.

Ce soir-là
allongé sur son lit
Peter élabora des pensées de haine pour la banque familiale :
c'était à cause de Lehman Brothers
– et de qui d'autre ? –
que l'engrenage s'était mal encastré
dans le cerveau des femmes américaines.

N'auraient-ils pas pu s'arrêter au gorille ?
Il ne créait, lui, aucun problème.

Ce qui s'était ensuivi
– pour dire la vérité –
avait eu des conséquences sociales dévastatrices :
à force de remplir le grand écran
de John Wayne et de Clark Gable
on exterminait au gaz chimique
une génération entière de maris potentiels.

Triste épilogue de la douceur.
Pierre tombale sur l'homme tendre.
D'Anchorage jusqu'à la Floride,
les femmes américaines
brûlaient à l'unisson
pour le mâle brutal, courroucé, violent.
L'homme qui murmure ? Mieux vaut qu'il siffle.
L'homme qui embrasse ? Mieux vaut qu'il crache.
L'homme qui comprend ? Mieux vaut qu'il éclate.
L'homme qui étreint ?
Non, monsieur,
mieux valait mille fois qu'il vous saisisse par le bras
et manque de déchirer le tissu de votre robe.

Des années et des années de savoir-vivre
balayées par une dizaine de films.

C'était grave.
C'était très grave.

Comme si l'on avait brusquement jeté au pilon
rien de moins que la Constitution des États-Unis
et dit sur la place publique :
« De nouvelle règles pour tous ! »
Comme si c'était simple :
il faut du temps pour s'adapter.

Oui.
Soutenue par l'argent Lehman Brothers
la nouvelle comédie sentimentale
détruisait l'idée même de couple.

Désormais l'homme devait être un macho
de préférence propriétaire de troupeaux.

La femme, troublée,
psychologiquement instable
toujours tiraillée entre pleurs et rires
tourmentée par des amours simultanées
et régulièrement encline au suicide.

Peter cerna le problème.
Ne lui avait-on pas toujours dit
que la banque coopérait au bien de l'Amérique ?
Une génération sans enfants se profilait.

Par conséquent
renvoyant à une phase ultérieure
une sérieuse réflexion
sur les politiques cinématographiques de la banque,
Peter Lehman
s'imposa une trajectoire d'urgence
ne serait-ce que
pour éviter de remporter d'autres médailles en vain.

Elles voulaient du cinéma ?
Elles auraient du cinéma.
Au fond, il suffisait d'imiter les modèles,
même s'il n'y souscrivait pas.

Ce qu'oncle Sigmund avait appris en 120 règles
Peter l'apprit par l'intermédiaire du cinéma :
il fallait regarder et apprendre
regarder et imiter
si possible en copiant les gestes
en reproduisant les grimaces, les petits sourires
et pourquoi pas ? la façon de parler.

Le bruit circula à New York
qu'un étrange spectateur hantait les salles obscures :
il transcrivait sur un cahier
les répliques des acteurs
et parfois les récitait à voix haute :
presque à l'identique.

Fallait-il donc s'abaisser à ce point ?
Belle invention, la radio.
Mauvaise idée, le cinéma.

Il ne fallut pas plus de deux mois
pour faire de Peter Lehman
un mélange parfait des acteurs américains :
avec un peu d'attention, on pouvait les reconnaître
tous sans exception.

C'est avec cette nouvelle interprétation
qu'il décida de gérer sa dernière flamme.

Une dure à cuire.

Il s'agissait de Peggy Rosenbaum
jeune fille au charme indiscutable
indubitablement adepte du culte cinématographique

et
connue dans tout le Temple
sous le surnom de « *The double G* »,
non parce que son père dirigeait General Gas
mais à cause de son éblouissante ressemblance
comme par hasard
avec Greta Garbo.

Peter s'était furieusement épris d'elle.
Et, à en juger du moins par le langage des yeux,
la star ne semblait pas indifférente.

Peter hasarda donc le pas fatidique.
En premier lieu, il s'appuya contre la porte du Temple
en attendant que l'office prît fin
enfonça son chapeau sur le front
alluma une cigarette
fronça au maximum ses sourcils,
devenant en tous points semblable au Clark Gable du *Tourbillon de la danse*.

En sortant
au milieu d'une foule de Juifs réformés
la jeune fille
remarqua aussitôt le modèle
attirée comme un aimant
elle se précipita sur lui
avec une ardeur cinématographique.
Et pas seulement :
comme, par chance, le cinéma était déjà parlant,
de Greta Garbo elle se changea en Joan Crawford
lui volant textuellement sa réplique :
« Vous me trouvez si belle ? »

« Il n'y a jamais trop de beauté »,
répondit Peter, pillant le scénario du *Tourbillon de la danse*.

Elle adopta une voix grave :
« Ne vous leurrez pas, je suis une mauvaise femme »
(copiant ici Marlene Dietrich dans *Blonde Vénus*).

Il fit claquer ses lèvres :
« Je crois que vous êtes née pour l'amour, c'est la seule voie que vous devriez suivre »
(c'était *Lady Lou*).

Elle passa une main dans ses cheveux :
« L'amour est une perte de temps, à laquelle je ne crois que les jours pairs »
(et elle le dit exactement comme Lana Turner dans *Coup de théâtre*).

Il éteignit sa cigarette sous sa chaussure :
« Mais on ne peut pas vivre seuls, chérie, ça n'en vaut pas la peine »
(c'était *Une fine mouche* avec Spencer Tracy, vu la veille).

Elle se couvrit les yeux, et d'une voix étranglée :
« Ah oui ? Vous vous détestez tant que ça pour m'aimer ? »
(pour les scènes de larmes, elle copiait toujours Bette Davis dans *L'Emprise*).

Il esquissa un rire :
« Ma belle, je me suis fait beaucoup plus de mal tout seul qu'avec les autres »
(c'était *La Caravane héroïque*, quoique hors contexte).

« Et pourtant, je vous montre ma face aimable... »
protesta-t-elle en citant Mae West dans *Je ne suis pas un ange*
et lui permettant de compléter la citation :
« Si tu me montrais ta face méchante, je t'aimerais peut-être davantage. »

L'entente fonctionnait vraiment.
Pour la couronner
ils se défièrent en une ultime rafale d'amours filmiques :
« Tendre ami, la vie est si courte, et vous perdez du temps avec moi ? »
« Petite, la mort m'attend sur l'autre rive du fleuve, si tu me laisses ici. »
« Pardonnez mes pleurs : la vie ne m'a rien donné. »
« Nous deux, chérie, sommes deux âmes damnées. »
« Combien de cœurs avez-vous brisés avant de prendre le mien ! »
« Les femmes que j'ai eues ? Je les ai tuées dans tes yeux en te voyant danser. »
« Quand je pense au chagrin que je sais infliger aux hommes... »
« Personne, fillette, n'est jamais mort par amour. »
« Londres serait terriblement vide sans vous. »
« Baby, tu es un diamant qui brille trop. »
« Employer le mot amour me fait un drôle d'effet... »
« Te voir pleurer me terrifie. »
« Je ne suis peut-être pas une femme digne de tout cet amour. »
« J'ignore si ton cœur est de pierre, le mien est de roc. »
« Je ne pourrais pas accepter de te voir chevaucher avec une autre. »
« T'ai-je déjà montré le boulevard du Crépuscule ? »
« Dites-moi pourquoi vous m'avez choisie. »
« Que de colère dans ces yeux de fillette... »
« Je n'ai rien à vous offrir, je suis née pauvre. »
« Il y a plus de richesse dans vos pleurs que dans tout Fort Alamo. »
« Est-ce moi que vous aimez vraiment, ou le fait que je suis héritière ? »
« Je voudrais parcourir le sentier de la vie avec vous. »

« Pardon, pardon, pardon ! Seigneur, je ne vous mérite pas ! »
« Vous devriez apprendre aux femmes la règle de votre charme. »
« Serre-moi contre toi, Jerry, comme toi seul sais le faire ! »
« Je suis un homme éprouvé par la vie, j'ignore si je saurai aimer. »
« Je suis si sotte : pourras-tu jamais m'aimer ? »
« Qu'est-ce au fond que l'amour, sinon une main au poker ? »
« Tu es un homme vraiment terrible, mais au fond je t'aime. »

Voilà.
C'est à ce moment-là
objectivement assez tard
que l'idylle de la projection cinématographique
fut interrompue par le rabbin Nathaniel Stern
qui attendait que les deux stars libèrent la porte d'entrée :
« La fête est finie, et il faut vraiment que je ferme : il fait nuit. »

Puissance du cinéma.
Ce fut vraiment incroyable
mais rab Stern utilisa la réplique même
de Fred Johnson à l'instant où il ferme le saloon dans *Billy the Kid le réfractaire.*

Aussi Peter ne put résister
et, pensant que le rabbin était lui aussi cinéphile,
il répondit à cette citation par une autre citation :
feignant de charger un fusil, il cracha par terre, puis
« Bien, vieil ivrogne,
ferme donc cette baraque de hors-la-loi.

Si les visages rouges reviennent cette nuit, siffle-moi :
je dormirai dans le fenil.
Quant à toi, poupée, dors tranquille :
celui qui te poursuit ne verra pas l'aube. »
Et il les abandonna là
non à cheval, mais à bord d'un tramway.

Si l'on excepte la terrible lettre
(çà et là belle, d'ailleurs)
que le rabbin Stern écrivit à tous les Lehman,
cette soirée
produisit l'effet non négligeable
d'unir à jamais deux âmes sœurs.

Sous le signe de l'amour, bien sûr.
Et donc du cinéma.
Qui n'étaient pas si distants que cela.

Au cours des trois années que durèrent leurs fiançailles
on les vit à plusieurs reprises danser
comme Fred Astaire et Ginger Rogers.

Ou alors
Peter emmenait Peggy à la montagne
et elle s'asseyait au bord d'une rivière
se coiffant comme Vivien Leigh
pendant qu'il coupait du bois pour l'âtre
(ils n'en avaient pas besoin : il y avait toujours du bois
mais ces coups de hache étaient typiques d'Errol Flynn).

Enfin
il lui demanda sa main
et elle répondit comme dans *She Wanted a Millionaire*
soit affirmativement.

Sous la *houppa*
tout le monde trouva que Peggy Rosenbaum

était une Greta Garbo avec un zeste de
Katharine Hepburn.
Quant à lui, avait-il ou non les manières de
William Holden ?

Même les fillettes qui naquirent
étaient de parfaits sosies de Shirley Temple.

Et quand Peter
apparut pour la première fois
en uniforme d'aviateur
Peggy eut un coup au cœur :
comme sur le grand écran
serrant contre elle ses fillettes
elle regarderait Tyrone Power décoller
en agitant la main
tout émue – certes –
mais tout autant fière
car *« Mon mari n'est pas un déserteur !*
Et quelqu'un a besoin de lui, là-bas, en Europe.
Vole et gagne, mon amour :
nous sommes tous fiers de ton courage ! »

Un autre film parfait.

À tourner en Technicolor
comme le dernier *Autant on emporte le vent*
sur lequel Lehman Brothers a misé des millions
et, pour sûr, en couleurs c'est bien différent :
les histoires qu'on voit
semblent vraies.

Tellement vraies qu'on se demande parfois :
« C'est arrivé ? »

Peggy Rosenbaum, veuve Lehman,
y pense toujours :

son Tyrone Power est mort en héros à bord de son avion dans une action de guerre.

Il laisse de nombreuses médailles, dont une militaire.
Il laisse une femme.
Il laisse deux filles.

Et un poste vide à la banque.

19

SHIVA

« C'était un gentil garçon, il me manquera beaucoup. »

Exposé dans un cercueil banc
entouré de fleurs et de guirlandes
Mister Lehman
a par chance conservé sur ses traits
une lointaine trace de gaieté.

On est venu le saluer en grand nombre.
Les gens entrent l'un après l'autre
dans la pièce à moitié sombre
préparée au premier étage de la banque :
« Si jeune, quel dommage... »
« Au moins, il n'a pas souffert. »
« Eh bien, l'Amérique a perdu un champion. »
« Regardez son visage : c'est son père tout craché. »

Un enfant, accompagné de sa maman,
s'approche sur la pointe des pieds :
il a les larmes aux yeux.
Il caresse la main du défunt
en murmurant *« Merci, Mister Lehman »*,
après quoi
il dépose un petit bouquet de marguerites
sur la poitrine inerte et silencieuse.

Le rabbin est venu de bonne heure
et a eu de très beaux mots :
« Il était la cohérence même. »
Tout le monde a opiné.
Une voix a ajouté : *« Et l'honnêteté. »*
Approbations diffuses.
Une autre voix : *« Et la ténacité. »*
Acquiescement général.
Une autre encore : *« Et le courage. »*
Unanimité.
Et enfin la synthèse chorale : *« Un être rare. »*

Les domestiques aussi sont abasourdis
ils se sont enfermés à la cuisine, autour de la table
les yeux bouffis de larmes, la gorge nouée.

Quant à la famille
elle est au complet.
Les moments de ce genre vous unissent.

« Devant la mort il n'y a pas de verdicts »,
a murmuré d'une voix brisée
le cousin magistrat, spécialiste en la matière.
Puis il a pris place sur un divan
à côté de sa femme Sissi
ordinaire comme toujours
tranquillement prévisible
dont la contribution fondamentale au deuil a été un
« Je suis triste ».

Son beau-frère s'est exprimé avec plus de passion :
*« Notre Nation lui doit beaucoup
le peuple américain est maintenant plus seul
et j'entends dire que tout New York
devrait lui consacrer une pensée émue :
nous perdons un héros de notre temps. »*

Pour être présent il a repoussé
l'inauguration de deux rues.

Harold et Allan
de leur côté
ne sont pas bouleversés :
il y a moins de larmes en eux
que dans tout le désert de l'Arizona.
Harold a été le plus audacieux :
« Il portait un grand nom de famille. »
Et Allan a ajouté :
« Il travaillait dans une grande banque. »
Fin des transmissions.

Quant au vieux Philip
il est surtout agacé
de ne pas avoir tout prévu.
La mort est réfractaire aux agendas
motif pour lequel il semble vraiment secoué :
« Repose en paix, mon pauvre Bobbie :
en vérité, tu méritais davantage. »

Voilà.
Sur ces mots de son père
en général
Bobbie se réveille.

Comme si le rêve finissait toujours sur le meilleur
et que la réalité voulût entrer de force.

Cela fait environ trois ans
que Bobbie rêve de son enterrement
presque chaque nuit.
Et deux ou trois fois
en boutonnant sa veste d'intérieur
il a dit à sa femme
« Bonne mort » au lieu de bonne nuit.

Compréhensible, au fond.

Et dire que dans le monde
des êtres portent des toasts.
Ce matin par exemple
c'est la fête au Péloponnèse.
Passer du calcul des olives et des câpres
à une maîtrise avec les félicitations du jury
est pour le moins remarquable.
Ce pas, Peter Peterson l'a accompli.

Il n'a dit à personne qu'il a du sang grec.
« Je suis né en Suède, non loin de Stockholm »
car le monde est en mouvement, c'est connu,
et l'Égée a peut-être relayé la Baltique.
De toute façon : le Suédois a une maîtrise en poche.
« Bravo, mon fils ! »
Diplômé de la Northwestern University, Illinois.
Et la famille Peterson
ne peut que fêter ça
entre olives, anchois et fromage.

Au même moment
à plusieurs milles de distance
une famille de Hongrois fait la fête.
Parmi des cartons remplis de lampes de bureau.
« Gratulálunk[1] *! »*
car à coups de cours du soir
le fils a obtenu lui aussi son bout de papier.
Eh bien oui, la grenouille a réussi.
Et de fait elle ressemble maintenant à un crapaud
avec son gros ventre et ses joues comme des melons.
Motif pour lequel on ne peut que fêter ça.
« Gratulálunk ! »

1 « Félicitations ! »

Il y a donc aussi de la joie sous le soleil.

Pas de fête en revanche
chez les Lehman.

Car si Bobbie rêve chaque jour de son enterrement
de temps en temps l'un d'eux meurt vraiment.

Dehors, dans la rue,
une banderole a été accrochée au mur.
Elle dit : MERCI, MISTER LEHMAN !

On l'a placée là ce matin
au début
de cette journée sombre
de pluie
grise
comme les visages qui franchissent le seuil.

La famille.
Uniquement.
Personne d'autre n'est admis.
Ses membres sont venus de toute l'Amérique
car les Lehman sont maintenant
éparpillés dans toute l'Amérique.

Dans la rue une foule.
Employés de la banque.
Les femmes, les maris.
Sous leurs parapluies.
« Merci, Mister Lehman ! »

À l'intérieur la famille est réunie
tout entière
elle est fort nombreuse
jeunes, vieux, enfants.

Le rite prévoit que les parents les plus proches
soient assis sur des chaises adossées aux murs

qu'ils attendent
saluent
remercient
passent là toute la journée.
Ils ne le feront pas.
Le monde a évolué.

Ils n'ont pas non plus
laissé pousser leur barbe,
la fameuse barbe du deuil
de la *shiva* et du *sheloshim*
la barbe inculte comme on le faisait en Allemagne
il y a un siècle
avant que n'en partent les trois frères
qui figurent maintenant dans un cadre
et puis comment savoir si Rimpar
après la fin de Hitler
est encore debout
ou si on l'a rasé ?
Le rite prévoit de rester une semaine à l'intérieur.
Tu parles !
Comme si l'économie s'arrêtait pour attendre…
Il faut remettre sur pied le monde entier, ou presque
et l'Amérique s'en charge :
désormais Lehman Brothers
signe des contrats sur toute la Terre
car si la guerre a été un *business*
la reconstruction le sera encore plus.
MERCI, MISTER LEHMAN !
dit la banderole de l'autre côté de la fenêtre,
mais si tout se déroule comme prévu
la prochaine fois
elle sera écrite en dix langues
car au fond l'Amérique est un petit terrain de jeu

et grâce à Pan Am on vole dans le monde entier
on peut rallier tous les endroits
puissance des avions
puissance des financiers
puissance de Lehman Brothers.

Le rite prévoit de ne pas préparer de nourriture :
de la demander aux voisins, de la recevoir et c'est tout.
Tu parles !
Comme si les domestiques étaient en vacances…

Et puis s'il y a quelque chose de bon
dans le rite des funérailles,
c'est de jeter de la terre derrière soi :
les morts avec les morts, les vivants avec les vivants
car, comme le dit ce grand film
financé par Lehman :
« demain est un autre jour »
et il a encaissé tant de millions, ce film,
que ce jour demeure pour la banque
magnifique.

Le rite prévoit de déchirer un vêtement
de le mettre en pièces
en rentrant de l'enterrement
au vieux cimetière.
Tu parles !
Laissons ça au folklore
ou mieux aux rabbins
ou encore aux Juifs
arrivés depuis peu en Amérique :
ceux qui ont fui l'Europe
où l'on vous tuait dans des camps.

On les voit tout de suite, on les reconnaît, ces Juifs,
y compris à leur façon d'être assis dans le Temple.

Car, lorsque vous êtes américain,
vous portez l'Amérique en vous,
quand vous êtes européen, c'est écrit sur votre visage.
Les Hongrois par exemple.
Des gens qui portent un peu la campagne en eux.
Ils utilisent des haches
ils ne mangent pas : ils dévorent.
De fait, ils ont un gros ventre
et les joues comme des melons
puis ils se lèvent
et accomplissent d'étranges rites de Juifs d'Europe.
Les Hongrois !

Maintenant que les Lehman ont du sang américain
ils ont oublié les rites de l'Europe.
Des Juifs réformés, ils tiennent à le préciser.
Ce qui revient à dire *« nous agissons à notre façon »*.
Et dans cette façon on ne déchire pas les vêtements.

Mais le *kaddish*, oui.
Ils l'ont récité
tous les jours
matin et soir
toute la famille
depuis que le deuil a commencé.

Malgré tout
aujourd'hui
le siège de la banque dans One William Street
reste ouvert.

Oui car il se trouve
que chez Lehman Brothers
on prend les décisions au *lunch* du lundi
où Harold a expliqué le problème :

« Fermer pour deuil équivaut à une perte de 2 millions »
et Allan aussitôt, pour éviter les critiques :
« Cela n'enlève rien au fait qu'un Lehman est mort et la banque n'a pas l'intention de l'ignorer. »

Trois minutes de silence.
Pour tout le personnel.

Ni plus, ni moins :
le monde entier nous regarde
l'Amérique est une grande entreprise
et Wall Street ne peut pas dormir :
la Terre tourne autour du Soleil
et la nuit ne tombe jamais sur les marchés.

Quant à Wall Street
trois minutes de silence coûtent une fortune.
Les drapeaux, voilà, eux oui, ils seront en berne.
On le remarquera sans doute.

Et pour ceux qui ont perdu le fil :
Philip Lehman est mort.

20

ENEMIES WITHIN

Bobbie Lehman se souvient bien de ce cheval.
Il s'appelait Atlas, pur-sang parfait.
Atlas était né pour gagner.
Le plus fort en absolu.
Le plus puissant au sprint.
Chaque fois qu'il courait
Atlas partait dans le groupe
sans élan
mais en moins d'un tour
il semait tous les autres
se détachait
accélérait
se retrouvait seul
en tête, Atlas
tout seul…
Atlas jetait un coup d'œil derrière lui
– frisson de la solitude –
ralentissait
s'attristait, se rapetissait.
Il y a une solitude
bien particulière
chez les premiers.

Bobbie Lehman se rappelle ce cheval.
L'Amérique d'aujourd'hui
dont sa banque est le miroir
est son portrait craché.

Nous avons gagné la guerre.

Nous avons tué Goliath.

La nuit nous dormons d'un sommeil tranquille
et pourtant…

Et pourtant quelle plaie d'être les premiers !
Vertiges des hauteurs.
Terreur de tomber.
Et puis…

Être sur le podium est pire que de ne pas y être
il y a trop de calme chez les vainqueurs.
On s'ennuie.

Par conséquent, faisons-nous du mal.

Il semble parfois que les êtres humains
réagissent à la tranquillité par l'agacement :
ils ont besoin de lutter
il leur faut toujours un ennemi
à combattre.
Sinon à quoi bon vivre ?

Et maintenant qu'Adolf Hitler est un souvenir ?
Maintenant que les Japonais sont bien sages ?
Maintenant que le monde est soudain silencieux ?
À qui nous en prenons-nous ?

Si l'on prive Superman d'un monstre à anéantir
la bande dessinée ne décolle pas :
tout le monde se moque
de la façon dont le super-héros cuisine

ou dont il lave sa voiture neuve.
Se peut-il qu'il ne reste pas au monde
un vestige de dictateur fou ?
S'il vous plaît, présentez-vous.
Menacez-nous.
Haïssez-nous.
Provoquez-nous.

Sinon c'est un problème.
Le prophète Ézéchiel
chemina dans une vallée d'ossements.
Et c'était assommant.
Puis les os se ranimèrent et l'on se remit à danser.
Quand cela nous arrivera-t-il ?

Bon, il y a bien la Russie.
Pas mal, comme ennemi :
deux super-puissances peuvent donner lieu à une de ces luttes
qui vous ôtent le sommeil.
Et les Chinois aussi : ennemis pittoresques.
Sans compter les Coréens.
Mais, au fond, l'Asie est si loin…

Pour électriser un peu la vie
il faudrait une embûche à la maison.
Un cobra dans le lit.

Ça oui, ça nous causerait l'inquiétude d'autrefois !

L'idée germe dans le cerveau
d'un sénateur du Wisconsin :
chasse impitoyable à l'*ennemi intérieur*.
Soit :
certains individus jouent un double jeu.
Qui ?
On dirait un quiz télévisé.

« Vous étouffez l'Amérique !
a crié Herbert Lehman
de son siège de sénateur.
En attendant de débusquer les traîtres,
que vas-tu inventer, McCarthy ?
Mettons une muselière à tous les chiens
éteignons les lumières
taisons-nous
couvre-feu le soir
et interdiction de rassemblement !
Tu vas transformer les États-Unis
en un immense tribunal improvisé
devant lequel le voisin
traînera celui qui a mal taillé sa haie !
T'en rends-tu compte ?
Que le Ciel veuille que j'exagère ! »

Mais il n'exagérait pas. Pas du tout.
Qu'aurait dit son frère Irving
si, au lieu d'aller débattre, là-haut, de jurisprudence
avec Salomon,
il avait vu surgir des juges partout.
Et des accusés, évidemment.
Terrifiés par le verdict.

Ah ! Enfin !
Le bon vieil obscurantisme !

Harold et Allan se sont aussitôt adaptés
au nouveau climat de chasse aux sorcières :
ils sont bons à jouer les mâtins,
les cheveux blancs vous confèrent un respect naturel.
Les voilà, gardiens du bien-être commun
que de sales conspirateurs veulent anéantir.

Notamment
parce qu'il leur a fallu des décennies pour apprendre à sourire
et qu'on ne peut vraiment pas leur ôter le sourire de l'Amérique.

Les deux Lehman voient des communistes partout.
Même parmi les employés de la banque.
Oui, monsieur.
Les infiltrés.

Ils se promènent dans les bureaux
l'air souriant mais prudent.
Ils écoutent.
Interrogent.
Le courrier – quel qu'il soit – doit passer sur leur table.
Au réfectoire, attention aux conversations.
L'usage des cabinets est autorisé, pourvu qu'il soit de courte durée.

Enfin, surtout,
attention au vocabulaire :
des mots rouges naissent partout.

De temps en temps, donc,
un employé est convoqué.
« Fermez la porte, Miss Reissner.
Asseyez-vous, je vous prie.
D'après votre responsable, Miss Stratford,
vous avez eu un petit accident. »

« Je me suis évanouie, Mister Lehman :
j'espère que ce n'est pas un problème ***capital****.*
*Il ne s'agissait pas d'un vi****rus***
mais d'une chute de tension.
Soudain le brouillard s'est fait
*un frisson a coulé le long de mon é****Chine***

*j'ai **rougi** et me suis effondrée*
d'un coup.
Cela m'arrive à l'improviste
surtout depuis que je suis enceinte :
comme vous le voyez, mon ventre grossit.
*Ce n'est pas un secret de poli**Chinel**le.*
Mes collègues ne m'ont pas vue le lendemain
car je suis allée chez le médecin,
*avec un **double** traitement, m'a-t-on garanti,*
cela ne se produira plus. »

« Vous êtes une excellente dactylo :
la banque est satisfaite de votre travail.
Toutefois nous voudrions comprendre. N'est-ce pas, Harold ? »
Harold demeure immobile,
assis dans la pénombre, derrière une lampe allumée.
Son rôle consiste à observer les réactions émotives
tandis que son frère suit le scénario.
De fait, Allan reprend :
« Miss Reissner, votre machine à écrire
use toujours le ruban d'encre rouge
bien avant le noir. Un simple hasard ? »

« Ma voisine de table
m'a dit de n'écrire en noir que les remises !
*Dans le **rest**aurant où je travaillais autrefois*
je ne l'aurais jamais fait
mais c'est une des règles
*dont vous êtes **Core**sponsables.*
Aussi, chaque bureau à sa technique.
Demandez donc à Miss Stratford. »

« Contesteriez-vous l'autorité de votre chef de bureau ? »

« Oh, non, messieurs ! Je ne suis pas mauvaise langue.
*Ce n'est pas en enr**ageant** qu'on parvient à son but.*

Je ne suis pas du style à ***doubler*** *qui que ce soit,*
j'évite soigneusement ce genre de ***guêpier****.*
Pour garder mon calme en toutes circonstances
*je bois de la chi****Corée*** *plutôt que du café*
même si, en vérité, le second me serait plus bénéfique.
Je ***rougi****rais de honte si j'en venais à m'énerver*
comme une ***commune hys****térique*
devant Miss Stratford ou le ***Pékin*** *de service,*
*aussi je m'é****Chine*** *à ma ma****Chine*** *et suis les règles*
à la lettre,
*je garde le silence lorsqu'on m'admon****este***
et à l'heure de la pause ne perds pas mon temps
à ***pépier*** *comme un* ***rouge****-gorge,*
*à pi****Corer*** *des friandises,*
*ou à lire un roman, même s'il est capt****Ivant****.*
*Enfin, sachez-le, la cont****est****ation m'insupporte !*
Puis-je retourner à mon travail maintenant ? »

C'est alors que Harold se lève comme à son habitude :
« Vous êtes renvoyée, Miss Reissner,
pour conspiration. »

La peur des autres.
Se répand partout.
Dans la banque en particulier
songe Harold en regardant l'enseigne :
les autres sont si présents chez nous
que nous les portons même dans notre nom
LEHMAN BR**OTHERS**.

21

YONAH

Bobbie Lehman
ne partage pas cette attitude.

Non seulement parce qu'il a assez d'ennemis
pour en chercher d'autres dans les replis des discours.

Le problème, c'est que cet air de menace
devient vraiment irrespirable.

Bobbie se sent coincé
dissimulé :
voilà que l'Amérique et lui
sont enfermés
sans lumière
sans air
dans le ventre sombre d'un requin.

Échouer dans l'estomac d'un poisson
n'est pas rien.

D'une part, parce que votre voix retentit
comme dans une caverne
et que tout le monde sait tout.
Et puis il y a la nouveauté des listes :

entassés telles de petites sardines
nous nous surveillons mutuellement
raison pour laquelle
diriger une banque
est à présent ce qu'il y a de plus simple.
Mais il faut d'abord
éviter d'échouer sur les listes
et se boucher le nez tant le poisson pue.

« *Ironie du sort*, pense souvent Bobbie :
à peine l'Amérique a-t-elle grandi
qu'elle s'est faite toute petite. »
Et elle joue à présent des coudes dans un débarras aquatique
épaule contre épaule
engloutie
jetée
entre nageoires, arêtes et écailles.

Pressé dans ce ventre
Bobbie Lehman – lui qui aime tant les avions –
a du mal à respirer.
On lui a même contesté son passeport :
relations financières suspectes avec l'ennemi.
Soudain, tous ses liens avec l'étranger sont gelés.

Bobbie a insisté
auprès des membres de sa famille
pour que la nouvelle demeure secrète :
l'ébruiter scellerait la ruine de la banque.

Un Lehman conspirateur socialiste.

« *Toi, Bobbie ?* » l'a interrogé Herbert,
les yeux écarquillés.

Et l'on peut dire

que pour une fois au moins
son cousin sénateur ne sait que faire.

Ce n'est pas pour autant
évidemment
que ses *fans* abandonnent Herbert :
malgré ses cheveux clairsemés
il se bat sur un pied d'égalité avec Elvis Presley.

Le sénateur Lehman parle toujours à la télévision.
Il parle sur les écrans
que Bobbie Lehman a introduits dans chaque foyer
et que sa femme Ruth n'éteint jamais :
« Si tu veux tout savoir, Bobbie,
ton cousin passe très bien à la télévision. »
« C'est certain, Ruth, il pourrait s'exhiber en vedette de music-hall. »
« Tu fais de l'ironie, Bobbie ? »
« Absolument pas : si l'on veut aujourd'hui
mettre un terme à sa carrière
on doit conspirer avec les communistes
ou s'attirer l'hostilité de Herbert Lehman. »
« Ta lèvre saigne et ta main tremble. »
« Je suis affecté de herbertite aiguë. »
« Je ne te suis pas sur ce chemin, Bobbie, ah çà non !
Ton cousin est le seul à savoir que faire ! »
« En vérité, il m'a dit qu'il n'en avait aucune idée. »
« Parce qu'il ne débat pas de sujets sérieux
avec les gens ordinaires. »
« Exact, il n'en parle qu'à la télévision. »
« Il nous en parle, à nous autres, électeurs. »
« Je vais me coucher, Ruth, je suis fatigué. »
« Je me sens extrêmement sous-estimée,
je ne me perçois plus. »
« Monte le son du téléviseur. »

« Tu joues avec le feu, Bobbie, attention :
je pourrais demander le divorce. »

Par chance, demain, c'est samedi.

Car dans la balance des mariages américains
la télévision a un poids important :
la paix conjugale se fonde
sur le partage non seulement du lit, bien sûr,
mais aussi, et surtout, du canapé
et il faut qu'il y ait
au moins un point d'entente
sur les goûts télévisés réciproques.

Or,
si l'on excepte les interviews du sénateur Lehman
Ruth ne défend bec et ongles
que le grand quiz du samedi soir.
Et que peut faire un mari
qui a déjà divorcé ?
S'adapter à ce rituel.

Aussi Bobbie
est hebdomadairement obligé
de s'asseoir devant le téléviseur
pour partager avec Ruth
(et des millions de compatriotes)
l'adrénaline du *Game Show* :
gagnant ou perdant ?
Réponse exacte.

Et malheur à celui qui s'endort.

En cela aussi l'homme est éprouvé :
l'ennemi intérieur est pour lui ennemi domestique.

Curieux comme il a l'impression d'étouffer.
Bobbie est acculé.

On a ôté de son bureau
tapis et tissus
à la recherche d'une allergie.
Puis on a enlevé le bois.
Et tout désinfecté.
Bobbie tremble, se mord la lèvre, a du mal à respirer.
Et comment le pourrait-il
dans les entrailles d'un requin
où tout n'est que récompenses ?

Suffit.

Au fond, Bobbie sait ce qu'il faut.

Il sait qu'il est l'élu.
Comme toujours, au fond.

Il a été Noach, puis David
maintenant il sera le prophète Yonah
et quand le poisson l'aura recraché sur la plage
– avec toute la nation –
le ciel sera enfin clair et limpide :
terminé, ce trou étroit
où nous finirions
par mourir
de fatigue.

En avant, donc :
il suffit de trouver le moyen
de se faire expulser de ce débarras de poisson.

Bobbie essaie.
Il se démène.
Mais cela n'a rien de simple.
La volonté a beau être importante,
parfois elle ne suffit pas.

En attendant
il n'est pas facile
de donner un *lunch* du lundi
dans le ventre d'un requin.
Surtout, obtenir l'approbation de sa tactique
par un conseil de *partners* n'a rien d'un jeu.

Peu importe.
Bobbie insiste.
C'est une urgence.
On étouffe ici.
On meurt.
Bobbie en a assez de chercher des allergies.
L'estomac du poisson ne cesse de rapetisser
et s'il n'en sort pas il perdra la raison :
« Messieurs les partners, *nous sortirons à l'air libre grâce à l'électronique !*
Monsieur Charles Thornton, dit "Tex",
m'a présenté un plan révolutionnaire :
calculateurs, cerveaux électroniques, standards ;
nous pourrions tout miser sur l'électronique
– l'Amérique fait encore tout à la main –
avec l'électronique nous pourrions
déclencher un court-circuit
et le poisson nous recracherait ! »
« Nous aimerions évaluer le coût de cette opération et les gains qu'elle nous rapporterait. »
« Miséricorde !
Nous ne gagnerons fichtrement rien
si nous restons enfermés ici ! »
« Sans une projection de coûts et de gains, nous refusons de nous exposer. »
« Alors misons sur les transports ! »
« Si tu nous expliques ce que tu entends par transports. »

« Monsieur John Hertz m'a proposé
un plan financier pour la location de voitures.
En d'autres termes : donnons une auto à ceux qui ne peuvent en acheter une.
Ou une camionnette. Ou une moto.
Nous remplirons la nation de gens en mouvement :
le smog *et le vacarme des rues seront tels*
que le poisson toussera et nous crachera ! »

« Ça n'a pas l'air d'une tactique garantie. »

« Puis-je intervenir ? demande Harold,
en caressant les cheveux qu'il n'a plus.
Au lieu de chercher des voies étranges,
je propose d'opter pour la seule chose qui balaie la peur.
Soit : nous rendre imbattables.
Et donc redoutables.
Et donc tranquilles. »

« Peux-tu répéter, Harold ? »

Mais Harold ne répète rien :
il fixe son frère qui se lève aussitôt
et dessine sur le tableau un missile.
Portant le symbole du nucléaire.

Bobbie s'insurge :
« Vous avez perdu la tête ?
Nous ne nous ferons pas recracher ainsi,
nous exploserions
avec tout le poisson ! »

Harold et Allan n'acceptent pas la discussion :
« Si c'est comme ça, au revoir.
Bonnes catastrophes, messieurs.
Nous quittons la banque, nous nous retirons. »
Et ils s'en vont.

Bobbie sourit aux *partners* :
ce n'est que la dixième fois
au cours de cette dernière année
que Harold et Allan claquent la porte.

Chacun, c'est connu, a sa façon de négocier.
Ils reviendront.

Et de toute façon, là n'est pas la voie à suivre.

Il y en a peut-être une autre, beaucoup plus simple :
au fond,
les Écritures ne disent-elles pas
que Yonah dut entonner un psaume
pour se faire recracher par la bête ?

Parfait.
Après avoir construit une arche
après avoir tué Goliath
entonner un psaume n'est rien…

On a tôt fait de le dire…
Bobbie n'est pas un orateur.

Il ne l'a jamais été.

Il parle peu
et, quand il parle, il se mord la lèvre.
Bobbie n'a pas de phrases à effet sur la langue,
il n'est pas ce genre d'homme
qui fait taire l'assemblée
dès qu'il prend la parole.

Bobbie ne siège pas au Sénat.
Il est juste un banquier, avec le hobby du patriarcat.

Il pourrait demander des leçons à son cousin :
éducation rhétorique.
C'est un champion en la matière.

La réaction de Herbert l'a beaucoup surpris :
« Tu me demandes de t'apprendre ce qu'il faut dire ?
Aujourd'hui ?
Je ne le sais plus moi-même, cousin.
Cette politique moderne me déplaît :
on ne parle que de réactions, au lieu de parler d'idées.
Tout sur la défensive, tout dans la tranchée.
J'envisage de prendre ma retraite, tu sais.
Je signe l'armistice. »

La vie est curieuse parfois.

Au lieu de se sentir plus fort,
maintenant, de surcroît, Bobbie bégaie.
Alors qu'il devrait entonner un psaume
sa langue ne répond pas
ses lèvres non plus.

Certes, il est écrit que Moïse au début bégayait.
Mais quel est le rapport ?
Bobbie n'a pas besoin de Moïse, il a besoin de Yonah.

Au moins, s'il pouvait dire ce psaume
du tac au tac !
Ce serait extraordinaire, oui monsieur :
répondre à deux ou trois questions
et en récompense
être recraché !

Voilà.
Telle fut en effet la dernière pensée de Bobbie
avant de se perdre en lui-même
devant le téléviseur
assis à côté de Ruth pour le quiz du samedi soir.

Comme la nature
secourt les corps dans le besoin
Bobbie
avait mis au point une façon bien à lui
de s'absenter sans fermer les yeux.

Et voilà le *Game Show*
qu'il vit, retransmis sur l'écran.

22

SATURDAY GAME SHOW

Générique de début.

Hal March entre triomphalement dans le studio
les cheveux brillantinés :
« BONSOIR, AMERICA ! ET GOOD LUCK !
SOUHAITONS D'ABORD LA BIENVENUE
À NOTRE MAGNIFIQUE ASSISTANTE
MADAME RUTH LEHMAN ! »

Entrée dans le studio des deux Ruth
première et seconde épouses.

« AU COURS DE CETTE TRENTE-DEUXIÈME ÉMISSION,
TROIS CONCURRENTS S'AFFRONTERONT DANS LES CABINES.
DANS LA PREMIÈRE, LE SÉNATEUR HERBERT LEHMAN :
ACCUEILLONS-LE PAR DES APPLAUDISSEMENTS ! »

Clameur en arrière-fond.

« DANS LA DEUXIÈME CABINE JOUERONT ENSEMBLE
MESSIEURS HAROLD ET ALLAN LEHMAN
CHEFS D'ÉTAT-MAJOR DE L'ARMÉE
DÉPARTEMENT FUSÉONAUTIQUE NUCLÉAIRE ! »

Applaudissements en arrière-fond.

« ET ENFIN, DANS LA TROISIÈME CABINE,
MONSIEUR YONAH LEHMAN
CRITIQUE D'ART ET SPÉCIALISTE DE CHEVAUX ! »

Timide soutien du public,
peu importe, nous avons l'habitude.

« COMME TOUJOURS, AMIS SPECTATEURS,
NOS CANDIDATS S'AFFRONTERONT
AU COURS D'UNE PHASE ÉLIMINATOIRE
ET SEUL LE VAINQUEUR AURA ACCÈS À LA FINALE
OÙ IL POURRA TENTER DE GAGNER LA CAGNOTTE !
DONC, LET'S GO, AMERICA !
JE DEMANDE AUX CONCURRENTS DE METTRE LEURS CASQUES
ET DE S'ENFERMER DANS LEURS CABINES.
AUJOURD'HUI LES QUESTIONS
PORTERONT TOUTES SUR LA FAMILLE LEHMAN.
ON COMMENCE À JOUER ! »

Jingle annonçant la première manche.

« PREMIÈRE QUESTION POUR NOTRE AMI HERBERT :
LEHMAN BROTHERS A ÉTÉ FONDÉ
PAR LE LÉGENDAIRE HENRY LEHMAN
IL Y A PLUS OU MOINS D'UN SIÈCLE ?
CHRONOMÈTRE ! »
1
2 Herbert s'approche du micro :
3 « LA RÉPONSE EXACTE EST MOINS ! »

Gong

« ERREUR ! ÇA COMMENCE VRAIMENT MAL ! »

Les deux assistantes interviennent avec enthousiasme :
« LE CANDIDAT N'A PAS DIT “MOINS”, MAIS “AU MOINS”.
NOUS L'AVONS ENTENDU DISTINCTEMENT. »

Hal March consulte le notaire, puis :
« HOURRAH ! RÉPONSE EXACTE !
LE SÉNATEUR RESTE DANS LA COURSE. »

Sonnerie de trompette.
Herbert triomphe. Les deux Ruth aussi.

Hal March se racle la gorge puis reprend :
« DEUXIÈME QUESTION POUR HAROLD ET ALLAN :
DEPUIS QUE LES TROIS FRÈRES LEHMAN
POSÈRENT LE PIED AUX ÉTATS-UNIS,
LE NOMBRE, AUJOURD'HUI,
DE LEURS ENFANTS ET PETITS-ENFANTS
FILLES ET GARÇONS
EST-IL SUPÉRIEUR OU INFÉRIEUR À 70 ?
CHRONOMÈTRE ! »
1
2 Harold et Allan se consultent
3 puis Allan note quelque chose
4 que Harold efface :
5 ils sont en désaccord
6 puis ils s'entendent
7 et Harold martèle dans le micro :
8 « LE CHIFFRE TOTAL EST DE 92 »

Gong.

« RÉPONSE ERRONÉE !
LE NOMBRE EXACT EST DE 97 DESCENDANTS ! »

Harold et Allan se lèvent :
« SI C'EST COMME ÇA, AU REVOIR.
BONNE CATASTROPHE, MESSIEURS.
NOUS QUITTONS L'ÉMISSION, NOUS NOUS RETIRONS. »
Ils abandonnent la cabine, dont ils claquent la porte.

Hal March frémit dans toutes ses mèches brillantinées :

« CE N'EST PAS DANS L'ESPRIT AMÉRICAIN !
CE N'EST PAS UN EXEMPLE À DONNER À LA TÉLÉVISION !
MAIS VENONS-EN MAINTENANT À MONSIEUR YONAH.
VOICI LA QUESTION : DEPUIS QUE LES LEHMAN
SONT SUR LE SOL AMÉRICAIN
QUEL EST LE MEMBRE DE LA FAMILLE
QUI EST MORT LE PLUS ÂGÉ ?
CHRONOMÈTRE ! »

1
2 Yonah n'a pas d'hésitation,
3 si ce n'est à cause de sa langue collée au palais :
4 « PHILIP LEHMAN, À 86 ANS. »
5

Sonnerie de trompette.

« RÉPONSE EXACTE ! VOUS ÊTES VOUS AUSSI EN FINALE ! »

Les deux assistantes interviennent avec précision :

« LE POINT DOIT ÊTRE ATTRIBUÉ AU SÉNATEUR
CAR C'EST LUI QUI A SOUFFLÉ LA RÉPONSE. »

Hal March se rembrunit :

« VOUS AURIEZ DÛ LE DIRE, MONSIEUR YONAH !
VOUS N'AVEZ PAS LE DROIT DE PROTESTER !
LE RÈGLEMENT INTERDIT QU'ON SE FASSE SOUFFLER.
LE NOTAIRE ME DIT
QUE JE DOIS VOUS POSER UNE AUTRE QUESTION :
DANS LES 50 DERNIÈRES ANNÉES
LE CAPITAL DE LA BANQUE LEHMAN
A-T-IL ATTEINT PLUS OU MOINS
20 FOIS SA VALEUR INITIALE ?
CHRONOMÈTRE ! »

1
2 Yonah hésite un moment
3 ses tempes sont en sueur
4 il se mord un ongle
5 sa main tremble
6 il exhibe un mouchoir
7 le tache de rouge
8 « LAISSEZ-MOI RÉFLÉCHIR :
9 JE NE M'OCCUPE PAS DE FINANCE
10 JE DIRAIS DONC...
11 LE CAPITAL S'EST MULTIPLIÉ
12 PAR 84. »
13
14

Sonnerie de trompette.

« RÉPONSE EXACTE ! »

Les assistantes s'insurgent :
« CE POINT DOIT ÊTRE ATTRIBUÉ AU SÉNATEUR,
CAR MONSIEUR YONAH EST UN ENNEMI INTÉRIEUR
IL FAIT DES AFFAIRES AVEC L'ENNEMI
ON LUI A MÊME RETIRÉ SON PASSEPORT. »

Bruissement dans tout le studio.
Pour Hal March, c'est une émission compliquée.
Voici que le sénateur s'en mêle :
il a ouvert la porte de sa cabine
et exige de parler
mais nous ne sommes pas au Parlement ici !
« RETOURNEZ À VOTRE PLACE ! SI MONSIEUR YONAH
EST EXCLU DE LA COMPÉTITION
VOUS IREZ DIRECTEMENT EN FINALE ! »

« JE SIGNE L'ARMISTICE, MONSIEUR HAL MARCH :
JE LAISSE LA PLACE À MON COUSIN,

JE PRENDS MA RETRAITE, JE RENONCE À LA FINALE. »
Après quoi il ôte son casque et quitte le studio.

Gong. Puis sonnerie de trompette,
puis de nouveau *gong*.
Les assistantes en larmes s'éclipsent :
plus rien n'a de sens dans leur vie.
Le public du studio
brandit des myriades d'affichettes :
« MERCI, SÉNATEUR LEHMAN. »
Hal March s'unit à ces salutations.

Mais il faut conclure l'émission
Car l'Amérique attend, synchronisée.
L'émotion est à son comble :
même la brillantine s'est ternie.
« MONSIEUR YONAH, MALGRÉ TOUT,
LA FINALE VOUS ATTEND.
TOUT EST ENTRE VOS MAINS :
RÉPONDEZ EXACTEMENT
ET VOUS SAUVEREZ L'AMÉRIQUE.
COMME TOUJOURS LA DERNIÈRE QUESTION
EST LA PLUS DIFFICILE.
LA BANQUE LEHMAN BROTHERS EXISTE
DEPUIS PLUS DE 100 ANS
CE QUI LUI VAUT D'ÊTRE CONSIDÉRÉE
COMME IMMORTELLE,
MAIS JE VOUS LE DEMANDE :
DANS UN SIÈCLE, EXISTERA-T-ELLE ENCORE
OU AURA-T-ELLE FAIT FAILLITE COMME TANT D'AUTRES ?
CHRONOMÈTRE ! VOUS DISPOSEZ DE 60 SECONDES. »
1 C'est l'épreuve la plus dure.
2 Du reste, c'est connu
3 un héros ne passe pas à la postérité pour rien.
4 Yonah examine froidement la question

ou du moins essaie :
s'il répond que la banque familiale
atteindra en bonne santé son deuxième siècle
on dira sûrement *« il le croit ».*
En revanche
s'il dit *« non, je n'en suis pas sûr »*
comment pourra-t-il se présenter demain
à la banque ?

Un sacré labyrinthe, malédiction,
un sacré labyrinthe.

Donc ?

La langue collée au palais, à la colle pure.
Des gouttes de sueur sillonnent son front
comme des ciseaux.

Il est toujours possible de renoncer
et de partir :
si les autres l'ont fait
pourquoi pas moi ?

Pour la simple raison
que nous ne sommes pas tous identiques
au monde :
certains claquent la porte et on dit
« Un geste fort ! »
d'autres quittent la compétition sous les
applaudissements
et laissent les gens en larmes.
Pas toi, Bobbie,
tu appartiens à la catégorie
dont le renoncement
déchaîne les rires

et après les rires, comme à l'école,
on vous met une pancarte au cou
frappée de l'inscription TROUILLARD.

Donc ?
Je dis que Lehman Brothers sera immortelle ?
Au fond, c'est facile,
j'ouvre la bouche et je le dis.
La question est ailleurs : est-ce que j'y crois ?
Dans un siècle.
À la moitié du nouveau millénaire…
Bien sûr, si on avait posé la question à mon père
ou à grand-père Emanuel :
ils n'auraient pas eu le moindre doute.
Mais pourquoi je prends tout ce temps ?
Il me suffit d'un oui ou d'un non,
je peux même le dire au hasard…
Et si je me trompe ?
Qui ouvrira la mâchoire du poisson ?
Il faut que je sorte comme Yonah
c'est écrit.
Je ne suis qu'un instrument
de la volonté divine.
Et comme tel, qu'est-ce que j'attends ?
Bon allez, je réponds :
« DANS UN SIÈCLE IL N'Y AURA PLUS RIEN. »

Gong.

Le public se rebelle.
Les deux assistantes reviennent pour cracher sur la cabine.
Hal March a de la bave à la place de la brillantine :
« LA RÉPONSE EST NON SEULEMENT HOSTILE MAIS AUSSI ERRONÉE, MONSIEUR LE CONCURRENT.
HONTE À VOUS FACE À TOUTE L'AMÉRIQUE ! »

Et voilà.
C'est à cet instant
que soudain
en proie à un sentiment de dégoût
le requin eut lui aussi l'estomac sens dessus dessous :
il eut une sorte de régurgitation
et vomit
à plusieurs milles de là
aussi bien Yonah
que tous les États-Unis.

Nous pûmes donc revoir les étoiles.

HaShem commanda au poisson,
qui vomit Yonah sur le rivage.
Jonas, 2, 11

23

MIGDOL BAVEL

L'enseigne sur la façade
est noir et blanc
linéaire
parfaite
LEHMAN BROTHERS
longue
étirée
de part en part
au-dessus des fenêtres
de cette filiale
à 3 500 milles de New York
dans le cœur de Paris.

Bobbie est là, il fait les honneurs de la maison.

Six cents invités.
Et Bobbie sourit, sourit.
Pas seulement parce qu'il se rappelle
l'époque où il était coincé
dans le ventre d'un gros poisson.
Bobbie sourit parce que nous sommes en France
nous ouvrons un siège à Paris, *voilà**,
à l'endroit même où Bobbie âgé de vingt ans
arpentait les ventes aux enchères et les galeries
achetant impressionnistes et Vierges

– Envoie de l'argent, Dad ! –
et maintenant :
avec cette filiale
il aurait eu l'argent à portée de main.

Six cents invités.
Ceux-là mêmes qui l'année dernière
assistaient à l'exposition d'art Robert Lehman
ici à Paris, aux Tuileries :
à cette occasion, Bobbie
derrière la table des autorités
costume blanc cravate blanche
avait vanté le courage de l'avant-garde
« où nous percevons la libération de la tradition
et où la larve devient papillon ».
Applaudissements dans toute la salle.
Et à la fin de la conférence
file de félicitations pour Mister Lehman
qui serre les mains
salue
fait le baisemain aux dames.

Sa femme est derrière lui :
elle fume sa Philip Morris
que Lehman Brothers finance encore.
« Bobbie chéri, pourquoi n'installes-tu pas dans le siège
de New York un café à la française ? »
« Excellente idée. Bonsoir, Madame Lefebvre ! »
« Je trouve que le siège de New York est vieux, Bobbie. »
« Dans ce cas, nous le moderniserons.
Bonsoir, Monsieur Guineau ! »
« Il faudrait non seulement un café,
mais aussi un restaurant. »
« Bien sûr, pour les repas de travail.
Très cher Rothschild ! »
« Un restaurant et une librairie. »

« Occupe-toi de tout, chère Lee. »

Lee Anz Lynn
est la nouvelle femme de Bobbie.
Ruth a demandé le divorce un an plus tôt.
Fortune écrivit :
DIVORCE À 5 ZÉROS
POUR LE COUSIN DU SÉNATEUR LEHMAN.

Mais Bobbie ne se fâcha pas,
car
après avoir séjourné dans le ventre d'un poisson
on se fiche pas mal de la presse.

Maintenant Bobbie a d'autres centres d'intérêt :
la planète, tout, sans exception,
courir
comme un de ses chevaux
mais dans un hippodrome qui s'étend
de l'Arctique à l'Antarctique.

Justement :
le voici devant lui, le monde.
Aligné dans la filiale de Paris.
Six cents invités.
Français
allemands
hollandais
hongrois.

Hongrois ?

Oui. Hongrois.
Vus ici, élégants
sous ces lustres
les Hongrois ne semblent pas des gens de la campagne
des gens avec une hache et un gros ventre.
Mais c'est connu, Paris jette un nouveau jour sur tout.

Et sous ces lustres tout brille.

Pas plus tard qu'hier soir
Bobbie était en Arabie.

45 millions de dollars pour l'année précédente
pour le pétrole des cheiks.
Bobbie les regarde droit dans les yeux
parle avec eux d'art et de chevaux arabes
invite les princes
sur son yacht de 144 pieds
amarré dans la baie de Long Island.
Ça oui, c'est une arche.

Après-demain en revanche
Bobbie sera au Pérou
où l'on creuse de nouveaux puits.

Et après le Pérou, à Sumatra.
À bord de son Boeing 707
Bobbie rebondit
comme une boule
d'un côté à l'autre,
car le monde est aussi petit
qu'une table de billard
et s'il joue aujourd'hui au golf avec Eisenhower
demain il boira un cocktail
avec on ne sait qui à Singapour.

Respirer, à pleins poumons.
Le soleil ne se couche jamais
sur les affaires Lehman Brothers.
L'économie consiste à se déplacer, rien de plus.
L'économie n'est autre qu'aéroports, hôtels, palaces
et ce n'est pas un hasard si
Lehman Brothers
finance à présent des chaînes de luxe,

surtout des avions, des avions, et encore des avions,
pour transporter comme un souffle
des armées de financiers
y compris
le fils d'un restaurateur grec
et celui d'un artisan de lampes hongroises.

Le fuseau horaire peut bien changer
les races peuvent bien changer
les langues peuvent bien changer
nous demeurons identiques :
nous sommes Lehman Brothers à Tokyo
nous sommes Lehman Brothers à Londres
nous sommes Lehman Brothers en Australie
nous sommes aussi Lehman Brothers à Cuba
eh bien oui,
parmi les communistes,
car qui donc commerce en bananes
et
avec les bananes
envoie des armes, des munitions ?

Harold et Allan exposèrent cette idée
devant les *partners*
au cours d'un des *lunches* du lundi.
Ils affichèrent au mur des feuilles de papier
où il était écrit
CULTURE, FINANCE, ARMES, CONTRÔLE, PRODUITS.
Puis les organisèrent en un schéma simple :

On leur en demanda la signification.
Et on la leur demanda poliment.

Mais Harold et Allan imaginaient qu'elle était explicite. Raison pour laquelle, comme d'habitude, ils claquèrent la porte.

« Ils reviendront », dit Bobbie aux *partners*.

Cette fois il se trompait.

Car il arrive que les portes se referment vraiment, surtout quand il vous semble que personne ne vous comprend.

Le fait est qu'à présent
Bobbie Lehman
a le monde et la banque
dans le creux de sa main.

Est-ce pour cela que sa main tremble ?

Ou à cause du rêve
qu'il fait chaque nuit ?

Quand il s'endort
tout commence et paraît vrai.
Il y a One William Street
l'immeuble où Goliath était
autrefois suspendu.

Mais cette fois il n'y a aucune trace de monstres.
Au contraire.
Une foule d'hommes d'affaires
financiers cravatés
munis d'attachés-cases
font la queue pour entrer.

Arabes
Français
Japonais
Brésiliens et Péruviens

tous ont au cou
une grande affiche
marquée des mots
MERCI, MISTER LEHMAN !
Et cette fois oui, Bobbie,
c'est incroyablement pour toi.

Depuis que Herbert s'est retiré
il n'y a plus d'autre Lehman sur la place
pour te voler la représentation.

Dans son rêve
en effet Bobbie sourit
il sourit et respire à pleins poumons
car il est là-haut
dans l'appartement
au dernier étage
là où l'on touche le ciel
et il invite tout le monde à monter.

Quand ils arrivent au sommet
cravatés et munis d'attachés-cases,
Bobbie lève le doigt
et montre le ciel :
en empilant les valisettes
– bourrées de titres et de contrats –
ils pourront créer une tour
au-dessus de One William Street,
une tour immense
et de là, tout en haut,
Lehman Brothers
dominera la Terre.

Et voilà que l'armée en manteaux croisés
acquiesce avec satisfaction ;
ils s'agenouillent
l'un après l'autre

et déposent leurs valises :
ils construisent le socle
puis un étage
un autre
parfaitement
mais quand ils arrivent au troisième
ils se heurtent à un problème
et
« Pose ton attaché-case ici ! »
« ¿ Aquí donde ? »
« *Über meine !* S'il vous plaît* ! »
« ¡ Pon la maleta aquì ! »
« ¡ Por encima de mi ! »
« ここに私のスーツケースを入にて！»
« ここどこ？»
« 私のオーバー！»
« Положи сумку сюда! »
« Сюда куда? »
« На мою! »
« *把我的手提箱在这里！* »
« *在这里呢？* »
« *在我的！* »

On ne comprend plus rien.

Et chaque nuit
quand la tour d'attachés-cases s'écroule
Bobbie se réveille, terrifié.
Il a cherché la solution de toute façon :
il faut trouver une langue nouvelle – et unique –
pour la finance du monde entier.

Il a fait la première tentative
avec les téléphones.
Investissement de plusieurs millions :
International Telephone & Telegraph Corporation.

Des millions de milliers de câbles téléphoniques
tendus comme des fleuves sur la planète Terre
après avoir rempli le monde de téléviseurs
remplissons-le de davantage de téléphones.
Communiquer, *people !*
Communiquer.
Et à force de se passer des coups de fil
on trouvera le moyen de parler une seule langue !

Rien à faire.

Dans le rêve de Bobbie Lehman
tout simplement
la tour n'est plus faite de valisettes
mais de téléphones qui sonnent
qui sonnent
sans cesse
et comme personne
ne sait comment dire *« arrêtez-les ! »*
les téléphones sonnent
sonnent
s'ajoutant à un chœur insupportable de
« Répondre au téléphone* ! »
« Выключите их! »
« Ответь на звонок! »
« Odebrać telefon ! »
« 彼らが停止してください!»
« 電話に出なさい!»
« Sagutin ang telepono ! »
« 让他们停下来!»
« 接电话!»
Et la tour finit par s'écrouler, toujours.

Pour Bobbie, une autre nuit blanche.

Voilà pourquoi il est d'humeur noire
quand il reçoit

à One William Street
ces deux garçons :
Ken et Harlan.
Trente et un ans, Ken.
Vingt-huit ans, Harlan.

Trop jeunes
pour toutes les autres banques.
Ils ont demandé, ils ont tenté.
Personne ne les a crus.
Ils essaient maintenant chez Lehman Brothers.
Bureau de Bobbie en personne
au troisième étage :
« Je n'ai pas beaucoup de temps,
mais si vous êtes brefs, je vous écoute. »

« Tu y vas, Harlan ? »
« Commence, Ken. »
« Oui, je commence.
Nous croyons dans les computers*, Mister Lehman.*
Mais non les computers *qu'on fabrique maintenant*
ceux qui remplissent une pièce
et ne fonctionnent pas si l'air n'est pas réfrigéré
raison pour laquelle ceux qui y travaillent
tombent malades trente fois par an.
Nous croyons en une nouvelle race d'ordinateurs.
Et comme nous y croyons,
nous aimerions que vous nous financiez.
Ça va, Harlan ? »
« C'est exact, Ken. Mais parle-lui des systèmes. »
« Les systèmes, exact.
Nous croyons dans des engins
aux systèmes simplifiés
qui n'ont pas besoin de spécialistes.
Et comme nous y croyons,

nous aimerions que vous nous financiez.
Tu es avec moi, Harlan ? »
« Parfait, Ken ! »

Bobbie éprouve de la sympathie
pour ces deux follets tout en lunettes.
Cependant : *« Je regrette, Lehman Brothers n'investit pas dans la science-fiction. »*

Parfois un follet
se change en ogre en une fraction de seconde :
« Science-fiction, Mister Lehman ?
Tu as entendu, Harlan ? »

« J'ai entendu, Ken : perte de temps !
Kerouac a raison : mort aux vieux !
Science-fiction !
Tu n'as peut-être pas compris, Mathusalem,
nous créons un langage pour tous
la langue des computers
systèmes d'exploitation, modules de calcul
pour toute la planète Terre !
Ça s'appelle "avenir" !
Et toi, du haut de tes deux cents ans
tu viens me dire : "science-fiction" ! »

C'est ainsi que Mathusalem
décida de financer
avec l'argent de Lehman Brothers
la Digital Equipment Corporation.

Non parce que Bobbie Lehman
voulait semer des *computers* en Amérique
comme il l'avait fait avec les téléviseurs.
Non, rien de ce genre.
Même si c'est ce qu'il dit aux *partners*
au cours du *lunch* du lundi

dans le restaurant français
au huitième étage de One William Street.

Ce n'était pas du tout vrai.

C'est ainsi que Bobbie Lehman
ouvrit
le nouvel âge des *computers*
pour éviter que la tour de Babel ne s'effondre.

Aussi la nomma-t-on Babel, car c'est là
que Yahvé confondit le langage
de tous les habitants de la Terre.
Genèse, 11, 9

24

I HAVE A DREAM

Autour de la table en cristal
de la longueur de toute la pièce
des fauteuils noirs
les accueillent tous
côte à côte
stylo à la main
papier pour les notes
lunettes de vue
cendriers
cigarettes cigares
verres d'alcool
Bobbie au bout
au grand complet
lunch du lundi
huitième étage, One William Street,
tous assis
costume sombre
les *partners* Lehman Brothers.

Ils sont tout ouïe
quand s'exprime le directeur marketing
un être vaporeux à la chevelure plastifiée
dont les yeux semblent en Cellophane

et les dents en résine-verre.
Mais quel charisme !
« Je voudrais réfléchir avec vous aujourd'hui sur le verbe : acheter.
Que signifie acheter ?
Cela signifie donner de l'argent en échange de quelque chose.
Cette chose a une valeur, la valeur est un prix.
Le prix est l'argent que vous me donnez.
Ni plus ni moins.
Parfait.
Si vous voulez que les gens achètent,
il faut leur dire le contraire.
Leur dire qu'ils n'achètent pas.
Leur dire : "Vous et moi nous ne faisons pas un échange
car c'est vous qui y gagnez
j'accepte ce prix à contrecœur
mais, bon, je l'accepte
même si – il faut le savoir – j'y perds."
Voici la nouveauté, messieurs.
Voici la ligne du marketing.
Dire à tout le monde que les acheteurs y gagnent
et que les vendeurs y perdent.
Le marketing consiste
à dire qu'on l'emporte si l'on achète
que si l'on achète on triomphe
que si l'on achète on me bat
que si l'on achète on est le premier.
Le marketing, messieurs,
consiste à faire passer le concept
selon lequel l'acheteur gagne la guerre
et comme nous sommes tous en guerre
l'acheteur survit. »

Assis
costumes sombres
les *partners* Lehman Brothers
sont tout ouïe
ils écrivent
opinent
sourient :
autour de la table en cristal
les *partners* Lehman Brothers
apprécient ce discours.

« Si nous persuadons
le monde entier
qu'acheter, c'est vaincre,
alors acheter signifiera vivre.
Car l'être humain, messieurs,
ne vit pas pour perdre.
Vaincre est son instinct.
Vaincre, c'est exister.
Si nous persuadons
le monde entier
qu'acheter, c'est exister,
nous briserons, messieurs,
la vieille barrière qui se nomme besoin.
Notre objectif
est une planète Terre
où l'on n'achète pas par besoin
mais où l'on achète par instinct.
Ou si vous voulez, en conclusion, par identité.
Alors seulement les banques,
et avec elles Lehman Brothers,
deviendront immortelles. »

Extraordinaire.
Bobbie en bout de table sourit.
Et quand Bobbie sourit c'est un petit événement.

Car lorsque son grand-père Emanuel et ses frères
fondèrent la banque
ils rêvaient tout au plus d'un empire du coton,
et quand son père Philip
la lança en Bourse
il rêvait de trains et de kérosène,
mais maintenant
maintenant le plan est différent :
ici on parle de vie éternelle, les amis,
de donner un sens au monde,
suis-je bien clair ?
« I have a dream
yes
I have a dream »
et le rêve
n'est
rien de moins
que l'immortalité.

Alors que tout le monde
en ces années soixante
a peur d'exploser
à cause d'une nouvelle bombe nucléaire,
nous autres Lehman prenons notre élan
sautons le fossé
et *voilà**
non seulement nous sommes partout
mais nous le serons
à partir de maintenant
pour l'éternité.

Lehman Brothers le parie :
« Je vote pour »
à l'unanimité

« Je vote pour »
tous assis
« Je vote pour »
costumes sombres
« Je vote pour »
autour de la table en cristal.

Alors en avant avec le nouveau marketing
dès lors
le mot d'ordre
est : *jouer la comédie*
oui, jouer
faire comme si
tout le monde pouvait tout acheter,
le luxe était pour tout le monde,
les pauvres n'existaient pas,
rien n'avait un prix,
ou, en tout cas, était à portée de main
jouer la comédie
jouer
dire à tout le monde
que chaque vente est une braderie :
promotions
occasions
remises
mensualités
l'important, c'est de vendre
l'important, c'est que les caisses se remplissent
l'important, c'est que les gens achètent
et si Standard & Poor's
nous a fourré un thermomètre sous le bras
nous en possédons un nous aussi
– et comment –
et ce sont les supermarchés.

Superstores.
Megastores.
Affiches publicitaires aussi grandes que des maisons.
Et un flot d'argent qui coule tous les jours
comme une mer
un océan
gigantesque
infini
de drapeaux Coca-Cola
rouges
rouges
rouges comme ceux de la Russie
rouges comme ceux de la Chine
rouges comme l'envie
de toute cette partie de la planète
qui sous la faux
et sous le marteau
enrage
– et comment –
de ne pas pouvoir acheter
« but I have a dream
yes
I have a dream »
et il consiste à vous vendre à vous aussi tôt ou tard
vendre
vendre
vendre
à tout le monde
Caddie pleins
livraison à domicile
sans préférences
sans distinctions
Blancs et Noirs

ça ne doit plus faire de différence :
nous sommes tous égaux
car nous avons tous un portefeuille
vendre
vendre
vendre
sans premiers ni derniers
sans positions
hommes et femmes
ça ne doit plus faire de différence :
nous sommes tous égaux
car nous avons tous un compte en banque.
« I have a dream
yes
I have a dream »
que tous les fonds
à partir de maintenant
soient identiques
sous le soleil
et
pas seulement sous le soleil
car la NASA nous a emprunté de l'argent
pour envoyer un homme sur la Lune :
« I have a dream
yes
I have a dream »
il consiste à gagner de l'argent là-haut aussi.

Ivresse du banquier.

Quel beau métier que de s'occuper d'immortalité !

Bobbie sourit :
Lehman Brothers pour l'éternité.
Puis il se mord la lèvre.

Lehman Brothers pour l'éternité.
Bobbie a les cheveux blancs.
Lehman Brothers pour l'éternité.
Mais
après moi
avec qui ?

25

EGEL HAZAHAV

Certes
pas un jour ne s'écoule
sans que nos soldats
meurent au Viêtnam
et que
la télévision
montre leurs cercueils.

Certes
John Fitzgerald Kennedy
est mort
à Dallas
comme ça
devant tout le monde
brusquement
sous les yeux du monde
sous les yeux de l'Amérique.

Certes
deux semaines plus tard
cousin Herbert
est lui aussi
mort brusquement
d'une attaque.

Le fait est
que la mort qui rôde autour de lui
n'impressionne plus Bobbie Lehman.

Mieux, il en sourit.
De plus en plus souvent.

Bobbie a fini par l'admettre :
il sait bien maintenant
il sait très bien
qu'il ne peut pas mourir.

Les patriarches sont morts, oui,
mais à l'âge de cinq cents, six cents,
sept cents ans
sinon plus
ce qui revient à dire
qu'ils sont immortels
eux aussi
comme la banque ;
et c'est juste
très juste
car *HaShem* ne peut vouloir la mort
des guides d'un Peuple élu.

Est-ce pour cette raison
que les doigts de Bobbie
ne tremblent plus ?
Est-ce pour cette raison
qu'il ne se mord plus la lèvre ?
Et que sa langue – miracle –
ne se colle plus à son palais ?
Bobbie sourit, il sourit.

Il sourit car il a soixante-douze ans.
Que sont soixante-douze ans en comparaison de cinq cents, six cents, sept cents ?

Tu es très jeune, Bobbie Lehman.
Tu es un adolescent.
Et comme tous les jeunes
tu peux contester, c'est la mode,
tu peux le faire, cela te touche peut-être :
révolution ?
Tête baissée !

Tu peux retourner le monde, Bobbie,
tu peux le faire sauter
le soustraire au système
l'arracher
à cette maudite armée sclérosée de vieux.
Morgan Stanley est une banque de vieillards.
Goldman Sachs est un hospice à ciel ouvert.
Lehman Brothers, non.
Lehman Brothers est un *college* d'adolescents :
le plus jeune
se prénomme Bobbie.

Peu importe que les *partners*
grimacent
au *lunch* du lundi :
le président n'est-il pas le patron ?
Et puis ouvrir les portes aux jeunes
nous apportera des gains
donc
jeunesse
jeunesse d'affaires
jeunesse à l'appel
jeunesse le plus possible.

Ce garçon
par exemple
qui entre à présent dans son bureau

les joues comme deux melons
ne doit pas avoir beaucoup plus de trente ans.

Entre contemporains on se comprend.

Regard droit, peut-être même trop :
il est arrogant, l'ami,
un dur à cuire.

À bien y regarder, il a l'air familier.
Mais quel rapport pourrait avoir Bobbie
avec un Hongrois
ayant grandi à SoHo de surcroît ?
Peut-être…

Mais comment se rappeler ? Trop de temps a passé.

De toute façon.

Gros ventre
barbe inculte
un bûcheron version bancaire
qui encule le monde
à coups de hache.
« *Oui, mon nom* est hongrois.
Nous ne faisons pas partie
de ces lâches qui en changent.
Et puis vous autres Lehman étiez des Juifs allemands,
je le sais.
Si vous étiez allemands
je pourrais être *hongrois.*
À moins que vous n'appréciez pas les Hongrois ?
Si vous ne les appréciez pas, dites-le
et je m'en vais
car si vous avez à la banque des tonnes d'argent
moi j'ai des tonnes d'idées
et je ne les apporte pas là où ça me déplaît. »

« Vous ne nous épargnez pas, Mister Glucksman. »

« On prétend
que vous connaissez les chevaux,
dans ce cas vous savez mieux que moi
que les chevaux forts sont ceux qui ruent. »

« Et le cheval que j'ai devant moi
chercherait-il une écurie ? »

« Une écurie, peut-être. Une cage, non merci. »

« Je vous ai contacté, Mister Glucksman,
car votre renommée vous précède :
il semble qu'il n'y ait pas meilleur trader *que vous en Amérique. »*

« Avez-vous ici un département trading *? »*

« Pas encore.
Mais j'aimerais justement en ouvrir un
et j'aimerais peut-être que vous le dirigiez. »

« Vous n'avez pas l'air de savoir de quoi vous parlez.
Les gens de mon espèce, voyez,
n'exercent pas un métier du genre stylo à plume
ils ne donnent pas des dîners de gala
ils ne portent pas de poignets. »

« Alors expliquez-moi exactement
ce que vous faites, vous autres traders *? »*

« Nous nous tenons devant des computers*,*
Mister Lehman,
un téléphone à une oreille
un second téléphone à l'autre.
Nous achetons et vendons des actions
simultanément
dans 10 Bourses du monde entier
pas seulement à Wall Street ;

nous achetons là où c'est intéressant
nous revendons là où l'on gagne ;
nous déplaçons titres et valeurs
plusieurs centaines par jour ;
ou plutôt,
très fréquemment,
nous faisons en sorte qu'un titre de merde
un rebut
ait l'air d'un titre puissant
et quand il vaut le double
nous le refilons aux pigeons.
Vous, vous dirigez une grande banque
ici tout brille
il y a un tas d'argent et beaucoup d'élégance ;
nous, nous faisons le travail
le sale travail
où seuls comptent l'argent et la ruse.
Un département trading
peut gagner des millions par jour
mais n'imaginez pas nous mettre au salon :
nous sommes dignes d'un atelier
et les bonnes manières, ce n'est pas notre truc. »

« Vous m'avez convaincu, Mister Glucksman :
quand croyez-vous pouvoir commencer ? »

« Pour créer un département à partir du néant
j'ai besoin de deux mois.
Les traders, *c'est moi qui les choisis,*
des débrouillards.
Et je le répète,
nous ne pouvons évoluer parmi vos velours.
Donnez-nous un autre siège et ce sera chez nous. »

« Il est déjà prêt, si vous le souhaitez
à cinq minutes d'ici

dans Water Street.
Voulez-vous le voir tout de suite ? »

Le conseil des *partners*
n'a pas été du même avis.
Non parce que le jeune Hongrois leur déplaît :
ils ne l'ont pas vu
car le jour prévu pour leur rencontre
le bûcheron avait un autre engagement.

Le fait est que le conseil
– tous assis à la table de cristal –
préférerait un autre genre de profil
un *curriculum* plus raffiné
un nom jeune, certes,
mais qui nous donne
davantage
voilà
davantage
de sécurité…

Paul Mazur, *partner* âgé
conseiller de Bobbie
– il a même connu son père –
préférerait par exemple
le jeune homme du Nebraska
un certain Peterson
(il est, paraît-il, suédois, mais certains disent grec)
qui se fraie un chemin
au plus haut niveau :
raffiné
réservé
il présente bien
et tout le monde le porte aux nues…

« Tout le monde ? Qui ? demande Bobbie, cinglant.
« Les banques qui sont nos associées et les concurrentes.

Et donc une bande de cadavres, de dépouilles et de vieux. »

Bravo, Bobbie !
Morgan Stanley est une banque de vieillards.
Goldman Sachs est un hospice à ciel ouvert.
Lehman Brothers non.
Lehman Brothers aura un département *trading*,
siège détaché dans Water Street
empire de Hongrie
loin des velours
loin des poignets
ici l'atmosphère est différente
quand Paul Mazur
partner âgé
y a mis les pieds
avec Bobbie
il a failli s'évanouir
« *Que signifie cette pagaille, Bobbie ?* »

Mais Bobbie ne répond pas, non :
Bobbie sourit.
Ou plutôt, il rit.

Il glisse son bras sous celui de Mazur
et l'entraîne derrière
pour une visite touristique de l'abîme :
pièces aussi grandes que des hangars
tables en bois et en plastique
de la longueur des comptoirs de droguiste
lampes et ampoules
écrans d'ordinateur
côte à côte
uniquement séparés par des paquets de biscuits
ce qui reste des *takeaways* chinois
tableaux électroniques affolés

battes de base-ball
gants de boxe
jeunes gens de tous côtés
en manches de chemise
riant, courant
hurlant comme des fous
de la gorge et des doigts
et par terre
sur le sol
poignées de bouts de papier
froissés comme des feuilles
canettes de Coca-Cola
cendriers fumants de cigarettes.

Paul Mazur
qui va sur ses quatre-vingts ans
n'a jamais cessé de parler à Bobbie :
terrifié il l'a sermonné tout le temps.

Et s'ils n'avaient pas tous deux les cheveux blancs,
on dirait un grand-père
et un petit fripon.

Mazur chante son refrain.
Bobbie acquiesce en souriant :
en réalité, il ne comprend presque rien,
car dans cette pagaille de chiffres et de lettres
il est presque impossible d'entendre les jérémiades de Paul :

687.£.56.856.845 %.37573 % 4975.9348.6974.58G.658 326.475326745.37568$97 .6905 .4895% 7647 .58637 .463276% 765 .8766590599 .75i7 .587 .465345.4 « Quoi que signifie cette sarabande, Bobbie, je ne la partage pas sur le plan éthique. » 65.56 %.67.770083. 2211.8039.21.9071$.87565434.t22.132.576.889775.64

3.4£32.544.456.746.584.3586.657.48.3975.8432.65o73 « L'arbre de la modernité ne produit pas forcément des fruits comestibles, Bobbie, et tu le sais très bien. » 653 .7 .7654 .7643 .8769 .76543 $ .6532 .579 .547964 .764 36 .87% .78 .90$. 98 6.875.90.45 %.T34.SH78..lk2t. r47q3s2q96t5.y7fm8.3s4b.65$8.3720.9564.375.709. iy43.6583.280.9567.« J'ai toujours eu une haute idée de la pratique bancaire, incompatible avec ce que tu me montres. » 483.658.9.789.SH5$.7£.32 .78956 .43 .5 .8712358 .6 $1 .3892 .5734 .5684 .73 .658 .3258 .63 .8 .9563489 .56894.3658.43656.43956.895.6y8.34.6$58.9 3426.5.535235.45.39.35.5.« Peux-tu m'expliquer la raison ultime de ce délire, Bobbie, ou dois-je deviner tout seul ? » 543.2434 .876 .895 .835355 .3 .7872r .42 . % 7783 .3 .765.9870 87g3502 .175 .9032.75986.328.570 32.9900.65.45 %.7509 « Ton père Philip partageait avec moi certaines valeurs de base. » 832.65089386.3 $29856.2308.95602.8635.08923.% 596.98.764.66542.3 1.0.8965.86598$.425.79650s.d236r..26590.4657.23547 .65634.97290.57956.2395.70936.589.37209.563295.70 3Q286.59.82315.3096.57.90.347908 % 6.7340.9.8756.7865.93 « D'ailleurs Lehman Brothers a une histoire et un nom à défendre. » 46 5372. 6578.44.9$040.675.4 % 38.2489053.2876.4783. 254$3 .543245 .5687.98.654.21.32235.465£6y .89 .895 .46 .5 .42 .55897 .98 .8753 .% 899.Sh %.76 « Il m'est arrivé de lire une lettre de ton grand-père, éclairante en ce sens. » 34.55.87.69.8.69.89.8.4$3.5.43.1.2.54478 6.98'.03.7.49.82.3. £70 .4 .83 .20957 .906 .N34 .57 .09 .3 .457093 .476 .j093 .47 .60 .93475 .73 .4.9.05.634 « Tu m'écoutes, Bobbie ? » 8654.89.35.67.8.43.5.78.3. 24532458.73.2.$69. 587.054684.59658.73.24.3651.23. 562.4763.4.56.4355.76f85.49 .657.32.6.45.6.3.72153.1 247.65 « Qui contrôle tout cela ? Car j'espère que ce n'est pas l'orgie que cela paraît. » 7845.67.8.9874.

32.6.7.875.G53.&5% 5648.56 .78 .47 .6 .95 .88 .8 .00 .5 .43648 .32 .658 .30 .53 .8 .0856903284932654627 6 fg.43562198749021364782312 3.5987.43096.843568.6 437.76 %.876$s315 « Je crois avoir le droit, en tant que partner *de longue date, à une explication détaillée. » 64832175863.4832.7095.76.19.83265.9832.418.95643 « Et puis, combien nous coûte cette folie ? » 86883441 1.1753.331.1.122.68.94478.377.'3.146.8905.48.7'.06.8 7.'.08.540.976.549.764.36.58.94362.5743.856.328.75.6 4783653465986516438568945567 8 « Je me demande comment tout cela est compatible avec la moindre règle d'ordre public. » 756&.54335$.45.76$. % 6.76 %.76$. 77.34.653.5425.890587.5678.9054.76 5.873.572.35.78. 32.65.98126.3.58.94.36.8.43 .6578 .32 .5 .14 .62 .56 .3 .45 .21 .4 .762315874369875409 7 6498687521873463 2 4968094237568743254351256342ks3158569 032849326546276fgmf « Si telle est ta perspective, Bobbie, je ne suis pas d'accord ! » 78.23.1,8643, 65329.76556.483 2175.8634.832.7095.7619.8325.64.8 3.21.7.58634.832.70.9576.198 .32 .659 .83241 .895 .64389hwv658943 .6 .5 .84 .65486 .8753 .75 .7753. 87653l77642.6530.97.849 « Je remarque une activité téléphonique fébrile, mais je crains qu'elle ne soit totalement abstraite. » 50 .76 .9824 .3657 .3254 .725 .984632 .05704 .3967 .09 .5 .48.79065.87.0'8.6549.67 348.975.46214.35623483.658.9.789. SH5$.7£.32.78956.43 .5 .8712358 .6 $1 .3892 .5734 .5684 .73 .658 .3258 .63 .8 .9563489 .56894 .3658.43 656.43956.895.6y8.34.6$58.93426.5.535235.45.39.35.5. « C'est la première fois en l'espace de nombreuses années que je suis en total désaccord avec ta vision des faits. » 543.2434.876.895.835355.3.7872r.42. % 7783. 3.765.9870 87g3502.175.9032.75986.328.57032.9900. 65.45 %.7509 « Nous sommes vieux, Bobbie, et parfois la vieillesse nous amène à croire exagérément dans les*

nouveautés, tu comprends ? » 832.65.8764,089386.3$2
9856.230.875.64$.8.8.95602.8635. 08923. % 596.98.76
4.66542.31.0.8965.86598$.425.79650s.d236r..26590.4
657.23547.65634.97290.57956.2395.70936.589.37209.
563295.703Q286.59.82315.3096.57.90.347908 % 6
.7340 .9 .8756687 . £.56 .856 .845% .37573% 4975
.9348 .6974 .58G .658326.475326745 .37568$97 .6905
.4895% 7647 .58637 .463276% 765 .8766590599.75i7
.587 .465345 .4 « Du reste, en tant qu'anciens, nous ne
pouvons apporter notre confiance à des modèles défor-
més pour les nouvelles générations, je sais que tu peux
me comprendre. » 65.56 %.67.770083.22112.1432.221
.8039.21.9071$.87565434.t22.132 .576.889775.643.4£
32.544.6568.7483.456.746.584.3586.657.48.3975.8432
.65o73 « Le monde est trop varié pour avoir un unique
marché global : il court le risque d'être l'apothéose de
l'inégalité. » 65,6654.7689$.3.764.76436.87 %.78.90$.
98.635846385.738657384 .478365738 .78346576328
.95987549 .46725466 .875 .90 .45%.T34.SH78 . .lk2t
.r47q3s2q96t5 .y7fm8 .3s4b .65 $8 .3720 .9564 .375
.709 .iy43 .6583.280.9567. « Il existe une possible dé-
rive non seulement de la politique, mais aussi de la
Bourse, et nous ne pouvons ni ne devons l'approuver. »
483.658.9.789.SH5$.7£.32.78956.43.5.8712358.6$1.38
92.5734.5684.73.658.3258.63.8.9563
489.56894.36.87454.487445.58. « Où est la différence
entre ce que je vois et un asile d'aliénés ? » 46 5372.6578
.44 .9 $040 .675 .4% 38 .2489053 .2876 .4783 .254 $3
.543245 .5687 .98 .654.21 .32235 .465 £6y .89 .895 .46
.5 .42 .55897 .98 .8753 . % 899 .Sh%.76 « En admettant
qu'il y ait un gain, je me demande s'il faut accepter
automatiquement tout ce qui rapporte, Bobbie. » 34.5.
76580.5.87.6998'.03.7.49.82.3.£.8.69.89.8.4$3.5.43.1.2
.544786.70.4.83.20957.906.N34.57.09.3.457093.476.
j093.47.60.93475.73.4.9.05.634 « Il y a quelque chose

d'agressif dans la finance d'aujourd'hui et je n'ai pas
l'intention d'y apporter ma caution. » 8654.89.35.67.8
.43.5.78.3.24532458.73.2.$69. 587.054684.59658.73.
24.3651.23.562.4763.4.56.4355.76f85.49 . 657 . 32. 6.
45.6 . 3 . 72153 . 1247 . 65 « Les gens que je vois ont-
ils des diplômes ou est-on allé les chercher dans la
rue ? » 7845.67.8.9874.3.7654.8643.3245.76490.$6.86
42.6.7.875.G53.&5 % 5648.56 .78 .47 .6 .95 .88 .8 .00
.5 .43648 .32 .658 .30 .53 .8 .08569032849326546276
fg.43562198749021364782312З .5987 .43096 .843568
.6437 .76 % .876 $s315 « Et dire que Wall Street a fait
également l'histoire glorieuse de notre pays. » 648321
75863.4832.7095.76.19.83265.9832.418.95643 « Je te
vois étrangement tranquille. » 868834411.1753.331.1.
122.68.94478.377.'3.146.8905.48.7'.06.87.' .08.540.97
6.549.764.36.58.94362.5743.856.328.75.
6478365346598651643856894556 78 « Tu m'as toi-
même appris que tout l'art contemporain ne doit pas
être considéré comme éclairé. » 756&.54335$763.
790.64.45.76$. % 6.76 %.76$.77.34.653.5425.89058 7.
5678.9054.76.3.58.94.36.8.43.6.578.32.5.14.62.56 .3 .45
.21 .4 .762315874 .36987540 .976498 .687134 .612355
.873 .572 .35 .78.32.65.981269. 87430968435686437 4.
2653521873463.249680.942375.687432.543.512.
56342ks31585690328493265462 76f « Préparer du jus
de citron, Bobbie, n'est pas un métier éternel : on finit
par presser la peau, plutôt que la pulpe. » 78 .23 .15
.6524 .8764 .6543l .4247 .42218 .6532-6 .483.2175
.8634 .832 .7095 .7619 .8325 .64 .83 .21 .7 .58634 .832
.70 .9576 .198 .32 .659.83241.895.64389hwv658943.6
.5.84.65486..8753.750.97.849 « Indubitablement, la
fougue que je vois reflète symétriquement le monde où
nous vivons. » 50.76.9824.3657 .3254 .725 .984632
.05704 .3967 .09 .5 .48 .79065 .87 .0'8 .6549 .67348
.975.46214.35623483.658.9.789.SH5$.7£.32.78956.43.

*5.8712358.6$1.3892.5734.5684.7687.£.56.856.845 %.3
7573 % 4975.9348.6974.58G.658326.475326745.3756
8$97.6905.4895 % 7647.58637.463276 % 765.876659
0599.75i7.587.465345.4,76 « M'as-tu conduit ici pour
m'enthousiasmer ou pour me scandaliser ? Franche-
ment, je ne le comprends pas. ».764.654 2.65.56 %.67
.770083.22112.1432.221.8039.21.9071$.87565434.t22.
132.576.889775.643.4£32.544.6568.7483.456.746.584.
3586.657.48.3975.8432.65o73 « Je me rappelle le jour
où j'ai choisi le métier de financier parce que j'aimais
le silence. » 653 .7 .765432 .579 .547964 .7 .547393 .7
543747454 5.4743585..466484064-4636436.8
7 %.78.90$.98 6.875.90.45 %.T34.SH78..lk2t.r47q3s
2q96t5.y7fm8.3s4b.65$8.3720.9564.375.709.
iy43.6583.280.9567.« Ceci est le point de non-retour. »
483.658.9.789.SH5$.7£.32.78956.43.5.8712358.6$1.3
892.5734.5684.73.658.3258.63.8.9563 489 .56894.365
8.43656.43956.895.6y8.34.6$58.93426.5.535235.45.3
9.35.5.« Je ne comprends pas le plaisir qu'on éprouve
pour une économie énigmatique, comme si c'était un
secret, Bobbie. » 543.2434.876.895.835355.3.7872r.4
2. % 7783.3.765.9870.7543.98687g3502.175.9032.75
986.328.57 032.9900.65.45 %.7509 « Ces individus
sont à la noblesse de la banque ce que je suis à un
chanteur de rock. » 832.65089386.3$29856.2308.95602
.8635 .08923 . % 596 .98 .764 .66542 .31 .0 .8965
.86598 .764 .76 $ .425 .79650s.d236r..26590.4657.23
547.65634.97290.57956.2395.70936.589.37209.56329
5.703Q286.59.82315.3096.57.90.347908 %
6.7340.9.8756.7865.93 « T'es-tu au moins demandé si
ce rodéo est totalement légal ? » 6 5372.6578.44.
9$040.675.4 % 38.2489053.2876.4783.254$3.543245.
5687.98.654.21.32235.465£6y.89.895.46.5.42.55897.9
8.8753. % 899.Sh %.76 « Je demeure inébranlable
quant au fait qu'un minimum de règles sont encore*

indispensables aujourd'hui. » 34.55.87." 69.8.69.89.8 .4$3.5.43.1.2.544786.98'.03.7.49.82.3.£70.4.83.20957. 906.N

Mais soudain
Paul Mazur
saisit le bras de Bobbie
et d'une voix tremblante :
« J'exige de savoir, qui est cet homme ? »

Car il y a
en effet
un homme
là-haut
sur une estrade
un bûcheron aux joues pareilles à deux melons
qui dirige l'orchestre de l'enfer
mais sans baguette
plutôt avec une hache.
Derrière lui
sur le mur
la photo immense
d'une Négresse nue
tartinée d'or
portant l'inscription
LA DÉESSE DE LA BOURSE.

Paul Mazur
partner historique
a juré qu'il
ne mettra plus les pieds
à Water Street
empire de Hongrie
et qu'il fera part

de son dédain
à ses collègues
au *lunch* du lundi.

Mais le département *trading*
a triplé les bénéfices
en l'espace d'un mois.
C'est du moins
ce que Bobbie a rapporté
tableaux à la main
car le bûcheron
précisément
n'avait pas le temps.

Tripler les bénéfices
voilà qui plaît aux *partners* Lehman.
Même si là-bas
en Hongrie
on adore une autre déesse.

Paul Mazur
qui va sur ses quatre-vingts ans
meurt peu après.

Bobbie sourit :
ce n'est pas son problème.

Aaron [...] reçut l'or de leurs mains,
le fit fondre dans un moule
et en fit une statue de veau.
L'Exode, 32, 4

26

TWIST

Bobbie Lehman a soixante-dix-huit ans.
Et il danse le twist.

Il n'est pas le seul.
Tout le monde danse le twist :
les Russes de Brejnev le dansent
les Chinois en jouant au ping-pong,
les Arabes qui nous vendent du pétrole
et les Européens en se tenant par la main.
On le danse au Japon sans arrêt, à cycle continu,
on le danse en Amérique
où
quand vous ne dansez pas
vous ne faites pas partie de la bande.

Les automobiles
les camions
les motos
– sans roues aux pieds, comment peut-on danser ? –
dansent
les maisons
les *cottages*
les pavillons
les villas
dansent

– car chacun doit avoir un toit pour pouvoir danser ! –
les réfrigérateurs
les mixeurs
les lave-linge
dansent
– car le courant électrique donne la force de danser ! –
le cinéma
les téléviseurs
les antennes
dansent
– car personne ne danse sans se montrer ! –
les téléphones
les jetons
les combinés
dansent
– sur les sonneries aussi on peut danser.
Et les actions
les titres
les échanges
dansent
car la Bourse – elle, oui – est faite pour danser !

Lew Glucksman danse
il danse une hache à la main
et, il faut le dire, il sait danser !
Il danse avec tout le département *trading*
fourré là, à Water Street
empire de Hongrie
où les banquiers de One William Street
ne mettent jamais les pieds,
mieux, s'ils le peuvent,
ils changent même de chemin
parce que ce truc
non, monsieur,
cette pagaille

n'a rien à voir avec Lehman Brothers.
Dommage toutefois que leur banque
danse le twist
en sautillant sur les zéros
que la Hongrie démultiplie.
Ainsi Lew Glucksman danse,
il danse le twist et la *csárdás*
les joues rouges comme deux melons
il danse avec ses *computers*
allumés matin et soir
élaborant sans s'arrêter
crachant des zéros des zéros des zéros
et nous, avec les zéros,
nous nous chargeons de danser.

Bobbie Lehman a quatre-vingts ans.
Et il danse le twist.

Il a passé sa vie à trembler :
quel mal y a-t-il
si à présent
le patriarche
est pris d'une sainte envie de danser ?

De toute façon il est en bonne compagnie
car avec lui dansent les nombres
tous les nombres de 0 à 9
associés
tous ensemble
assortis
comme des tableaux dans les expositions de peinture
les nombres
ces nombres
qu'on manipule comme des fous à Water Street :
les claviers des *computers* dansent
les calculateurs dansent

les imprimantes dansent
les nouveaux engagés dansent
des garçons surprenants
qui ne dansent ni avec les hommes ni avec les femmes
mais exécutent avec les nombres mazurkas et polkas.

Dick Fuld danse
le dernier arrivé
Dick Fuld danse
il n'a même pas trente ans
Dick Fuld danse
danseur habile
Dick Fuld danse
il a l'art de danser avec les nombres
Dick Fuld danse
accroché à son *computer*
Dick Fuld danse
il danse avec les millions
Dick Fuld danse
il fait des pirouettes en Bourse
Dick Fuld danse
mais seulement à Water Street
Dick Fuld danse
il danse avec Lew Glucksman
et seulement avec lui
car Dick déteste les banques
et tous ceux qui en font partie.

Bobbie Lehman a quatre-vingt-cinq ans.
Et il danse le twist.

Il parvient même à faire danser
ceux qui n'en ont plus envie
comme les vieux *partners*
de One William Street
ceux qui ont choisi

de danser un peu le sirtaki
sur la table en cristal
et pour l'apprendre
ont appelé
Peter Peterson :
grec
*pardon**
suédois.

Peter Peterson danse
banquier pur
il danse avec sa femme Sally
il danse avec un salaire de $ 300 000
il danse avec la banque Lehman Brothers
qui pour lui n'est que One William Street
et uniquement :
il ne danse ni avec les Hongrois
ni avec leurs fous
il ne danse pas avec Lew Glucksman
car sa hache lui fait peur
il ne danse pas avec Dick Fuld
qui aurait l'air d'un ours s'il dansait le sirtaki.
Peterson déteste Glucksman
Glucksman déteste Peterson
la Banque déteste la Bourse
la Bourse déteste la Banque
mais tous dansent
même s'ils se détestent
l'important, c'est de ne pas s'arrêter.

Bobbie Lehman a quatre-vingt-dix ans.
Et il danse le twist.

Il sait que s'arrêter
est désormais interdit
que lorsqu'on danse

on doit danser
tant qu'on respire
sans s'arrêter
sans souffler
de plus en plus fort
et c'est peut-être pour cette raison
– pour mieux danser –
que Glucksman
a placé
parmi les siens
des ballons de basket
et qu'ils s'échangent là
entre les *computers*
de la poudre banche
qui a du sens pour danser.

Bobbie Lehman a quatre-vingt-treize ans
et il danse le twist
il en a cent, ou peut-être
même cent quarante.
Il danse le twist, Bobbie,
il danse comme un forcené
et peut-être n'a-t-il pas remarqué
qu'en
dansant le twist
le dernier des Lehman
est mort.

Il ne s'est pas levé en Israël de prophète
pareil à Moïse
Deutéronome, 34, 10

27

SQUASH

La plaque sur la porte du bureau
dit : PRÉSIDENT.

Autrefois elle se trouvait
sur la porte de Bobbie Lehman.
Maintenant elle indique un autre homme
depuis au moins dix ans.

Le fauteuil sombre
jamais changé
est celui d'Emanuel Lehman.
Le bureau couleur acajou
la bibliothèque avec les trophées
et aux murs les tableaux
d'un peintre à quatre zéros.
Sur la table, un presse-papiers
en forme de globe terrestre :
on raconte qu'il appartenait à Henry Lehman, en Alabama.
Plateau avec carafe
verres impeccables
à côté du téléphone
deux stylos.
Bouquets de fleurs fraîches.
Légère climatisation.

Le divan est le même.
Celui de Philip.
Maintenant tout appartient
au nouveau chef
Lehman Brothers.
Et pourtant, il n'y a dans l'air
rien de grec ni de suédois.

Le président Peter Peterson
est assis à sa place.
Les journaux du matin.
L'ordre des rendez-vous
prévus pour la journée.
Le plus important
vient
en premier.

Quand on frappe à la porte
Peterson se lève
ajuste sa cravate :
« Entrez ! »

Lew Glucksman
n'est jamais de bonne humeur tôt le matin.

Aujourd'hui il l'est moins que jamais
car il n'a jamais aimé
les bureaux des étages supérieurs
et comme le dit
son protégé Dick Fuld :
« Plus ils se tiennent en haut, plus je les mets en bas. »

Glucksman traverse la pièce.
Il n'ajuste pas sa cravate
pour la simple raison qu'il n'en a pas.
Il s'assied.

Le Grec et le Hongrois :
l'un devant l'autre.
L'un a un passé d'olives et de câpres.
L'autre de lampes de bureau.
L'un est un banquier parfait.
L'autre est un *trader* d'assaut.
L'un est le président de Lehman Brothers.
L'autre fait marcher la mine d'or
car, comme l'a dit aux journaux
son protégé Dick Fuld :
« Sans nous, ce ne serait que de la fumée dans les yeux. »
Dick Fuld ne mâche pas ses mots
pas plus qu'il ne mâche
les quatre *beef-burgers*
qu'on place chaque matin près de son *computer* :
il les avale en une seule bouchée.

Le Grec et le Hongrois :
l'un devant l'autre.
Un silence d'un siècle.
Peterson sourit.
Quand il était au gouvernement avec Richard Nixon
il a appris à sourire à ses ennemis
il a un talent parfait
un sourire sur commande.

Glucksman non, pas lui.
Il ne commande pas son sourire
de fait il se tient là
assis
comme un rhinocéros
qui pointe sa corne
et fait d'étranges bruits de nez
car, comme le dit
son protégé Dick Fuld :

« L'économie se partage en cravates et bêtes
et comme les cravates ne respirent pas
mieux vaut mille fois être des bêtes. »

Peterson se rappelle
– il était au gouvernement avec Nixon –
le jour où les États-Unis
ouvrirent les marchés chinois
envoyant à Pékin
une équipe de ping-pong.
Il veut maintenant imiter ça.
N'est-ce pas une bonne idée ?
Ping-pong
gréco-hongrois.

Service.

« Cher Glucksman, de quoi veux-tu parler ? »
« Moi ? De rien. »
« Et pourtant, tu es ici. »
« Tu sais pourquoi. »
« Je le devine. »
« Ne joue pas à cache-cache. »
« Comme tu veux. »
« Exprime-toi clairement. »
« Je t'en prie... »
« C'est toi le président. »
« Je le suis. »
« Justement. »
« Vas-y. »
« Tu ne devrais pas l'être. »

Balle dehors.
La Hongrie a répondu trop fort.
Peterson sourit.
Il excelle dans cet art.

1 à 0 pour la Grèce.
Il sert une nouvelle fois.

« Cher Glucksman, que veux-tu dire ? »
« Que ça suffit maintenant ! »
« Quoi donc ? »
« Avec les rois d'autrefois. »
« Serais-je un roi ? »
« Tu es président ! »
« Voudrais-tu... »
« Je veux la banque ! »

Balle dehors.
La Hongrie est nerveuse.
Peterson sourit.
Il excelle dans cet art.
2 à 0 pour la Grèce.
Il sert encore une fois.

« Cher Glucksman, il me semble que tu exagères. »
« Pas du tout ! »
« Une banque est une banque. »
« C'est nous qui la faisons vivre. »
« Tu crois ? »
« J'ai les données. »
« Je considère... »
« Ça suffit maintenant ! »

La Hongrie jette sa raquette.
S'empare de la balle, l'écrase sous son talon.
Match terminé
car le ping-pong est un ballet
et comme dirait
le jeune Dick Fuld :
« Le squash, ça oui, c'est un sport d'hommes. »

Parfait.
Maintenant c'est Glucksman qui décide du jeu.
Et ce sera du squash, jusqu'au dernier coup,
sport où le gagnant est celui qui tape le plus fort.
Service.

« Ainsi, Peterson, je mérite la banque. »
« La banque entière aux mains de ta troupe ? »
« C'est toujours mieux que votre moisissure. »
« Ne vaut-il mieux pas nous partager les rôles ? »
« La moitié de l'assiette ne me suffit pas ! »
« Tu veux avaler la gamelle entière. »
« Pour l'enlever aux rats banquiers ! »
« Et si la gamelle n'était pas d'accord ? »

Balle perdue par la Hongrie.
Avantage Grèce.
Peterson sourit.
Il excelle dans cet art.
Il sert une nouvelle fois.

« Je disais, Glucksman, qu'on ne t'aime pas. »
« Tu parles des partners *? Je me fous de ces vieux. »*
« Et si ces vieux retiraient leurs quotes-parts ? »
« Ils ne le feront pas, et s'ils le font, je paierai. »
« S'ils sont dix à te lâcher, ce sera une fortune. »
« La fortune est dans la caisse,
il n'y aura pas de dégâts. »
« Mais tu te retrouveras à la baisse. »
« Je veux la banque, je veux ton fauteuil ! »
« M'écarter te coûtera des millions. »
« Dis-moi la somme, demain tu auras l'argent ! »

Point en faveur de la Hongrie.
Mais voici que la Grèce
interrompt le jeu :
elle s'octroie la balle.

« Je veux une série de zéros et un pourcentage
sur ton échec. »
« C'est-à-dire ? Moins de discours. »
« Si tu vends les quotes-parts Lehman Brothers
si tu les cèdes pour remplir la caisse
je toucherai un pourcentage
sur chaque vente. »
« C'est un accord stupide ! »
« Affaire conclue ? »
« Conclue ! »
« Lewis Glucksman
tu es le nouveau président ! »

Là où le ping-pong échoua
le squash fit *boom.*

Là où les lampes de bureau échouèrent
les olives et les câpres triomphèrent.

Car moins d'un an
après cette rencontre
Lehman Brothers
– la firme immortelle –
était sur le marché
au meilleur offrant.

American Express
l'achète
à un bon prix.

ÉPILOGUE

Autour de la table
table de cristal
cristal aussi long que toute la pièce
dans les fauteuils noirs
on dirait le *lunch* du lundi
même s'il fait nuit
ou plutôt
ce sera bientôt
l'aube.

Dans la pièce, le silence règne.

Une troupe d'hommes âgés.
Ils attendent la nouvelle.

Henry Lehman préside.
C'est la place qui lui revient, depuis toujours.

Mayer *Bulbe*
est assis à côté de lui.

Emanuel est un bras
il veut agir :
dans ce genre de journée
impossible de s'asseoir.

Son fils Philip
tient un agenda
devant ses yeux ;
armé d'un stylo
il écrit des phrases en majuscules.
La dernière, il y a un instant, dit :
« JE NE L'AVAIS PAS PRÉVU. »

Bobbie Lehman
est assis devant son père :
sa main tremble de nouveau
il se mord la lèvre.
Il a fixé sur le revers de sa veste blanche
une épingle en forme de cheval.

Herbert le sénateur
remet la pendule à l'heure,
mais de toute façon ici
le temps
est un étrange concept.
Il ne l'a pas encore compris.

Son fils Peter, en effet, en uniforme militaire
le regarde d'un air triste et secoue la tête.

Sur un divan, sous la fenêtre
Sigmund est assis en costume d'été.
Lunettes rondes à verres sombres :
il y a beaucoup de soleil sur les ponts des bateaux.

Son frère Arthur tambourine sur la table :
*« Savent-ils qu'on peut toujours
trouver une issue ?
D'après mes formules
ce n'est pas une situation désespérée. »*

« Le verdict a déjà été prononcé », lui répond Irving,
en resserrant le nœud de sa cravate.

Dans la pièce, le silence règne.

Une troupe d'hommes âgés.
Ils attendent la nouvelle.

Dreidel allume un cigare :
c'est le cinquième d'affilée
car personne depuis hier n'a fermé l'œil.

Harold dévisage son frère :
« Ne dit-on pas que chaque mort est une naissance ? »
Mais Allan secoue la tête :
« Possible. On rit avec les enfants
pas avec les morts. »

Dawid se mouche bruyamment,
au point de s'arracher le nez ou presque :
il n'a jamais appris à doser son énergie.
Il replie son mouchoir en coton dans sa poche
respire profondément
fixe son père Henry :
« Et comment s'appelle-t-il ?
J'oublie toujours son nom. »

Personne ne répond.

« Je dis : qui a été
à la fin le dernier président ? »

Philip feuillette son agenda :
« Dick Fuld. »

Mayer *Bulbe* grimace
et hausse les épaules :
c'est une patate bouillie.

Emanuel
qui était et reste un bras
donne un coup de pied dans une chaise
et la projette au milieu de la pièce.

Bobbie soupire.

Herbert Lehman
se gratte la tête :
« Il y a peut-être encore de l'espoir. »

« Le verdict a déjà été prononcé », réplique Irving.

« Une autre banque va peut-être nous aider »,
dit en souriant Sigmund qui a tout oublié
de ses 120 *mitzvot*.

Bobbie soupire :
*« En 1929 nous n'avons sauvé aucune banque.
Par choix. »*

De nouveau, dans la pièce, le silence règne.
Une troupe d'hommes âgés.
Ils attendent la nouvelle.

Le téléphone sonne.

Les 14 hommes se regardent.

Henry réagit.
Il soulève le combiné.
Répond : *« Allô ? »*

Puis il écoute.

Dévisage les autres.

Raccroche.

« Elle est morte il y a une minute. »

Ils se lèvent.
Autour de la table.
Tous.

Ils laisseront pousser leur barbe
au cours des prochains jours
comme le veut le rite.
Shiva et *sheloshim*.
Ils respecteront la Loi
comme cela est prescrit
dans chaque commandement.

Le matin et le soir
ils réciteront le *kaddish*.

Selon l'usage d'autrefois en Allemagne
à Rimpar, Bavière.

GLOSSAIRE DES TERMES JUIFS ET YIDDISH

ADAR, mois du calendrier hébraïque correspondant à février-mars.

ASSARA BETEVET, fête en souvenir du siège de Jérusalemn de 588 av. J.-C. par Nabuchodonosor II. Littéralement « 10 du mois de Shvat », soit le jour central du mois hébraïque de *Shvat.*

AV, mois du calendrier hébraïque correspondant à juillet-août.

AVRAHAM, Abraham, prophète.

BANKIR BRUDER (DER), frère banquier (le).

BAR-MITSVAH (littéralement « fils du commandement »). Expression formée de *bar* (fils) et de *mitsvah* (commandement). On désigne ainsi la cérémonie qui marque la maturité religieuse de l'adolescent. À partir de ce jour-là, il ne dépend plus de son père, mais devient responsable de ses propres actes, assumant les droits et les devoirs de l'adulte et se rendant donc passible d'une punition, s'il commet un péché. La cérémonie se déroule le premier samedi qui suit son treizième anniversaire. Les membres de sa famille se retrouvent dans la synagogue et l'écoutent lire pour la première fois la Torah.

BAROUKH HASHEM (littéralement « béni est le Nom »). Grâces à Dieu. HaShem (« le Nom ») est le substitut révérenciel du nom divin imprononçable JHWH.

BAT-MITSVAH (littéralement « fille du précepte »). Cérémonie au cours de laquelle la jeune Juive qui vient d'avoir douze ans acquiert le statut de « femme » et en assume les obligations de caractère religieux.

BEIN HAMETZARIM, fête en souvenir de la destruction du premier et du second Temple de Jérusalem (587-586 av. J.-C. et 70). Littéralement « trois semaines entre les jeûnes » (du 17 Tammouz et du 9 Av).

BOYKHREDER (DER), yiddish, ventriloque (le).

BRIT MILAH, voir MILAH.

BULBE, yiddish, pomme de terre.

DANIYEL, Daniel, le prophète.

DREIDEL, yiddish, toupie. Objet ludique typique de la fête de *Hanoukka*. Cette toupie porte sur chacune de ses quatre faces une lettre de l'alphabet hébraïque formant l'acronyme de « Nes Gadol Hayah Sham » (« Un grand miracle a eu lieu »). Ces lettres font également partie d'une phrase mnémonique rappelant les règles du jeu de hasard au cours duquel on utilise le *dreidel* : *Nun* réprésente le mot yiddish *nisht* (« rien »), *Hei* le mot *halb* (« moitié »), *Gimel* le mot *gants* (« tout ») et *Shin* les mots *shtel ayn* (« mets »).

DUKAN, estrade du célébrant dans la synagogue, placée devant l'Arche / Aron.

EGEL HAZAHAV, le Veau d'or, symbole de l'idolâtrie, forgé par Aaron pendant que Moïse était sur le mont Sinaï.

ÉLOUL, mois du calendrier hébraïque correspondant à août-septembre.

GEFILTE FISH, yiddish, boulette de poisson.

GEVER, hébreu, homme.

GLAZ BIKER (A), yiddish, verre d'eau (un).

GOLEM, matière ou masse informe. Dans la traduction successive, ce terme indique un être de glaise animé par le nom de Dieu, créé pour défendre et servir les Juifs du ghetto.

GOLYAT, Goliath.

GUEMARA, voir MISHNA et TALMUD.

HAFTARAH (littéralement « séparation », « adieu », « division »). Dérive probablement de la racine *patar*, qui signifie « conclure », « terminer ». Ce terme indique une sélection des livres des prophètes ou des hagiographes qui suit la lecture du passage de la Torah (*parashah*) dans l'office du samedi et des jours de fête à la synagogue.

HALAKHA (littéralement « voie à suivre »), conduite, attitude. La partie normative de la Torah écrite et orale contenant le matériau juridique qui règle la conduite et la vie quotidienne. Le *halakha* est considéré comme objet de la révélation reçue par Moïse sur le mont Sinaï, il est contenu dans la Torah écrite (« Pentateuque ») et surtout oral, codifié ensuite dans la Mishna, dans le Talmud et dans les *midrashim*, qualifiés justement de halakhiques.

HAMETZ, hébreu, levain.

HANOUKKA (littéralement « dédicace »), fête des lumières, en mémoire de l'inauguration (Dédicace) du Temple de Jérusalem en 164 av. J.-C. par Judas Maccabée. La fête commence le 24 Kislev (d'habitude en décembre) au couchant et dure huit jours, durant lesquels on allume progressivement les bougies du chandelier à huit branches.

HASELE, yiddish, petit lapin.

HASHEM (littéralement « le Nom »). Expression révérencielle qui se substitue au nom divin JHWH, utilisée dans la Bible et dans la tradition hébraïque.

HESHVAN, mois du calendrier hébraïque correspondant à octobre-novembre.

HOUPPA, hébreu, dais utilisé lors de la célébration du mariage.

IYAR, mois du calendrier hébraïque correspondant à avril-mai.

KADDISH (littéralement « sanctification »), une des plus anciennes et solennelles prières juives qu'on récite en la seule présence d'un *minian* composé de dix hommes juifs ayant atteint la majorité religieuse de treize ans, âge à partir duquel tout Juif a le devoir d'observer les préceptes de la Torah. Le thème central est l'exaltation, la magnification et la sanctification du nom de Dieu.

KARTYOZHNIK (DER), yiddish, joueur de cartes (le).

KASHER, conforme aux normes de l'alimentation juive.

KATAN, hébreu, enfant.

KETOUBA, contrat de mariage. Le parchemin sur lequel est rédigé le contrat est souvent richement décoré. On y consigne les obligations d'ordre financier du mari envers la femme, notamment afin de protéger celle-ci en cas de divorce. Selon le rite hébraïque, en effet, seul le mari peut demander le divorce et c'est lui qui doit verser une forte somme à son épouse. La *ketouba* est signée par le mari et confiée à la femme ; on récite ensuite les bénédictions conjugales.

KIDDOUCHIN, traité renfermant le rite de la cérémonie du mariage.

KISLEV, mois du calendrier hébraïque correspondant à novembre-décembre.

LAG BA' OMER, fête religieuse qu'on célèbre le trente-troisième jour de l'Omer, le jour où prit fin la plaie qui frappa les disciples de Rabbi Akiva. Le deuil et les interdictions qu'on observe pendant la période de l'Omer sont suspendus et l'on fête cette journée par des promenades, de la musique et diverses sortes de jeux pour enfants.

LIBE, yiddish, amour.

LUFTMENSCH, yiddish, homme du rêve, rêveur.

MAMELE, MAME, yiddish, petite maman, maman chérie, maman.

MAZEL TOV (littéralement « bonne étoile »), « bonne chance », « félicitations ». Cette formule est utilisée pour exprimer les félicitations et les vœux de bonheur pendant les offices tels que les *bar-mitsvah*.

MEZOUZAH (littéralement « montant de porte »). Le terme indique un objet rituel consistant en un parchemin sur lequel sont gravés les passages de la Torah correspondant aux deux premières parties du *Shema*, prière fondamentale de la religion juive. On place la *mezouzah* sur le chambranle, à droite par rapport à celui qui entre et environ aux deux tiers de la hauteur de la porte, quoi qu'il en soit à portée de main.

MIGDOL BAVEL, hébreu, la tour de Babel.

MILAH, circoncision. Elle représente la consécration de l'alliance établie entre le peuple d'Israël et Dieu depuis les temps d'Abraham. Soumettre le bébé juif à la *milah* au huitième jour de sa naissance, y compris si c'est le jour du Shabbat, d'une fête solennelle ou de Yom Kippour, est une *mitsvah*.

MISHNA, du verbe hébreu qui signifie « réciter ses leçons », « répéter ». La *Mishna*, qui est le code de la tradition orale, l'abrégé de l'enseignement transmis par Moïse, est devenue une des deux parties du Talmud (la seconde est la *Guemara*). La rédaction finale de la *Mishna* remonte à la fin du IIe siècle et comprend 33 traités divisés en 6 ordres concernant les règles du culte, les relations sociales, le droit civil et pénal, le mariage, etc.

MITSVAH, hébreu, commandement (pluriel : *mitzvot*).

MITZVOT, les commandements que Dieu donne à chaque Juif. Ils sont contenus dans la Torah et ont pour but d'apprendre à l'homme à vivre selon la volonté de Dieu. Ils sont au nombre de 613, dont 365 négatifs et 248 positifs. Il existe un autre classement des *mitzvot* : les *mitzvot* horizontaux, qui concernent les relations entre êtres humains, et les *mitzvot* verticaux, qui concernent les relations entre l'homme et Dieu.

MOSHE, Moïse.

NER TAMID' (littéralement « lumière éternelle »), lampe à huile qui pend au plafond de la synagogue, devant l'Aron, et qui est toujours allumée en souvenir du chandelier à sept branches du Temple de Jérusalem.

NISSAN, mois du calendrier hébraïque correspondant à mars-avril.

NOACH, Noé, patriarche.

PESSAH, Pâque (littéralement « passage »), fête qui commémore la fuite des Juifs hors d'Égypte. C'est la principale fête de l'année.

POURIM (littéralement « sort »), fête qui commémore la délivrance des Juifs du massacre de Haman, Premier ministre du roi Assuérus, au Ve siècle av. J.-C., ainsi que le décrit la *meguila* du livre d'Esther. On la célèbre le 14 Adar. C'est la fête la plus joyeuse du calendrier hébraïque, l'équivalent du carnaval chrétien. On a l'habitude de sortir déguisé.

RAB, RAV, REB, abréviation de rabbi (littéralement « grand », « distingué »), maître, soit rabbin, chef religieux de la communauté juive.

REB LASHON, rabbin Langue, allusion à une légende de la tradition juive.

RIBOYNE SHEL OYLEM, yiddish, maître de l'Univers.

ROSH HA-SHANA, fête religieuse qui célèbre le début de l'année, Nouvel An juif, le premier jour du mois de Tishri en Israël, les deux premiers dans la diaspora. Fête de caractère pénitentiel, elle est caractérisée par le son du *shofar*, la corne rituelle.

SCHMALTZ, yiddish, de l'allemand *schmalz*, « gras », « graisse ». Chez les Juifs d'Europe de l'Est, le *shmaltz*, fait de graisse d'oie, remplaçait le beurre sur les tartines.

SCHMUCK, yiddish, crétin, fou, idiot. Littéralement, « couillon ».

SCHNORRER, yiddish, mendiant, escroc.

SHABBAT (littéralement « cessation »), samedi, jour du repos hebdomadaire. Fête qui célèbre le repos de Dieu le septième jour après la Création. Caractérisé par l'arrêt des activités professionnelles et par la liturgie synagogale.

SHAMASH, servant, assistant, sacristain de la synagogue.

SHAMMÈS, version yiddish de *shamash*, sacristain de la synagogue.

SHAVOUOT (littéralement « semaines »), fête qui commémore le don de la Torah au peuple juif sur le mont Sinaï. Elle a lieu sept semaines après Pessah. Connue également comme Pentecôte, car elle est célébrée cinquante jours après la Pâque. C'était primitivement la fête des primeurs et de la moisson. On raconte que, pendant la fête, le ciel s'ouvre un instant et que celui qui fera un vœu à ce moment-là sera exaucé.

SHELOSHIM, indique la période de trente jours qui suit l'enterrement (*shiva* incluse). Pendant cette période, il est interdit à celui qui est en deuil de se marier, de fréquenter une *seudat mitsvah* (« repas religieux festif ») ; pour les hommes, de se raser et de se couper les cheveux ; de porter des vêtements neufs, etc. Le judaïsme enseigne que les défunts peuvent encore bénéficier des *mitzvot* faits en leur mémoire.

On constitue des groupes qui étudient la Torah en leur nom.

SHEMA (littéralement « écoute »), prière fondamentale de la liturgie juive, récitée le matin et le soir.

SHIVA (littéralement « sept »). Indique la période de deuil traditionnel de sept jours observée après la mort d'un parent proche. Pendant le deuil, les participants se réunissent chez l'un d'eux et reçoivent des visiteurs. Rendre visite aux endeuillés est considéré comme une grande *mitsvah* (commandement) de politesse et de compassion. La tradition veut qu'on n'échange pas de salutations et qu'on attende que les endeuillés entament la conversation, ce qui n'est pas pour eux une obligation. Les visiteurs, qu'ils ont le droit d'ignorer, apportent souvent de la nourriture et la servent pour éviter aux endeuillés de faire la cuisine ou de s'activer.

SHOFAR, corne de bélier. Le son du *shofar* rappelle le sacrifice d'Abraham (appelé par Dieu à immoler son fils Isaac, remplacé au dernier moment par un bélier) et annoncera l'arrivée du Messie. Utilisé dans certaines fêtes religieuses (Rosh Ha-Shana, Yom Kippour), on s'en sert aujourd'hui pour des événements particulièrement solennels de la vie publique.

SHPAN DEM LOSHEK ! Pousser le cheval ! Allusion à une chanson de la tradition yiddish.

SHVARTS ZUP, yiddish, littéralement « bouillon noir ».

SHVAT, mois du calendrier hébraïque correspondant à janvier-février.

SIVAN, mois du calendrier hébraïque correspondant à mai-juin.

SOUKKAH, hébreu, cabane.

SOUKKOT, hébreu, cabanes, pluriel de *soukkah*. Fête qui célèbre et rappelle la période de l'exode du peuple juif dans le désert du Sinaï pour atteindre la terre promise d'Israël. On la célèbre cinq jours après Yom Kippour. Elle prévoit la construction d'une cabane de branchages à l'intérieur de laquelle consommer les repas et prier.

SÜSSER, en yiddish et en allemand signifie littéralement « ma douce ».

TALMUD (littéralement « enseignement », « études », « discussion »). C'est le texte sacré, base normative et exégétique du judaïsme, la Loi dite orale. Il réunit *Mishna* et *Guemara*, et recueille l'ensemble des discussions rabbiniques remontant à la période qui s'étend du IVe au VIe siècle.

TAMOUZ, mois du calendrier hébraïque correspondant à juin-juillet.

TEFILLIN, phylactères, deux étuis de cuir que les Juifs orthodoxes attachent à leur bras gauche et sur leur front. Ils contiennent deux feuilles de parchemin sur lesquelles sont inscrits quatre passages de la Torah. Les *tefillin* se portent tous les jours pendant la prière du matin, à l'exception du Shabbat, des fêtes et du 9 Av.

TERBYALANT, yiddish, turbulent.

TEVET, mois du calendrier hébraïque correspondant à décembre-janvier.

TISHRI, mois du calendrier hébraïque correspondant à septembre-octobre.

TORAH (littéralement « enseignement », « loi »). C'est la loi que Dieu donna à Moïse sur le mont Sinaï. La Torah écrite correspond aux cinq premiers livres de la Bible (Pentateuque) : Bereshit (Genèse), Shemot (Exode), Vayikra (Lévitique), Bamidbar (Nombres), Devarim (Deutéronome). La Torah orale est la tradition des maîtres recueillie dans les œuvres de la littérature rabbinique et jamais conclue.

TOU BICHVAT, fête également appelée Nouvel An des arbres. Littéralement « 15 du mois de Shvat », soit le jour central du mois hébraïque de Shvat.

TSOM GUEDALIA (littéralement « jeûne de Guedalia »), fête qui commémore l'assassinat du gouverneur Guedalia.

TSU FIL RASH !, yiddish, littéralement « trop de bruit ! ».

TSVANTSINGER, monnaie de 20, ou petite monnaie.

VEHAYA, la seconde partie du *Shema*, prière fondamentale de la liturgie juive.

YELED, yiddish, garçon.

YITZCHAK, Isaac.

YOM KIPPOUR (littéralement « jour des propitiations »). Indique le jour solennel de jeûne et de prière pour l'expiation et le pardon des fautes, célébré le 10 Tishri (entre septembre et octobre). En cette seule occasion, le grand prêtre du Temple prononçait le nom de Dieu à l'intérieur du Saint des saints. Actuellement, la célébration à la synagogue prévoit une confession solennelle de ses péchés et le son du *shofar*.

YONAH, IONAH, Jonas, le prophète.

ZEKHARYA, Zacharie, le prophète.

TABLE DES MATIÈRES

LIVRE I
TROIS FRÈRES

LIVRE II
PÈRES ET FILS

LIVRE III
L'IMMORTEL

MIXTE
Papier issu de sources responsables
FSC® C003309
FSC
www.fsc.org

10/18, une marque d'Univers Poche,
est un éditeur qui s'engage pour
la préservation de l'environnement
et qui utilise du papier fabriqué à partir
de bois provenant de forêts gérées
de manière responsable.

10/18 – 92 avenue de France, 75013 PARIS

Imprimé en France par CPI

N° d'impression : 2053131
Suite du premier tirage : septembre 2020
X07756/02